불로초 1

불로초 1

발행일	2025년 4월 30일
지은이	강중현
펴낸이	손형국
펴낸곳	(주)북랩
편집인	선일영
편집	김현아, 배진용, 김다빈, 김부경
디자인	이현수, 김민하, 임진형, 안유경
제작	박기성, 구성우, 이창영, 배상진
마케팅	김회란, 박진관
출판등록	2004. 12. 1(제2012-000051호)
주소	서울특별시 금천구 가산디지털 1로 168, 우림라이온스밸리 B동 B111호., B113~115호
홈페이지	www.book.co.kr
전화번호	(02)2026-5777
팩스	(02)3159-9637
ISBN	979-11-7224-593-1 04810 (종이책) 979-11-7224-595-5 05810 (전자책)
	979-11-7224-594-8 04810 (세트)

잘못된 책은 구입한 곳에서 교환해드립니다.
이 책은 저작권법에 따라 보호받는 저작물이므로 무단 전재와 복제를 금합니다.
이 책은 (주)북랩이 보유한 리코 장비로 인쇄되었습니다.

(주)북랩 성공출판의 파트너

북랩 홈페이지와 패밀리 사이트에서 다양한 출판 솔루션을 만나 보세요!

홈페이지 book.co.kr • 블로그 blog.naver.com/essaybook • 출판문의 text@book.co.kr

---

작가 연락처 문의 ▶ ask.book.co.kr

작가 연락처는 개인정보이므로 북랩에서 알려드릴 수 없습니다.

신화와 무협이 맞닿은 제주,
그 전설의 시작

|무협소설|
전3권

불로초 1

― 섬에서 시작된 전설

강중현
지음

시공을 넘나들며 불로장생의 비밀을 좇는
진학소의 대장정이 시작된다!

 북랩

불로초_
제주의 신화(神話)와 무협(武俠) 이야기 소설

―천 년 전 길을 함께 걸으며―

모든 만물은 자연의 순리에 따라 태어나고(生), 늙고(老), 병들어(病) 죽(死)는다. 인간의 생명도 영생치 못하여 이 세상에 태어나 먹고 자고 잠시나마 조잘대다가 저세상으로 떠난다. 저세상이나 지옥이라도 있다면 섭섭지 않겠으나 나 없는 세상은 영원히 무(無)여서 누구든 생명에 애착을 갖는다. 이를테면 내가 존재하지 않으면 세상 우주 전체가 처음부터 존재하지 않았다는 뜻이다. 삼라만상이 존재의 의미를 볼진대 양극이 있어 음극이 있다. 작은 물체가 있으므로 큰 물체를 비교할 수 있어 크고 작다고 하지만 본질적으로는 똑같은 물체이다. 다시 말하면 지구라는 큰 땅덩이도 우주 속에서 바라보면 먼지에 불과한 포도알과 같다고 한다. 포도알과 같은 물체이면서 넓은 세상 속에 내가 있으므로 너를 볼 수 있다. 둘이 존재하기 위해서는 하나가 있어야 하고, 이것이 있으므로 저것이 있고, 땅바닥이 있으므로 하늘이 있다. 이와 같이 사람 몸에도 병이 생겨났으면 필히 약초가 생겨나 생로병사를 부정한다.

따라서 몸이 늙어 죽어가는 것도 하나의 병이거늘 어찌 이 대자연 속에 늙음을 치유하는 불로초가 존재하지 않는다고 말할 수 없다.

이 이야기는 제주도에서 면면히 전해져 내려오는 신화와 전설을 따라 중국까지 여행한다. 안내자는 흰머리를 쓸어 올리며 팔순을 바라보는 노인이다. 방에 틀어박혀 대학노트에 낙서하는 모습을 본 아이가 말했다.

"우리 아버지는 기념비적으로 책을 쓰시는 것 같은데 그리 쉬운 일은 아닙니다."

그 말을 들은 나는 어떤 변명이나 이유를 말하고 싶지 않았다. 노인이 되다 보면 판소리 같은 옛날이야기를 좋아하기 때문이다. 스스로 쓰고 읽는 것만도 흥미가 있다. 직업이 농업이다 보니 문필가가 못되어 명작이나 성공한 자서전도 낼 수 없고, 심지어 손주들이 보기에는 민망한 문장들이 들어있기 때문에 기념비적인 것은 더욱 못 된다. 빠른 걸음으로 많은 사연을 담고자 하였다.

쏟아지는 출판물 속에 이야기는 사실적이고 흥미가 있어야 살아날 수 있다는 개념을 갖고 심독하지 않아도 무협의 장르로 흥미 있게 내보이고자 했다. 흥미가 있고 문제를 던지는 그런 이야기면 해서이다.

인쇄 매체의 출판물 시대는 끝났다고 하지만 서양에서는 글을 읽는 이야기 소설 스토리텔링이 유행하기도 한다. 그와 같이, 천 년 전의 길을 여행하는 데 있어 들판 길을 하루 종일 걷는다면 지루할 것이다. 바다가 보이는 모래벌판도 걷고, 숲길이며 고궁이 있는 산길이면 더욱 좋겠다. 읽다가 중단되는 일이 없도록 즐거운 시간이 되시길 바랍니다.

독자 제현의 건승과 행운을 빕니다.

차 례

저자의 말
불로초_제주의 신화(神話)와 무협(武俠) 이야기 소설 5

전공호(田拱呼) 9
육 년 전 탐라도 71
무당산(武當山) 141
남궁 현장 195
학소와 남궁 낭자 215
의가장 멸문 261
노비가 되다 307
학소와 홍치 원주 351

전공호
(田拱呼)

∾

 무릇 달이 뜨고 해가 뜨고 지고 한없이 흘러 억겁의 세월에 이 세상 모든 만물이 영생치 못하여 수천 번 사라지고 태어나며 변해가듯이 대양(大洋)에 섬 하나는 변함없이 움직이고 있다.
 백팔십만 년 전 먼 어느 날.
 그날도 해가 뜨고 달이 뜨는 하루는 이십사시였다. 갑자년 갑자월 갑자시. 저 남쪽 대해에서 때아닌 조짐이 일고 있었다. 짙푸른 대양 속에서 물거품이 일며 불덩이에 데워진 하얀 운무가 하늘 위로 치솟았다. 그 운무는 파란 하늘을 하얗게 물들이고 주위에 대양을 소용돌이치게 만들며 웅장한 소리로 세상을 깨웠다. 이어 거대한 활화산 하나가 바다 위로 불쑥 머리를 내밀고 붉은 불을 토해내었는데 이것이 탐라(耽羅)였다. 그 섬은 수천 배의 몸을 바다에 잠긴 채 머리만 삐죽이 내밀었다. 그리고 삼백육십 개의 오름(岳)들을 거느린 높은 산이 하나 치솟았으니 그 높이가 은하수 하늘가에 닿는다고 하여 한라산(漢拏山)이라고 하였다. 최근 삼만 년 전 빙하기에 이 섬은 얼음벌판으로 중국이 있는 대륙과 한반도로 연통되며 많은 동식물과 사람이 연통되던 일도 있었다. 그 후 홀로 남은 이 섬은 외로움에 지쳐 대륙을 향하여 고요함을 깨우고 있다.
 중국의 대강 황하강(黃河江)에서 해마다 16억 톤씩 쏟아지는 황토는 산동성(山東省)에 있는 제주(濟州)를 향해 쌓이며 일 년에 한 치 두 치 다가가고 있다. 일 년에 한 치 두 치 조금씩 움직인다는 것은 하늘에 별덩이들이 한 찰나에 가늠할 수 없는 속도로 수억만 리 날다가 사그라지는 유성의 빠름에 비해서도 움직임은 똑같은 것이며 계속된다. 그래서 매우 빠름과 매우 느림은 상생하니 영원한 것이다. 그 움직임은 섬에서 뻗어 나간 바다에 잠긴 수천 길의 뿌리가 있기 때문에 무서운 힘이다. 겉으로 본다면 넓은 대양에 굴러다니는 돌멩이와 같은 것이며 땅이라고 한다면 볼품없는 작은 섬에 불과하다. 지각 변동과 대양의 힘으로 밀려오는 이 섬은 황해를 육지로 만들고 중국 대륙을 밀어 산악을 만들고 동북아의 지형을 바꾸어 갈 테지만, 반만년도 못 되는 인간사가 어찌 수백 만년을 논할 것인가. 살아 숨 쉬는 이 섬은 최근에도 활화산으로 용트림을 하며 일만 팔천의 신화(神話)를 간직한 채 오늘도 침묵해 있다. 어머니 치마폭에 매달리어 보채는 어린아이처럼 한라산 자락에 매달려 살아가는 토박이 백성들은 침묵의 들판에서 저녁이면 언제나 밥 짓는 연기를 피운다. 밥 짓는 곳이면 신화와 역사가 있게 마련이라서 한 권의 책 속에 몇 줄의 기록을 따라가 보자.

이 섬에 관하여 동국여지승람(東國輿地勝覽)에 보면 다음과 같은 내용이 있다.

'남해의 하늘에 흑무가 일어 고려 목종 임금님은 사람을 보내어 알아본즉 탐라도에 화산이 폭발하였다고 한다(서기 1005년)'

또 고려사 전공지열전(田拱之列傳)에 한라산 폭발과 군산(君山) 운무에 관하여 다음과 같은 기록들이 있다.

당시 남해 멀리서 운무가 가득하여 탐라도에 화산이 폭발하였다는 보고가 있었다. 조정에서 이 사실을 논의하던 중 또다시 군산이 용출하였다는 상주(上奏)가 있었으니, 목종은 태학박사 전공지에게 답사하도록 명령을 내렸다. 전공지는 어느 가승(家乘)에 의하면 전공호(田拱呼)로 되어 있어서 그렇게 표기하기로 하였다. 전공호는 탐라도(제주도) 명월 포구에 도착하여 주민들에게 운무에 관한 상황을 탐문하였다. 한라산 산남에 연기에 뭉개어진 때아닌 군산(君山)이 융기되며 진동이 벽력 치듯

하였고 운무가 하늘을 가리며 그 기세가 보름 동안 계속되었다는 것이다. 그리고 명월 포구에서 얼마 떨어지지 않은 섬을 가리키며 저 섬은 영주산인 한라산에서 날아와 바다에 떨어졌는데 비양도(飛揚島)라고 하였다. 이 년 전에 떨어졌으니, 운무는 걷혔고 식어있어서 주민들은 숯덩이 같은 섬에 드나들고 있었다.

전공호는 동으로 발길을 돌려 운무가 흐르는 군산에 도착했다. 진운(陳雲)과 지동(地動)은 그쳤으나 솟아난 검은 산에는 안개와 같은 운무가 서려 있어서 마치 석류황(石硫黃) 같았다. 구름 같은 운무에 열기로 가득한 군산에 주민들은 감히 접근을 못 하고 있었다. 목종 임금님의 명을 받은 전공호는 몸소 운무 속으로 들어가 산의 현상을 붓필로 그리고 탐사하여 돌아왔다. 탐라지(耽羅志)에도 군산 용출(湧出)이 고려 7대 목종 5년 및 7년으로 기록되어 있는데 이 화산이 본도 최후 폭발에 이어 생겨난 오름이다. 그런데 전공호는 개성에 돌아가 궁성에 상서치 않은 한 권의 일지가 있었으니, 거기에 다음과 같은 내용이 나온다.

'나는 군산(君山) 용출에 관한 일은 마쳤으나 한 가지 기괴한 일이 나의 발목을 잡았다. 산 좋고 물 맑은 산방산 뒤편 자단(紫丹) 마을에 묵고 있을 때였다. 구름이 드리우고 비가 올듯한 밤이면 한라산에서 소복을 한 중년 여인이 사뿐사뿐 내려와 구녀못(九女池) 가에 앉아 옥섬여(玉蟾蜍)를 쓰다듬으며 해금(奚琴)을 틀면서 운다고 한다. 또 어떤 때는 중원 말로 이야기를 나누면서 웃을 때도 있고 곧잘 속삭이기도 한다. 삼경(三更)에 내려온 그 여인은 반 시각쯤 그러다가 빠른 걸음으로 숲속 곶자왈 속으로 들어가 버린다. 그리고 얼마 없어 그 연못에서는 느닷없이 옥섬여 왕 개구리 울음이 들린다. 이것이 시발점이 되어 이웃 시냇물과 연못으로 개구리 울음소리가 퍼져 나간다. 그것도 모든 만물이 잠들어 고요한 밤에 개골 개골 개골~. 몇 시각 후면 탐라섬 전체가 개구리 울음소리다. 또 얼마 있으면 빗방울이 내리든지 아니면 다음 날이

나 다다음날 꼭 비가 내린다. 주민들은 개구리 울음소리를 듣고는 씨를 뿌리거나 밭갈이하고 추수 때는 말려놓은 곡식은 느닷없이 거둬들여야 한다.

탐라인들은 예나 지금이나 일기나 천기를 알아내는 데는 모두가 천재다. 그들은 우선 한라산에 구름 모이는 모습을 보고 또는 저녁노을과 달무리를 보거나 바람 방향과 찬 이슬만 보아도 알 수 있다고 한다. 또는 땅개미가 집을 찾는 걸음걸이도 놓치지 않는다. 그와 같이 사람들은 그 중원 여인이 한라산에서 내려오는 날이면 비가 내린다고 말한다. 농부들은 이 옥섬여 소리를 놓치지 않으니 이 사실은 노래로 불렸다.

밭 갈러 가세 밭 갈러 가세.
구녀못에 옥섬여가 우니 모두 나와 씨를 뿌리세.
모자 상봉하여 무릎에 올라 말을 못하더니
시름 삼아 노래 삼아 울어대는구나 옥섬여야
엄마한테 말 못 하고 사람한테 말 못 하니
따라 우는 것은 개구리요 따라 부르는 것은 맹꽁이라
개골 개골 개골 왕 개구리 옥섬여여
두 눈망울 멀끔벌끔 가엽고도 귀엽구나
개골 개골 개골 왕 개구리 옥섬여여

이렇게 되면 옥섬여는 왕 개구리였고 소복의 여인은 옥섬여의 어머니란 말인가. 사람들은 그 부인을 천계(天界)의 여인인 듯 또는 미의 여왕인 듯, 하강하여 찬란하고 청순한 매선군부인(梅仙君夫人) 또는 매화부인(梅花婦人), 매선 부인(梅仙婦人)이라고 하였다.

전공호는 모험심이 강하고 마음 또한 담대한 젊은 학자로서 이 말을 듣고 그냥 넘어갈 위인이 아니었다. 야밤에 그것도 귀신이나 악귀가 잘 나타난다는 삼경에 나타나면서도 청순한 여인으로 알려진 것이 더 궁금하였다. 주민들이 어째서 야밤에 다니는 소복의 여인을 매화 부인이라고 하는지 의심스러워 전공호는 며칠 밤 구녀못 주변을 맴돌았다.

갑인년 흉년에 가뭄이 심해 이 섬은 물이 부족해 말이 아니었다. 여인들은 십 리까지 물허벅을 지고 물을 길어다 생활하는데 탐라의 남자들은 거들떠보지 않았다. 우물 파기는커녕 아내에게 빈정대는 놀기 좋아하는 남자들이 문제였다. 하늘에서 이 모습을 보던 아홉 여인이 참다못해 지계(地界)에 내려와 자단 마을 여인을 위하여 파 놓았다는 못이 바로 구녀못이었다. 깊이를 알 수 없는 못으로 가뭄이 들어 이웃 우물이 마르고 다른 샘물이 막힐 때도 이 우물은 여전했다. 지금도 마르지 않는 두 우물이 있으니 산방산 서쪽에 있는 큰물 용천수와 뒤쪽에 있는 못으로 뒤쪽 못이 구녀못(九女池)으로 간주된다. 당시는 가뭄 때만 이 우물을 이용했는데 주변에는 수풀이 무성했으며 수명이 천년송 만년팽(千年松 萬年彭)이라는 몇천 년 되어 보이는 팽나무 한 그루가 우물 위를 드리우고 있었다.

그러던 어느 날 밤이었다. 열사흘 밝은 달이 중천에 떠있어 밝은 밤이었다. 뭉게구름이 피어오르며 달은 구름 속에서 얼굴을 내밀었다 말았다 하며 숨바꼭질에 여념이 없어 보였다. 전공호는 귀기를 몰아내고 혹시나 옥섬여가 물 위로 나타나 철벅거리지는 않을까 귀를 기울였다. 여름밤에 들판은 갖가지 생명들의 노랫소리에 요란스럽기 짝이 없다. 그 소리는 바쁘게 걸어가는 행인의 귀에는 안 들릴지 모르겠으나 고요가 깔린 그의 귀에는 작은 생명들의 합창곡 같기도 하였다. 귀뚜라미, 찌르레기, 메뚜기, 땅 지렁이 등등 그 소리는 고향의 소리였다. 나무 그늘로 날아드는 반딧불이는 더욱 향수에 젖게 했다.

어른 팔로 세 아름이나 됨직한 울퉁불퉁한 팽나무 뒤에 숨어있던 전공호는 들판을 바라보다 흠칫 놀라지 않을 수 없었다. 시각은 자시(子

時)에서 넘어가는 깊은 밤 삼경 말이었다. 소복 차림의 여인이 사뿐사뿐 우물 쪽을 보며 걸어오고 있지 않은가. 예사 걸음걸이가 아니었으며 보법이 보이는 듯 마는 듯 담 위나 가시덩굴 위도 거뜬히 넘고 있었다. 내딛는 걸음마다 하늘거리는 허리는 세류요(細柳腰)요 부드러운 몸매는 주민들 입에 오를만했다. 허나 밤중에 야산에서 나타나니 신들린 여인 같았다. 구름 속에서 달이 얼굴을 내밀었을 때 전공호 옆을 스쳐 지나는 그 부인을 자세히 볼 수 있었다. 숱한 머리는 봉잠으로 뒤쪽으로 둥글게 말아 올려 옥비녀를 꽂았다. 그리고 양옆으로 흐르는 머리카락은 엷은 바람에 너울거렸고 하얀 얼굴과 늘어진 몸매는 사십 중반의 여인이었다. 가는 허리와 그 밑으로 내려지는 하늘거리는 치맛자락의 각선미는 전공호로서는 뇌쇄적이었다. 그녀는 전공호 쪽을 스쳐 지나며 곧장 우물 쪽으로 갔다. 팽나무 그늘 속에 숨어있는 그를 보았는지 말았는지 알 수가 없었고, 단지 스쳐 가는 여인의 체취만 그의 얼굴을 자극했을 뿐이다. 그녀는 우물가 평퍼짐한 돌 위에 앉더니 보자기에 싸 들고 왔던 것을 풀기 시작했다. 전공호는 침을 삼키고 다음을 예상하며 뚫어져라 바라보았다. '왕 개구리가 있다 하니 먹을 것을 갖고 왔을 테고, 그렇다면 잠자리나 곤충밖에 더 있겠어?' 이렇게 생각하고 있을 때 예상은 빗나갔다. 달빛에 비친 그녀의 하얀 손은 반짝이는 해금(奚琴) 깡깡이 줄 막대기를 꺼내고 있었다. 그리고 조용히 우물 위를 응시하더니 두 선 위에 막대를 눕히면서 해금 줄을 밀기 시작했다. 처음에는 모깃소리 같더니 점점 그 소리는 크게 울려 퍼졌다. 말할 줄 아는 이 악기는 은은하게 사방으로 뿌려지며 무엇을 이야기하는 애절한 곡조였다. 우물가에 있던 늘어진 버들가지들도 너울너울 춤을 추는 것 같았다. 마침, 구름 속에 숨었던 달도 얼굴을 내밀며 해금 소리와 같이 대자연 위에 뿌려지며 월광곡(月光曲)이 되어 달빛 또한 곡조와 같이 흐르고 있었다.

전공호는 애절한 감정에 젖어 이상하게도 눈물까지 고였다. 마음을 추스른 그는 동화되어 가는 감정을 진정시키고 두 손으로 귀를 틀어막았으나 귓속에서는 이명이 울리듯이 그 곡조는 막힘없이 은은히 들렸다. 깊은 밤 삼경에 고요한 달빛 속에서 들리는 해금 소리가 그의 가슴을 사로잡았다. 귀기에서 도망가려는 자신을 탓하며 당당함으로 두 손을 풀었다. 기방에서 흐르는 소리와는 사뭇 다른 천상의 음정이 들리기 시작했다. 중국 상고시대부터 불리던 학명(鶴鳴) 두루미 울어 시경의 노랫가락을 해금에 맞추어 곤곡으로 조용히 부르고 있었다. 잔잔히 들려오는 그 소리에는 이백의 시 한 수도 곁들여 있는 듯했다.

학명우고(鶴鳴于皐) 성문우야(聲聞于野)
어잠재연(魚暫在聯) 혹재우저(或在于著)
나피지원(羅彼之園) 화비화인비인(和非和人非人)
래여춘몽기다시(來如春夢畿多時) 거사조운무멱처(去似朝雲無覓處)
저기 저 연못가에 두루미 우니 그 소리 들판 가득 울려 퍼지고
연못 깊이 숨어서 사는 물고기 때로는 연못가에 나와 노닐기도 하네
즐거울 사 저기 저 꽃동산에는 꽃이면서 꽃도 아니고 사람이면서 사람도 아니어라
올 때는 봄꽃처럼 잠깐 왔다가 갈 때는 하얀 구름처럼 자취 없이 사라지는구나.

담이 크지 않으면 감히 자정이 넘는 한밤중에 깊은 산속에서 한 여인의 뒤를 캔다는 것은 보통 일이 아니다. 지금 당장 달려가 "당신은 누구시오? 왜 금을 탑니까?"라고 묻고 싶지만, 이 또한 예가 아니지 않은가. 전공호도 문무를 겸비했다고 하나 그녀와 의가 상해 시비가 생긴다면 다칠 수도 있다. 조금 전 경공법이나 보법을 보더라도 예사 여인은 아닐 듯싶었다.

해금 소리가 점점 작아지더니 물이 철벅거리는 소리가 났다. 아니나 다를까 물 가에 뛰어오르는 물체가 있었는데 보통 개구리의 두 배쯤 되어 보이는 왕 개구리 한 마리가 그녀의 무릎 위에 뛰어올랐다. 꾸억 꾸억 꾸억…. 전공호는 눈에 정기를 불어 넣어 자세히 보니 등이 매끄러운 청옥 개구리였는데 주민들이 말한 중국에 옥섬여(玉蟾蜍)라 해도 과언이 아니다. 중국에서는 달 속에 옥섬여 두꺼비가 산다는 말이 있는데 달빛에 드러난 왕 개구리는 정말 그렇게 보였다. 달빛에 흐르던 해금 소리는 멈추어졌고 그녀는 작은 보자기를 풀어 옥섬여의 등을 닦아주며 가슴에 품었다. 옥섬여는 두 눈망울을 껌벅껌벅하더니 턱밑에 하얀 목을 둥글게 부풀리어 무어라 꾸억대기 시작했다. "호호호…." 옥섬여의 앞발을 만지작거리며 소리 내어 웃는 여인은 마치도 모자간에 상봉하여 사랑에 넘치는 듯싶었다. 그리고 부인이 중원 말로 중얼거리는 것으로 보아 꾸억대는 옥섬여와 말을 하고 있는지도 모른다. 괴기스럽던 일들은 오간 데 없고 그녀의 웃음소리에 사방은 온화하고 평화로웠다. "둘이 모자지간이라니…." 이 모습을 보고 중얼거리던 전공호의 마음도 평화로웠다. 그는 달려가 두 모자의 애환을 듣고, 위로해 주고 싶은 마음으로 용기를 내고자 할 때였다.

"꼬끼욕~ 꼬옥 꼬끼욕~꼬옥~" 먼 인가에서 수탉 울음소리가 들리며 날이 밝아옴을 말해주고 있었다. 닭 울음은 연이어 여기저기에서 들려와 고요한 밤을 깨우고 말았다. 여인에게도 이별할 시간이 임박했음인지 옥섬여는 부인 품을 벗어나고 있었다. 그러고는 어기적어기적 네발로 물 가를 기어가다가 "첨벙" 하고 못 위로 뛰어들었다.

물속으로 뛰어든 왕 개구리는 다시는 나타나지 않았으며 일렁이는 수파(水波)만이 동그랗게 동그랗게 퍼져나갔다. 일렁이는 물여울만 멍하니 바라보던 매선 부인은 다음 비 오는 날에 만날 것을 약속이나 한 것처럼 해금을 싸 들고 돌아섰다. 전공호는 드디어 용기를 내고서는 달려가며 부인을 불렀다.

"잠깐만 부인! 부인!"

그녀는 드디어 뒤를 돌아보았다.

"나는 개성에서 온 전공호라 하오"

"…"

고고한 달빛 아래 선 부인은 정말 아름다운 자태였다. 삼경에 돌아다니는 여인은 한이 많은 여인들이며 그 한을 풀기 위해 돌아다니는 귀신에 불과하나 그녀는 생시이며 사람이었다. 가슴을 진정시킨 그는 중원 말로 물었다.

"부인은 매선 부인(梅仙婦人)이라고 들었소."

그녀에게 다가선 만큼 물러서므로 일장 이내의 거리를 더 용납하지 않았다.

"옥섬여와는 모자지간이라는데 무슨 사연에 묶여 고생을 하십니까?"
부인은 그의 말에 사연들을 묻어버린 듯이 방긋 웃어 보였을 뿐 아무 대답이 없었다. 한번 웃어 보이고는 빠른 걸음으로 곶자왈 숲속으로 사라졌다.

정말 아쉬운 밤이었다. 방긋 웃어 보이는 부인의 얼굴이 전공호의 뇌리에 영영 남아있었다고 한다. 그는 조금 전 일들을 생각하며 마을로 내려가고 있을 즈음 그 연못에서 옥섬여 울음소리가 들리었다.

"꾸억 개골 꾸억 개골… 개골 개골 개골…"

열사흘 달을 가렸다 말았다 하던 구름은 달을 집어삼킨 듯이 감추고 하늘은 검게 드리우고 있었다. 구녀못에서 시작된 개구리 울음소리는 사방 연못으로 울려 퍼졌으며 청개구리 노랫소리까지 들리었다.

"개골 개골 개골…"

전공호는 일지에 다음과 같은 기록을 남기었다.

담월은매화(淡月隱梅花)

팽유수단(彭有樹檀)

경풍무세류(輕風舞細柳)

매선부인기망절(梅仙婦人己亡絶)

구녀지명옥섬여(九女池鳴玉蟾蜍)

으스름달밤에 매화가 숨었네

한 그루 팽나무 솟아있어도

산들바람에 가녀린 버들이 춤추고

매선 부인 떠난 후에는

구녀못 변에 옥섬여가 울어댄다.

다음날 전공호가 눈을 떴을 때는 가는 비는 촉촉이 내리고 있었다. 꿈같던 어젯밤 일들을 곰곰이 생각하던 끝에 마당에 나와 가는 비를 맞고 있었다. 방긋 웃어 보이던 부인의 얼굴이 새록새록 되살아나기 때문이었다. 창문 사이로 전공호를 보던 주인 할멈은 어젯밤에 매화 부인을 만난다고 못으로 갔다가 무엇에 홀린 상태라고 짐작했다. 해서 오늘 떠난다는 손님이 병자가 되어 눌러살지는 않을까 노심초사했다. 할멈은 부랴부랴 밥상을 차려 들고 손님을 불렀다.

"개성 어른. 아침상을 드셔서 힘내서야지요."

상을 들고 마당 모퉁이를 지나 밖거리 바깥 작은 집에 있는 손님방으로 건너갔다. 밥상 위에는 산나물국과 생선 자반에 녹포, 조개 요리 등으로 찬은 좋았으나 검은 서숙 밥이 밥상을 볼품없게 만들어 놓았다. 초로는 우선 손님을 치송하는 것이 목적이었으므로 그의 동태를 살피면서 말문을 열었다.

"어젯밤에 들어오면서 학사님은 오늘 떠난다고 말씀하셨는데 편찮으시면 촌장님 댁에서 의원을 청할 수도 있습니다."

전공호(田拱呼)

전공호는 봇짐 속에서 쌀 두 말에 해당하는 구리 동전 다섯 개를 드렸다. 주인 할멈은 그 값어치에는 관심이 없고 다음 꺼내는 물건에 주목하였다. 동전은 불에 녹여도 숟갈 두 개는 충분할 것이라고 여겼고 꺼내는 인삼 몇 개에는 무척 반가운 얼굴이다. 외지에서 들어오는 동전들은 성안(城內)에 가서 물건을 거래해 보아야 어느 정도의 가치인지 알 수 있었다. 옷을 벗어버린 젊은 여인의 성체처럼 다리를 꼬고 있는 인삼의 값어치는 알고도 남았다. 그 값어치는 여인들에게는 죽 국물 정도일 것이고 오직 남편과 아들자식의 건강에만 눈에 선했다. 마당과 뒤뜰에는 꼬꼬댁거리는 삼십여 마리의 닭들이 있는데 금명간이 인삼 때문에 애꿎은 저 닭들이 몇 마리 희생될 것이다.

초로는 대가를 바라고 손님을 받아들인 것은 아니다. 촌장댁의 한 식구가 환이 깊어 이들에게 주선해 주었던 것인데 외지인이라 성의껏 모셨던 것은 사실이다. 손바닥에서 이리저리 건삼 뿌리들을 만져보던 할머니는 얼굴에 미소를 담았다.

"이렇게 귀한 것을 우리에게 주시는 것입니까?"

"그렇소. 열흘 동안 숙식을 하면서 부족한 나에게 극진히 대해 주셨는데 그 값에 해당할지 모르겠습니다."

동글동글한 눈으로 손님의 동태를 파악하던 초로는 음성을 낮추었다.

"말씀에 구녀못에서 매화 부인을 만났다는데 상해라도 입은 일은 없으십니까?"

"다툴 일이 없는데 무슨 상해가 있겠소. 어저께 말씀에 매선 부인을 아는 분이 있다고 하던데 여인입니까? 남자입니까?"

손님이 안절부절못하며 마당을 왔다 갔다 하던 일들은 무엇에 홀린 몰골이었는데 차분한 말씨로 보아 그 점에는 안심이 되었다.

"젊은 남자입지요. 성만이라는 사람인데 매화 부인을 골려주다 돌아가셨다는 정득이가 그의 친구이니 좀 아실 것입니다."

"예? 부인을 골려주다니. 어떤 희롱 거리라도 했다는 말씀입니까?"

"그를 찾아가 보면 아실 것입니다. 이웃 동네에 살고 있으니 쯧쯧…."

말을 하다 말고 뭐가 안됐다는 것처럼 혀를 찼다.

정득이라는 젊은 남자가 부인을 겁탈이라도 하려다 어떤 상해라도 입었을 것이라 생각했다. 할머니는 할아버지의 부름에 건넛집으로 불려 갔다.

비가 개기를 기다렸으므로 성만이를 찾아갔을 때는 한낮이었다. 마침, 밭갈이 준비를 하며 쟁기를 채우고 나가려던 성만이 앞에 다가가 쑵쓸하게 말을 건넸다.

"나는 개성에서 온 전공호라는 사람인데 매선군부인(梅仙君夫人)을 잘 안다고 하여 찾아왔소만…."

그는 쟁기를 내려놓으며 쓴웃음을 지어 보이고는 귀찮은 표정이었다.

"두 달 전에 죽어 나간 정득이라는 친구가 있었는데 그의 말을 듣고자 함이오?"

"그래서 말이오. 그 친구가 매선군부인을 골려주다 급살을 맞았다는데…."

성만이는 화난 투로 말을 이었다.

"군산까지 답사하셨다는 학사님이 아니십니까? 고려인은 그리 할 일이 없어 지금은 남의 여인네까지 간섭합니까?"

그의 말에 찔끔한 그는 난처했다. 사람들 마음은 모두가 순박했는데, 유학을 배우지 못한 섬사람에게 예우를 받고자 기대했던 일들은 처음부터 접은 상태였다. 유학에는 계층만 만들어 위계질서와 예의만을 강조한다고 느껴 보기도 했다. 멋대가리 없이 쏘아붙이는 말에 난처해하자 그도 민망했는지 화를 풀었다.

"정득이 친구는 중국에서 굴러온 여인이 귀신 놀이 같은 꼭두각시 꼴을 못 보겠다며 두 모자가 상봉하는 것을 훼방 놓았지요. 그래서 그는 만취하면 그 연못에 찾아가 돌을 던지는 등 망나니 행세를 한두 번 하였던 것은 사실입니다."

"나도 그녀의 보법을 보았는데 보통의 여인은 아니었소. 그래서 사람들 말대로 급살을 맞았다는 것이 사실이군요."

전공호는 그 과정을 듣고 싶었는데 성만이는 고개를 흔들었다.

"아니요. 그는 어릴 때 조실부모하여 나와 같이 자랐는데 술을 좋아해서 술병이지요."

"사람들은 그 부인에게 혼이 뺏겨 그랬다는데."

"천만에요. 사람들은 '그랬을 것이다'가 '그랬다'라고 무섭게 말하기를 좋아하는가 봅니다. 매화 부인이 실상을 한다면 당장 첫날에 행실작을 냈겠지만, 악한 마음을 갖고 있는 여인은 아닙니다. 이웃 방에 살던 그의 술병은 내가 잘 알지요."

그의 말에 수긍이 가는지 고개를 끄덕였다.

"그럼, 숲속 곶자왈 속으로 들어가는데 어데서 생활하는지 아시겠군요."

"남의 일을 더 알아 무엇하겠소. 그렇게 알고 싶다면 성내(城內)에 살고 있는 거상(巨商) 부해송 선장(夫海松 船長)을 만나보시면 더 잘 알 수 있을 것이오. 아직도 유황 냄새가 풍기는 숲속 곶자왈을 더 좋아하는지도 모르지요."

그는 말을 끝내고 쟁기를 어깨에 둘러메며 올레 밖으로 나가면서 투덜댔다.

"당신은 조랑말을 타고 왔지만, 부해송 어른은 호달마(胡馬)를 타고 와 그 친구가 왜 죽었는지 당신처럼 물었습니다."

다음 날 아침 전공호는 조랑말 위에 몸을 실었다. 육지로 나가는 배를 타려면 조천(朝天) 포구나 산지포(山地浦)에 나가야 한다. 당시는 길이 좁고 험준하여 아침 일찍 달려야 성내(城內) 산지포구(山地浦口)에 도착할 수 있다.

산지객잔(山地客棧).

전공호는 이 객잔에 여장을 풀었다. 하룻밤을 보낸 그는 아침 식사를 하고 부해송 선장 저택을 찾아 사라(沙羅) 동산으로 발길을 옮겼다. 선장님이라 했는데 육지로 나가는 배도 알 수 있을 것이고 그보다 성만이 말처럼 매선군부인에 대하여 알고 싶은 것이 많았다.

거리에는 집마다 큰 담 작을 돌로 올망졸망 울타리가 만들어져 있어 모든 집들이 정겨워 보였다. 방목된 소와 말 들은 사람들과 같이 한가롭게 길가를 걷고 있었다. 사람들은 갈색 마의를 대부분 입었으며 시골과 달리 성내에는 비단옷과 하얀 모시옷을 입은 이들도 지나갔다. 집들은 초가집들이며 듬성듬성 기와집들도 있었는데 거의 바다 쪽으로 방향을 잡아 이들의 안식처임을 입증하고 있었다.

그런데 개성에는 집 입구에 대문이나 솟을문이 있는데 여기는 정낭이라는 긴 통나무 목낭이 정주석에 걸려 있어 대문 역할을 하고 있었다. 이를테면 세 개가 걸려 있으면 집주인이 먼 곳에 있다는 것이고, 두 개면 가까운 곳에, 또 한 개면 이웃에 있으니 금방 돌아올 수 있다는 뜻이다. 이것은 우마 방지용이고 사람이 있고 없는 표시이기도 했다. 그가 알기로는 탐라인은 키가 작고 모두 머리를 깎아 선비족(鮮卑族) 같고 가죽옷을 입으며 소와 돼지를 잘 친다고 했다. 문헌으로 삼국사기보다 앞선 중국의 후한서(後漢書) 등의 기록으로 보아 적어도 2천 년 이상의 역사를 지녔다.

-기록 내용을 옮겨보면-

마한(馬韓)의 남쪽 바닷가에 큰 섬이 있는데, 옷은 가죽옷을 입고 소나 돼지 등을 즐겨 친다. 배를 잘 타고 다니며 중국, 마한, 백제, 신라 등을 왕래하며 장사를 잘한다. 또 중국의 삼국지와 동이전(東夷傳)에 한 기사에서는 원거리 교역을 잘하며 중국을 왕래하였고 발달한 상선을 잘 만든다고 기록되어 있기도 하다.

객잔 주인 말대로 부해송 저택은 사라봉(沙羅峰) 가는 길 중턱에 홍기와 집이었다. 울 안 네 채 모두가 홍기와였다. 전공호가 마당 안으로 들어서자 한 여인이 쪼르르 나왔다.

"손님께선 누굴 찾아오셨습니까?"

중국 말이었는데 객잔 주인도 중원 말을 하더니 외래인 같아 보이면 고려 말이나 중원 말로 인사가 시작되었다. 그녀의 얼굴은 중국인도 아니고 파란 눈과 얼굴형으로 보아 아라인 같아 보였다.

"나는 개성에서 온 사람인데 이 댁 주인을 뵙고자 하오만."

"안채에 계시오니 이쪽으로 올라오십시오."

다소곳이 허리를 굽혀 보이며 아라 여인이 안내한 곳은 대청마루인데, 녹색 의자로 마주 앉은 이가 부해송이었다. 홍의를 걸친 그는 부리부리한 눈매며 대통 상투로 머리를 말아 올린 모양새가 상대를 압도할 만큼 위압적이었다.

"나는 고려 개성에서 온 전공호라고 합니다."

"알고 있소이다. 나는 부해송이라고 합니다."

부해송 선장은 직설적으로 자신을 안다고 하였는데 언뜻 무슨 말을 해야 좋을지 난감했다. 성만이도 사람을 난처하게 하더니 이도 퉁명스럽게 말을 던지는 것이 법도 없는 섬사람이라고 생각이 들었다. 잠시 침묵이 돌았는데 전공호가 입가에 미소를 담았다.

"산남에서 성안까지 오는데 조랑말을 탔어도 하루 반은 족히 걸렸습니다. 길이 꾸불꾸불하고 험준해서 말입니다."

"그럴 것이오. 길을 곧게 만들려면 농토 위로 뚫어야 하니 말이오."

"그렇군요. 그래서 길바닥이 모두 바위와 불모지였군요."

"그렇소, 길바닥은 모두 불모지요. 농토가 협소하다 보니 밭으로 길을 내면 모두가 욕하거든요."

전공호는 또 입가에 웃음을 담그며 말을 넘겼다.

"선장님은 대선을 갖고 계시다니 바닷길은 그럴 필요는 없겠습니다. 곧게 나가는 것이 상책이 아니겠습니까?"

그 말씀에 부해송은 잡담으로 넘기며 그를 뚫어지게 바라보았다.

"태학박사께서 개성에서 탐라 섬까지 어인 일이십니까? 탐라십경(耽羅十京)의 하나인 사봉낙조(沙峰落照)를 보시려고 오르시는 것은 아니겠지요?"

그의 말에 전공호는 난처한 표정을 보이다가 맞장구를 놓았다.

"허어…. 길을 잘못 들었나 봅니다. 사봉낙조를 보려면 두어 시각은 있어야 해가 질 텐데 그동안 다른 댁에 가서 시간을 보내야 되겠습니다."

전공호는 자리를 뜨려고 했는데 부 선장 말이 이어졌다.

"고려 목종 임금님과 태학박사께서 한라산 폭발과 군산 운무에 관하여 그리 관심이 많으셨습니까?"

전공호는 자신에 대하여 일거수일투족을 다 알고 있음에 놀랐다.

"관심이 많으니 찾아온 것이 아니요? 이태 전에 이 섬에서 흑운이 밀려와 고려국의 남해 평야까지 태양을 가렸는데 어찌 걱정이 아니 되겠소. 그래서 남해 일대에 흉년이 들어 말이 아니었소."

부해송은 수긍이 가는지 고개를 끄덕였다.

"사실 칠백 년 전에 터진 화산은 섬 전체가 불바다였으나 이태 전에 터진 화산은 산 남쪽만 불바다였지요. 세차게 불어온 하늬바람(서풍) 덕에 북쪽은 피해가 덜했습니다."

전공호는 조용히 왔다가 떠날 참이었는데 매선군부인에 대하여 알고

자 했던 것이 호랑이 굴에 들어온 격이 되어버렸다. '성만이란 놈이 앞질러 와서 고해바쳤을까?' 이렇게 생각하고 있을 때 또 일침을 가해 왔다.

"국왕의 명을 받들고 왔다면 여기도 엄연한 국가인데, 탐라국 호두청에 구두나 서면으로 신고하는 것이 순리가 아니겠습니까?"

탐라청사(耽羅廳舍)는 산지천 서쪽에 축산청, 곡청, 호두청 그리고 성주(星主)가 기거하는 애매헌(愛梅軒) 네 곳이 있었다. 여기는 그 후에 조선시대 들어와서는 목민을 보살핀다는 목적으로 목관아지(牧官衙址)가 들어서면서 오히려 탐라인을 괴롭히게 된다. 할 수 없이 그는 느긋하게 공무적인 태도를 취했다.

"결례가 되었으니 유감입니다. 기착지가 명월 포구다 보니 삼십 리나 떨어져 있어 그리되었습니다. 앞으로는 부 선장님의 말씀을 명심하겠습니다."

두 시녀가 다과와 차를 탁자 위로 올렸다. 태학박사가 앞으로 명심하겠다는 말은 목종 임금님께 상서한다는 말이 되었다. 부해송이 찻잔을 들면서 부드러운 소리가 흘러나왔다.

"태학박사께서 객잔에 계시다니 말이 되겠습니까? 애매헌으로 숙소를 옮기도록 하세요."

거상 부해송 선장은 무공 또한 가늠할 수 없을 정도로 높다고 하더니 몸가짐도 범상치 않았다. 그는 훌쩍 일어서면서 창문을 열고 먼 바다를 바라보았다.

그도 혼자 앉아 있을 수 없어 따라 일어섰는데 창밖은 시원한 바다와 닻에 매여 있는 배들이 한눈에 들어왔다.

"저쪽 포구를 보시오. 줄줄이 세 척의 큰 배가 보이지요?"

지대가 높은지라 개포가 한눈에 들어왔다. 열 척이 넘는 큰 배들이 있었는데 그가 가리키는 세 척의 배를 어렵지 않게 알아볼 수 있었다. 두툼한 부 선장의 턱이 양가로 찢어지며 하얀 이가 드러나게 미소 지었다.

"박사께서는 복이 많은 분이시오."

뜻밖의 질문에 호감이 갔다.

"복이라니요?"

"하하하. 저 세 척의 상선이 얼마 후에 개성으로 방물(方物) 되는 배요. 탐라국에서 드리는 진상품이란 말입니다."

탐라 방물진사(方物進士)에 다음과 같은 내용이 있다. '강인하고 큰 목재들이 많아 배 짓는 기술이 훌륭했다. 부력을 이용하여 중심을 잘 잡고 나무못을 치는 기술과 닻을 세우고 걷는 도르래가 발달하여 여러 형태의 배들을 잘 만든다. 따라서 당나라에 군선 10척을 선물한 바 있고 고려 현종 3년(1012년)에 상선 5척을 선물하였다'라고 되어 있는데, 시대로 보아서 지금 그 배 이야기의 일부이기도 하다.

이번에는 씁쓸한 웃음을 짓더니 냉엄하게 입을 열었다.

"조정에 가시거든 분명히 충언하시오. 당신네 고려국에서 탐라국에 안찰사(按察使)나 안무사(按撫使)를 두어 하나의 현으로 만들려 한다면 탐라의 신들이 용서치 않을 것이라고 말이오."

다분히 협박적인 어투여서 화가 치밀었으나 사신으로서의 직무가 아니라서 사적인 일로 넘기기로 했다. 그보다 앞서 말했듯이 큰 상선 세 척이 진상품이라고 했는데 이것이 정말이라면 흡족한 일이다.

전공호는 그 집을 나오면서 발걸음이 한결 가벼웠다. 부해송 선장이 몸소 문밖까지 전송해 주었고 성주(星主)를 만나면 배에 대한 진상품을 알 수 있기 때문이다. 아무리 높은 산을 등지고 있는 국가라 했지만 하나의 섬에 불과한 나라가 아닌가. 군대도 없는 섬으로 이웃 백제, 신라, 당나라의 제후국에 불과하지도 못했던 이 섬이 지금은 우리 고려국에 진상품을 전하고자 하는 것이다.

그때 호위무사 칠팔 명이 황급히 달려오고 있었다. 뒤로 교자까지 들고 오는 것을 보면 부 선장이 관아에 연통을 넣은 것이라 생각했다. 그들은 전공호 앞에서 헐레벌떡 걸음을 멈추었다.

"고려에서 내려오신 태학박사 전공호 어른이 아니십니까?"
"그러하오만 군사들은?"

맨 앞에 키가 작달막한 군사가 지휘자인 듯 싶었다.

"성주님의 명을 받들어 학사님을 긴급히 모시라는 분부이오니 승교하십시오."

이들의 성의를 봐서라도 빈 교자를 돌려보낼 수 없어 주저하다가 그 위로 몸을 실었다. 그는 거리에 뭇사람들로부터 부러움을 받으며 애매헌까지 당도했다. 애매헌 뒤쪽에 관사 같은 저택이 있었는데 이들은 그 문 앞으로 들어섰다. 육인교가 멈추어 섰을 때 성주는 헤벌어진 웃음으로 그를 맞이했다. 몸은 피둥피둥하게 살쪄있고 옷에는 당나라 유리구슬이 치렁치렁 달린 목걸이를 하고 치장하여 나와 있었다.

"어서 오십시오. 태학박사께서 원로에 고생이 많으셨습니다."

전공호도 간단히 답례를 올렸는데 성주는 고개를 갸우뚱해 보였다.

"그런데 어찌하여 부해송 선장댁으로 가셨습니까?"
"……."
"그 거상이 무어라 핀잔 대는 소리는 안 합디까?"
"별로요. 호두청 이야기하고 배 이야기를 하였소만."

그들은 방으로 안내되면서 성주(星主) 고익(高益)은 호탕하게 웃었다.

"하하하. 대세가 그러하니 어쩔 수 없었겠지요. 우리 탐라국은 예부터 조공(朝貢)을 바치는 일에 진절머리가 나 있어요."

그는 또 정좌하면서 말을 이었다.

"중국, 백제, 신라, 고려, 왜까지 이러하니 우리 장사치들만 어깨가 무겁지 않을 수 없습니다."

"제가 알기로는 고려국에서는 아직 탐라국으로부터 조공을 받은 바는 없는 줄로 압니다마는…."

성주 고익은 고개를 끄덕였다.

"당과 신라 모든 나라가 쇠퇴하여 사라졌는데 고려밖에 더 있겠습니까. 그래서 탐라에서는 2년을 두고 논의한 결과 태조대왕이 삼국을 통일한 고려국을 우국으로 모시고자 하니 영광이 아닙니까."

그 말을 들은 전공호는 두 뺨이 벌어지며 듬성듬성 나 있는 검은 수염이 제자리를 못 찾는 듯 움직였다.

"반가운 말씀입니다. 상경하는 대로 탐라국의 성찰과 성주님의 높으신 뜻을 폐하께 올리겠습니다."

"그래서 말씀인데 부해송 선장은 당이 망하자 송과 우국을 맺고자 하는 사람으로, 학사님이 그 댁에서 욕이 되지 않았나 해서 걱정이 태산 같았지요. 보다시피 송이 건국되었다고 하나 거란인 요(遼)나라 승천태후(承天太后)에 밀리고 있지 않습니까?"

둘은 진수성찬이 가득 차려진 방으로 안내되었다. 산해진미가 모두 갖추어진 것처럼 둘이 먹을 음식인데도 그릇 수가 오십여 개는 되어 보였다. 잘 알아들을 수 없는 탐라 방언을 쓰는 사람과 고려 말이나 중국 말을 쓰는 사람과의 생활차는 있는 것 같았다. 성주는 몸이나 팔이 한번 움직일 때마다 목에서 가슴까지 길게 내려진 유리구슬들은 각양각색의 음식 빛깔을 발산시켜 현란함을 느끼게 했다.

"탐라에 와서 고생한 지가 두어 달은 되는 것 같은데 성 밖이라면 서숙(보리밥)밖에 못 드셨을 테니 마음 놓고 잡수시도록 합시다."

희귀한 술안주를 권하며 두어 순배 술잔을 돌리며 손님 접대에 정성을 다했다.

"귀하신 어른이 이 고도에 와서 잘도 지내셨습니다. 어려운 점은 없으셨습니까?"

전공호도 사교의 달인인지라 솔직담백하게 털어놓았다.

"사실 육지가 그리웠습니다. 끼니마다 괴로운 것은 노란 기장밥이고 밤마다 들려오는 것은 높은 파도 소리뿐인데 어찌 쓸쓸하지 않겠습니까. 더욱이나 외로운 것은 사람들과 소통이 힘들어 하늘 위에서 지저귀는 종달새 소리만큼도 알아듣지 못했습니다."

"하하하. 학사님도 어찌 종달새에 비유하십니까. 육지부에서 넘어오는 유학자들이 그리 말씀하기도 합니다."

"상다리가 부러질 듯한 진수성찬은 몇 년 만에 처음이오. 아마도 폐하의 수라상도…."

성주는 술잔을 권하며 미소를 머금고 대답했다.

"폐하의 수라상은 백성의 쌀이지만 걱정하지 마시오. 백성들한테서 거둬들인 음식은 아니오."

그는 음식에 관한 실례를 했나 싶어 두 눈을 치켜세웠다.

"백성들로부터 거둬들인다니요?"

"우리 섬에는 세폐나 공출 또는 세금은 예부터 없었소. 누구나 자기가 벌어 자신이 사용하는 자급자족 사회지요. 이곳 사람들은 귀족도 모르고 노비도 모르고 삽니다. 그런 계급이 있다면 우스운 이야기지요."

"종이나 노비가 없는데 누가 들판에 있는 곡식을 거둬들이지요?"

"당연히 씨를 뿌린 사람들이 거둬들이고 자급자족하여 살아갑니다."

전공호는 당연한 일들을 오히려 이상하게 생각하며 고개를 갸우뚱했다.

"그러면 앞서 곡창이 있었는데 그것은 어떻게 되는 일입니까?"

"나도 상선 한 척은 있소만 배들이 육지부에서 들어올 때 쌀 등을 스물에 하나는 곡창으로 가져오게 되어 있습니다. 가축이나 노루, 해산물이며 과일들은 풍부하여 귀한 것은 쌀밖에 없습니다."

"그럼 삼무는 무엇을 말함이오?"

"그야 도적 무(盜賊 無), 걸인 무(乞人 無), 대문 무(大門 無)가 된다고 봅니다. 가끔은 육지부에서 행걸자(行乞者)가 들어오기는 합니다만 금세 자신의 부끄러움을 알지요."

"하하하. 그러면 모두가 도덕군자(道德君子)들이군요."

"도덕군자는 아니지만 너무 순진해서 도둑질도 모르니 누가 돌보지 않으면 앉아서 굶어 죽기도 합니다."

그들은 몇 순배의 술잔이 오고 가며 학자들처럼 허심탄회하게 이야기가 이어졌다.

"앞에서 형벌관이 보이던데 무슨 법도에서 누가 관장합니까?"

"탐라에는 율문(律文)에 따른 형벌은 없소. 그 형벌관은 향지에 촌장들이 해결할 수 없을 때 성내에 입성하여 죗값을 논하는 곳인데, 이때 향지의 죄인을 여기로 압송합니다. 고려국에서 말하면 사헌부(司憲府)가 아닙니까? 물론 일꾼들은 마을에 청장년들이 됩니다."

기회에 술을 들다 말고 부해송 선장이 말했던 섭섭한 점에 대해 묻고 싶었다.

"부해송 선장은 고려국에서 여기에 안찰사나 안무사를 두어 하나의 현으로 생각하면 탐라의 신들이 용서치 않을 것이라고 했소. 우리는 이 고도에 조금도 욕심이 없는데 그것이 무슨 뜻인지 모르겠습니다."

털털해 보이던 성주가 눈각을 세우며 부 선장을 나무라듯이 입을 열었다.

"몇 년 전에 부 선장은 인맥을 통하여 몇 사람이 송나라 조정에 갔었소. 전쟁의 와중이라 조정에서는 먼 곳에 있는 섬이라 하여 박접받았다는 말이 있습니다."

이 말은 이웃 나라의 대신으로서 관심이 많았다.

"시기를 잘못 택한 것 같소. 전쟁의 와중에 작은 섬이라면 달갑지 않을 수가 있습니다. 혹시 무슨 사유라도?"

주저하던 성주는 계산이 깔려있는지 생각을 굴리고 나서 입을 열었다.

"세 가지 항목을 열거하며 사신을 거절하였다고 하오. 첫째는 풍속은 야만스럽고 섬은 멀리 떨어져 있으니 어렵다고 했고, 둘째는 유학을 모르니 예법이 없고 염치와 의리가 없다고 했소. 세 번째는 땅은 척박하고 백성은 가난하니 이 또한 어렵다고 했소. 그 이후로 부해송 선장은 여기 애매헌에서 물러나 앉아 버렸으니 이 못난 성주가 이 자리를 지키고 있는 셈이기도 합니다."

차림새로 보아서는 대단한 지위를 유지하며 행락을 즐길 수 있을 것 같은 위인인데 마음을 비워버린 초심의 군주 같았다. 그리고 성주가 상선 한 척을 갖고 있는 장사치라고 했는데 그의 마음을 알고 싶었다.

"성주님은 탐라국의 국왕이신데 애매헌에 있는 병사 십여 명이 전군 속이라고 하면 통치는 누가 합니까?"

"통치라는 말은 거론할 수가 없습니다. 군대라고 하면 각 지역 젊은 농사꾼들이 전역이라 할 수 있어 필요에 따라 외래병이나 해적을 물리칩니다. 이것은 어느 나라 군속들이 아니어서 탓할 일이 아니고 그래서 이웃 나라에 조공을 바치며 우국으로 모시기를 청하는 바가 아닙니까"

"그렇다고 세금 없이 관청이 운영됩니까?"

"그러하니 군속이나 관료들이 없으니 얼마나 좋습니까? 비슷한 일꾼들이 있기는 하지만 모두가 자급자족이지요. 만약 주민에게 쌀 한 톨이라도 세금이라는 명목으로 손을 내민다면 게으름뱅이 상거지가 되겠지요. 다른 제후국들을 보시면 관료들은 본인은 쪽박을 차고 다닐 수 없으니, 국가라는 권력으로 사람이 사람을 부리고 권력자들끼리 상부상조하며 이것이 당연지사로 백성 위에 군림하지요."

전공호는 노자의 학설을 보는 듯하였으며 겉보기에는 변방의 관료쯤으로 생각했었는데 학자다운 통찰력에 동감하면서 그의 마음을 읽어보왔다.

"성주님의 임기는 10년 정도라고 들었는데 기회에 군사를 만들고 군주가 되면 어떻습니까? 군주는 자자손손 이어질 테고 군주 뒤에는 우리 고려국이 있지 않습니까"

그는 빙긋 웃어 보이고 메기 같은 입술이 덜레덜레 움직이며 학사 같은 말이 흘러나왔다.

"고마운 말씀이나 취담으로 듣겠습니다. 높은 산도 먼 데서 바라보면 그 자태를 더 잘 보듯이 중원이나 고려 반도도 먼 탐라도에서 바라보면 잘 알 수 있습니다. 백성들은 열심히 일하며 열심히 바치는 이들이 있는가 하면 세력가들은 열심히 거둬들여 열심히 쓰지요. 국가 권력자의 자손들은 삼사백 년 동안 삼 첩 사 첩을 두며 번성한 공신들의 자손들이며, 또 관료는 관료를 낳으니 이들 후손이 어찌 손발에 흙을 묻히겠습니까? 그래서 놀고먹는 지위를 가진 자가 백만에 이르지 않겠습니까. 반면 가난한 백성들이 수백만일지라도 그 많은 상전 자손을 먹여 살리기가 버거워질 것입니다. 따라서 민심의 동요가 일어나고 반란이 일어나 새로운 국가가 형성되지만, 이 또한 이와 같으니, 중국이나 육지부의 왕조는 삼사백 년을 넘지 못합니다."

살쩌 미련스럽게 보이던 성주의 통찰력 있는 국가관에 고려의 임금님을 보필하는 태학박사로서 시사하는 바가 컸으나 한편으로는 자존심이 상했다. 특히나 고려국이라고 말은 안 했지만 육지부라 하였는데, 그와 같아 내심 화가 치밀었다. 지방 토호들이며 높은 관료들이 수많은 토지를 소유하고 있음에는 그도 불만이 많은 신하였다. 그래서 가난한 백성이 수백만 명이 된다는 의미다.

'흥! 큰 그릇이 못 될 인물이군.'

취중에 왕이 못될 인물이라고 우둔한 성주로 단정을 지음으로써 자존심을 회복했다. 관료로서 자신에게 훈계하는 말과도 같았기 때문이다.

취기가 오르자, 부 선장에게 묻고 싶었던 매선군부인에 관하여 입을 열었다.

"산남에 있을 때 말이오. 자단(紫丹) 마을(지금의 덕수, 사계, 서광) 구녀못에서 매화 부인이라는 부인을 보았소."

그 말에 성주의 얼굴이 냉담해지면서 잠시 침묵이 흘렀다.

"학사님은 대단하시오. 야반래천명거(夜半來天明去)한다는 군부인(君夫人)을 보았다니 말이오. 그 일이라면 부해송 선장이 더 잘 알 텐데 그래서 그 댁을 찾으셨군요."

"옳으신 말씀입니다. 여인의 이야기라 차마 입에 담지 못했습니다. 이름도 각각이어서 사람마다 다르게 부르기도 했으며, 왜 야밤에 옥섬여를 찾아 금을 타는지 그것이 궁금했습니다."

성주는 눈을 굴리다 난처한 듯 입을 열었다.

"매화 부인(梅花婦人)이나 매선 부인(梅仙婦人)은 같은 의미이고, 매선군부인(梅仙君夫人)은 법첩인 것 같소. 근본으로 말하면 중국에 의가장(醫家莊) 장주 인지찰수(忍知刹手) 대협의 진인지부인(秦忍知婦人)이라고 보면 됩니다. 이태 전에 중원 무림인들이 영주산에서 대혈전이 있었지요. 그때 삼신산(三神山)인 한라산이 노하여 대폭발을 일으켰습니다. 산 남쪽 산간은 모두 몰살되어 화산재로 변하며 당했는데 그때 불구덩이 속에서 한 마리 옥섬여가 튕겨져 나왔다고 합니다. 그런데 아마도 그것이 군부인(君夫人)의 아들쯤 되는 모양입니다."

전공호는 두 귀를 쫑긋하고는 흥미 있는 표정으로 물었다.

"그렇다면 그들은 모두가 중국인들이고 옥섬여는 변신탈마(變身脫亇)에서 잘못되어 주화입마(走火入亇)에 빠진 영물(靈物)이란 말씀인가요?"

"나는 주화입마가 무엇인지 모르겠소만 그렇다고 볼 수 있어요. 부해송은 당시로부터 사 년 전이니까 지금으로 치면 육 년 전에 매선녀의 부군인 인지의가장 장주와 절친한 사이였다고 합니다. 진인지 대협도 무림인이었는데 영주산 폭발 당시 온전치 못하여 용와이악(龍臥伊岳) 어느 동굴에서 병고에 시달린다고 들었습니다."

전공호는 녹포를 씹으며 의문시되는 눈초리를 하고는 물었다.

"중원 무림인들이 왜 탐라도에 들어와 혈투를 벌이며 다투었을까요?"

처음에는 호사스럽고 미련스러운 성주로 보였으나 상술로 자라온지라 술에 만취돼도 속마음을 남에게 줄 위인 같지는 않았다.

"그야 그들의 근거지 확보를 위한 지역 쟁탈전이라고 보면 되겠습니다. 탐라도는 누구의 간섭도 받지 않는 만만한 섬이니까요. 삼신산이 지켜주지 않았다면 우리들도 많은 수모를 당했을지도 모릅니다."

그의 말에 전공호는 반 치쯤 자란 콧수염을 손가락으로 비벼 쓸면서 실눈을 떴다.

"불행 중 그 점은 다행이오. 그래서 매선 부인은 남편과 아들을 간호하면서 생활하고 있다는 말씀이군요."

둘은 잠시 침묵이 흐르더니 전공호가 멋쩍게 웃어 보였다.

"제가 여인 하나에 반하여 여쭙는 것이 아니고 궁성에서 이 사실들을 알고 묻는다면 또 물 건너 천 리 길을 걸어오는 처지가 되어서야 하겠습니까? 간단한 사실들이 귀기스럽게 주민들 입에 오르니 말입니다."

고익은 심각한 얼굴을 하며 그를 뚫어지게 바라보았다.

"성주로서 태학박사께 부탁 하나 드려도 되겠습니까?"

"상선 세척을 내어주는 마당에 성주님의 부탁이라면 못 들어줄 일이 있겠습니까."

그는 왼손으로 살진 얼굴을 쓸어가며 염려스럽게 말을 꺼냈다.

"개성에 돌아가면 군부인(君夫人) 이야기는 꺼내지 않는 것이 좋을 듯 싶습니다. 생각해 보시오. 베일에 가려진 중년 여인과 개구리 옥섬여에 관하여 대신들이 관심을 보일 것이고, 그리하다 잡아 올리라는 압송 명령이라도 내리면 큰 문제지요."

 듣고 보니 그도 그러했다.

 "옥섬여 때문인가요? 국가 간 분쟁 때문인가요?"

 국가 간 분쟁에 관한 말이 나오면 서로 간에 감정이 오갈 것이라 간주되어 이는 함구하고 철철 넘치는 술잔을 들고 나서 입을 열었다.

 "어찌 이 작은 섬이 국가라고 하겠습니까. 죄송한 말씀이지만 병졸 백이 들어도 그녀를 당해내지 못할 것입니다. 가령 희생을 치르며 잡아 압송했다고 합시다. 이 소문이 중국에 알려지면 무림인들이며 송나라 황궁에서 가만히 있을 리 없습니다."

 황궁이라는 말에 그는 두 눈을 왕방울같이 뜨면서 살찐 그의 얼굴을 바라보았다. 그의 눈총을 받으며 성주는 아무렇지도 않게 예의 메기 입술이 덜레덜레 움직였다.

 "장주 진인지의 영존(令尊)은 송나라 개국공신으로 칠현추밀 부사(七賢樞密副使)의 한이라고 했습니다."

 고려의 대신으로서 송나라의 추밀 부사의 지위는 알고도 남는다. 정승보다 앞선 황제의 보필 신하이기도 하다.

 "예? 그의 영존이 추밀 부사의 한 사람이라면 존체를 어찌 동굴 속에서…."

 "병이 음지에서 나올 수 없는 형편이니까요. 이무기의 맹독에 다쳤다는데 뱀독은 습한 곳을 벗어나면 살아날 수 없다고 합니다."

 "용이 못된 이무기의 뱀독이라는 말씀인가요?"

 "그렇소. 조만간 그들은 항주로 떠날 것이라고 합니다. 우리도 빨리 그러기를 바라고 있지만."

 그 말을 귀담아듣고는 고개를 끄덕였다.

 "듣고 보니 그런 사실들이 있었군요. 매선 부인이 가련해서도 차마 이 말을 누구에게도 말 못 할 것이오. 조용히 여생을 정리하는 그들에게…."

 성주의 말대로 군부인은 음지 속에서 남편을 간호하다 구름의 기운을 얻어 밖으로 나오는 아들 옥섬여를 만나는 낙으로 살아가고 있었다.
 전공호는 기방(妓房)을 마다하고 배와 바다가 보이는 숙소를 원해 산장 홍화각(弘化閣)으로 안내되었다. 성주는 멀어져 가는 그의 뒷모습을 물끄러미 바라보다가 하늘만이 아는 놀라운 말을 흘렸다.
 "안되지. 무림인들이 그 불로초(不老草) 때문에 혈전이 있었다는 말은 절대 금물이야. 찾지도 못하는 영생불멸(永生不滅)의 신초(神草) 불로초를 찾으려고 몇만의 고려 군사가 이 섬을 들쑤셔 놓을 테니…."
 그는 혈전의 내면을 근거지 확보라 둘러댔고 송나라 황실과 조화경(造化境)에 이른 무림인들을 들먹이며 불로초에 관한 사실들을 가려놓았다.
 불로초(不老草). 정말 존재한단 말인가? 어느 사람에게든 제일 갖고 싶은 것을 묻는다면 불로영생(不老永生)을 원할 것이 십중팔구는 될 것이다. 이 땅에 모든 만물은 태어나면 사그라지고 또 그 자리에 피어나는 것이 시간의 관념 속에서 본다면 그 또한 이와 같다. 모든 생명체가 세월 속에서 피어나 세월 속으로 사라지고 또 그 자리에 새로운 생명이 태어나건만 기존의 생명들은 자연의 이치를 역행하려는 욕망을 갖는다. 그런데 지금 성주의 입에서 불로초라는 말이 흘러나오고 있다.

 홍화각(弘化閣).
 만취했던 전공호는 교자에 실려 바다가 보이는 숙소로 한참 올라왔던 기억을 되새기며 눈을 떴다. 창문을 열고 시원한 들판과 바다를 바라보다가 밖으로 나왔을 때는 해가 중천에 떠 있었다. 홍화각을 이웃하여 명월대(明月臺)가 있는데 이곳은 바다를 감시하는 일과 안개가 자욱한 밤에는 불을 밝혀 등대 역할을 한다.

탐라에는 바다를 굽어보는 파군봉(破軍峰)이 섬 내 곳곳에 있으며 봉화대를 설치했다. 만약 해적선이라도 나타나면 낮에는 연기를, 밤에는 불을 밝혀 각 지역에 알린다. 그러므로 젊은이들은 병기를 들고 갯마을로 집결하여 대처하므로 해적들은 감히 접근을 못 하였다.
 두 시녀가 아침상을 들고 그의 방으로 들어왔는데 얼굴이 발그레하니 젊은 처자들이었다.
 "진지 드시와요."
 처자(處子)들은 아침상이라고 할까 진짓상이라고 말할까 주저하다가 진지라고 말해놓고는 서로 키득키득 웃었다.
 "처자들도 같이 아침을 하시지요."
 "호호호. 아침을 먹은 지가 어느 때인데 지금은 조반상이 아니고 진짓상이 되고 말았어요."
 처자라고 부르는 것이 잘못됐나 싶어 배에서 입도할 때 젊은 취객이 흥청대던 말이 생각났다. '탐라에 가면 육지에 비바리, 바다에 다금바리, 엉장 밑에 북바리, 이삼바리는 천하 으뜸이지요.' 그 생각을 하면서 처자에게 말했다.
 "비바리분들은 나를 기다리지 말고 오늘 일을 보셔도 돼요."
 또 그녀들은 키득대며 웃었다.
 "왜들 웃지요."
 "학사님께서 우리를 비바리라고 불러서 말이에요. 호칭하는 것이 아니고 처녀를 칭하는 말이거든요."
 "그럼, 낭자? 아니면 아가씨?"
 그녀들은 웃음이 잘 나오는 호시절인지라 또 깔깔거렸다. 심 봉사네 뺑덕어멈 뺑 자만 들어도 웃음을 못 참는 시절이 아닌가.
 "그대로 하세요. 처자가 좋으니까요."
 엊저녁 다금바리는 먹어보았고, 오늘은 비바리 둘을 붙여준 것으로 보아 성주의 진상품은 아닐 것이고, 설령 진상품이라고 해도 비바리는 양심의 가책으로 거절했을 것이다. 그렇다면 성주가 기방을 권했을 때 고개를 좌우로 흔든 게 후회스러워진다. 가죽신을 동여매며 일어설 때 한 비바리가 묻는다.

"떠나시게요?"

"그래. 배를 봐두어야 할 테니 누가 묻거든 그리 말하게."

"내려가시려면 한참은 될 텐데 호위병이나 가마를 부를까요?"

"젊은 사람 가마 타는 것 보았는가? 노인네나 아녀자가 타는 것인데."

엊저녁 가마 탔던 일은 잊어버리고 당당히 말했으니, 그녀들은 또 웃음이 나왔다.

"홍! 하나같이 유학을 배우지 못했으니 똑같군."

그의 말에 웃음으로 대하던 처자들은 붉어진 얼굴을 감추며 방 안으로 들어갔다.

"나도 농으로 말했는데 너무했나?"

웃는 얼굴에 인격을 무시해 놓고 농이라고 한 것이 잘못이었다고 느꼈을 때는 이미 집 밖으로 떠난 후였다. 개포까지는 오리쯤 되어 그는 들판과 바다를 바라보면서 성안(城內)으로 발길을 옮겼다. 몇 쌍의 제비가 날렵하게 들판을 가로지르며 기장밭과 콩밭 위를 지나갔다. 그는 걷다가 잠시 소나무 그늘에 앉아 포구 쪽을 바라보면서 성주와 나누었던 이야기를 곰곰이 생각해 보았다.

당나라 때는 탐라 국왕이라 칭했으며 태산천제(泰山天祭)에 같이 참석하며 봉향도 피웠다는데, 지금은 사신까지 거절한 형편이다. 고려에서도 쌀 한 톨 없는 척박한 이 고도(孤島)에 안찰사까지 두면서 거둬들일 것은 미미하다. 성주가 말한 대로 조공이나 바치는 그런 우국(友國)이면 충분하다. 이것도 이번에 큰 횡재가 아닌가. 덜렁이 같던 성주는 보기보다 꽤 학식은 있어 보였다. 몇 마디에는 나는 겨우 하삼도(下三道)를 돌아보았는데 배를 타며 여러 나라를 둘러보았으니 나보다 선견지명이 못지않다는 말뜻이 내포되어 있었다.

투덜 걸음을 하던 전공호는 소나무 그늘 밑에 앉았다. 건너 콩밭에서는 두 모자가 마주 앉아 도란도란 이야기를 나누며 점심을 먹고 있었는데, 부인은 콩밭에 김을 매었던 모양이다. 그는 두 모자를 보며 매선 부인이 떠올렸다. 부인은 옥섬여와 같이 구름이 드리우는 날이면 우물가로 달려와 저렇게 이야기를 나누는 모습이 똑같다는 생각이 들었다. 그때 동자의 어머니가 일어서며 담장 쪽으로 갔다. 그녀는 소피를 볼 양으로 얼른 사방을 두리번거렸다. 전공호는 그녀를 바라보고 있었지만, 여인은 솔잎에 가려진 그를 보지 못했다. 그런데 허리춤을 풀어야 할 텐데 그대로 바짓가랑이를 젖히자 덜렁하니 허연 엉덩이가 드러났다. 부인이 바다 쪽으로 향했으므로 뒷모습을 똑똑히 볼 수 있었다.

"이크! 저, 저, 저런 급하기도…."

정말 얌체 같은 일이라고 생각하면서도 그는 침을 꿀꺽 삼켰다. 거리는 삼십여 장은 되어 보였는데 소피가 아주 마려웠던 모양이었다. 잠시 후 그녀는 일어서면서 슬쩍 엉덩이를 닫아버렸다. 몸은 거무스레 탔으나 둔부는 허옇게 보였다. 중국에도 개당(開襠) 바지로 아이에서 어른까지 입었던 밑이 트인 개구멍바지가 있는데 저처럼 우아스럽지는 못했다.

"거참 신기해."

그가 고개를 갸우뚱하고 신기해하는 것은 허연 둔부보다 불그스름한 갈옷이었다. 감물을 들인 헐렁한 중이 바지 옷인데 가랑이를 옆으로 열었다 닫았다 하는 것이 개당바지와는 다르게 우아하게 보였다.

"나도 저런 옷을 입어보았으면 사타구니에 땀도 덜 배일 것이고 소피 보는데 복잡하게 허리춤을 푸는 일은 없을 테니 말이다."

그렇게 투덜대며 남의 부인 알몸을 보았으니 죄인이 되어 살살 굽어 빠져나가고 있었으니.

"흥! 이게 무슨 꼴이람. 그때 헛기침이라도 할 것을. 어린아이처럼 살살 굽어 도망가니 말이다."

그러면서 한편으로 혹시 그녀가 이 사실을 알고 민망하지 않을까 재차 뒤돌아보았다.

얼마를 내려왔을 때 아까 그 동자가 그의 뒤를 따라 내려오고 있었는데 아이들 걸음이라 빨랐다.

"밭에서 오는 길이냐?"

소년의 출발지를 알면서도 어슴푸레 물어보았다.

"네. 울 엄마 반찬 가져다드리고 같이 밥 먹고 오는 중이에요."

동자의 옷을 살펴보았으나 아이 바지는 옆으로 흠이 나 있지 않았다.

"너 이 옷 누가 만들어줬어?"

"울 엄마. 울 엄마는 남의 옷도 많이 만들어줘요. 옷을 잘 만드나 봐요."

일곱 살도 안 되어 보이는 동자는 똑똑했다.

"그럼, 아버지는 뭐 하는데?"

"……."

"혹시 관가라도 나가니? 아니면 배라도 타나?"

"울 아빠는 삼 년 전에 돌아가셨어요. 그래서 울 엄마하고 나하고 둘만 살아요."

"젊은 나이에 안됐구나. 근데 병이 나서? 아니면 어데서 돌아가셨는데"

"울 아빠는 큰 배를 탔었는데 큰 배도 바다 가운데서는 부서지나 봐요."

그러면서 동자는 빠른 걸음으로 앞서 나갔다. 인가가 가까워지면서 길가 고목에서는 왕매미가 시끄럽게 합창으로 소리를 내기 시작했다.

아마 이 수매미들이 힘차게 울어대어야 힘찬 소리 쪽으로 젊은 짝을 찾아 모여든다고 하였다. 자연의 섭리가 이와 같을진대 나 어찌 임자 잃은 꽃을 보고 매선 부인 같은 콩밭 매는 여인을 뒤로하여 그냥 지나칠 수 있겠는가. 여기 수매미들처럼 고함을 지르듯이 용기를 내자.

전공호 가슴에 흑심이 피어나 길가 잔디 위에 주저앉게 했다. 지나가던 이 마을 중년 부부가 외래인으로 보이는 그를 보며 옷이 아까워 말을 건넸다.

"손님! 길가에 그대로 앉으면 모시옷이 아까워요."

그에게는 그 말이 귀에 들어올 리 만무했다. 조금 전 동자에게 "젊은 나이에 안됐구나." 하는 위로의 말이 위선으로 변하며 자신의 행로를 결정짓지 못하고 있었다.

그러나 어떠하랴. 산 사람들은 즐겁게 살아야 할 권리가 있다. 모 아니면 도지! 특히나 여인은 동년배로 보았으니, 마음이 더 흔들리는지 모른다. 그래서 자신의 행동에 부합하게 정의를 내리면서 뒤돌아 걷고 있기 때문이다. 동자의 어머니가 김매는 콩밭으로 말이다. 매선 부인과 콩밭 여인이 주마등처럼 아른거리며 그 허연 둔부하며 살살 굽어 도망치던 자기 행동까지 말이다. 꿩 대신 닭이라고 했나. 닭 대신 꿩이라고 했나. 이러다 망신만 당하면……. 무슨 수작을 하는 거예요! 정신 나간 양반 다 보겠네. 이렇게 핀잔을 준다면 물러서? 말아? 이와 같이 망신을 당하느냐 아니면 그 바지 속으로 손을 넣을 수 있느냐. 둘 중 하나였다. 그러는 사이 그는 콩밭까지 당도했다.

여인은 담장 가로 다가서는 하얀 모시옷을 입은 남정네를 보고 의아해했다. 아낙은 햇볕에 탄 발그레한 얼굴에 미모는 어느 여염집 아낙보다 떨어지지 않았다. 여인은 밀짚모자를 벗고는 모자를 부채처럼 흔들며 가슴과 얼굴을 식혔다. 일하던 여인이라 치장하거나 화장은 없었지만, 향취는 원초적이며 귀밑머리 흩날리는 것은 매선 부인이 스쳐 지나가던 모습과 흡사했다.

"무슨 용무이온지…. 혹시 길을 찾으려 하십니까?"

전공호는 차마 고개를 들지 못하고 눈길을 땅으로 내리며 목구멍으로 들어가는 소리가 나왔다. 길가 고목에서 힘찬 왕매미 소리에 용기를 얻었지만, 행동은 그렇지 못했다.

"조금 전 부인께서 시. 실례하는 것을 보고 알고 싶은 것이 있어 도로 왔소이다."

"실례를 보다니요? 무슨 말씀인지?"

"시. 실은 길을 가다가 부인이 소. 소피보는 모습을 본 것이 나의 큰 실례지요."

그의 말에 그녀는 밀짚모자를 눌러쓰면서 한 걸음 물러서고 대뜸 한 마디 쏘아붙였다.

"이 양반 오늘 무얼 잘못 먹었습니까? 별 흉을 다 보게."

그 말에 그는 찔끔 얼굴이 붉어지며 어물거렸다.

"휴. 흉이라니요. 다. 당치도 않습니다. 그 옷이 하도 신기해서 꼭 알아보고 가야 우리 개성 백성들도 그와 같은 옷을 만들어 입을 수 있겠지요."

그제야 이 손님이 앞서 담장 가에서 소피보는 일들을 보았다는 생각이 드니 얼굴이 홍당무가 되었다. 여인은 사방을 두리번거리며 아무도 보는 이 없는 데서 낯모른 남정네로부터 이상한 말을 들으니 가슴이 콩닥거렸다.

"옷이라면 아랫마을 기섭이네 집을 찾으세요. 한 벌 지어 팔아 드리리다."

여인은 입고 있는 고쟁이 중이 바지 옷을 말하고 있는 것으로 짐작되어 자신의 하반신을 이리저리 둘러보았다.

"나는 내일이면 떠날 수도 있는 사람이오. 지금 그 바지 맵시를 보아

두어야 그렇게 만들 수 있지 않겠습니까?"

그는 사리에 맞게 엉큼한 속셈을 웃으로 가려놓으며 접근해 갔으며 여인도 사르르 녹는 가슴을 억제하며 물러서지 않았다. 그리고 부끄러워하는 순진한 동년배로 보였으니 새록새록 호감이 갔다. 전공호는 옷에 관한 재단사라도 되는 것처럼 그녀의 둔부를 어루만졌는데, 젊음이 있는 방방한 엉덩이를 감촉할 수 있었다. 반 시진 전 보았던 둔부라고 생각하니 자신도 모르게 가슴이 울렁거렸다. 듬성듬성 나 있는 뺨의 털하며 반 치 가량의 콧수염의 사내가 처음에는 공포의 대상이었는데 지금은 여인의 까만 눈은 콩깍지가 끼어들어 젊음을 부르는 사랑스러운 눈으로 변해갔다. 사람들은 이럴 때 눈알이 삐었다는 말이 있는데 눈동자가 까매서 그런가? 하늘님도 외동인 사람에게 남자와 여자 두 쪽으로 갈라놓아 지루한 세상살이에 서로 그리워하며 심심치 않게 만나라고 하였는가? 여인은 개성에서 온 사내가 굳이 고쟁이 중이웃을 보겠다는 뜻을 가늠하며 사방을 두리번거리고는 조용히 물었다.

"이 대낮에 밭 가운데서는 볼 수 없지요."

여인은 홍당무가 된 얼굴을 감추며 건너편 솔밭을 돌아보는 얼굴이 마치도 외로움에 시달려온 한 마리 기러기와도 같았다.

"사실 그렇군요. 이 백주에 누가 보면 말입니다. 그러니 저 소나무밭이면 안성맞춤이네요."

기실 조용한 곳이면 보여주겠다는 말이었으니 말이 웃이지 남녀 둘 다 이성 교제가 핵심이라 서로 간에 취하고 싶은 호기심을 잔뜩 품고 있었다.

전공호가 빠른 걸음으로 소나무밭으로 걸어가자 아니나 다를까 여인도 뒤따라 찾아들고 있었다. 뜨거운 태양 빛에 가리어진 소나무밭은 습하지만 선선했으며 바닥은 띠와 잔디이므로 어느 곳도 덜렁 누워 한잠 청하기는 좋은 곳이었다. 사방이 막혀 숲의 향기가 물씬 풍기는 자연이 주는 사랑방이었다. 그런데 어찌 된 일인지 여인이 더 으슥한 곳을 찾고 있었다.

"여기는 우리 동리(同里)예요. 누가 보면 입으로 사람을 잡으니, 소문이 무섭습니다."

여인은 떨리는 손으로 주섬주섬 옷을 만지며 말을 이었다.

"베나 무명으로 밑을 트게 만든 중이 바지인데 밑이 트였다고 하여 고쟁이 중이 바지라고 하고 갈옷으로 일복도 만듭니다."

"혹시 걸을 때 살은 드러나지 않습니까?"

"걸을 때나 평상시에는 살이 보이는 데가 없는데 앞쪽으로 왼쪽 가를 젖히고 뒤쪽 오른쪽 면을 열면은 모두가 열리어 시원할뿐더러 대소변 보기가 수월하거든요."

옷도 그랬지만 그의 흑심은 여인을 접하는 것이 목적이었으므로 아랫도리가 탱탱하게 달아오름을 알 수 있었다.

"그럼 굽었을 때도 열리지는 않습니까?"

여인은 주저하더니 엉거주춤 양손을 땅에 짚더니 굽어 보였다.

"어떻게요? 이렇게요? 허지만 안 열리지요?"

자존심이 강하던 여인이 남자의 말 한마디에 이 무슨 꼴인가, 정말 눈알이 까매서 앞뒤 상황을 보지 못하는 것 같았다. 남자는 해 벌어진 입을 하고 그녀의 뒤쪽으로 다가갔다.

"더 굽어보아야지요. 굽었을 때 살이 드러나면 옷이 될 수 없어요."

전공호는 어느 취객의 말처럼 엉장 밑에 북바리와 전복을 따고 싶었던 것이다. 남정네의 말대로 무릎과 손을 땅에 짚고는 둔부를 삐죽이 내미는 여인의 가슴도 콩닥거렸다.

"잠깐이면 돼요. 치수를 재면서 열어볼 생각이니 가만히 있으면 돼요."

잣대도 없는 양반이 무슨 치수를 잰다고 그의 손은 둔부를 어루만지고 있었다. 여인의 말대로 뒤쪽 오른쪽 면을 열어젖히자 허연 둔부가 적나라하게 나타났다. 아무런 고이도 껴 입지 않았으니 시원스럽게 보였다. 그래도 동리에서 미망인이 되어서도 더욱 참했던 요조숙녀가 이 무슨 망신이란 말인가? 모든 만물이 그렇듯이 남녀 간에 사랑이란 감정이 한없이 헛갈릴 때가 있다. 여인은 부스럭대는 소리에 이 얌체 손님이 무얼 하나 하고 고개를 뒤로 돌렸다.

"어머!"

그녀는 예상은 했지만 깜짝 놀랐는데, 그 손님은 자신의 허리끈을 풀어 내리고 남자의 양물(陽物)을 드러내놓고 있었다. 여인도 비소가 오싹함을 느끼며 다음 순서가 어떻다는 것이 예상되므로 바로 누우려는 참이었다. 남자는 잘 익은 두 개의 박덩이 같은 둔부를 양손으로 부여잡으면서 한입 물었던 침을 꿀꺽 삼켰다.

"부인은 놀랄 게 없어요. 가만히 있어야 치수를 잴 수 있으니까요."

끝까지 옷 치수라고 말하지만, 무슨 치수를 재려는지 능글맞으면서 묘한 솜씨로 여인의 몸을 불덩이로 만들었다.

"어머나. 어머!"

여인은 자신도 모르게 절로 교성이 터지며 모든 것이 사르르 녹아갔다. 둘은 마치도 우물가에 두꺼비가 포접하는 형국이 되어 있었다. 지아비를 잃고 삼 년 동안 삼베옷을 입어 지내면서 밤마다 밀려오는 괴로움은 청상과부가 아니면 이해할 수 없다. 바람은 소나무 사이를 지나 풀잎은 살랑거렸고 조용하던 솔밭은 이들이 흐느적거리는 소리에 한 마리 삐쭉 새가 별꼴인 양 "삐쭉" 하며 날아올랐다. 여인은 주춤하더니 다정한 목소리로 변했다.

"에그! 사람들도 짐승처럼 이리하면 벌 받지 않는감요?"

남자는 득의에 찬 웃음을 흘리며 능청스럽게 대답했다.

"저 들판에 소나 말 아니면 들짐승까지도 이리하는데 벌을 받는다면 그것들부터 먼저 받아야지요."

꿀 같은 이들의 목소리는 정말 우문현답(愚問賢答)이었다.

여인은 더는 못 참겠다고 벌렁 하늘을 향해 드러누우려 했다. 그 바람에 같이 넘어졌던 그도 여인의 마음을 읽고 적나라하게 드러난 젖무덤을 움켜잡으면서 몸을 포개어갔다. 풍성한 젖무덤에 파묻으니 일 년의 여독(旅毒)이 모두 풀렸다.

남들이 하면 말하기 좋다 하여 모두가 간부 음부요 내가 하면 사랑이란 말이 있다. 남의 눈에 안 띄면 이들처럼 숱한 정사 관계들이 세상에 드러나지 않으므로 요조숙녀이며 성인군자이다. 여인은 어제 낮에 푸른 바다에서 잠녀질하던 일들이 떠올랐는데 깊은 바닷속으로 잠수하여 조개를 캘 때였다. 그때 그녀의 앞을 지나가는 큰 문어가 엉장 밑으로 들어가는 것을 잡았다. 깊숙한 바닷속에서 문어와 바둥대고 있어 너무 가슴이 설렜다. 잠녀들은 들어온 곳을 가늠하며 밖으로 올라갈 숨비를 조절하는데 문어와 밀리고 틀어잡으며 전투하다 보니 숨이 막혔다. 드디어 여인은 문어를 끌어안고 물을 차면서 치솟아 가쁜 숨을 시원스레 내뿜었다.

"호휘~!"

"왜 그러지요? 숨이 찬가요?"

전공호의 말에 여인은 정신을 차렸다. 웬걸 문어를 껴안은 것이 아니라 외간 남자를 부둥켜안고 자맥질하고 있지 않은가. 그 남자는 짙은 콧수염을 자신의 코밑으로 밀며 짓궂게 웃어 보였다. 여인도 왠지 그 웃음이 사랑스럽게 보였다.

애매헌(愛梅軒).

성주가 기거하는 애매헌 대청에는 유난히도 붉은 광채가 흐르는 탁자가 놓여 있었는데 그 둘레에 네 사람이 앉아 머리를 맞대고 수군덕거리고 있었다. 얼굴에 검은 털이 듬성듬성 나 있는 젊은 장수가 빈자리

의자를 바라보았다.

"부해송 선장님도 오늘 회합은 알고 있으므로 구태여 사람까지 보내며 모셔 올 수는 없지 않습니까?"

그의 옆에 번쩍이는 장군복을 입은 오십쯤 되어 보이는 각진 얼굴의 거한이 팔을 움직이자 요란스럽게 금속성이 울렸다.

"그는 중국에 있는 당과 송밖에 모릅니다. 고려에 관한 일이라면 못마땅하게 생각하여 더는 기다릴 필요가 없습니다."

말하는 이는 양기호(梁基浩)이며 그의 부친은 신라로부터 탁라장군(乇羅將軍) 칭호를 받아왔고 고려국으로부터 명위장군(明威將軍)을 제수받고자 하는 친고려파였다. 말이 장군이지 병졸 하나 없는 직함뿐이며 병졸 겸 가노 십여 명이 있을 뿐이다. 지금 입고 있는 장군복은 신라로부터 받은 부친의 탁라장군 복장이다. 조공을 바치니 우국으로부터 제수받는 명함에는 이러한 선물과 다소의 권위가 있기 마련이다. 움직일 때마다 구슬 소리가 들리는 성주는 명위장군 복식에 질세라 구슬이 유난히 빛났다. 그는 좌중을 둘러보았다.

"명위장군과 명월대장 말은 이해합니다. 부 선장도 나에게 말했소. 전공호를 조공선에 승선시켜 빨리 내보내도록 의견 일치를 보았습니다. 모두 의견이 합치되는 것으로 사료되어 날짜를 정함이 옳습니다."

그렇게 단정하고는 옆에 있는 제일 나이가 많아 보이는 말총 망건을 쓴 노인을 바라보았다. 노인은 서부지역 천호의 호구를 관장하는 촌장들을 대표하여 대향장(大鄕長)으로 추대를 받은 강만수(姜萬守)이다. 이들의 직함은 어디서 제수받은 것이 아니며 삶이 좋고 학식과 인덕이 있어 주위에서 추대받은 것이다. 권한이나 권력이 없으니 탐을 내서 다툴 가치는 없지만, 이들의 결정은 탐라인들이 모두 잘 따랐다. 향장은 긴 백염을 한번 쓸고는 입술을 움직였다.

"각 선실에 우마 열 필씩 하고 녹피 이백 장이라고 하는데 이것이 예가 되어 앞으로 이들을 요구한다면 우리는 항시 그럴 수 없지요. 예물은 조금씩 빠지는 것은 예의에 어긋나는 일이고, 조금씩 늘어가는 것은 예우를 다하는 것이라고 선배님들이 말했어요. 해서 처음에는 배만 진상하는 것으로 합시다."

장군 복식의 젊은이가 일어섰다. 이는 명월 대장으로 이십오 봉수대와 농민군 삼십팔 연대를 설치하여 관장하겠다고 하지만 미미한 실정이다. 사람도 없지만, 주적이 없고 병장기도 없으니 동요되지 않았다. 해서 있는 대로 삼고을 농민군과 봉수대만 있을 뿐이다.

"저도 동감입니다. 우마는 변을 봐서 배는 더럽혀질 것이고 녹피나 과실은 방물 기록에 올라 다음도 요구될 것이오니 향장님 말씀대로 목재만 싣고 보내는 것이 옳습니다. 특히 희귀한 과일이나 해산물은 한 번 접하고 나면 매년 요구될 것입니다."

명위장군 양기호는 꼬였던 양팔을 풀며 좌중을 둘러보았다.

"나는 배의 부력을 고려하여 천거했던 일이었소. 그렇다면 이번에 출행하는 진사(進士)로서 말씀드리겠습니다. 나무토막으로 부력을 잡고 세 척의 배를 진상하는데 돌아올 때는 쌀을 얼마나 얻고 오는가는 나의 힘이 아니므로 기대치만 줄여주시면 됩니다."

강만수 향장이 명위장군을 향하여 고개를 끄덕였다.

"쌀은 제작진과 목수들 그리고 원목을 제공한 이들에게 품삯으로 제공되면 한다고 원로회에서 의논되었던 바이오. 국가 간에 신의를 맺고자 함이니 양이 적다고 탓하지는 않을 것이요."

이들은 배를 주어 그에 해당하는 쌀을 받아왔기 때문에 우국으로 모시면서 양식을 얻고자 함에 목적도 있었다. 탐라인은 인구가 부족한 탓인지 모르지만, 해적선은 하나도 없었으며 대신 장사하기를 좋아했다고 본다. 명위장군은 성주의 구슬옷 못지않게 금속성이 울리는 팔을 들어 보이며 성주의 준비 상황을 듣고자 했다.

"남풍이 끝날 시기가 도래되어 출항일을 5일로 잡겠습니다."

번들번들한 얼굴에 메기 같은 입술이 자신만만하게 열렸다.

"모든 준비는 마쳤소. 걱정하지 마시오. 고려 태학박사의 말에 의하면 다음 달에 개성 근교 사찰에서 팔관회(八關會)가 있다고 하던데 여기에 목종 임금님이 나오신다고 합니다. 태학박사와 같이 참석하여 고려 임금님을 알현해 보도록 하시오."

"예? 목종 임금님은 언제나 환중에 계시다가도 불공 날이면 건강이 회복된다고 하는데, 정말 그렇군요."

젊은 장수가 대뜸 일어서며 성주를 바라보았다.

"오늘 태학박사에 대하여 들었습니다. 그가 고려 궁정에 상선함에 매선 부인도 기록된다고 합니다. 그 과정에 백접(白蝶)에 관해서는 아무런 질문도 없었습니까?"

그의 말에 모두들 긴장된 눈길로 성주의 입을 뚫어지게 바라보았다.

"백접에 관해서는 이야기가 있을 수 있겠소? 우리가 땅속까지 갖고 갈 극비이요, 잊어버립시다. 그리고 매선녀에 대해서는 관심이 많으셨소만, 송나라 일등 공신 추밀 부사 진찬우 장군과 자부(子婦)지간이라 했소. 함부로 논란이 없을 것이며 그이도 함구하겠다고 말했습니다. 군부인과 그 사연들이 이어지면 백접이 날아다닐 것입니다. 그래서 우리는 조심하는 바가 아닙니까."

기름기가 넘치는 살진 얼굴이 빙긋 웃어 보이며 모든 일이 무난한 듯했다. 말씀으로 보아 불로초(不老草)는 허무하게 날아가 버리는 백접(白蝶)으로 하얀 나비로 표현하여 부르고 있었으며 탐라의 조정이 단출하지만 모든 일이 철두철미했다.

전공호는 애매헌 숙소를 몰래 빠져나와 용하마을로 발걸음을 옮기고 있었다. 그는 지금 사랑에 빠져 헤매고 있었으니, 그의 눈에는 기석이 엄마뿐이다. 그도 그럴 것이 개성 집에서는 부부가 모두 양가의 집안이라 모든 것이 엄숙했다. 잠잘 때는 옷도 바르게 벗어 놓아야 하고 부부지정도 나누려면 향을 피우고 깨끗한 자손을 얻기 위해서는 조상님 앞이라 생각하여 모든 것이 엄숙해야 한다는 것이 부인의 철학이었다. 절대 해괴한 짓은 용납이 안 되었으니 그런가 보다 하고 관청에 드나들며 생활해 왔다. 해괴한 짓은 죄악이라는 것이다. 아무리 엄숙해도 둘 다 엉덩이가 드러나게 마련이며 이것도 해괴한 일이 아닌가. 여행하면서 민초들의 부부지정을 보아왔으며 생활의 맛을 알았으니 그로서는 본성이 나타났다. 어디서 어디까지가 용납이 되는지 지금 생각하면 그것도 모호한 일이다.

'자정에 살짜기 살짜기 옵서예. 올레에 정낭 세 개를 한쪽으로 세워 놓을 테니 그것을 보면 쉽게 찾을 거예요.' 그녀가 말했던 것을 뇌까리며 초가삼간을 찾아 밤길을 더듬었다. 기석이 엄마 병옥은 곁에서 새근거리는 아들을 안고는 건넌방으로 옮겼다. 아이가 옆에 있으면 죄스럽고 부자연스러워서 미리 챙겨 두는 것이었다. 병옥은 벽장 위에 있던 금침을 꺼내며 콧노래를 불렀다.

"살짜기 살짜기 옵서예. 달 밝은 밤에나 어두운 밤에나 살짜기 살짜기 옵서예. 가볍게 가볍게 땅을 밟으며…"

그 손님은 배운 학자여서 약속은 지킬 것이야.

여인은 가슴을 태우며 자정이 오기를 오매불망(寤寐不忘) 기다렸다. 삼십의 여인이 목련에 비하면 동그랗게 만발한 꽃을 어찌 나비가 찾지 않겠는가. 그러고 보니 꽃은 나비를 부르기 위해서 피는 것인가. 밤길을 더듬던 그는 말 그대로 정낭목 세 개가 가지런히 세워져 있는 것을 보고 쉽게 찾을 수 있었다. 초가삼간이 두 채였는데 전형적인 탐라의 초가였다. 개성이라면 대문 앞에 버티어 서서 '이리 오너라' 하고 큰소리치면 누군가가 신발을 끌면서 나올 텐데 큰소리치면 입소문이 무섭다고 '살짜기 옵서예' 당부하던 여인. 여기에 길 잃은 나비 한 마리가 찾아들고 있었다.

　여인의 노예가 되어버린 전공호 양반은 도둑고양이처럼 누가 보지 않을지 뒤돌아보며 살살 더듬어 가고 있었다. 후에 육지에서 내려온 어느 원님이 이빨까지 뽑아주면서 약속하던 배비장이를 찾아가듯이 탐라의 사랑은 꿀 같기만 하였다. 전공호는 살짝이 살짝이 초가집으로 다가가 문을 세 번 두드렸다. "똑 똑 똑."

　방 안에서 가슴을 졸이며 자정을 기다리던 오매불망 기석이 엄마는 문을 살짝 열었다. 그는 여인을 보자 입이 함박꽃같이 벌어지며

　"휴~ 애매헌을 빠져나오느라 혼났소."

　남정네의 목소리가 이웃집에 들릴세라 손가락을 그의 입술에 갖다 댔다.

　"쉿~"

　여인의 지시에 따라 말소리를 내리면서 한마디 했다.

　"이 섬에 들어오면서 속담을 하나 배웠는데, 담 널어진 콩밭에 소가 들어가는 것은 당연지사라고 들었소. 그래서 문 열린 홀어멍집(과부댁)에 들어가는 것은 죄악이 아니고 당연지사라고 합디다."

　이 속담은 성리학에서 보면 부군을 잃은 여인을 위로하지 않고 농거리로 조롱하는 말이라고 할 것이다. 남자들은 삼 첩 사 첩을 하는 것이 당연한데 반해 젊은 과부도 홀로 살 수 없다는 것을 해학적으로 표현하는 것이라고 보겠다.

　여인은 삐죽이 웃어 보였다.

　"누가 뭐라고 합디까? 살짜기 오는 양반이"

　이 말도 새겨들으면 당당하지 못하여 살짝 오는 것이 죄인은 아닌가 싶다. 들판에서 한번 접해본 둘은 벌써 정분이 넘쳐흐르는 말을 하며 지금 할 수 있는 일은 떨리는 손으로 그리운 곳을 찾는 일이었다. 서로 부둥켜안으면서 다섯 입(誤入)을 범하면서 연통해서는 안 될 두 남녀가

세간의 눈을 피해 몰래 정을 통하려 하고 있다. 여인은 섬섬옥수로 그의 옷고름을 풀어갔으며 그도 따라 여인의 치마폭을 풀어 내렸다. 그들은 금침 안으로 들어갈 여유도 없이 가쁜 숨을 몰아쉬며 전공호는 얼마 전에 보았던 뒤웅박 같은 방방한 여인의 둔부를 쓰다듬었다. 정실부인에게 해괴한 짓이라고 감히 접근도 못 해본 그는 탐라의 잠녀에게 물속에 잠기듯 빠져버렸다. 여인도 남자의 가슴을 쓸어가며 풀어진 머리와 눈빛 속에서 무엇을 갈구하는 욕망만이 불길처럼 타올랐다. 설문대 할망이 가르쳐준 여신(女神)의 섬에서 탐라 여인의 정열이었다. 투박해 보이지만 자연적인 젊음을 분출해 내는 탐라의 사랑은 그로서는 원초적이었다. 기석이 엄마는 그의 바지와 윗저고리를 모두 풀어 헤치고 자기 베적삼을 벗어 던졌다. 덜렁한 젖무덤을 그의 가슴에 포개어가며 금침 속으로 무너졌다.

"어둡자 문 닫고 얼마나 기다렸는지 아세요?"

그녀의 말에 전공호 양반도 아이처럼 마음을 털어놨다.

"나도 오늘처럼 길었던 날은 처음이야. 서산까지 기울었던 해가 어찌 느림보인지 어둡기를 학수고대했다우."

둘은 부둥켜안으며 열기 속으로 빠져갔다. 일렁이는 금침 속에서 환희에 찬 열받는 소리는 앞마당을 지나 길가까지 들렸다. 그때 그녀의 방 앞에서 귀를 기울이고 세심히 동작을 주시하는 검은 그림자가 하나 있었으니 오십 초반의 장한이었다. 그는 큰기침을 두어 번 하고는 허무한 표정으로 마당 밖으로 나오고 있었.

"눈독 들이던 참이었는데 금방 떠날 개성 놈하고 언제 붙어먹었는지 아깝군."

그는 이 마을에 첩이 셋씩이나 있는 번한량(磻閑良)인데 동네 과부는 자신의 물건인 양 투덜댔다. 혼돈과 열기에 흐르던 그들의 방도 조용해지더니 예의 남자의 목소리가 흘러나왔다.

"생각해 보니 지금까지 우리는 통성명도 없었소. 나는 태학박사 전공호라고 하는데 부인의 함자는 어찌 되오?"

"내일 떠날 양반이 이름은 알아 무엇하겠소만 병자년에 세상에 나왔다고 하여 병옥이에요. 그런데 내일모레 떠난다면서요?"

"이렇게 정들고 보니 그냥 떠나기가 섭섭해서 어데 홀아비라도 있으면 중신을 서겠는데…."

"맙소사. 여기는 홀아비는 귀해요. 가뜩이나 수가 적은 남자들은 큰 배 작은 배 타면서 풍랑을 만나 바다에서 죽고 집에 앉아 있는 사람은 술독에 빠져 사십 줄도 못 사니 넘치는 것이 여자뿐이거든요."

어찌 된 일인지 제주 어머니들은 계집아이들을 더 많이 출산하므로 아들이 귀한 곳이다. 듣고 보니 어데서 본 듯한 상식이 떠올랐다.

탐라에는 장수하는 사람이 많다(人多壽高), 산에는 사나운 짐승이 없다(山無惡獸), 여자가 많고 남자는 적다(女多男小). 여인들의 활동이 많아서인지 여자가 많은 섬임에는 틀림없었다.

"마당에서 기침 소리가 들리던데 그 사람이 마음에 있는 것이 아니요?"

병옥은 눈을 부릅떴다.

"나는 그러한 오입쟁이는 싫어요. 그렇지 않아도 요사이 나만 보면 축축한 눈길을 던지던데 이 동네 변한량일 것이요."

"나도 그리고 보니 오입쟁이가 아니요?"

"무슨 그런 말씀을 하세요. 여자는 사람 보는 눈이 예감이나 행동을 보면 단번에 알 수 있어요."

"그런가요?"

"그래요. 콩밭에서 당신은 나의 눈을 마주하지 못했으며 땅만 내려다보며 빨간 얼굴에 말까지 더듬거렸는데 순진하기 이를 데 없었어요. 호호호"

남자의 행동거지를 모두 읽고 있어서 여인이 한 수 더 앞에 있다는 생각에 새삼 놀랐다. 골똘한 모습에 처한 그를 보며 여인은 또 말을 이었다.

"하삼도를 누비고 여기까지 들어온 양반이 그리도 순진하셔서 나의 마음까지 사로잡았습니다."

전공호는 묻어두었던 감정이 표출되지 않아 말을 둘러댔다.

"부인의 말씀대로 사람의 터진 입은 막을 수 없고 깨진 그릇은 붙일 수 없다고 했어요."

"학사님의 말뜻이 무슨 의미인지 모르겠습니다."

"그래서 대낮에 우리가 만났는데 이 일은 하늘이 알고 땅이 알아버렸습니다."

하늘은 소나무에 가려있었고 땅은 띠와 잔디로 가려있었다는 촌부(村婦)의 짧은 생각으로는 당황했다.

"지나간 일을 꺼내서 무엇하겠어요. 하늘과 땅이 모두 가려져 있었으니까요."

"어저께부터 줄곧 생각해 왔는데 나하고 개성에 올라가면 어떻겠소?"

기석이 엄마는 돌아누우며 당황한 얼굴이 드러났다.

"기석이가 있어요. 당신은 고래등 같은 집에 안방마님이 있는데 나는 잠녀 일도 하고 추수할 것도 많아서 이것으로 잊어주세요."

전공호는 일어나 윗도리를 입으며 침중하게 말했다.

"탐라에 와서 배운 것이 많아요. 우리 형제는 셋인데 모두가 높은 관료직에 있어요. 여기 와서 보니 관료직은 모두가 거지꼴로 보였습니다."

"관료직이 거지라니요?"

"생각해 보니 우리 삼 형제는 모두가 백성에 의지해 쌀을 타 먹는 신세가 아니겠소? 거지도 한두 사람이면 족한데 세 사람이면 너무 과하지요."

전공호의 이 말은 지금 우리 사회에서도 시사하는 바가 클 것이다. 자식을 낳아 걸음이 시작되면 학교 이외에 과외를 시켜가며 시험지옥으로 몰아넣어 동심을 잃어버린 가여운 아동으로 키운다. 자녀를 학대해 가며 경쟁하는 공부는 관료와 지도 계층과 자격증을 얻기 위한 방편으로 이웃 친구들을 노동 계층으로 밀어내는 공부일 것이며 이기적인 것으로 생각하지 않을 수 없다. 결과적으로 본다면 이 역시 백성에 의지해 편안하게 살아가겠다는 것으로 보인다. 노동과 전문 기술을 천시하면 일류 국가가 될 수 없다.

너무 많이 시험공부를 시켜 노동을 천시하므로 지난 70여 년을 바라보면 불법 사기 천국 국가 순위로 상위권에 있었다는 것이다. 대한민국 사람으로 사기당해 본 적 없는 사람 없고, 사기 때문에 사업 망친 사람 태반이라 서로 못 믿는데 무슨 건전한 국가가 되겠는가. 2015년 여름, 이웃 나라와 정치적으로 그랬지만 노골적으로 우리 사회에 대서특필했었다. 한국은 사기와 거짓말이 만연한 나라. 거짓말을 하고도 책임질 줄 모르는 국민이라고 빈정댔다. 보수적인 그들의 말에 울화가 치밀었으나, 피해자들과 사회상을 살펴볼 필요가 있다. 21세기에 들어서서 어떤 면에서는 이웃 나라보다 앞서 나가니 다행이라고 본다. 서로 믿을 수 있는 사회를 만들려면 사기범은 강력히 정해놓아야 할 것이다. 사기죄는 검사와 변호사를 앞세워 몇 번 법원에 들락이면 그만이라는 것이다. 이러한 범법자들은 법조계와 공생하고 있다. 이상 유치한 말 같지만, 신뢰와 믿음이 없는 나라이면 그 사회는 더 나가기 힘들 것이다.

생각에 잠겨있는 여인의 얼굴을 바라보던 그는 조용히 말을 이었다.

"나는 개성 근교 바닷가에 밭과 논마지기가 있소. 기석이하고 상경하여 농사를 지을 생각이오."

"그럼, 부인은 어떡하고요?"

"물론 애들 둘하고 가정은 있소만 집사람은 대갓집 여인으로 흙 한 줌 손에 묻혀본 일이 없으니, 당신하고 농사짓는 것은 이해할 것이오."

생각에 잠겼던 병옥은 베적삼을 꺼입으며 얼굴이 밝아졌다.

"정말이세요? 당신이 있고 넓은 바다가 있으면 나는 외롭지 않아요. 바다는 흉, 풍년이 없고, 육지에 흉년이 들어도 소첩이 바다에 들면 먹을거리가 무한정 있어요. 걱정 마세요."

좋아하는 여인을 보며 피식 웃어 보였다. 탐라 해녀라 벌써 남편과 우리 식구는 굶겨 살리지는 않겠다는 의지가 엿보였으니까. 여자의 활동이 강해지면 남편의 존재는 잠겨지는 법이어서 없는 숫자에 남자들은 표출되지 않았다.

"앞으로 부인 덕에 살아갈 늘어진 팔자가 되겠군요."

"그런가요? 우리는 집 안에 있으면 뼈가 저려 못 사니까요. 호호호."

"산남에서 매선 부인을 보았는데 당신 이름을 바꾸어 부르고 싶은데…."

"예? 귀연(鬼淵)에서 매화 부인을 만났다고요?"

"그래서 말인데 당신 이름을 매화녀라고 하면 어떻소? 변 씨라 했으니까 변매화가 되겠군요."

그는 탐라도에서 그의 머리를 황홀하게 했던 매화 부인을 얻고 노자의 학설을 닦아 양민을 위하고 호족(豪族)들을 깨우쳐 나갈 학자가 되고 싶었다.

"소첩이 감히 군부인(君夫人) 이름을 따는 것은 지나쳐 보여요."

"아무렴 어떻소."

"군부인은 법첩(法牒)이온데 나는 불전에 다니기는 합니다마는 법첩까지 받을 불자는 못 됩니다."

"그러니까 매화녀 아니오."

"그렇게 말하니 그렇군요. 당신 행동이 고관집 학자다웠는데 어떤 때

전공호(田拱呼) 57

는 하는 짓이 한량 같기도 해요."

전공호는 얼굴에 웃음보를 띄우며 얼굴을 쓸어내렸다.

"하는 짓이 뭡니까? 원래는 꽁생원이었는데 경상도, 전라도, 탐라도까지 이 년에 걸쳐 돌아다니며 배운 짓이지요. 하하하."

둘은 좋다고 해놓고 지금은 짓거리라고 말하며 웃음바다가 됐다.

산지포구(山地浦口)는 대천(大川)의 하구로 천혜의 항구다. 길가에는 밤고기를 잡았던 어부들이 고깃값을 부르며 시끌벅적했다. 지금에도 산지천 항구에는 몇만 톤의 화물선이며 연락선이 정박해 있고 항내로 들어서면 원양어선에서 통통 어선들이 즐비하다. 연락선으로 제주에 내리면 첫 번째로 산지천 물가를 걷게 된다.

전공호가 다녀갔던 천 년 전에도 비릿한 갯내와 시끌벅적거리는 사람들의 말소리는 여전했다. 틀린 점을 말한다면 삼베옷을 입은 복식에 짚신을 신은 사람들이 모여들었고 물 가로는 새끼줄로 꽁꽁 얽어놓은 초가집들인 것이다. 누가 여기에 몇만 톤의 배들이며 암벽을 세워 창을 만들어 놓은 듯한 빌딩과 거리에는 쏟아지는 연기통 차와 번쩍거리는 의상을 입은 사람들이 살 것이라고 짐작했겠는가. 동북아에서 청정지역이라는 이 섬이 천년 후에는 어떻게 변할 것인지 모른다. 그때의 사람들은 지금 우리의 사진첩을 보며 원숭이와 같이 살았다고 하지 않을까? 오십 년 전 사진첩도 우스워 보이는데 말이다.

한라산 자락에 침묵의 들판은 말없이 세월을 셈하고 있을 뿐이다. 부해송 선장은 태학박사 전공호와 같이 느긋하게 걸으면서 환담을 나누고 있었다. 개맛디(갯포구)를 지나고 바다 쪽으로 발걸음하자 배 짓는 소리가 요란했다. 길가에 놓인 나무통에는 여러 젊은이가 톱질을 하는가 하면 반쯤 지어진 배 위에서는 망치 소리가 귀청을 두드린다. 바다 내음을 맡으며 걷던 전공호가 말했다.

"저 배는 언제쯤 진수(進水)가 됩니까?"
"저 정도이면 석 달에 배 한 척은 나오지요. 성안(城內)을 벗어난 갯가 어부들은 태우(통나무배)를 타므로 태반은 다른 지역으로 팔려나가 쌀과 생활용품으로 바꾸어 들여오기도 합니다."
전공호는 날씨가 더운지라 흑갓을 벗으니 말총 망건이 나왔다.
"나는 탐라국에 와서는 양반 신세 다 구겼수다."
부 선장은 무슨 의미인지 알고 웃음을 머금었다.
"담 널어진 콩밭에 응당 소가 들어가게 마련인데 누굴 탓하겠소."
콩밭이라는 말에 깜짝 놀라며 자신이 뱉은 말인데도 능청을 떨었다.
"그게 무슨 소리요?"
"누가 그렇습디다. 사랑도 모르는 양반이 홀어멍 집에 기어들어가 추태를 부린다고 말이오."
전공호는 붉어진 얼굴을 흑갓으로 가리며 고개를 끄덕였다.
"맞소. 망건 쓴 양반이 백주에 짐승처럼 기어다니질 않나, 또 자정에 담벼락에 붙어서 살살 굽어 다녔으니 그럴 만도 하겠습니다. 하하하"
부 선장도 웃음이 절로 나왔다.
"번한량이 본인이 못하니 추태라고 말하며 제 버릇 남 못 주고 남의 흉을 보면서 담벼락 살살 기는 도둑개를 빨리 쫓아 달라고요."
둘은 대소를 터트리다가 전공호가 입을 열었다.
"그래서 매선 부인 같은 여인과 옥섬여 같은 아들 기석이하고 개성으로 떠날 준비를 하고 있습니다. 많이 도와주시오."
생각을 굴리던 부해송은 만면에 미소를 머금고 그를 돌아보았다.
"축하합니다. 매선군부인 같다고 하였는데 옷 한 벌 혼수품으로 생각하여 올려드리지요. 그 대신 산남에 있는 구녀못에 매화 부인으로 소문이 났으면 해요."
"영광입니다. 그렇지 않아도 병옥이라는 여인에게 변매화라고 작명까지 하여 부르기로 하였소. 이렇게도 의견 일치가 됩니다."

부해송으로서는 신비에 가려진 매화 부인 소문이 산북까지 사람들 입에 오르내리고 있어 육지로 떠났다고 하여 여러 풍문이 잠잠해지기를 바랐다. 반면 전공호도 방긋 웃어 보였던 그녀를 못 잊어 했었는데, 병옥이라는 매화부인을 얻었으니 이왕이면 다홍치마로 동일한 생각이다. 둘은 내일 떠날 조공선 쪽으로 발길을 옮기는데 전공호가 감탄하였다.

"탐라인들은 해상왕국이라고 하는데 사실이군요."

"해상 중심지지요. 옛적 가야국 김수로왕과 국제결혼 한 천축(天竺)의 아유타국에 허황옥 왕비가 타고 온 배가 돌아갈 때 이 산지 포구에서 일 년을 보내었소. 그때 그 배의 모양을 보고 지었던 기술이 전해졌다고 합니다."

동북아의 교역에 보면 인도에 허황옥 왕비가 가야국까지 타고 왔던 배가 일을 마치고 떠날 때였다고 한다. 뱃사공 15명에게 각각 쌀 10섬과 베 30필을 실었는데 탐라 항로에서 거센 물살을 만나 더 나아갈 수 없어 할 수 없이 탐라도에 정박했다. 그 후 그 배는 일 년 동안 계절풍과 조류를 찾고 떠났다. 이 뱃길은 백제가 구축하고 있었으며 통일신라시대는 장보고가 청해진을 설치하고 탐라 당포(唐浦)에 전진기지를 두었으며 탐라인들의 배 짓는 법이나 뱃길은 가히 따를 자가 없었다.

다음날 사람들이 들끓는 산지가(山池街)는 소란스럽기 짝이 없었다. 진상되는 세 척의 배가 나란히 있었는데 왼쪽 배의 선상에는 전공호와 소복 차림의 여인이 뭍을 내려다보고 있었다. 사람들은 선상의 여인을 보며 중얼거렸다.

"매화 부인이 개성 사신과 짝이 되어 떠난다니 잘 되었지 뭐야."

"그러기에 말이야. 여기는 젊은 홀아비가 없으니 짝짜꿍이지."

옆에 있던 중년인이 부인들의 말을 듣다가 투덜댔다.

"흥! 삼 년을 공들여 만든 배는 보지 않고 매화녀만 관심거리여서 저 배는 아깝지 않은감?"

여인들과 중년인을 바라보던 엷은 비단옷의 부해송은 떠드는 사람들 틈에서 나오며 미소 지었다. 매화녀 병옥은 부 선장을 발견하고는 두 손을 흔들었다. 그도 환한 웃음을 머금고 손을 흔들자, 여인의 곁에 섰던 전공호도 같이 손을 흔들어 주었다.

"엄숙해 보이던 고려 태학박사도 여인의 치마폭에 싸이더니 순진해지는군."

혼자 중얼거리며 짐을 싣고 나르는 젊은이들을 아쉬운 듯이 바라보았다. 뱃머리에는 금계(金鷄)가 조각되어 화려한 색칠을 하였고, 가운데 돛대에는 바람 방향을 알리는 상풍오(相風烏)라는 까마귀를 만들어 달아놓으니 살랑이는 소리를 내며 바람 방향을 가리키고 있었다.

금계 뒤로 세워진 청색 비단으로 된 종장대기에는 탐라제군사령(耽羅諸軍司令) 명위장군(明威將軍)이라고 쓰여있는 깃발이 펄럭였다. 맨 선두에 뱃머리에는 붉은 깃발의 횡장대기에 탐라국진사 박물선(耽羅國進士方物船)이라는 굵직한 글씨의 깃발이 펄럭였다. 부해송은 손을 흔들어 그들에게 마지막 답례를 하고 마상에 오르려다 뒤에서 부르는 소리에 돌아섰다.

"부 선장님도 선원 다섯 명씩이나 내주어 고맙소. 덕택으로 이십 명은 넘어 이번 항로도 무난할 듯합니다."

치장을 한 성주가 가솔들과 같이 싱글벙글 웃으면서 걸어오고 있었다.

"성주님도 노고가 많습니다. 명위장군에게 태학박사와 변매화를 부탁하고 오는 중이오. 저 선상에 두 남녀가 부럽소."

"하하하. 나도 들어 알고 있어요. 부 선장님 수완이 보통이 아닙니다. 그들이 부럽다면 동행하시구려."

성주 일행의 뒤로는 덜그럭거리는 소달구지들이 들어서고 있었는데, 이것들은 행로에 무사 무탈을 기원하는 용신과 해신에게 받칠 제물들이다. 어부에게는 영등 할망제를 지내며 바다의 풍년과 무사 안녕을 빌며 나가지만, 큰 상선들은 용신과 해신에게 제를 지내고 출항한다. 앞으로 한두 수레 더 와야 오늘 인파에 떡과 고기, 술을 나누어 줄 수 있다.

"철편자의 말을 보니 오늘 행제(行祭)는 보지 않고 한라산에 오를 참이오?"

"그렇습니다. 장주의 병문안도 두 달은 넘고 있어 이참에 둘러보아야 하겠습니다."

"아무리 그렇지만 부 선장님이 이번 행제에 불참하면 왠지 섭섭해서 하는 말입니다."

부해송은 모여드는 사람들을 둘러보며 웃어 보였다.

"사람들이 많이 모여서 되었지 않습니까. 성주님도 아시다시피 나는 중국에는 관심이 많고 고려에는 관심이 없다고들 하는데…"

성주 고익은 그의 눈치를 보아가며 같이 참석하여 주기를 바라고 있었다.

"그래서 하는 말이 아닙니까. 그럴수록 주위를 더 둘러보아야지요."

"체면치레는 없이 나는 있는 그대로 살아가니 나에게 오해하실 분들은 없을 것입니다."

그러면서 부 선장은 호마 위로 훌쩍 몸을 던졌다.

성주가 군중 속으로 들어서자, 집에서 악기를 들고 온 이들이 악사가 되어 북과 나팔 그리고 대평소를 불어 대기 시작했다.

둥 둥 둥 ~

필 삐리 삐리 삐~

북소리를 뒤로하며 부 선장은 한라산으로 내달렸다. 반나절을 가파른 들판을 달리자, 황솔과 잣 밤나무 숲으로 들어섰다. 숲 지대라면 한라산 정상과 먼바다를 바라볼 수 없으므로 길을 잃기 쉽다. 등고선도 완만하여 방향감각을 잃는 일도 있지만, 그에게는 아무렇지도 않은 것이다. 숲에 들어서기 전에 오름 등성이에 말을 멈추고 먼 바다를 바라보았다. 그가 주시하는 것은 대양이 아니라 성안(城內) 대촌이며 포구 쪽이다. 아직은 대양으로 떠나는 배도 없고 행제가 정오라 했으니 둥둥거리던 포구도 조용한 느낌이다.

부 선장도 10년 전 주위의 권유에 애매헌의 주인이 되어 2년 동안 성주 자리에 있어도 보았다. 젊은 시절이라 허구한 날 방직이 하며 여러 가지 공사에 걱정이 되는 것이 따분하여 몸소 그 자리를 빠져나왔다. 공인(公認)으로서 따분한 일과보다 자유분방하게 대양을 누비는 선장이 그리웠다.

한동안은 시원한 그늘 속을 달릴 수 있었는데 지금은 유황 냄새가 흘러나오는 화산 지대가 나타났다. 산남 쪽에는 돌 부스러기가 널려 있는 곳이 많았는데, 그러한 곳에는 용암 덩이들이 남아있어 그 대지를 밟고 빨리 뛰지 않으면 말발굽이 붙어나지 않는다. 그래서 그의 준마는 철 편자를 박고 등정하였다. 그는 능선 쪽으로 사방이 트인 서악(西岳) 오름에 올라서서 사방을 둘러보았다. 예로부터 한라산을 삼신산(三神山)의 하나인 영주산(瀛洲山)이라 하며 장엄한 산이다.

녹음이 짙은 봄에도 산봉우리는 백건을 쓴 모습으로 설지(雪地)를 연상케 한다. 여름에는 산 등허리에서 각종 동식물이 활기를 띠며 산 정상은 하늘인지 산봉우리인지 가늠키 어려운 쪽빛을 띤다. 가을에 들어서면서는 홍의를 입은 듯 온 산을 붉게 만들어 저녁노을과 함께 황홀함을 자아낸다. 겨울이 되면 모든 옷을 벗어버린 한라산은 나신이 되어 추운 하늬바람을 맞는다. 그러고는 새로 만든 하얀 옷으로 나무마다 빙설로 백의를 껴입으니 온 산이 모두 눈꽃 세상이다.

부 선장은 병악을 지나 용와리악(龍臥伊岳), 지방 말로 한다면 영아리

(靈阿伊) 오름을 보고 방향을 잡았다. 이태 전에 용암이 분출되어 흘렀던 곳인데 지금은 열기 나는 석회암 지대로 암석 위를 달렸다. 뜨거운 햇살로 괴로웠지만, 그의 준마는 한숨에 달려 시원한 대지 위에 들어섰다. 그가 다다른 곳은 시커먼 입구가 드러나 보이는 동굴 입구였는데, 여기가 그의 목적지였는지 말에서 훌쩍 뛰어내렸다. 마치 누워있는 와룡이 하품하듯이 큰 입을 벌린 듯한 어두침침한 동굴 속을 바라보며 발을 옮겼다. 융기된 돌기둥들이 천장에서 떨어지는 물을 머금으며 그를 노려보는 것 같았다.

신법을 써서 가볍게 몸을 몇 장 날렸을 때 까만 동굴 속에서 소복(素服)의 여인이 유난히도 하얗게 나타났다. 절색 소부는 유유히 움직이며 부해송 앞으로 다가섰다. 항주의 서시(西施)를 방불케 하던 미모는 음지에서 생활했던지라 더욱 희게 만들어 초췌하게 보였다. 그녀는 초췌한 웃음을 머금으며 입을 열었다.

"바쁘실 텐데 오늘도 부대협 선장님이 찾아주십니다."

절색 소부는 부 선장을 대협으로 칭하여 부르며 사연이 깊은 말을 하더니 난감한 표정을 지었다. 부해송은 "쾌차하십니까."라고 말을 하려다 장주의 병세를 알고 있어서 무슨 말이 선뜻 나오지 않았다.

"장주님의 병세는 광명의 차도가 어떻습니까?"

그의 말에 부인은 말 대신 고개만 숙였을 뿐이었다.

"지난달에 약탕과 오곡을 보내주신 덕분에 생활은 무난합니다. 그런데 그이는 미음도 곡기도 끊은 지 오 일째가 되고 있어요."

그 말을 듣던 부 선장은 황급히 어둠 속으로 들어갔다. 얼마 안 가 팔뚝만 한 몇 개의 촛불이 보이더니 한쪽 벽면에 꾸며진 방으로 들어섰다. 거기에는 돌 침상이 있었는데 하얀 천을 덮고 누워있는 의가장(醫家蔣) 장주 진인지(秦忍知)가 있었다. 벽면에서는 물방울 소리가 들리며 방은 습했으나 그의 침상은 건(乾)하고 깨끗했다.

부해송은 그의 팔을 살짝 걷어 올려 잡아보았는데 조금의 온기만이 감돌 뿐이었다. 머리를 숙여 환자의 입가에 귀를 가져갔다. 겨우 들을 수 있을 정도의 가느다란 숨소리만 들렸고 꺼져가는 기력은 임종을 알리고 있었다.

"진대협! 나요. 탐라의 부해송 선장이요. 들었다면 입을 움직여 무어라 말씀을 해봐요."

"……"

둘은 장주의 입술을 주시했으나 그의 말이 안 들렸는지 아니면 말할 기력도 꺼져버린 듯 입술은 고사하고 얼굴에 난 검은 수염 어느 것 하나 움직이지 않았다. 매선 부인은 부해송의 등 뒤에서 부군을 내려다보다가 조용히 말했다.

"임종이 며칠 남지 않았어요."

부 선장은 잡았던 손을 살짝 놓아드리며 이마를 한번 짚어보는 일 이외는 할 수 있는 일이 없었다. 혈맥을 찾아 기를 불어넣는 일도 시도해 보았는데 상대가 받아주지 못해서 효과가 없었다. 지금 감행을 한다 해도 일 년 동안 가물거리는 생명에는 가느다란 촛불과 같아 조금의 바람만 불어도 꺼져버리게 마련이다. 두 눈에서 눈물을 글썽이는 부인의 서글픔에 부해송은 손을 잡아주며 위로했다.

"용기를 가지셔야지요. 아드님을 전당강(錢塘江)에 모셔드리려면 힘을 내셔야 합니다."

침침한 어둠 속에서 남의 부인 손을 잡다니! 누가 본다면 이 또한 음흉한 행위로 손가락질할 것이나 이 둘은 누구 하나 여기에 개의치 않았다. 위로함과 위로받는 마음으로 둘은 다정했을 뿐이다.

전공호는 신비에 싸인 그녀의 발걸음을 보아 하늘거리는 허리는 세류요요 부드러운 몸매는 주민들로부터 이목을 받을만하였다고 기록하였으나, 절색 소부 매화 부인이라는 매선녀(梅仙女)와 부해송은 이성결맹

전공호(田拱呼) 65

(異性結盟)이라도 맺은 듯 붕우(朋友)지간이었다. 부 선장은 어떻게 하면 가련한 그녀를 위로해 주고 여생을 잘 보낼 수 있게 용기를 불어넣을 수 있을까에 몰두했다.

이를테면 인과관계(因果關係)는 어떻게 얽혀 있는가에 보는 관점이 다르게 바라볼 수 있다. 허물이 없는 애정도 아름답지만, 이성 간의 우정도 영혼의 결합이고 마음의 결혼이며 덕성의 계약이라고 명언에 있기도 하다. 둘은 밖으로 나오며 다정히 잡았던 손을 놓으며 부 선장이 말했다.

"인재로 인한 화가 초래되지 않을까 심려되어 오늘 한 가지 일을 끝내고 오는 중이오."

매선 부인은 동그란 눈을 하고 그를 돌아보았다.

"소부로 인하여 심려가 되는 일들이?"

"부인께서는 위명이 자자하여 오늘 고려 태학박사에게 매화 부인을 친영 보내었지요. 꿈같은 신혼여행이 될 것입니다."

밑도 끝도 없는 말에 부인은 의구심 서린 소리가 나왔다.

"부 대협은 무슨 농을 하시려고 나를 놀리고 그러세요?"

"허허. 농이 아닙니다. 전공호 태학박사께서는 부인을 보고는 상중(喪中)이신 것을 모르고 대단히 사모했던 것 같았소. 그를 나무라지 마시오."

둘은 가볍게 발걸음하여 동굴 밖으로 나왔다. 빗다가 다 못 빗어 흘러내린 귀밑머리는 가녀린 바람에 흔들렸고 초췌한 모습에서 그녀의 얼굴은 수줍은 듯 잠시 붉어졌다.

"한번 뵈었소만 학자다운 분이시더군요."

"그래서 말이오. 그는 매화 부인 같은 여인을 만나 하마터면 간부 음부가 될 뻔했소. 다행히도 부부지연을 맺는다고 했으니 그리될 것이오."

"무슨 일을 하는 여인인데요?"

"해녀인데 바다에 나가 자맥질도 잘하고 농사도 잘 짓는 과과숙한 여인인가 봐요."

그의 말에 멈칫했던 것은 하마터면 과부라는 홀어멍을 만났다고 실수의 말을 할 뻔했다. 과부라고 한다면 지금 진부인(秦婦人), 다시 말하면 매선군부인(梅仙君夫人)이 직면한 상태여서 더욱 슬프게 만들 일이었다.

"잘 되었네요."

그녀는 아무 표정 없이 같은 말을 되풀이하며 처량한 얼굴로 하늘을 우러러보며 긴 한숨을 내쉬었다. 한라산 정상을 바라보던 그녀는 치마를 살짝 올리더니 가벼운 신법으로 산을 향해 걸음을 옮겨가며 말을 건넸다. 부인은 동굴 입구 조그만 초옥으로 가지 않고 산 쪽으로 발걸음했다.

"저희가 부탁했던 칠 척 깊이의 물 항아리는 주문되었습니까?"

"물론이오. 칠 척 높이의 물통이면 충분합니까?"

"그 애는 점점 탐라의 와우(蛙友)들과 친분이 두터워지고 정이 들고 있어요. 이러다가는 고향을 잊고 등질 것 같아서 가까이 두려고 해요."

부인은 말하면서 부응낙화신법(浮應落花身法)을 가볍게 밟아 갔으니, 휘날리는 치마폭이며 뒤로 흐르는 머리카락은 산으로 오르는 선녀를 방불케 했다. 부해송도 공이 콩콩 뛰는 듯한 무슨 신법인지 모르지만 가볍게 밟아갔다.

"가까이 모신다면 어느 곳을 말씀하시는지……."

"동혈 밑에 행기소(幸器沼)가 있어요. 아들은 그 물을 먹어보고는 구녀물과 같다고 했으며 이러한 물이면 키 높이의 항아리 속에서 한 달간은 충분히 견딜 수 있다고 합니다."

영아리 오름의 창고천(倉庫川) 상류와 광평천(光平川)이 합류되는 곳에 괸 물이 있는데, 산방산 구녀못과 같았으며 사람들은 행기소라고 했다. 못 밑에서 조금씩 흘러나오는 용천수가 있어서 구녀못과 같이 평선(平

線) 샘물인 셈이다. 그리고 이곳은 옥섬여가 잊지 못했던 곳이기도 하다.

옛날 한 주민이 아침에 물을 뜨러 이 못에 왔을 때 놋그릇(幸器)이 떠 있는 것을 보고 이것을 건지려다 빠진 적이 있어서 행기소라고 불리고 있다. 언제나 파란 물이 흥건히 고여 이곳 주민들이 귀히 여기는 곳이다. 매선 부인은 옥섬여를 이곳으로 옮기고자 하여 우기를 기다리는 중이다. 하늘과 땅이 맞붙을 정도의 장대비가 내리는 날이어야만 바깥 이동이 가능하기 때문이다. 그리고 옥섬여를 중원으로 옮겨가려면 십여 일 동안 뱃길을 타야 하는데 그러기 위해서는 신성시하는 맑고 찬 칠 척 깊이의 물속에서 지내야만 한다. 이들의 말로 보아 장주가 종명이 되면 부인과 옥섬여는 부해송의 배를 빌어 중원 항주로 떠날 계획을 하고 있었다. 둘은 신법 보행을 하였고 그들 앞에 가파른 절벽들과 울퉁불퉁한 경관들이 한눈에 나타났는데, 하늘가에 닿는 영실 기암을 우러러 바라보며 발을 멈추었다. 여기저기에서는 괴석들이 숲 사이로 머리를 불쑥불쑥 내밀고 있었다. 소부는 머리를 뒤로 훔치고 나서 오백나한(五百羅漢)의 장군석(將軍石)을 바라보며 입을 열었다.

"나의 아들 학소(鶴小)가 말했던 천불봉(天佛奉)이 있는 곳이에요. 육 년 전에 탐라도를 탐방한 후 자주 꿈에 몽환(夢幻) 되어 잠을 설치곤 한답니다."

부해송은 시원히 펼쳐진 남쪽 들판과 아스라이 보이는 수평선을 바라보다가 뒤돌아섰다. 그리고는 영실기암(靈室奇巖) 절벽들을 올려다보았는데 이곳에서는 말소리만 울려도 어데서 들어오는지 맑은 날에도 안개가 드리워 오백나한을 가린다.

소부가 바라보는 천불봉 밑으로는 온갖 번뇌를 끊고 공덕을 닦는 수행자들처럼 오백나한의 석상들이 절벽 곳곳 숲속에서 불쑥불쑥 나타나 위용을 자랑하고 있다. 화산재에 묻혔던 숲이지만 일 년이 지나면서 활기를 찾고 있었다.

부해송은 천불봉을 바라보다가 조심스럽게 입을 열었다.

"무엇인가 실 같은 인연이 점지되었나 봅니다. 우리는 옥섬여의 은공을 입어 중원으로부터 사악함을 물리쳤는데 이 은혜를 갚을 길이 없습니다."

"은공이라고까지는 할 수 없어요. 그이는 사악한 욕심으로부터 출발한 일이라 모두가 업보 입지요."

"장주님을 욕하지는 말아요. 한 가지 약초나 영초를 얻으려면 백 가지 초근목피를 맛보며 찾아야 한다고 늘상 말했습니다."

부인은 안개가 드리우는 천불봉을 바라보며 아들이 환생 되어 돌아오는 것이 유일한 희망인데 물거품처럼 사라지는 것 같아 가슴이 멨다. 매선 부인은 오백나한과 천불봉이 있는 영실(靈室)을 향하여 무릎을 꿇고 대례를 올리고 있었다. 부해송은 조용한 눈으로 온갖 번뇌의 마음을 풀면서 오백나한의 수행자들처럼 공덕을 드리는 부인이 처량해 보였다. 여인은 두 손을 모아 합장하며 애틋한 소리가 흘러나왔다.

"오백나한이시여. 천불봉이시여. 인연 지기가 있어 불러주셨으면 끝까지 보살피어 옥섬여를 나의 아들로 돌려주십시오. 이 소부는 간곡히 간청하는 바입니다."

매선 부인은 육 년 전 아들 진학소(秦鶴小)가 영실을 등정하던 일들을 상상하며 뒤돌아보았다. 높이 솟은 군목(君木) 나무에 두 마리의 집까마귀가 내려앉았다.

육 년 전
탐라도

진학소는 영실을 오르고 나서 시로미밭을 헤매고 있었다. 한여름의 땡볕은 이들의 머리 위에도 내리쬐고 있었으나 고산지대의 시원한 한기로 인하여 더위를 느끼지 못했다. 하늘에는 한 점의 바람도 불지 않았고 드문드문 떠 있는 구름 뭉치들은 방향을 잃어 정지 상태였다.

"이야. 시로미다 시로미. 이 까만 열매가 시로미 아냐?"

한라산 등허리에 네 젊은이가 시름시름 걸어 다니다가 죽립의 젊은이가 화들짝 놀라며 떠드는 바람에 모두가 신이 났다.

"우아. 지천으로 깔려있네. 아직 설익었을 것이라는데 양지쪽은 잘 익었구먼."

"사발이 있어야 되겠어요. 그릇 말입니다. 복형!"

복형이라는 젊은이는 이십 후반에 가까운 나이에 이들 중에서 서너 살은 년 배인데 그는 배낭을 풀어 내렸다. 이름은 복진해(卜進海)로 자귀를 잘 쓴다 하여 절자귀(折刺句)로 통하며, 의가장에서 탕사를 거치고 지금은 약사(藥士) 반열에 오른 이였다. 그는 앞에서 굽신거리는 젊은이에게 말했다.

"소아! 시로미를 모두 밟아버리겠어. 서서히 풀밭을 두루 살피며 걷게나."

"그렇구나. 천천히 앉아서 따야겠구나."

말을 하면서 방긋 웃어 보이는 젊은이가 의가장 소장주이기도 한 진학소(秦鶴小)였다. 그가 의학에 전념치 않으니 소장주라고 생각지 않고, 부인들은 소주인으로 소야(小爺)라 부르고, 친구들이며 사숙들은 소아(小兒)라고 불렀다. 학소는 개봉에서 미숙아(未熟兒)로 태어나 요행히도 살아나는 행운아가 되었고, 항주에서 풍운의 뜻을 품은 풍운아였으며 재주가 뛰어난 기린아(麒麟兒)였다.

항시 주종 관계보다 친구가 되기를 원했으며 친근감 있게 소아로 불렀다. 그는 미륵불 같은 얼굴에 이목구비가 뚜렷한 젊은이였다. 눈은 길며 커 보였는데 가느스름하게 뜬 눈이 눈동자가 굵었다. 길고 통통한 얼굴에 귓불이 양쪽 뺨 밑으로 길게 붙여놓은 것이 불전에 앉았던 불상이 성큼 일어서서 놀러 나온 것과도 흡사했다. 헤벌어진 입이 방긋방긋 웃을 때나 도톰한 얼굴에 보조개가 피어나며 하얀 이가 드러나 보는 이로 하여금 근심 걱정을 덜게 하고 시원한 하늘을 연상케 했다.

이들 채약사가 꾸역대는 시로미밭은 한라산 백록담 밑으로 울창한 숲이나 거목들은 찾아볼 수 없었다. 살아 천 년, 죽어 천 년 주목들이 늘어선 고산지대다. 죽어 말라 있는 하얀 주목들은 마치 황제의 묘지기 동상처럼 여러 가지 형태로 군데군데 서있다. 그사이 짙푸른 잎을 드러낸 주목들은 죽어 하얗게 변한 주목들 사이에서 살아있음을 자랑하듯이 푸르름을 뽐내고 있다.

절자귀 복진해는 손에 들었던 자귀를 허리춤에 꽂아놓으며 두 탕사(湯土)에게 중얼거렸다.

"채제! 오제! 뱃속에만 가득 따지 말고 자루와 사발 속에 따게."

이들은 채태구(蔡太九)와 오철나(吳哲那)로 의가장에서 약탕(藥湯)을 데리고 관리 감독하는 탕사(湯土)들이었다. 그들은 벌써 몇 줌을 따먹었는지 입술 주변이 까맣게 변했다.

"하하하. 복사형은 지천으로 깔린 게 시로미인데 우리가 전부 따먹을 수 있을까 봐 그러세요?"

"그릇에 가득 채우고 가서 당포에 있는 시숙님들에게 바쳐야 하지 않겠나? 배 속에만 따두면 시로미가 살아있겠어?"

"물론 그렇습죠. 하지만 지천으로 널려있는데 우리 배부터 채우고 그 일은 그다음이 아닙니까?"

 채태구의 말에 모두가 웃음바다였다. 이 열매는 백두산과 한라산에만 있는, 고산지대에서 자라는 상록 풀초로서 봄에는 잎쪽 겨드랑이에 자주색 꽃을 피운다. 늦은 여름에 잔디밭에 풀 딸기처럼 열려 검은콩 같으며 상큼한 맛을 낸다. 중국의 한의서(漢醫書)에 보면 한라산과 장백산(長白山) 시로미는 장수의 비결이라고 되어 있다. 그들은 자루에 철주근(鐵欄根)과 분단초(分單草)며 몇 가지 약초들과 시로미 열매를 등에 가득 지고 영실 줄기를 내려오기 시작했다. 오백나한의 틈바구니를 헤치며 길을 찾을 때 태양은 가리어졌고 연기 같은 안개가 주위를 덮고 있었다. 오철나 탕사가 겁에 질린 듯이 학소의 신상을 내다보며 말했다.

 "소아! 가만히 서 있지 말고 길을 찾아봐."

 학소는 조금 전부터 오백나한 중 우뚝 선 한 개의 봉우리를 가만히 응시하면서 넋이 나간 사람처럼 서 있었다. 시종일관 조각상처럼 굳게 선 그의 얼굴에서는 어떤 감정의 빛이 스쳤고, 그 표현을 채 알아내기도 전에 사라지면서 그의 동공은 안개가 드리우는 파란 하늘에서 또 그 봉오리로 옮겼다.

 육 년이 흐르고 이곳이 바로 매선 부인이 대례를 올리며 진학소를 환생시켜 달라고 빌었던 천불봉(天佛奉)이었다. 동쪽으로 길을 찾던 복진해가 돌아와 그의 팔을 잡았다.

 "소아! 뭐해? 하산해야지."

 그제야 잠에서 깬 듯이 그의 동공이 동료들에게 돌아왔다.

 "왜 그래?"

 모두 학소의 얼굴에 시선이 집중되었다.

 "이상해. 탐라도에 들어오면서 꿈속에서 보았던 봉우리야. 하나는 산 정상에 있었고, 하나는 바다 위에 있었어."

 "무슨 잠꼬대야? 잊어버리고 가자구!"

복진해는 그의 팔을 끌면서 내려오기 시작했다. 그들은 한결같이 죽립을 썼고 심마니 같은 채약사들이었다. 안개 깔린 영실을 다 내려왔을 때 또 미시(未時)의 태양이 내리쬐었다. 오 탕사가 옷소매로 이마를 훔치며 말했다.

"휴~ 더워. 올라올 때 마셨던 행기소에 가서 시원한 물을 먹고 가자."

채 탕사가 죽립을 벗으며 용와리악(龍臥伊岳)을 바라보았다.

"안개가 드리우는 오백나한을 빠져나왔는데 이번에는 잠자는 용이 우릴 잡아먹기라도 하겠다고 기다리고 있으니 무서운 곳이야."

학소는 조금 전과는 달리 방긋 웃어 보이며 채 탕사의 어깨를 툭 쳤다.

"너는 어찌 무서운 쪽만 생각하니?"

"누가 누굴 타령해? 지가 꿈속에서 뭐가 나타난다고 으스스한 소리를 해놓고서는."

"꿈속에서 천하절경을 유람하는 꿈이라고 했지 다른 뜻은 없었어."

그렇게 말은 했지만, 천불봉을 보고 절경 이전에 자고로 정의는 사악함을 밀어낸다는 사불승정(邪不僧正)의 암시임에는 틀림이 없는데 애매모호한 꿈속의 상황을 이해할 수가 없었다. 창고천 상류 개천은 거의 말랐는데 행기소는 파란 물이 고여 있었다. 그들은 못 가로 달려가서는 입을 수면에 대고 물을 마셔댔다. 마시는 이들이 모두가 들짐승 같아 보여 학소는 손으로 몇 줌을 입으로 올리고 있을 때였다.

엇!

그의 면전 오 장쯤에 흑 뱀 한 마리가 황 개구리를 물고 물 밖으로 사라지고 있었다.

휙!

근처에서 주운 계란만 한 돌멩이 하나가 날아가 그 뱀의 몸통을 정면으로 때렸다. 뱀은 하얀 배를 핑글 굴리고 한두 번 구르며 황 개구리를 뱉어내었다. 개구리는 눈망울을 굴리며 입에서 거품이 나왔다. 그리고 양쪽 뒷다리가 쫑긋쫑긋 뻗는 것이 무척 괴로운 몸부림이었다.

"뱀독이 몸에 퍼져 지금 죽을상을 하고 있구나. 어떻게 조치해 보게."
복진해의 말에 이어 채 탕사가 거들었다.

"이 섬에서는 뱀 신을 모신다고 들었는데, 중국은 황 두꺼비를 모시고 있으니 우리 신은 개구리와 두꺼비이지."

학소는 옷섶을 풀어 내리고 조그만 약낭을 꺼냈다. 그 속에는 노란 알약들이 몇 개 있었는데 한 개를 얼른 꺼내어 황 개구리 입에 밀어 넣었다. 이어 등을 잡고 조물조물하자 어린 황 개구리는 거품을 물었던 입에서 이번에는 파란 거품과 독물을 우물우물 뱉어냈다.

"휴~ 다행이다. 아직은 기가 살아있어 독물을 뱉어낼 수 있었구나."

그가 한숨을 내리자, 개구리는 감았던 눈을 떠보며 뒷발을 모아 걸음을 하고자 했다. 처음에는 술에 취한 듯이 비틀거리더니 차츰차츰 나아졌다. 정신이 들어서인지 불룩 튀어나온 눈망울로 학소를 바라보며 고맙다는 듯이 껌벅였다. 그리고 수면으로 뛰어든 황 개구리는 이들을 한 번 바라보고는 뒷발로 물을 차며 물속으로 잠수했다.

"우아~ 다행이다. 잘 가게나. 황 개구리야."

모두 탄성을 치면서 제각각 자루와 등짐을 걸어 맸다. 한치의 앞을 볼 수 없는 것이 인간이라고 한다. 육 년이 흐르고 용와리악에서의 매선 부인과 그의 영존인 의가장 장주를 보았더라면, 그리고 옥섬여가 된 진학소를 돌보며 눈물로 세월 하는 어머님의 고행을 보았더라면 그의 행보는 죽음으로 운명을 맞이했으리라~

당포를 내려다보는 천제연(天帝淵).
그 절벽 능선 길가에 파오 한 채가 있었는데 그 주위로 사람들이 모여들어 장터를 이루고 있었다.

"자~ 천남성, 황달목, 하수오, 무엇이든지 약초는 다 좋습니다. 천남성이나 갈근(葛根) 한 근이면 바늘 하나, 하수오 건근 한 근이면 무명 한 자입니다. 또 식칼도 있고, 상처난 데 바르는 질고환도 있습니다."

주위에는 인근 주민들이 약초며 건근 등을 들고 서 있었다. 큰 소리로 떠벌리며 행상인 판자(販子) 역을 하는 이는 항주의 의가장 삼제 비침정사(飛針定沙) 천기춘(千基椿)이었다.

"여보시오! 여기 하수오 스물다섯 근이 있어요. 무명 스무 자는 있어야 옷 한 벌을 지을 게 아니오. 허니 스무 자만 끊어주시오."

천기춘은 중년인의 왼손에 천마근(天麻根) 광주리를 보고 말을 이었다.

"그럼, 그 광주리에 천마근을 넣으시면 돼요."

그는 할 수 없이 덤으로 광주리를 비워주면서 무명옷 한 벌을 입을 수 있다는 생각에 흐뭇했다. 가위로 무명필을 자르는 젊은이는 방긋방긋 웃으며 소리쳤다.

"이 남포(南布)는 중국에서도 귀히 여기므로 값이 만만치 않을 것이오."

말하는 젊은이는 의가장 탕사(湯士) 방하생(方何生)이었다. 젊은이는 마의를 입었는데 땀이 여기저기 묻어있었고 물물교환하는 방물장사라 힘겨워 보였지만 방긋방긋 웃으며 물건만 잘 팔았다. 아직은 탐라에 무명 제품이 없어 중원에서 들어오는 것을 남포(南布)라 하여 고급 의류였으며, 중국에서도 귀한 의류였다. 방하생은 손끝에 작은 바늘 한 개를 집어 들고 황련과 황칠근하고 교환하면서 요란스럽게 떠들었다.

"요놈 만들 때 팔뚝만 한 무쇠 뭉치를 삼 년 동안 갈고닦아 요렇게 작은 바늘로 만들었습죠. 요놈을 볼 때 귀는 튼튼한지 잘 살피시오."

"응? 삼 년 동안 갈고닦아 요렇게 가늘게 만들었다고?"

부인이 놀라는 소리에 한 남정네가 아는 듯이 대답했다.

"순 엉터리야. 쇳조각을 잘게 부수어서 갈고닦아 만든다는데."

탐라에서는 옷을 만들 때 죽(竹) 바늘을 주로 써왔기 때문에 세심한 길쌈은 할 수가 없었으며 외부에서 들어오는 방물들이 귀했다.

"호호호. 나도 집에 황봉근과 너삼(苦蔘)을 말려둔 게 있는데 남포 무명옷 한 벌은 나오겠구나."

여인들은 중원의 물건들을 보고 집으로 돌아갔다. 집구석을 쑤셔서라도 약초라면 죄다 갖고 나올 참이다. 저녁노을을 받으면서 파오 앞으로 들어서는 네 젊은이가 있었다. 등에는 자루를 짊어진 학소 일행이었는데 판자 앞에 당도하여 천기춘 사숙에게 농을 하였다.

"천 사숙님! 장사는 잘하시네요. 어느 시진(市鎭)에 갖다 놓아도 굶어 죽지는 않겠습니다. 하하하."

이 일행들의 웃음소리에 사람들의 시선이 집중되었다. 채약사들은 죽립에다 이빨과 입술이 모두 까만 모습이어서 더욱 놀라 했다.

"벌써 시로미가 익었남?"

"아니지. 저들은 곶자왈에 다녀왔을 테고 그곳에 떨어지다 남은 삼동(蔘冬)을 땄을 것이야."

키 큰 중년인이 손가락까지 치켜세우며 놀라 했다.

"저것 보게. 손에 들고 있는 것이 시로미 풀 가지로구나!"

"시로미밭은 영실을 올라서야 나온다는데 그 위험한 곳에 벌써 다녀와?"

주민들도 찾기 힘든 곳인데 입술이 새까맣게 먹고 왔으니 부러워하는 모습들이 역력했다. 길도 없는 험준한 산에 토민들도 준비 없이는 감히 등정을 못 하는 곳이지만, 이들은 무공을 겸비한 채약사들이었으므로 고산 위에도 하루에 다녀올 수 있었다. 장사를 거들던 방하생 탕사가 채태구의 약낭을 낚아채며 물었다.

"이 자루 속에 우리 먹을 것도 있지?"

"먹다 보니 그 맛에 취해 그만 깜빡하고 잊어버렸어. 다음 기회에 따다 줄게."

곧이곧대로 들어 섭섭함을 금치 못하는 방하생 얼굴을 보던 천기춘이 웃으며 말했다.

"그리 애석하게 생각은 말게. 방 탕사가 오늘 취사 당번이라 알아서 하면 될 일 아닌가. 밥을 얻어먹으려면 아마도 시로미 한 사발씩은 돌아갈걸?"

짐작하여 던진 말에 절자귀 복진해가 짐을 풀면서 손가락 세 개를 펴 보였는데 천기춘이 놀라며 펄쩍 뛰었다.

"뭐야? 한 사람이 세 사발씩이나 된다는 말이 아니냐. 그리되면 10년은 젊어진다는데 적어도 삼 년은 젊어지겠군."

그 말을 들은 채약사들이며 토민들 남녀 모두가 천기춘의 입가로 시선이 집중되었다. 그도 그럴 것이, 막연히 보양식으로만 여겨졌던 시로미에 대해 중원의 약사로부터 놀라운 말이 던져졌으니 말이다. '정말 약 중에도 젊어진다는 것보다 더 귀한 약이 없구나.' 실감하면서 천기춘은 턱을 한번 쓸어내리고 민망한 표정을 지었다.

"풀초의 열매로서 타 과일에 비해 건강식에는 떨어지지 않는다는 뜻이오. 그래서 보신이 될 수 있다는 말이겠지요."

그의 입술을 보던 이들은 젊어진다는 것이 진실이기를 바랐는데 비실비실 마무리되는 바람에 실망했다.

천기춘의 말처럼 십 년만 더 젊어진다는 것도 꿈같은 일이며 희망일진대, 영원 불로장생(不老長生)의 풀초를 더듬는 두 사람이 한라산 들판을 뒤지고 있었다. 한 이는 오십쯤 되어 보이는 나이에 풍채가 당당하였고, 오른쪽으로 걸어가는 이는 그보다 젊어 보이는 깡마른 이었다. 깡마른 이가 왼쪽 풍채가 있는 중년인에게 고개를 돌리며 입을 열었다.

"섬사람들의 말에 의하면 백 가지 약초가 존재한다는 백약의 오름이 저쪽으로 보이는데, 장주님은 어느 쪽으로 탕향을 맡으셨습니까?"

그들만의 은어였는지 그 말에는 응답이 없고 사방으로 고개를 돌리며 심각한 표정을 지었다. 이들은 채약사의 일행이며 본 주인인 인지의 가장(忍知醫家莊) 장주 진인지(秦忍知)와 그의 사제로 일컬어지는 약사(藥師) 근초감(謹草監) 허달(許澾)이었다. 장주 진인지는 사방을 둘러보며 누가 없음을 확인하고 조심스럽게 말하였다.

"정오부터 둘러보았는데 여기가 백발촌(白髮村)이오."

눈가를 쓸어내리던 허달은 침중한 목소리에 고개를 들었다. 장주는 두 눈에 광채가 흐르는 눈빛으로 그를 바라보고 있었다. 그리고 품속에서 양피지 책 한 권을 꺼내 들었다. 가로세로 어른 손으로 한 뼘 넘을 정도의 이 책은 양피지 여덟 장짜리였다. 검붉은 갈색에 세월을 먹어 검게 퇴색된 책이었는데, 겉표지에는 지렁이가 기어다닌 것처럼 글체가 조각되듯이 쓰여 있었다. 근초감 허달도 그 양피지 책을 내려보면서 처음이 아닌 듯 둘은 조심스럽게 뜯어보았다. 장주는 두 번째 표지를 넘기고 사방을 또 한 번 휘둘러보고 책 장 한쪽 끝을 가리켰다.

"갑골문자인데 백발이라는 것으로 보면 여기가 칠백 년 전에 타버린 백발촌이 확실해요."

허달도 그 말에 동감이 가는지 고개를 끄덕였다.

"소죽(小竹)이 있고 사람들이 다듬었던 돌덩이들도 가끔 보여 소재도 그렇게 보고 있어요. 그런데 갑골문자는 알아볼 수 없는데 금문(金文)으로 가옥(家屋) 자가 찍혀있어요."

"그렇소. 여기 살던 모든 이가 백발이 성성하여 주민 모두가 노인까지 천수를 누렸다고 하는 백발촌이오. 당시 활화산으로 인해 모두 불타버리고 지금은 오름(岳)과 개천만이 남은 듯하오."

장주는 큰 키에 짙은 검미하며 넓은 죽립에 호복(胡服)을 입었으며, 반면 근초감 허달은 핼쑥한 얼굴에 탐라의 갈중이를 입고 있었다. 핼쑥한 하얀 얼굴에 검은 구레나룻이 귀밑까지 내려와 희고 검음을 상징하는 얼굴이기도 했다. 장주가 묵묵히 책장을 관찰하는 허달에게 눈길을 돌렸다.

"이보게. 당시에도 지형을 그릴 줄 아는 사람의 솜씨요. 좀처럼 해독할 수 없는 평면 등고선 지도요."

허달도 두 눈을 놀랍게 뜨면서 대답했다.

"그렇군요. 파도 같은 조밀한 등고선으로 보아 오악진형도(五岳眞衡圖) 같습니다. 산맥으로 그 유명한 오악진형도와 판(版)이 닮은 것이 똑같습니다."

진 장주는 과두문자(科斗文字)와 깨알 같은 이천오백 년 전의 갑골문자(甲骨文字)를 살펴보다가 난해한 듯 이마를 짚어보았다.

"하(夏)나라 때의 갑골문자들은 드문드문 해독할 수 있으나 올챙이와 벌레가 기어다닌 듯한 과두문자는 난해하오. 여기 작은 산은 오름(岳)이라 하고 있고 물웅덩이는 허벅(水通)이라고 되어 있네. 또 넓은 뜰에는 테우리(牧童)가 있다고 하였소. 중국 북방의 언어가 여기서도 쓰고 있음이 확실하네."

"그러고 보니 나도 이 섬에서 옛날 중국의 방언을 듣고 놀랐습니다. 하나의 예를 들면, 아무 일도 없는데 왜 그러냐고 하는 말인데 '무사(無事) 경(硬)하염수꽈'입니다. 오름이며 말테우리, 쇠테우리, 물허벅(물그릇) 등이 탐라의 언어가 된 듯합니다."

한낮 더위도 기울어 날이 서늘해지고 있고 먼 들판에서 주인이 있는지 없는지 알 수 없는 조랑말들이 한숨 풀을 뜯으려 떼 지어 내려오고 있었다. 동쪽 능선으로는 열 마리쯤 되는 검정소를 몰고 가는 쇠테우리(목동)가 막대를 휘휘 저어 소몰이하며 가고 있었다.

"앗! 이것은 금광초(金光草)가 아니요?"

허달은 띠 숲을 뒤지다 땅바닥에 넙죽 엎드리더니 한 포기의 풀을 뽑아 들었다. 그 뿌리에서 나오는 향기에 진 장주도 놀랐다.

"정말 그렇군. 허 의제(許醫弟)의 눈이 나보다 밝구나."

"이것도 역사서에 나오는 풀초가 아닙니까?"

진 장주도 주위에서 몇 포기 뽑아 들며 만면에 미소를 머금고 설명했다.

"기록에 의하면 한 나라의 무제(武帝)도 탐라도에 불로초가 있다고 하여 신하를 파견했는데, 그 사신이 옥지 버섯(玉脂芝)과 금광초를 구하여 중국으로 돌아갔다고 하였네. 그리고 삼신산(三神山)의 하나이며 영주산(瀛州山)인 한라산에는 기이한 약초와 신기한 화초가 많이 있다고 무제에게 아뢰었네."

세계 자연유산으로 등재된 제주 섬에 대해서 당시에도 관심은 많았다. 중국 황궁에서는 해동(海東)에는 삼신산의 하나인 영주산이 있고 섬 나라가 있으니, 여기에 불사초(不死草)가 자라고 있다고 했다. 사람들이 신선처럼 오래 산다고 믿었고 그곳이 바로 영주산이 있는 탐라였다. 지금 진 장주가 소지하고 있는 서불과지(徐市過之)의 근원을 살펴보면, 서복(徐福)이 새겨놓았다는 글자가 있는데 서귀포 정방폭포 절벽 마애각(磨崖刻)에 있다. 후에 제주목사 백낙연이 이러한 사실을 알고 정방폭포 절벽에 밧줄을 타고 내려가 그 글자를 탁본하였다. 과두문자로 네 글자 외에 12자였는데 해독할 수 없었다고 한다. 서복이 이곳을 지나갔다는 서불과지 탁본들은 누가 했었는지는 알 수 없으나, 일본 도서관 등에 보관되어 있기도 하다. 이 탁본들은 모두가 탐라록(耽羅錄)과 탐라지(耽羅誌)에 있는 문체(文體)와 같다고 한다.

근원은 기원전(B.C 2200년) 진(秦) 나라 때의 서복(徐福)은 서시(徐市) 또는 서불(徐市)이라고 하며, 이는 불(市)과 시(市)가 혼돈된 듯도 하다. 서복(徐福)은 불로초(不老草)를 탐라도에서 찾지 못했으므로 돌아가면 그 죄가 무서워 돌아가기를 꺼렸다. 그렇다고 이 섬에 머물러 있다가는 황궁에서 나온 군사들에게 잡힐 것이 두려워 멀리 동쪽으로 향했다. 삼천의 동남동녀(童男童女)들을 거느린 이들은 결국 일본 사가현(佐賀縣)에 일행이 도착하니, 지금도 여기에 서복장수관(徐福長壽館)이 있다. 장수관에도 마애각의 서불과지(徐市過之) 탁본이 있다.

이들은 또 동으로 이동하였다. 일본 화가산현(和歌山縣) 서복궁(徐福宮)에 가 보면 20가지 넘게 불로불사의 불로초라 하여 모셔져 있으나, 단지 약초에 불과한 것으로만 입증되고 있다. 이들은 화가산현 신궁시(神宮市)에 정착하여 당시에 고대 지역 왕권의 기초를 열었다고 한다. 일본에서 고대부터 서복 사당을 세우고 신성시하며 신으로 모시는 곳이 다섯 곳이나 있으며, 그곳에서는 불사초를 기념비적으로 가꾸고 있다. 이와 같이 일본에서의 행적이 있는 곳에 연구회가 다섯 곳이나 있으며 이는 전설만이 아님을 증명하는 것이다.

제주 서귀포에 가면 서복전시관이 있는데 그의 행적들과 서불과지 탁본 등이 전시되어 있다. 지금은 삼 개국이 공동으로 연구하고 문화 교류를 하고 있으며, 중국에도 서복 연구회가 두 곳이나 있다고 한다. 여기에 옥지 버섯, 영지, 시로미, 동충하초 등 다섯 가지를 법정 식물로 정하여 연구의 대상이 되기도 하였다. 이들이 거쳐 간 곳 탐라에는 그들의 희망이 절절히 이어지고 있다. 예부터 여기에 뜻이 있으면 뜻이 있는 곳에 존재하며, 노력하면 뜻을 이룰 수 있다고 했다.

백록담 고지에서 바다 끝 저지까지 가파른 곳에 원시 자연의 청정함이 있기 때문이며, 이는 한(寒)대에서 온(溫)대까지 희귀식물이 많다는 결론이다. 또한 하늬바람과 태풍에 시달리며 대양의 힘으로 밀려오는 이 섬은 살아 숨 쉬는 섬이기도 하다. 한반도의 1%에 지나지 않는 땅에서 약초는 50%를 차지한다고 하며, 자연에 사는 모든 인문과 동식물 가축까지 건강하며 청정수를 먹으며 옛 선인들은 백수를 누렸다. 고려 때 중국에서는 영주산이 솟아 있는 탐라 섬은 장수의 섬이라 하였고,

백여 년 동안 원나라의 지배를 받던 이 섬에 그 왕손들이 계속 들어와 살았다고 한다. 원나라 왕손들과 신하들은 중화인의 후환을 두려워하였고, 귀족들은 몽골 벌판과 같은 따뜻한 이 섬에 들어왔다고 본다. 그런데 이상하리만치 어느 가승 족보에도 원나라인이 조상이라는 제주인은 한 사람도 없다.

자연은 변함없는데 사람들은 변색을 잘하는 모양이다. 어느 고고학자는 탐라에서 스물에 하나는 몽골인이 조상이라고 한다. 나라가 바뀌자, 몽골인의 후손과 서자들은 이웃으로부터 탄압을 받게 된다. 따라서 이들은 다른 마을로 흩어지며 개명과 성씨를 바꾸지 않으면 안 되었을 것이다. 지금도 제주 언어에 제일 많이 하는 쌍욕이 있는데 몽근 놈, 또는 몽근 년만이 남아있고, 육백 년 세월 속에 다른 것은 모두 묻혔다.

백발촌을 누비던 진 장주는 근초감 허달에게 무엇을 암시하는 눈깔로 먼바다를 가리켰다.

"저곳이 서귀포라는 대촌이지. 그 어원이 서복 선생이 불로초를 캐고 서쪽으로 돌아갔다고 하여 서귀포(西歸浦)라고 명명되었지."

허달은 고개를 끄덕이며 장주의 말에 대답했다.

"당당히 지명을 남겼다면 찾았다는 말씀이기도 합니다. 그것이 그들의 희망이겠지요."

장주는 먼 대촌을 바라보며 굳은 표정으로 무겁게 입을 열었다.

"서복 공이 그것을 찾았어도 어떤 믿음에 취하지 않았을 수도 있고, 변고가 있었을 수도 있고, 또 희망으로 남겨놓았을 수도 있고……."

그의 애매모호한 말을 듣던 허달은 고개만 끄덕였.

천제연(天帝淵) 위에 있는 파오 앞에는 술렁이는 토민들이 하나둘 아쉬움을 남기며 돌아서고 있었다.

"오늘은 이것으로 시진을 마치겠습니다. 모두 돌아가 주십시오."

기울어가는 저녁 태양은 사과 같은 붉은 기운을 드러내 보이며 떨어지기가 아쉬워 서산 위에 걸려 있었다. 호마 위의 두 그림자가 이들 앞으로 다가오고 있었다.

"수고들 많이 했네."

그들 앞에 수북이 쌓여있는 약제들을 보며 장주는 만면에 웃음이 감돌았다. 허달은 묵직한 자루를 마상에서 내려놓으며 농을 했다.

"천 사제. 내일은 판자를 벌리지 말고, 의방을 차려 침방구를 차려놓게. 그러면 사람들이 구름같이 모여들 것이오."

천기춘은 탕사들이 있는 쪽을 바라보며 웃어넘겼다.

"사형은 모르는 소리요. 이들은 죽음을 운명으로 받아들이며 굳이 돈을 써가면서 병을 고치려고 하지 않습니다. 그리고 집에 있는 약초들은 그들 방식대로 민방으로 다려 쓰며 의원이라는 개념은 없는 듯합니다. 경험자가 의원이며 병을 앓았던 이가 의원이지요. 의술 방법이라면 허물이나 상처는 불로 구워놓은 예도로 도려내고 제거하며, 속병을 앓으면 조상신과 저승 귀신으로부터 온다고 믿어 갖가지 방법과 굿을 합디다."

짐작하여 던진 말에 절자귀 복진해가 짐을 꾸리다가 동감임을 표시했다.

"어떤 집에는 신라인 처용(處容)의 얼굴이 역신으로 문간에 붉은 부적을 붙여놓은 집도 있었습니다. 그리고 큰 나무와 심지어 뱀까지도 신이 있다고 믿어 굿을 했어요."

진 장주가 고개를 끄덕이며 미소 지었다.

"병을 앓았던 경험자가 약초와 의원이 되는 것은 현명한 생각이오. 중국에도 약학궤범에 보면 주술적인 방법으로 병 귀신을 몰아내는 것이나 똑같은 방법이오. 우리 벽사진경에는 화상 얼굴이 많지만……."

모여있던 인근 주민들이 모두 돌아가자, 단출한 여덟 명의 식구는 파오 안으로 들어섰다. 방안은 약 향이 그윽했으며 장주는 호상(胡床) 앞에 우뚝 섰다. 호상 위에는 신농본초경((神農本草經)의 두툼한 책 한 권이 있었는데 책장을 몇 장 넘기고는 옆에 있는 풀포기들을 꺼내 들었다.

"여기 황칠근(黃七根)과 백고삼(白苦蔘)은 건강 보조제로 탐라 섬에만 있으며, 백고삼은 귀중한 약제로 기록되어 있어요. 최초의 약전(藥典)인 이 책은 선인들이 다듬어 추가한 약초들이 수록되어 있습니다. 여기에 따르면 정신을 안정시켜 가슴 두근거림을 가라앉히고 눈을 맑게 하며 음양을 보호한다고 되어있어요."

장주가 옆으로 비켜앉자, 근초감 허달이 몇 포기의 약초들을 호상 위에 올려놓고 설명했다.

"여기 금전초(金錢草)와 갈근(葛根)을 합하면 감신성량(甘辛性凉) 하며 습열 황달과 작통(作痛)한 데 특효합니다."

장주가 약낭을 뒤지고 나서 몇 포기의 약초를 찾아들었다.

"이것이 한라산에만 있는 홍엽 구절초이다. 향을 맡아보고 고지(高地)에서 유심히 살펴보기 바라네."

이번에는 수수깡 같은 붉은 이삭을 가리켰다.

"이것이 탐라 섬의 천남성(天南星)이오. 알 수 없는 독기로 뭉쳐진 이삭이거든요. 이것보다 더 귀한 것은 지남성(地南星)이지요. 천남성의 십 보 안에 있다고 하는데 지남성 열매는 땅속에 있어요. 독기를 몰아내는 데는 최고라 하오. 허니 그 주위 십 보 안에 이와 같은 잎이 보이면 꼭 확인들 하게."

모두 웅성이며 약초들을 살펴보고 향을 맡다가 진학소가 기이한 향에 코를 움켜쥐었다. 그를 보던 허달이 모두에게 설명해 나갔다.

"그것은 금광초와 옥지 버섯인데 백초의 왕이라는 고려 인삼에 비할 수 있을 만큼 귀한 것으로, 그렇다고 산삼이 제일은 아닙니다. 한무제가 탐라도에 금광초와 옥지 버섯을 복용하고 영초가 되지 못함을 한탄

했다고 합니다. 단지 비(脾)와 위(胃)로 입경(入經)하며 옥체가 건승하는 효능은 제일이었다고 합니다. 하지만 한무제는 약전에 가히 거론될 수 없는 영초를 원했으나 그것은 생전에 이루지 못하여 수포가 되었다고 합니다."

"그럼, 영초(靈草)?"

"무엇? 영초를 원했다면 불로초가 아닙니까?"

여기저기서 수군대고 나서 탕사들은 서로 얼굴을 바라보며 어리둥절했다. 말을 끝낸 허달은 실언한 것처럼 입술을 한번 챙겨 쓸었다. 그리고 장주를 바라보는 그의 동공은 밑으로 깔리며 무엇에 쫓기듯이 입을 열었다.

"영주산이 솟아있는 신비의 섬이라 전설상으로 그렇다는 말씀이지요."

진 장주의 검은 검미가 꿈틀하고는 감았던 눈이 뜨이며 시름에서 깨었다. 삼제인 천기춘의 눈치까지 보아가며 이들에게 주지시켜 줄 필요가 있다고 생각이 들어 일어서면서 무겁게 입을 열었다.

"우리의 목적은 백 가지 약초를 구함이지, 영초다 불로초다 하는 것과는 무관한 일이오."

묘한 분위기에 아버님까지 안절부절못하는 행동이 학소의 눈에도 드러났다. 그러고는 천 사숙님과 자신을 바라보며 심각하게 말을 이었다.

"예를 들어 우리가 불로초를 캐러 이역만리 탐라도로 떠났다고 중원에 소문이 난다면 어떠하겠는가. 위험에 빠져 곤경에 처할 것이고 화가 되어 돌아올 것이다. 해서 앞으로 영초인 불로초에 관하여 함구해 주실 것을 재차 당부드리는 바이오. 강남에 우리 의가장은 널리 알려져 있소. 여기에 불로초를 더하면 위험에 처할 수 있다는 말이오"

"그럼, 불로초라는 것이 그리 무서운 말씀입니까?"

"이봐! 벌써 그러네. 불로에 불자도 나와서는 안 된다는 말일세."

오철나의 질문에 방하생 탕사가 윽박지르며 입가에 손가락까지 붙였다. 천기춘이 고개를 끄덕이며 그 의미를 재차 다짐했다.

"오 탕사의 말처럼 문제의 소지가 될 것이라 우리가 다짐해 두는 것이 아닌가."

진 장주는 만면에 웃음을 띠며 화제를 돌렸다.

"여기는 산무악수(山無惡獸)라 하여 사나운 짐승이 없을 것이고, 무림인이나 도적도 없으니 인재(人災)도 없을 것이다. 부해송 선장은 나에게 다음과 같이 당부했네. 아시다시피 집마다 치자나무로 불을 지피니 거리마다 향 풍이 그윽할 것이며, 길거리에 땔감을 운반하고 물긷는 자는 모두가 여인네이므로 민폐가 없길 바란다고 했네. 이와 같이 십여 일 동안 민폐 없이 많은 수확을 올렸으므로 우리 모두 만족하오. 그리고 탐라의 낭자인 비바리와 연을 맺어 부군(夫君)이 된다면 고마운 일이라고 첨부도 했는데 어느 탕사가 연을 맺었는지도 모르겠네."

장주의 마지막 말에 모두 웃음이 터져 나왔다. 채태구 탕사가 짐을 꾸리고 나서 천기춘에게 물었다.

"그럼, 이 화물들은 당포까지 아침에 운반하는 것입니까?"

"당포(唐浦)까지는 오리 길이라 짐꾼들이 달구지를 끌고 와 모두 운반하기로 약속되어 있어요. 정박 중인 범선은 물건을 싣고 고산포(高山浦)로 돌아갈 것이네. 우리는 뱃길이 아니고 산악을 헤매며 고산포까지 야영으로 각 조는 알아서 지내게 될 것이네."

회동이 끝나자, 장주를 제외한 이들은 밖으로 나오면서 천제연으로 뛰어들었다. 풍덩! 풍덩! 풍덩! 하늘에서 선녀들이 내려와 물을 맞는다는 중문 천제연의 십 장이나 되는 절벽을 뛰어내렸는데, 어느 정도의 신법(身法)들은 모두 보유한 듯하다.

날이 밝자 파오가 있던 자리는 깨끗하고 모든 짐은 정박 중인 배로 옮겨졌다. 근초감 허달은 일행을 지휘하며 새로 출발하는 여정을 설명하며 각 조마다 직분을 맡겼다.

"이것은 백고삼(白苦蔘)이오. 산삼은 없지만 그에 필적할 만하니 있는 대로 취합시다. 잎은 암녹색이며 속생(束生)하므로 주위를 살피고 잎을 떼어 유액(乳液)이 흐르는지 확인하시오. 산삼의 열매를 먹는 봉추조(棒槌鳥)가 이 섬에도 있다고 하는데, 꼬리가 길고 깃털이 파란 새요. 그 새가 있는 곳에는 귀한 약초들이 있다는데 지명과 산세를 그려 보고하도록 해주시오. 봉추조의 울음소리는 목이 쉰 뻐꾸기같이 운다고 하니 유념해 주시오. 그리고 복진해와 소아는 민황초와 금난초 은난초를 목표로 하시오. 민황초 잎에는 독이 있어요. 우마는 물론 노루도 입을 대는 일이 없지만, 뿌리는 향이 짙고 감미가 풍부하네. 은난초 등은 난초과인데 실 모양의 사상(絲狀)이네. 곶자왈이라고 하는 고지(高地)에 들어서야 나올 수 있으므로 험난한 길이 될 것이므로 각오들 하게."

허달은 설명하던 약포기를 내려놓고 천기춘 쪽으로 돌아섰다.

"지남성과 어성근은 경조모(硬祖母) 동산에 들어가야 됩니다. 경조모 동산은 자칫하면 풀독이 올라 가려울 테니 명심하기 바랍니다."

"황정은 많으니 목적(木賊)과 어성근, 지남성을 확보하겠어요."

천기춘은 이어 눈을 껌뻑거리고는 좌중을 향해 한마디 던졌다.

"나는 여기서 여러 가지 사실들을 관찰했어요. 중원에서 귀히 여기는 토당귀(土唐皈) 땅두릅 나물과 황정(黃精)인 둥굴레는 텃밭에서도 재배하고, 두릅나물과 둥굴레차를 즐겨 먹으며 모두가 건강한 듯하오. 이들은 위염과 수족 경련 등 반신불수 환자가 없어요. 아마 이 풀초 덕이 아닌가 보오. 뿌리가 다리통 같은 하수오도 줄기는 가는 실 같으니, 주민들은 그 효능을 잘 모르고 있습니다."

진 장주도 가죽 신발을 동여매며 이들에게 웃음을 보였다.

"모두 신경을 조금만 더 쓴다면 많은 소득이 될 것이네. 다음 상봉지는 고산 포구로 정한다. 삼 일째 되는 날에는 모두 모이기로 합시다."

천기춘과 방하생, 채태구, 오철나 4인이 한 조가 되었으며 오철나 탕사가 신이 나서 조랑말 위에 오르며 소리쳤다.

"자~ 모두 해산하여 각 조는 출발합시다!"

절자귀 복진해와 학소 조도 조랑말 위에 몸을 던지며 자신 있게 웃어넘겼다.

"우리는 저기 아스라이 보이는 당악(唐岳)이 오늘 목표라 그 정상에서 취침할 것입니다."

진 장주도 학소의 외침에 미소로 답했을 뿐 여분의 말은 없었다. 아들이라고 신상을 걱정한다던가 주의를 강조하지도 않았으며, 사제들이든 탕사이든 똑같은 일행이라 그와 같이 대하여 왔었다. 떠나보낸 그 자리에 진 장주와 허달이 멋쩍게 그들 뒤를 바라보다가 호마 쪽으로 발걸음을 옮겼다.

장주 진인지의 호달마에서 마의를 걸친 한 소동이 막대를 들고 장난질을 치고 있었다. 소동은 나무막대가 명검인 것처럼 말 등을 치고 있었고, 고삐에 매여 있는 말은 이리 갔다 저리 갔다 하며 피할 수밖에 없었다. 아마도 아이였으니 호마는 장난이려니 하여 그리 성내지는 않았다.

"이얏! 이얏!"

장주의 말 등에는 고검이 비스듬히 꽂혀 있어서 소동은 비무를 연상하며 홍얼대었다. 장주는 이 섬에 탐방하기 위해 부해송으로부터 배웠던 언어를 열심히 익혀왔다. 서불과지 근원이 탐라였기 때문이다.

"영실기암 바라보니 오백 장군 난열한데."

말 쪽으로 다가가며 그는 아이를 꾸짖었다.

"야! 이놈아! 너 이러다가 말발굽에라도 채면 어쩔 테냐!"

그 말에는 아랑곳하지 않고 이번에는 진검이나 되는 듯이 진인지에게 덤벼들며 홍얼댔다.

"얏! 얏!

영실기암 바라보니 오백 장군 난열한데

일대 장군 차귀도에 서서 호종단을 막아내다."

소동의 마지막 대목에 진 장주는 놀라움을 감추며 아이에게 다가갔다. 그는 한 손으로 소동의 막대를 제압하고 동전 하나를 건네주면서 물었다.

"지금 이 노래를 누가 가르쳐주든?"

소동은 울먹이는 표정으로 말했다.

"친구들도 그렇게 불렀고 우리 할머니도 불러요."

"할머니 있는 데로 가보자. 돈 더 줄게."

진 장주 진인지는 이 섬에서 호종단 말을 세 번째로 듣게 되었다. 처음에는 어쩌다가 뱃사람에 의해서 그러려니 했으니 그대로 넘어갈 일이 아니라고 생각이 들었다. 당금 중원 무림에서 서부의 맹주이며 무림의 대종사(大宗師) 서백(西白) 호종단(胡宗旦)이 등장했다는 말과 상통하고 있기 때문이다.

"장주님. 왜 그리하십니까?"

허달이 황급히 다가오며 의아해 묻자, 그는 민둥산 쪽을 가리키며 말했다.

"허제! 잠시 저기서 기다려주게. 이 소년의 할머니를 찾아뵙고 오겠소."

진인지는 의아해하는 허달을 기다리게 하고 소동을 따라갔다. 한무제 때 천 년 전 방사(方士)에서 전 무림을 공포로 몰아넣었던 파황(破黃) 호종단이 다시 태동하여 지금 중원에 나타났다고 하지 않은가. 동은 태양이요, 서는 백(白)이라 황제보다 더 지칭하며 일월지황(日月之黃) 서백(西白) 호종단(胡宗旦)이라고 듣고 있었다. 이상하게도 지금 그 이름이 세 번째로 이역만리 떨어진 고도의 섬에서 듣게 되어 그로서도 충격적이었다.

소동이 인가로 가는 줄 알았더니 그 반대 방향에 있는 고공산(高空山) 동산 샘물가로 갔다. 샘물가에는 할머니 혼자 앉아 허벅에 물을 뜨고 있었다. 말쑥한 삼베옷을 단정히 차려입었고 머리는 흑자(或者. 다른 사람 머리)의 머리로 둘둘 말아 묶어놓은 모습이 심상치 않은 할머니 같았다. 장주는 낮은 기침을 하고 물 뜨는 뒤로 다가갔으나 여전히 물만 떴다.

"할머니. 여기 손주의 노래를 듣고 따라왔는데요. 말하나 물어도 되겠습니까?"

할머니는 뒤로 한번 쳐다보고는 연신 하던 일을 계속했다. 일이라고는 작은 쪽박으로 겨우 아이 손이 들어갈 만한 물허벅 부리에 물을 긷는 일이었다. 진인지는 궁리 끝에 품속에서 열두 개짜리 바늘 한 속(束)을 꺼냈다.

"할머니. 이거 드릴게요. 말씀해 주실 수 있겠지요?"

할머니는 뒤도 돌아보지 않고 그 바늘 속을 알아보았다.

"중국에서도 귀한 바늘이군요. 손님 얼굴에 그 바늘과 실이 꿰어 있는 듯하여 조심해야 되겠습니다."

"예? 어떻게 아십니까?"

"온달 샘에도 태양과 달이 떠오르듯이 작은 샘이라고 하늘을 비추지 않겠습니까?"

할머니는 물 위에 떠 있는 파란 하늘과 그의 그림자를 보고 있어서 불 보듯 뻔했다. 그리 말하고는 물을 뜨던 쪽박을 멈추고 한 손으로 수면을 첨벙이었다. 일렁이는 수파(水波)에 진인지의 얼굴도 여러 가지 울퉁불퉁한 형태로 나타나고 있어서 자신의 그 얼굴을 보며 깜짝 놀랐다.

"이와 같이 사람은 길을 가다가 반 발짝만 헛디뎌도 세상을 달리하듯이, 손님이 세미 물에 얼굴과 바늘을 비추었으므로 그것도 운명입니다. 바늘 가는 데 실이 간다고 하는데 그와 같습니다."

"그럼, 할머니는 주술사이십니까?"

"아니요. 점쟁이 이전에 외당굿 할머니라고 부릅니다."

할머니는 주름진 얼굴에 미소를 띠며 일어서서 바늘 속을 받아 들었다.

"귀한 물건이라 고맙게 받겠소. 묻고 싶은 말은 무엇이오?"

"손주가 불렀던 노래 대목인데 '일대 장군 차귀도에 서서 호종단을 막아내다' 입니다."

할머니는 고개를 갸우뚱해 보이며 걸어 나왔다.

"중국인의 일이라 그럴 줄 알았어요. 천 년 전 일이 새삼 지금 아이들이 부르고 있어 나도 그 점은 의심입니다. 바늘 한 속인데 열두 마디 옛날이야기를 해드리지요."

그러면서 평퍼짐한 돌에 앉아서 입담을 이었다.

"탐라는 비록 섬이지만 장수가 많이 태어날 혈맥을 타고 태어났다고 합니다. 이러한 사실을 두려워한 중국의 한무제(漢武帝)는 지관(地官)이며 방사(方士)인 호종단(胡宗旦)을 보내며 탐라의 혈맥을 모두 끊도록 명령을 내렸다고 합니다. 중국의 장수이기도 한 호종단은 부하들을 거느리고 탐라에 도착하여 수많은 혈맥을 자르다 세 개를 이루지 못하였는데, 그 한 예가 여기에서 일어났답니다."

하고는 다음과 같은 내력을 알려주었다.

그 옛날 지장새미물 가까운 곳에서 밭갈이하던 농부가 있었다. 밭을 갈던 중에 조그만 물할머니가 황급히 그의 앞으로 날아오며 구원을 요청했다.

"농부님. 빨리 나를 숨겨주시오. 중국에서 건너온 호종단이란 놈이 물혈을 끊으려고 나를 찾아 헤매는데 숨을 곳이 없어요. 빨리요."

물할머니는 뒤를 돌아보며 다급히 요청했다. 농부는 담장 가로 걸어가서 쟁기를 싣고 왔던 소길마(소질매)를 가리켰다. 그 길마 밑에는 먹고자 했던 호로병 물병이 있었으며 농부는 그쪽으로 숨는 것이 좋겠다고 말했다. 물할머니는 고맙다고 인사 한마디 하고 얼른 물병으로 들어가 숨었다.

천리마를 타고 준엄하게 생긴 호종단과 두 수하가 지장 새미물에 이르고 보니 샘은 말라 있었다. 호종단은 지리 문서를 펼쳐 찾아보고는 지장새미물 물할망은 꼬부랑 나무 아래 숨어있다고 되어 있었다. 그는 아무리 주위를 둘러보아도 그러한 나무는 찾을 수가 없어서 이웃 밭갈이하는 농부에게 다가갔다. 호종단은 은색 빛이 묻어나는 번쩍이는 갑옷을 입었으며 귀밑에서 얼굴과 턱까지 세 치의 털이 밤송이같이 솟아 있었다. 주먹 같은 코와 두꺼운 입술은 용감한 장군임을 연상케 했으나, 번쩍이는 귀두도를 든 품세가 만용을 부리는 무식한 장군으로 보였다. 그 옆에 선 두 장수도 머리통만 한 번쩍이는 부월을 들었는데 그 장군에 그 부하로 보면 제격이었다.

"나는 새미물을 뜨러 왔는데 그 할망구가 꼬부랑 나무 밑에 숨어버렸소. 농부는 이 샘 근처는 잘 알 텐데 꼬부랑 나무를 당장 고해바치시오!"

호종단은 위엄을 취하고 다그치듯이 꼬부랑 나무를 묻자 농부는 그러한 나무는 이 근처에 한 그루도 없다고 면박을 주면서 다음과 같이 말했다.

"샘 동쪽에 꼬부랑 나무가 하나 있었는데 지금은 고목이 되어 말라 죽고 그 후대들이 저 곶자왈에서 많이 자라고 있을 것이오."

말하고는 샘 동쪽 고지를 가리켰다. 이 말을 들은 호종단 일행은 가시나무와 잡목이 우거진 그 속으로 들어가 보니 곶자왈 가시나무와 잡목들은 성질이 꼬부랑탱이어서 거의가 꼬부랑 잡목이었다. 그들은 그날로부터 매일 꼬부랑 잡목을 베었으나 한없이 무성한 가시덩굴을 감당할 수가 없었으며, 물할망은 고사하고 물 한 방울도 나오지 않았다. 호종단은 화가 나서 그 지리 문서가 엉터리라고 하며 찢어버렸다. 그 지리 문서는 새미물 물귀신 할망(할머니)이 농부의 소길마 꼬부랑 배걸이 나무 밑에 숨어있는 것까지 맞추어 냈으나 호종단은 그곳까지 미치지 못하였다.

그런데 한 개의 신혈(神穴)이 고산(高山) 차귀섬(遮歸島) 앞에서 장군바위가 되어 솟아났다. 장군이 된 바위는 중국으로 돌아가려는 배를 침몰시켰으니 그 바위에 의해 호종단 일행은 불귀의 객이 되고 말았다.

말을 마친 외당 할머니는 물 한 사발을 맛있게 마셨다.

"할머니는 그들을 만난 것처럼 인상착의까지 말씀하시는데 어떻게 그 사실을 아십니까?"

"나는 당굿 할머니요. 그들에 의해 망가진 당(堂)에 굿을 할 때 호종단 일행이 선연히 내 눈앞에 아른거려 나를 괴롭힐 때도 있었습니다."

진 장주는 예부터 이 섬과 중국은 어떤 연(然)이 있어 그 연은 신기로 가득한 세상을 태동할 호연지기(浩然之氣)의 느낌이기도 했다.

"그 말이 사실이라면 신기에 가까운 일입니다. 중국에 돌아가면 이야깃거리가 되겠습니다."

"사실이 그런걸요. 아무리 호종단이 압승지술(壓勝之術)이 강하다고 해도 탐라의 여신(女神)에게는 당할 수 없어요. 손주야! 오백 장군 노래 한 번 불러 보렴."

소동은 할머니 말을 듣고는 차렷 자세를 하고 씩씩하게 불렀다.

"산의 조종은 곤륜산이요.

강의 조종은 황하라.

한라 영산 바라보니

북쪽으로 도두봉이 있어 도인이 날 듯하고

남쪽을 바라보니 범섬이 떠 있어

호안장군 날 듯하고

영실기암 바라보니 오백 장군 난열한데

일대 장군 차귀도에 서서 호종단을 막아내다."

이 노래는 지금도 이어져 오고 있으며 이로부터 삼백칠십 년 후에는 (서기 1374년) 호안장군(虎顔將軍)이 범섬(虎島)에 나타나게 된다. 호안장군인 최영 장군(崔瑩將軍)은 탐라도에 상륙하여 원나라의 마지막 보루인 탐라도에서 토벌을 감행하여 혈전을 벌였다. 원나라 병사들과 장수들은 전세에 밀려 범섬까지 쫓기었다. 최영 장군은 이 작은 섬에 상륙하여 모든 적장을 처단하고 범섬 위에 우뚝 섰으니, 호안장군이라는 별칭을 얻게 된다.

학소와 절자귀 복진해는 한 조가 되어 금악봉을 목표로 하여 달렸다. 자신들 보법보다 느리다고 둘은 조랑말을 내려다보다가 복진해가 말했다.

"조랑말을 타다 보니 나귀 같은 생각이 들어 어디 달려보겠어?"

"말도 나귀도 아닌 놈이 등을 빌려주는 것만도 고마운데 또 무엇이 부족하다고 투정이야?"

복진해는 학소보다 삼 년은 넌 배웠으나 둘 사이에 존대어는 오가지 않았다. 높여 쓴다면 오히려 학소가 소장주여서 모두 그리하겠으나, 소주인인 학소부터 그러기를 원하지 않았고 친구들처럼 지내기를 종용했다.

"소아는 북쪽으로 찾으면서 나가. 나는 남쪽으로 가는데 목표는 저기 보이는 금악봉이다."

둘은 갈림길에서 헤어지고 학소는 숲속을 나오면서 넓은 공간을 찾아 말을 멈추었다. 말에서 가볍게 뛰어내린 그는 몸을 풀어볼 양으로 심호흡을 크게 했다.

"이얏!"

짧은 고성과 함께 그의 오른손에는 한 뼘 남짓한 예도가 정강이에서 뽑혀 나왔고 사각 방위로 몸을 돌리며 어지럽게 난무했다. 몸을 돌려 우각후(右脚後)로 나가면서 예도를 머리 위로 올리며 대해출검(大海出劍)을 했다. 그는 근자에 익히는 열여섯 가지의 검식을 이어갔다. 휘감방적! 초퇴동적!

그때 수십 개의 밤송이 같은 물체들이 그의 면전으로 날아들었다. 그 비술은 보통 빠르기가 아니었으니 깜짝 놀랐다. 그는 땅에 엎드려 피할 여유가 없었으므로 그의 주위에는 검영으로 맴돌았다. 그 물체들은 옷 하나 건드리지 못하고 사방으로 두 동강 나면서 흩뿌려졌다. 한숨을 돌리고 그 물체들을 자세히 보니 딱딱한 토종 복숭아였다. 그의 주위에는 벌레가 먹다 남은 늦복숭아가 두 쪽으로 잘리어 널려 있었다. '이 섬에는 무림인이 없다고 하는데 보통 솜씨가 아니군.' 눈각을 세우고 무엇을 알아냈다는 듯이 그의 얼굴에 보조개가 패었다.

"하하하. 나타나시오. 비침정사 천 아저씨!"

젓갈 나무 아래로 빙글빙글 웃으며 나타날 줄 알았는데 사방은 조용했다.

"이쪽이야 동쪽에서 공격하고 소리 나면 서쪽을 게을리하지 마라!"

잠잠히 그의 뒤쪽에서 나타났으니 깜짝 놀라 돌아섰다. 비침정사 천기춘은 미소를 머금고 사방에 뿌려진 도실을 살폈다.

"소아는 몇 가지 쾌검(快劍)을 수련하여 십성 익혔다고 들었는데, 여기 몇 개의 도실(桃實)을 베었는지 알 수 있지?"

그는 곰곰이 생각하다가 바닥에 뿌려진 도실을 살펴보았다.

"오십 여섯이요."

"태극 만보칠성(萬步七星)과 무토진결(武土眞訣)을 십성 익혔다면 나의 오성의 투척지력(透擲智力)은 모두 와해해야지."

"사숙님의 안목에 부끄럽습니다. 그럼 도실은 몇 개였습니까?"

"오십칠! 자네는 오십여섯은 분해했으나, 예도라면 나머지 하나는 자네의 숨통을 결딴낼 걸세."

천기춘은 왼손에 한 움큼의 솔잎을 죄고 있었다. 그의 눈이 사위(四圍)를 훑더니 몸이 삼십육 방향으로 돌았다. 바람이 일며 그의 손에서 강기가 뿜어져 그 솔잎들은 사방 곳곳에 꽂혔다. 주위 나무와 나뭇잎, 풀잎 등에 같은 간격으로 사방에 꽂혔으니, 그의 비술을 본 학소는 "우아~" 하고 탄성을 내었다.

"전수받았던 비침술은 나는 이에 반도 못 미치고 있어요."

천기춘은 손을 풀면서 당연하다고 말했다.

"소아는 오성도 익히지 못했다고 보는데 투척 지력술이나 병반술 등은 내 가공이 없으면 십분 발휘하기가 어려운 일이야. 그래서 자네는 내공이 문제야. 내공 수련은 기(氣)와 정신세계에 있지. 정신일도(精神一到) 하사불성(何事不成)이라는 것이 말하기 좋다고 하는 말이 아니다."

"그래서인지 나는 격공장(隔空掌)은 펼칠 수가 없어요."

"안 되면 계속 시도하라. 도전하면 달성될 것이므로 한번 해보자. 저기 검은 돌이 보이지?"

둘의 시선이 오장 밖에 있는 돌덩이에 집중되었다. 작은 광주리만 한 것이었는데 학소는 그쪽으로 자세를 취했다. 그리고 그가 익혔던 대로 자세를 가다듬었다. 숨을 고르는 조식(調息)으로 몸 전체를 바르게 갖고 체촉(体觸)과 기를 일으켜 천지 운행에 동화시키며 그 기를 양손으로 모았다. 이어 양팔과 손등에 힘을 불어넣으며 그 돌덩이에 양손을 펴면서 힘차게 밀었다.

이얏!

들썩 푹!

땅에 박힌 돌은 아니었는데 한번 뒤집지도 못하고 들썩였을 뿐이다. 그의 행공에 천기춘은 고개를 젓고는 껄껄거렸다.

"내력이 문제야. 고수라면 저 돌은 몇 장 날렸을 것이고 땅까지 패었을 텐데 그것도 장이라고 고함을 치는 것이냐?"

그 말을 들은 학소는 다시 한번 기를 모아 귀식대법(皈息大法)으로 호흡을 멈추고 기공을 닫았다. 이어 기공을 열어 깊은숨을 토해내며 양어깨 쪽으로 팔을 굽혔다가 단전에서부터 기를 모으며 힘차게 양팔을 밀었다.

이이 얏!

들썩 쿵!

드디어 광주리 같은 돌이 뒤집히자, 그 돌을 지붕 삼아 지내던 개미들이 천지가 개벽하는 바람에 난리통이 났다.

"초보는 벗어나는 셈이군. 저 돌 위에 붐벼대는 개미 숫자를 알아보렴?"

보통 사람이면 눈이 아무리 밝아도 개미가 있는지조차도 알 수 없을 텐데 학소는 알아볼 수 있었다. 작은 개미들이 당황하여 이리저리 부글대니 셈할 수는 없었고 대충은 짐작이 갔다.

"팔백여 마리는 되겠어요."

"육안법은 되는 것 같은데 내공이 문제야. 어저께는 들판에서 여러 가지 짐승의 동작을 취하며 조부님의 오금희(五禽戱) 토법양지도(土法養之道)의 체술을 보았는데 깊은 의미가 있었는가?"

"양생요결(養生要訣)로 수공(手功)을 연마하고 있습니다."

비침정사 천기춘은 고개를 흔들었다.

"양생연명록(養生延命錄)에 도가는 수명(修命)을 위하고, 유가(儒家)는 수신(修身)을 위하고, 불가(佛家)는 수선(修仙)을 위하고, 우리 의가(醫家)는 보건(保健)을 위하니 이 모두가 심신 수양에 있다. 그런데 수공이라면 무가(武家)를 말씀하는 것이 아니냐?"

"그래서인지 기가 나지 않고 연마가 힘든가 봅니다."

"모두가 신(神), 기(氣), 정(精) 삼자의 결합을 원칙으로 하니 힘든 일이다. 이러한 신비의 기공술은 하루아침에 이루어지는 것이 아니다. 나도 기공치술(氣功治術)로 기공사가 손바닥으로 기치료도 하고, 기공침구(氣功針灸)도 하지. 여기에 단전호흡을 하면 기를 발생시켜 내기(內氣) 치료를 한다. 소아는 체외로 방출하는 외기(外氣)의 기능에만 초점을 맞추어 무가(武家)에만 정신이 깃든 듯하네."

의가장 장원 내에 풍침풍사(風針風沙) 두기호(斗基號)와 여기 비침정사

(飛針定沙) 천기춘(千基椿)은 침방으로 일가를 이루는 사숙님들로 주위에서 정평이 나 있었다.

"다음은 깨달음이지 어떤 경지에 다다르면 내공은 자연적으로 얻어진다고 하는데 나로서는 꿈같은 이야기일세. 무공 수위가 높을수록 내공 수위 없이는 불가능하므로 어떤 경지에 오르기 위해서는 이러한 것들이 병행하지 않으면 힘든 일일세. 어느 날 학소의 영존(令尊)께서 소아의 내공 수위가 궁금했던지 나에게 묻더군."

"아버님이요?"

학소는 놀라는 얼굴을 하고는 또 안색이 시무룩하여 투덜거렸다.

"검잡는 것부터 싫어하더니 무공 수위는 알아서 무엇한답니까?"

"그래서 장주님께 답변을 했는데, 속기(速氣)와 쾌검술로 보아서는 반 갑자의 쾌는 공력으로 볼 수 있다고 했지."

"그렇게 됩니까? 그런데요……."

"그 점에는 누구도 자식이 칼 잡는 것을 자랑스럽게 생각하는 부모는 없을 터이니 이해해 주게."

학소는 부모의 마음을 알고 있었으니 그리 섭섭한 마음은 없었으며 한번 투정 부려 보는 소리였다. 뇌령심법(腦令心法)과 영사십결(靈死十缺) 등 기서는 많이 읽어 기억해 두었으나, 시전 방법이 나타나지 않은 것도 내공이 문제란 것으로 알고 있다.

그때 노루 한 마리가 숲속에서 두 귀를 쫑긋 세우고 학소 쪽으로 두 눈을 말똥거리며 바라보고 있었다. 그 노루를 바라보던 천 사숙은 웃음을 띠며 말했다.

"마침 잘 되었다. 그 예도로 비술을 시도해 보렴. 저 노루의 숨통을 단번에 끊어놔라. 녹혈을 맛보게."

노루는 차림새가 예상치 않은 중원인들을 보고 신기하다고 두 눈만 말똥거리며 쳐다보는데 차마 죽일 수가 없었다.

"가여운 노루가 나를 보고 있으므로 죽일 수가 없어요."

천기춘은 그의 뜻을 알고 잔인한 행동이 아닌 삶의 모습을 보여주고 싶어 신형이 섬뜩한 칼날같이 움직였다. 그의 손에 돌멩이 하나가 잡히더니 정통으로 날아가 노루의 머리를 때렸다.

켕!

날아오는 돌멩이에 정통으로 맞은 노루는 네발을 바르르 떨면서 그 자리에서 즉사했다. 그는 의미심장한 얼굴을 하고 노루를 끌고 와 학소 앞에 놓았다. 하다못해 고양이 같은 발톱이나 맹수의 작은 이빨 하나 갖추지 못한 착실해 보이는 노루는 축 늘어져 가엽게도 그들 앞에 누워 있었다.

"자네는 닭 모가지 하나 비틀지 못할 위인이야. 영당께서는 이리 말했지. '우리 소아는 다섯 살 때 병아리 한 마리가 솔개에게 채여 가자 종일 병아리를 부르면서 울었다'라고 하던데 사형들과 같이 그 말을 들으면서 웃었던 일이 있지. 그 후 몸이 성장했으면 마음도 그래야 되지 않겠나? 그런데 지금 그 예도는 정강이에 왜 차고 다니며 애지중지하는지 모르겠어."

그때가 생각난다. 솔개에 채여 하늘로 잡혀가며 삐악거리는 울음은 누구도 안쓰럽게 들린다.

그 말은 학소의 가슴을 정통으로 때렸다. 천기춘은 말을 하며 아무렇지 않게 노루 뿔을 잡고는 그대로 비틀었다.

부지직!

선혈이 줄줄 흐르면서 노루의 머리통에서 뿔이 뽑혀 나왔다. 뿔이 없는 머리통에는 두 눈만이 초롱초롱하며 학소 쪽으로 보는 것이 원망의 눈길로 바라보고 있었다.

"이 녹혈은 만병통치여서 먹어두면 기에 보탬이 된단 말이야. 자~ 한쪽을 들게. 뿔은 수놈만 가지고 있지. 뿔이 없는 놈은 모두 암놈이야.!

"그럼, 이것이 녹용이라는 말입니까?"

"그럼. 중원에는 소라니 뿐이며 산양이나 소라니 뿔은 약이 안 된다고 한다."

한쪽을 맛있게 빨면서 한쪽을 학소에게 내밀고 윽박지르면서 붉은 입을 놀렸다.

"자~ 받아먹게. 백정은 무감각하게 손가락질을 받으면서 살생하여 식량을 제공하고, 성인군자들은 살생은 금물이다 선도하면서 도살자는 백정(白丁)으로 천시하지. 웃기는 일은 성인군자도 그 덕에 고기를 자식과 식구에게 먹이고 지도 잘만 먹더군."

학소는 동감하면서도 그 말에 반문했다.

"사람들은 쌀이나 고기를 먹어야 살 수 있기 때문에 어쩔 수 없는 일이 아닙니까?"

"그 덕을 알면 백정을 천시하지 말지. 지옥에 가보면 백정과 도한(屠漢)들로 가득했을 것이고, 도살하지 않았던 승려이며 양반과 성인군자는 모두 천당(天堂)에 있을 테니. 하하하."

자신을 비유하는 말들이었는데 덥석 받아 쥐고는 같이 생혈을 빨면서 그도 붉은 입을 놀렸다.

"이 노루는 조금 전까지 우리를 아름답게 바라보던 눈동자라 한번 애도해 보았습니다."

"무엇이? 아름답게 보다니. 짐승이니까 짐승같이 우리를 보았겠지. 내가 왜 의미심장한 말을 하는지 알아?"

"백정을 나무라지 말라는 뜻이겠지요."

"……"

"아하! 사숙님이 노루 간덩이를 꺼내주시려는 것이겠죠?"

"그 말은 농으로 넘기고, 자네는 칼을 잡았지 않았는가. 검을 잡으면 살생의 시작이고, 백정보다 더 살생에 무심해져야 한다는 뜻이다. 또 빨리 어른이 되어 장가가기를 바라는 모주님(母主仕)의 주문이기도 하다. 이 섬이 여다(女多)라 했는데 연애도 해보고 사랑 이야기도 남길 만한데……."

그의 말에 웃음기가 흐르던 그의 얼굴이 침통해지며 늘어진 귓불이 붉어졌다. 성인식을 치르고 삼 년이 넘었는데 어떤 점은 큰아이 같기도 했다. 세 탕사가 산마루에서 내려오며 천 사숙을 찾았다.

"천 사숙님은 우리를 따돌리고 둘만 녹혈을 마셨군요."

"음. 그건 미안하다. 소아가 생혈을 먹지 못한다기에 억지로 먹여보았지. 중원에 가면 녹혈 먹기가 쉽지 않으니, 앞으로 실컷 먹고 가기로 하자. 뿔이 있는 노루는 탐라섬에서만 서식한단 말이야."

말을 마친 천기춘은 세 탕사를 데리고 경조모동산을 찾아 떠났다. 학소의 입에서는 피 냄새가 물씬 나기는 했으나 보약이라고 하니 몸이 훨씬 가벼웠다. 얼마를 달렸을 때 절자귀 복진해가 허겁지겁 달려왔다.

"우리 둘은 같은 조(組)야. 왜 안 보이나 했더니 혼자 녹혈을 마시며 놀았군."

"응. 그렇게 된 거야."

"그렇게 되긴 뭐가 된 거야. 혼자 잡수었다고 하면 누가 뭐래? 나도 한 마리는 잡아 녹용을 뽑아두었거든."

그는 배낭을 내려놓고 뿔 두 개를 보이며 말했다.

"그런데 말이야. 숲속에 이상한 노인이 있었어."

"노인도 사람인데 곶자왈 속에 없으란 법은 없지 않은감."

둘은 마상에서 내려 노인을 살펴보았는데 꿀꿀이 돼지를 끌고 다니면서 무어라고 중얼대고 있었다. 목줄에 매여 있는 흑돼지는 억센 주둥이로 땅을 헤집다가 성급히 몸을 돌리며 꼬부라진 꼬리를 흔들어댔다. 언뜻 보기에도 흔드는 꼬리 모습으로 보아 맛있는 음식을 찾아낸 행동이다.

"안돼. 꿀꿀아. 이것 먹어!"

노인은 품속에서 계피떡을 던져주며 잡았던 목줄을 끌었다.

"꿀꿀꿀~"

사시사철 언제나 먹는 데만 집착해 온 꿀꿀이 돼지는 아쉽다고 목줄에 끌리어 할 수 없이 계피떡을 아작아작 먹었다. 노인은 흙을 제치고 돼지가 먹으려던 계란 같은 하얀 공을 땅속에서 몇 개 꺼내 들었다. 그 상황을 살피던 둘은 하는 짓이 요상하여 노인에게 다가갔다.

"어르신이 찾는 것은 진귀한 물건 같은데 무엇이라고 합니까?"

노인은 뒤를 돌아보고는 놀라는 기색이 역력했다. 갈색 마의에 정등벌립을 썼으며 어깨에는 꼴망태를 매고 있었는데 인기척도 없이 뒤에서 중국말을 하였으므로 더욱 그리하였다. 둘을 유심히 쳐다보던 노인은 입을 열었다.

"복식으로 보아 먼 데서 들어온 것 같은데 이 산중에는 웬일이오?"

복진해는 한어(漢語)가 나오자 반갑게 말을 걸었다.

"우리 말을 잘하십니다."

"젊은 시절 상선을 타다가 산동(山東)에 있는 신라촌에서 생활한 적이 있네."

학소도 포권을 하고 예를 했다.

"저희들은 보다시피 중국에서 약초를 캐려고 들어와 헤매고 있습니다. 그런데 노 선배님께서 꿀꿀이를 이용하여 귀한 것을 캐는 일들이 그럴싸해서 묻습니다."

"그래요? 중국에서 탐라섬까지 약초를 캔다고?"

"……"

"녹용 냄새를 풍기는 것이 알 수 있군. 탐라의 풀초는 모두 약이어서 중국 고라니도 오 년만 이 섬에서 풀초를 먹으면 녹용이 생겨 뿔이 난단 말이야."

그 사람은 벌써 녹혈 냄새까지 알아보며 이들의 동태를 주시했다. 복진해는 꿀꿀이가 파 놓았던 것을 보고 탄성이 나왔다.

"아~ 이것은 백복령(白松靈)이군요."

노인은 일어서서 허리를 펴고는 정등벌립을 고쳐 쓰면서 껄껄댔다.

"그렇다. 중국에서는 복령이나 송로버섯을 찾는데 모래밭이나 산 하나를 전부 긁어야 찾아내지. 사람들은 꿀꿀이가 멍청한 돼지라고 하지만 땅을 파고 약근을 찾아내는 데는 현명한 일꾼이다."

"그렇군요. 백복령이 처음에는 쌀가루 같더니 지금은 노랗게 변하고 있어요."

"지혈(地血)을 벗어나니 그렇단다. 땅속에 있는 지실(地實)은 모두가 약근이 될 수 있지. 이를테면 우리가 언제나 접할 수 있는 무, 당근, 도라지, 연근, 인삼 등 모든 초근은 땅 위 것보다 지온을 먹고 자랐는데 더하면 더했지, 덜하지 않네. 그런데 귀공들은 무엇을 찾으려고 헤매고 있지?"

학소는 노인의 견지에 놀라움을 금치 못했다가 대답했다.

"고지(高地)에 식생 하는 금난초, 은난초, 민황초, 어성근입니다."

"해열과 이뇨제로는 당귀와 산마가 좋다고 하나 민황초만 못하고, 해독제로 양하가 좋다고 하나 어성근과 은난초만 못하니 채약사로서는 제법이군. 그러한 것들이라면 더 깊은 곳으로 들어서야 할걸세."

그러한 말을 남겨놓으며 꿀망태기를 둘러매고 산 아래로 내려갔다. 둘은 곶자왈 깊숙한 곳에서 한나절을 보내면서 약초를 캔 것은 각각 한 줌에 불과했다.

"소아. 금악봉이 안 보이네. 우리가 이러다가 길을 잃으면 어떻게 하지?"

그 말에 학소는 자신 있게 배를 부풀리면서 웃음을 지었다.

"대륙에서 나온 우리가 쪼그만 섬에서 길을 잃으면 말이 안 되지. 저기 보이는 실개천을 따라 내려가면 인가가 있을 것이고, 나무 모양만 보아도 나는 동서남북을 알 수 있다. 염려는 붙들어 매게."

"그렇구나. 물은 낮은 곳으로 흐르니 물 따라 내려가면 쉽게 길을 찾는다지만 우리 약낭과 자루는 텅 비어 있는데 눈을 크게 뜨고 잘 찾아봐."

그러면서 둘은 어두침침한 계곡 안으로 들어섰다. 절벽 사이로 시원한 바람이 불어와 계곡은 선선했다. 같이 붙어 다니려는 복진해를 의식하며 학소는 웃음이 났다. 무공이나 마음가짐이 넉넉한 그가 이름 모를 산속에서는 얼떨떨 거리는 행동이 그러했다.

"소아. 시원하지? 저쪽에서 물소리가 들린다. 한 모금 먹고 가자."

둘은 물가로 발길을 옮기다가 뼈만 앙상한 인골들이 여기저기 널려 있는 걸 보고 깜짝 놀라지 않을 수 없었다. 하나둘이 아닌 수십이 됨직한 해골들이었는데 그럴 수밖에 없었다.

"이크! 해골들이 수백이야!"

깜짝 놀라 떠들며 외치는 바람에 그들의 말에 답이라도 하듯이 계곡 끝에서 으르렁거리는 호랑이 소리가 들려왔다.

"호랑이다!"

흐르릉~.

그 소리를 들은 복진해는 사시나무 떨듯 몸을 떨면서 두 눈이 왕방울만 해졌다.

"호랑이야. 호랑이!"

걸음아 나 살려라 하고 뛰처나와 조랑말 위에 몸을 던졌다. 그 바람에 학소도 말 위에 몸을 던지며 그의 뒤를 따랐다. 복진해는 개나 동물에 겁이 많은 사람으로 아는지라 편잔을 주었다.

"탐라에는 산무악수라 했는데 대호는 아닐 것이오."

"그 소리 못 들었는감? 또 그 인골들은 호랑이에게 잡아 먹힌 호식총

이야."

"흥! 절자귀 명호가 부끄럽지 않소? 무공깨나 하는 사람이 호식이가 나타나면 그 절자귀로 해치우면 될 걸 가지고는."

"그런가? 내가 왜 그랬지? 아니야. 탐라의 범은 보통의 맹수가 아니고 귀신같을 거야."

학소는 그를 따라 계곡을 벗어나면서 벙글거리는 얼굴이 두려워하는 점은 없어 보였다. 단지 인골들이 많아서 왠지 마음이 내키지 않아 멀리 벗어나고 싶을 뿐이었다.

마을이 가까워졌는지 띠로 꽁꽁 얽어맨 초가 한 채가 나타났다. 절자귀 복진해는 코를 벌름거리고는 고개를 끄덕였다.

"어저께 노인네 집 같군. 약초향이 은은하여 들어가 봄세."

"사향의 향기가 나는 걸 보면 보통 약초들이 아니오."

노인은 마루에 앉아 낫으로 으름나무 껍질을 벗기고 있었다. 그는 그들을 보자 주름진 얼굴에 미소까지 지어 보였다.

"가엾게도 젊은이들은 금난초, 은난초를 찾지 못하여 헤매었구나."

노인이 바라보는 텅 빈 약낭에 무엇을 채워야 했던 이들은 이 노인을 어루달래어 얻을 심산으로 낭좌에 앉았다. 복진해가 목에 걸어두었던 은전 목걸이를 풀어가며 말했다.

"영감님한테 사향과 민향초와 은난초들이 있을 듯하여……."

"그렇네. 여기 한라산에 사향노루가 없다고 하면 거짓말이겠지. 그런데 사향노루는 그 사향 때문에 인가에서 나온 개들한테 잘 잡히네. 그 노루들은 백록담 정상으로 올라가 버렸네. 잡기 쉬운 일이 아니오."

"하면 금난초, 은난초들이 있을 듯하여 패물이나 은전을 드리겠어요."

"저기 골방에 있기는 한데 나는 대정촌이나 고산 포구에 나가 식량과 잡곡으로 바꾸어 생활하므로 중원의 은전은 필요가 없소."

학소는 자루에 있던 건곡들을 꺼내며 그의 앞으로 밀었다. 허나 노인은 복진해의 허리에 매여 있는 자귀를 바라보며 손사래를 쳤다.

"귀공들이 먹을 양식인데 나는 사양하겠어."

"아닙니다. 여기 들판에는 멍기, 질래와 명순이며 합초, 더덕 등 먹을 거리가 널려 있어서 이러한 건량은 필요가 없어졌습니다."

"암. 암. 나도 알아. 이 사람 자귀에서 혈향이 풍기는데 어젯밤에 노루 한 마리는 해쳐 먹었을 것이고, 채약사들이 들판에서 굶는다는 것은 말이 되겠어?"

이들은 이 노인에게 몇 줌의 쌀로 약초들을 구할 수 없을 것 같아 정중히 흥정에 들어갔다.

"고산 포구에 큰 범선이 하나 옵니다. 백미 일곱 가마면 되겠습니까?"

그 말에 노인은 깊은 생각에 잠겼다가 중얼거렸다.

"히히히. 하얀 백미 밥으로 일 년 동안 먹여준다면 앞마을 콧대 높은 그 할망구도 당장 달려올 테지? 젊은이 말대로 합시다. 백미 일곱 가마요."

복진해는 한숨을 돌리고는 오전에 계곡에서 있었던 일을 여쭈었다.

"하하하. 호성곡(虎聲谷) 말이구나. 어떻게 하다가 협소한 그곳까지 갔는지 모르겠구나."

"가다가 보니 그렇게 됐습니다."

그는 덩달아 말했다.

"말도 마시오. 뼈만 앙상한 사람들 시체들이며 호랑이 울음소리가 어찌 우렁찼던지 한숨에 달려왔습니다."

노인은 고개를 끄덕이며 사실을 말해 주었다.

"그 계곡에서 큰소리치면 안쪽에서 범 울음 같은 소리가 메아리 되어 울린다고 사람들은 범 골짜기라고도 하며 호성곡이라고도 하네. 그렇게 말만 범 계곡이지 그러한 대충(大蟲)은 이 섬에 없다우."

"그럼, 인골은 호식총(虎食塚)이 아닙니까?"

"이십여 년 전에 돌림병이 심하여 많은 사람이 죽어 나갔지. 그때 손쓸 여유가 없다 보니 그쪽에다 시체들을 버리게 되었네."

복진해는 그제야 무엇에 속았다고 머리를 긁적이며 중얼거렸다.

"장주님이 이 섬에는 산무악수라고 하더니 맞는 말이군요."

노인은 산무악수라는 말에 심통이 나서 이들의 동태를 쓸어보며 부채를 들어 땀을 식혔다.

"지금은 그 말이 틀리지는 않으나 옛날에는 호랑이가 살았댔어. 사람들은 여기 앞마을 쌍구동(双口洞)에서 놀란 호랑이들이 그 범 계곡으로 도망을 쳐서 영영 나오지 못하여 울음소리만 들린다고 하지."

너털웃음을 하고 나서 노인은 전설 이야기를 들려주었다.

"이 앞에 세미동(洗味洞)과 홍물동(洪水洞) 사이에 나지막이 가로 놓인 숲산이 있다. 숲산에는 토질이 좋아 보리농사를 하는 오십여 가구가 사는 이름 없는 마을이 있었지. 그 마을이 옛날을 기려 지금은 쌍구동(双口洞)이라고 불리고 있지."

학소는 일어서려다 노인장 이야기가 그럴듯하여 다가앉았다. 두 청년이 초롱초롱한 눈을 하고 다가앉는 행동에 노인은 헛기침을 했다.

"어흠. 이야기에는 값이 있어야지. 말을 해? 말아?"

이야기 좋아하는 학소가 손뼉을 딱 쳤다.

"영감님은 입성이 부실하여 앞마을 할머니가 어디 오겠습니까? 그래서 제가 무명옷 한 벌 선사하겠어요."

"히야. 중원의 남포 옷을 얻어 입게 되다니 뜻밖이구나. 얼아이 같던 귀공들 품세가 뜻밖에 어른스러워 보이는구나. 겨울에는 가죽옷을 입다 보면 짐승 같아 보여 앞마을 할머니가 오겠어?"

둘을 치켜세우고 나서 노인은 잔잔한 눈으로 앞산을 바라보며 그 전설을 이야기했다.

"아득한 옛날. 앞마을에 한 과부가 있었는데 남편 제사를 맞게 되었단다. 밭에서 돌아온 그 부인은 어린 아들하고 제사상을 차리다가 깜빡 잊은 것이 있었다."

하고는 다음과 같이 말을 이었다.

어근녹포(魚根鹿脯)에 해어(海魚)에 해당하는 생선 자반이 없었다. 율황(栗黃)에다 고기적까지는 다 되었는데 귀중한 것이 빠져 있었다. 해어는 준비는 했었는데 며칠 전 찬이 없을 때 아들과 같이 먹어버리고 다음에 준비해야지 했던 것이 깜빡 잊어버렸던 것이다.

이웃집 아주머니는 이 밤에 어데 가서 구할 수는 없으니 다른 것으로 때우라고 일러주었다. 부인은 오늘 자정이면 촌상(村上) 할아버지가 축(祝)을 고(告)하려고 오는 날이므로 꼭 해어가 있어야 한다고 했다. 지금도 제사상에는 해어가 꼭 들어간다. 그래서 그 과부는 갯마을까지 생선을 구하려고 나서기로 했는데, 마침 보름달은 휘영청 밝았으며 거리는 오리 남짓밖에 안 되어 어렵지 않게 생각했다. 당시도 생선이면 옥돔 자반이 되는 것이다. 호랑이도 가끔 나타난다는 말은 들었으나 그녀는 두 주먹을 꼭 쥐고 중간지점인 꺽세 동산에 이르렀다.

그때였다. 솜뭉치만도 못한 두 주먹이지만 불끈 쥐고 앞만 보고 걷던 과부는 깜짝 놀라지 않을 수 없었다. 여인의 앞에 큰 호랑이가 나타났으니 살아서 집에 돌아가기는 다 틀렸다.

"흐르릉!"

대호의 배를 보니 홀쩍 곯아있고 단번에 물어 삼킬 자세이고 보니 정말 낭패였다.

'나는 생선을 사고 집에 돌아가 남편의 제사를 지내야 할 텐데…' 그녀는 그 생각뿐이었다.

그때 사람들이 말했던 것이 생각났다. 호랑이 굴에 들어가도 정신만 차리면 길이 있다고 하는데 정신을 차리자. 그러면서 궁리 끝에 과부는 깜짝한 생각을 했다. 그것은 엉뚱하게도 치마를 내려 엉덩이 살을 내밀고 있었다. 그 모습에 호랑이는 모든 짐승이 자기만 보면 겁에 질려 도망치기가 바쁜데 태연하게 구부정한 자세가 심상치가 않아 머리를 갸우뚱했다. 개나 맹수들은 도망치는 짐승을 쫓아가 잡아먹는 것이 자연의 이치였다. 도망치지 않으면 개도 사람에게 덤비지 못한다.

과부는 '동리 남정네들이 나를 보면 엉덩이가 크고 좋다고 말하던데 이 살을 한 점 먹으면 그것으로 족하여 돌아가겠지. 그깟 살 한두 점 떼어봐야 덧이야 나겠어. 다음 살이 오르면 그만인데.' 그러면서 치마를 내렸다.

과부는 엉거주춤 굽어 보이며 둔부를 호랑이 앞에 냅다 내밀었다. 바람에라도 쓰러질 듯한 막대기같이 두 발로 걷는 인간이 넙죽하니 네 발이 되어 뒤쪽으로 덤볐는데 처음 보는 동물이었다.

으르릉!

일단 호랑이는 겁을 주며 으르렁댔지만, 괴상한 동물은 좀처럼 겁이 없어 보였다. 어떤 짐승도 믿는 구석이 있어야 승산이 있기 때문에 덤빈다. 어떻게 잡아먹을까 궁리하던 대호는 점점 겁이 나기 시작했다. 사람의 입이 얼굴 쪽 높은 곳에 있어서 주의를 했는데 꾸부정한 동물이 쌍입을 밑에 두고 치마폭을 휘날리며 밀려오는 것이 마치 들판의 수사자처럼 무슨 영물처럼 보였다. 과부는 빨리 살 한 점 떼 먹고 사라지기를 원했던지라 다리 틈 사이로 대호를 보며 굽어서 둔부를 내밀어갔다.

'이크! 이 세상에서 입이 둘 달린 동물은 조심하라는 말은 들은 적 있는데 쌍 입(双口)으로 덤비는 동물은 호랑이 잡아먹는 영물이구나!' 하고는 혼비백산(魂飛魄散)하여 모두 호성곡으로 기어들어 육지부로 도망쳤다고 한다.

"얘들아. 이 섬에 우리 범을 잡아먹는 영물이 나타났다. 모두 도망치자! 하고 말이다."

육 년 전 탐라도   111

노인이 말을 마치자, 둘은 그 말을 듣다가 대소를 터트렸다.
"하하하. 그럴듯합니다. 성인 민화 이야기군요."
노인은 일어서서 앞마을을 가리켰다.
"민화인지 실화인지는 자네들 생각이고 사실이 그러하니 이 주위를 보게. 이 앞에 쌍구동(双口洞) 마을이 있고, 저 산이 여인이 굽은 듯하다 하여 뒤굽은오름(後曲岳)이라고 한다. 지금도 뒤굽은오름이라 하여 후곡악(後曲岳)으로 불리고 있다. 그쪽 가는 길에 여인이 대호를 만났다는 우명 동산이 있다. 소도그 동산을 지날 때는 코를 하늘로 치들어 우멍~ 하고 웃고 지난다는 소웃음 우멍 동산이 있다. 아마도 대호가 없으니 소가 제일 기뻐했을 것이다."
"그렇다면 그 과부가 이 섬에 있는 대호를 전부 내몰았다는 셈이군요."
"그렇다고 볼 수 있지. 과부는 무사히 돌아와 남편 제사를 잘 지내었다고 전해져 내려오고 있다."
노인은 밖으로 나가고는 마당을 파헤치는 꿀꿀이를 우리 통으로 몰아넣었다. 토종 돼지는 주둥이 사이로 이빨이 튀어나온 것으로 보아 산돼지처럼 수놈 같았다.
"영감님. 그 돼지는 나잇살이 들어 보여 늙은 돼지 같은데요."
"다섯 살이면 늙은 편이지. 앞으로 다섯 해는 약초를 찾을 테니 돼지 덕을 많이 입어 나는 전생에 돼지였나 보지?"
복진해는 코를 찡긋거리며 골방문을 열었다. 꽤 많은 약초가 종류별로 차곡차곡 쌓여있었다.
"잘 봐두게. 운반은 말보다 한 장(漢長) 마을에 소달구지가 있다. 그것을 빌리면 쉬울 것이오. 올라올 때 백미(白米)를 싣고 오면 일거양득이겠지?"
노인은 운임까지 전가하면서 기대에 부풀었다. 그 기대는 앞마을 할머니였을 것이다. 둘은 약속을 마치고 쌍구동 마을로 내려갔다. 정자나무 아래에서 낮잠이나 자고 바둑이나 장기를 두는 자는 모두 남자들이고, 밭에서 김을 매거나 물허벅 같은 등짐을 지고 일하는 자는 모두 여인들이었다. 둘은 정자나무 밑에서 술판을 벌이고 있는 젊은이들 쪽으로 걸어갔다. 천상 내려가는 길이라 이 마을을 지날 수밖에 없었다.

"여기가 쌍구동 마을이 맞습니까?"

술사발을 들다가 이방인의 차림새에 갈의를 입은 젊은이가 서투른 중원 말로 대답했다.

"그렇소만 무슨 볼일이라도 있습니까?"

그중 한 이는 나무 그릇 통에 있는 노란 탁배기 한 사발을 뜨고 이들에게 내밀었다.

"좁쌀 오메기술이지요. 고소리에 닦으면 독한 백주가 되나 우리는 탁주로 더 즐겨 먹습니다."

노란 베삼을 입은 젊은이는 이들에게 호감이 있어 몇 사발을 떠드렸다. 노란 기장죽 같아 보였는데 목으로 넘어갈 때 꺼끌거렸으나 점점 익숙하여 뱃속이 뜨뜻해졌다.

"헤헤헤. 맛이 좋은 모양이지요? 거뜬히 다섯 사발씩 마셨으니"

학소도 먹는데 독한 감이 없었고 마침 배를 곯았던 터라 몇 사발을 거뜬히 들어 공복을 채울 수가 있었다. 둘은 전설에 배인 이상한 마을에서 기념비적으로 취해보고 싶었는지도 모른다. 말쑥한 차림에 중년인이 다가오며 말했다.

"당신네들 총각이오?"

그의 말에 기다렸다는 듯이 복진해가 학소를 가리켰다.

"이 사람이 총각인데 비바리는 있습니까?"

그 중년인은 넙죽하니 탁주 한 사발을 들이켜고 나서 학소에게 눈을 돌렸다.

"그야 우리 친동생도 있고, 사촌 동생도 있고, 비바리 처녀들이 많지요."

복진해가 취기가 올랐는지 또 가볍게 입을 열었다.

"들판에서 밤을 새워 몸이 무겁습니다. 빈집이라도 있으면 이슬을 피하게 하룻밤을 유(有)하고 싶소만."

예의 그 중년인이 방긋 웃어 보이며 이들을 반겼다.

"그렇게 하시지요. 우리 집으로 청하겠습니다."

학소는 민망한 얼굴로 중년인에게 묵례를 올리고는 손사래를 쳤다.

"이 사람이 취했나 봅니다. 우리는 갈 길이 바쁜 몸이라 이만 실례하겠습니다."

인사말을 하고는 복진해를 끌어내리자 잘도 투덜거렸다.

"왜 그래? 탐라에 여인을 얻고 가면 학소 도련님도 여인을 알 수 있을 텐데."

"책임질 수 없는 일은 하지 말아야지."

"장주님의 말처럼 사랑 이야기도 만들고 데려다가 첩이라도 만들면 될 일인데…"

"혹시 그대 여동생이 있어 누가 데려다 첩살이시키면 좋겠어?"

학소와 같이 지내면서 여인 이야기만 나오면 달갑지 않게 여겨왔는데 오늘도 그랬다. 복진해는 기혼자였고 소주인 학소는 그렇지 못했다. 십팔 세가 되면 정혼을 하는데, 의가장 진 도령은 그렇지 못하여 같이 지내면서 늘 미안한 적이 한두 번이 아니었다.

"여인 이야기는 농담도 못 하겠군."

복진해는 입을 삐죽해 보이고 고산 들판을 바라보며 내려가고 있었다. 푸르름이 가득 깔린 넓은 띠밭은 좁은 산길 소로가 꼬불꼬불 나 있어 나귀 같은 조랑말은 길을 잘 찾아 잘도 걷는다. 머리를 끄덕이며 술 향기 풍기는 이들을 등짝에 싣고 소로를 따라 무던히도 걷는다. 둘은 말을 멈추고 한라산 쪽을 바라보았다. 지평선 끝에서 산줄기까지 아기

자기하게 갖가지 자태를 자랑하며 눈(臥)오름, 선(立)오름, 좌(左)오름 등 돌망돌망하니 있을 곳에 선 것처럼 여기저기 산재해 있는 것이 정겨워 보였다. 금방 지난 곳은 후곡악이었는데 노인네 말처럼 등 굽어 있는 모습이기도 했다. 건너편으로는 봉우리에 여인의 머리를 여겼다 하여 머리여진오름이고 어느 것 하나 사연과 뜻이 없는 산은 없었다.

"소아. 저쪽을 보게. 저 많은 오름을 어떻게 생각해?"

"나는 계림(桂林)을 여행한 일이 있어. 계림도 고만고만한 오름들이 삼천육백 개나 군(君)상으로 모여있어 천하 일경이었지. 그에 반해 이곳 풍광도 있을 곳에 있는 것처럼 듬성듬성하게 어머님 품처럼 포근한 감을 느끼곤 하여 그에 못지않네그려."

학소의 말에 고개를 끄덕이며 그를 자극해 보았다.

"나도 동감이야. 여기 삼백육십오 개의 오름들이 어찌 포근한지 젊은 여인네의 가슴 같지 않니? 오름과 오름 사이 굴곡이며 각선미 말이야."

"끄억! 끄억!"

둘은 말술을 들어 취하였는데 하늘이 땅이 되고, 땅이 꺼져 하늘 위에 오르고, 주위에 오름들이 여인의 품같이 다가오기도 했다. 그 점은 복진해의 눈에는 더 요란했다. 술기운이 오른 배를 쓰다듬으며 고산 포구에 다다랐을 때는 얼굴이 홍당무가 되어 있었다. 말이 없으면 내려오지 못했을 것이다.

"그대들은 금수강산을 유람한 모양일세, 좋은 일이 있었던가?"

근초감 허달이 이들을 발견하고 취한 얼굴에 농을 하였다. 학소의 눈에는 허 사숙의 웃는 얼굴이 둘로 보일 적 핼쑥하게 보이기도 하고 종잡을 수가 없었다. 늘 아버님과 한 조임을 생각하여 안부를 물었다.

"허 사숙님도 별고 없으셨습니까? 그리고 아버님은요?"

"조금 전에 포구에서 나오더니 어떤 할머니를 따라가더구먼."

"할머니라고요?"

"당굿 할머니인데 오늘 큰 굿을 한다고 하여 방 탕사와 굿거리 구경 가는 중일세. 수월봉(水月峯)에 올라 배 구경도 하고 같이 가자."

복진해는 조랑말을 방 탕사에게 내밀며 어저께 노인장의 말을 했다.

"허 사숙님께 한 가지 올릴 말씀이 있어서…."

"음. 다 알아. 유람하다 보니 자네들 약낭으로 보아 약초 캔 것은 하나도 없다는 말이구나."

복진해는 몸을 흥청거리며 혼잣말처럼 중얼거렸다.

"좁쌀 오메기 탁주를 쌍구동에서 얻어먹고 취했는데 이해해 주십시오. 그런데 말입니다. 입 둘 달린 무서운 짐승이 무엇인지 아시겠습니까?"

허달과 방하생은 이들이 키득거리는 웃음을 보면서 토끼 눈을 하였다.

"사형들은 오늘 못 먹을 것을 먹었습니까? 둘만 기분이 좋아서 말입니다."

머리가 몽롱해진 복진해가 또 이어 중얼거렸다.

"아 글쎄. 입 둘 달린 짐승은 여자인데요. 그 과부는 호랑이 앞에서 짐승처럼 굽어 보이고 옷을 내리어 엉덩이를 불쑥 내밀었다지 뭐예요. 그러고는 '자 먹어라' 하고 네발이 된 그 짐승은 둔부로 공격했다지 않습니까. 그 대호는 깜짝 놀라 입 둘 달린 짐승은 호랑이 잡아먹는 영물이구나~하고 혼비백산하여 이 섬에서 모두 도망갔다지 뭐예요. 그래서 그 마을 이름이 쌍구동이구요."

방하생 탕사는 말뜻을 알아먹고 대소를 터트렸다. 밑도 끝도 없이 하는 말에 허달은 학소 쪽으로 고개를 돌렸다.

"복진해가 지금 무슨 잠꼬대 소리를 하는지 모르겠네. 소아도 싱글거리는 것이 똑같구먼. 좁쌀 탁주가 우스워 보여도 하루 종일 취하는 것인지는 모르는구나."

학소는 웃음을 머금고 미안한 생각이 들었다.

"쌍구동 마을에 관한 전설입니다. 양해해 주십시오. 그 노인하고 우리는 쌀 일곱 가마니에 약초 한 달구지하고 장사를 했는데 잘한 셈이지요?"

"풀초나 양하 같은 것이 아무리 많으면 무엇해? 내용이 좋아야지."

그의 말에 학소는 품속에서 한 장의 면지를 꺼내며 노인장이 말했던 목록들을 보여주었다. 목록표를 받아 든 허달은 두 눈이 동그래졌다.

"뭣이? 이렇게 귀중한 것들이? 백복령, 지남성, 어성근이 이렇게 많다니."

복진해가 이것으로 흥이 난 것처럼 말했다.

"사향도 이십 점이나 있고요."

"뭐? 사향도?"

"그래서 우리가 기분이 좋아진 것이 아닙니까. 노인장도 백미 일곱 가마면 앞마을 할머니를 데려올 수 있다고 좋아합디다. 또 그 집 꿀꿀이 흑돼지가 어찌 영특한지 노인장이 끌고 다니면서 송로는 물론 복령이며 하수오 등 약근을 찾아내던데요."

허달은 모두를 바라보며 고개를 끄덕였다.

"꿀꿀이에게 탕약을 먹여 약근을 찾는다는 것은 들어서 알고 있지만, 땅속 약근이며 백복령 지남성을 찾는 데는 기발한 착상이구나."

그들은 탐라의 서쪽 끝자락 월봉낙조(月奉落照)라는 수월봉(水月奉)에 올랐다. 시원한 바다가 한눈에 들어오며 망망대해가 펼쳐졌다. 초췌한 얼굴에 일곱 치의 구레나룻을 쓸어내리는 허달은 복진해에게 고개를 돌렸다.

"탐라는 여인의 섬이라고 자네들도 이야기하던데 나는 사랑 이야기를 할 테다."

세 젊은이는 준엄하게 말을 잇는 허달의 얼굴로 시선을 옮겼다.

"여기 한장 마을 자귀내포(蔗歸川浦)에 어부인 부부가 살았단다. 부인의 이름은 수월(水月)이라고 하는데 미인에다 정숙한 여인이었다네. 그녀는 저녁이면 언제나 그랬듯이 바닷가에 나가 남편이 돌아오기를 기다렸고 잡아 온 고기를 팔아 단란한 가정을 이루었지.

그날도 수월이는 바닷가에 나가 남편이 돌아오기를 기다렸는데, 날이 저물어도 배는 돌아오지 않았다. 짙은 안개로 한라산을 찾지 못했을 것이라고 남편의 심정을 헤아리며 해는 저물었다. 수월이는 진탕되는 가슴을 진정시키며 다음날도 남편의 배가 돌아올 것으로 믿어 높은 바위에 올라 먼바다를 바라보았으나, 배는 돌아오지 않았다. 동리 사람들은 남편은 풍랑을 만나 죽었을 것이라고 단념하라고 위로했지만, 수월이 눈에는 남편의 배가 저 멀리서 돌아오는 영상을 그리며 기다렸지. 다음날도 그 바람은 누구도 말릴 수 없었다.

그래서 매일 바위에 올라 망망대해를 바라보는 자태는 마치 선녀가 절벽 끝에 서서 치마폭을 바람에 날리며 먼바다를 그리는 모습과 흡사했다고 한다. 그것도 일 년, 이 년, 삼 년 남편이 돌아오는 기대에 그렇게 한없이 기다리다 보니 애정과 혼이 여기에 녹아 바위가 되었고 지금은 수월봉이라고 명명되었다는군."

한없는 여인의 사랑 이야기에 장내에는 잠시 침묵이 흘렀다. 앞바다에는 여러 섬이 우뚝우뚝 서 있었고 수월이의 치마폭을 날리던 시원한 바닷바람은 그들의 얼굴을 스쳐 지나갔다. 노인의 이야기처럼 웃음을 자아내는 전설이 있는가 하면, 수월이처럼 눈물이 흐르고 애틋한 심정과 사랑 이야기도 많은 이상한 섬이었다. 학소는 몽환 속을 더듬으며 혼돈으로 무엇인가가 있을 것만 같다고 생각할 때였다.

"앗!"

한곳을 응시하던 그는 나지막이 탄성을 토하며 그의 얼굴은 당혹함이 얼굴에 나타났다. 모두 그의 얼굴을 처다보다가 복진해가 말했다.

"소아는 자주 사람을 놀라게 하는데 이번에는 중국 땅이라도 보여요?"

"그게 아니고 이 섬들이 꿈에 몽환 되던 섬들이야."

대해를 바라보던 허달이 섬 쪽으로 고개를 돌리며 근엄한 소리가 나왔다.

"바로 저 섬이 차귀도(遮歸島)일세. 그 호칭은 호종단 전설에서 유래하여 붙여진 이름이네. 같이 올라가 보도록 하자."

허달은 미리 여기 와서 답사했던지라 모두 그가 가리키는 곳으로 걸어갔다. 거기에는 비석이 우뚝 서 있었다. 밤톨만 한 크기의 글씨들은 하얗고 푸른 검버섯으로 글씨들을 감추고 있었다. 대양을 굽어보며 많은 세월 동안 바닷바람을 마셨으니 그럴만하다. 한자와 방언으로 새겨져 있는 문구를 짚어가며 설명했다. 육 척 크기의 비문에는 다음과 같이 적혀있었다.

세전(世傳)에 탐라의 호국신이 영(靈)으로 화(化)하여 호종단의 횡포에 보복하였다. 후인(後人)이 영렬(靈烈)함을 숭경(崇敬) 하야 차귀당을 설(設)하야 치제(致祭)하며 호종단(胡宗旦)이 차귀(遮歸)함을 의미(意味)하야 명칭 차귀도라 한다.

당굿 할머니 말처럼 차귀도라는 명칭도 여기에서 유래하여 호종단의 귀국길을 막았다고 하여, 막을 차(遮), 돌아갈 귀(歸)를 써서 차귀라 하였다. 그런데 이 섬 앞에 우뚝 선 바위섬 하나가 있는데 이것이 한라산 영실에 있는 오백 장군(五百羅漢)의 막내가 이곳에 와서 우뚝 솟아있어 이것이 장군석이다. 장군석 주위로 둘러쳐져 있는 섬들이 마치 장군의 뜻을 보필하는 형체와 같다.

학소가 놀라는 것은 장군석까지는 보지 못했지만, 이상하리만치 꿈에 현몽하는 섬이었기 때문이다. 영실기암에서 복진해가 그랬듯이 방하생 탕사가 멍하니 서 있는 학소를 깨웠다.

"가까이 서면 바다에 떨어져요. 흥이 났던 술기운은 어데 가고 놀라는 기색이야."

허달도 자리를 뜨면서 입을 열었다.

"그것은 하나의 전설 바위에 불과하다 그리 놀랄 일은 아니네. 저기 북소리 나는 곳에 당굿을 하고 있다. 구경 가자."

한장촌(漢長村)도 여느 마을처럼 올망졸망한 초가집들이 어른 팔뚝만 한 굵기의 줄 끈을 만들어 묶어놓았으며, 어떤 광풍이 불어와도 날아갈 일은 없어 보였다. 높은 곳에서 바라본 초가지붕들은 바둑판 못지않았다. 거리의 주민들은 이방인을 보자 돌아서며 이들의 행색을 살폈다. 하나같이 당화(唐靴)인 가죽신에다 허달만이 갈의를 입었을 뿐 모두 번들나 보이는 물색 옷과 무명 호복을 입고 있어서 복식으로 구별될 수 있었다. 벌립을 쓴 중년인이 허달 앞으로 다가오며 중국 말을 했다.

"당신네는 그저께 닻을 내린 범주선에서 내리셨소?"

복진해는 정등 벌립을 멋있게 비틀어 쓴 그를 보며 말했다.

"아니요. 우리는 당포에서 산길을 배회하며 오는 길이오만 조만간 그 배를 탈 수 있을 것입니다."

중년인은 이들을 조용히 뜯어보며 장사할 물건이 없나 하고 궁리 중이었다.

"나에게 녹피와 여러가지 건피 가죽이 있는데 남포나 생활 용구가 있으면 바꾸고 싶은데 남는 게 있습니까?"

"우리가 있다면 천기춘이라는 사람이 내일 판자를 열지 모르겠소. 여기서도 성안(城內)에 가면 고려와 중국 물건이 많다고 하던데 그쪽에 가면 쉽지 않겠습니까?"

"성안 사람들은 중국 물건이라면 너무 비싸게 쳐서 장사가 될 수 없어요."

굿마당이 가까워지며 북소리는 크게 들렸다.

둥당 둥당 둥둥둥….

마을이 넓다고 하여 한장촌(漢長村)인데 초가집 사이로 틈틈이 기와집도 보였다. 마을 북쪽에 몇천 년 되어 보이는 팽나무가 있었고 남녀노소 많은 사람이 모여들고 있었다. 팽나무 밑에는 늘어진 종이 가름들이며 배필이 늘어져 있고 상위에는 시루떡과 무색 떡들이 가득 올려져 있었다. 하얀 종이에는 사각과 원통 모양의 구멍이 나 있고, 왕죽 위에 얼기설기 놓여 주위를 흉물스럽게 만들어 마치 신(神)이 나올 것 같은 세상을 만들었다.

 굿판은 초감제가 끝나 본 굿으로 무르익었다. 그 할머니는 혹자(或者)의 검은 머리로 둥글게 말아 부푼 양이며 그 위에 하얀 종이 고깔모자를 썼다. 얼굴에는 보기 드물게 하얀 분칠을 하고 눈자위는 붉게 만들어 사람이 아님을 나타냈다. 희끗희끗 나타나는 눈자위는 죽은 자의 영혼을 잡아가는 저승사자처럼 복장과 얼굴에 서슬이 시퍼렇다. 또 징이 울리며 북 무당은 흥이 나게 당굿 할머니의 말씀에 맞추어 북을 두들겼다.

 "여기 당산지신(堂山之神)이시여~ 이제 한 장촌(今爲 漢長村)에~."

 둥당 둥당 둥둥~ 둥당 둥둥 둥둥~

 "땅에는 화기가 가득(和氣滿地)하고 환우가 없게(村中無患) 하옵고~."

 둥당 둥당 둥둥~

 "바람이 순조로워(雨順風調) 오곡 풍등(五穀豊登) 하옵고~"

 둥당 둥당 둥둥~

 "모든 일이 풀리어(萬事亨通) 소원을 이루게(所願成就) 하옵소서~"

 쾅! 쿵당쿵당쿵당~

 허달은 사람들을 비집고 들어서며 중년인에게 질문했다.

 "신칼을 들고 불알 종(振子)을 흔드는 할머니가 선무당인가요?"

 "그렇소. 여러 가지 굿을 다하는 심방 할망이며 삼승 할머니(産育舞醫)이기도 하지요. 옆에서 춤을 추는 젊은 남녀 무희는 산재 무희입니다. 산재 무희도 고깔모자에 파란 천을 두르면 병을 고치는 삼승 할망이 됩니다."
 "그래서 삼승 무의(産育舞醫) 할망은 북과 징(鉦)만을 치고도 병을 고친단 말이오?"
 "그렇소. 어린이, 어른 할 것 없이 하룻밤 그녀가 춤을 추고 나면 어떤 병도 거뜬히 나을 수 있어요. 그뿐만 아니라 인간의 사주팔자도 척척 해결하는 신(神)과 이야기하는 신이 내린 외당 신방 할머니란 말입니다."
 중년인은 북에 맞추어 어깨를 들썩이며 자랑삼아 이야기했다. 학소도 사람들 사이로 아버님을 찾아보았으나 보이지 않았다. 또 북과 징이 울리며 두 산재 무희는 상주 위로 너울너울 춤을 추었고, 고깔모자를 깊숙이 내려쓴 심방 할망은 학소 쪽을 힐끔힐끔 쳐다보며 주문을 외었다. 멍석 위에는 장단에 맞추어 가볍게 밟는 하얀 버선발이며 희끗희끗 나타나는 눈자위는 말 그대로 저승사자처럼 서슬이 퍼렇다. 적홍 치마에 남청색을 껴입은 세 무당은 앉은 자세로 어깨를 들썩이며 북과 징을 쳐나갔다. 심방 할망은 신 칼을 가볍게 흔들며 주문을 외워나갔다.
 "경신방(庚申方)으로 비와(飛蛙)치고~~
 병오남방으로 날개익제 날아옵네이다~"
 창! 쿵당쿵당 창!
 "해자북방(亥子北方)으로 건술하고~~
 동성개문(東星開門) 해월신이
 북성개문 불무신이 나옵네이다~~"
 쿵당쿵당쿵쿵 쿵당쿵당 쿵쿵
 "여기 떡두꺼비 같은 아들이 나왔으니
 이보시오 저기 저기옵네이다~~"
 쿵당쿵당쿵쿵 쿵당쿵당 쿵쿵
 삼성 무의 심방 할망은 학소 쪽으로 다가가 신 칼을 두 손으로 크게 벌리며 그를 가리켰다. 사람들은 삼승 무의가 가리키는 진학소를 보며 탄성을 토해냈다.

"우~~ 우~~"

그 탄성은 무엇을 찾았다는 것처럼 모두 학소 쪽으로 고개를 돌렸다. 허달과 학소, 복진해, 방하생 네 중원인들은 쏟아지는 눈길에 쩔쩔매었다. 거기에는 떡두꺼비 같은 건장한 청년이 생불같이 서 있어서 심방 할망의 말이 맞는 듯했다. 장귀와 벼랑(놋접시)이 마주치며 북이 울렸다.

창! 창! 둥당둥당 둥둥

심방 할망은 학소를 끌어당기며 주문을 외었다. 그도 어쩔 수 없이 빨간 얼굴을 하며 끌려갔다. 굿 마당 가운데에는 큰 키의 진학소가 엉거주춤 서 있고, 그의 곁에는 고깔모자의 심방 할망이 그의 소매를 잡고 주문을 하였다. 이번에는 조용한 가운데 그녀의 불알 종만이 쟁글거렸다. 장내에는 쟁글거리는 소리와 삼승 무의 할망의 음성만이 노랫가락처럼 울려 퍼졌다.

"금장아가 은장아가 누구 덕에 밥을 먹니~~

아바님 덕입네이다~ 어머님 덕입네이다~"

쟁글~ 쟁글~ 쟁글~

"한 살에 아바님 수염 만직은 불효~

두 살에 어머님 젖가슴 만직은 불효~"

쟁글~ 쟁글~ 쟁글~

"세 살에 동네방네 냄새 피운 불효

은대야에 세수하고 놋대야에 세수 하영~"

쟁글~ 쟁글~ 쟁글~

"빌엄수다 빌엄수다 어델가서 빌 것인고~

물 건너 산 넘어 가시밭길 넘어 돌아가면~"

창! 창! 둥당 둥당 둥둥~

이어 알 수 없는 방언으로 흥얼진 고사가 이어지며 사람들을 울렸다. 슬픈 구절이 이어지며 장중의 여인네들은 훌쩍이다 옷소매가 자연스럽게 눈시울로 올라갔다. 학소는 할머니에 의해 끌려 나갔지만, 남자 체면에 차마 냉정하게 돌아설 수 없어 자연스럽게 서로 구경꾼이 되어 있었다. 이어 북과 장구와 징이 울리며 다른 가락으로 이어졌다. 그 할망은 수칼과 종을 흔들며 무희와 같이 춤을 추는데 내용은 천지왕본풀이 같았다.

"천지개벽으로 제일입네이다~

갑을 동방으로 갑자성인(甲子聖人)이 솟아나고~"

둥당 둥당 둥둥

"을축 방으로 을축 성인이 솟아납네이다~

땅이 머리를 지낮추어 하늘에서 청이슬이 내리고~"

쾡쾡 창! 쿵당 쿵당 쿵당

이 장합을 보던 복진해는 심령술에 동화되는 기분이 들어 멍석 위로 들어가 학소를 끄집어내었다.

"뭐해? 멍청하니 빨리 돌아가자구."

좁쌀 술에 깨어난 둘은 마당 굿을 빠져나왔다. 삼승 무의 할망은 밖으로 나가는 그들을 더는 붙잡지 않고 학소를 향해 꾸벅꾸벅 절을 하며 주문을 말했다.

"다행입네다. 다행입네다~

죽을 운을 면했으니 천지 신령 덕입네다~

경진 방에 비와치니 갑자 성인 덕입네다~"

쿵당쿵당쿵당 창! 쿵쿵당 쿵쿵당~

신 칼을 높이 들며 떠나가는 중원인들을 향해 큰절을 올리고 있었다. 경진 방에서 비와(飛蛙) 치니 천지 신령과 갑자 성인 덕이라고 무속 할머니는 말하고 있었다. 경진 방에서 두꺼비가 날아와 죽을 운을 신령님이 보호했단 말인가? 하늘은 모든 인간으로부터 운명의 장부를 감춘다고 한다. 감추어진 운명의 장부에 어떤 기로가 있을 것인가. 사람들은 평탄한 길을 걷다가도 쓰러질 때가 있다. 이때 유명을 달리 했다면 이것도 장부에 기록된 운명인가? 어느 성(聖)자는 노력을 다한 후에 천명(天命)을 기다리라고 하였다.

당산봉(堂山奉)은 고산 자구 내포에 접한 봉우리산이다. 여기에 두 사람이 도포 자락을 휘날리며 나란히 서있었다. 일견하기에도 늠름해 보이는 양인은 용모 또한 당당하여 대지에 우뚝 선 두 개의 거목과도 같았다. 그런데 둘은 무심히 바다를 내려다볼 뿐이었다. 나란히 섰던 한 이가 짙은 검미를 올리더니 조용한 음성으로 말문을 열었다.

"이번 항로에 같이 동승하여 항주 서호에서 며칠 유회하다가 귀선할 것으로 믿었소."

나란히 섰던 이가 바다에서 눈을 떼면서 대답했다.

"진 대협의 뜻은 고맙소. 해월(海月) 조일(趙日) 선장은 나보다 신기가 있으므로 항로에 무난할 것으로 믿어 의심할 바가 없습니다. 월국(越國), 왜국(倭國) 다 다녀본 선장으로서 대선을 제일 많이 탔으니까요."

"뱃길이 못 미더워서 하는 뜻은 아니오. 덕택으로 귀한 약재들을 한 배 실었으니, 마음이 뿌듯하오. 해서 항주에 부대협을 모시고 싶었을 뿐입니다."

몇 년 전에도 귀장에서 장주님의 배려에 중국을 많이 여행하지 않았습니까. 지금은 나에게 중국은 먼 거리가 되고 말았소."

진 장주는 고개를 들어 그의 얼굴을 바라보았다. 그것은 마지막 말미에 있었으니, 송나라와 연이 닿지 않아 성주의 자리에서 스스로 물러나 있으므로 그같이 표현하는 말이기도 했다. 고개를 끄덕여 보이는 진 장주를 의식하여 부 선장은 말을 이었다.

"이역만리 중원에는 칼부림과 조정에서는 권좌에 휘말리는 곳이라 우리 섬과는 많은 의식 차이가 있습니다. 다행히도 여기에 넓은 바다가

가로놓여 있어 이것도 우리 섬 창조의 신의 덕이라고 생각합니다."

"부대협의 마음은 이해합니다. 국가 간에 교분도 멀다가도 가깝고, 가깝다가도 멀어지는 것인데 앞으로 잘될 것이라 믿습니다."

"그때의 일들을 잊은 지 오래입니다. 사방이 바다여서 모두가 부러워하는 상선을 타고 세상 구경을 하고 있으므로 바다의 덕이라고 생각하오." 당시 개봉에서 황궁의 대신들을 찾아다녔던 일이 떠올랐으나, 이 말들은 묻으려 했다. 진 장주도 지나간 역사는 꺼내지 않았다.

해상왕국의 해장(海將)에게 한낱 의방(醫方)에만 앉아 있는 내가 어찌 군자(君子)의 마음을 알겠는가. 진 장주 진인지는 그의 마음을 가늠해 보고 고개를 끄덕였다.

"뱃길이 순조롭듯이 모든 일이 성사가 잘 되면 부대협을 찾아뵙겠습니다."

그의 말에 부해송 선장은 얼굴에 미소를 담았다. 성사가 잘 되어 찾아뵙겠다는 뜻은 서복에 관한 불로초 이야기이다. 당시 항주에서 진 장주는 탐라도에 불로초가 자생하고 있을 것이라고 물어본 적이 있었다. 그때는 전설상으로만 흐르는 이야기일 뿐이라고 그 말들을 매듭지어 버렸다. 그렇지 않아도 진 장주의 행적에 약초만이 목적이 아닐 것이라고 의문이 일었는데 오늘 그의 말안장(鞍裝)에서 천리향(千里香)이 묻어 나오는 팔뚝만 한 죽대롱을 보았기 때문이다. 다행히도 부 선장은 화두를 돌릴 수 있었다.

"찾아주시겠다니 고맙습니다. 장주님이 탐방한 데 대한 의문은 있었소만 약초만 수집할 목적이 아니었군요."

그의 말에 진인지의 선이 굵은 얼굴에 경련이 일며 먼바다에 던졌던 동공을 부 선장에게 돌렸다.

"무슨 뜻이오?"

"항주에서 나에게 질문을 했던 적이 있었지요? 장주님은 잊으셨는지 모르지만, 서불과지도(徐市過之圖)와 불로초에 관해서 말입니다."

"그때의 기억은 나는데 서불과지도에 그 내용과 길이 있을 것이라고 물었었지요."

엷은 바람에 도포 자락을 날리던 진 장주는 죽립을 벗어 그와 같이 먼바다로 눈길을 돌렸다. 진인지는 항주에 의가장을 세우면서 모든 권세나 풍모를 자랑하는 이 앞에서도 인지의가장은 영생을 찾을 수 있다는 자존심과 신념으로 살아왔다. 지금 군자의 마음이 들통나고 있으니 자존심이 무너지는 것 같았다. 그래서 공개에 관하여 심사숙고하고 있었고 부 선장은 그가 결정할 여유를 주고 있었다. 한참의 침묵이 흐르고 진 장주의 고심의 결정에 부 선장이 먼저 입을 열었다.

"그것이 귀중한 물건이라면 몸에 품고 다녀야 하지 않겠습니까?"

"그것은 또 무슨 뜻이오? 너무 넘겨짚지 마시오."

진 장주는 검은 눈을 떠 보이며 부해송을 응시하자 그는 눈길을 바다로 돌리며 예의 그의 굵은 턱이 양가로 찢기며 미소를 띠었다.

"제가 흑심이 있었다면 말 도둑을 시켜 장주님의 저 말을 훔쳤을 것입니다. 그리되면 장주님은 나를 찾을 것이며 그 말을 찾기 위해 나에게 고백하여 협조를 요청할 것입니다."

그의 말에 진 장주는 휙 돌아섰다. 그리고 산 밑에 매어둔 그의 준마를 돌아보았다. 부 선장의 말과 나란히 치자나무에 묶여있는 것을 보고 안도의 숨을 쉬었다.

"그럼, 부대협은 나의 말안장에 무엇이 있는 줄 아시오?"

"하하하. 말안장까지 말하고 있지 않습니까?"

둘은 얼굴을 쳐다보았다. 황당한 진 장주의 얼굴과 웃음으로 맞는 눈길이 마주치자, 부 선장은 만면에 웃음을 지으며 입을 열었다.

"그래서 말하고 있지 않습니까. 말안장 속에 감추고 다니는 것은 품속보다 더 위험하니까요."

그의 말에 진인지의 짙은 검미가 꿈틀하며 검은 눈동자를 치켜세웠다. 자신의 일거수일투족이 전부 드러나는 듯하여 외당 할망이 눈에 아른거렸다. 부 선장은 품속에서 약낭을 꺼내었다.
　"그 술사 할머니 외당 할머니가 말씀하셨습니까?"
　"이것은 백리향(白里香)이지요. 장주님은 그 귀한 물건에 천리향(千里香)이 묻어있어요. 향에 관한 숙련자가 있다면 향이 묻어있는 보물단지는 아무리 감추어도 몇십 장 안에 있는 것은 거뜬히 찾아냅니다. 백리향은 조금만 숙련되면 밤길에 가축을 찾을 때도 필요하고 산길을 잃었을 때 지나가면서 흘려놓으면 되찾기 쉬우니 산행에도 사용합니다. 그런데 천리향은 꽃 향을 취할 때가 어려워서 얻기도 귀한 편입니다. 또한 공력 있는 숙련자가 아니면 좀처럼 알 수 없습니다."
　놀라운 사실이 드러나자, 진 장주는 안색까지 변했다. 감당하기 어려운 일이었으니 지금은 솔직히 직고(直告)하여 부 선장의 도움을 받고 싶었다.
　"사실 부대협이 의문시했던 대로 나는 서불과지도를 소지하고 있소. 그 지도에 천리향이 묻어있다는 말이 아닙니까?"
　"그래서 하는 말입니다."
　억장이 무너지는 감정을 억누르며 진인지는 부해송의 손을 덥석 잡고 용서를 바라듯이 말했다.
　"부대협! 부끄럽소."
　"아니요. 나에게 말씀하여 성사되는 일도 아니고 모두가 극비가 아닙니까. 제가 진대협 입장이라도 그와 같이 행동했을 것입니다. 공개되는 것은 문제만 야기시킬 것이며 희망이 사라져 버리는 일이니까요."
　"그리 이해해 주니 고맙소. 이번 탐방은 예찰에 불과했지요. 그 희망이 가깝다면은 여기가 부대협의 고향이라 같이 편달을 얻고자 하여 찾아뵙겠다는 말이 나올 듯도 합니다. 나 혼자 취해서 독야청청(獨夜靑靑)

은 하지 않을 것이오."

둘은 시선이 맞닿으니 소리 없는 웃음으로 일관했다. 그러면서도 진인지는 민망한 미소를 감추지 못했다. 그의 얼굴을 보던 부 선장의 입술이 차분히 열렸다.

"이 사실을 몇 사람이 알고 있는지 물어봐도 되겠습니까?"

진 장주는 허탈한 가슴을 잠재우고 웃음을 머금었던 얼굴은 석상처럼 굳어졌다.

"두 사람뿐이오. 나의 사제 근초감 허달. 허나 지금은 누군가 알고 있고, 하늘이 알고, 땅이 알고, 그대도 알고 있으니, 비밀이 아니군요."

"그렇소. 두 사람만이 아는 비밀은 신의가 있어 지킬 수 있으되 세 사람이 알면은 그것은 비밀이 아니라고 합니다. 누구인가는 공력이 있는 세작으로 짐작이 되어 천 보 안에 있는 천리향은 감지되어 주의를 요합니다."

불행 중 다행으로 부 선장으로부터 이러한 사실들은 드러났지만 대비책이 문제였다. 탐라에서 본토민이 나를 감시했는가? 아니면 중국에서 어느 무림인이? 그것도 아니면 일행 중에 천 사제나 탕사들이 누구의 사주를 받았는지도 모른다. 부해송은 인고에 빠진 진 장주를 조심스럽게 쳐다보았다.

"진대협에게 충고 한마디 해도 되겠습니까?"

충고라는 말에 그의 의도를 알 수 있었다. 탐라 섬은 나의 고향이라 조용히 왔다가 말없이 돌아가기를 원했는데 지금은 그 뜻이 아니었다.

"서불과지도를 불태우든지 바다에 버리라는 말씀이겠지요?"

부해송의 입장으로서는 만약 그 지도가 친구분이 아닌 다른 사람이 소지했다면 그것을 취하여 소각했을지도 모른다. 탐라 섬은 귀한 것이 없어 외부로부터 안전한 곳이라고 여겼는데, 지금은 불로초 때문에 침탈될 소지가 있어 그것이 조심스러웠다. 허탈에 빠진 진 장주를 측은히 돌아보며 입을 열었다.

"물론입니다. 그 풀초는 존재하지 않으며 악제를 갖고 있어 불운이 따를 수 있어요. 우리는 그 풀초가 허망한 꿈이라 하여 백접(白蝶)이라고 부릅니다. 중국에서 들은 말인데 마음에 약제가 싹트면 도리어 그 몸을 망친다고 하듯이 마치 무쇠에 생긴 녹이 그 무쇠를 먹어 들어 가듯이 말입니다."

장주 진인지는 거상 부해송의 말을 진지하게 듣더니 반문 섞인 말이 흘러나왔다.

"나는 약제를 다루는 의생이오. 물이 있는 곳에 생명이 있고 병이 있으면 약초가 있는 법이오. 사람이 늙어 죽는 것도 자연의 이치라고 하나 이 또한 병이지요. 여기에도 의약이 존재하며 대자연 속에 불가능은 없소. 생로병사(生老病死)는 자연의 순리뿐이며 이에 도전하고 노력하는 사람에게는 불가능은 없다는 뜻이오."

그의 말을 경청하던 부해송의 얼굴이 진지한 기운으로 감돌았다.

"나도 선장으로서 왜국(倭國)에 갔을 때 서복의 행로를 두루 살펴보았습니다. 천이백 년 전 서복은 이 섬을 떠나 사가(佐賀)에서 궁(宮)을 세웠다가 능야(能野) 지방을 거쳐 화가산(和歌山)에 도착하여 신궁(新宮)을 세우고 정착하여 여생을 마쳤다고 알고 있소. 지금 신궁에 가면은 그 후대들을 만날 수 있는데 그렇다면 서복공은 영생했어야 옳은 일이 아닙니까?"

그의 말에 진인지는 너털웃음을 터뜨렸다.

"허허허. 그렇게 되었으면 이 섬은 쑥대밭이 되었을 테고 나도 여기까지 오는 일은 없었을 것이오. 남이 못했으니 도전하는 것이고 누가 뭐래도 나는 이 길을 가는 것이 보람과 희망이 아니겠소? 부대협도 서복공에 관심이 많았던 것으로 보아 나 못지않게 불로초에 관심이 많은듯 하오. 희망이 보이면 협조를 부탁드리겠습니다."

오히려 동료가 생겨난 것처럼 결론을 내리며 걸음을 옮겼다. 부해송은 그의 의지가 굳어있는 것으로 보아 더는 말리지 못하고 그의 뒤를 따라 당산봉을 내려갔다. 준마에 다가선 부해송이 입을 열었다.

"말이 천리향이지 나로서는 오 장 밖이라면 감지할 수 없어요. 진대협의 준마가 다가왔을 때 진귀한 천리향을 감지하였는데 진귀한 무엇이 있을 것이라 짐작되었지요. 해서 향이 나는 쪽을 유심히 살펴보았는데 죽통(竹筒)이 보이더군요."

고개를 끄덕이던 진 장주는 말안장을 더듬고는 한 뼘 남짓한 죽통을 꺼내 들었다. 얼핏 보면 필통으로 연상되었으나 뚜껑이 닫혀 있었다. 그는 조심스럽게 뚜껑을 열고 툭툭 털어내자 둘둘 말려진 양피지 책 한 권이 나왔다. 거기에는 검게 퇴색하여 고풍이 묻어나는, 말로만 듣던 서복의 서책 같았다. 겉표지는 나뭇가지 모습의 알 수 없는 글씨였고 그것이 서불과지(徐市過之)라는 것으로 짐작이 되었다. 사위를 둘러보던 진 장주는 조심스럽게 책장을 넘기며 입을 열었다.

"원래는 양피지 네 장을 중앙으로 접어 책으로 꾸몄는데 여덟 장이오. 그런데 이것을 잘 보시오. 아무나 알 수 없게 하(夏)나라 때의 갑골문자(甲骨文字)로 표시하고 있어요. 마지막 안쪽은 양피지 질감이며 글씨가 다릅니다. 소학(小學)에서 금석각문(金石刻文)까지 적혀 있습니다."

그는 또 진지한 표정으로 말을 이었다.

"서복공은 이 안쪽 한 장을 들고 이 섬에 왔었소. 그리고 자신의 행적들을 기록한 석 장을 겹쳐서 이 한 장을 가운데로 접고 꿰매었던 것이오."

부해송은 안쪽 면을 유심히 보다가 벌레 씹은 표정을 했다.

"안쪽 면은 벌레가 많이 다녔던 것 같은데 무슨 표시라도 된 것은 아닙니까?"

진인지는 가느다란 솔잎 끝으로 글귀를 가리켰다.

"이것도 참묵에 바늘로 그어 쓴 문자인데 과두문자(科斗文字)입니다. 한의 고서에도 나타나지만 이해가 난해해요. 이 문자들을 터득하지 못하면 무용지물이 아닙니까?"

그의 말처럼 자세히 보니 등고선이 있는 산맥들이며 개미 같은 그림의 글씨들이 깨알같이 배어 있었다.

"그래서 다음 기회에 모두 터득할 것이오. 부대협의 고향에 금당포(金塘浦)가 있는데 이 나그네가 알면 얼마나 알겠소."

진 장주는 굳은 신념을 보이며 부해송의 의도를 살폈으며 그의 고향에 관한 전설들을 말해줄 것을 원하고 있었다. 잠시 침묵이 흐른 후 부해송이 입을 열었다.

"삼천의 동남동녀와 서복 선단이 도착한 곳이 우리 고향 금당포라고 알고 있소. 불로장생의 영초를 구하라는 진시황의 칙서(勅書)를 받은 서복은 금당포에 도착하였다고 합니다. 그리고 떠오르는 아침 태양을 향해 영주산(靈洲山)에 무사히 도착하게 하여주신 천신(天神)에게 감사하는 제를 올리고 그 바위에 조천(朝天)이라고 새겨놓았습니다. 그 바위는 지금도 세워져 있고, 지명도 조천이라고 명명되었다고 합니다."

그 말을 들은 진 장주는 지도 위로 눈길을 돌리며 바늘 같은 솔잎 하나를 들고 그어갔다.

"그렇소. 여기가 조천포구야. 동쪽으로 돌아 서귀포로 들어가서 서불과지를 남기고 서쪽으로 돌아간 것이 분명하오."

그는 글자들을 읽지 못하는 것이 사뭇 아쉬울 뿐이었다.

"그렇다면 서불과지도는 중국에서 일본국에 들어가 압수라도 해 왔다는 말씀인가요?"

눈을 감고 한참 묵상해 있던 진 장주는 고개를 돌렸다.

"기록으로는 서복을 찾아 왜국에 갔다는 말은 없어요. 시황제는 절강성 회계산 바닷가에 도착하여 별궁을 지었지요. 그리고 우(禹)에게 제사장을 맡기고 동쪽 바다를 바라보며 탐라도로 떠난 서복공의 희보를 기다렸으나 소식은 없고 넓은 바다는 푸른 파도만이 넘실대었다고 합니다.

　화가 치민 황제는 산동성(山東省) 교남(交南)으로 올라가 낭야대(浪琊坮)에 도착했다고 합니다. 낭야는 신선과 불로장생을 찾기 위해 수많은 방사(方士)가 모여 있는 곳이어서 여기에서 이 지도가 나왔다고 나는 보고 있소. 시황제는 서복이 캐었던 풀초들과 모든 소지품을 압수하여 압송하라고 신하들에게 명령을 내렸지요. 그곳에는 서복과 같이 동참했던 많은 동도가 있었으며 탐라도에서 서복의 수중을 벗어난 듯합니다."

　강호인으로 당당한 무림의 고수이며 관적(官籍)으로 보아도 제후(諸候)의 후손이며 후작의 칭호를 하사받은 집안에서 무엇이 부족하여 의생(醫生)으로 낙향하여 살고 있는지 부해송은 알고도 남았다. 양피지 책을 말아 죽 대롱에 끼워 넣으며 부 선장이 묻고 싶은 것을 가늠하였는지 옛날을 회상하는 눈으로 진 장주는 말을 이었다.

　"서복공이 일본 신궁(新宮)에서 서불과지도를 찾아보려고 사방으로 애를 썼다고 합니다. 허나 그의 수중을 떠난 이것은 찾을 길이 없었지요. 있음은 있음이니 천신(天神)에 고(告)하여 시기를 택하려 했던 것이 꿈으로 돌아가 버렸지요. 그것은 안착한 연후에 자신만이 취하려 했던 욕심이 세월 속에 잠겨버렸습니다. 배를 건조하여 새로이 그곳을 찾으려 했지만, 팔순을 넘은 그는 스스로 무너져 버렸습니다."

　부해송은 신념에 젖어 먼 산을 바라보는 진 장주의 옆모습을 보다가 말문을 열었다.

　"하늘은 그와 같이 생명과 세월을 주었으니 늙어감을 거역하지 말라는 성인의 말처럼 우리는 잡을 수 없는 백접처럼 접어놓았습니다. 사람은 오래 산다는 것은 오복에 속한다고 하지요. 한번 태어난 자는 한번 죽어야 하고 그러하니 출생의 끝은 사망이며 사망의 끝은 출생이 되어 세대의 순번으로 돌아가야 하지 않겠습니까?"

진인지는 눈을 감았다 뜨면서 재차 다짐을 했다.

"동물들은 병도 약초도 모르므로 그와 같이 진행되는 것이 생로병사가 아니겠습니까. 사람은 짐승과 달리 영장의 동물이라, 성인의 말처럼 자멸하여 희망을 묻어버리는 우둔한 일은 멈추어야 할 것입니다. 사람은 왜 죽는지, 죽는 원인이 무엇인지, 짐승과 달리 연구하고, 그리고 알고 있습니다. 나는 의학자로서 영생을 위한 약제는 만들 수 없을 것이오. 이것은 존재하니 찾는 것이고, 찾는다면 먹고 안 먹고는 나도 모르는 일이며 천신(天神)만이 아는 일입니다. 중국에도 영생을 찾는 종교인이 수백만에 이르고 있음을 모르시오?"

부해송은 신념에 젖어있는 그를 바라보며 내심 걱정의 빛이 감돌았다.

"그 지도에는 천리향이 풍기지 않으니 죽대롱이 문제입니다. 아마도 장주님이 서책을 수중에 품고 다녔을 때 누구인가 말안장에 있는 죽통(竹筒)에 향을 뿌려놓은 것으로 짐작이 됩니다. 그때 서책이 있었다면 훔쳐 갔겠지요."

진 장주는 한숨을 한번 내쉬고는 고개를 끄덕였다.

"고맙소. 이 일은 우리만이 알고 있습니다. 범인은 찾을 수 있을 것이오."

고산(高山) 자구내포에 큰 배 한 척이 매어져 있었다. 권상기(倦上機) 세 개가 갑판 위에 세워져 있으며 돛대의 범주(帆走)는 다리통만 한 나무였고, 배의 크기는 가히 짐작할 만하다. 다리통을 걸어 올린 두 사공이 팔뚝만 한 밧줄을 끌어 내리자, 머리통만 한 도르래가 소리 내며 돌았다. 큰 돛대 셋이면 대형선으로 탐라도에서는 물 밖을 드나드는 범주선(帆走船) 또는 범선(帆船)이라고 부르고 있었다. 탐라국이라고 일컫는 주호(州胡)라는 깃발이 펄럭이는 앞에는 바람 방향을 가리키는 상풍오(相風烏)가 살랑이는데 그 까마귀 꼬리에 실이 달려있었다. 늘어진 실에는 먹물이 묻어있어서 갑판 위에 있는 종이에 바람 방향에 따라 여러 가지 그림을 그리고 있었다. 또 바다 위로는 하얀 헝겊을 매단 녹배 하나가 기다랗게 문어발처럼 물 위에서 흐느적거리고 있었다.

조선장은 손바닥만 한 파란 유리 접시를 눈가에 대고 태양을 향해 뚫어져라 바라보았다. 이 모두가 천기나 일기를 가늠하는 것 같았다. 바람과 날씨를 알아보려면 뱃사람에게 물어보라는 말이 있다. 농부는 사흘의 일기를 알고, 지관(地官)은 칠일의 천기를 알고, 뱃사람은 십오 주야(十五晝夜) 보름의 천기를 안다고 한다. 그렇지 않고서는 어찌 망망대해를 건널 수 있겠는가. 당시 뱃사람들은 생명을 담보로 하니 그만큼 과학적인 방법과 수많은 경험을 토대로 천기를 맞추어 내고 있었다. 물론 선실에도 별자리와 방위 침로를 볼 수 있는 신기로 알려진 나경침부(羅經針簿)도 있었다.

비침정사 천기춘은 조랑말에 약초꾸러미를 가득 싣고 자구내포로 들어오다가 근초감 허달 일행을 만나게 되었다.

"사형의 말대로 근조모 동산에서 풀독이 올라 혼이 났습니다. 모든 풀이 어찌나 털이 껄끄러운지 몸에 닿았다 하면 가렵고 부어올랐어요. 마치 송충이 털같이 말이오."

"그럼, 백고삼과 저령, 그리고 지남성이며 어성근은?"

"앞에 방하생 탐사가 끌고 간 말에는 지남성이며 백고삼이 들어있었지만, 내가 끄는 말에는 어성근과 하수오뿐이요. 이십 년 삼십 년 된 하수오근은 들판 지천으로 깔려 있었습니다."

"하수오(何首烏)도 이십 년이 넘으면 파 뿌리가 된 하얀 머리가 검어진다고 하며 몇 년은 젊어집니다."

허달의 신상을 살피던 천기춘의 입에서 섭섭함이 내포된 말이 나왔다.

"사형과 장주님은 둘만 영초를 얻으려고 산행을 하였다고 들었습니다. 우리에게도 알려주셔야지요."

오히려 어려운 말을 던지는 천기춘의 얼굴은 상기되어 있었다. 뒤늦게 들어온 오철나 탕사가 두 사숙의 분위기에 초점을 흐리게 했다.

"장주님께서 영초라는 말도 그와 같으니 꺼낼 수 없다고 하지 않았습니까?"

영초라는 것이 사제에게 말 못 하는 허달의 심정은 웃음으로 지우고 있지만 그의 가슴은 장주님 못지않게 미안한 감과 죄책감으로 아프기만 했다.

"귀한 것들이 많아서 새로운 것을 찾을 필요가 있었지요. 사기(史記) 보삼황본기(補三皇本記)에 신농씨(神農氏)는 붉은 회초리로 풀을 쳐서 풀 초의 성질을 알아내고 처음으로 백초의 맛을 보아 비로소 의약이 있게 되었습니다. 이와 같이 약초들의 성질을 알아내기 위해 조용히 다니면서 맛을 보았습니다. 이해해 주시오."

천기춘은 사형의 말에 귀 넘어 보내며 복진해에게 말문을 던졌다.
"저 섬이 차귀섬인가?"

그의 묻는 말에 복진해는 의미 있는 웃음을 지어 보였다.
"천 사숙님도 저 섬에 관하여 노래를 들어보셨습니까?"

복진해는 섬을 바라보며 한어로 흥얼거렸다.
"산의 조종은 곤륜산이요 강의 조종은 황하라.
한라 영산 바라보니 북쪽으로 도두봉이 있어 도인이 날 듯하고
남쪽을 바라보니 범섬이 떠 있어 호안 장군 날 듯하고
영실기암 바라보니 오백 장군 난열한데
일대 장군 차귀도에 서서 호종단을 막아내다"

노래를 마치자, 허달과 천기춘은 놀라 경악해 맞으며 복진해를 쳐다보았다.

"장주님도 놀랐던 것이 마지막 가락이었구나. 자네는 누가 불러 주었

길래 또렷이 가사를 알고 있지?"

"가사는 중국에서 제일 큰 산과 긴 강이 아닙니까. 우리가 한장촌에 있을 때 중국인임을 알고 몇몇 소년 소녀들이 곤륜산이 어데 있으며 황하강은 어떤 강인지 물어왔습니다. 그래서 곤륜산은 중국의 등뼈이며 한라산의 백배가 되는 산이라고 했더니 나의 말을 믿어주지 않았습니다. 그래서인지 소년 소녀들은 보라는 듯이 우리에게 이 노래를 불러댔습니다."

그 말을 들은 채태구 탕사가 가소롭다고 말을 했다.

"백 배는 몰라도 몇십 배는 될 텐데 정저지와(井底之蛙)요 우물 안 개구리 같으니. 세상 넓은 줄 이 섬에 아이들이 어찌 알겠습니까? 백 배라 말했으니 우습게 여기는 줄 알고 불러댔겠지요."

학소는 채 탕사를 보며 그와 같이 말을 넘겼다.

"정저지와는 우리도 마찬가지요. 세상 넓은 줄 모르고 중원만 넓다고 하니…"

천기춘은 긴장된 얼굴을 하고 허달에게 다가가 조용히 물었다.

"방사 호종단 이야기 같은데 천 년 전에 그가 이 섬에 왔었다는 말을 들어보셨습니까?"

"한나라 때의 이야기로 알고 있는데 복진해가 불렀던 노래는 처음이오. 장주님은 당금 무림에 나타난 서백(西白) 호종단(胡宗旦)을 말씀하시었소. 그는 곤륜산의 정기를 타고 중원에 나타난 무림의 대종사(大宗師)이며 서왕모(西王母)의 후인 파황(杷皇) 호종단이라는 말을 들었다고 했소."

"예? 서왕모라면 중국의 신인데요."

고개를 끄덕이던 허달은 구레나룻이 짙은 턱을 들어 앞산을 가리켰다.

"그런데 이상하게도 확실한 것은, 언제였는지 모르나 호종단이라는 중국인이 이 섬에 나타나 여러 신혈(神穴)을 떠버렸다는 사실이 있는데 그것이 전설만은 아닌 것 같소. 당산봉과 나란히 서 있는 수월봉에 가면은 비문까지 있으니까요."

"비석이요?"

"단갈지석(短碣之石)에 그렇게 새겨있었고 장주님도 비문을 읽고는 '거참'하고는 탄식뿐이었소."

진 장주와 부해송 선장이 배 위에 오르자, 선장 조일(朝日)은 종이말이를 펴 보였다.

"풍화(風畵)는 부 선장님이 견적을 내주셔야 하겠습니다. 나의 소견으로는 오늘 저녁에 출항 예정일로 잡았습니다."

"조 선장의 뜻대로 하시오. 오늘 당산봉에서 바람을 가늠했더니 순풍이었네. 하늘과 바람과 파도 모두 삼위일체로 길조를 나타내고 있어요."

진 장주는 이들의 대화를 듣고 고개를 돌렸다.

"성급히 밤중에 떠날 것이 무엇 있겠습니까. 내일 아침에 출항해도 충분할 텐데요."

조 선장은 항로가 그려진 종이 마리를 펴 보이며 그에게 뱃사람의 고초를 이해시키려 했다.

"이번 항로는 육변으로 해안을 거쳐 개성에서 산동으로 가는 길이 아닙니다. 그래서 우리는 길조라면 당장 감행해야 합니다. 앞이 늦어질수록 뒤가 늦게 되니 그 뒤끝은 알 수 없습니다. 순풍이면 오일에 항주에 갈 수 있으나, 맞바람이 계속 일면 갈 지(之) 자 선행이 되므로 사흘은 더 소요됩니다. 바다 위에서 사흘이면 우리가 알아내지 못하는 천기이므로 빨리 서두를 수밖에 없음을 이해해 주십시오."

부 선장은 조 선장의 말에 일리가 있음을 설명했다.

"밤에 떠나야 아침에는 이 섬이 겨우 보입니다. 그때 섬 끝을 보면 방향키는 더 짧고 정확합니다. 높은 하늘에 빗살 구름이 있으면 악풍이 불어온다는 징조이고, 반대로 높은 구름이 뭉치면 이 또한 무풍이라 골칫거립니다. 바람이 불어도 탈, 안 불어도 탈, 뱃사람의 심정은 모를 것입니다. 높은 구름이 없고, 태양이 맑고, 산이 멀리 보이는 날 순풍이 있으면 길일은 오래 순조롭습니다. 지금은 북풍 가벼운 높새바람이 일어 항주는 서남쪽이므로 들어가기가 안성맞춤입니다. 심사숙고 끝에 내린 결정이라 그리 알아주셨으면 합니다."

진 장주는 너털웃음을 했다.

"하하하. 두 선장님의 뜻이면 하자가 있겠습니까."

학소 일행도 분주했다. 물통에 물을 채운다, 부식과 땔감 준비 등 모두가 바빴다. 쌀가마를 싣고 갔던 소달구지도 큰 수확을 얻고 돌아왔으므로 모든 준비는 마쳤다.

한 가지 아쉬운 것이 있다면 이틀쯤 한 장(漢長) 마을 주민들하고 좁쌀 탁주를 마시며 사귀어보자고 했던 것이 아쉬웠다. 그러다 보면 한두 사람은 중국에 동행할 수도 있었을 텐데…….

무당산
(武當山)

무당산은 중원의 중심에 있는 수려한 산으로 호북성 북쪽에 있는 도교의 명승지로 알려져 있다. 여기에 오백 년 전통의 명문 검파인 무당파(武當派)가 있으므로, 검술 권법을 비롯한 모든 무술에서 소림사와 쌍벽을 이루고 있다. 국란과 난세를 겪었던 혼란기는 지나 지금은 무인을 멀리하고 관리하는 문인 시대였으니 무당파도 여느 문파와 마찬가지로 조용한 가운데 명맥만을 이어가고 있다.

그윽하게 늘어진 72개의 봉우리. 그중에 제일 높은 주봉인 천주봉(天柱峰)에서 흘러온 수로가 전각의 정원을 적셔주며 맑은 소리와 함께 개울가로 흘렀다. 세 개의 큰 누각 앞에는 밤송이 같은 하얀 국화가 만발하게 피어있어 누각을 받치고 있는 것처럼 보였으며, 그 앞에 연무장은 밤이슬을 맞으며 잠들어 있었다. 밤은 깊어 삼경인데 우측 누각 가장자리에 있는 대청에서는 불빛이 새어 나오고 있었고, 방 안에는 몇 사람의 그림자가 얼씬거렸다. 검은빛이 흐르는 육각 탁자 중심으로 현철신공(玄哲神功) 여필제(呂必濟) 장문인과 방학사해(方學四海) 배봉룡(倍奉龍)이 정면에 앉아 있었고 그 앞에는 낡은 책 한 권이 펼쳐져 있었다.

책을 읽어가던 공구승룡(公句昇龍) 탁발제(卓發齊)가 낭독하던 소리를 거두고 말귀로 바꾸었다.

"이상과 같이 우리 양생설(養生設)도 건강에 준하며 궁극적으로는 불로장생(不老長生)이라고 되어 있습니다."

그 옆에 앉아 있던 칠순 노인이 입을 열었다.

"도가에 양생설에도 불로장생(不老長生)의 불로초(不老草)가 언급된바 우리 도가의 일로 봄이 마땅합니다."

이 노인은 나이에 비해 짙은 검미에 쭉 내려진 강건한 얼굴에는 구레나룻이나 수염은 찾아볼 수 없는 것이 특징이었다. 무당검학을 극상으로 익혀 강호명숙의 반열에 오른 인물로 칠검협(七劍俠) 제현철(提玄哲) 무당속가 전장문인이었다.
　그의 말에 응답하는 이는 다섯 치 길이로 적당히 기른 백염(白髥)에 문사건을 깊숙이 내려쓴 현철신공 여필제 장문인이었다.
　"제선배님의 말씀이 지당하오. 육조(六祖) 시대부터 우리 무당의 일로 전해지는바 내일 서관장을 불러 그들의 진의를 파악하고자 하오."
　탁자 뒤쪽에 앉아 있던 육순 노인이 일어섰다. 그는 화북 일대에서 의학과 천문학의 대가로 유명한 상원팔괴이며 무림에서는 소창을 잘 쓴다고 하여 소창팔괴(小槍八怪)의 명호를 얻고 있다. 정월 대보름날 상원(上元) 사흘 동안 대중들 앞에서 도교의 학설을 논했던 것이 유명하여 상원의 별호이며 화북지방 도교의 중심축이기도 하다.
　"오늘 입사(入舍)하면서 탁발제 서사로부터 들었소만, 인지의장은 한낱 유의장(儒醫狀)으로 볼 수 없어요. 장주의 영존은 칠현 추밀 부사의 한 사람으로 진찬우(秦贊友) 장군이며 비록 전운사(轉運使)로 낙향하여 인맥은 없다고 하나 면박을 주는 것은 우리 명파가 할 일은 못 됩니다. 그이는 도인이 아니었습니까?"
　그의 말에 제현철이 입을 열었다.
　"그는 남파의 도가요. 우리 북파와는 다르니 접어두시오. 그가 회남 절도사라고 하나 지금 제도로서는 재정권이 박탈된 전운사로 변했습니다. 태조대왕 시절의 명맥은 이어질 수가 없소."
　두 사람의 말에 장내에는 놀라는 기운이 감돌며 서로 수군거렸다. 여필제 장문인은 탁발제를 돌아보았다.
　"탁 서사. 상원 진인의 말이 사실이오?"
　탁 서사는 눈가에 주름을 지으며 대답했다.

"본문으로 들어오면서 상원 어른께 말씀드린 일입니다. 인지의가장이 탐라도를 두 달여간 누비며 영주산인 한라산에서 각종 신약을 구입하였다고 합니다. 진 장주의 영존이 회남 절도사였으므로 전운사가 맞는 말이며 장주는 봉선서를 들고 다니면서 불로초를 감지했다고 들었습니다."

장문인은 의자를 골라 앉으며 두 눈이 동그래졌다.

"진시황본기(秦始皇本記)에 있는 불로초를 구하라고 진방사(秦方士) 서복(徐福)에게 칙서(勅書)와 함께 내렸던 봉선서(封禪書)를 이름이냐?"

검은 유건을 쓴 서사 탁발제가 신중한 얼굴로 좌중을 둘러보며 말을 이었다.

"아닙니다. 봉선서에는 해중유(海中有)에 삼신산(三神山)이 있는데 봉래(蓬萊), 방장(方丈), 영주(瀛州)라 하옵고 그중에 영주산인 탐라도의 한라산(漢拏山)이었습니다. 그런데 탁제도 장문님처럼 봉선서로 짐작은 되었으나 탐라도 백성의 안녕을 유지하기 위한 방편으로 백접도(白蝶圖)라고 들었습니다."

칠검협 제현철이 수염도 없는 턱을 주물럭대며 물었다.

"백접이라면 아무것도 없는 텅 빈 마음을 뜻하는 것이 아니냐?"

상원 진인이 천장을 올려보다가 고개를 내렸다.

"형해소화(形解銷化)라는 말처럼 모든 형태를 벗고 신과 같은 신선이 될 수 있다는 말과 일맥상통하는 말이기도 하오. 가득 찬 곳에는 더 들어갈 수도 없고, 텅 빈 곳에는 무엇이든지 들어가고 나올 수도 있지요. 이러한 신선 사상은 도가의 노자(老子)와 장자(莊子)의 사상과 유불선(儒佛仙) 모두 똑같습니다. 그런데 봉선서와 백접도는 유사한 것 같으나, 근본은 판이한 곳이 있어요. 봉선서는 거기에 있다는 것이고 백접도라면 지도와 그림이 있다는 뜻이 됩니다."

지금으로 말하면 이천이백 년 전 당시는 신선 사상이 성행하였다. 역사적으로 살펴보면 제(齊)나라의 위왕(威王) 선왕(宣王) 연나라의 소왕(昭王) 때부터 동해의 삼신산을 찾았다. 이를 갈망하던 진시황은 불로장생하기 위해 그곳에 신선이 살고 있으며 신선은 불사약인 불로초를 먹고 있다고 믿고 있었다. 침묵하여 앉아 있던 제현철이 등을 펴면서 말했다.

"품고 다녔던 것이 시황제가 보내었던 서복의 백접도라면 그곳에는 열쇠가 있을 것이오. 상원진인의 말씀처럼 허무한 것이 아니고 그 속에 지도가 있으니까요."

조용한 방안에는 화려한 경극 주역이 될 탈과 창, 검이 벽에 걸려 있었으며 문가에는 검은 무복을 입은 장한 둘이 문을 지키고 있었다. 이들은 무당오행자(武當五行者) 중 둘이었다. 장문인은 밖과 방 안에 이상이 없음을 확인하고 좌중을 조용히 돌아보았다.

"오늘 일은 극비에 관한 사항이오. 중원에 불로장생인 영초를 찾을 수 있다는 말이 흘러들어 간다면 피바람이 일 것입니다. 의가장 장주도 젊은 시절 후기지수로 중원을 떠돌았던 인지찰수(忍知刹手)라고 알고 있습니다.

"……"

"해서 우리 도가에 양생설과 합치되는 일이므로 협상하여 우리 사람으로 만드는 것이 타당하다고 생각합니다."

무당오행자 중 삼행자는 극비라는 말에 큰 눈망울을 굴리며 정원에 동태를 주시했다. 동쪽 누각 정원에 아홉 척 크기의 나무 한 그루가 담벼락에 기대어 서 있었다. 그런데 흑포를 두른 두 장한이 창을 곧바로 들고 그 나무를 뚫어지게 바라보며 서 있었다. 삼행자는 나무지기 두 장한을 바라보며 웃음을 눌러 참았다. 돌담 벽에 붙어선 넝쿨 같은 잎이 무성한 나무인데 뿌리에 탁주까지 부어가면서 키워 놓았더니 어른 키 두세 배는 되었다. 그 나무가 바로 양귀비(楊貴妃)가 즐겨 먹었던 여지(荔枝)라는 과실나무였다. 한여름 여지에 관하여 장안에서는 화제가 끊이지 않았다고 한다.

당시로 백 년 전 양귀비가 여지를 좋아했던 것은 강남에 절도사로부터 여지를 진상 받고 난 후부터였다. 귀비(貴妃)는 이 열매를 먹고 나서부터 얼굴이 백옥 같았으며 어디 그뿐인가. 생기발랄한 얼굴에 방중술이 활달하여 현종은 그 이유를 짐작하게 되었다. 색깔은 붉은 홍색이며 모양은 타원형에 단단한 밤송이 같은데 속은 하얀 살이 있는 것으로 새콤달콤했다.

당 왕 현종은 남쪽 지방으로 관리들을 보내었다. 그로부터 매년 초여름부터 가을까지 관리들은 이 과실을 싣고 장안까지 운반하기에 진땀을 흘렸다고 한다. 귀비를 비롯한 일만의 궁녀들과 왕손들이 하루에 먹었던 여지 껍질만도 열 수레를 치웠다니, 들어간 숫자는 매일 다섯 배는 넘었을 것이다. 양생(養生)에 자양(滋陽)이 되는 과실이어서 귀비가 즐기는 보석과 같은 것이었다. 이는 결국 양귀비를 경국지색(傾國之色)으로 만들어 국운이 기운 탓도 된 것이다. 세인들로부터 환영받고 말이 많은 여지 과실나무가 무당파 정원에 없어서는 안 될 일이지 않은가.

그런데 그 나무꼭대기에 여지가 포도송이같이 줄줄이 달려야 될 터인데 주먹만 한 열매가 달랑 한 개만 달려 있으니, 누가 감히 접근이라도 할 수 있겠는가. 전장문인이 씨앗으로 실생시키고 남쪽 지방 나무라 겨울에 옷을 입히며 키워왔다. 저 과실은 누가 먹을 것인가 하는 숙제는 과실이 달리고 나서 몇 개월째다. 장문인은 체면이 있어 먹기가 그렇고 장로분들은 다 늙은 몸이라 먹기가 우습고 젊은 사제들은 웃어른이 있는데 감히 접근도 못 했다.

그렇다고 이것을 놓고 논할 수도 없으니 과숙한 상태로 넉 달째 세월하는 꼴이다. 지금은 흔한 과일이지만 당시 북쪽 지방에서는 귀했다. 그래서 제일 화가 치미는 사람은 과실을 지키는 두 수장(樹長)이었다. 모두 관심이 많았던 첫해. 과실 수확에 신중을 기할 수밖에 없었다. 이것을 놓고 밤낮으로 지키면서 언제면 떨어질 것인가 두 수장은 오직 그 생각뿐이었다. 장문인들의 심기를 아는 이들은 말했다.

"흥! 첫해에 하나만 달랑 열었으니 신기해하고 귀하게 여기지."

"이제는 사람이 따먹기는 다 틀렸고 자연적으로 떨어질 날만 기다릴 수밖에. 크기는 주먹만큼 두세 배 커 가지고 원……."

"저게 떨어져야 임무가 끝나고 집에서 기다리는 여편네하고 편히 잠잘 수 있을텐데."

몇 개월 동안 열매 하나를 놓고 서 있으려니 한심한 노릇이나, 그렇다고 임무를 내팽개친다는 것은 업무 이탈 행위에 속하며 엄벌이 따른다.

"우라질! 저게 과숙되어 문드러져도 나중까지 붙어있어 겨울까지 갈 거야."

옆에 있던 무사가 시시덕거리며 맞짱을 놓았다.

"태풍이라도 온다면 좋겠는데 다음 해 수장은 누가 될지 고생깨나 할 걸. 히히히."

자기들도 고생하는 주제에 다음 사람 골탕 먹일 생각을 하며 둘은 키득거리며 웃었다. 삼행자도 두 수장이 수군대며 웃는 꼴에 절로 실소했다.

"삼행자!"

그는 깜짝 놀라 벌어진 입을 닫고 장문님을 돌아보았다.

"그대는 실없이 웃는데 오늘 일은 못 본 것으로 한다. 주의하게. 지금 당장 나가 일행자와 각 행자 대동하여 항주로 떠날 채비를 차리게!"

항주(杭州).

당(唐) 때까지는 임안(臨安)으로 부르다가 후에 남송의 수도로 번창한 도시 항주가 되면서 보편화되어, 그렇게 부르기로 하였다. 전당강(錢塘江) 하류에 있는 이곳은 수륙 교통의 요지이며, 춘추시대에는 월(越)나

무당산(武當山) 147

라 수도로 성장하였다. 수당(隋唐) 시대 강남 운하를 통해 항주는 더욱 빛을 발하게 된다. 대량(大梁)에서 항주까지 송조(宋祖)의 권위를 세우고자 진찬우 장군(秦贊友 將軍)은 항주에 육화탑(六和塔)을 개보수하며 여기에 군영(軍營)을 두었다. 따라서 진인지도 부친을 따라 소년 시절 여기에서 뛰어놀았던 기억이 생생하여 결국은 항주에 정착하게 되었다.

진인지는 월륜산(月輪山) 위로 뜨는 달과 아침 태양을 바라보며 일을 시작했다. 저녁에는 석양 붉은빛이 하늘을 수놓고 동쪽으로 고즈넉하게 홀로 서 있는 육화탑은 전당강에 그림자를 드리우며 저녁노을과 같이 조용히 어둠 속으로 자태를 감춘다. 흔히들 하늘에는 천국이 있고(上有天堂) 땅에는 소주와 항주가 있다(下有蘇杭)고 했는데, 이는 천하절경이며 살기 좋은 곳이 소주와 항주라는 뜻으로 풀이된다.

인가와 떨어진 월륜산 자락에 이 산을 뒤뜰처럼 자리 잡은 넓은 장원이 한적하니 서 있었다. 이곳이 항주의 인지의가장(忍知醫家莊)이다. 장주 진인지(秦忍知)는 전각 회랑에 나와 흔들의자에 앉아 육화탑을 바라보며 옛날을 회상하고 있었다. 남당과 월국을 통일한 진찬우 장군은 여기에 군영을 두었다. 당시 전당강은 간만이 심한 바닷물과 강물이 갯골에 넘치게 밀려옴으로써 항주가 바다에 잠길까 염려하였다. 해서 바닷물을 막는다는 염원이 깃든 탑을 개보수했는데, 앞장선 이가 그의 아버님이기도 하다. 뒤뜰 담장 가에는 홍초롱을 달아놓은 것처럼 잘 익은 왕 감들이 달려있다. 안채 앞에는 세 개의 전각이 있었으며 앞과 옆쪽 담장 가로는 행랑채(行廊齋)가 둘러쳐져 있다. 장원에서는 기녀들의 간드러진 웃음소리나 가무가 흘러나옴직한데 행랑채에서 흘러나오는 고통 소리와 식솔들의 탄식 섞인 말들은 듣는 이로 하여금 만감이 교차하게 했다. 안채 정원에는 향기가 좋다는 국화와 배롱이 만발하였으나 여기저기 탕관에서 뿜어져 나오는 각종 약향이 장원 내에 가득하여 꽃 향은 빛을 잃은 지 오래였다.

천상에는 주악 소리요 지상에는 울음소리라, 울음 속에 희망과 꽃이 피어 향기가 있어야 하는 곳이 진인지의 의가장이다. 저승과 이승의 갈림길에 선 이들에게 차 대접을 하며 위로하고 그들의 혼을 꽃피우듯이 정원을 가꾸는 한 부인이 후원을 거닐고 있었다. 봄에는 옥란과 벚꽃이, 여름에는 연꽃과 배롱이, 가을에는 분꽃과 국화가, 겨울에는 동백과 매화가 피어 사시사철 꽃향기를 피우려 노력했다. 부인은 후원에서 정원으로 나오며 아이들 놀이동산으로 걸어갔다. 정원 쪽에 백여 평의 동그란 작은 둑 안에는 하얀 모래가 햇빛을 받아 반짝였다. 그 안에 대여섯 명의 아이들이 두 쪽으로 나뉘어 방칠락 놀이를 하고 있었다. 행랑채에 들어온 가족에 딸린 아이들이었다. 부모가 병이 나서 혹은 할머니가 아파서 입장(入葬)하였으므로 자연스레 아이들이 있게 마련이다. 매선 부인은 그 아이들이 딱하여 놀이동산을 만들었으나, 시설이 변변치 못하여 달랑 작은 그네 두 개에 불과했다.

　가을바람이 후욱 불었다. 정원수가 흔들렸고 엷은 바람에 실려 낙엽은 걸어가듯이 지나갔다. 아침저녁 쌀쌀한 바람에 감나무 잎들은 어머니 품을 떠나는 모습과 같았다. 할 일은 다 했다고 빨간 열매만 남겨두고 떨어졌는데, 남은 것은 먹음직스러운 빨간 홍실뿐이었다. 방칠락하던 어린 소녀 둘이 쪼르르 부인 앞으로 달려오며 잘 익은 조생 왕 감나무를 올려다보았다. 부인 얼굴에 보조개가 패면서 말을 했다.

　"알았어. 오늘은 저쪽이지."

　나머지 네 아이는 가끔 얻어먹는 것이 미안해서인지 아니면 어른스러워 보이려는지 관심이 없는 듯했으나, 부인 앞에 다가간 두 동생 태도에 눈총을 주는 것이 분명했다. 부인의 저쪽이라는 말에 발판 없이도 발뒤꿈치를 올리면 그대로 딸 수 있는 곳으로 걸어갔다. 눈치를 살피던 형 또래의 네 아이가 쪼르르 달려왔으니 무임승차 하는 아이들을 보며 부인 얼굴에 또 보조개가 팼다. 아이들이 하는 행동은 좋든 나쁘든 간에 모두가 예뻐 보였기 때문이다. 후원 동쪽 뒤뜰에 전각형 돌담집인 석합당(石閤堂)이 있었는데, 그곳에서 한 청년이 부인 앞으로 다가오자, 부인은 아이들에게 나눠주던 홍감 하나를 건네며 말했다.

"아버님이 부르시던?"

매선 부인은 머리를 옆으로 말아 올렸고 평상복에 소매가 긴 가연복을 입고 있었다. 그런데 조용한 음성이 다분히 아들이 걱정되어서 하는 말이었다.

"예. 어머님. 나의 유학(儒學)이 그에 미치지 못했으니, 삼공(三公)만이 높은 관료가 되는 것은 아닙니다."

학소는 어느 젊은이 못지않게 관료가 되는 것이 목적이 아니라 정의사회 구현이라는 젊음을 가지고 있었다. 그는 어머님의 묻는 뜻을 알아 무의식중에 삼공이라는 말이 튀어나왔다.

"소아. 내가 무어라고 말했니?"

"……."

"부름을 받았으면 방생청으로 올라가 보렴."

그녀는 실언하여 멍하니 서 있는 아들을 보며 웃음이 나왔다.

장원 내에 세 개의 누각 중 중앙에 제일 큰 것이 방생청(方生廳)이었다. 여기서 치료를 받아 드나들며 웃고 나가는 사람, 혹은 풀이 죽은 사람이 되어 울면서 나가기도 한다.

인지찰수(忍知刹手) 진인지는 강남에서 무림의 제왕이라고 자처하면서 살생을 밥 먹듯 하는 염라신검(閻羅神劍)을 불과 이십 초반의 나이에 반 초 차이로 승리를 거두어 협객 칭호를 얻고 오 년간 강호를 주유했었다. 그런 그가 오늘 약탕 물에 젖어 이십여 년의 세월을 넘고 있었다. 그의 나이 이제 오십 초반으로 어느덧 중장년에 접어들었지만, 여전히 탄탄한 체구와 굴강한 안광은 그대로였다.

무엇이든 조금의 실수도 용납할 수 없는 최고의 실력으로 최선을 다

한다는 방생청은 생명의 소생실로 위용을 자랑하고 있었다. 거대한 거목들로 받쳐진 열두 칸의 방들은 환자의 입원실로 몇 개의 방에서는 가느다란 신음이 들리기도 했다. 열두 칸의 첫 대청에는 칠 척 장신의 진인지가 건목 의자에 앉아 자신과 마주 앉은 청년을 응시하고 있었다. 그 청년도 맞은편 의자에 정좌하여 앉았는데, 자세가 아버님 앞이라 오늘은 엄숙한 좌불상 같았다. 장주의 왼쪽에는 의가장 문하의 수사제들 의가장 삼제가 묵묵히 시립(侍立)해 서있었다. 하나같이 문무를 겸비한 의가장의 정예들이었다. 불혹의 나이도 훨씬 넘은 장주의 중원을 바라보는 시각은 젊을 때와는 달랐다. 근자에 들여오는 어수선한 비보들과 나라의 존망과 위기설까지 난무하며 착잡한 가운데 아들 전시(殿試)에 관하여 의논하려고 했다.

그는 천천히 고개를 들어 짙은 검미를 꿈틀거리며 조심스러운 어조로 말문을 열었다.

"이번에도 승과(丞科) 성시(省試)에 뜻을 둘 참이냐?"

학소는 그 뜻을 알 수 있었다. '이번에도'란 말은 두 번 다시 승과에 집념치 말고 궁성 내의원에 유의(儒醫)가 되라는 것을 의미한다. 승과는 어머님 뜻이고 자신은 무과(武科)를 예상하며 일 년을 준비해 왔었다. 그런 그가 조용한 음성으로 답했다.

"조부님은 도가(道家)였음이 널리 알려져 있습니다. 승과는 유생들의 논어(論語)와 맹자(孟子)의 학문인지라 개봉에서 소자를 알아보면 도생(道生)으로 경시를 받았습니다. 유생들이 필먹으로 나라를 지킬 수 없다는 것을 저는 무(武)로써 꼭 보여드리겠습니다."

장주 진인지와 시립해 서 있는 세 분의 사숙들은 학소의 단호한 결정에 서로 얼굴만 쳐다보았다.

"허허. 그래도 변랑(汴梁) 개봉부(開封府)에서 아버님을 기억해 주시니 다행이군. 지금 개봉부의 국립병원인 혜민화제국(惠民和濟局)이 서고 있다. 유의가 된다면 병약한 백성들과 염병으로 고생하는 사람들을 구할 수 있다. 영광이 아니겠느냐?"

"……."

그는 아들이 대답이 없자 씁쓸하게 웃으며 방 한쪽에 걸려있는 편액을 가리켰다.

"저 뜻이 무엇인지 듣고 싶구나."

온고지신(溫故知新).

장주는 시험 삼아 묻는 말이 아니고 아들이 입으로 읽어 밝혀주기를 바라면서 낡은 편액이지만 굵직한 고딕체의 글씨를 바라보았다.

"……."

한참 동안 말이 없자 근초감 허달이 예를 갖추어 침묵을 깼다.
"말씀을 해주셔야 답을 내릴 것이 아닙니까?"

학소는 모두에게 민망해 보이며 그 답을 했다.

"온고지신은 공자의 말씀으로, 옛것을 익히고 그것으로 미루어 새로운 것을 찾고 지혜를 닦아 나간다고 하였습니다."

장주는 아들을 보며 고개를 끄덕였으나 마음 한구석에 텅 빈 듯한 공허감을 감추지 못했다.

"바로 그렇듯이 궁성에서 이번에 전시(殿試)에는 국자의(國子醫)의 별시(別試)도 있다고 들었다. 내의원에 혜민화제국에서 국자박사(國子博士)가 되어 황궁에 충성을 다하길 바란다마는……."

진학소는 아버님이 두 가지를 원하고 있음을 알 수 있었다. 하나는 내의원에서 어머님 뜻과 같이 황궁에 거처하기 위함이고, 두 번째는 온고지신의 뜻으로 자신의 뒤를 이어 의술에 전념해 주기를 바란다는 것이었다. 부모님의 뜻이 이와 같으니 어느 것도 확정 짓지 못하고 있다. 두 분의 뜻과 바람이 평화스러워 어찌 감히 칼을 잡는 무인이 되겠다고 말할 수 있겠는가. 방생청에서 편액을 가리킨 이유도 아들을 무학에서 떼어내어 의술에 전념하도록 유도하기 위함이기도 했다.

진 장주는 훌쩍 자리를 떠 건넌방으로 걸음을 옮겼다. 무언의 행동이지만 세분의 사숙들도 그 뒤를 따랐으며 학소도 그 의미가 무엇인지 알 수 있었다. 그 방에는 두 환자가 누워 있었는데, 첫 번째 침상에는 오십의 중년인이 약탕을 금방 먹어 입술에 검붉은 약이 묻어 있었다. 진인지는 스승의 위엄을 보이고 아들을 보며 명령했다.

"한번 진맥해 보거라."

차분한 명령에 사숙들을 둘러보았다. 이들은 이 방에 들어온 이유가 무엇인지 알고 있지 않느냐는 눈빛을 보내며, 한편으로는 학소의 실력을 보고 싶어 했다. 탕향이 묻어나는 환자 앞에 선 진학소는 내기로 심호흡하고 왼팔을 끌어 양손을 가볍게 옮겼다. 누구나 그렇듯이 촌구혈(寸口穴)에 엄지를 대고 진맥에 들어갔다. 등 뒤에서 아버님의 조용한 소리가 들렸다.

"진맥하는 방법은 맥을 짚고 진단함에 있어 반드시 정확하게 파악해야 한다."

중년인은 병이 깊어 피골이 상접한 채로 침상에 누워있어 말도 못 하고 눈동자만 굴리며 학소를 무의미하게 바라볼 뿐이었다. 조용한 가운데 진 장주의 낮은 목소리가 이어졌다.

"진가추요(診家樞要)에서 무릇 진맥의 도(道)는 반드시 자신의 호흡을 조절하는 것이 우선이다. 다음으로는 중지(中指)로 관위(關位)를 찾아 정확하게 짚고, 식지(食指)와 약지(藥指)는 다음 혈류를 찾아 내린다. 촌구(寸口)에서 촌관(寸關)을 떠나 위로는 회계혈과 밑으로는 태릉혈(太陵穴)까지 추구한다."

그는 환자의 팔목을 가볍게 잡고 인고에 들어갔다. 사숙님들과 진맥을 여러 번 가졌던 것은 사실이다. 하지만 아버님 말씀대로 위로는 머리 끝까지 아래는 발바닥까지 혈류를 추구하는 것은 보통 일이 아니다. 쥐

죽은 듯 조용한 실내는 환자의 가느다란 숨소리만 이어지고 있었다. 일다경이 지난 후였다. 진인지의 조용한 물음이 침묵을 깨웠다.

"무엇을 느꼈느냐?"

학소는 환자의 혈류를 돌아다녀 본 듯이 자신 있게 답했다.

"신문(神門)에서 전신으로 혈맥이 전약후강(前弱後强)하고 흐름이 좋아 생명이 소생되고 있음을 알았습니다."

"언제쯤 대소변을 가리고 방안을 출입할 수 있겠느냐?"

"미음을 드신다면 보름 후에는 퇴장해도 무난할 것으로 사료됩니다."

그의 말에 시립해 있던 허달과 두기호, 그리고 천기춘 세 사숙은 서로 얼굴을 보며 의외로 놀라는 모습들이었다. 몇십 년 실무를 겪고 공부한 자신들의 실력을 감히 넘볼 자가 없을 것이라 믿었는데, 지금 초보인 소아(진학소)가 거뜬히 알아내고 있어서 십 년의 세월이 무상할 따름이다.

"그래? 내가 보는 견지와 같구나."

진인지는 만족스러운 웃음을 하고는 다음 방을 순회하기 시작했다. 오늘은 학소 견문 때문에 보호자와 간호사인 탕사들은 마당 밖으로 퇴청해 있었다. 삼호실 환자는 세우고 눕히는 침상에 비스듬히 묶여있는 젊은이로 일행들을 보자 두 눈을 부릅뜨며 덤벼들 기세였다. 장주는 아들을 물끄러미 바라보다가 미소를 지었다.

"이 환자의 진맥을 보렴."

학소는 그에게 조심히 다가갔다. 젊은이는 몸부림을 쳤지만, 손발이 모두 침상에 묶여있어 애처로워 보였다. 역시 촌구에 맥을 짚고 진맥에 들어갔다. 웬걸, 기세로 보아 펄펄 뛰어야 할 손목의 맥은 끊길 듯 말 듯한 가느다란 혈맥이 흐를 뿐이었다. 학소로서는 너무 가늘어 검진할 수 없는 처지가 되었다. 젊은 환자는 침을 튀기며 호령치고 발버둥 쳤다.

"이놈! 내가 네놈의 노리갯감이 아니다. 어서 풀어라!"
학소의 얼떨떨해하는 상태에 천기춘 사숙이 말했다.
"괜찮으니, 몸통으로 다가가 전신을 살펴보면 되지 않겠느냐?"
사숙의 말에 학소는 한발 다가가 막무가내로 그의 몸통에 손을 놓았다. 목 밑 천부혈(天府穴)과 심장 위 옥당혈(玉堂穴)로 양손을 놓아갔으며 환자는 혈맥이 없으면서도 몸부림치는 힘은 대단했다.

그런데 사숙님으로부터 익힌 바나 서적상으로도 임맥(任脈)인 앞부분과 천무혈 심맥 뜀틀이 동시라고 알고 있는데 불규칙하고 부정맥이었다. 맥이란 피 흐름을 하는 심장 운동이므로 그 힘으로 병약한 곳에서는 맥을 트고 바꾸고 하며 병을 고친다든지 또는 건강 상태를 알아내는 데 그 목적이 있었다. 이 환자 같으면 진맥하는 의원을 웃음거리로 만들기에 충분했다. 그의 안맥(顔脈)은 핏기 없는 회색으로 기울었고, 반면 기(氣)는 어디로 뛰어 달릴 듯하며 무엇을 그리워하고 있었다.

장주 진인지는 의문에 찬 아들을 바라보며 입을 열었다.
"어떻게 보았느냐?"
한참 머뭇거리던 학소가 답하였다.
"진맥이 전부가 아님을 알았습니다."
"그래. 모든 일에 만사형통(萬事亨通)은 없는 법이다. 노력하여 연구하며 가깝게 다가갈 뿐이다."

풍침풍사(風針風沙) 두기호(斗基號)가 약향이 흘러나오는 검은 목갑을 열면서 말했다.
"혈맥이 끊기고 고르지 못한 환자는 약물에 의한 혈류라고 짐작해 두면 될 것이오."

그는 들었던 약함을 열었다. 거기에는 도토리 알 만한 알약이 은박지에 감싸여 있었다. 앵속에 중독된 환자로 알고 있었으나 혈맥이 쇠약하고 고르지 못하다는 것을 처음 알았다. 두기호의 약함을 본 환자는 두 눈을 부릅뜨고 더욱 몸부림쳤다. 허달 사숙이 측은한 눈으로 젊은 환자를 보다가 설명했다.

"이것은 앵속으로 된 제편자단(鸚片子丹)인데 근래에 환자가 늘고 있다."

"그럼, 치료는 어떻게 해야 하지요?"

"아직 중국의 몇몇 의원을 제외하면 앵속이 무엇이며 제편이 무엇인지 모르고 있어요. 그래서 아직 방법이 없었는데, 항주의 외국 선박에 의해 우리도 밝혀내고 있지요. 며칠 전에 환생여의단(煥生如意丹)이라고 명명한 환단을 만들어 많은 환자에게 광명(光明)이 되어 찾아갈 것이네."

의가장에서 생활하며 처음 듣는 말은 아니었으나 확실히 그 사실을 밝히고 싶었다.

"그래서 침상에 묶여 치료받는 것으로 알고 있습니다. 몇 달을 참아내어야 완치가 됩니까?"

근초감 허달은 문제가 많은 듯 동료들을 바라보았다.

"얼마나 먹어왔느냐가 첫째이고, 둘째는 환자의 의지에 달려있네. 제편흑자단(第片黑子丹)에 중독되면 환생하기가 극히 어려워 이 자단을 계속 복용하다가 돈이 없어 약이 끊기면 떨면서 시들어 죽기 마련이지. 다시 말하면 금단증상(禁斷症狀)이 몸에 배어 약을 끊어내기가 보통 어려운 일이 아니다."

"그 원인이 금단증상이라는 말입니까?"

장주는 신중을 기울여 물어보는 학소의 태도에 흐뭇한 미소를 머금었다.

사실 당시로서 전 중국에 금단증상이라는 말은 이 장원에서 처음 붙여보는 말이었으니 학소도 처음 듣는 말이었다. 약합을 닫던 두기호가 덧붙여 말했다.

"그 병세에 관하여 그렇게 붙여 보았네. 문제는 제편자단의 발원지가 어느 곳인지 모르지만 중원의 하늘에 흑구름이 끼고 있다는 것만은 확실하네."

그 말을 들으면서 밖으로 나왔다. 사숙들의 말을 뒤로하며 걸어가는 아들의 뒷모습을 바라보는 진인지의 발걸음도 밝아 보이지 않았다. 이 년 전에 승과에서 떨어지고 귀향한 후부터는 무술에 치중하고 있음도 알고 있으나, 장성한 아들에게 더는 말할 수 없었다.

"승과? 아니면 태위 장군?"

소 장주인 학소가 어느 쪽을 선택하였는지 궁금하여 뛰어나온 사람은 방하생 탕사와 절자귀 복진해 였다. 선택의 대상이 태위 장군임을 예상한 방하생 탕사가 말했다.

"소 장주님은 무예라면 항주 제일이라고 하는데, 장군이 되어야 좋겠습니다."

방하생은 동년배이기는 하나 탐라도에서 돌아오면서는 하대를 할 수 없어 말씀이 조심스러웠다. 장군이 좋다는 말에 복진해는 방하생에게 고개를 돌렸다.

"방 탕사의 말은 물 건너 간 소리야. 지금 지방 장관들은 모두 문인들이다. 진사만 되어도 당당한데 장군이 되면 무얼 해?"

의도를 떠보면서 따라갔지만, 학소는 연신 웃는 얼굴으로 고개만 끄덕이면서 걸어갔다. 무어라고 대답을 해 주어야 될 터인데 할 말이 없었다. 되고자 하여 될 수도 없는 일이고 확정된 것도 없으니, 말이 나올 수 없었다. 그는 서고(書庫)로 들어서며 오늘 방생청에서의 일들을 하나하나 되짚어봤다. 탐라도에서 지남성(地南星)과 고삼(苦蔘) 그리고 어성근(魚成根)으로 독을 몰아내는 것에 착안하여 환생여의단을 더 확실하게 조제한 것을 보면 어떠한 발상도 기연에서 올 수 있다고 느끼고 있었다.

진인지는 흔들의자에 앉아 노을 지는 서쪽 하늘을 바라보고 있었다. 부인은 후원의 백모래가 있는 놀이동산에서 아이들과 방칠락 놀이를 하고 있었다. 무어라고 이야기하며 웃는 부인의 얼굴이 그의 눈에는 아이들과 같이 천진난만하게 보였다. 부인은 모든 아이를 내 자식이라 생각하며 사랑해 준다는 것을 잘 알고 있었다. 불전에 다니면서 모든 이에게 평화와 행복을 빌었고, 세상 모든 아이를 자기 자식같이 귀엽게 사랑하므로 마음이 부자였다.

근초감 허달은 마른 장작을 한 아름 들고 후원 담벼락에 있는 요어감(燎於監) 불 터로 걸어가고 있었다. 주위를 살피는 것이 예사롭지가 않았다. 담장 가로 이어진 행랑채에서는 저녁을 준비하는 그릇 소리와 여인들의 분주한 목소리로 소란스러웠다.

전당강 수면 위에 홍색으로 젖었던 육화탑도 물속에 잠겨버리듯 어둠 속에 잠겨버렸다. 밤이 깊어 들자, 후원에는 전원과 달리 고요함이 이어졌다. 탕사들이 약제를 제조하는 탕관(湯罐)을 살피고 나온 허달은 사방을 살피면서 후원으로 사라졌다. 후원 모퉁이에 있는 요어감 터는 각종 문서나 의약 재료들을 불살라 소각하는 장소였다. 어슬렁거리던 허달은 낮에 모아 두었던 땔감에 불을 지폈다. 그리고 나서 주위에 눈을 돌려보고 귀를 기울였다. 활활 타는 불 터를 바라보며 가슴속에 품었던 죽통을 꺼내 들었다. 죽통을 털어내자, 진 장주가 소중히 간직하고 다니던 서불과지도가 형태를 드러냈다. 겉표지나 내용이 탐라도에서 같이 들여다보던 그 지도책임은 틀림없었는데, 그는 불 속으로 책을 내밀었다가 뜨거움을 감수하며 거둬들였다. 이번에는 각오가 되었는지 또 불 속으로 들이밀었다.

진 장주는 탐라도에서 돌아오면서 고심의 늪으로 빠지게 되었는데, 그것은 누구인가 죽 대롱의 비밀을 알고 있고 서불과지도를 알고 있다는 것이었다. 탕사들이며 사제들에게 의심의 초점을 맞추어 살펴보았으나 자신만 죄인이 되는 모습이며 별 이상은 없었다. 정말 모든 것을 불살라버리고 텅 빈 마음으로 새로이 삶을 시작하려는 마음가짐도 해보

앉으나 희망을 던져버리기에는 골이 깊게 패어있었다.

　방생청 내실에서 시름에 젖은 마음으로 양손을 쥐었다 폈다 하는 진 장주의 얼굴은 초조해 보였다. 뚜벅거리는 발소리를 듣고는 가느다랗게 방안을 밝히는 촛대로 걸어가 세 개의 대형 촛대에 불을 이어 붙였다. 같이 오래 생활하다 보면 발소리나 숨소리만 듣고도 누구인지 알 수 있다고 하는데, 그것은 허달이 방으로 고개를 끄덕이며 걸어오고 있다는 것이다. 그는 고민이 차 있을 때나 무엇을 골똘히 생각하며 걸을 때는 고개를 끄덕이며 걷는 습성이 있었다. 허달이 방문을 열고 들어서자, 방안은 여러 개의 촛대에 불을 밝히고 있었으며 장주는 허달의 손으로 시선을 옮겼다.

　"똑같이 만들었습니다. 검토해 보십시오."

　허달은 죽통에서 백접도를 꺼내어 탁자 위에 올려놓았다. 책장을 열면서 한참 검토하던 진 장주도 품속에서 양피지 책 한 권을 꺼냈는데 그것도 그와 같은 백접도였다. 둘은 탁자 위에 양피지 책장을 넘기며 그와 같은 글씨들을 살폈다.

　"둘이 몇 개월째 심혈을 기울였는데 선이나 점 하나 빠짐이 없을 것이고, 보면 똑같지 않을 수가 있겠소. 정말 이러고 보니 진가(眞假)를 가릴 수 없겠구나!"

　"그렇습니다. 진가가 따로 있다면 두 개로 분리하는 목적이 없어질 것이 아닙니까?"

　진 장주의 목소리가 담담하고 신중한 어조로 이어졌다.

　"천리향의 범인은 밖으로 찾아보겠소. 그리고 이참에 몇 달간 장원을 비울까 생각 중이네."

　의문에 찬 눈빛으로 장주를 바라보았는데 그는 담담히 고개를 돌려 벽면에 가로놓여 있는 인천검(忍天劍)을 바라보았다.

　"장원을 비운다면 여행을 하시겠다는 말씀입니까?"

"그렇네. 집안에 무심하였네. 이번 아들 전시에 개봉까지 동행할 참이오. 다음으로 홀로 다니며 낙양과 장안에 들려 스승을 찾겠네."

"스승님이라면?"

진 장주는 웃음이 묻어나는 안색을 띠며 허달을 바라보았다.

"아시다시피 나는 갑골문자는 읽는다고 하지만 과두문자는 문외한이오. 스승을 찾아 두 글자의 가르침을 받아야 하지 않겠소? 갑골문자도 읽는다기보다 바라보는 수준이어서 난해한 점이 한둘이 아니네."

허달은 말은 안 했지만, 오늘의 일을 알 수 있을 것 같았다. 탐라도 탐방하기 이전부터 둘은 똑같은 서불과지도를 만들기에 착수하려고 했다. 등고선이며 개미 같은 알 수 없는 글자들을 있는 그대로 바늘에 먹물을 묻혀 그려놓았다. 그 모양까지 닮기 위해서는 양피지 책장이 천년의 세월이 흘렀으므로 그와 같이 퇴색되어야 한다. 해서 근초감 허달이 고심 끝에 오늘 불과 연기에 그을려 그와 같은 것을 만들어낸 것이다. 여기 백접도 한 권을 품에 소지하여 다니면서 글자를 터득하겠다는 뜻이 내포되어 있었다.

참묵 향이 물씬 풍기는 서방(書方)에는 문방사우(文房四友)가 탁자 위에 어지럽게 널려있는 것이 진학소가 전시(殿試)에 대비하여 공부했던 모습들이었다. 매선 부인은 곱게 빗은 머리에 아얌을 살짝 눌러쓴 의상이 나들이할 참인데 학소의 서재로 들어섰다. 방에 있던 찻잔에 물을 부어가면서 아들에게 물었다.

"아버님은 이번 별시(別試)에 국자박사 국자의(國子醫)로 말씀하셨지?"

두 달 남짓한 삼공(三公) 전시에 장주 내외와 학소가 의견이 각각이어서 합의를 보지 못했으므로, 어머니로서는 안절부절못했다. 그는 웃음 띤 얼굴로 어머니를 바라보았다.

"승상(丞相)은 정치 담당으로 이 년 전에 미역국 먹은 바 있지 않습니까?"

"그래 알고 있다. 모두 승상 자제분들이라 염려는 되겠구나. 하지만 태위(太尉. 군사 담당)는 이 어미가 원하는 과는 아니어서 그래서 하는 말이다."

"그럼, 힘이 없는 우리 송(宋)나라는 오랑캐나 요(遙) 나라에 막대한 뇌물을 바치면서 왕권을 지켜나가고 있는 줄 모르세요?"

매선 부인은 찻잔을 입가로 올리면서 아들을 유심히 바라보았다.

"그래. 우리 진종(眞宗) 임금님은 싸움을 싫어하고 어진 황제가 되어 백성과 같이 평화롭게 살려고 하니 그렇지 않겠어?"

어머니의 말에 찻잔을 내려놓는 학소의 손이 가볍게 떨렸다.

"그렇다면 관료도 어질어야 할 터인데 더욱 혹독하고 부정하여 이웃 나라에는 어질고 백성에게는 무지몽매(無知蒙昧)하지 않습니까? 그뿐입니까? 각종 세금을 거둬들이기에 여념이 없습니다."

자신도 모르게 튀어나온 말은 당시 시대 상황을 보며 개탄했기 때문이다. 송나라는 이전에 군벌들이 난무하는 오대의 혼란을 거울삼아 문(文)을 숭상하고 무(武)를 천시한 결과 많은 문제가 야기되고 있었다. 황제의 자리를 지켜나가기 위해서 군사력으로 반란을 일으킬만한 여지를 근본부터 제거하는 문치주의를 국책으로 삼았기 때문에 그것은 현실적이며 확실했다. 결과적으로는 송나라의 군사력은 역대 어느 왕조보다 약했고, 대외관계에 있어 많은 문제가 제기되었다고 한다. 그래서 군사력으로 다른 민족의 침범을 막아내기보다, 요나라 등에 쌀, 은, 비단, 금괴, 찻잎 등 많은 선물을 주며 형제 관계를 맺기에 바빴다. 물론 거기에는 송나라는 형이고 북방 민족들은 아우가 되는 것으로 하여 중원의 백성에게 자존심은 지켰다고 하나 아우가 형 위에서 큰소리치는 데는 무슨 형이 필요하겠는가.

모든 만물이 그렇듯이 상대방이 평화롭게 나오면 자신은 저절로 힘

무당산(武當山) 161

이 나오며 용감무쌍해지게 마련이다. 따라서 평화를 유지하는데 북방 민족들의 요구는 해마다 급증하고 송의 재정이 날로 궁핍해졌다.

해서 그의 주장이며 신념은 이러한 유목 민족은 힘으로 눌러 강력히 대처해야 된다는 것이었다. 후원에 한잎 두잎 떨어지는 낙엽을 바라보며 입을 열었다.

"그래서 소자는 미력이나마 이 나라를 굳건한 반석 위에 올려놓는데 일조를 하고자 노력할 참입니다."

매선 부인은 아들이 천진난만하게 웃을 때나 심각한 얼굴로 입을 다물며 투지의 언변을 토할 때는 진인지의 젊은 시절과 같다고 느끼곤 한다. 소녀 시절에, 개봉에서 아버지 진찬우 장군을 따라 마상에서 장군복을 입고 당당히 활보하던 진인지의 모습에 반했던 자신이 아닌가. 학소의 조부 진찬우 장군은 5대 10국(五代十國)의 난세를 겪으며 조광윤(趙匡胤) 장군과 더불어 후주(後周)를 통일국가로 만들었다. 그들의 군대는 막강하며 조광윤 장군은 어린 세종을 도와 북한(北韓)과 요(遼)의 연합군을 맞아 고평(高平) 전투에서 결사적으로 돌격하여 대역전을 거두었다. 후주의 황제 세종 영(榮)은 전왕(곽위 장군)의 처남의 자식으로 양자가 되어 왕권에 올랐으나, 정통성이 없다고 하여 막강 군대는 조광윤 장군을 바라보게 했다. 조광윤 장군의 동생 조광의(趙匡義) 장군을 필두로 일곱 장군이 노골적으로 조광윤 장군을 천자로 추대하였다.

역사에 보면 그는 천자(天子)에 욕심이 없다고 기록되었다는데, 그 기록을 옮겨보기로 하자.

송 태조(宋太祖) 조광윤은 간밤 늦게까지 마신 술이 깨기도 전에 밖에서 왁자지껄하는 소리에 잠이 깼다. 눈을 뜨고 일어서려는데 웬걸, 자기 몸에는 황포가 입혀 있었고 무릎을 꿇고 엎드린 장군과 부장들 그리고 7세의 어린 공제의 신하들까지 외치고 있었다.

"천자에 오르십시오! 천자에 오르십시오!"

조광윤은 마지못한 척하며 일어나 금의에 앉았다.

"하늘이 원하고 나라가 원하고 백성들이 원하니 이 금포를 입는다."

이렇게 하여 송(宋)나라가 탄생한 것이다.(서기 976년)

이후 남방을 토벌하며 합병하여 전 중국을 통일한 그는 걱정이 태산 같았다. 군대와 병권이 강성하다 보면 전란은 끊이지 않을 것이고, 사람의 욕심이라는 것이 자신이 그랬듯이 힘이 세지면 어느 장군이 황제의 옥좌를 넘보게 될지 모를 일이었다.

곰곰이 생각하던 송 태조 조광윤은 궁성 안에서 성대한 연회를 열었다. 막강 군대의 주인인 지방 절도사와 문무백관들이 황제 앞에 부복하였다. 이 자리에 회남 절도사 진찬우 장군도 있었다. 한솥밥을 먹으며 생사를 같이 넘나들었던 동료인 조광윤 대장군이었으나 지금은 천자여서 감히 고개도 못 들었다. 황포를 입은 조광윤은 동료 장군이었던 이들에게 눈길 한번 주지 않고 냉랭한 표정으로 입을 열었다.

"나는 천자가 되고부터는 마음이 불편한 것이 한둘이 아니라오. 어느 재상이나 장군 중에 지위가 높아지면 누구든지 황제라는 이 자리를 노리기 때문이오."

깜짝 놀란 절도사와 신하 장군들은 부복하여 아뢰었다.

"천명이 이미 정해졌는데 폐하께서는 어찌 그 같은 말씀을 하십니까?"

조광윤 황제는 걱정이 되어 잠을 설치는 사실을 털어놓았다.

"그대들을 믿는 나의 마음은 여전히 변하지 않았소. 하지만 모든 반란이 그랬듯이, 혹시 그대들의 부하가 공신이 되어 부귀영화를 누리려고 이 황포를 그대의 몸에 입혀준다면 어찌하겠소? 황포를 걸치고 금의에 앉는 황제가 상상될 것이오."

황제의 말에 놀란 신하 장군들은 서로 얼굴만 쳐다보며 공포에 서리었다. 말씀과 같이 자신들도 어린 공제를 버리고 공신이 되어 부귀영화를 누리려는 처지와 같았다.

"누가 감히 천자를 넘보겠습니까? 당치도 않은 말씀이오니 저희를 불쌍히 여기시어 살길을 가르쳐 주십시오."

황제는 '되었구나!' 하고 호탕하게 웃으며 말했다.

"인생은 넓은 길을 가다가 좁다란 길을 걷고, 위태위태 높은 다리 위를 걷는 것과 같다고 했소. 힘 있는 자에게 망치를 내어주면 무엇이든지 두드리고 싶어질 것이오. 이와 같이 그대들은 병권을 나라에 바치고 고향에 돌아가 가희들을 들여 술을 마시며 천수를 누리는 것이 어떻겠소?"

그로부터 며칠 후 막강 군대와 지방 절도사 및 신하 장수들이 병권을 반납하자, 태조는 이를 받아들이고 그들에게 재물을 하사하고 문인 전운사(轉運使)로 파견하기 시작했다.

이즈음 학소의 조부도 장군복을 벗고 유학자에 의해 밀려나며 서수 문인(文人) 전운사로 낙향하였다. 이에 따라 당나라 말기에서부터 오대십국(五代十國)에 이르기까지 지방 여러 곳에서 천자의 자리가 바뀌어 오던 군벌들의 세력이 해체되는 결과를 맞게 된다. 국가라는 미명 아래 지역 간에 살상과 군벌과 기회주의자의 공신들이 정리되면서 죄 없는 중원 백성의 피바람은 끝을 맺는다. 어찌 보면 문화혁명이며 국가의 힘으로 보아서는 비운이라고 말할 수 있다. 결과적으로 문(文)을 숭상하고 무(武)를 천시하는 시대가 전개되었으며, 이후 북방 민족의 찬탈을 막을 수 없었고 중원에는 북방 왕조인 거란의 요(遼) 나라 서하(西夏)와 금(金), 원(元), 청(淸)의 탄생이 거듭되었다.

개봉(開封)에서는 시대의 흐름에 순응치 못하는 젊은 장수들이 하나 둘 숙청되어 나갔으며 눈엣가시가 되었다. 이에 실망한 젊은 장군 진인지도 갑옷을 벗게 되었고 개봉부에서 술과 거리패 싸움꾼이 되었다. 영원한 강자는 없듯이, 어느 날 진인지는 초주검이 되어 매화의원(梅花醫院)에 들게 된다. 마침 매화녀(梅花女) 매영(梅榮)은 구면이었고 그를 사모하던 터라 아버님과 더불어 진인지를 살려냈으며 결국은 간단한 예식을 치르고 둘은 부부가 되었다.

이에 따라 장인 밑에서 몸을 회복하면서 의술을 익히게 되었고 의학(醫學)에 심취하게 된다. 그러던 어느 날 무림인에 의해 친구가 참변을 당하자, 진인지는 이를 복수하고 젊음을 참지 못하여 강호를 주유하며 방랑 생활도 했었다. 지금 아들인 학소가 청춘을 불태울 곳을 찾는 앞길이 그와 같을까 어머니로서는 걱정이 되었고, 그것이 운명적으로 느껴져 문과(文科)를 강조해 왔던 것이다. 한참의 침묵이 흐른 후에 학소의 결단이 발표되었다.

"어머님 뜻이 그러하오니 태위(太尉)는 접겠사오나, 어사대부(御使大夫 감찰 담당)에 뜻을 두겠습니다. 그리 이해해 주십시오."

"……"

문무를 모두 겸비하는 감찰 담당과라 서로 중간 착지이어서 매선 부인은 이것으로 만족할 수밖에 없었다. 장성한 아들 걱정에 두 번 세 번 거론하는 것도 그러하거니와, 승과는 인연이 어렵겠지만 어사대부라면 입맥이 통할 것이다. 아들은 직접 친전(親展)을 들고 갈 위인이 아니므로 누구를 보내어 친전을 넣든지 아니면 기회에 개봉까지 따라갈 수도 있다. 잠잠히 아들 얼굴을 바라보던 매선 부인은 고개를 끄덕였다. 그것은 그의 결정에 승낙하여 열심히 매진하라는 뜻으로 보였다.

"내일 순안(淳內)에 다녀올 예정이므로 그리 알거라."

학소는 두 눈이 동그라지며 무엇에 눌리는 가슴을 억제했다.

"순안현장(淳安縣長) 태수댁 말인가요?"

"전시가 끝나고 개봉에서 내려오는 대로 친영(親迎)을 보낼 예정이다. 그리 알거라."

"어머님! 그 일이라면 일 년만 늦추어 주십시오."

혼례 말이 나오면 이 핑계 저 핑계 대며 연기해 온 것이 여러 차례여서 매선 부인은 정색하고 면박을 주었다.

"이번이 몇 번째냐? 더는 안된다. 그렇지 않아도 태수댁에서는 납채(納采)를 기다린다고 야단법석이다. 면목이 없구나. 그래서 청기(請期)를 잡는다고 하여 상면을 원하고 있다."

어머니의 단호한 말에 초희(招姬) 낭자의 얼굴을 떠올리며 얼굴이 상기되었다. 냉가슴 앓듯 그의 가슴속에는 말 못 할 병을 달고 있는데 이를 푸는 것이 그의 숙제였다.

집안일 대소사(大小事)는 거의 어머님 몫이었다. 아버님은 오직 의서와 약탕에 묻혀 생활하니 어머님은 보고만 하고 장주인 아버님은 참작의 말 외에는 관여하는 바가 없었다.

"초희에게 전할 말은 없니?"

매선 부인은 웃어 보이며 남궁(南宮) 낭자보다 가깝게 초희라고 이름을 불러주며 아들의 안면을 살폈다. 벌써 며느리가 된 듯한 어머니의 말에 얼굴이 붉어지며 무어라고 말하려다 너무 장가를 미루는 것도 불효인지라 입을 봉했다.

"안부 편지라도 한 장 써주면 전해 주겠는데……."

"낭자에게 쑥스러워 글귀가 나오겠습니까? 잘 있다고만 전해주세요."

"아니야. 여자들은 받는 것을 좋아하거든. 이를테면 꽃다발이라든지 편지 또는 선물 같은 것 말이야."

그는 붉어진 얼굴을 들어 웃음으로 답을 해드리고 무고(武庫)로 발길을 옮겼다. 부인은 아들과 이야기하고 싶었던 말들을 그의 등 뒤로 묻어버리며 낭랑히 한마디 말을 던졌다.

"개봉에서 내려올 때는 초희 낭자에게 줄 선물은 잊지 말도록 하거라."

무고는 석합당 지하에 있었다. 지하에 자물쇠로 벽을 열고 내려가 기관 장치를 터야 문이 열렸다. 누구든지 석합당에 들어서면 그것으로 끝인 줄 알지 지하 무고는 감쪽같이 기관 장치로 되어 있는 줄은 모른다.

끼르륵 끽!

지하 무고가 열리자, 한쪽 벽면에는 각종 병기가 꽂혀 있었다. 맞은 편 벽면 모서리를 밀자, 감아 돌아온 벽면에는 각종 무서들이 가지런히 꽂혀있다. 그는 무서 몇 권을 뒤지다가 오금파천식(五禽破天式)의 겉표지가 된 낡은 책 한 권을 꺼내 들었다.

첫 장에는 다섯 종류의 동물들이 공격하는 근골의 형태를 잘 나타나게 그려져 있었고, 화타의 오금법(五禽法)을 기초로 한다고 되어 있었다. 화타(華陀)는 진이지가 높이 섬기는 인물로 잠깐 그에 대해 알아보자.

화타(141~208)는 안후이성 박주 사람으로 당시 의술을 내과, 외과, 산부인과로 분류하여 체계를 세웠다. 그는 외과 기술이 뛰어났으며 마비산(麻沸散)이라는 마취약까지 만들어냈다. 따라서 큰 수술이 필요한 환자나 맹장염 환자 등에게 마비산을 술과 함께 마시게 하여 수술하였다고 한다. 침구술도 능통하여 조조 장군은 화타를 청하였다. 그의 침 한 방에 조조가 앓던 신경통이 거뜬히 나았으며 완치를 위하여 건강법까지 배우게 된다.

또한 다섯 가지 동물 즉, 호랑이, 원숭이, 새, 곰, 사슴의 움직임과 달리는 근골과 공격하는 자세 등을 연구하여 오금희(五禽戲) 체조를 창안하였다. 조조는 무인으로서 이에 준하여 권법과 검초식 창검술을 가미하여 오금파천식(五禽破天式)을 만들었다. 오금희 건강법과 권격술은 중원에 널리 쓰고 있으나, 오금파천식 창검술은 진가(秦家)의 비전검결(秘傳劍決)이었다.

그는 두발 가량의 황색 창을 뽑아 들고 왼손에는 반발쯤 되는 검을 잡고 밖으로 나왔다. 검술을 닦았던 그의 연무장이라고 할 수 있는 좁은 뜰은 창검술을 하기에는 비좁아 후원 한 쪽을 택했다. 우선 기공을 열어 가볍게 심호흡하고 양손으로 창을 눕혀 들었다. 창을 받쳐 들어

스승님께 전하는 형국인데 걷는 걸음이 웃음이 나올 것도 같다. 곰이 발바닥을 세우고 걷는 모습처럼 엉거주춤하던 걸음이 사슴과 같이 뛰어오르며 양손을 머리 위로 돌리자 마치 황색창은 바람개비와 같았다. 오금파천식의 전초식을 하니 창기안은 명주포가 바람에 날리는 것처럼 난무하며 상하를 종잡을 수 없었다.

"얏!"

그의 창술은 사방을 흙먼지로 몰아세우며 다섯 가지의 짐승 형상이 아른거렸다. 창기안은 용쟁호투이며 다섯 마리의 짐승 얼굴들이 불쑥불쑥 튀어나왔다.

창이 멈춰지며 다음은 등에 멘 검을 뽑아 들어 원숭이 모양으로 몸을 구부렸다. 바닷가에 집게 걸음으로 좌우 오보씩 밀려가듯 바람에 불리듯 움직이면서 이번에는 그의 검영이 난무하니 사람 형체까지 감추고 있었다. 방생청 이층 서고에 들어섰던 장주 진인지는 창틈으로 우연히 아들 검무를 유심히 바라보았다.

"음. 오금파천식은 나도 저렇게 시전해 보았을까 모르는데 공력만 있다면 무서운 창검술이구나."

그는 만면에 웃음을 띠었다가 수심으로 변했다. 학소가 두 번씩 익히고 창과 검을 거두어들일 때였다.

"오금파천식은 십성 익혔구나."

그 말에 학소는 뒤를 돌아보고 깜짝 놀랐다. 검을 잡을 때는 주위 십 장 내에는 누가 있는지 감지할 수 있어야 강호인이 아닌가. 장주는 놀라는 아들을 무심히 바라보며 말을 이었다.

"오금희는 일반인에게도 건강법과 권법으로 알려져 있고, 무림에는 여러 가지 오금희 창검술이 전해지고 있으나 어느 것도 오금파천식만 못하다. 조조 장군이 열 명의 장수와 함께 심혈을 기울였는데 만만하지는 않겠지?"

학소는 심호흡을 끝내고 손을 가슴까지 올리며 공수했다.
"어사대부는 창검술도 중요시된다고 하여 익혀보았습니다."
진인지는 짙은 검미를 위로 올리더니 무겁게 입을 열었다.
"과유불급(過猶不及)이라, 비무를 할 때 지나침과 과무는 만용과 같으며 오금파천식도 함부로 넘치게 나타내지는 말거라. 무엇이든 승기는 운이 좋아 그것으로 인해 얻어지는 것처럼 느끼게 해라."
아들의 검무를 본 진인지는 강호의 실태를 염려하여 뾰족이 뛰어남을 금기시했다. 예의 아버님의 훈계가 이어졌다.
"깊은 우물은 아무리 가물어도 밑바닥을 드러내지 않아 생명의 근원이 되고, 하늘에서 내리는 비는 한꺼번에 쏟아지지 않아 곡식을 지어 살아갈 수 있듯이 말이다. 어사대부라면 할 일이 많겠구나."
아버님의 가르침을 들은 진학소는 낭랑한 목소리로 대답했다.
"유념하여 명심하겠습니다."
무예에 관하여 아버님으로부터 관심과 법도에 대한 말은 처음이었으므로 기회에 관심이 많던 찰수검법(刹手劍法)에 대한 것을 논해보고자 했다.
"찰수검법은 후미 하단부가 허전하여 누가 그쪽을 친다면 방어할 방도가 없을 것 같습니다. 그 수는 없습니까?"
장주는 아들의 말에 두 눈이 휘둥그레졌다. 그 부분까지 알고 있다면 찰수비룡검법(刹手飛龍劍法)을 십성 이상 완수했다고 볼 수 있다. 사제들 간에 말하던 것을 귀 넘어 들었던 학소의 무예가 사실로 보였다.
"그것까지 보았다면 십성은 익혔구나. 아무 검법도 약점이 없는 것은 없다. 완벽은 없으니, 그것이 허점이고 비밀인 것이다. 또 알아둘 것은 오인 이상 합격술로 들어올 때나 기력이 쇠진했을 때는 찰수비룡검법은 많은 위험이 따르므로 접어 두거라."
찰수비룡검법의 창시자는 누구인지 알 수가 없었다. 군벌과 무인들이 난무할 당시 태극 검학(太極劍學)이 새로이 발전되기 시작했으며 여러 갈래로 나뉘어졌다. 태극권은 복희씨의 음양 팔괘에서 시작되어 진박노조(陳博老祖) 선사의 태극 체력 단련술로 퍼져나갔다.

학소의 조부가 태극 검학을 토대로 태극 음양 팔괘를 연마할 때 낡은 책 한 권이 끼어 있어서 이것을 익히다 보니 찰수비룡검법이 된 것이다.

"후발선지(後發先至)가 첫째라고 되어 있다. 공격술의 쾌(快)로서 빠르지 못하면 당하느라 몸이 성하고, 싱싱하여 빠르면 어느 검법도 따르지 못한다. 그러니 찰수(剎手)와 찰신(剎身)이 겹친 검법이 아니냐?"

진인지가 강호에서 이름을 날렸던 것이 인지찰수(忍知剎手) 검법이었으니 그로서는 자신만만한 검법이기도 했다.

무고로 들어가는 아들의 뒷걸음을 바라보던 그는 발길을 멈추었다. 직업이 그러하니 옷은 자주 세탁하므로 빛바랜 청의를 입은 장주는 세상사를 한눈에 보듯이 조용히 말을 이었다.

"잊지 말거라. 강호에는 은둔해 있는 고인들이 많아서 누구도 최고는 없다. 법구경(法句經)에 이런 말이 있지. 이기고도 지는 수가 있으며 지고도 이기는 수가 있으니 많이 생각하라. 노하는 자는 잘 싸우며 잘 이기는 자는 잘 싸우지 아니한다."

반듯하게 돌아선 학소는 약탕에 젖어 초췌한 얼굴로 나이가 드는 아버님을 보며 무예에 관하여 인정해 주는데 고맙게 여겼다.

전당강 변에 준마 한 필이 들판 길을 여유롭게 달리고 있었다. 말 등에는 묵직한 청포인이 몸체와는 달리 가볍게 앉아 있었고, 그 말은 달린다기보다는 걷는다고 함이 옳을 것이다. 네 발이 일정한 보폭으로 또각거리며 빠르게 걷고 있어서 어느 쪽이라고 단정지어 말할 수는 없었다.

워 워!

청포인이 다다른 곳은 붉은 천막을 드리운 것 같은 누각이었는데, 그 정면에는 홍포각(紅包閣)이라는 일필휘지의 세 글자가 사람의 이마에 딱지를 붙인 것과 같이 붙여져 있었다. 그 앞에 당도한 청포인은 고개를 들어 바다 너머 수평선을 바라보고는 말 등에서 내렸다. 빛바랜 청의를 입은 의가장 장주 진인지였다.

그는 단숨에 이 층 누각으로 올라서더니 강 하구를 물끄러미 바라보았다. 강바람이라고 하기에는 신선함이 덜했고 갯내가 풍기는 바닷바람은 그의 청의를 너울거리게 했다. 가득 찼던 앞 강물은 썰물에 끌려 빠져 강바닥을 드러내었고, 하루 만에 만난 집게들은 자기들 놀이터인 양 몰려다니며 집게 악수를 청하고 있었다. 북쪽으로 흐르는 육화탑 쪽은 언제나 가득한 물이 유유히 흐르지만, 홍포각 쪽은 바다의 썰물과 밀물에 의해 충만함과 메마름이 제일 심한 갯골이라고 강호에 널리 알려져 있었다. 아마도 만수위 교차가 세계에서 제일 심한 곳이라고 해도 과언이 아니었다.

두 시진 후면 여기 넓은 갯골은 또 물이 가득해서 그의 발밑 갯골까지 차오른다는 것을 진인지는 알고도 남았다.

그때 누각 서리에 붙어있던 두 여인이 사뿐히 그의 등 뒤에서 내려섰다. 돌아서면서 놀라움을 감추지 못한 진인지는 입가에 미소를 머금었다.

"역시 양산 신녀(梁山神女) 아니랄까 사람 겁주는구려."

"호호호. 진 대협은 일부러 놀라는 모습을 짓는 것이지요?"

"내가 애교 부릴 나이인가요? 연극을 하게. 세월은 나의 안목까지 무디게 만드나 봅니다."

양산 신녀는 육순은 되어 보이는데 짙은 화장을 하여 할머니가 되는 얼굴을 감추려 하고 있었다.

"그러세요? 장원에서는 사제들보다 장주님 걸음이 더 꼿꼿하던데요?"

진인지는 여인을 바라보며 고개를 흔들었다.

"그럼, 신녀께서는 나까지 감시했단 말이오?"

신녀는 손녀 같은 낭자를 바라보며 웃음을 짓고 있었다.

"장주님이 너를 처음 보니 인사드려라."

폭이 좁은 도랑치마로 흑의 경장을 한 손녀는 허리로 손이 갔는데 눈 깜짝할 사이 자색 심의(深衣)로 복장이 바뀌면서 머리를 조아렸다.

"소녀 여하옥(如何玉)이라 합니다. 이번 일은 소녀가 꼭 밝혀내겠습니다."

그는 여하옥을 물끄러미 바라보다가 양산 신녀에게 몸을 돌렸다.

"이 애가 당신이 말했던 어떻게 할까 하고 사고(思考)를 잘하는 여하옥 낭자입니까?"

짙은 화장을 한 양산 신녀 옥강의 웃는 얼굴은 사십 대의 모습이 풍기기는 했으나 연륜으로 나타나는 주름살은 숨기지 못했다.

"일복에서 심의로 고쳐 입고 인사를 드렸는데 이해해 주세요. 이래 봬도 투도술(偸盜術)은 나보다 나은 걸요. 사천지방에선 흑 고양이 같다고 묘옥흑자(描玉黑子)라는 별호까지 얻고 있는데 대견스럽지요."

"두 사제분께서 이레 동안 고생하셨다니 수고가 많았습니다. 우리 장원 내에서 이상한 낌새라도 찾아내셨습니까?"

양산 신녀는 웃는 얼굴을 지우며 냉담하게 입을 열었다.

"오늘 장주님을 뵙고자 했던 것은 한 사람을 지목했기 때문입니다."

그녀의 말에 진인지가 검미를 위로 치켜뜨자 두 눈이 크게 밝혀졌다.

"그럼, 그자가 누구요?"

신녀는 여하옥 낭자에게 눈을 돌리자, 그녀도 말씀하는 것이 좋겠다고 고개를 끄덕였다.

"의가장에 생선과 건어물을 납품하는 어부가 있지요? 그 사람은 자신의 자취를 감출 때는 소리 없이 사라지고 또 몸체를 드러내어 보일 때는 콧노래를 흥얼거리며 다녔습니다. 우리는 그의 일거수일투족을 감시한 결과 그자로 결론을 내렸습니다."

"그렇다면 곽순삼? 그자가 깊은 내가공을 갖고 있단 말인가요?"

"그렇습니다. 무위를 숨김도 보통 어려운 일이 아니겠지요?"

양산 신녀 옥강은 묘옥흑자 여하옥을 바라보며 다음 사항을 설명해줄 것을 권하고 있는 눈치였다. 까무잡잡한 얼굴에 동공이 검게 드러나는 여하옥 낭자는 젊은 용모가 있어 귀여워 보였다. 그런데 그의 동공이 주위를 한번 훑고 나자 그 용모는 자취 없이 사라지는 듯했다.

"백모님과 저는 탐라의 천리향에 대하여 문외한(門外漢)입니다. 곽 공은 오늘 귀장(貴莊)에 납품일이어서 나귀 수레를 끌고 의가장으로 들어가 모든 일을 충실히 마치고 포구마을로 돌아갈 것입니다. 아마도 장원에 들어갔을 때는 천리향에 집중하여 살펴나가겠지요. 그곳을 지목하였다가 늦은 밤 사경(四更)에 목적을 결행할 것으로 예견합니다."

"곽 공이라면 곽순삼이를 말하는 것 같은데……."

"예. 그렇습니다."

진인지는 눈가가 불쑥불쑥 움직이며 두 여인을 번갈아 쳐다보았다.

"어떻게 자네는 시간까지 짚고 있는가?"

"곽 공의 습성이지요. 사흘 전 의가장에서 관찰할 때 사경에 월담하는 것을 목격했는데 그의 행동 시각입니다. 그날은 자주 코를 벌렁거리는 것으로 보아 방생청에서 흘러나오는 타향에 가려 천리향을 감지하기 어려웠던 것 같습니다. 오늘 죽통에 향을 더 묻히면 티가 날 것입니다. 탕향만 줄여주십시오."

장주는 이들의 뜻을 알 수 있었다. 아직은 진범이라는 확신은 없으나, 지금까지 일거수일투족을 감시했던 결과라면 그로서도 의심의 여지가 없었다. 사흘 전 야밤에 장원을 월담했다면 그 이유가 있을 것이다.

곽순삼은 어부였고 탐라도에서는 범주선에서 한 번도 하선한 적이 없다고 결론을 내려 요주의 인물에서 제외했던 것이었다.

여하옥 낭자는 밀려오는 강물을 바라보며 진 장주에게 말을 올렸다.

"죽통 속에는 가보가 묻혀있는 곳을 표시한 지도말이가 있다는데 우리 눈을 속이는 신투라면 보통 인물이 아닐 것이며, 그 죽통 또한 보통 물건이 아닐 것이라고 백모님은 말씀하셔서 신중을 기하고 있습니다."

조리 정연한 그녀의 통찰력에 어떻게 답변해야 좋을지 난감했다. 땅 속에 묻어두었던 가보도(家寶圖)를 꺼내어 방생청 철갑장에 숨겨놓은 것으로 가장해 두었다. 그 가보도에는 귀중한 의서와 가보들이 있는데, 조부님이 숨겨놓은 곳이고 시간이 나면 찾으러 떠날 참이었다고 설명해 두었었다. 민감한 대화에 접하자, 그 표정을 보던 양산 신녀 옥강은 여하옥을 바라보며 웃음 지었다.

"얘야! 우리는 소임만 완수하여 그 대가만 두둑이 받으면 될 것이 아니냐."

그녀의 말에 진 장주도 얼른 고개를 끄덕이었다.

"가보도를 노리는 자만 잡으면 물론 그렇게 해드려야지요. 오늘 저녁 사경이라고 했으니 낭자 말고 내가 내실함이나 방 속에 숨어있다가 도둑이 나타나면 요절을 내든지 잡아내면 어떻겠소?"

진 장주는 억지로 얼굴에 웃음기 발라가며 묻는 말에 옥강은 머리를 흔들었다.

"신투(神偸)라면 장주가 어데서 잠을 자고 있으며 사제들이 머무는 곳이며 모두 감지하고 확인하여 내실에 왕림하므로 당치도 않은 말씀이오. 장주님을 찾지 못하면 행동도 하지 않을 것입니다. 신투는 눈이 열입니다. 오늘 그가 장원에 들어온다면 장주님의 행방을 찾을 것이라 이만 헤어져야 하겠습니다."

"그럼요. 우리 백모님 말씀 명심하십시오. 우리 신투에게도 법칙이 있어요. 도둑이 도둑을 고발하지 말아야 하고, 도둑이 도둑을 잡지 말고, 단지 도둑질한 것을 도로 도둑질 해오는 것은 죄가 아니라고 했어요. 도둑이 도둑잡기가 제일 안쓰러우니 성공하면 사례도 두 배는 쳐주셔야 합니다. 그럼 안녕히."

여하옥은 양산 신녀의 팔을 잡으며 바람같이 사라졌다. 사람들이 나타나자, 그녀들은 광주리 하나씩 들고 갯마을 아녀자들과 같이 걸어갔다.

의가장으로 돌아온 진인지는 방생청에 눌러앉아 곰곰이 생각하며 걱정이 태산 같았다. 곽순삼이 천리향의 신투라면 그 배후가 있을 것이고, 그 배후는 서불과지도의 내용을 알고 있는 것이 분명해 보였다.

양산 신녀의 힘을 빌려 천리향을 쓰는 도둑을 잡는다 해도 문제 해결이 되는 것은 아니었으며, 더 큰 일은 앞으로의 일들이다. 초봄에 흑류(黑流)를 타고 부해송 선장의 범주선으로 탐라도를 출항할 때의 일들을 되새겨보았다.

탐라의 부 선장에게 요리사와 닻줄을 잘 타는 선원을 구해달라고 했는데, 장원에 부식을 납품하는 곽순삼(郭淳三)이가 닻줄을 잘 탄다고 하여 구했던 사람이다. 그는 일 년 전부터 어부라고 하였으며 의가장에 드나드는 인물로 크게 의심되지는 않았었다. 도둑은 하나인데 열이 도둑이 되고, 열 사람한테 죄인이 된다는 옛말이 실감 났다. 여기저기 의심해 본 곳이 열 사람은 되다가도 남았다.

전당강은 우중충한 구름이 하늘에 덮여있어 태양은 숨어버린 지 오래다. 사방에 어둠이 내리고 있어 시간은 알 수 없으나 어둠이 찾아들고 있다는 것은 확실했다. 여하옥이라는 여하 낭자의 말대로 오늘 저녁이면 무엇이 있을 것만 같았다. 설레는 가슴을 안고 창문 사이로 앞마당을 주시하는 그의 눈에는 전원의 상황이며 분주히 드나드는 병자의 가족들은 일상적이었다.

그때 홍얼거리는 소리가 달구지 소리에 어울려 문가에서 들려왔다. 여하 낭자가 말했듯이, 곽순삼이 나귀 달구지에 건미역과 해산물을 싣고 들어서고 있었다. 그는 죽갓을 깊숙이 눌러쓰고 있었으며 그 사이로 보이는 눈이 얼음장 같았다. 그가 고개를 들고 홍얼거리는 노랫가락은 마치 술에 만취한 주정뱅이 소리처럼 들렸다. 신경을 쓰지 않으면 한잔 술에 기분이 좋아 혼자 지껄이는 그런 소리로 치부해 버렸겠으나, 진 장주는 무슨 의미라도 있는가 싶어 문가로 귀를 가져갔다.

"아침에는 주 씨 양나라 땅 (朱氏朝屬梁)

저녁에는 석 씨 진나라 땅 (石氏窨屬晉)

모두 합쳐 열다섯 황제 (都來十五帝)

후주에 곽 씨 나라가 (後周屬郭氏)

어느날 조 씨 송나라가 되었네 (某日宋屬趙氏)

끝났네 끝났네 오늘날 다스림을 한다지만

오직 위태로울 뿐이네 (己而己而 今之從政治而)"

곽씨(郭氏)가 아니랄까 그는 곽위 장군의 주나라가 애석하다는 이야기로 주절댔다. 무위를 감춘 천리향의 신투를 곁에 두고도 몰랐다는데 자책하였다. 당장 내려가 이실직고를 받아내고 싶었으나, 순순히 사실을 토해낼 인물은 아닐 것일 테니 순서대로 밝혀내어야 한다.

"장주님! 언짢은 일이라도 계십니까? 수심에 찬 얼굴을 보니……"

분개한 마음을 억누르며 고뇌에 차 있을 때 방문을 열고 들어서는 이는 비침정사 천기춘이었다. 진 장주는 천기춘에게 곽준삼의 신상에 관하여 물어보려다, 눈치를 보일까 두려워 그에 대한 말은 하지 못했다. 근초감 허달만이 이 문제에 대하여 자문 역할을 하고 있었고, 천기춘이나 두기호에게는 같은 의술을 하는 동문으로 사형 사제하며 머리를 맞대며 의논하면서도, 서불과지에 관한 말은 하지 못하고 있었다. 가족인 부인에게나 학소에게도 말을 못 했으니, 모두에게 죄인이 되는 것 같았다. 둘까지만 아는 것이 비밀이라고 했듯이, 세상에 알려질까 두려운 것이 이유였으며 언젠가는 희망이 보일 때 토설(吐說)하여 손을 잡겠다고 마음에 간직하고 있었다. 마당으로 동공을 던진 진 장주를 바라보던 천기춘이 다시 입을 열었다.

"행랑채 십칠 방에 있는 청년이 다리 썩음이 심하여 절단해야 할 것 같습니다."

전원에서 눈을 돌려 그를 바라보았으나 전인지는 일어설 채비는 갖추지 않았다.

"아침에 그 방도 순방했었는데 장딴지 혈맥이 모두 끊겨있어 허 사제와 숙의하여 절단으로 진행하게."

천기춘은 멍하니 앉아 있는 장주를 뒤로 하고 방생청 옆에 붙어있는 약만변당(藥萬變堂)으로 발길을 돌렸다. 청의를 말쑥하게 차려입고 검은 유건을 쓴 그가 뚜벅 걸음으로 방문을 열고 들어서자 온 방 안에서 약향이 진동했다. 병의 중세에 따라 약초는 의약으로 거듭나 효능은 무수히 많다는 방으로 장주와 허달이 같이 쓰는 약만변당이었다. 양쪽 벽면은 약함으로 채워져 있었고, 앞쪽 면은 연꽃 단청으로 되어 있었다. 그 단청 면 중앙에 폭이 넓은 탱화 한 점이 큰 의미를 부여하듯이 걸려있었다.

허달은 가부좌를 틀고 앉아 벽면에 있는 그림을 응시하였다. 그것은 탱화가 의미하는 것과 같이 여래좌 불좌(佛座)의 탱화로 약도(藥道)를 닦고 있었다. 탱화를 자세히 보니 중생의 무명(無名)을 구(救)하는 법약(法藥)을 주는 부처가 산수화 중앙에 다소곳이 앉아 셈을 하듯이 약지를 엄지에 접고 있었다.

결가부좌(結跏趺坐)의 여래좌(如來坐) 부처님의 윗면에는 단청으로 된 글씨가 새겨져 있었는데, 약사유리광여래(藥師溜璃光如來)라고 되어 있었다. 불가에서는 이를 약칭 약사(藥師)라고 불렀는데 지금 약사라는 말이 여기에서 유래되었다고 한다.

약도를 닦고 있는 허달 옆에 다가선 그는 장주에게 보고드렸듯이 행랑채 십칠 방 청년에 관한 말을 하였다. 약사유리광여래상에서 눈을 뗀 그는 약포를 들추고 천기춘을 바라보며 입을 열었다.

"나는 아직 마비산을 못 만들었으므로 천 사제가 침으로 그의 전신을 마취시켜 보도록 합시다. 그대로 절단하는 것은 고통을 너무 주어 절명하지 않을까 걱정이 되오."

"그 일이라면 두기호 사형이 더 낫지 않겠습니까? 그를 앞장세워 가야겠습니다."

그들은 약만변당을 나와 종종걸음으로 행랑채로 들어갔다. 넓은 장원의 돌담 따라 이어진 행랑채는 병자와 가족들이 거처할 수 있게 이어진 두 개의 방으로 된 집들이었다. 어림잡아 삼십여 가구는 되어 보였다. 각방에서는 약탕을 다리는 일들이며 저녁을 마쳤는지 설거지 소리가 부산스러웠다.

나귀에 미역과 건어물을 싣고 왔던 곽순삼은 수문장의 전송을 받으며 대문 밖으로 나가고 있었다. 방생청에 앉아 있던 진인지는 문틈으로 그의 행동을 보며 오늘 밤 사경에 보자는 듯이 입술을 깨물었다. 정말 그럴 것인가 의문을 가졌는데, 그녀들 말대로 오늘 곽순삼의 행동하는 걸음에는 그럴 것이라고 믿음이 갔으며 가슴이 설레었다.

범인을 잡기 위해 전인지는 탐라도에서 천리향이 묻어나는 죽통을 향이 나올 수 없게 하여 지금까지 감싸놓고 있었다. 가품인 죽통에는 아무렇게나 갈겨놓은 양피지 책을 만들어 넣고 감싸놓은 것을 풀어 기다린 것도 오늘로 오 일째였다. 진품인 것처럼 천리향이 묻어나는 죽통은 그의 철갑장 안에 있으며 양산 신녀와 여하 낭자 말대로면 오늘 밤 범인은 왕래할 것이다.

땅도롱이와 귀뚜라미 소리가 가을밤을 재촉하듯이 서글프게 흐르고 있었다. 자시(子時)가 가까워 오며 각 방의 불빛들은 하나둘 꺼져가고 모두 취침의 나락으로 빠져들었다.

장원을 예의 주시하던 장주의 눈에 담장을 넘어오는 한 마리의 박쥐를 감지할 수 있었다. 예상하였으니 감지할 수 있었지, 평상일이면 그로서도 그대로 넘겼을 것이다. 그런데 그 박쥐는 잎이 무성한 정원 내 고련목이나 동백나무에 숨어야 할 텐데 깡마른 감나무에 매미처럼 찰싹 달라붙었다. 두 개의 나뭇가지 사이였으니 아무리 눈 밝혀 보아도 사람이 붙어있다고는 생각할 수 없는 감나무였다.

'음. 보통이 아니군. 모습으로 보아 여하 낭자 같은데 손님 모실 나무는 짙푸른 동백나무로 가장했으니, 자리를 양보하는군.'

감나무에서는 방생청과 두 사제가 쓰는 침부당을 한눈에 감시할 수 있어서 좋고, 또 깡마른 나무는 숨는데 허점이 많으니 상대방도 주위를 덜 살피게 될 것이다.

진인지는 양산 신녀와 약속한 대로 자정이 되어가자, 자리를 떴다. 피곤한 듯이 하품하며 마당에 나온 그는 사방에 귀를 기울였다. 행랑채 몇 곳에서 환자의 신음과 가을 풀벌레 소리가 어우러져 스산한 분위기로 밤은 잠들고 있었다. 아무것도 의식하지 말라고 했는데 그녀들의 말대로라면 범인은 어딘가에서 자신을 바라보고 있을 것이다. 진인지의 침전은 안채에서 보낼 때도 있고 방생청 내실에서 잠을 잘 때도 있어서 반반이라고 보면 된다. 장주가 안채로 사라진 후, 찬 이슬을 맞으며 감나무에 붙어있던 여하 낭자의 눈매가 고양이 눈같이 껌벅거렸다. 혹시 지청술(黑視地聽術)로 얼굴에 잔뜩 기를 모으던 여하 낭자가 흠칫했다.

바로 그때 키가 보통인 흑의인이 한줄기 파란 광채를 일으키며 날아와 박쥐같이 침부당(針夫堂)에 달라붙는 것이 보였다. 침부당은 두기호와 천기춘의 집무실이 있어 그쪽을 먼저 살펴보고자 함에 있었다. 차 한 식경의 시간이 경과하자, 밤새가 날아가듯 방생청 처마 모서리 끝에 있는 공포목에 달라붙어 마치 한 몸인 듯 되어버렸다. 축 늘어진 방생청의 공포목은 울퉁불퉁하여 일반 사람은 다가서서 눈을 뒤집어 뜨고 봐도 사람의 흔적을 찾을 수 없을 것이다.

그 상황을 주시하던 여하 낭자는 어리둥절한 표정을 지으며 예사 인물이 아님을 알 수 있었다. 박쥐와 같이 날아와 공포목 같이 되어버리는 동일함이며 경신법의 오묘함은 그녀를 놀라게 했다. 고련목 따위의 나무숲에 몸을 숨길 위인은 아니었다. 상대를 알면 자신도 그에 맞추어 더 멀리서 추종해야 함은 물론이다. 남의 물건을 훔치는 것은 가슴을 태우며 짜릿한 맛이 있어 그녀는 손을 놓지 못했다. 구중궁궐 같은 대감집에 들어가 보석도 훔쳐보았고, 대상(大商)의 집에 들어가 금화도 자루에 걸어매고 나왔던 적이 한두 번이 아니었다. 어떤 곳에서는 사정을 알고 도로 돌려주는 맛도 느꼈다. 물건에 욕심이 있는 것이 아니라 짜릿한 맛을 느끼는 그런 도벽이었다.

오늘도 조용한 가운데 기다림의 연속이었는데 인내가 부족하면 패한다. 동태를 파악한 흑의인은 마침내 행동을 개시했다. 흑 구렁이 같이 처마 끝을 슬슬 타면서 방생청 내실로 들어가고 있지 않은가. 밤도둑은 장원 내의 수목이며 어두운 곳은 물론 장주와 사제들 그리고 문지기 무사까지 모두 확인이 되었으므로 겁날 일이 없을 것이다. 장원에 입장하여 침묵이 흘렀다는 것은 모든 사물에 동태 파악을 함이고 이것을 모르는 묘옥흑자 여하옥이 아니었다. 따라서 행동을 개시했다는 것은 이상 없음을 예고한 것이어서 그녀는 입가에 미소를 담았다.

방생청 내실에 들어간 흑의인은 기다란 농 쪽으로 코를 몇 번 벌름거리고 다가가 가볍게 문을 땄다. 그 속에 또 철갑으로 된 철갑장(鐵甲欌)이 있었으며 묵직한 자물쇠가 걸려있었다. 흑의인은 예상이나 했다는 듯이 고개를 끄덕이고 가느다란 철사를 품속에서 꺼내 들었다. 그는 철통의 종류를 알고 있었으니, 철사의 끝을 동그랗게 만들고 구멍으로 가

녑게 후벼 밀었다.

철커!

만면에 웃음을 머금은 그가 철갑장을 열어젖혔다. 빠른 손놀림으로 죽통 하나를 날름 품에 간직하고 나가려던 그의 행동이 멈추더니 코를 벌름거리던 곽순삼의 눈매에 섬뜩한 인상이 떠올랐다.

잠시 후, 여하 낭자는 가볍게 방에서 빠져나오는 그를 확인할 수 있었다. 곧바로 월담하고 숲 쪽으로 신법을 발휘하여 사라지는 그를 여하 낭자가 놓칠 리 없었다. 숲을 빠져나가 전답이 깔린 논두렁 위를 비행하듯이 달리던 흑의인은 인가 쪽에서 신법을 멈추고 돌담 옆으로 살짝 숨었다. 무림인이었다면 무작정 그를 추종하다가 들통이 났겠지만, 신투는 신투의 습성을 알고 있으므로 뒤를 확인할 것이라고 그녀는 짐작하고 있었다. 그래서 앞이 트인 논두렁 쪽에서 추종을 멈춘 여하 낭자는 입가에 또 미소를 담았다. 흑의인이 미행한 쪽은 백모님이 잠복해 있는 곳이기 때문에 놓칠 리는 없으니 말이다.

흑의인은 미행자가 없나 하고 달려왔던 곳을 뚫어지게 바라보다가 안도의 한숨을 내쉬며 가를 내려썼던 오전모(烏氈帽)를 위로 올렸다.

아! 그는 양산 신녀가 예측했던 대로 얼굴이 둥그런 곽순삼이었다. 곽 공은 씨익 웃어 보이며 한가하게 어슬렁 걸음으로 항주 끝자락에 있는 낡은 기와집으로 찾아들었다. 어두운 방에 들어서 화십자를 긁어 참기름 접시 등잔에 불을 당기자, 가느다란 등잔 심지는 제법 방을 밝혔다. 안주머니에서 어른 팔뚝만 한 죽통을 꺼내고 마개를 열어 툭툭 털어내자, 여덟 폭의 양피지 책 한 권이 나왔다.

"흠! 이놈 때문에 일 년 동안 나의 가슴속을 태웠는데 지금은 진 장주의 가슴속을 태우겠구먼."

진 장주가 허달 이외에는 비밀에 부쳐 두 사제나 누구에게도 입을 봉하고 가슴을 태우던 일을 곽순삼은 이미 알고 있었다는 말이 아닌가.

무당산(武當山) 181

그는 미소를 머금은 얼굴을 챙겨 쓸고 죽 대롱을 가슴 깊숙이 갈무리하고는 긴 하품을 내쉬었다.

"며칠 이놈 때문에 잠을 설쳤더니 피곤하군."

흑의인은 중얼거리며 입은 옷 그대로 이불 속에 몸을 담그며 잠을 청했다.

여하 낭자는 흑의인이 망을 보았던 담장 가에 도착하여 손을 입에 모으고 부엉이 울음소리를 두 번 내자 나비처럼 신형 하나가 가볍게 내려섰다.

"알았어. 그는 지금 단잠에 빠져 있거든? 허니 일이 쉬울 것이야."

"어느 집인지 잡아 두셨어요?"

내려선 양산 신녀는 와가(瓦家)가 보이는 쪽에 당도하여 소곤거렸다.

"가느다란 불빛이 보이는 저 방이야. 저자는 집안에 들어서자, 양쪽 문을 안쪽에서 모두 걸어 잠갔어. 신법으로 보아 보통 놈이 아닌듯하니 조심하거라."

"그렇다면 들어갈 곳은 천장밖에 없겠군요."

"그리하게. 장주님 부탁이라 사혈은 피하고 점혈은 정확히 혼혈(渾穴)로 찍은 후에 물건을 취하거라. 안에서 문을 따면 나도 거들어주마."

말이 떨어지자, 여하 낭자는 바람같이 사뿐히 담장을 넘어 지붕 위로 뛰어올랐다. 별칭에 걸맞게 고양이가 마치 쥐를 보고 다가가듯 서까래를 타고 용마루 쪽으로 기어올랐다. 기왓장 두 장을 떼어내는데도 달싹이는 소리라고는 조금도 들리지 않았다. 도둑고양이처럼 마루 천장 위로 내려선 그녀는 대들보에 붙어 달팽이처럼 조금씩 조금씩 그의 방 위에 다다랐다. 대들보 타는 기술이 양상군자처럼 양산 신녀의 후인에 부끄럽지 않았다.

"크르릉 크릉. 크르릉 크릉"

별호를 얻을 정도의 신도(神偸)라면 콧소리만 들어도 진정인지 가식

인지 알 수 있다. 며칠 숨을 죽이며 행동했던 지라 그의 숨소리가 거칠게 들렸다. 천장 위는 널빤지와 흙으로 되어 있어서 내려서기는 쉬운 일이나, 앞서 보았던 고수의 신투인지라 더욱 철저히 관찰하여 깊은 잠에 들었을 때 일을 진행해야 한다고 다짐했다.

숨과 맥박까지 모두 줄이면서 관찰하던 그녀의 콧등에 때아닌 모기 한 마리가 날아와 앉았다. 이 작은 모기는 여기 천장 위에 웬 떡이 들어왔느냐고 앵앵거리던 소리를 멈추고 흡혈 준비에 들어갔다. 이놈은 암모기였는지 치마(날개)를 걷어 올리며 여하 낭자의 콧등에 침을 쏘아 찔렀다. 그녀는 얼굴을 찡그리며 손가락으로 살짝 콧등을 눌렀다. 치마를 걷어 피를 빨던 모기는 그 자리에서 뭉개지며 피범벅이 되었는데 문제는 그것으로 끝나지 않았다.

거칠게 숨소리를 내던 사내가 숨을 뚝 멈추며 두 눈을 빼꼼히 떴다. 그 사내는 지금 어딘가에서 사람의 피 냄새가 흐르고 있다는 것을 알았으니, 냄새의 달인답게 그의 코는 모기에서 나온 한 방울도 못 되는 핏물까지도 용납하지 않았다.

숨소리가 멈추자, 여하 낭자는 아차! 싶었다. 그것은 민감한 피 냄새가 그의 코를 자극하여 잠을 깨웠다고 보면 좁은 천장에서 숨을 곳이 문제다. 사내는 싸늘한 검자루에 손을 모으고 용수철처럼 단번에 뛰어오르며 천장으로 검을 내찔렀다.

푹!

으악!

동시에 비명이 흐르며 그의 검은 정확히 여하 낭자가 붙어있는 천장을 내찌른 것이다. 그녀도 순식간에 일어난 일이라 몸을 비틀기는 했지만, 어깨에서는 선혈이 흘러나왔다. 열 모기가 물어뜯어도 한 방울도 못 될 텐데 천장에는 한 줌의 핏물이 흩뿌려졌다. 모기를 가만히 둘 것을 하고 원망스러워진다.

칼을 뽑아 든 곽순삼은 피 묻은 검날을 보며 회심의 미소를 짓더니 창문을 박차며 마당으로 튀어나왔다. 단숨에 지붕을 향해 뛰어오르려는데 일순 그의 등 뒤에서 공격하는 이가 있었으니 양산 신녀 옥강이었다.

"어? 여인들이군. 장원에 여 검수는 없었는데 그렇다면?"

"이놈아! 그렇다면 어쩔 테냐. 못된 도둑놈아!"

양산 신녀는 양팔을 밀며 황봉비장(黃蜂飛掌)으로 그의 등을 산산조각 낼 듯이 쳐댔다.

와장창!

곽순삼은 날렵하게 몸을 돌리며 피했지만, 어깨 한쪽이 스쳐 지나며 기왓장이 우수수 떨어졌다. 땅에 떨어진 사내는 얼굴상을 찡그리며 날쌔게 검을 휘둘러 장법에 기를 모을 기회를 주지 않았다. 옥강도 날아오는 검날을 피하며 세 번째 검초는 몸에서 뽑아 든 소도(小刀)가 방어했다. 어두운 밤공기를 가르며 검과 소도가 부딪치며 불똥이 튀었다.

"이 할망구야! 이제 보니 도둑 할망구 양산 신녀구나!"

"이놈이 나를 알아보다니 네놈의 정체가 뭐냐?"

"형호 땅에 들어가면 파 뿌리 머리에 흑칠하고 다니는 두 마리 흑 고양이가 있다고 들었지!"

흑의인 곽순삼은 두 눈을 찡그리며 날렵하게 몇 초를 날렸으나 옥강도 손놀림이 보통이 아니어서 만만한 상대가 아니었다.

창! 창!

윽!

옥강은 머리를 쓸어내리며 비애에 찬 고통 소리를 내뱉었다.

"네놈의 암수에 당하다니……."

"나는 바쁜 몸이요. 어쩔 수 없소!"

흑의인이 왼손에서 힘차게 뿌려진 각면철(角面鐵)이 옥강의 눈가 태양

혈에 깊숙이 박혔다. 그때 마당 안으로 날아드는 거인이 침통한 소리를 내뱉었다.

"아뿔싸! 한발 늦었군!"

스르렁!

그는 인천검(忍天劍)을 뽑아 들며 흑의인을 내려다보았다. 건장한 체구에 빛바랜 청의를 휘날리는 진 장주는 놀라움에서 차분한 분위기로 물들고 있었다.

"백모님!"

어깨에 지혈을 마친 여하 낭자가 백모님을 안아 들었다.

백모님! 백모님!

백모님을 안아 들고 통곡하던 여하 낭자는 분을 못 이겨 흑의인에게 날아드는 것을 진 장주가 만류했다.

"각면철은 내가 뽑았다. 여기 고약을 붙이고 빨리 지혈을 시키게!"

한시도 곽순삼에게 눈을 떼지 않으면서 약첩을 건네주었다.

곽순삼은 검날을 앞으로 세우며 피치 못할 일 절의 검투를 각오하고 있는 듯했다. 주인을 배신하고 도둑질하는 사람으로 얼굴을 감추고 도망치기가 바쁠 텐데 기품 있게 응대했다.

"곽순삼! 네놈이 계획적으로 우리 장원에 들어와 몹쓸 짓을 하다니……. 누구의 주구 노릇으로 천리향을 사용하였느냐!"

곽순삼이 피워놓았던 접시 기름불이 무너지면서 방에서는 불길이 휘적이며 기와집이 불타기 시작했다. 여기에는 아무도 개의치 않았으며 곽순삼도 그 불길을 지긋이 바라보며 입을 열었다.

"백접도는 후당에서 우리 곽씨 문중에 있어야 할 서책이오!"

서불과지도의 진의를 알고 싶은 장주는 세웠던 검을 옆으로 눕혔다.

"곽씨 문중이라면 그대의 집안이라는 소리냐?"

"그렇소. 후당의 궁녀 시조모(柴祖母)가 갖고 있었던 것이오. 후당의 궁녀인 시수례(柴守禮)는 후주(後周)의 태조 곽위 장군의 배위(配位)였소. 당연히 우리가 주인이 아닙니까? 허니 나의 앞길을 막아서지 마시오."

장주는 그가 주적대던 시구들이 떠올랐다. 그래도 종친이라고 대의 명분을 갖추어 행동한다는 것이다. 백모님을 간호하던 여하 낭자가 날렵하게 장내로 날아들며 두 개의 소도로 곽순삼을 공격했다.

"사지를 찢어 나의 백모님한테 바칠 테다!"

"오호라. 그러고 보니 사모님으로부터 천장 뜯는 법을 잘도 배웠더군."

양산 신녀 옥강은 타닥거리며 타는 불길을 바라보며 꺼져가는 소리로 입을 열었다. 생을 다하는 왕모님에 여하 낭자는 분을 못 이겨 장내로 뛰어들었다. 신녀는 자신을 떠받치는 장주를 바라보며 힘겹게 입을 열었다.

"저자는 강서에 신투 호면귀 곽순이오. …… 나도 좋은 일 하나 하여 그 불로초 산삼 뿌리 한 조각을 얻어먹고 싶었는데 다 틀렸소."

장주는 신녀의 입에 노란 알약 하나를 넣어주며 등을 두드렸다.

"무슨 말씀이오. 당신은 회생할 수 있어요."

까강 깡!

격한 태도를 보이던 여하 낭자를 보다가 깜짝 놀랐다. 그녀가 무게중심을 잃어 옆으로 비튼 순간에 곽순은 허점을 노리고 필살의 일검을 휘어치고 있으니 찰나지간 장주는 몸을 날렸다.

휙! 까강!

툭!

순간 곽순은 공중으로 비상하던 박쥐가 땅으로 떨어진 형국이 되어 버렸다.

"위명에 걸맞게 쾌검은 살아있구나!"

검을 짚고 일어선 곽순은 무예가 고강한 장주 앞에서 더는 살길을 체념한 듯 선혈이 낭자하여 땅바닥에 떨어진 자기 발목을 바라보았다.

타닥타닥 타오르는 불길에 얼룩진 그의 얼굴은 비감한 표정으로 말을 이었다.

"조광윤은 요나라 군사를 맞아 전장에서 회군하여 우리 후주를 멸망시켰소. 그때 불타는 성을 나오며 우리 조부는 몇 가지 서책을 들고나왔지요. 그 와중에 진찬우 장군 군속이 그 서책들을 강탈하다시피 취했다고 하오. 누구의 주구 노릇이냐고 묻는다면 내 선대의 영령이라고 말할 수 있소."

"당신은 탐라도에서 하선한 적이 없는데 간사스럽게도 섬에서 내려 세작 노릇을 한 것도 그 때문이오?"

곽순은 출혈이 심하였으나 비장하게 웃으며 말을 흘렸다.

"당시는 서불과지도가 무슨 의미인지 군벌 왕권들은 알 수가 없었으니까……. 삼 년 전에 나는 당신의 영존인 진 장군을 찾았지만, 당당하던 그도 땅속으로 가버렸으니 세월만 허무하였소."

장주는 검을 치켜들며 일도양단 낼 기세로 입을 열었다.

"누구의 주구 노릇이며 세작 행위를 하였다면 동지가 있을 것이 아니냐?"

"당신네가 말하는 백접도를 취하여 그 섬에 하선하려고 했던 것뿐이지 동지는 없소."

발목이 없는 도둑은 칼이 없는 무사와 같지 않은가. 곽순은 불길이 솟구치는 집안을 바라보며 처연한 태도로 각오가 되어 있었다.

"이얏!"

고함을 치며 날아드는 그를 진 장주는 야묘포시(野貓捕是)로 점혈을 찍으려는데, 곽순은 공격술이 아니고 불길이 이는 와가로 몸을 던졌다. 이 상황을 보던 여하옥 낭자가 같이 뛰어들었다.

"안돼!"

진 장주는 겨우 그녀를 붙잡고 진정시켰다.

"동병상련(同病相憐)이라도 하려고 하나? 타죽으려는 자에게 덤벼들다니!"

"백모님의 원수는 사지를 찢어 죽이고 싶은데, 그놈은 도망가려는 수단일 수도 있어요."

망연자실. 두 사람은 타오르는 불길만 바라볼 뿐 더 할 일은 없었다. 곽순의 말에 의하면 후주의 왕후 시수례(柴守禮)가 소지했었다면 당나라 때부터 후당으로 넘어오는 궁중의 소유물이 당시 시수례 궁녀가 소유했다는 말이다. 난세 속에 무인들 시대였으며 읽기 어려운 고어들을 탐독할 인재는 궁성에 없었을 것이다. 무부들이 얼핏 보면 그림책인지 개미들이 숫자를 셈하고 있는 것인지 그렇게 보아 넘겼을 것이라 생각이 든다.

서책이라면 아버님도 관심 밖이었고 단지 의서(醫書)로 짐작된 것을 진 장주는 유물로 이어받았다. 그러한 경위를 짐작한 호면귀 곽순은 의가장에 들어온 것이 그것을 탈취하려는 목적임은 틀림없었다. 그의 계획대로였다면 탐라도에서 서불과지도 탈취에 성공 시 그 섬에서 잠적해 버리겠다는 말이었다. 부해송이 천리향에 관한 언질을 주지 않았으면 곽순은 십중팔구는 성공했을 것이다. 원인과 경위가 사실로 이어지는 데는 그의 말에 믿음이 가지만 배후가 없다고는 할 수 없었다.

백모님을 품에 안고 머리를 쓸어내리던 여하 낭자가 침묵을 깼다.

"곽순의 수중에는 죽통이 있어요. 소중한 지도말이 말입니다."

장주는 침통한 얼굴을 들어 고개를 끄덕였다.

"늦었구나. 한편 생각하니 마음이 후련하기도 하다. 그것 때문에 번뇌에 찼던 나의 마음을 안정시키지 못했다."

"백모님은 가보도에 무척 기대하는 마음이 있었어요. 그 진기이보가 비록 빈 죽통에 불과할지라도 저는 장주님 앞에 바치고 싶었는데……."

빈 죽통이라는 말에 진인지는 놀라움을 금치 못했다. 여하 낭자는 듣지 못했을 것이라고 믿지만, 불로초 산삼 뿌리 한 조각을 얻어먹고 싶었다고 꺼져가는 음성으로 양산 시녀는 말했었다. 장주는 감았던 눈을 뜨면서 반문했다.

"빈 죽통이었다면 곽순이 가만히 잠을 청할 수 있었겠느냐?"

"흥! 소녀 앞에서 연극까지 하실 필요는 없어요. 가보도(家寶圖)가 가보도(假寶圖)일 테지요……. 소녀는 짐작하고 있었어요. 불로초의 근원지를 찾아낼 수 있는 서복의 백접도(白蝶圖)가 아닙니까?"

"뭣이?"

"그 보도가 사실이라면 장주님은 그것을 따라 불길로 뛰어들었을 것입니다."

그녀의 말에 진 장주는 할 말을 잃고 난감한 표정을 지었다. 비밀만을 강조하며 밀담을 나누는 나의 욕심이 아집으로 세상에 드러나며 모든 이로부터 웃음거리가 되고 있다고 느끼게 했다.

백모님을 안아 들고 일어서는 낭자에게 답변할 거라고는 하나도 없었다. 모두가 위선이기 때문에 작별의 말을 곰곰이 생각하다가 한마디 던졌다.

"수생단은 하루에 한 알씩 십여 일 복용하고 잘 보살피면 몸이 회복될 것이다."

"명심하겠습니다."

약봉지를 받아 든 여하옥은 뒤도 돌아보지 않고 그 말을 끝으로 사라졌다.

진인지는 장원 울담까지 당도하여 침묵의 장원을 묵묵히 바라보았다. 장원의 밤하늘에 반짝이는 수많은 별이 세상천지 모두에게 똑같이 반짝이고 있으나, 누구도 그렇듯이 본인을 중심으로 반짝이고 있다고 느낀다. 별들이 종종 이야기하는 것과는 달리 사연을 짊어진 방생청은 무겁게만 보였다.

한참 서 있던 장주는 훌쩍 담벼락을 넘었다. 한 번도 월담한 적이 없는데 거짓과 비밀로 뭉개진 일로 인해 사람까지 도둑으로 만들었다. 양산 신녀에게 가보도(家寶圖)라고 했을 때 두 여인이 수긍하던 일들이 꽤 씸했다. 중원의 대들보 귀신 양산 신녀의 귀에는 그것이 풍문이라고 할지라도 관심이 많았을 것이다. 그렇다면 그녀는 의도적으로 귓병을 앓고 있다고 하여 의가장에 입장한 것으로 보인다. 진인지가 중원을 방황할 때 구면이었으니 아무 의심 없이 오늘 밤 일을 모의했다.

의가장 난간 건목 의자에 턱을 괴고 앉은 장주는 모든 번뇌가 한꺼번에 몰려오는 것을 느꼈다. 의원으로서 거짓말도 때에 따라서는 하나의 약초와 같다고 하는데 진인지는 많은 거짓말을 했다. 몇 년도 못살아 갈 병자에게 십 년은 살 수 있다고 했으며, 한 달밖에 남아있지 않은 생명에게도 거든히 몇 년을 살 수 있다고 대수롭지 않게 거짓말을 하여 집으로 돌려보냈던 적도 많다. 그것은 희망이기 때문에 거짓말을 밥 먹듯이 하며 살아온 자신을 되돌아보았다. 할 수 있는 데까지 하고도 안 되면 희망이라도 남겨놓아야 하기 때문이다.

지금 방 안에서 등불 앞에 가려놓은 비밀이 온 대지를 밝히는 태양 빛 아래 드러나고 있다. 진인지가 정성을 기울여 인지의가장에 밝혀놓은 등불이 태양 빛에 드러나 초라하게 등불에 의지했던 장주는 모든 성벽이 무너지는 아픔을 느끼고 있다. 명문의 의가장 장원에서 천이백 년 전 진시황제의 봉선서(封禪書)를 들고 하늘이 경천동지할 영생불멸의 불사초를 얻으려 동해의 대도 탐라도(耽羅島)에 다녀왔다면 누가 귀를 기울이지 않겠는가. 지금까지 궁성에서 황제만이 불로초를 논했던 일들이 지금 인지의 가장에서 이루어지고 있으니 이 무모한 행동이 어찌 중원에 눈과 귀를 막아낼 수 있겠는가.

벌써 검은 구름은 따스하고 조용한 항주의 하늘에 드리우고 있었다. 내실로 들어가던 장주는 놀라며 열려있는 철갑장에서 눈을 떼고 얼른 달려갔다. 그 속에는 천리향이 흐르는 죽통이 있었기 때문이다. 확실히 곽순삼이라는 곽순의 수중에 있어야 할 것인데 철갑장에 그대로 있다. 그는 놀라움에 고개를 돌려 흩어진 서책들이 있어 서고를 열었다. 서고 안쪽 벽면에 판자 하나가 끼어 있어야 할 텐데 떨어진 판자며 그 속에 있어야 할 죽통이 없어진 것이다.

아뿔싸!

진인지는 짙은 검미를 꿈틀거리며 이마를 짚고는 방안을 왔다 갔다 할 따름이었다. 가짜는 있고 진품이 없어졌다는 것은 도둑에게 농락당한 모습이며 망신당한 꼴이다. 불을 밝혀놓고 부산을 떠는 행동에 허달이 달려왔다.

"장주님! 화급한 일이라도 있으십니까?"

안절부절못하는 장주의 얼굴에 붉은 기운이 일어 보통 일이 아님을 짐작할 수 있었다.

"부끄럽소. 천리향 세작을 잡는다고 하지 않았는가. 그 일을 오늘 밤에 결행했었는데 보시다시피 가품은 있고 진품은 도난당했으니, 망신이 아닌가."

"예? 진품이요?"

"그렇소. 우리가 공들여 만들었던 것인데 서고 안쪽 비밀고에 있었던 것이 없어졌소. 누가 그곳을 알고 있음이 확실하네."

초롱초롱한 눈을 굴리는 허달은 목덜미를 쓸어가며 내실을 감돌았다.

"곽순삼 세작이 죽었다는데 그 주위를 찾아보심이…."

"불길 속에 뛰어들었네. 그곳이라면 사람이고 죽통이고 간에 모두 잿더미로 되어버릴 테지만…."

그의 말에 허달은 너털웃음을 터뜨렸다.

"우리는 진품이 있어요. 또 그와 같이 만들면 되지 않겠습니까? 우리가 주목하는 세작인지 도둑인지 하는 자가 없어졌으니 되었습니다."

장주는 의자에 털썩 앉으며 굳은 표정이 풀리지 않았다.

"그것만이 문제가 아니네. 나의 비밀고가 털려 희롱당한 기분이고, 일을 같이했던 양산 신녀는 중상을 입으면서 불로초 한 뿌리 얻어먹는 것이 소원이었다고 했소."

허달은 대수롭지 않게 미소를 머금은 얼굴로 말했다.

"양산 신녀 옥강도 강호인으로 입은 무거울 것입니다. 앞으로 우리 일에 동조자가 되면 유익한 일들이 많을 것이오니 잘 되었다고 생각이 됩니다."

허달은 또 목덜미를 주물럭대며 말을 이었다.

"신투는 들판에 연가호(煙家号)를 잘 찾아내어 음식도 제공받고 도둑질도 합니다. 연기(煙氣)에는 민감한 코들을 갖는다고 합니다. 해서 우리가 며칠 전에 퇴색하게 만든다고 불에 그을려 놓았던 것이 문제입니다."

근초감 허달의 말에 진 장주의 얼굴에 화색이 돌아왔다.

"허 사제의 말을 듣고 보니 큰 문제는 아닌 것 같구나. 헌데 연기에 민감했다면 우리 일을 짐작하고 그을림 냄새에 비밀고를 찾아내었단 말이오?"

"그렇습니다. 없어졌던 천리향이 나타나고 일이 너무 수월하여 재차 의심을 가져 보았겠지요. 굴뚝이 없는 방에서 그을린 냄새가 진동하면 첫째로 의심이 가는 대목이 아닙니까?"

희롱당한 상황에서 깨어난 진 장주는 고개를 끄덕이며 한숨을 토해냈다.

"비밀이라는 것이 조석으로 상대하는 사제들에게까지 숨기면서 사람이면 못 할 짓이네."

그 말을 기다렸는지 허달은 두 눈이 접어지면서 웃음 지어 반겼다.

"저도 그러고 싶었습니다. 요사이는 두 사제에게 눈길도 마주하지 못하고 있어 죄인이 된 마음입니다."

"금명간 이 사실에 대하여 가족회의를 갖고자 하오."

"그렇습니다. 외부로는 각 분야에 정통한 몇 사람을 비밀리 포섭하는 것이 좋겠습니다. 탐라도에서 뱃사람이 말했던 것이 생각이 납니다. 일은 빠를수록 좋고 앞이 늦어지면 뒤에는 어떤 마가 끼어들지 알 수 없습니다."

남궁 현장

밀려오는 대양에 바닷물은 강 하구를 넉넉하게 넘실대며 항주는 어둠에서 깨어나고 있었다. 언제나 그러하듯이 하늘이 내려주는 약속은 거침없이 찾아들어 그것은 아침 태양이 월륜산 위로 솟아오른다는 것이다. 깊은 밤에 월담하던 의가장에도 간밤에 있었던 일들은 밤이슬과 같이 지워지고 있었다. 그것은 또 하나의 진품이 있기 때문에 마음을 정리할 수 있었다.

장주 진인지(莊州秦忍知)는 방생청 내실에서 반 시진 정도 눈감은 것이 전부이다. 전원에서 들려오는 마차 소리에 그는 얼굴을 한번 쓸어내리고 회랑으로 나왔다. 장원에는 마차 한 대가 있었는데 원거리 왕진용 마차이다. 만석꾼 부자나 지방 고위 대작 댁에서 왕진을 요청할 때면 사제 한두 사람을 대동하여 떠나는 마차다. 양인들도 왕진을 청할 때가 있지만 대부분은 자신들의 마차로 입장하여 치료받았다. 왕진비가 비싼 것이 아니라 감히 청할 수 없어 스스로 자제한다. 천인들도 걸어들어오는데 그때는 수장(守長) 가주친이 정리하고 맨 끝실이나 처마 칸에도 감지덕지하여 수장에게 큰절을 한다.

오늘은 그 마차가 기름칠하여 번들거렸고 청색으로 가렸던 안쪽 창은 홍색 휘장으로 꾸며놓았다. 안채에서 두 여인이 걸어 나오고 있었으며, 그 뒤로 여인들 몇이 부산을 떨었다. 마차에는 언제나 마부가 대령해 있었는데 오늘은 가주친이 말고삐를 고쳐 매면서 밖으로 나오는 장주에게 공수를 했다. 고량 청색 바지에 붉은 피혁 마고자를 껴입은 것이 먼 길 임을 예상하고 장주는 부인들이 걸어오는 쪽으로 다가갔다.

"여보. 다녀올게요."

시무룩한 표정으로 뒤돌아보는 진인지에게 거듭 말했다.

"어제 말씀드렸지요? 사부인도 만나 뵙고 청기(請期)를 잡는다고 했는데 사돈댁에서 날짜가 나는 대로 정하겠어요."

"알아서 잘 진행해 주시구려. 그리고 날짜는 전시가 끝나는 대로 정함이 옳겠소."

매선 부인은 묵묵히 서 있는 남편을 바라보며 어딘가 초라해 보이는 얼굴에 한마디 던졌다.

"잠을 설치니 바보 같이 보이네요. 수면을 푹 취하고 밝은 표정을 지으셔요."

쏟아놓은 과오를 담지 못하여 고뇌에 찬 그를 알지 못한 그녀로서는 남편의 얼굴만을 보고 솟아 나온 말이었다. 밤색 비단옷이 땅에 닿을 정도의 경의(褧衣)를 걸친 매선 부인은 방생청 정문에 준비시켜 놓은 마차 쪽으로 발걸음을 옮겼다. 젊은 부인 삼사 명이 서 있었는데 뒤따르던 부인이 말했다.

"마님은 순안(淳安)으로 떠나는데 학소 도련님은 동행하지 않습니까?"

"우리 도련님은 아직도 남궁 낭자만 보면 얼굴이 홍당무가 된다는데 정말이네요."

"지금 나이가 몇인데 그럴라구요."

화전을 같이 만들었던 여인들이 시루떡과 화전을 마차에 실으며 농을 했다. 매선 부인은 마차에 오르며 여인들에게 말했다.

"그만하거라. 소아가 그 말을 들으면 너희들에게 분풀이할 것이다."

"호호호. 학소 도련님이 화난 얼굴은 본 일이 없는데 한번 보았으면 좋겠어요."

마차는 의가장을 뒤로하고 서남쪽을 향해 질주했다. 대로를 반나절 달리던 마차가 드디어 순안 거리에 접어들자, 마부석에 앉아 있던 사십의 중년 무사가 고개를 내밀어 시가를 살폈다. 그 무사는 의가장의 수장(守長) 구절편수(九切片手) 가주친(伽住襯)이다. 붉은 피혁 마고자를 걸친 가주친은 얼굴에 송골송골 난 땀방울을 닦으며 마차 안으로 고개를 돌려 상황을 보고했다.

"현장 관저에 당도하고 있습니다. 준비하십시오."

마차 안에는 매선 부인과 중년 여인이 마주 앉아 있었는데 그의 말에 중년 여인이 창틀을 열면서 말했다.

"태수댁 식구들은 단출하다는데 화전과 시루떡을 많이 싸 들고 오는 것은 아니에요?"

"연매! 식구가 없다고?"

연매라는 여인은 근초감 허달의 부인 옥연으로 분홍 적삼에 회색 치마를 입고 있었으며 두 눈이 포도알처럼 유난히 검었다.

"음식도 많으면 맛이 없을 것 같아서요."

"태수댁이 아니고 현장(顯長) 댁으로 말씀해야 할 것이야. 지난 선친이 지방 태수(太守)였으니 그리 부르기는 한다마는 지금은 현장이다. 그리고 식구가 적다고 하지만 관속과 군졸들은 많을 것이다. 그 염려는 놓아도 될 것이네."

풍속에 청기(請期)를 잡는 날은 간단한 주류와 음식을 갖추고 찾아뵙는 것이 예로 되어 있었다. 그래서 의가장 사매들과 같이 떡과 화전을 만들어 죽(竹) 광주리 세 개에 나눠 하얀 면포로 싸놓았다. 확실한 청기는 잡을 수 없다지만 예비 일정이었고 문안 인사이기도 했다.

워! 워!

집들이 즐비한 대로변을 달리던 마차가 검은 기와집 정문 앞에 당도하자, 가주친은 말을 멈추고 마당 안의 동태를 살폈다. 예상했듯이 남궁 소저와 안주인이 나와 있었는데 안주인은 연청색 비단 심의(深衣)에 금색 배자(褙子)를 받쳐입었으며 화려한 의상이었다. 검은 투구를 쓴 포졸(捕卒) 둘이 가주친의 말고삐를 잡아 앞마당으로 들어서자, 청의를 입은 두 명의 관원(官員)이 마차 문을 열어 부인을 영접하였다. 관원 뒤에 섰던 남궁 부인과 초희가 가뿐히 인사를 올렸다.

"먼 길 오시느라 수고가 많으셨습니다."

매선 부인은 잘 빗은 머리에 아얌을 올려세우며 답례했다.

"그동안 안녕하셨습니까? 이쪽은 옥연이라고 하는 저희 장원의 사매입니다."

떡 광주리를 받아 든 세 명의 관원은 끙끙거리며 대청으로 들고 가고, 초희는 매선 부인에게 다가가 손을 잡았다.

"진 공자님도 안녕하십니까?"

부인은 안사돈 앞에서 며늘아기에 대한 존칭을 생각하다가 가깝게 하대로 응대했다.

"학소도 안부 전하더라. 그러면서 중추절에 못 본 것이 미안하다고 이번 구양절 쯤에 서호에서 선유객들과 같이 뱃놀이로 맞겠다고 하던데."

"정말 그렇게 말씀하셨어요?"

"그러면서 얼굴이 홍당무가 되더라."

"아이 어머님도. 남자가 그럴라구요."

안사돈은 초희가 사돈어른께 자신보다 더 가까운 어머니처럼 대하는 것이 당돌하다는 듯 딸을 바라보았다. 사돈어른께 아낌없이 어머니라고 말하는 딸이 대견스러워 보이기도 했다. 딸을 갖고 있는 어머니들이 이 때가 제일 시원섭섭하다고 하는데 이것도 자연의 섭리인지 모르겠다.

그녀들은 중채를 지나 대청으로 올라섰다. 말단의 지방 현장(縣長)직 관아와 저택의 화려함으로 보아 관청의 힘이 점점 불어감을 알 수 있었다. 지금까지 중국에서는 지방 절도사 중심으로 군과 병영(兵營)이 위용을 자랑하며 나라를 다스려왔다. 관아는 힘의 절대자였으며 지방 절도사들이다. 송(宋) 대에 들어서면서 절도사는 해체되었고 관아는 문인 관료들이 모든 권한을 취하기 시작했다. 일만 호도 못 되는 현장 관저가 오십여 명이 넘는 포졸과 삼십 명의 각종 직함이 모두 순안 백성의 혈세로 국납하고도 그들대로 각자 부를 누리고 있었다.

대청에 들어서자, 모시 포에 은색 체대를 두른 옷을 입고 상투를 한 남궁진호(南宮進浩)가 만면에 웃음을 띠며 매선 부인을 맞았다. 부인이 탁자에 살포시 앉자 현장 남궁진호는 수염을 쓸면서 입을 열었다.

"이번 전시(殿試) 때는 장주님이 걸음을 하셔야 확실하지요. 승과 자리가 어떤 곳입니까. 많은 지방 관료 자제분들이 금, 은, 보화를 걸머지고 가서 보는 자리가 아닙니까."

현장 남궁진호는 관료로서 지위에 매우 민감하여 수석(首席)을 선망하는 말부터 시작하였다. 매선 부인은 노골적인 현장의 언행에 벼슬아치들의 병폐를 보는 것 같아 불쾌한 마음을 참았다.

"부끄러운 말씀이오나 그분은 탕향에 묻혀 자식에 대한 여념은 없어요. 그 점에 대해서는 이 소부도 답답하게 생각은 합니다."

남궁진호도 눈을 크게 뜨며 답답하다는 언행이 동감임을 표현했다.

"진 공자는 검술을 연마한다는데 이는 신상에 위태로울 뿐만 아니라 성현의 말씀에 위배되는 길이기도 합니다. 예를 들어 장군직에 봉했다 해도 어느 승상의 호위 장군이고 늘상 마상에서 생활해야 하겠지요."

"염려하여 주셔서 감사합니다. 이 어미도 그렇게 말은 해 보았지만, 본인이 무과(武科)를 선택하는 것이 나라에 기둥이 될 수 있다고 말하고 있어요."

"무슨 생각이 그리 좁단 말입니까! 남은 것은 전시만이 있는데 천자님 앞에서 보는 어시는 참가만 해도 특주명(特奏名) 진사보다 몇 배는 더 낫다고 들었습니다."

남궁 현장(南宮顯長)은 전시(殿試)임을 강조하며 진학소 사위가 개봉에서 고위 관리가 되어 그 인맥으로 군수 또는 자사 정도로 승급하여 현감이나 동급 현장 또는 성주 등을 호령하며 재물을 받는 꿈을 꾸고 있었다.

매선 부인은 부군인 진 장주와 사돈어른이 될 현장이 천양지간으로 삶의 방식이 다름을 느꼈다. 진 장주가 부친의 전운사 직도 마다하고 황궁에 반납하여 초야로 돌아와 살아가는 모습과 남궁 현장이 갖가지 수단과 방법을 쓰며 기어 올라가려는 모습에서 어느 쪽이 의로운지 생각했다. 부족함과 위협을 받는 사람에게 욕망이 생겼다면 현장의 행동이 타당할지 모른다. 현장은 피둥피둥한 얼굴에 듬성듬성 솟아난 검은 수염을 쓸면서 말을 이었다.

"천자님께서는 중원에 칼부림과 피바람은 끝났으니, 병장기는 농기로 바꾸고 학문에 전진하라고 말씀하셨습니다. 이는 성현과 같은 말씀이 아니십니까. 모두 그렇게 되어야지요."

남궁 현장도 관료로서 관료답게 기득권자의 부귀영화를 위하여 평화보다 더 좋은 일은 없었다. 평화가 오래 지속되어야 앞으로 자자손손이 호의호식하며 번성할 것이기 때문이다. 이는 권력을 남용하지 말고 균등 사회에서 불법과 뇌물로 욕심을 채우지 아니하면 말이다. 그러나 특권자들은 불법이나 뇌물은 당연한 것이고 부끄러운 줄은 모르는 시대다.

현장 옆에 앉아 있던, 소매 끈이 달린 공복을 입고 공단천으로 된 검을 찬 사령이 모든 일을 쉽게 풀 수 있다는 말로 입을 열었다.

"태조대왕 님을 모셨던 칠현 추밀 부사 진찬우(秦贊友) 장군님이 떠나신 지가 엊그제 오 년밖에 안 되었는데, 장주님이 상경하면 승과에 등극하는 것도 어렵지 않을 것입니다."

사령의 눈에도 문무를 겸비한 진 장주가 상경하면 많은 인맥이 있을 것인데, 항주의 변방에서 병자들과 같이 초야에 묻혀 살아가는 데에 답답할 따름이다. 인맥과 뇌물로 살아가는 관료들이라 무엇이 시험이고 실력인지 그것은 오직 요식행위에 불과하다는 생각이다. 삼공(三公)에 합격했다 하여 승상이 되고, 정승이 되고, 감찰관이 되는 것은 아니다. 그 반열에 올라설 수 있는 자격이며 고위 명부에 오르게 된다.

마침 남궁 초희가 찻잔을 들고 방으로 들어오는 것을 보며 매선 부인은 환한 웃음으로 그녀를 반겼다. 우선은 딱딱한 대화에서 벗어나려는 의도이기도 했다.

"어머님. 오늘 황궁에 보내어지는 소봉 꿀차입니다. 드셔보세요."

손님을 접대하는 차가 아니고 높으신 황궁에 오가는 그런 고풍스러움이 다분하였지만, 초희의 천진난만한 말씀에 흠잡을 수는 없었다.

이어 안사돈인 관 부인이 두 시녀를 대동하여 차와 다과상을 올렸다. 솔향이 흐르는 송과와 매향이 흐르는 매과 등 각양각색의 다과상이었다. 의가장에서 정성껏 만들고 온 시루떡과 화전들은 마당 밖에 있는 포졸들에게 나누어지고 있었으며 대청 어디에도 올리지 않았으니, 그녀로서는 불쾌했다. 시루떡과 화전은 예부터 예법에 쓰는 고전적인 음식인데 여기는 그러한 예법도 미안한 감도 안중에 없는 듯했다.

현장과 사령은 부인들이 들어서자, 자리를 떴다. 유학을 배운 관리들이나 양반들은 언제부터인가 여인들과 자리를 같이하지 않는다. 삼 년 전만 해도 그렇지 않았는데 유학자는 유학자다워야 한다는 것이다. 정옥관 부인은 차를 따르는 초희 얼굴과 매선 부인을 번갈아 보다가 입을 열었다.

"먼 길에 노고가 많았겠습니다. 매과에 용봉차를 곁들이시면 여독이 풀릴 것입니다."

옆에 앉아 있던 허달 부인이 답례했다.

"그렇게 하고 있습니다. 관 부인께서 내어주시는 다과에 방안은 송향과 매향이 가득합니다."

옥연의 말에 만족한 웃음을 머금으며 주인으로서 예우를 다한 뜻으로 말을 이었다.

"사부인과 교분이 없어, 어떻게 말씀 올려야 될지 모르겠습니다. 저희 가족들은 법첩(法牒)인 매선군부인(梅仙君夫人)에게 매과(梅果)에 정성을 다해 보았습니다. 어떻게 생각하실는지……."

매선 부인과 허달 부인 옥연은 용봉차만 마시면서 다과에 손을 올리지 않았다. 밖에 나갔던 초희가 늦게나마 무엇을 느꼈는지 시루떡과 화전이 올린 쟁반을 받쳐 들고 들어왔다. 그제야 관 부인이 얼굴을 붉히며 배자 속에 묻어두었던 양손을 공수하며 놀라는 얼굴이 역력했다.

"사부인을 극진히 대접하려고 저희 것만 내놓았는데 미처 생각이 짧았습니다. 오해가 있었다면 너그러이 풀어주십시오."

매선 부인은 초희 낭자를 보며 미소지었다.

"초희가 오해를 풀었으니 되었습니다."

"아이~ 어머님도. 떡 쟁반이 늦게 들어온 것뿐이에요. 모두가 이쁘고 맛있어요. 호호호."

그녀의 웃음에 따라 방안은 한바탕 웃음바다가 되었다. 미미한 감정은 웃음으로 해결할 수 있어서 매선 부인은 만족한 웃음이었다. 이로 미루어보아 초희 낭자는 발랄하고 영특한 아이로 시험 아닌 시험이 되어 매과에 손을 가져갔다.

석합당(石合堂)은 의가장 후원에 있는 내당 오른쪽에 있었다. 이곳은 학소의 생활영역이며 연공실도 여기에 있고 들어서는 왼쪽에는 그의 침실이 있다. 싸늘한 밤공기는 찬 이슬과 같이 의가장 후원이라고 건너서 갈 수 없었고 그 기운은 석합당에도 내려앉고 있었다. 침상이 놓여 있는 침실에서 학소는 땀을 뻘뻘 흘리며 괴로운 표정으로 잠을 자고 있었.

전당강 변에 있는 육화탑 13층 정상에 으스름한 하현(下弦)달이 걸려 있었다. 여인의 검미 같은 호미 달은 아니었고 반달도에 가까운 스무사흘로 예상되는 하현달이 호젓하게 걸려 있었다. 아버님을 따라온 진인지는 소년 장수로서 앳된 시절이었는데 탑신을 오르내리며 뛰놀던 일들을 상상하면 언제나 그를 새롭게 만들었다.

남당은 송과 오월국 군사력에 의하여 함락되었다. 짧은 안목으로 송과 손을 잡았던 오월국도 삼 년 후에 병합되면서 멸망하고 말았다. 진찬우 장군은 남당과 오월국에서 개선장군이었지만, 5만의 병사에게 승자의 권한을 부여하지 않아 기강을 바로잡았다. 대세론을 강조하며 민폐 없이 무혈전투를 많이 하여 지역 주민에게는 많은 민심을 얻었다. 그때의 아버님을 상상하며 동녘 하늘에 탑신 위에 걸려 있는 하현달을 바라보는 진인지. 또 그 아버님을 바라보는 아들이 있으니 진학소이다.

초췌한 아버님의 뒷모습을 바라보는 학소는 시인이나 묵객이라면 그에 상응하는 예술적 가치를 감상한다고 보겠지만, 오늘은 소년 시절을 그리워하는 추억들이 절절해 보였다.

그때였다. 의가장 정문 쪽에서 흙구름을 몰고 달려오는 흉악한 괴물이 있었다. 그 괴물을 자세히 살펴보니 용이 되려다 그르친 이무기였는데, 뿔이 없는 머리통이 괴상망측하게 생긴 큰 구렁이였다. 큰 귀는 두 개 달려있었고 발은 한쪽 네 개씩 여덟 개의 갈퀴 같은 지네 발이 앙상한 발톱을 뻗으면서 단숨에 의가장 마당 안으로 넘어 들었다. 아버님은 이무기를 의식하지 못하여 연신 그 흔들의자에서 하현달이 걸려 있는 육화탑만 바라보고 있었다. 이무기는 붉은 혀를 날름거리고는 뒤쪽으로 기어가 큰 입을 벌리며 아버님에게 달려들었다.

"앗! 저 괴물이?"

학소가 황급히 방으로 뛰어가 아버님의 인천검(忍天劍)을 들고나왔을 때는 이미 늦었다. 그 괴물은 여의주를 물고 승천하는 용같이, 아버님을 한입에 물고 장원 담장을 넘고 있었다. 학소는 인천검을 휘두르며 이무기를 쫓았다. 몇 가지 신법을 쓰면서 쫓던 중 부응하려는 이무기의 흙구름 속에 몸을 던졌다. 이무기는 흙구름으로 몸을 감싸고 있었다.

다행히도 흙구름에서 나온 발톱을 잡을 수가 있었다. 이무기는 부웅 하여 산과 산을 넘어가면서도 뒤쪽 발톱에 매달린 그를 의식하지 못하는 것 같았다. 양절로를 지난 이무기는 강릉부를 지나 기주로, 기주로 협곡을 넘고는 서쪽 중원의 등뼈인 곤륜산맥으로 날아들고 있었다. 협곡과 수많은 고봉도 몸을 반쯤 감아놓은 흙구름과 허우적거리는 지네 발에 의해 어렵지 않게 비행했다.

학소는 지상을 내려다보며 여기가 어디쯤 될 것인가 하고 사방을 돌아볼 때, 이무기는 산봉우리를 한번 선회하고는 가볍게 내려앉았다. 그러자 흙구름은 연기처럼 사라져 버렸으니, 발톱에 매달려 있던 그는 얼른 숲속으로 몸을 숨겼다. 앞에는 험준한 산 정상에 집채만 한 바위로 쌓아 올린 성곽이 있었으며 그 괴물은 성문을 찾고는 그 속으로 사라졌다. 주위는 쌀쌀하고 음습한 기운이 감돌았고 바람이라고는 한 점 없었다. 이 정도의 산 정상이면 중양절이 지났는데 주위는 단풍이 내려져야 했다. 그런데 울창한 숲은 짙푸른 상태이고 새소리 하나 없으며 음습한 기운으로 학소의 몸은 더욱 움츠리게 했다. 그는 아버님의 장도인 인천검에 불끈 힘주어 잡고 성문 쪽으로 다가갔다. 병사가 있을법한 성문이었으나 군졸은 물론 사람의 흔적이라고는 주위를 둘러보아도 찾을 수가 없었다. '그것 참 기괴하고 음습한 성이로구나.' 그렇게 생각하며 성문가에서 서성거렸다.

성문 양가에는 거대한 해치상이 두 개 있는데 하나는 입을 꽉 다문 상태였고 하나는 입을 떡 벌리고 있었다. 중국에 있는 해치상은 입 벌린 동상이 없는데 이상하게 생각했다. 그것은 들어온 재물이 나갈 수 없다는 방법으로 이빨을 입술 밖으로 드러내며 꽉 물어 닫아버린 해치(해태) 상을 집안에 두는 이유이기도 했다.

발소리를 죽여가며 성문 안으로 들어섰을 때였다.

탁!

입을 벌리고 있던 해치 석상이 둔탁한 소리를 내며 입을 꽉 다물었으며, 주위에는 입가에서 부서지는 돌가루들이 흩뿌려졌다. 싱싱한 이빨을 뽐내었던 해치 석상이 무엇을 물었는지 넙죽이 다문 입은 놓을 수 없다는 의미이기도 하다. '그것참 살아있는 석상처럼 입을 다물고 나를 보다니.'

끼르륵 쿵!

기관 장치가 되어 있어서 육중한 성문이 움직이며 닫혀버렸다. 이왕 자기 모습이 드러난 이상 용기를 내었다.

"나는 진학소다! 나는 진학소다!
항주에 인지의가장 장주이신 나의 아버님을 당장 돌려주시오!"

그는 배에 힘을 주며 삼세번 소리 질렀다.

성곽에 어울리게 고대광실 높은 장원이나 군영이 있을 것도 같은데 주위는 울울창창한 수목뿐이었으며, 그 수목 사이로 큰 무당이 거처하는 곳으로 보이는 맞배집이 보였다. 기다란 맞배집은 웅장한 대궐은 아니었으나 큰 집임에는 틀림없었다.

그런데 그때 그에 걸맞게 꾸물거리는 물체들이 보였는데 그것은 징그러운 뱀 몸통이었다. 맞배집 대문에서 스멀스멀 나오는 뱀 머리는 아홉 개였고, 굵은 몸통이 하나 나오더니 다음에는 꼬리 부분이 아홉 개가 나왔다. 그 괴물을 자세히 보니 머리가 아홉이요. 꼬리가 아홉 개 달린 능구렁이였다. 몸통은 하나인데 아홉 개의 뱀 머리는 학소를 향해 혀를 날름거리며 집어삼킬 태세였다. 이어 어디서 울려 나오는지 괴상한 소리가 들렸다.

"히히히. 고놈. 부모 중병 십 년에 효자 없고 부모 죽어 무덤 속까지 따라가는 효자도 없다는데, 네놈은 그래도 효자 노릇 하려는구나!"

"나는 효행을 하려는 것이 아니고 아버님을 찾으려는 것이다. 빨리 돌려 주거라!"

"히히히. 그게 그 말이 아니냐. 너의 아버님은 이 기룡의 뱃속에 넘어가고 있느니라. 내가 다 삼켜버릴 텐데 네놈이 감히 이 능소지 앞에서 큰소리치다니 가소롭구나!"

섬뜩한 그 소리는 사방 주위에서 들렸는데 아버님을 몰고 왔던 그 기룡이 어디 있는지 찾을 수 없었다.

"가소롭다니! 나는 이곳을 당장 분질러 버릴 테다!"

그의 앞에서 날름거리던 능사는 치지직 소리를 내며 학소에게 달려들었다.

"히히히. 네놈을 아홉 토막 찢어발겨 각각 찬거리로 먹어 치울 테다."

아홉 개의 머리는 입을 벌려 구 방에서 그에게 덤볐다. 학소는 팔에 힘을 실어 인천검을 뿌리며 머리 아홉 달린 능사에게 덤벼들었다.

"이야아앗!"

"아- 아- 아- 아-"

"땀이 넘쳐나는구나."

학소는 어머니의 목소리를 듣고 벌떡 몸을 일으켰다.

"고뿔 몸살이라도 앓는 아이 같구나. 무슨 흉몽을 꾸었길래 소리 지르며 야단법석이냐?"

"오늘은 나타나지 않아서요."

"무엇이 나타나지 않았느냐?"

잠에서 덜 깨어 방안을 둘러보며 숨을 헐떡였다.

"흉몽이 찾아들 때는 언제나 나의 뒷전에는 천불봉이나 장군바위가 있었는데."

매선 부인은 흰 수건을 펴 들고 아들의 얼굴을 닦아주다가 문득 무엇에 놀란 듯한 그의 동공을 주시하더니 위로해 주었다.

"사흘 후에 보덕사에 다녀올 일이 있다. 시주를 올리고 네가 보았다는 탐라도의 천불봉과 장군석에 봉배(奉拜)를 드릴 겸 하여 같이 다녀오기로 하자. 동향으로 봉배를 올리면 탐라섬이 되지 않겠느냐?"

숲을 헤치며 두 필의 흑마가 항주에 있는 리안산(里安山) 소도로 접어들고 있었다. 흑마에는 두 중년인이 타고 있었는데, 앞선 사람은 명주 구슬이 박혀있는 청색 문사건을 쓰고 있었으며 뒤에 따라가는 이는 노란 삿갓 모자에 장원 무사같이 철장을 들고 있었다. 문사건을 쓰고 있는 어른의 손에는 꼬부라진 나무 지팡이를 손에 들고 있었으며 입에서는 홍얼홍얼 경문을 중얼거리고 있었다. 누구도 알아듣지 못하는 경문이었으나 그의 얼굴로 보아 흥이 있어 보였을 뿐이다. 홍얼거리던 소리를 멈추고 뒤에 따라오던 무인에게 말했다.

"영은사(靈隱寺) 봉축전에 우리 장원의 등화가 맨 앞줄에 줄줄이 몇 개가 밝혀진다니 기쁜 일이로구나"

"주지 스님이 우리 지방에 있을 때 장주님을 극진히 모셨던 분이 아니옵니까. 봉축전에 올리는 공양미만 해도 넉넉한데 그 정도의 대접은 받아야 할 것입니다."

"대접을 받겠다고 공양을 드리는가. 주지 스님의 봉덕에 우리는 안녕을 유지하고 있으니 하는 말이다. 지난 백년의 난세에도 우리 장원은 무사 무탈하였지 않았느냐?"

장원의 무사는 들었던 철장을 한번 훔쳐보고 주위에 귀를 기울이었다.

"난세에는 대장원들이 휩쓸려 흥망성쇠가 이루어진다고 합니다. 우리는 소장원이라 난세에 드러나지 않아 그 바람을 피해 가는 것으로 봅니다."

소장원이라는 섭섭한 말에 무사를 훔쳐보았을 뿐 연신 싱글거리는 얼굴이다. 번들거리는 말안장만 보아도 주종 간에서 고귀한 장주임을 말해주고 있다. 그는 고개를 들어 시끄럽게 들려오는 길목을 주시했다.

길가 얼마 떨어지지 않은 데서 검정 산 까마귀 이십여 마리가 시끄럽게 난리통을 벌이고 있었다.

"보곡(保谷)! 저기 웬 까마귀가 난리통이냐?"

"죽은 송장이라도 있는가 봅니다."

"송장이라면 달려들어 뜯어먹기 바쁠 텐데 주위에서 감장만 돌고 있지 않느냐?"

"여우와 곰 새끼가 싸움이라도 붙어 구경거리가 났는가 봅니다."

보곡이라는 무사가 오른손으로 철장을 옮겨 잡으며 산 까마귀가 짖어대는 곳으로 말머리를 돌리자, 주인은 걱정스러운 표정을 지었다.

"까마귀 싸우는 곳에 백로야 가지 마라라는 시구가 있지. 그냥 지나치는 것이 좋을 것이네."

"우리는 백로가 아니지 않습니까?"

장주는 할 수 없이 따라가다가 무사의 말에 흠칫했다.

"응? 타죽은 사람입니다."

"타죽다니. 이 산중에 불이 난 곳은 없었는데······."

그들 앞에는 검게 타 죽어가는 사람이 달팽이처럼 움직이고 있었다. 앞으로 손을 내밀어 움직이는 것이 목표가 있어 보임은 분명했다. 송장이었다면 인육을 먹어본 산 까마귀들은 달려들어 쪼아먹기가 바쁠 텐데 주인의 말처럼 움직이는 생명에게는 입을 대지 않는다는 까마귀의 습성을 말해 주는 것 같았다. 인육에는 소금 간이 잘 되어있는 부드러운 고기임에는 분명하여 그 맛에 유혹되어 이 자리를 못 떠나는 것인지도 모른다. 타 죽은 인육이면 더욱 맛이 있을 것으로 보인다.

"돌아가세. 보아하니 살려내기는 다 틀린 송장이군."

무사는 말 등에서 뛰어내리며 의심스러운 눈으로 내려다보았다.

"반짝이는 것이 잘려 나간 발목에서 은색 핏물을 흘리고 있어요."

주인도 은광이라도 찾을 것 같은 희망으로 말 등에서 뛰어내리며 자세히 살펴보았다.

"앗! 이것은 수은 방울이지 않으냐. 나는 어느 은광에서 빠져나온 사람으로 착각했구먼."

두 나그네의 말처럼 그의 발목에서는 수은 방울과 빗물이 묻어 나와 그의 정강이를 도색해 놓았다. 무사는 그의 발목을 보다가 의미 있는 말을 늘어놓았다.

"그런데 말입니다. 살려달라고 하소연은 없고 악을 쓰며 일어서려는 것이 아마도 깊은 비찰(飛札) 같은 것을 품고 있는 것 같습니다."

하루 전 인지의가장에서 백접도를 탈취한 호면귀 곽순은 그렇게 불길 속으로 몸을 던졌다. 그 속에서 순간 그가 자랑하는 익비풍잠(翼飛風暫)의 신법으로 불길 속을 빠져나왔지만, 그의 몸은 불고기가 되다시피 반신불구이다. 왼쪽 발목에서는 은색이 묻어나는 피를 흘리고 있었고, 온몸은 화상으로 말이 아니었다.

그의 몸은 여태까지 은자단을 복용하고 있었으니 그 덕이라고 할까. 화상을 견디어 내었고 흐르는 핏물도 감수하며 생명을 이어가고 있었다. 자기 잔꾀에 넘어가는 멍청이 진 장주라고 비웃으며 탈취한 죽통을 몸에 간직하고 그것을 전하는 것이 그의 목적이다. 그들을 만나면 은자단(銀子丹)을 얻어먹어 괴로운 이 몸이 소생할 수 있을 것이고 임무를 완수하므로 궁인(宮人) 31위(三十一位)에 등재되는 행운도 얻게 될 것이다. 곽순은 그 희망으로 버텨왔으며 얼마 남지 않은 리안산(里安山) 종탑(鐘塔)으로 달팽이 기듯 움직이고 있었다. 종탑에서 약속된 바와 같이 남방신장(南方神將) 적제장군(赤第將軍)과 접선이 되면 모든 일이 해결될 것이기에 끈질긴 생명은 그렇게 하여 움직이고 있었다.

그런데 두 행인이 나의 몸을 뒤집어 놓았다. 땅을 기는 거북이를 뒤집어 놓은 모습처럼 반짝이는 태양이 눈을 부시게 했으며 아른거리는 두 행인은 나의 가슴을 뒤적이고 있었다. 벌떡 일어나 그들과 다투고 싶었으나 역시 마음뿐이고 손발이 말을 듣지 않았으니, 생각에 그칠 뿐이었다.

"백 장주님! 이 죽 대롱 속에서 서책이 나옵니다."

백 장주라는 행인이 가는 눈을 떠 보이며 그 책장으로 머리를 가까이 가져갔다.

"옛적 양피지로 된 것이 귀한 물건인 것 같기도 한데……."

둘은 여덟 폭의 양피지 책장을 넘겨보며 머리를 조아리다 백 장주라는 행인이 말했다.

"땅속에 개미 병정들 전쟁터 같기도 하고, 개미 궁성을 짓는 공사판 같기도 한데……."

"그러면 병법서에 손자병법(孫子兵法)이나 오자병서(吳子兵書)는 아닐까요?"

장주는 두 뺨을 쓸어 보이고 묘하게 웃음을 지었다.

"깨알 같은 개미들이며 글씨들이 산맥과 천지를 모두 아우르는 것이 천지신군(天地神君)이 광천(光天)과 흉지(凶地)를 가리키고 명당 자리도 그려놓은 오성팔괴(五星八怪)와도 같네그려."

호면귀 곽순의 귀에는 역겨운 소리로 들리다가 절망의 빛으로 변하였다. 두 나그네의 모습이 사라지며 말발굽 소리는 점점 멀어져 갔다.

집념의 사나이 호면귀 곽순이 몇 년을 공들여 얻어놓은 것이 이렇게 그의 머리에서 사라지고 있으니, 혼신의 힘을 내어 일어서야 한다고 느끼기 시작했다. 깍깍대는 까마귀들은 또 주위로 날아들어 난동을 부리기 시작했다. 오늘을 지나고 나면 내일쯤에는 나는 시체가 될 것이고 저것들은 나의 내장까지 파먹을 것이다. 그 생각에 곽순은 피식 웃음이 감돌며 죽어가면서도 웃을 수 있어서 남자임은 틀림없었다. 구더기가 일어 피고름이 나며 질질 썩는 것보다 산짐승이나 무엇이든지 달라붙어 나의 시체를 먹어주는 것이 그의 마지막 희망이기도 했다.

리안산(里安山) 종탑에서 까마귀 소리를 들으며 달려오는 세 나그네가 있었다. 한눈에 보기에도 보통 인물들이 아닌 것이 날아드는 신법이나 의상이 그러했다. 앞선 무림인은 홍의에 주단(綢緞)으로 된 행괘(行掛)를 걸치고 있었고 따라 들어오는 이는 석청색 담비 가죽옷을 입고 있었다. 뒤이어 가볍게 내려서는 여인은 귀부인 차림에 봉관(鳳冠)을 썼으며 치마저고리는 앵화 문양이 수놓아진 분홍색이었다.

"어데서 본 듯한 얼굴인데 이 사람은 호면귀 곽순이 아닌가요?"

칠십에 가까운 홍의인은 불거져 나온 광대뼈가 불쑥거렸다. 그는 여인의 말에 고개를 끄덕이며 곽순에게 달려들어 수중을 뒤지기 시작했다.

"호면귀 곽순! 백접도는 어떻게 하고 이 모양이냐?"

살았구나 하는 기쁨으로 곽순은 그들에게 눈을 돌리며 겨우 입술을 움직였다.

"그것은…… 도둑맞았습니다. 살려주시오."

"뭣이? 도둑맞았다고? 아니면 도루하겠다고?"

"천하무적의 신투라는데 도둑맞을 일은 없어요. 은자단을 얻어먹고자 하는 술수에 불과하오."

곁에 있던 담비 가죽의 무림인은 그렇게 말하며 주위를 샅샅이 훑어보기 시작했다.

봉관의 여인은 기대에 부풀었던 노인에게 말을 던졌다.

"적제장군의 책임입니다. 우리는 희보로 빙백궁에 전갈이 닿아야 할 텐데 이 일이 실패했다면 무력으로 진행하는 것이 아니겠습니까?"

여인의 말에 적제장군은 얼굴을 실룩거리다가 주위를 뒤지는 담비 가죽 무림인에게 화를 돌렸다.

"편재! 무얼 찾는가? 도둑맞았다고 하지 않는가?"

편재는 달려와 곽순의 입가에 귀를 붙여보았지만, 아무런 말도 듣지 못했다. 여인은 적제장군의 눈치를 살펴 가며 조용히 말을 건넸다.

"이 사람을 살려놓고 자초지종을 따져봅시다."

이 말이 끝나기도 전에 그는 고성으로 대답했다.

"다 틀렸소. 금자단, 은자단 보급이 끊긴 지가 두 달은 되고 있어요. 이것은 당신 책임이지 않아요?"

"궁에서 물량을 한정해 놓은 것이 장군님들인데 나는 그 이상의 권한은 없어요. 그것이 문제라면 할 수 없어요. 버리고 떠날 수밖에."

출혈이 심하여 기사회생(起死回生)의 기미가 보이지 않자, 적제장군의 냉엄한 목소리가 곽순의 귀에 들렸다.

"당신도 아시지 않소. 은자단이나 흑자단의 궁인들은 다시 회생할 수 없는 사람들이라고. 우리 궁에서는 소모품에 불과하오. 단지 이용할 따름이오."

곽순은 이들이 달려올 때 천당과 지옥을 드나들다가 천추의 한을 짊어지고 떨어지는 마음에 통분하기 그지없었다. 그것은 궁인 삼십 일위 궁인으로 위패를 줄 것처럼 이용하며 은자단의 폐인으로 만든 것에 있었다. 적제장군은 고갯짓으로 편재에게 암시를 남겨놓고는 봉관의 여인과 같이 종소리 들려오는 서호로 걸어갔다. 태양이 서산에 기울면서 서호의 영은사에서 들려오는 종소리는 구슬프기 그지없었다. 곽순에게 다가온 편재는 뒤로 손을 제치고는 시퍼런 검을 뽑아 들었다.

"호면귀 곽순! 일 년 전에 자네가 은자단을 원했던 것이 실수였네. 그렇지 않았다면 우리는 좋은 동지가 되어 궁인이 되었을 텐데."

편재는 뽑았던 검을 도로 검집에 꽂아 넣었고 그의 입에서 푸념 섞인 소리가 흘러나왔다.

"영은사 법당의 종소리는 오늘은 왠지 슬퍼 보이는구나. 죽어가는 자네에게 차마 피를 묻히고 싶지 않네. 조용히 잘 가게 동지."

몇 마디 말을 남기고 그도 발길을 돌렸다.

학소와 남궁 낭자

적제장군(赤第將軍)이 봉관의 여인과 서호를 바라보다가 편재에게 다가가 그에게 몸을 돌렸다.

"염라신도(閻羅神刀) 편재(片才)! 항주는 예부터 우리 서왕모(西王母)와는 인연이 많네. 그대도 궁인(宮人)으로서 우리 모주님(母主任)을 알고 싶다면 한마디 전해 주지."

편재는 불쑥 튀어나온 눈두덩을 치켜세우며 적제의 입 모양을 주시했다.

"여기 서호에는 무엇이든지 원하는 것이 있으면 그것을 들어주는 주옥(珠玉)이 있었지. 우리 서왕모 모주님이 그것을 요구하자 옥룡과 금봉이가 주옥을 바치는 척하다가 서호로 떨어뜨려 버렸어. 그래서 이 서호는 언제나 반짝거리지."

편재는 무식한 척하며 우문(愚問)을 던졌다.

"제가 누구입니까? 하명만 내려오면 당장 찾아 올리겠습니다. 잠수라면 일가견이 있습니다."

"양쪽에 옥룡산(玉龍山)과 금룡산(金龍山)이 주옥을 지키고 있다고 하지만 나는 여기서 무엇을 건져내고 말겠어!"

적제장군은 옥룡산과 금룡산을 바라보면서 말을 이었다.

"서호 변에 괴물 선장이 한 사람 있구먼. 그는 태호(太湖)에 천리선(千里船)이 없다고 떠들며 제작 중이네."

"그럼, 여기서 제작하여 그 넓은 태호까지 끌고 가겠다는 것입니까?"

"그런 것 같은데 자네가 한번 시험해 보게."

둘은 의미 있는 웃음을 지으며 산하로 내려갔다.

서호(西湖)로 접어드는 서산 수로에 와륜선(臥輪船) 한 척이 수로를 따라 흘러들어오고 있었다. 얼마쯤 올라서면 개천인데 비가 많았던 탓에 서산 개천은 수로가 되어 있었다. 서호는 큰 호수가 아니므로 어떻게 해서 와륜선이 좁은 수로에 들어섰는지 모른다. 사람들은 신기한 배라 둑쪽으로 머리를 내밀었다. 길쭉한 사각형의 배 바닥은 널빤지 같은데 두 사람이 양 귀퉁이에 장대를 잡고 서 있었으며 배의 양쪽은 마치 바퀴 같은 차륜이 붙어있었다. 그리고 중앙에는 차륜을 돌리는 황소 한 마리가 꼴을 씹고 있었고, 한 필의 준마는 마차를 채운 채 소 앞에 벗하여 있는 듯 서 있었다.

검은빛이 흐르는 한 필의 마차가 와륜선에 실려 지금 서호로 들어가는 것이다. 흘러 들어가는 배였으니 황소가 굳이 와륜을 돌리지 않아도 자연히 흐르고 있었다. 좁은 수로는 마을인가를 지나는지라 사람들은 저마다 한마디씩 했다.

"이봐! 저 배 보게! 말과 소가 마차는 끌지 않고 마당 배 위에서 유람하는 모습 같네그려."

"그래도 저것도 배라고 마차가 내려서면 바로 널판때기 아냐."

그러자 한 노인이 와륜선에 대하여 잘 아는 듯이 입을 열었다.

"저것은 천리선(千里船)이라고도 하지. 남경 수군 기지창에는 4륜선, 8륜선까지 있으며 전쟁 시에는 바람에 관계 없이 칠팔백 명의 병졸을 싣고 달릴 수 있는 큰 와륜선들도 있네. 지금은 백파차량수송국(白波車輛輸送局)이 관리하고 있지만……."

옆에 있던 젊은이는 별것이 아니라고 말했다.

"그럼 그렇게 크고 화려한 것이 천리선이지 저 꼴 같고는……."

"서호는 대수로가 있남? 이웃 병거 마을에 태호(太湖)에서 나온 수군들이 배를 제작하고 훈련한다는데 그 배인가 봐."

항주인들은 유명한 풍류객들과 화려한 마차나 화방선을 대하다 보니 자존심이 강한 편이다. 한 여인이 쪼르르 달려오며 입방아를 찧었다.

"볼품없는 배 위에 검은 옻칠을 한 마차를 실었으니, 서호에서 놀기는 부끄러운 편은 아니네요."

그 배를 보던 젊은이는 황토흙이 묻어있는 마차를 보면서 껄껄거렸다.

"그런데 말이야. 황토 구정물에서 놀던 마차가 아닌가?"

이 말을 들었는지 배 위 마차 어자대(馭者臺)에 앉아 있던 담비 가죽의 마부가 검을 뽑아 들었다. 사람들은 인상이 흉악해 보이는 마부가 금세 뛰쳐나와 자신들을 응징할 것 같아 떠들던 입방아가 조용해졌다.

주택가를 지나는 수로라 집파리 떼가 많았다. 파리들은 오랜만에 맡아보는 우마(牛馬) 변 냄새를 맡고 소와 말에 달려들며 마부에게도 북적였다.

번쩍! 휙휙! 마부가 공중으로 검을 휘두르자 두 동강, 세 동강 난 파리들이 그의 발밑에 떨어지며 남은 날개들이 부르르 떨었다. 그의 칼등에도 두 동강 난 파리들이 붙어있어 마부는 후- 하고 입으로 불어 제치고 검집으로 꽂아 넣었다.

"하하하. 저 꼴 좀 봐. 검을 찼다고 무게 잡는 꼴 말이야."

마부 장한을 보던 사람들은 백여 개의 파리들이 동강 난 모습은 안 보이고 오직 검만 공중으로 휘둘러대는 줄로만 알았다. 마부는 시시덕거리는 젊은이를 보고는 어자대에서 일어섰다. 뛰쳐나가 당장 젊은이를 응징할 태도였는데 마차 안에서 냉랭한 여인의 목소리가 흘러나왔다.

"아서라! 염라 신도 편재! 그깟 농담을 두고. 주지하는 바는 잊지 않고 있겠지?"

그 소리에 황소 곁에서 장대를 잡고 배의 흐름을 잡아주던 사공은 그것 보라는 듯이 입가에 웃음뿐이다. 이번에는 그 마차 안에서 남자의 목소리도 들렸다.

"앞을 보게나. 서호가 보이는구나."

와륜선이 들어서는 서호는 따스한 가을 햇살에 수면은 유리구슬을 뿌려놓은 것처럼 눈부시게 빛나고 있었다.

"와- 주옥을 깔아놓았다더니 빛나는 서자호(西子湖) 강이 맞는구나!"

무식해 보이는 마부 장한이 유식한 투로 일갈을 토했다.

서호는 많은 문인 묵객으로부터 사랑을 받는 곳으로 월나라 왕 구천(句踐)이 오나라 왕 부차(夫差)에게 바친 미녀 서시(西施)를 기념하여 서자호(西子湖)라 불렀다. 장안에는 웃음의 미인 양귀비가 있었지만, 항주는 우수에 젖은 님 그리는 미인 서시의 고향이기도 하다.

마부 장한의 탄성에 마차 왼쪽 문이 열리며 핏빛에 가까운 홍의를 입은 칠십의 노인이, 반대편 문에서는 오십에 가까운 여인이 내려섰다. 여인은 귀부인의 치장에 봉관(鳳冠)을 썼으며 치마저고리는 앵화 문양이 수놓아진 연분홍 옷이었다.

여인은 홍의의 노인에게 다가서며 서자호를 감상하듯이 말했다.

"고요하면서도 영롱하게 반짝이는 서호는 마치 나의 마음과 같습니다."

"……"

봉관의 여인이 호수 먼 쪽을 바라보며 그렇게 입을 열자 홍의인은 히죽 웃어 보였다.

"그래서 여인의 마음은 경관에 따라 조석으로 변한다고 하는데 아름다운 것은 여인의 마음이지요."

"흥! 적제진인도 선입견에다 편견을 버리지 못하십니다. 아름답고 연약한 모습은 여인의 마음이고 태산 같은 희망과 바위 같은 억센 정기는 남자의 기상이라고 하여 나는 이게 불만이에요."

여인은 아름다움을 표현하는 말까지도 유치하다고 하며 남자들은 말을 아낀다고 생각하여 빈정대었다.

"유학이 이 나라를 만들고 있는지 모르세요? 교주는 아직도 삼종사덕(三從四德)을 배우지 못했는가 보오."

봉관의 여인은 동그란 눈을 부릅떴다.

"시집가기 전에 아버지를 따르고, 시집가서는 지아비를 따르고, 지아비가 죽으면 자식을 따르라고 하지만 여인들은 누구를 따라가는 사람이 아니거든요. 우리 여인들에게 모든 남자가 딸린 것은 알지 못합니다."

적제진인은 입술을 삐죽이며 대답했다.

"현실은 그렇지 않아요. 아녀자가 글을 알면 음란해지고 학문이 있으면 노래와 춤을 추는 기녀가 되고……."

"그만해요! 여성을 경시하고 노리개로 간주하는 이 세상이 싫어서 나는 교주가 된 것이오."

적제진인도 안색이 일변하며 입을 열었다.

"나는 목적을 달성하는데 얼마나 많은 피를 보아야 할지 그 영을 받고 여기까지 내려온 사람이 아닙니까."

봉관의 여인은 적제진인이 바라보는 곳으로 고개를 돌렸다. 거기에는 누선(樓船) 한 척이 흐르고 있었는데 청춘 남녀들이 흥겨운 모습이 돋보였다.

"적제진인의 복식을 보니 짐작이 갑니다."

"그렇소. 서호에 유일하게 큰 누선 한 척이 있다는데 바로 저 배인가 보오."

"그럼?"

"우리가 내리면 저 청춘 남녀들도 예외일 수는 없소. 이 서자호도 나의 옷 빛깔과 같이 붉게 물들일 수 있소. 온 세상이 붉게 보입니다."

화려하게 꾸며진 누선은 선유객들로 뱃놀이 나온 화방선이었다. 갑판 위에 서 있는 두 청춘 남녀는 단풍에 물든 서홍산을 바라보고 있었다. 여인은 젊은이를 바라보며 미소가 감도는 얼굴로 말을 건넸다.

"개봉에는 화려하고 궁궐 같은 집들이 많다고 하는데 그렇게 큰 도회지입니까?"

말을 건네는 여인은 꽃이 달린 화관을 썼으며 남색 치마에 분홍색 긴 저고리를 단정히 입은 남궁 초희였다. 헐렁한 청색 바지에 백의를 걸친 진학소는 낭자에게 반색을 하며 대답했다.

"모두가 대궐 같은 집에 살지는 못하지요. 큰 도회지이기는 하나 항주처럼 아름답고 따뜻한 곳은 못 됩니다."

남궁 초희는 아버님으로부터 '화려한 변경(汴京)' 하며 개봉(開封)에 대하여 많은 말을 들어왔다. 그래서 후에 관료 부인이 되어 노복을 부리는 개봉에서의 생활을 꿈꾸어 왔던 것도 사실이다. 호수 먼 끝자락을 바라보던 여인은 도회지의 풍물을 구경하듯이 말을 이었다.

"도회지의 사람들은 성현의 말씀을 배워 모두가 예의 바르다고 하는데."

그들의 맞은편에서 두 청춘 남녀가 손을 잡고 다정히 선실 밖으로 나오고 있었다. 학소도 어떻게 하면 연인들처럼 손을 잡을 수 있을까 궁리 중이었는데, 그를 보고 용기를 얻었다. 왼손을 쥐었다 폈다 하다가 여인의 손을 살짝 잡았다. 부드럽고 따스한 것이 그의 전율을 흐르게 했다.

그녀도 언제면 연인들처럼 학소가 손을 내밀 것인가 노심초사하는 심정이었는데 남자가 용기를 내었던 모양이다. 두툼하고 따뜻한 남자의 손이 다가와 잡자 초희는 싫지는 않은 듯 붉어진 얼굴을 감추지 못했으며, 학소는 대화를 이어가며 서로의 부끄러움을 묻으려 했다.

"성현의 말씀은 딱딱하여 양가(良家)의 집안 연인들은 뱃놀이나 나들이하는 것이 여간 쉽지 않아요."

둘은 서로의 따뜻한 손에 마음을 두면서도 손에는 관심이 없는 척하며 공염불에 지나지 않은 대화를 시작했다.

"그러면 봄나들이나 단풍놀이도 못 다녀요?"

학소는 또 한 번 얼굴에 미소를 담았다.

"그렇소. 성현의 말씀에 남녀칠세부동석(男女七歲不同席)이라 하여 남녀유별(男女有別)이 더 견고하지요."

"그렇게 엄해요?"

"그렇다고 볼 수 있어요. 항주에서 사귄 친구들은 여름은 너무 더우니 도화 만발하고 강가에 수양버들이 늘어지는 봄이나 갖가지 과일들이 무르익는 선선한 가을에 찾아오라는 말을 자주 합니다. 하지만 개봉에 가면 벗 사귀는 것도 여간 쉽지가 않아요."

손과 손이 다정한 온기에 취해 있는데 갑작스럽게 훼방꾼이 들어왔다. 한 소녀가 이들 앞으로 쪼르르 달려오며 호들갑을 떨었다.

"언니! 우리도 서홍산 정상까지 등산할 참인가요?"

"응. 그럴 참이다. 계옥이도 정상까지 올라가고 싶지?"

그녀는 이들의 손을 잡고 있는 것을 주시하더니 오히려 계옥의 얼굴이 붉어지며 말미가 흐려졌다. 그리고 응당 그럴 것인데 말뜻이 나를 분리하려는 데 있었다.

"그러고 싶지만, 소녀는 갑자기 다리에 쥐가 나서요."

초희는 이 계집종이 눈치 하나는 빠르다고 생각하며 머리를 굴렸다.

"쥐가 나면 산행이 어려울 텐데 선상에서나 아니면 하선하여 쉬고 있거라."

계옥은 그럴 것이다 생각하며 입을 삐죽거렸다.

누선이 선착장에 접안을 하자 방 안에 있던 사람들이 우르르 밀려나왔다. 어린아이들이며 가족 단위로 나온 이들도 있었지만 대부분 청춘 남녀였다.

"우아-"

모두 앞산을 바라보며 감탄사를 토해내었다. 서홍산은 붉은 옷을 입은 것처럼 울긋불긋한 단풍이 그림과 같았다. 학소도 이들 따라 줄줄이 배에서 내린 후 서홍산 등산에 나섰다. 앞으로 나서는 청춘 남녀들이 학소에게 손짓하며 같이 등정하기를 청했으나 둘은 묵묵히 정상을 바라보며 걸었다.

얼마를 등정했을 때 학소는 왼쪽 소도로 발길을 옮겼는데 초희 낭자도 그 이유는 묻지 않고 묵묵히 따라 걸었다. 단둘이만 조용히 이야기하며 걷고 싶었는데 그 마음을 아는지 남자가 그리해주었다. 사람들이 오르는 길이 아닌데도 그 이유를 묻지 않고 팔짱을 하며 살짝 팔걸이를 했다. 낭군님이 결정한 일이라면 어디든지 따라간다는 무언의 대답인지도 모른다. 한적한 숲길은 드문드문 색다른 단풍이 물들어 은근한 분위기를 더해주었다.

"상공! 하늘이 가려지니 숲속이 무서워요."

그녀는 분위기에 눌려 학소 쪽으로 몸을 밀착시키며 가까이 붙어 팔걸이를 하는 이유인 것처럼 변명의 소리가 되기도 했다. 그도 싫지는 않았다. 향긋한 여인의 체취와 뭉클하게 느껴지는 가슴 하며 그의 전신은 그녀가 껴안은 왼팔에 집중되었다.

"초희 낭자와 이렇게 걷게 되어 종일 걸어도 싫증은 나지 않을 것 같아요."

그의 말에 초희의 얼굴이 환하게 밝아졌다.

"정말이세요?"

그녀는 더 가까이 팔걸이를 하며 남자의 몸에 의지했다. 그때 그들 머리 위에 두 마리 파랑새가 노래하며 날아와 앉았다.

찍 꼭! 찍 꼭!

"초희 낭자. 저쪽을 보시오. 찍꼭 파랑새지요?"

나무 높이 앉아 꼬리를 아래로 내리며 찍꼭거리는 파랑새를 올려다 보았다. 숲 사이로는 파란 하늘이 아른거렸으며 반짝이는 햇살은 그 사이로 은실같이 숲속을 비추었다. 일행들은 서홍산 정상을 간다고 동도(東道)를 택했으나 둘은 숲길 도로를 택하였다. 아무도 없는 조용한 길이었다. 해서 얼마를 걷자 어느 쪽이 길인지 숲인지 분간할 수 없는 막힌 곳이기도 하였다.

그는 무엇을 작정하고 설렘 속에 샛길을 택했던 것인가? 그에게는 앞으로 천 리 길을 올라가 개봉에서 보는 전시가 있기 때문에 청기도 못 잡아 다섯 달 뒤로만 정해진 상태였다. 관례(冠禮)를 치르고도 오 년이면 스물넷에 접어든 노총각이고 남궁 초희도 방년 이십을 넘겼으니, 혼기를 놓친 처지였다. 당시는 십칠 팔 세면 모두가 가정을 이루는데 남궁 현장 댁에서는 양가의 신랑을 찾느라 늦은 편이고, 학소는 이 핑계 저 핑계하며 미루어 왔던 것이다. 두 집안이 혼담이 오간 지도 일 년은 되는데 둘이 틀릴 일은 아무것도 없었다.

"상공! 어느 쪽이 길인지 숲인지 분간할 수 없어요."

남궁 초희가 떨리는 음성으로 말하며 그의 팔을 껴안았다.

"돌아가기에는 너무 이른 시간인데 조용한 곳에 가서 이야기라도 하다가……."

길이 없는 줄 알면서 들어선 숲속은 이야기만이 목적이 아니고 무언의 의미가 있음은 분명해 보였다. 이 숲속에 수꾀꼬리는 연인을 맞기 위해 둥지를 파야 한다. 연약한 입으로 딱딱한 나무통을 파며 구멍을 내기란 여간 어려운 일이 아닐 것이다. 그러나 사랑스러운 연인을 생각하면 이 또한 즐거운 일이 아닌가. 그래서인지 그 입은 더욱 굳어져 날카로워진다.

뛰는 가슴을 억제한 학소는 용감하게 돌진할 각오로 한쪽을 가리켰다.

"초희 낭자. 우리 저쪽 바위에 오를까요?"

"그래요. 상공. 그쪽이 좋겠어요."

그가 가리키는 바위는 오를 수 없는 각지고 높은 바위인데 여인은 그곳이 바위로 인해 사방이 막힌 비밀스러운 장소로 보았기 때문이다. 마치 꿩들이 둥지를 택하여 알을 낳으려면 암수 모두 은밀하고 안전한 장소를 택하기 위하여 두루 살피는 것처럼 말이다. 둘은 건초가 깔린 바위틈에 다다랐다.

"남궁 낭자-"

학소는 떨리는 목소리로 낭자를 부르며 돌아섰다. 여인은 상기된 남자의 얼굴을 보며 입술을 파르르 떨었다. 아무도 없는 숲속은 젊은 가슴을 설레게 했다.

"상공-"

초희는 섬섬옥수로 그의 어깨에 팔을 휘감으며 바윗덩이 같은 넓은 가슴에 부푼 가슴을 포개어갔다. 그는 파르르 떨리는 여인의 입술에 입을 포개어가며 힘껏 껴안았다.

스르르 넘어지는 초희-. 여인은 사내의 짓눌림을 감당치 못하여 건초 위로 넘어질 수밖에 없었다. 까만 두 눈과 눈이 마주치자, 무엇을 갈망하는 여인의 눈이 사르르 감겼다. 여기에 둘은 무슨 말이 필요하겠는가. 남자는 여인의 가슴에 손을 넣으며 연단을 풀었다. 툭하면 터질 것만 같은 그녀의 몸은 남자의 손이 스치는 곳마다 짜릿한 감정이 스쳐갔으며, 두툼한 남자의 손이 자신의 둔부를 어루만지고 있음을 느꼈다. 해송과 편백 사이로 가느다란 햇살이 이들 주위에 뿌려졌고 나뭇가지와 잎 사이로는 파란 하늘이 보일락 말락 아른거렸을 뿐이었다.

기화이초(奇花異草)도 호시절이 있기 마련인데 꽃 피는 시기가 자신의 모든 아름다움을 나타낼 때라고 한다. 그 시기에는 비바람이 일지라도 꽃은 벌과 나비를 기다려야만 한다. 모든 만물이 이러한데 하물며 어찌 사람이라 하여 활짝 핀 청춘 남녀에게 때와 장소를 못 가린다고 하여 억압할 수 있겠는가.

드디어 학소의 손이 여인의 허리끈을 풀어놓았다. 부끄러움을 간직한 동그란 그녀의 젖무덤에 얼굴을 묻으며 남자의 왼손이 남색 치마를 들추어내고 하얀 속치마를 걷어내었다. 미끈한 허벅지를 타고 흘러내린 속치마 사이로 나타나는 처녀림이 그의 눈에 선연히 드러났다. 초희는 성년이 되면서 금침 속에서 신랑을 맞는 꿈을 상상해 왔는데 풀 내음이 풍기는 숲속 건초더미라니 말이 되지 않았다. 그러나 자초한 일이며 좋으니 어찌하지 않았다.

남자의 손이 여인의 하반신을 구석구석 헤집고 다녔고 여인은 짜릿한 감정으로 빠져들었다. 학소는 퉁퉁거리는 가슴을 부여안고 자기 바지 끈을 풀면서 다음 행위에 돌입할 채비를 갖추고 있었다. 초희가 그의 목덜미를 찾고자 눈을 떴을 때였다.

"어멋!"

풀리는 남자의 바지 안에 치모 속에 솟아 있는 양물이 눈에 들어왔기 때문이다. 무엇에 홀린 듯 여인은 남자의 목덜미를 찾으며 자신의 모든 것을 비우고 지금까지 가꾸어왔던 화단(花壇) 문을 열어놓았다.

"아뿔싸!"

학소는 맹렬히 진입하려던 양물이 그대로 시들시들해지고 마는 것이 아닌가. 이를테면 피기도 전에 말라 시들어버리는 송이버섯과도 같았다. 화기에 차 달아올랐던 그의 얼굴은 모멸감으로 변했다. 그는 허리춤을 잡고 바지 끈을 매는 둥 마는 둥 얼른 자리에서 일어섰다. 당황한 초희는 부끄러움을 참으며 남자의 바지 끈을 잡았다.

"상공! 상공!"

초희는 수심에 시달리는 그의 마음은 알 수 없었고 하는 일이 서투른 서방님으로 인식하여 계속 불렀다. 남자는 여인의 부르는 소리를 귓전으로 보내며 달려 나갔다. 한참 달려온 그는 편백나무를 잡고는 주먹질했다.

"나는 안 돼! 나는 안 돼!"

편백나무가 말을 한다면 "구실도 못 하는 주제에 나는 왜 때려!" 이렇게 외쳐댔을지도 모른다. 이것이 그가 여인에 관한 진면목이었으며 혼자 앓고 있는 병이기도 하다. 그는 부어오른 주먹을 유심히 바라보며 다짐했다.

'이것도 병이라면 모든 자존심을 던져 버리고 허 사숙님한테 허심탄회하게 말씀하여 방법을 구할 수밖에 없지. 전시를 마치고 오면 즉시 부탁해 보자.'

이렇게 결론을 내리자, 마음이 안정되어 갔다.

여인은 열었던 가슴을 마무리하며 풀어놓았던 방심과 속치마 끈을 찾아 묶었다. 기대에 부풀었던 그녀의 가슴은 텅 빈 항아리같이 바람만 차 있었으며 앵두 같은 입술과 얼굴도 식어있어 혈색마저 탈색되었다. 맹렬히 허리끈을 풀었던 그가 원망스러울 뿐이었다. 울긋불긋한 단풍도 그녀의 눈에 들어오지 않았고 고목들이 풍기는 산 내음도 느끼지 못했다.

터벅거리는 걸음으로 한참 내려왔을 때 뒤에서 계옥이의 목소리가 들렸다.

"내려오는 사람 중에 언니를 한참 찾았어요. 어디 있었어요?"

다급해진 초희는 얼른 일신을 가다듬고 대답했다.

"음. 계옥이로구나. 나도 너를 찾았는데……."

"……."

계옥은 주인 아가씨의 몸체를 훑어보고는 의아한 눈길을 보였다.

"진 도령님과 서홍산 정상으로 오르는 것을 보았는데 지금까지 혼자였어요?"

계옥은 소녀티를 벗고 처녀티가 감도는 젊은 시녀였는데 모든 정황을 짐작한 듯 눈치를 감추며 태연하게 물어왔다.

"그래. 등정하다 보니 서로 길을 잃었나 보구나."

계옥은 아가씨의 뒷모습을 보며 출랑거렸다.

"에구머니. 산에서 넘어지셨네요. 치마에 흙이 묻어 있고 화관에 끼어있는 낙엽들은 뭐에요?"

"개차반이 같이 굴지 마라. 발이 미끄러워 넘어졌다니까."

변명하며 귓불이 붉어지는 아가씨를 보며 계옥은 모든 상황을 그려 보았다. 여인들은 눈치 보기를 좋아하여 산속에서 진 도령님과 아가씨가 어찌어찌하다가 나올 것인가에 초점을 맞추던 중 예상이 맞고 있다고 여겼다. 그녀는 달려가 아가씨 몸 여기저기 묻어 있는 낙엽들을 털어내면서 중얼거렸다.

"이대로 화방선에 돌아가면 손님들이 의심하겠어요."

초희는 탈색되었던 얼굴이 붉어지며 뒤돌아섰다.

"너까지 나를 의심하는 거니? 아무 일도 없었다. 걱정 말거라."

"아무렴요. 의심할 것을 의심해야지. 설마 그런 것까지."

"계옥아! 조그만 것이 설마 그런 것까지라니. 무슨 뜻이지?"

이번에는 계옥이가 난처한 처지에 뒷걸음질했다.

"집에 돌아가서 나의 옷이 투색되었다든지 설마가 역시라는 등 이상한 말을 했다가는 혼날 줄 알아."

"예. 이 시녀의 입을 절대 봉하겠습니다."

집에 돌아가면 어머님이 진 공자에 관하여 많은 것을 물어올 것이고 계옥이한테서 두 사람 관계를 엿볼 것이다. 초희는 있지도 않은 일을 가지고 옷이 투색 되는 바람에 입을 봉해달라고 했는데 억울한 편이고, 계옥은 아가씨의 약점을 하나 갖게 되었다는 것이 고소했다.

학소는 행락객들과 같이 배 위에 올라와 있었다. 모두 서홍산 단풍에 관하여 웅성거리는데 그는 초라하게 혼자 서 있었다. 뒤따라 승선한 초희와 계옥은 어렵게 학소 쪽으로 다가섰으나 그는 시무룩한 상태로 먼 호숫가만 응시했다.

"상공-"

초희가 다가가 그를 부르자 둘은 눈이 맞부딪혔다. 그녀도 학소도 서로 부끄러움에 얼굴이 붉어진 모습들이 역력했는데 초희가 먼저 입을 열었다.

"저 고산(孤山)이 당대시인(唐代詩人) 백거이(白居易)가 제방을 쌓아 만들었다는 섬인가요?"

여인은 오늘의 상황들은 없었던 일로 넘어가려고 서호 중앙에 아담한 섬 하나를 가리키며 화제를 돌렸다.

"남궁 낭자. 오늘 일은 정말 미안하게 되었어요. 이것이 나의 진면목이며 앞으로 새출발을 시작해 보세요."

그 말속에는 여인을 눕혀놓고 도망치듯 빠져나간 자신을 탓하며 고고한 여인을 망신시켜 놓은 죄가 크다는 뜻이 내포되어 있었다. 초희는 아무렇지도 않게 말했다.

"백주(白晝)에 벌어지는 일들이어서 그러하겠지요. 그 말이라면 그만하세요. 앞으로 모든 일이 잘 풀리어 갈 것이며 소녀는 마음에 두지 않습니다."

그녀는 제법 어른스러운 말투였으며, 부부 지연을 맺는 하나의 과정에 불과하다는 뜻이므로 아무렇지도 않게 생각하고 있었다. 모든 남자는 정사에 실패했을 경우 창피한 노릇이고 인생의 전부인 것처럼 생각하지만, 여인들은 생활의 한 단편이며 정사가 전부는 아니라고 여긴다.

계옥이가 달려오며 유난히도 학소에게 수다를 떨었다.

"공자님! 배 밑을 보시와요. 흐르는 이 배를 떠받치듯이 붉은 휘장은 뭐예요?"

그녀의 말처럼 배 주위에 온통 붉은 물결을 이루고 있음에 초희도 감탄하며 학소에게 물었다.

"굉장하네요. 홍어지에서 따라온 붉은 잉어 떼가 이 배를 떠받치듯이 같이 흐르고 있어요. 그런데 홍어지에는 얼마나 많은 잉어가 있어요?"

그도 마음을 풀며 무슨 말이든지 하고 싶어졌다.

"이 호수를 둘러싼 남고봉과 북고봉에 맑은 샘물들이 있는데 호포천, 옥천, 용정천이 있어 호포천에는 홍어지가 있고, 용정천은 물맛이 좋아 우리 항주에서는 용정차(龍井茶)가 유명합니다."

계옥은 홍어 떼를 가리키며 물었다.

"그런데 저 잉어들은 왜 우리 배만 따라다녀요?"

"그야 선장이 모이를 주니까 호포천에 있는 저 애들은 이 누선을 신주 모시듯 따라다니지요."

이 아이들에게 닭 모이처럼 모이를 준다는 말에 그녀들은 웃음이 나왔다. 서호의 중앙으로 흐르는 화방선 안에서는 금소리와 노랫소리가 흘러나오며 청춘 남녀들의 웃음소리가 선실 안을 메웠다. 아마도 각자의 노래와 춤을 뽐내는 것 같았다.

강남은 사방으로 펼쳐진 경관과 온화한 기후 탓에 여유 있는 삶을 누리고 이들은 부드러운 행동에 낙천적이며 풍류를 즐긴다. 그리고 어디를 가든지 그들은 치장하기를 좋아하고 춤과 노래로 생활을 즐겼다.

선미 쪽에 있던 중년인이 학소에게 달려오며 소리쳤다.

"저기 황소가 이끄는 이상한 배가 이쪽으로 달려오고 있어요!"

그가 가리키는 쪽으로 돌아서자, 와륜선 한 척이 이 누선을 침몰시킬 기세로 달려오고 있었다.

와륜선 중앙에 황소 한 마리가 소몰이에 의해 빙글빙글 방앗간 돌듯 돌고 있었으며 배의 양쪽 가에는 큰 물차 바퀴가 물보라를 일으키며 달려왔다. 검을 맨 네 명의 무사들은 무서운 눈으로 쏘아보고 있었는데 그 배는 마차를 싣고 서호로 접어들던 배였다. 그런데 검은 마차는 없고 황소만이 와륜을 돌리며 달려드는데 너 죽고 나 죽자는 식이었다.

선장실에서도 이 상황을 보았는지 급회전하며 군선을 피하고 있었는데 사공의 힘으로 나아가는 배라 힘겨워 보였다.

쿵!

선원 네 사람이 선상으로 올라오자, 선장은 고갯짓으로 제자리로 돌아가라고 지시했다.

다행히 선미 쪽만 스쳐 지나갔으니 큰 충격은 없었지만 배가 흔들렸다. 선실의 남녀들은 흔들림에 아랑곳하지 않고 흥거운 노랫소리는 여전했으며 크지도 않고 고요한 호수이므로 배가 파손된다는 것은 생각지도 못하였다.

선장은 붉은 얼굴에 울화가 치밀어 고려 활을 들고 갑판 위로 뛰어나왔다. 뒤이어 비단옷을 입은 부선장이 그를 말리며 따라나섰다.

"전쟁 때 보사 출신 면(面) 궁노수(弓弩手)인데 저런 자들은 당장 이 궁전(弓箭) 맛을 봐야 정신 차릴 놈들이다."

부선장은 그의 팔을 잡으며 만류했다.

"강호에 와륜선으로 보아 무림인들이오. 괜히 거슬리어 부스럼을 만들겠습니까?"

"부선장! 무슨 말을 하는 것이오! 이 배가 부서지는 날에는 몇십 명은 물귀신이 될 터인데 가만히 보고만 으으라구?"

이들을 보던 학소도 황급히 그쪽으로 달려가며 물었다.

"부선장님! 선실에 무기는 갖추어 있지 않습니까?"

오십 줄이 되어 보이는 면 선장은 궁시를 갖추면서 황급히 말했다.

"왜 없겠나. 부선장은 진 공자에게 검을 가져다 드리게."

"선장님은 저를 아십니까?"

"아다마다요. 인지의가장 진 도령님은 무예도 출중하다는데."

"예? 제가요?"

"……"

학소와 남궁 낭자 231

학소는 다소 놀라는 얼굴을 하며 어깨가 무거워졌다. 혼자 갈고닦은 무예로 어디에서 무술 시합이나 검투를 벌인 일은 없는데 면 선장은 알고 있었다. 어쩔 수 없이 부선장은 싸늘한 검 두 자루를 들고 와 학소에게 한 자루를 내밀었다. 도에 가까운 묵직한 검이었는데 그것을 불끈 잡아 쥐자, 선장은 믿음이 가는지 미소까지 지으며 말했다.

"내가 저 두 놈을 궁시로 처리하겠네. 나머지 두 놈이 배에 오른다면 자네들이 알아서 처리해 주게."

초희 낭자는 학소의 손을 잡으며 안절부절못하며 발을 동동 굴렀다.

"진 공자님이 저들과?"

"걱정하지 마시오. 가만히 있어 이 배가 부서지는 날에는 아우성이 대단할 것이 아닙니까. 그런데 선장님은 저 와륜선과 원한 관계라도 있습니까?"

"일면부지(一面不知)인데 무슨 사연이 있겠소. 태호(太湖) 밑에 군선 기지창이 있어요. 아마도 저들은 와륜선에 쓰는 소를 길들이기 위하여 서호에 들어선 것 같소."

비켜나갔던 그 배는 힘차게 와륜을 돌리며 단번에 화방선을 결딴낼 듯이 돌진해 오고 있었다. 황소 몰이 무사가 소등에 힘차게 채찍을 가하는 것으로 보아 앞으로 예삿일이 아니다. 학소는 다급한 나머지 겁에 질려 당황하는 초희와 계옥에게 어깨를 밀어 눕히며 밧줄을 잡게 했다.

"진 공자! 내 솜씨 보게. 이십 장 내에는 쥐새끼도 살아날 수 없을 것이야!"

와륜선의 네 무사는 궁전 시위가 당겨져 있음에도 쏘아보라는 듯이 칼을 쳐들어 웃음까지 보이고 있었다. 보사 출신인 면 선장은 입술까지 으깨어 물며 다급해진 상황에 놀랐다. 드디어 선장이 날린 시위가 정확히 황소의 등 꼬리에 꽂혔다.

"히히힝- 힝-"

아픔을 참지 못한 황소가 발광하는 바람에 와륜선은 저들의 의향과는 달리 반대쪽으로 달려 나갔다. 학소와 선장 일행은 황소가 날뛰는 것을 보면서 대소를 터트렸다. 웃음 아닌 웃음을 열었지만, 그들 가슴도 진탕되고 있었다.

"선장 삼십 년인데 황소 따위가 이 면 목전에 견주다니."

"그럼, 선장님은 황소의 등 꼬리를 노리셨습니까?"

"그것을 말이라고 하나? 처음에는 그중 대장인 자를 노려 시위를 늘렸는데 부선장이 말리는 바람에 소 등 꼬리를 쏘았지."

학소는 부선장에게 검을 건네주며 반문했다.

"아니지요. 선장님은 그들을 노렸지만, 십 장 밖에서는 누구에게도 허점이 없어 시위를 놓지 못했어요. 십장 안에 들면 승산이 있겠으나 그때는 여기 누선과 충돌할 것이 확실한 노릇이기 때문에 다급한 나머지 황소를 노렸지요. 오히려 그것이 다행이며 말씀대로 명 궁노수입니다."

"하하하. 듣던 대로 진 공자의 눈은 속일 수가 없구나. 나의 성이 면(面)인데 명 궁노수가 되어 보는구나."

그도 비술은 갖고 있어서 궁시도 하나의 비술이므로 흑의인이 궁시를 막으려는 자세와 피하려는 자세를 모두 보았기 때문에 명 궁노수라고 말할 수 있었다. 유일하게 이 호수에 하나밖에 없는 규모가 있는 누선인 화방선은 탈 없이 항구의 선착장에 접안하고 있었다.

먼 곳에서부터 비단 구름이 황혼이 들어 하늘은 큰 비단잉어의 등허리 같으며 그것은 온 산을 붉게 물들이며 서호 역시 홍어지처럼 물들어 있는데 그 빛이 발산되어 행락객들의 얼굴에 모두 붉게 만들었다.

"오늘 선상에서 공자님이 하는 태도를 보고 얼마나 당황했는지 아시겠어요?"

"무얼 말이오."

"자진해서 도검을 찾으면서 그러시다가 신상에 위험이 닥치면 어떡하겠어요?"

"어떡하다니요. 맞붙어 싸워서 이기는 것이지요."

"흥! 지기라도 하여 죽어서 송장이 되면 나는 뭐에요!"

모든 여인이 그렇듯이 초희도 뾰로통한 걸음으로 몸을 돌렸다. 뒷머리에 꽂혀 있는 꽃술만이 살랑거리고 있었다.

"생각해 보시오. 누가 선장님을 도와주지 않았다면 화방선은 충돌했을 것이고 와륜선은 군선이라 부서질 일이 없습니다. 혹여 그 배가 잘못되어도 흑의인들은 무예가 출중해서 아무 일도 없을 겁니다. 반면 화방선 동지들은 아우성을 치며 허우적거리다가 반 이상은 물귀신이 되었겠지요."

"그런데 선실에 있는 사람은 사람이 아닌가요? 그들에게도 알려 대피시켜야지요."

학소도 그 점에는 동의하는 말로 고개를 끄덕이며 말했다.

"부선장님도 그러고 싶었겠지만 배가 요동을 치면 가만히 있는 배도 기울어 변을 당할 수가 있습니다. 상태를 보아가며 행동했겠지요."

초희와 계옥은 수긍이 가는지 눈동자만 말똥거렸다.

"왜 그들은 무모한 짓을 합니까?"

그녀의 질문은 난제여서 머뭇거리다가 즉흥적으로 대답했다.

"낭자께서는 강호의 실태를 모르실 것입니다. 무림인들은 용감무쌍한 자들로 각종 만용과 사건을 낳으며 세상을 떠들썩하게 만들지 못하면 뼈가 저려 못 사는 사람들입니다."

"무지막지(無知莫知)한 자들이네요."

"그렇다고 볼 수 있지요. 그들은 자신의 몸을 던지며 모험하지만 그들보다 더 여우같이 약고 무지막지한 자들도 있어요."

곱디고운 초희의 얼굴이 벌레 씹은 얼굴로 눈까지 찡그렸다.

"그들은 또 누군가요?"

"이들은 군졸들을 시켜 각종 세금과 쌀 등을 거둬들여 배를 채우는 무지몽매한 행위를 하는 관청과 관아가……."

그는 말을 계속하려다가 현장 관저에서 생활하는 그녀를 생각하여 말을 멈추었고, 초희가 입을 열었다.

"무지막지한 자들은 엄하게 관아에서 잡아들여 태형을 가하면 되지 않겠어요?"

말귀를 알아먹지 못한 그녀가 밉지는 않았다. 세상 물정을 모르니 사리 분별이 흐릴 수밖에.

멍하니 뜬구름을 바라보던 그에게 남궁 초희가 다가섰다.

"우리 아버님은 공자님이 지사에 합격했는데 이번 전시에 합격하여 개봉에 머무를 분이라고 하셨어요. 개봉이나 장안에는 한 번도 가 본 일이 없는 소녀는 꿈같은 일이거든요."

학소는 관원이 몰고 온 초희의 마차를 바라보며 입을 열었다.

"아마도 십중팔구는 낙방할 것이오."

"예? 십중팔구 합격이 아니고 낙방이라구요?"

현장 댁에서는 승과에 등극하여 승상이 되는 것이 희망이기 때문에 그렇게 믿을 수 있겠지만, 솔직하게 말하면 그의 말이 맞는 것이다. 승과는 장주이신 그의 아버님보다 초희 아버님인 남궁 현장의 희망이기도 하였다.

"그렇소. 나는 뇌물 따위나 인맥은 절대 찾지 않을 것이오."

초희는 뾰로통한 얼굴을 하고 굳어있는 얼굴로 그를 바라보았다.

"우리 아버님은 그렇게 안 보셨어요. 두 번씩 진 공자님이 낙방하는 것을 보실 장주님이 아니라고 말씀하시었소."

"그것은 잘못 보시었소. 저희 아버님은 중원 천지에서 열다섯밖에 안되는 전운사 직도 마다하시었는데 나를 인맥을 통하여 관직에 넣겠어요?"

남궁 초희는 두 눈을 동그랗게 뜨고 남동생을 설득하듯이 말을 이었다.

"전운사인 절도사는 당 시대였다고 했어요. 지금은 중앙에 속해있는 지방 부곡(部曲)이나 장(場)이 전 세제를 관장하여서 높은 벼슬이라고 보겠습니까?"

그는 초희를 바라보았다. 조금 전과는 달리 관료의 딸이라 제법 관료의 편제를 아는 것 같았다. 그녀의 말대로 전운사는 지방 장관에 속하나 군권과 세제인 지산세(地産稅) 전구세(轉口稅) 등을 관장 못하고 있어서 힘이 있을 리가 없었다. 그리고 무인 시대에 유명세였기 때문에 지금은 각 지방 관료와 유림으로부터도 따돌림을 받는 시기이기도 했다. 옛날에는 모든 출세와 성공은 오로지 관료와 관직에 있었으며 가문이나 권세, 그리고 부귀영화가 모두 여기에 있었다.

하선한 선유객들은 저마다 길을 재촉했으며, 학소를 아는 몇몇 젊은 이들은 손을 흔들며 답례했다.

남궁 초희는 계옥이와 같이 순안에서 타고 온 마차에 몸을 실으며 다음 만날 것을 약속했다. 어머님은 역참에서 밤을 새우게 하지 말고 장원으로 모셔 오라고 했었으나 초희도 사양했으며 학소도 당당히 권유하지는 못했다.

어제와는 달리 오늘은 잔뜩 구름 낀 하늘에 엷은 안개마저 서호에 깔리고 있어서 단아한 단교잔설(斷橋殘雪)이 우중충한 안개 속에 쓸쓸하게 보였다. 그 다리 위로 일곱 필의 무림인들이 서호로 들어서고 있었다. 일견하기에도 그들은 먼 지방에서 달려온 모습이 드러나는 것이 영 예사롭지가 않았다.

초로에 접어든 두 사람은 자색 유삼에 유건을 썼으며 칼을 짊어진 듯 등에 검을 찬 다섯 사람은 피혁으로 엮어 만든 무복을 하나같이 걸치고 있었다. 거기에다 천리 준마에 모피 안장을 채웠으며 북방 연조(燕趙) 땅에서 내려온 호걸들임이 틀림없었다. 앞서가던 초로가 말을 멈추고는 먼 남쪽을 가리켰다.

"탁제! 저기 보이는 것이 월륜산이 아니오?"

"그렇습니다. 이쯤에서 인지의가장이라면 누구나 알 터인데 이 서자호를 보고 그대로 지나칠 수야 있겠습니까?"

"그럼, 어디 좋은 데라도 있는가?"

육십에 가까운 탁제라는 도인은 검은 유건 끈이 귀밑을 내려 턱밑에 꽁꽁 묶여있었다. 그는 유건 끈을 풀어 내리며 의미 있게 웃었다.

"절강 지방은 시인 묵객과 도인들이 많이 탄생하는 곳이 아닙니까. 그래서 무엇이든지 배우고자 이곳을 찾았던 일이 있었지요. 서호 십경의 하나인 곡원풍하(曲院風荷)는 연꽃 위로 연꽃 향기와 술 향기가 바람에 떠다니는데 뜨거운 술잔을 정원수에 식히며 한잔 드시는 맛은 기막힌 분위기를 만들어냅니다."

등에 검을 맨 일행자가 탁발제 곁으로 말을 몰아오며 침을 흘렸다.

"그렇군요. 강물 위에 술잔이 둥둥 떠다니는 것 같습니다. 탁 사숙님이 입맛 당기는 소리에 이 일행자는 벌써 취기가 돕니다."

이들을 싣고 온 말들도 목적지에 이르렀음을 인식하고 맑은 강물에 비친 자신의 말머리를 보면서 코를 크르렁거렸다. 뿌옇게 먼지 쓴 머리를 흔들자 황토 먼지가 뿌려졌고, 며칠 달려온 갈증에 사람들이 말하는 술 향기는 아무 의미가 없고 맑은 호숫물이 먹고 싶을 뿐이었다.

하룻저녁을 곡원풍하에서 지낸 두 도인과 오행자 일행은 인지의가장으로 들어서고 있었다. 넓은 장원에는 탕향이 가득했으며 주위에 있는 행랑채에서는 각처에서 모여든 인간 시장같이 형형색색의 옷들을 입은 이들이 기웃거리며 나타났다. 몇 사람들은 누워있는 가족을 보살피느라 여념이 없어 보였다.

오늘은 천리 준마에 일곱 장한들이 일시에 마당에 들이닥쳤으므로 주위는 먼지가 가득했으며 뭇사람들은 모두 당황하였다. 수문 무사가 자리를 비운 사이였기에 이들은 하마를 하지 않고 장원에 들어설 수 있었다. 마당에 먼지 자욱한 것을 보며 달려온 의가장 수장(守長)인 구절편수(九切片手) 가주친이 이들을 훑어보았다.

"예고도 없이 무례들 하시오."

"……."

"노 도인들께서는 무슨 볼일이 있어 하마를 하지 않고 장원에 들어선 것이오?"

철장을 든 가주친이 고함을 버럭 지르자, 말을 탔던 그들은 그때야 하나같이 훌쩍 몸을 뒤집어 가볍게 내려섰다. 몸놀림들이 매우 날렵하여 가히 일류 고수들이라고 하지 않을 수 없었다. 그들은 구절편수의 철장보다는 웅장한 열두 칸의 방생청 앞에서 위압감을 느끼고 있었다. 앞에 섰던 초로가 무안한 표정인지 척 가라앉은 목소리로 힘주어 말했다.

"본 도장은 무당에 배봉룡이라 하오. 여기 장주이신 진인지 대협을 뵙고자 하오니 안내해 주시오."

안으로 들어갔던 가주친은 이들의 행색을 훑어보며 방생청으로 안내하였다. 병자를 돌보던 장주는 의아한 표정으로 방에 들어서더니 단번에 방학사해(方學四海) 배봉룡(背鳳龍)을 알아보았다.

진인지의 눈가가 소리 없이 꿈틀거렸다. 근자에 그에게는 고심에 가득 찬 일들이 있었으니, 그와 맞물려 불로장생이라면 도인들이 혈안이 되어 찾아다니며 각종 방법을 강구하는 이들이 아닌가.

"무당에 배 도장님이 이런 변방까지 찾아오시다니 어인 일이십니까?"

배봉룡은 진 장주가 자신을 알아보자 마음이 흡족해서 검은 털과 하얀 털에 수북이 싸인 입가에 웃음이 흘렀다.

"진 대협이 초야에 묻혀 의술에 전념한다는 말을 익히 들어왔는데 사실무근이 아니었구려."

진 장주는 내면에 깔린 두 도인의 의도를 가늠하며 뒤에 있는 이들에게 눈을 돌렸다. 이들은 묵직한 도검을 등에 짊어진 것이 무당의 오행자(五行者)로 짐작이 갔다. 하나같이 모두 팔을 꼬아 가슴에 팔짱을 꽂고 있는 이들은 위풍을 드러내 보이고자 떡 버티어 섰으나, 진 장주의 눈에는 경박하기 짝이 없어 눈에 거슬렸다.

"뒤에선 손님들은 무당에 비전검학(秘傳劍學)인 태극혜검(太極慧劍)을 모두 완성했다는 무당 오행자가 아니시오?"

배봉룡은 근엄하게 입술을 묶고 있다가 그들을 둘러보았다.

"그렇소. 인사드려라. 앞에 선 분이 인자의가장 장주이신 인지찰수 진 대협이시다."

그들은 일제히 손을 풀어 하나같이 진 장주에게 포권을 취했다. 탁발제는 오행자가 줄줄이 대청에 들어선 것이 첫 문안에 지나쳐 보여 이들을 향해 명령했다.

"물러나 있거라. 독대가 끝나면 곧 떠날 참이다."

오행자가 밖으로 나가는 모습을 보던 탁발제가 진 장주를 향해 돌아섰다.

"나는 무당 문중에 몸담은 탁발제입니다. 서사(書史) 일을 보고 있습니다. 강호에 청명(淸名)을 남기셨던 인지찰수 진 대협을 뵙게 되어 정말 영광입니다."

멋쩍은 인사로 답례를 해 보인 진 장주는 금세 딱딱하게 얼굴이 굳어지며 조용한 어조로 물었다.

"나는 강호에서 은원 관계가 없는 몸인데 이 변방까지 찾아와 독대라 함은 무슨 연유가 있어 하시는 말씀인지 모르겠습니다."

그는 말을 마치며 내실에 탁자가 있는 방으로 안내하면서 한 시녀를 시켜 차를 내어오도록 하였다. 진인지는 후한 정성으로 손님을 접대해 본 적이 없는 천성이라 모두에게 딱딱한 건목 의자를 보며 오른손을 펴 들었다. 가벼운 웃음을 지어 보이며 계산이 깔린 배봉룡이 의자에 앉으며 몸을 곧추세웠다.

"항주가 어데 변방입니까. 강호에 명성이 높은 분들이 얼마나 많은데요. 예부터 오월국이라 하면 특별나지요."

진 장주는 시도 때도 없이 웃음을 지었다가는 위엄을 취하는 방학사해 배봉룡의 태도에 마음을 똑딱거리며 궁금증을 눌러 참았다. 도둑이 제 발 저린다고 하는데 진인지는 도둑이 아닌데도 왠지 죄인이 된 것 같았다. 그것은 근자(近者)에 들어 비밀을 감추느라 죄인이 된 까닭이었다. 특히나 사제들과 식구들에게 죄인이 된 것이 모두에게도 그렇게 느끼게 했다. 모든 비밀과 죄는 탈이 없으면 보호될 수 있으나 근심과 양심으로부터는 해방될 수 없다는 진리를 느끼고 있었다.

그는 마음을 안정시키며 배봉룡에게 눈을 돌렸다.

"오월국은 옛날 일입니다. 이십여 년 전 시생도 무당산(武當山)을 한번 지나갔던 일은 있었지요. 그러나 산 정상에 도문(道門)들이 자주 찾는 우진궁(遇眞宮)을 못 뵌 것이 아쉽습니다. 특히나 장삼풍(張三豊) 조사께서도 그곳에서 의술에 전념하셨다고도 하는데 말입니다. 도관들이 즐비한 무당산이 부럽습니다."

탁발제는 진 장주의 사람됨을 가늠하면서 입을 열었다.

"산동(山東) 태안에 있는 태산(泰山)만큼이나 하겠습니까. 숭산(嵩山)은 낙양 밑에 있어 많은 사람이 붐벼 사랑을 받고, 태산은 황가에서 천재와 의례를 하고많은 시인 묵객들이 찾아가 극찬을 받는 곳인데 태산에 비하면 아무것도 아닙니다."

도인으로서 이들 산세에 비하면 섭섭함을 드러내는 말씀에 장주는 말을 이었다.

"중원에서 무당산이라면 모르는 이가 없는데 나라에서 모시는 태산에 견줄 수 있다는 말입니다."

산세 이야기가 계속되는 가운데 배봉룡이 입을 열며 이들의 본심이 드러나기 시작했다.

"본 도장은 방학사해라는 별호를 얻은 사람으로 중원을 두루 돌아보았습니다. 삼 년 전에 여기 천하절경이라는 황산까지 돌아보면서 그 밑에 있는 항주는 그대로 지나치게 되었습니다. 당시는 선인들이 불로장생을 꿈꾸며 연금(練金)과 연단(練丹)을 만들었다는 영파(寧波)와 소흥(紹興)이 있었기 때문에 다른데 눈 돌릴 여유가 없었습니다."

말을 계속 이으려는데 내실 문이 열리며 모두 그쪽을 바라보았다. 초췌한 얼굴에 구레나룻이 수북이 나 있고 머리에 검은 유건을 쓴 허달이 들어섰다. 진 장주는 자리에서 일어나 팔을 들어 두 도인을 가리켰다.

"허 사제. 이분들에게 인사드리게. 앞에 계신 노 도장님은 무당에 방학사해 배봉룡 도장이시고, 이분은 서가(書家) 공구승룡(空九勝龍) 탁발제(卓發濟) 어른이시네."

허달은 양손을 맞잡아 포권을 하며 본명을 아뢰었다.

"시생은 인지의가장에 몸담고 있는 허달이라고 합니다."

탁발제는 일어서며 인사를 받고 그를 치켜세웠다.

"천 가지 풀포기를 맛보며 의술에 전념하시는 약사유리 광여래(藥師留理 光如來) 근초감 허 약사(許藥士)를 익히 들어 알고 있습니다."

이들의 말에 장주와 허달은 눈을 마주하며 의아해했다. 무당산에서 항주까지는 천 리 길도 넘는 거리인데 약사유리 광여래를 모두 말하는 것으로 보아 의가장 사정을 모두 파악하여 들어온 모습들이다. 둘은 놀라움을 억제하며 이들의 심기가 목적이 있음이 틀림없어 보였다.

"길게 말씀해 주시니 황공무지(惶恐無地)로소이다. 동도들도 근초감이라고 별호를 붙여주기는 했으나 부끄럽습니다. 두 선배님의 지도와 편달을 바랍니다."

배봉룡 도장이 턱에 난 수염을 손등으로 쓸어 밀며 불문곡직하고 입을 열었다.

"약사유리는 불자의 길이라 우리와는 무관하나 의학을 다루는 길은 우리 도가에 양생설(養生說)이나 연금술(鍊金術) 모두 같은 길입니다."

진인지는 이 도인들이 지나다 우연히 들어온 손님이 아니고 목적이 있어 들어온 것임에는 틀림이 없어 보이는데 그것이 영생의 불로초에 관한 서불과지도가 아니었으면 하고 조바심하고 있었다.

배봉룡은 권모술수에 능한 위인인지라 불로초에 관하여 직설적으로 말할 수 없으니, 그것을 도출해 내기 위해 말을 둘러댔다.

"의가장에서 영파와 소홍이 하루나 이틀 길에 있는데 가까운 거리지요. 한무제의 아들이나 조정 요직에 있는 사람들이 수시로 선물을 들고 그가 살고 있는 영파를 자주 들렀다는데 여기가 그의 고향이 아닙니까?"

진인지는 시녀가 내어온 찻잔을 들면서 홍차만 음미할 뿐 그에 대한 답변을 회피했다. 그것은 불로초에 관한 숙제로 몰고 가려는 의도로 보았기 때문이다. 탁발제가 찻잔을 내려놓으며 다짐하듯이 말했다.

"의학을 전문하면서 그분을 모르신다고는 하지 않겠지요?"

애매모호한 질문에 허달이 고성에 가까운 소리가 나왔다.

"신선을 꿈꾸며 산속에서 살았다는 도홍경(陶弘景) 말입니까?"

"허 약사님은 잘 아시는구려."

"우리 고향 선인(先人)들입니다. 그분은 진정한 마음을 가지고 덕을 쌓으며 편안한 마음으로 선약(仙藥)을 복용하면 그 사람은 곧바로 선인이 된다는 도인이 아닙니까?"

배봉룡은 건목 의자가 딱딱하다는 듯 허리를 뒤로 젖히며 장주를 뚫어지게 관찰하였다.

"그분도 그렇지만 같은 시기에 그의 후학으로 여기 절강성에 갈홍(葛

洪)도 있지 않습니까. 포박자(抱朴子) 갈홍이라면 진 장주나 허의가 잘 아실 테지요."

이들이 점점 오만불손한 태도로 나오고 있음에도 진인지는 인자무적(忍者無敵)의 힘으로 담담한 자세였다. 떠들어 이득이 없을 뿐만 아니라 둘째가라면 서러울 정도로 명문의 무당파이기도 했다.

"연금과 연단을 만들어 강호에 널리 알려졌던 포박자를 왜 모르겠습니다. 포박자가 우리 의가장에도 한 권 있습니다. 그 책이 필요하시면 내어드리지요."

장주는 단호히 말하고 일어서려고 했다.

그들이 말하는 갈홍(284-364)은 관동성 자사까지 지낸 분이었다. 그는 도교의 연금술사(鍊金術士)였으며 방사(方士)였는데 당시 사회로부터 부러움을 받으며 지식층에 있었다고 한다. 점성술을 익혀 인재를 추켜세우고 관상술로 사람의 앞길을 점치고 환술(幻術)을 부려 사람들을 놀라게 하며 많은 돈을 벌었다. 사람들이 제일 필요로 하며 원하고자 하는 것이 불로장생이었으니 방사들은 이에 몰두했다. 따라서 중국에서는 예부터 학계나 도인들과 방사들이 만들어내는 장수와 연단 방법을 기록한 책들이 많이 전해졌는데 갈홍은 이것을 종합하여 포박자라는 책으로 엮어냈다. 모두가 늙어 죽지 않는 방법들을 갈망해 왔다.

진시황제와 그 후 많은 귀족이 문제가 제기되면서도 복용해 왔던 것이 바로 비소와 수은으로 만든 선약(仙藥)들이었다. 그 선약들은 독극물이기 때문에 불로장생은커녕 몇 달도 살지 못하고 죽는 사람들이 많았다. 현대 의학에서 보면 모두가 황당무계하기 이를 데 없는 방법들이다.

배봉룡은 일어서려는 진 장주를 앉게 만들어 근엄한 목소리로 그들을 놀라게 했다.

"우리가 듣기로는 인지의가장에서 말하는 신선술은 마음가짐에 있다고 병자를 돌보며 말했다고 했어요. 호흡법과 방중술을 체득하며 마음과 심신을 닦는 것은 우스운 이야기라고 했지요. 그리고 포박자는 영생과 무관하며 오히려 생명을 위태롭게 하는 무모한 책이라고 말했소."

장주는 입가에 미소를 머금으며 서불과지도가 아니고 포박자가 문제라면 안심이 되는 듯했다.

"무당에서 곡해가 있어, 지나는 여행길에 저희 폐장에 들르신 것 같사온데, 포박자에 나오는 수은과 비소는 불로장생에 무관한 일이라고 하였습니다. 그렇다고 양생설을 부정하는 말은 아니라 곡해를 풀어주십시오."

내심 천장만 올려다보던 배 도장은 진 장주의 의도를 모를 리 없었으며 기고만장한 태도로 입을 열었다.

"우리가 여행길에 여기까지 온 것은 아니오. 진 장주께서는 포박자는 일부만 부정하였고 불로장생을 더욱 부추겼소. 그것은 사람이 늙어 죽는 것도 하나의 병이거늘 병이 있으면 약초가 필히 이 세상에 존재한다고 한 말이 중원에 흐르고 있소이다. 장주는 풀초에 모든 것이 있는 것처럼 희망을 던졌으므로 이것이 우리가 말하는 양생설에 기인합니다."

장원 내에 모든 사실을 알고 있다고 기고만장할 만도 하였다. 장원 내에서 했던 말이 중원에 떠돌아다니고 있어서 정말 세상은 넓고도 좁구나. 장주는 이렇게 생각하면서 그것보다 장수와 영생을 할 수 있는 인간의 바람은 더욱 무섭다고 느꼈다. 침울한 장주의 얼굴을 바라보던 허달이 그에 답을 했다.

"의학도로서 그것은 희망의 말이지요. 젊은 사람들도 이삼십 년 살면 땅속에 갈 것이구나 하고 생각하면 금세 늙어버리지만, 약 한 첩을 복용하며 그것으로 인하여 십 년은 더 살겠구나 하면 건강에 도움이 된다고 봅니다."

장주의 눈총을 살피던 배봉룡의 입에서 놀라운 말이 터져 나왔다.

"희망 같은 소리 들으려고 여기까지 찾아온 것은 아니오. 의가장에서 한여름 동안 동해의 대도 탐라국을 방문했었지요. 그때 서복공의 봉선서(封禪書)를 들고 갔다고 합니다."

문제는 여기에 그치지 않았다. 그는 탁발제를 바라보며 허달의 의중을 떠보고자 말을 이었다.

"흔히 말하는 진시황본기(秦始皇本紀)에 나오는 봉선서가 아니고, 서복이 손수 기록했다는 백접도(百蝶圖)를 소지하였다니 우리가 여기까지 온 것입니다."

배 도장의 입술을 보던 허달은 죄인처럼 온몸이 찔끔했으며, 진인지의 얼굴도 짙은 검미가 꿈틀하더니 입술이 부르르 떨었다. 발 없는 말이 두 달 사이 천 리 길을 넘었는데 빠르기도 하였다. 그런데 누가 장원의 사제들도 모르는 이 사실을 전하였는가는 아무리 생각해도 선원이었던 호면귀 곽순밖에 없다고 느꼈다. 곽순은 백접도와 같이 불 속에서 없어졌는데 장주는 화급한 상황을 모면하고자 했다.

"탐라국을 다녀왔던 것은 장원 내외에 다 아는 사실입니다. 배 선배님은 무슨 의도로 말씀하시는지 모르겠으나 백접도라는 말은 강호에서 나오는 모함일 것이오."

배봉룡은 방 밖에 있는 동태를 살피고는 근엄한 소리로 나직이 말했다.

"양생설은 우리 도가의 일이어서 이는 곧 우리 무당의 일이기도 합니다. 황가의 방사들이나 지방 연금술사들은 우리 무당에서 관리하는 형편입니다."

진인지는 화가 울컥 치밀어 올랐으나 가슴으로 눌러 참았다. 득달하는 말씀이며 양생설을 모두 관리 감독한다는 말은 다분히 위압적이었고 말도 안 되는 일이었다. 의제(醫弟)인 사제들이나 집안에서도 모르는 비밀들이 이들로 인하여 밝혀진다면 체면이 말이 아니기 때문이다.

근초감 허달도 의외라는 듯이 두 눈을 부릅뜨며 말했다.

학소와 남궁 낭자 245

"배 도장님의 말씀은 금시초문이며 연금술사나 방사들은 거의가 거사(居士)들로 이루어졌다고 볼 수 있는데 의가장에까지 와서 그러한 말씀을 하는 의도를 모르겠습니다."

장주의 눈치를 보던 탁발제가 허달의 말에는 아랑곳하지 않고 화기(火氣) 넘치는 분위기로 가려는 것이 걱정되어 껄껄거리며 말했다.

"제가 서가로서 아는 말씀을 허심탄회하게 말씀드리겠습니다. 진(秦)나라 이전에 제(齊)나라, 연(燕)나라 왕들이 삼신산(三神山)의 하나인 탐라도의 영주산에 그 불로초를 찾으러 많이들 찾았다고 합니다. 진시황본기(秦始皇本紀)에 의하면……"

하고는 서가 탁발제는 말을 이으며 도가의 사료와 전집을 필사하는 서사로서 서복(徐復)에 관하여 빠짐없이 알고 있었다.

고금(古今)이래 전 중국을 통일한 진나라 왕은 처음 황제라 하여 시황제(始皇帝)라 칭하며 선대의 왕들과 주위의 왕들을 자신의 황제 밑에 두었다. 시황제는 넓은 중원은 물론 금은보석을 다 취했지만, 한 가지 잡지 못한 것이 있었으니 늙어감을 한탄하는 세월이었다. 흐르는 강물과 세월을 누가 막으랴-.

그래서 시황제는 영생불멸의 불로초를 찾으러 전 중국을 다 뒤졌지만 찾지 못하고 마한(馬韓)의 서해(西海) 중 대도상(大島上)인 한라산에 있다는 것을 알았는데 삼신산의 하나인 영주산(瀛洲山)이라고 했다. 제나라 신하였던 서복(徐福)공이 진나라 황가에서 나온 이 말을 듣고 황실을 찾았다. 그는 시황제에게 글월을 올려 이르기를

-청하옵건데 동남동녀(童男童女) 삼천과 대선 아홉 척을 내어주시면 영주산을 찾아 장생불사(長生不死)의 영초를 왕위전(王位前)께 바쳐드리겠사오니 허(許)하여 주십시오.-

이 글월을 본 시황제는 박장대소를 터뜨리고 무척 기뻐하며 서복공

을 불러 명하였다.

"공은 나의 뜻을 잘 아는 충실한 신하로다. 선단과 동남동녀 삼천을 모집하여 서복공에게 하사하라!"

"예-."

모든 문무백관은 엎드려 그 명을 받았다.

그로부터 이 년 후 탐라도 앞바다에 대선단이 도착하였다. 섬에 하선한 이들은 몸을 교접해 보지 못한 신선한 동남동녀들이었다. 선녀만이 내려와 목욕한다는 천지연(天地淵)에서 목욕재계하고 봉선서(封禪書)에 있는 영주산인 한라산을 누비기 시작했다. 서복은 매일 산신과 영주산에 기도와 제를 올리며 여러 방면으로 찾아다녔다. 조천(朝天)이라는 지명은 지금도 남아있는데, 서복공이 하늘을 우러러 아침에 제를 지낸 곳으로 유명하다.

"불사초의 영초는 신선한 사람만이 볼 수 있다. 영초 주위에는 신기류와 기온 차가 있는데 유념하여 찾도록 하라!"

삼 년을 헤매었으나 어느 것 하나 찾지 못하고 허사였다고 황실에 전해졌지만 그렇지만은 않았다. 서귀포 정방폭포 절벽 마애각에 서불과지(徐市過之)라는 네 글자가 지금도 바위에 희미하나마 적혀있다니 서복 일행은 한라산에서 불로초를 캐고 서쪽으로 돌아갔다는 서귀(西歸)의 기록과 전설이 있다.

또 일본에 있는 신궁(神宮) 기록에 보면, 동남(童男)들은 봉선서 하나를 들고 몇 년을 고생하며 헤매는 서복공을 배신하기 시작했다. 그는 위협을 느꼈고 중국으로 돌아가려니 불사약을 얻지 못한 탓에 후환이 두려워 결국은 동쪽으로 뱃머리를 돌렸다.

말을 마친 탁발제는 듬성듬성 나 있는 수염을 내리 쓸면서 두 사람을 번갈아 보았다. 웃음이 없는 허달은 애써 입가에 웃음기를 발라가며

학소와 남궁 낭자 247

수긍이 가는 태도로 고개를 끄덕였다.

"정말 사학자(史學者)다운 말씀입니다. 그렇다면 봉선서를 찾아 검토해 보심이 더 낫지 않겠습니까?"

끝까지 의가장의 본심을 도출하지 못하자 본의 아니게 탁발제의 고성이 흘러나왔다.

"무슨 말이오! 봉선서의 필사본은 우리 문중에도 있소. 진나라 이전에 제나라 때부터 내려온 것인데 봉래, 방장, 영주의 삼신산이라 되어 있고, 몇 줄만이 마한의 서해대도상 탐라도의 영주산이라 되어 있소. 이는 곧 천초(天艸)라 하늘만이 안다고 알고 있소이다."

배봉룡이 지그시 감았던 눈을 뜨며 놀라운 말을 했다.

"장주! 어떡하시겠소. 중원에 흐르는 소문은 백접도라 하여 서불과지도를 무색케 하며 허무한 이름으로 와전되었다고 보고 있소."

진 장주와 허달은 서로 얼굴을 바라보며 이구동성으로 놀라운 말이 튀어나왔다.

"뭐라구요? 서불과지도(徐市過之圖)라구요?"

둘은 금시초문인 것처럼 태연한 얼굴로 배봉룡을 쳐다보았는데 그는 또 눈을 지그시 감으며 무겁게 입을 열었다.

"그렇다고 그것이 풍문으로 얼마 떠들다가 말 것이라고 생각하면 큰 오산이오. 일은 저지른 자가 풀어야 한다고 결자해지(結者解之)라는 말이오. 장주는 강호인으로 그 실태를 잘 알 수 있을 것이라 우리와 동참함이 어떻소?"

결국 이들의 목적을 간파한 허달은 몸을 고쳐 앉으며 당치도 않다는 듯이 말했다.

"동업이라니요?"

이어 배봉룡은 진 장주와 허달을 쓸어보며 이들을 이해시키려고 했다.

"무림에는 협사들만이 있는 것은 아니오. 약육강식의 사회로 강호에서 진기이보(珍奇異寶)를 지켜 나가기란 그리 쉬운 일이 아닐 텐데요."

두 도인은 앞으로 강호에 불어올 흙구름을 예견하며 암시의 협박을 하고 있다. 강호의 은원 관계나 진기이보 때문에 멸문지화를 당하는 일이 비일비재했으며 그로서는 풀지 못하는 숙제가 되고 말았다. 하지만 배포가 있는 진 장주는 두 도인의 말에 수긍할 위인은 아니었다. 곽순이 아무리 떠들어 바쳐도 증거가 없는 이상 아니면 아닌 것이다.

배봉룡 도장 따위가 우리 의가장의 담벼락을 허물 수 없다고 그에게 위압적인 태도로 눈깍을 세우며 돌아보았다.

"나는 서불과지도 라는 것은 한 번도 들은 일도 없고 본 일도 없소. 그러나 만 가지 약초를 탐구하는 의원으로서 불로초에 관하여 무심하다고는 하지 않으며 그 풀초는 희망입니다. 우리 의생(醫生)의 희망처럼 그 풀포기는 있는 것이라고 보기도 어렵고, 없는 것이라고 보기도 어렵지요."

그는 마음에도 없는 말을 하면서도 입가에 미소까지 지었다. 배 도장은 그러한 그의 얼굴을 빤히 쳐다보다가 질문을 던졌다.

"그러시다면 망망대해를 건너 동해상의 고도(孤島)에 왜 다녀왔는지 그 말씀부터 들어봅시다."

진 장주는 자제력이 강한 사람이어서 이들의 뻔뻔스러움에 노여움을 참으며 입을 열었다.

"나는 탐라국에 막역지우(莫逆之友)가 있소. 그는 선장으로 항주를 몇 번 찾았는데 그래서 뱃길이 안심되었고, 그 섬은 천 가지 풀포기가 전부 약초라고 하여 의생이면 누구나 다녀오고 싶은 곳입니다. 다행히도 많은 의약 재료와 약초들을 얻을 수 있었습니다."

강호에서 떠들 수 있는 이 사실들을 잠재울 수 있게 만들려면 내색하지 않고 이들의 질문에 솔직히 앞뒤가 맞는 말이어야만 한다.

호기심에 차 있던 탁발제가 새로운 약초가 많다는 말에 갑자기 얼굴색이 화색으로 변했다.

"그중에 불로초나 아니면 그에 해당하여 연구 대상이 될 수 있는 영초를 얻었을 것이 아니오? 허니 그 영초를 나누어 주시면 우리도 돌아가서 같이 검토를 해보도록 하겠습니다."

그이 말에 이번에는 같이 갔던 배 도장이 그에게 고개를 돌리며 꾸짖었다.

"탁제! 그게 무슨 소리요! 우리가 구걸하러 온 것은 아니지 않소"

그의 말에 그는 목적에 빗나가는 말을 했던 것이 실수였다고 멋쩍어했다. 그도 그럴 것이 진 장주가 완강히 부인하므로 여러 가지 인연을 두며 차후로 생각할 틈을 주고자 했던 것이다. 반면 배 도장은 시급을 요하는 일이었고 몇 가지 정황으로 미루어보아 서불과지도에 집착하고 있었으나.

"진 장주는 심사숙고하여 나의 말에 유념하여 주시기 바라오. 서복의 서불과지도에 영초인 불로초의 열쇠가 걸려 있는 이상 의가장은 사면초가에 면할 것이외다. 방법은 세 가지뿐이요."

진 장주는 주위를 유심히 쓸어보고는 배 도장의 방법론에 관심을 보였다.

"세 갈래뿐이라니 무슨 말씀인지 모르겠습니다."

진인지는 활달하고 명료한 사람으로 알고 있었는데 점점 능구렁이 같은 사람으로 느끼게 했다.

쏘아보는 장주의 눈매에 눌리지 않으려고 배 도장도 신중하게 생각하며 장주를 뚫어지게 바라보았다.

"하나는 우리 무당파와 손을 잡으면 백여 명의 연금술사들이 모여 그 지도를 놓고 서로 의논하며 찾으러 떠날 것이요. 그 방법이 제일 안전할 것이라고 믿소. 그렇지 않고 한두 사람만이 쑥덕거리며 일을 진행하다가는 어느 고인들이나 마도 무리가 들이닥쳐 서로 물고 물리는 혈전이 전개될 것이외다."

그의 말은 지금 진 장주의 처지를 끄집어내듯이 상황을 맞추고 있었다. 잠시 장내는 침묵으로 일관하며 장주의 눈빛은 배 도장의 눈과 마주치며 두 번째 방법을 듣고자 함이 역력했고 배봉룡은 말을 이었다.

"문제는 두 번째 방법입니다. 모두가 그렇게 생각하듯이 서복공이 영초를 찾지 못했다는 서불과지도는 영초를 찾는데 참작일 뿐이지 무용지물이 아닙니까."

잠시 말을 멈추고 두 도인은 수긍이 가는 것처럼 고개를 끄덕이며 장주의 동태를 감지했다. 허달과 장주는 무용지물이라 했으니 도인들 얼굴만 쳐다보았는데 배봉룡은 그럴 것이라고 이들의 동태를 주시하며 말을 이어나갔다.

"서복공은 일본국이 한 개의 나라가 아니라 여러 개의 지방 소수국가라는 것을 알았습니다. 삼천의 동남동녀들이면 작은 나라는 세울 수 있을 것이라 믿어 토대를 구축한 연후에 이차 계획을 세우고 출발하려 했던 것입니다. 영초의 존재가 알려지면 세상이 난리통이며 파급이 이루어질 것이고, 여기에는 누구나 혼자 마춰해야 잠재울 수 있는 것이 상책이라고 생각합니다. 그래서 차후에 조용히 서불과지도에 표시된 확실한 지점을 찾아 독야청청하려고 했던 것이오."

이 말은 탐라도의 부해송 선장이 말했던 것을 되새기게 했다. 놀라운 사실을 도출해 내는 자세로 기고만장하여 얼굴을 세우고 손등으로 뺨에 난 털을 쓸어올렸다. 모두 그의 얼굴을 보며 감복하였다. 진인지와 허달도 이와 비슷한 사실들을 모르는 바는 아닌데 그가 보는 견지에 감탄할 일이었다.

배봉룡은 위로 쓸던 수염을 뺨 밑으로 내리쓸고는 두 손을 비벼 잡으며 의논하듯이 근엄하게 입을 열었다.

"해서 세 번째 방법은 황궁에 바치는 일밖에 없습니다. 그리하면 화(禍)는 면할 수 있으나 본인에게는 풀뿌리 한 조각 돌아올 이득이 없을 것이므로 그리 알아주십시오. 그리하면 대신들도 거동을 살피며 방법을 구하겠지요. 모두가 영생하는 것은 말이 아니기 때문에 이것을 통제하기 위해서 황실만이 취할 것이며 자생지(自生地)도 불살라 버릴 것입니다."

가만히 귀담아듣는 장주의 행동에 이번에는 허달에게 고개를 돌렸다.

"가만히 발뺌만 하고 있다가는 서복공 같은 분이 황제 앞에 가서 이 사실을 고해바치면 관군들이 들이닥칠 것입니다. 빨리 결정을 내려 우리 문중이나 나에게 연을 닿게 해주시구려."

오만불손한 말들이었으나 사실들을 직시하고 있었으니 나무랄 수만은 없었다.

학소는 석합당(石合堂)에서 경서에 열중하고 있었다. 그가 붓을 심히 다루었는지 갈려있었다. 그의 필체는 산악과 같은 힘이 있다가도 끊길 듯 말 듯 하면서 멋이 드러나 있었다. 참묵향이 흐르는 방안은 문방사우가 아무렇게나 흩어져 있고 그는 방 가운데서 일필휘지로 붓을 내려쓰고 있었다.

남달리 총명하여 한번 읽었던 경서도 눈 한번 감았다 뜨면 모두 머리에 새겨 넣으니, 본서(本書)를 보지 않고도 줄줄이 써 내려갔다. 열 살 때 서당에서 붓이 아닌 나뭇잎에 먹물을 적셔 반나절 만에 천자(千字)를 적어냈다. 서당 스승님이 놀란 것은 천자를 썼다는 것보다 그 필체에 있었는데 글의 멋을 아는 아이로 칭송을 받았다. 당시 학문에는 글씨가 기본이었으니 그럴만했다.

그 후 학소는 상급 서원(書院)인 운림 상사(雲林上舍)에 보내어졌는데 그 서당은 절강 지방에서 운림 서원(雲林書院)으로 유명하였다. 운림 상사는 항주에서 이틀 길에 불과한 소흥(紹興)에 있었는데, 당시로 육백오십 년 전 서예의 대가 왕희지(王羲之)가 그의 제자들과 학문을 했다는 유상곡수(流觴曲水)가 있었기 때문이다.

송(宋)나라가 건국되면서 나라는 안정되었고 유학이 성행하여 향교와 서원이 발전하기 시작했다. 젊은이들은 거인(巨人)과 진사(進士)에 입신하려고 책을 들고 학문에 전념하기 시작했다. 혈기 왕성하고 출중한 젊은이들은 백면서생으로 변하는 문인 시대가 되었다. 여기 운림 상사에서도 문도들이 사회에 나가 일반 생업에 종사하고 차츰 관료에 등극하는 이들이 많았다.

학소는 상급 수료생으로 율학(律學)과 율령(律令)에 관한 것도 모두 수료했다. 또 의가장에서 등 너머 배운 의술과 의서로 인하여 의침박사(醫針博士), 서화박사(書畵博士)로 일컬어졌다. 근자에 학소는 소흥에서 강서(講書)나 강학(講學)을 받기보다는 무학(武學)인 운림각원(雲林閣院)에서 무예 공부에 열중했다. 그는 전시를 앞두고 시문 작성에 마음이 내키지 않아 스승님을 찾아볼 계획으로 몇 장의 글문을 품속에 간직하였다.

경서나 사령서(辭令書)를 쓰면서 사륙변려체(四六騈儷體)의 미문(美文)에는 흥미를 느끼지 못했다. 네 글자나 여섯 글자를 기본으로 하며 대귀를 만들고 뜻을 비유하는 문체들은 한가한 학문이라고 여겼다. 그 이유는 틀과 형식만을 요구하며 전호(佃戶)인 소작인들이 땀을 흘리며 일하는 일상생활과는 대조적이기 때문이다. 해서 그는 유(儒)는 가르침을 베풀어 지식을 전달하는 사람으로 배웠지만, 귀족의 전유물인 것이며 충효와 예의만을 가르치며 이것을 법규화하여 하층민을 꼼짝 못 하게 묶고 있다고 보고 있었다. 타고난 성격이 조부님 진 장군을 닮아서인지 시대적인 사회 모순을 보며 참지 못하는 문제아이기도 했다.

진찬우 장군도 그래서 혁명가였고 조광윤 장군을 도와 중원을 평정하는 데 일조를 하였으나, 등급이 있는 봉건사회는 어쩔 수 없이 여전했다. 글을 쓰면서 그의 마방에서 흑마가 흐르릉거리는 소리에 왠가 싶어 자리에서 일어섰다. 쓰인 글월들이 먹물이 말라 있음을 확인하고 몇 장의 시문들을 둘둘 말아 품속에 넣었다.

'오늘은 이만 접고 운림 상사에 스승님을 찾아뵈어 의논해야지.'

마방으로 들어가 흐르릉대는 그의 흑마에 몸을 싣고 마당으로 나왔을 때였다. 일곱 마리의 호마에 북방의 호걸들이 거들먹거리며 말을 타고 있었는데, 아버님은 안 보였고 허 사숙님이 머리를 조아리며 그들을 배웅하고 있었다. 학소의 흑마가 나타나자 배 도장과 탁발제의 말이 양발을 치켜세우며 흑마에 덤벼댔으니 인사할 틈도 없이 도인들과 눈만 마주쳤다. 두 뺨에 털이 수북한 도인이 무어라 말하려 했으나, 학소는 이대로 있다가는 말싸움이 염려되어 장원 밖으로 몸을 돌렸다.

일곱 마리 말들은 먼 길을 달려온 탓에 땀이 배어 있어서 북방의 말 내음이 장원에 가득했고, 주위를 훑어보는 그들이 껄끄럽게 생각이 들었다. 길을 달리면서도 무림인들이 장원에 왜 버티어 섰는지 허 사숙님이 머리를 조아린 것이 그의 머리에서 지워지지 않았다.

반나절을 달려온 그는 저녁이 되어서야 하천진 나루터에 도착했다. 그런데 나룻배가 있어야 할 텐데 배는 없고 망건(網巾)을 쓴 영감이 한가한 걸음으로 다가왔다.

"나는 소흥으로 가려는데 여기 나룻배가 있는 줄로 알고 있어요."

"손님은 늦으셨네요. 오늘은 나룻배가 없다오. 내일 아침에 강을 건널 수밖에 없습니다."

빠르게 간다고 하천진을 찾았는데 이 노인을 알 수 있었다. 지난봄에도 이와 같이 톡톡히 여비를 지출한 바가 있었기 때문이다.

"저녁 배가 있다고 들었는데."

"요사이는 한가해서 한두 사람 보고 저녁 배가 들어오겠습니까. 허니 오늘 밤은 우리 하천숙관에서 하룻밤을 유함이 어떻겠소?"

"여숙도 있다니 반갑습니다."

영감은 자신만만하게 웃어 보이고 입에 침을 발랐다.

"있다마다요. 우리가 없으면 소홍이나 보타산으로 가려면 고생이 많을 것이오. 나는 돈을 좀 받기는 합니다만 밤도 재워주고 배도 태워주어 좋은 일 많이 합니다."

'흥! 영감네가 하지 않으면 다른 사람이 할 텐데 아마도 줄을 설 것이다. 밥줄을 톡톡히 보면 이웃에게 미안하다 생각하여 베풀 줄을 알아야지. 이런 장사치들은 양심이 없는 거야!'

학소는 달리 방법이 없는지라 노인을 따라 허름하지만 넓어 보이는 하천 여숙으로 들어섰다. 여숙 식당실에는 몇 사람이 뭉쳐져 앉아 있었는데, 이들도 하천강을 건너려 했던 사람들이었다. 한 나그네가 낮은 소리로 투정 댔다.

"하천 강도 강이라고 엎디어지면 코 닿을 곳인데 나룻배를 가졌다고 뭐? 날이 저물었으니 배가 안 돌아온다고?"

"이 양반아. 그래야 여기서 숙식비도 챙기고 장사도 잘될 것이 아니오. 나룻배가 하천 여숙의 것이니 뻔할 뻔 자지."

딸을 데리고 있는 여인이 아이를 보면서 말했다.

"나도 관도로 마차를 탔으면 밤을 안 새워도 될 것인데 이 아이가 빨리 가자는 바람에 여기로 왔다가 이 모양일세."

이들 말대로 하천 여숙은 소홍과 보타산으로 가는 손님들 노자를 챙겨 먹는 독점 상술이었다. 그들은 저녁 식사가 나오기를 모두 기다렸는데 조리실에서는 요란하게도 고기 굽는 냄새와 볶아대는 소리만 흘러나오고 식당 점원은 보이지 않았다. 조리실에서 무슨 요리를 하길래 저렇게 야단스럽게 향기를 피워댈까 모두 침을 흘릴 때였다.

"식사 나왔습니다. 저녁 식사예요."

밥그릇들을 들고나온 사람은 이 집 며느님으로 보이는 젊은 식부(息婦)였다. 사람들이 여기저기 앉아 있는 식탁 위에는 각각 밥 한 공기에 소금에 절인 생선국과 간장에 절인 단무지뿐이었다. 언제면 요란하게 구워낸 고기가 나올 것인가 기대하던 중 젊은이가 주방을 향해 소리쳤다.

"주인장! 여기 찬이 덜 나왔는데 빨리 고기 찬을 내주시오."

그때야 주인 며느님이 나오며 주문을 받았다.

"우리집 해오리는 맛이 천하일품이라고 합니다. 한 점에 일문씩 하니 주문들 해보세요."

칠팔 명이 여기저기 앉아 있었는데 구석진 쪽에 있는 손님이 어이가 없어서 물었다.

"식사값 따로 고깃값 따로입니까?"

"그러니까 주문하시라는 말씀이지 않아요."

할 수 없이 그들은 수군덕거리며 몇 점씩 요구했다. 학소도 세 손가락을 펴 보이며 주문했는데, 접시 위에 놓인 것은 밤톨 만큼씩 한 오리구이 석 점뿐이었다. 중앙에 앉아 있던 손님이 버럭 화를 냈다.

"이보시오! 우리를 고기 못 먹어 죽은 바보 귀신으로 아는 모양인데 아무리 귀하기로서니 일 문씩 받는다면 너무하지 않소!"

며느님으로 보이는 식부는 이 정도의 욕설은 귀에 익은 듯 입가에 웃음까지 띠었다.

"해오리는 먼바다에서 잡아 오므로 귀한 재료입니다. 이 화전은 최고급이어서 그리 알아주시고 더는 주문하지 않으셔도 됩니다."

여자 손님이 중얼거렸다.

"저 식부의 남편은 뱃사공인데 그의 두 친구가 의리 있는 무림인이라면서?"

"뭐야? 그들이 겁나서가 아니거든. 이딴 것 더 먹고 싶지도 않아!"

학소의 밥사발 위에는 한 마리 집파리가 앉아 앞발을 비벼대며 밥알을 핥고 있었는데 그 손님들을 지원해 준답시고 한마디 말을 던졌다.

"식부! 여기 보시오. 파리, 털파리 말입니다. 너무하지 않소!"

여인은 쪼르르 그의 앞에 다가와 파리를 날리며 웃어 보였다.

"아따 이 양반아! 파리가 밥을 먹으면 얼마나 먹을라구요. 살다 살다 보니 밥풀 한 알도 아까워하는 사람 처음 보네요."

기지 있게 받아넘기는 여인의 말에 화가 잔뜩 나 있던 방 안에서 웃음소리들이 들렸다. 전전긍긍하던 학소는 기다란 눈을 크게 떴다.

"예? 먹는 것이 아까운 것이 아니라 불결해서……"

여인은 주방 쪽에 있는 물그릇을 가리켰다.

"저기 세숫대야에 파리들이 보이지요? 우리 집 파리들은 모두가 깨끗이 목욕하여 안심하셔도 됩니다."

식부의 말대로 대야에는 파리들이 앞발을 비벼대며 세수하는 모습이 보였다. 철철 넘치는 대답에 모두가 어안이 벙벙할 때였다.

방문이 열리며 바깥에서 갈포를 입은 노인이 들어오자, 그쪽으로 고개를 돌렸다. 갈포 노인은 젊은이를 등에 업고 있었는데 얼굴이 피범벅이 되어 의식불명의 상태였다. 황급히 젊은이를 바닥에 내려 눕히자, 학소는 일어서서 그의 상처를 둘러보았다.

"노인장. 어떤 영문인지 모르겠으나 이 사람은 시급을 다투겠습니다."

노인은 그의 얼굴을 바라보며 은인을 만난 것처럼 애원했다.

"젊은이! 어떻게 좀 손을 써주시구려. 이 아이는 우리 집 대들보입니다."

학소는 주위의 손님들을 둘러보았으나 누구 하나 일어서서 손을 쓰려는 사람이 없었다. 그는 할 수 없이 팔을 걷어붙이고 그의 혈맥을 쓸어내리며 응급조치에 들어갔다. 머리에 흐르는 피를 지혈시켜 금창약을 붙이고 어긋나 있는 후퇴장강(後腿長強)을 바로잡아주기 위해 노인장을 돌아보며 말했다.

"비견과 후퇴장강이 비틀어진 것이 여러 사람한테 구타당한 것 같은데 어인 일이십니까?"

노인은 분에 넘치는 얼굴을 하고 그 경위를 말하였다.

"이 아이는 삼 년 동안 앓던 좌골신경통을 항주에 있는 인지의가장에서 치료를 받고 거뜬히 나았어요."

"예? 인지의가장에서요?"

"그렇습니다. 두기호 의원한테서 석 달 동안 뜸 침을 받았습니다."

그 말을 들은 학소는 그 젊은이가 인지의가장의 환자였음을 알자, 그를 둘러업고 자신이 예약한 방으로 옮겼다. 여숙 주인은 노랭이라서 이 사람들에게 무슨 수작을 부릴지 모르기 때문이었다.

"그래서 어떻게 싸움을 벌였습니까? 상처가 심해서 말입니다."

갈포 노인은 그의 물음에 입술까지 부르르 떨면서 말했다.

"그게 그 몹쓸 무림인들 때문이오. 의가장에서 걷지도 못하는 아들놈이 거뜬히 걷게 되자 우리는 고마운 말씀을 드리고 퇴장하여 고향으로 가던 중이었습니다. 남쪽으로 가는 장마거(長馬車)를 타고 한 시진쯤 달렸을 때 우리 마차를 가로막는 무림인들이 나타났지요. 이들은 인지의가장을 탐문하기 위해서였습니다."

"예? 인지의가장을 탐문하다니 무슨 말씀인지 모르겠습니다."

"장마거에 젊은 손님이 우리 아이를 가리키며 인지의가장에서 퇴장한다고 말을 하자 그놈들은 우리 아들을 데리고 나가더니 그 집 사정을 낱낱이 묻더랍니다."

노인의 말에 점점 의구심이 생겨 사실 여부를 더 알고 싶었다.

"그렇다면 당당히 들어가 알아보면 될 것인데……."

"그러게 말입니다. 아들놈은 행랑채에서 누워 지냈으므로 그 집 사정을 모른다고 했더니 이 아이를 이 꼴로 만들며 득달했습니다."

그는 나올 적에 보았던 무당의 도사들이 머리에 떠올랐다.

"혹시 두 노인하고 피혁을 입은 다섯 장한은 아니었습니까?"

"아니요. 하나같이 등허리에 도검을 찬 무부들이었는데 무슨 일을 저지를 살쾡이 같은 눈매였습니다."

아들은 골반을 바로잡아주자 점점 의식이 회복되어 갔다. 노인은 반색하며 연신 고맙다는 인사를 하고 아들을 등에 업고는 그의 방을 나갔다.

침상에 누워 노인의 말을 곰곰이 생각하던 그는 불길한 기운을 느끼며 자리에서 벌떡 일어났다. 며칠 전 꿈에서 보았던 이무기와 아버님이 생각났기 때문이다. 초승달은 서쪽 하늘에 나타나는 것인데 육화탑 탑신 위에 떠 있었으니 동쪽이 아닌가.

서쪽에 기우는 상현(上弦)달이 아니고 동쪽으로 떠오르는 초승달이면 그믐이 가까워지는 하현(下弦)달이었다.

'오늘이 스무사흘이면 오늘 밤 자경이 넘는 인시(寅時)에 이무기가 아버님을 물고 그 능소지에?'

학소는 불길한 예감이 스치자, 방문을 열고 밖으로 뛰어나갔다. 집으로 달리기 위하여 하천 여숙 마당에 매어놓았던 말 등에 몸을 실었다. 동쪽 하늘에서는 호미달에 가까운 달이 서글픈 얼굴을 하고 떠오르고 있었다. 달빛이라고는 그림자도 만들 수 없게 호적하니 얼굴만 내밀어 별빛만도 못했다. 그의 흑마는 별빛에 의지하며 왔던 길을 도로 달리기 시작했다. 밤길에도 훈련이 되었던 말이라 주인의 의도를 아는 듯이 달렸다.

의가장 멸문

∞

밤새 종알대며 찍찍거리던 풀벌레도 지쳐 잠이 들어 삼라만상이 고요한 밤. 고요한 하늘에는 구름 한 점 없고 반짝이는 별들만이 소곤대며 수놓아있다.

침묵이 깔린 인지의가장에 방생청도 그 하늘 아래 근엄한 상태로 잠들어 있었다. 열두 칸의 방들을 껴안은 듯한 육중한 처마선은 무거운 무엇인가에 짓눌린 것처럼 아래로 축 늘어진 것이 그렇게 보였다.

황실 근정전의 처마선은 봉황이 날개를 펼친 듯 위로 휘어져 있어 그 위용은 생동감 있고 장엄하게 보이지만, 여기 방생청은 그와는 반대이다. 처마선이 늘어진 방생청은 마치 사람들이 각종 환에 눌리어 괴로운 모습을 굽어보며 같이 위로하는 뜻도 다분히 내포되어 있었다. 동쪽 하늘 육화탑 위에 아슬하니 걸려 있는 조각달은 뒤이어 떠오르는 태양 아래 지워지고 말 조각달이었으니 어딘가 모르게 쓸쓸하기만 했다.

이것은 학소가 꿈에서 본 깊고 깊은 밤이었는데, 아침이 가까워져 옴을 알리는 인시 초(寅時初)이기도 했다. 그 달빛을 받으며 발이 여덟 달린 이무기가 장원 담장을 스스럼없이 넘어 들어왔는데, 지금 그와 같이 어슴푸레한 달빛에 꾸역꾸역 모여드는 무림인들이 드러났다. 그들은 고요히 잠들어 있는 의가장 성벽으로 몸을 숨기고 있었다. 성벽이라고 하기에는 허술하고 초라한 담벼락이라고 함이 옳다. 적을 방어함이 아니고 경계를 공고히 하는 울담에 불과한데 그 울담을 의지하여 잠에 취해 있던 비둘기 몇 마리가 푸드덕 날아올랐다. 검은 야행복을 전신에 감싼 오십여 명의 흑의 복면인들이 이무기의 지네발처럼 소리 없이 울담을 넘고 있었다.

고요하게 떠오르는 하현달에 발산되는 그들의 안광들은 마치 어느 촌가 닭장에 닭을 사냥하러 가는 살쾡이 같은 눈빛들이었다. 마당에 들어선 흑의인이 고갯짓을 하자 그들 중 몇 명은 들고 있는 솜뭉치에 불을 댕겼다. 전원에 불똥이 튀듯이 흩어지며 다짜고짜 행랑채에 불을 지르기 시작했다.

"침입자들이다. 모두 병장기를 차려라!"

황급히 뛰쳐나온 의가장 수장(守將) 구절편수 가주친이 무사들이 있는 전원 숙직당(宿直堂)을 향해 고래고래 소리 질렀다. 달려드는 흑의인들과 그의 철창에 맞부딪치며 장원의 밤은 아수라의 시발점이 되었다. 수직당의 무사 삼 인과 탒사들이 창과 검을 들고 나오며 흑의인들과 맞부딪혔다.

쨍강 깡!

으악!

장원 내에 무사라고 할 수 있는 젊은이는 고작 오륙 명에 불과한 데 반해 날렵한 괴한들 수에 비하면 중과부적(衆寡不敵)이었다. 복날에 개 잡듯이 행랑채에서 나오는 보호자들이며 여인들까지 닥치는 대로 살상을 하고 있어서 아비규환이었다. 팔 호실에 입원해 있던 소주 청년이 불길에 당황하여 밖으로 나갔다가 맞닥뜨린 흑의인에게 창을 맞았다. 처참한 모습으로 세상을 하직했다. 이웃 호실에 어머님의 병문안 차 하룻밤을 묵었던 갈의의 중년인이 애처로운 그 광경을 목격했다. 소주 청년은 반년을 통하여 가슴 깊숙이 퍼져있는 흉고(胸辜)를 완치하고 내일이면 집에 돌아갈 수 있다고 좋아하던 청년이었다. 환을 완치하여 운명에 정해진 생을 보내고자 들어왔건만 때아닌 습격으로 한 인간이 내민 무심한 창날은 그의 생을 마감했다.

무엇이든지 뜻을 두면 다할 수 있을 것 같은 의가장이 지금 멸문의 위기를 맞고 있다. 집에 있으면 불타 죽고 밖으로 나서면 저승차사가 기다리고 있는 창검이 난무하는 마당이었다. 중년인은 어머니를 등에 업고 동료들에게 소리 질렀다.

"전원으로 나가지 말고, 뒷담을 허물어 장원 밖으로 모두 몸을 피하시오!"

후원에서 나오는 천기춘은 왼손으로 어깨를 누르고 있었는데 그 손가락 사이로 선혈이 새어 나오고 있었다. 오른손에 든 장도가 피범벅이 되다시피 붉은 도를 들고는 마당 주위를 훑어보았다. 불길로 얼룩진 전원 가운데에서는 가주친이 세 흑의인에 둘러싸여 고전을 면치 못하고 있었다. 그는 왼손을 어깨에서 떼며 한번 날아오르고 뒤에서 공격하는 자의 목을 일도로 베었다.

"앗! 저것은!"

그의 도신에는 붉은 피가 아니고 먹물 같은 검은 피가 묻어 있었고 반쪽 잘려 나간 흑의인의 목에서도 검붉은 피가 흘러내렸다. 그런 면에서 이자들은 기약(奇藥)에 중독된 자들이라면 환생여의단(還生如意丹)에 흑심을 품어 우리 장원에 원한이 있어 보였다.

"천 사형! 이게 어떻게 된 일이오?"

"나도 모르겠소. 이들은 음환을 먹어 광기에 미친 자들이 많소."

다섯 명의 흑의무부에게 둘러싸인 천기춘은 다섯 겹의 달무리를 그리며 오환투월(五環套月)의 도법으로 제압하여 나갔다. 성벽에서 의가장을 초토화하라고 외치던 흑포인이 분광마형의 신형으로 날아들어 가주친의 철창을 제압하며 천기춘 앞에 섰다.

"뭣이 어떻게 된 일이냐고?"

말하는 태도로 보아 이자는 의가장에 무슨 비사(秘事)라도 있어 왕림한 것처럼 보였는데, 그도 예리한 장도를 뒤로 쳐들며 표두압정공(豹頭壓頂功)으로 치고 들었다.

쨍강 깡!

그는 정통 무예를 익힌 솜씨였으며 천기춘은 왼쪽으로 돌며 장도를 받아넘겼는데 그것은 전초였고 회수하는 칼날이 가슴을 후빌 듯이 이 단격이 들어왔다. 당황한 천기춘은 가슴에 손을 넣음과 동시에 동침(銅針) 하나가 투척지력을 흑포인의 면전에 쏘았다. 일촉즉발에 그는 장도와 얼굴을 휙 돌려 위기 상황은 모면했으나, 흑가면 끈이 끊겨 땅에 떨어졌다. 얼굴이 드러난 그는 음흉하게 웃었다.

"크하하. 비침정사다우시구려. 이번에는 그 강침으로 나의 심장을 노리게나."

강침과 동침은 허물을 째거나 상처를 도려내고 썩은 다리를 자르는 화침이기도 하다. 그의 동침 통에는 칼날 같은 침들이 여섯 개가 들어 있었다. 위기 수단으로 여섯을 다 썼는데, 삼 인은 즉사시켰지만 삼 인은 그렇지 못했으므로 고수들이 있다고 말할 수 있다. 탐라도에서 진학소에게 보여주던 그의 비술은 보통이 아니었다. 놀랍게도 그 동침을 알아보는 자는 정파의 인물이었다.

"비침정사 천기춘! 손을 놓게. 나는 그대 같은 유의는 죽이고 싶지 않으니……"

흑포인은 음흉한 얼굴에 하얀 이를 지그시 다문 것이 독살스럽게 보였다.

"절강 지방에서 사악함이 드러난 패도냉살(覇刀冷煞) 장춘(張春)이 운해검문(雲海檢門)에 들어가 부문주가 되었다는 것이 사실이구나."

장춘은 넓적한 장도를 옆으로 돌리며 하얀 이를 드러내었다.

"그대 같은 유의가 나를 알아보다니 기분 나쁘지는 않군."

천기춘은 와지끈거리는 행랑채를 바라보며 울분에 젖은 목소리로 말했다.

"자네가 말하는 것처럼 나는 유의로서 한 가지 더 말씀드리리다. 그대들은 음환인 흑자단에 중독된 광기 넘치는 중독자들이네. 음환 한 정에 사람을 죽이는 못된 병자들이오."

옆에서 흑의인 다섯 명과 대치 중이던 가주친이 두 눈을 크게 뜨며 천기춘에게 말을 던졌다.

"뭣이오? 그 못된 제편 흑자단에 중독된 자들이오?"

"그래요. 제편(鵜片)이라는 음환을 먹는 병자들이며 정파의 길을 고수한다는 운해검문에서 악랄한 광기가 아니겠소? 우리 의가장에 무슨 한이 있어 대죄를 범하는가?"

중원에서 제편이라는 마약이 처음 밝혀진 곳이 인지의가장이며, 가주친도 등 너머 들었던 말인데 그 사실을 알게 되었다. 장춘은 중원 제일의 유의들이라고 들었는데 그렇게 감탄하며 한편으로는 자신들의 밀부가 드러나자, 자존심을 회복하려고 왼팔을 들어 방생청을 가리켰다.

"무슨 한이라고? 잠꼬대 같은 소리 하지 마라! 너희 의형(醫兄) 진인지가 탐라도에서 불로초를 캐고 돌아왔다고 하여 왕림했을 뿐이다."

그가 뱉은 한마디는 황당무계(荒唐無稽)하고 얼마나 놀라운 일인가?

"뭐? 불로초? 그 말은 금시초문이다."

가주친은 놀라는 태도로 천기춘의 얼굴을 바라보았다. 약사로서도 그렇고 탐라도에 동행했었기 때문이다. 천기춘의 입이 실룩거렸다. 탐라도에서부터 장주는 나를 멀리하며 근초감 허달 사형만이 한 조가 되어 산행하였고, 장원 내에서도 둘만 숙의하는 일들이 많았으니, 의의가 있음이 확실했다. 그 이면에는 장주님의 서복의 서불과지도까지는 모르고 있지만, 언젠가 말했던 봉선서는 소지하고 있음도 알고 있었다.

이것은 극비인지라 허사형 이외에는 아무에게도 말 못 하는 사정도 이해하고 있었다. 그래서 오히려 나에게 미안스러움에 내색하지 않으려고 장주와 허사형도 죄스러운 마음으로 눈도 마주치지 못하는 것 같아 내심 고민했다. 엊저녁 사흘 연휴(連休)로 가택으로 돌아간 두기호 사형이 돌아오면 이 사실들을 토표하여 시원스럽게 허달 사형에게 의논하고

자 작심하고 있었다.

 장춘은 무엇을 골똘히 생각하는 천기춘의 안색을 살피며 이번에는 손가락으로 방생청을 가리켰다.

"가주친! 장주에게 가서 나의 말이 맞는가 틀린가 확인해 보고 오게!"

 그 말에 답이라도 하듯이 가주친의 몸이 한 바퀴 돌며 철창은 장춘의 배를 깊숙이 찔렀다. 패도냉살답게 그의 장도가 필살의 철창을 막아내자, 가주친은 가소롭다는 듯이 소리쳤다.

"네가 우리에게 명령하는 것이냐?"

"그렇다. 네가 다녀올 동안 나는 기다려주겠다."

 구절편을 갖추지 못한 가주친은 철창을 섭회비전으로 주위를 쓸어 갔다. 쾌속무비함이 절정에 달한 창술이었으나 그는 거뜬히 받아내며 두발 물러섰을 뿐이다.

"고작 문지기 호위(護衛) 주제에 우리 운해검문을 우롱하려 하다니."

 암흑 속에서 가주친의 후미에서 일검을 가하는 자가 있었으니 일순 천기춘은 직도로 그의 목을 정통시켰다. 그때 붉은 인영이 이들 앞에 내려섰다. 홍의에 마갑 같은 붉은 주단으로 된 행괘(行掛)를 걸친 노년에 가까운 괴인이었다. 수세에 몰린 흑의인들을 지원차 나타났음에 틀림없었다. 싸늘한 기운이 천기춘의 전신을 쓸었으며 음한 기공의 장력을 맞받으며 태음복신술로 와해하고 기를 뿜어 그의 장도를 펼쳤다.

 혈의인은 품속에서 판관필(判官筆)을 꺼내고 날렵하게 뛰어오르며 양팔을 펼떡였다. 빙하강기(氷下罡氣)가 뿌려짐에 연화봉등(蓮花蜂登)의 도신을 날리며 판관필의 적봉을 쳐내었다. 하지만 중과부적이었으니 천기춘의 눈앞에는 주단폭이 사라지며 온 세상이 암흑으로 깔리고 있었다. 두 귀에서 들려오던 소란함은 고요함으로 끝을 내리고 말았다. 피에 물들었던 천기춘의 장도는 허공만을 가르고 검기에 겨워 오장 밖으로 날아가 쨍그렁 소리를 내며 떨어졌다. 탐라도에서부터 지금까지 장주와 허달 사형과의 고민을 풀지 못했던 것이 한스러울 뿐이다. 꺼져가는 그의 시신에 다가선 홍의인은 유난히도 불거져 나온 광대뼈가 실룩거리며 중얼거렸다.

"할 수 없지. 나무를 뽑으려면 가지부터 제거해야지."

후원 안채 불길 속에서 뛰쳐나온 진인지는 당황한 빛이 역력했다. 부인의 행방을 찾을 수가 없었던 것이다. 여기저기에서 타닥거리며 타오르는 불길 속에 비친 그의 인천검은 몇 놈을 베었는지 핏물이 줄줄 흐르고 있었다.

그는 무소불위의 권력가나 재상들이 하루아침에 멸문지화를 당하는 일들을 여러 번 보아왔다. 아버님을 따라 소년 장수일 때 오대십국의 흥망성쇠를 보며 나라를 잘못 지킨 전쟁의 패자들은 당연한 죗값이라고 여겼다. 패자의 장졸들 시신은 승자의 장졸 말발굽 아래 있었다. 어느 쪽이든 살상했다는 죄는 모두 패자의 군주 몫이었다. 패자의 군주이며 재상 자손들이 죽지 않고 살아있다면 모두가 노예가 된다. 승자는 역사의 주인이며 주인공들은 정의로운 사람들이고 패자는 모든 죄악을 짊어지고 저세상으로 사라지면서도 막된 욕까지 얻어맞는다.

그와 같이 인지의가장도 화마에 사라지고 있어서 무거운 죄명이 붙어 강호에 떠돌 것이다. 평화 시에는 한 사람을 죽여도 그 죄는 막대하여 사형에 처하지만, 전장에서는 백 사람을 죽여도 무죄라고 했다. 오히려 영웅이 되는 것처럼 이들은 전장을 방불케 하고 있다.

'이것이 나의 마음에 악재였다면 탐라국에 부해송 말처럼 무쇠의 녹이 그 무쇠를 먹어가듯이 화를 자초하는구나.'

그의 머리는 만감이 떠오르며 찢어질 것만 같았다. 한편, 허달은 매선 부인을 추종하던 흉수 한 놈을 처단하는 바람에 부인의 행적을 놓쳤다. 그가 주위를 살피면서 방생청 대청에 들어섰을 때였다.

쉬익!

한줄기 장풍이 그의 등을 스치고 지나며 그는 헉! 소리를 내었다. 동시에 허달의 입에서 숨넘어갈 듯한 소리가 이어 터지며 이 장이나 밀려나가 붉은 피를 토했다. 흑가면을 두른 자의 장공이었는데, 그는 갈고리 같은 손을 치켜세웠다. 매운 혈장으로 내리쳤는데 허달은 왼손에 속검을 들고 있었으므로 오른손으로 맞받았으나 힘에 밀려 벽장까지 뒹굴었다. 한 모금의 피를 토한 그는 장내를 둘러보았는데, 흑가면 뒤에 있는 인물을 보고 놀라지 않을 수 없었다.

홍의 주단에 붉은 행괘를 껴입은 괴한이 탕사 채태구의 시체를 들고 있었다. 그 인물은 혈선으로 풍잠상투를 묶어내었고 불쑥 튀어나온 광대뼈가 붉어져있어 천기츄의 생을 하직시킨 장본인이었다. 그는 채태구의 시체를 허달 앞에 던져 놓으며 능글스럽게 말했다.

"누구인지 아시겠지요? 당신네하고 탐라국에 동행했던 탕사지요. 장주와 당신은 이들에게 불로초라는 말은 불자도 거론하지 말라고 명을 내렸다지요?"

옆에 있던 흑가면의 무부는 그 답이라도 받아내려는 듯이 농부의 쇠스랑 같은 양손을 치켜들고 혈도를 제압하려 할 때 예의 흑의복면인이 날아들며 다급히 보고했다.

"안채에 숨었던 목랑은자(隱子)가 장주에게 당했습니다."

"뭐라고? 목랑이가 죽었다면 모든 계획이 수포가 되는 것이로구나!"

은자라고 하며 홍의인이 놀라는 얼굴을 보아 허달은 짐작되는 것이 있었다. 이들은 의가장을 쑥대밭으로 만들다 보면 장주는 우선 백접도를 찾을 것이기 때문에 그 점을 노렸을 것으로 보였다. 이어 흑의인을 따라온 인영인데 들창이 열리며 여기 방생청 주인인 진 장주가 바람같이 내려서는 순간이었다. 허달의 혈도를 제압하려 들었던 흑가면의 무부가 벼락같은 장법으로 장주의 가슴을 내리쳤다.

푸엉!

불과 일 장밖에 못되는 거리이므로 그의 장을 맞는다면 누구도 생명을 보장할 수 없는 상황이었다. 다급한 진인지는 안면으로 검날을 돌리며 혈흔이 흐르는 그의 인천검(忍天劍)이 팔선찰수 검법으로 장을 갈랐다. 장주의 얼굴을 뭉갤듯한 흑장은 팔방으로 토막 나 흩뿌려지며 사그라졌다. 일순 독기가 서린 인천검은 흑가면을 향해 검결이 이어졌는데 옷가지가 찢기는 미세한 소리가 들렸다.

"으윽!"

사방으로 붉은 핏물이 튕기며 흑가면은 가슴을 쓸어안았다. 가슴과 턱으로 피선을 그으며 주저앉았는데 고개를 들어 겨우 입술을 열었다.

"찰수검법은 장을 가른다는 것을 미처 생각 못 한 것이… 크흐흐, 억울하구나. 적소상인(赤掃上人) 적제장군(赤第將軍) 님! 나의 불찰에 용서를……."

피선을 그으며 쓰러진 동료를 보던 홍의인은 소매를 걷어 올리고 몸에 기를 모으며 진인지를 뚫어지게 노려보았다.

'붉은 행패를 걸친 저 괴인이 적소상인이라면?'

진 장주는 인천검을 한일자로 방어를 취하며 무겁게 말을 던졌다.

"적소상인 팽두(彭斗)라고 하면 토번 지방에서 라마교의 불자로서 지덕을 갖춘 불제자로 신망을 받았다는데 어째서 적제장군이라는 대마두가 되어 여기에 나타났는가?"

팽두는 대답 대신 가슴속에서 적봉을 꺼내 들었다.

판관필의 일종인 필봉 같은 적봉(赤峰) 하나를 들고 혈장을 치며 풍운섭물로 상대의 도검을 취하여 그것으로 창검술도 능한 자이다. 홍의인 팽두는 창밖으로 눈을 돌리고 나서 입을 열었다.

"진 장주! 그대는 우리 궁인(宮人)으로 추대되어 몸소 궁주님까지 내려오셨다."

말 같지 않은 소리에 인천검을 직검에서 우검으로 고쳐잡으며 울분을 토했다.

"악귀 같은 그대 궁인에 추대된다는 소리 함부로 입을 놀리지 마라."

"보면 알 것이 아니오?"

그의 말과 동시에 문이 열리며 청의인이 대청에 들어섰다. 그는 사방을 한번 훑고 나서 마당에서 놀던 장닭이 목을 늘려 울어대듯이 고개를 늘리며 소리 질렀다.

"천황지자(天皇之子) 일월지황(日月之皇) 서백호종단(西白胡宗旦) 근구청행사(謹具請行事)!"

청의인은 양손을 맞잡고 얼굴 위로 들어 거울 보는 것처럼 하여 꾸벅이는 걸음으로 들어왔다. 두 발짝 넣고 꾸벅 또 그와 같이 꾸벅이는 걸음걸이는 향교에서 석전(夕典)례와도 같았다.

진인지는 순간 탐라도에서 있었던 일들이 뇌리에 주마등처럼 나타났다. 그렇다면 하늘에 아들이며 해와 달의 황제라는 서쪽의 황제 호종단이란 말인가. 그는 섬뜩하여 문 쪽을 돌아보았다. 불길에 얼룩진 전원에 칠흑 같은 마차가 도착했는데 그 안에서 백설 같은 하얀 옷을 입은 건장한 노인이 내려섰다.

그 노인은 청의인을 따라 성큼성큼 대청으로 들어섰는데 그로부터 싸늘한 한기가 서려 보통 사람이 있었다면 온몸이 돌돌 떨릴 정도였다. 설산에 묻은 백설 같은 하얀 복식에 여덟 팔자의 두툼한 입술 하며 눈꼬리가 위로 치켜진 날카로운 눈이 용감한 장군을 연상케 했다. 뒤이어 청의를 입은 두 장한이 옥교의(玉轎椅)를 들고 들어섰고 노인은 그제야 옥교의에 앉으며 좌중을 쓸어보았다.

먼저 들어섰던 청의의 알자(謁者)의 근엄한 소리가 길게 이어졌다.

"재위자 개 일배(在位者皆一拜) -"

그의 구령에 맞추어 장내의 홍의인과 청의인은 양손을 합장하여 묵례를 올렸다. 고개를 끄덕여 보인 호종단은 두툼한 입술을 열었다.

"그대가 인지의가장 장주, 인지찰수(忍知刹手) 대협 진인지인가?"

장원과 가슴이 불타는 마당에 호종단은 아무렇지도 않은 듯 격식을 갖추는 위엄에 눈에서는 불똥이 튕겼다.

"그렇다! 네놈들을 보니 축생만도 못한 인간들이라서 구역질이 난다."

부르르 떨리며 억장이 무너지는 가슴을 진정시키고 이들의 의도를 살폈다.

"그대의 영존인 진찬우 장군과 같이 중원 벌판에 불길을 보았지 않았는가. 이 정도의 화마는 한두 번 보는 것은 아닐 텐데 섭섭하게 생각지는 말게."

"그대가 무림의 대종사라는 서백호종단인가?"

노인은 그 말이 가소롭다는 듯이 대소를 터트렸다.

"하하하. 꼴값에 대종사는 무슨······."

의분을 참지 못한 진인지는 찰수태전 전초식을 다하여 호종단에게 날아들었다. 한때 중원을 풍미했던 패도적인 검날이 아무것도 들지 않은 그에게 날아들었으니 어떤 고수인들 무사할 수 있겠는가.

까강! 깡!

갑작스러운 공격에 주위에 있던 사람들은 어쩌지 못하여 눈만 껌뻑거렸다. 그 검법은 한번 펼치면 그 위력이 쾌속무비함이 이를 데 없어 상대방 목을 떨구든지 아니면 검날에 피를 묻히지 못하면 찰수태전이 아니라고 한다. 달려들어 호종단의 목을 노리며 날린 일초가 얼음 방망이에 얻어맞은 것처럼 진인지는 방바닥에 미끄러졌다. 백의의 호종단은 옥좌에서 일어섰는데 그의 오른손에 들린 것은 반토막 난 얼음 빙도였다.

"나의 빙도가?"

호종단의 소매가 찢기어 너울거렸을 뿐 아무 이상은 없었다.

"대단하군. 나의 빙도를 토막 내다니. 찰수태전을 견식해 보는 것도 쉬운 일은 아닌데……."

대청 바닥에서 일어서는 진인지는 비명조차 지르지 못한 채 자신의 검을 바라보았다. 천하제일의 신비인에다 초절한 무공에 비하면 자신이 한없이 초라하게 느껴졌다. 생명에는 개의치 않고 빙도 타령하는 그의 내력이 막강함을 직감했다.

손에 든 것은 아무것도 없었는데 공수의 내력으로 빙도를 방출하여 나의 검을 막는다면 보통 인물이 아님을 알 수 있었다. 장주 뒤에 앉아 붉은 피를 토하는 근초감 허달을 보며 자신도 지금 그와 같은 처지라서 비참하기 이를 데 없었다.

"허제. 차분히 운기조식하게. 내 오늘 이들을 응징하지 못하면 허제가 장원을 정리해 주기 바라겠소."

허달을 향해 조용히 말을 전한 그는 저자가 주범인 이상 동귀어진(同歸於盡)의 수법을 써서라도 이대로 보고만 있을 수는 없었다.

호종단은 옥교의에 살포시 내려앉으며 입을 열었다.

"앞으로 어느 성인이 그대 같은 사람을 두고 이리 말하겠지. 잡을 수 없는 깊은 물 속에서 노니는 물고기는 잡으려 하지도 말고 보지도 말라. 탐하여 물가에 있다가는 불행을 자초하여 물가에 떨어질 것이라고 말이지."

"그대가 말하는 물고기라면 허무하게 날아가 버리는 백접도를 말함인가?"

호종단은 부챗살 수염을 한번 쓸고는 흰 치아를 드러내 보이며 웃었다.

"진 장주. 왜 이러십니까. 나에게까지…… 서복 선사님이 찾으셨다는 천초(天草) 말이오. 그 열쇠는 서불과지도에 있으니…… 어떤가? 나는 그대를 곁에 두고 군신 간에 신의를 굳게 지켜갈 것이오."

밑에 섰던 적소상인 팽두도 고개를 끄덕이며 그와 같이 말했다.

"천초를 찾으면 우리 궁인 백인은 한 식구와 같아 영생할 수 있소. 이 정도의 난세는 아무것도 아니지 않소! 그리고 장주의 매선 부인과 진학소가 우리 곁에 있소. 빨리 결정해 주기 바라오."

볼모로 협박적인 말이나 그의 귀에는 들어가지 않았다. 학소는 소흥에 있는 강학소(講學所)인 운림 상사로 떠난 사실은 알고 있으며, 부인도 호락호락 이들에게 볼모로 잡힐 사람이 아니기 때문이었다.

호종단은 고개를 팽두에게 돌리며 그와 같이 원하는 말을 이었다.

"우리는 모든 준비가 되었소. 마음을 풀어주시오."

"당신네는 잘못 찾으시었소. 천초는 아수라(阿修羅)에 있는 것이 아니고 태허환경(太虛幻境) 속에서 자라고 있소."

호종단은 껄껄거리며 대답했다.

"무어라고? 신선들이 산다는 허무하고 환상의 세계라고?"

장주는 아수라의 장원을 바라보며 타는 가슴을 눌러 참았다.

"그렇소. 그 천초는 없음이 있음이 되는 곳엔 있음 또한 없음(無爲虛有還無)이오. 아수라가 있는 곳에 꽃피울 수 없다고 되어 있소."

이 말은 악의가 있는 자들과는 상종(相從)도 하지 않겠다는 뜻이다. 허달은 험악해진 진 장주의 얼굴을 보며 앞날이 막막했다.

앞으로 불로초의 본산인 탐라도 서불과지도에 둘만이 숙의하면서 희망과 비밀을 묻어두고 있었는데, 장주는 분에 넘쳐 모든 것을 던져 버리고 있다. 서백호종단을 보면 무림에서 말하는 우화등선(羽化登仙)에 오른 무림의 대종사답게 방생청 대청에 그가 들고 온 옥의에 버티어 앉아 있었다. 지금 진 장주로서는 그를 상대하기란 이란격석(以卵擊石)에 불과하다. 집안 식구들을 생각하면 화해나 협정의 방법이 있을 만도 한데 그런 것들은 안중에도 없으며, 분노와 절망은 그를 미치게 만들어 놓았다. 진인지는 짙은 검미를 위로 치켜세우며 입술을 부르르 떨었다. 그는 가슴으로 인천검을 끌어당기며 또 한 번 역린(逆鱗) 공격 자세를 취했다. 전쟁터에서 마음을 비우고 기를 부상시켜 용맹을 극상으로 적장에게 뛰어드는 군사답게 진의가(盡義歌)를 가슴으로 부르고 있었다.

　무형무상(無形無象) 망기유기(亡其有己)
　형상이 없네 나가 있음을 잊어버리고
　전신투공(全身透空) 내외위일(內外爲一)
　온몸을 철저히 비우니 겉과 속이 하나로 통하네
　번강료해(翻江鬧海) 원기유동(元氣流動)
　바다와 강이 고요하니 마음 또한 고요하고 정신은 생동감 나네.

　장주는 태극공으로 몸을 감으며 금비어진으로 몸을 날릴 태세를 취했다. 비장한 각오를 본 호종단이 손뼉을 한번 치자 청의인이 큰 대접에 물사발을 들고 왔다. 마음을 졸이며 호종단을 보던 허달은 때아닌 이 마당에 물사발을 보다가 빙백장(氷白掌)을 쓴다는 것을 알았다.

　"장주님! 저자는 빙백장을 쓸 것이오."
　"알고 있소."
　물사발을 물리고 난 그는 이들을 바라보며 입을 열었다.
　"내가 아니더라도 인지의가장은 멸문을 당하게 되어 있네. 원망은 하지 말게."
　그 말을 끝으로 단하의 홍의인은 앞으로 나서며 말했다.
　"이런 자는 이 적제가 당장 처단하여 사로잡아 올리겠습니다."
　호종단은 고개를 좌우로 흔들며 심각한 태도를 보였다.
　"그만하게. 우리가 늦게 당도한 것이 잘못이오. 오늘의 책임은 따로 물을 것이다."
　기회를 보다 진의가로 마음을 달래던 진 장주가 인천검을 바람개비처럼 날리며 쾌속무비하게 달려들었다.
　호종단도 준비가 되어 있었으니, 거목에 앉았던 백봉이 날갯짓하듯이 양팔을 휘둘러 밀어내었다. 호시무백(呼屍無白)장은 방안을 겨울 한

기보다 더 춥게 만들며 그 위력은 태산을 무너뜨릴 듯 강맹한 찬 서리였다.

창!

푸엉!

장과 맞닥뜨린 인천검은 창가로 날아가 기둥에 박혀 흔들거리고 있었고 냉습한 한풍은 운무로 변하여 방바닥에 깔렸다. 그들도 놀란 나머지 운무 속을 두리번거리며 궁주를 찾았는데, 호종단은 양팔을 벌린 채 서 있었고 장주는 보이지 않았다. 혹시 천장에서 뛰어내리지나 않을까 살펴 보았는데 그것도 아니었다.

잠시 후 바닥에 운무가 걷히면서 드러나는 것이 있었으니 얼음 관저였다. 당당히 서 있어야 할 진 장주가, 그곳이 빙관저라면 얼음 속에 장주가 들어있단 말인가? 청의인들과 팽두, 그리고 허달까지 놀라고 있었다. 한때 중원을 풍미했던 적소상인 팽두도 고개를 끄덕이며 무엇을 인정하고 있었다.

'아~ 빙백궁의 최고 절학의 보유자 호종단 궁주님이시구나! 이는 천하를 농락할 지혜까지 겸비한 일대호웅(豪雄)이 될 테니……'

호종단이 일어서며 알자(謁者)에게 고갯짓을 하자 알자는 고개를 늘리며 소리 질렀다.

"인강복위(引降復位)- 이차출(以此出)-"

빙관저를 바라보던 호종단은 백학이 논두렁을 걸어가듯이 밖으로 나갔으며 청의인들은 장내를 수습하였다. 허달은 무거운 몸을 일으켜 빙관저로 달려갔는데 투명한 얼음관에는 진 장주가 두 눈을 부릅뜬 채 그대로 얼이어 누워있었다.

"장주님-"

처참하게도 얼음 속에 누워있는 장주를 보며 비애에 젖은 그의 울음만이 흘러나오는데 구레나룻 허달의 모습도 처량했다.

청의인들은 모든 일이 다 끝났음인지 허달은 안중에도 없고, 청의인 네 사람이 달려들어 새끼줄로 빙관저를 묶기 시작했다. 허달은 이 일을 저지하려고 덤빌 내력도 소진해 버린 상태라 이들을 당해낼 힘도 없었다. 홍의인 팽두가 그의 어깨를 두들기며 위로했다.

"할 수 없군. 진 장주의 생사는 허의가 책임질 것인즉 상주가 되어 따라가 보시오."

"그럼 살아있단 말인가요?"

"글쎄. 당신네는 알아주는 명의들이 아닙니까. 내가 물을 말인데 해빙실에 가면 그대의 힘이 클 것이오."

빙관저가 검은 마차에 실려 떠나자 또 다른 마차가 도착하여 청의인들과 같이 그 마차에 오르지 않으면 안 되었다. 타닥거리며 불타는 장원을 뒤로하여 허달이 타고 있는 마차도 빙관저의 마차를 따라갔다.

학소는 북쪽 항주로 치닫고 있었으니 스무사흘 하현(下弦)달을 등에 이고 진듯하여 월륜산까지 당도하였다.

그런데 예상했듯이 먼 하늘에는 홍운이 일어 밤하늘을 무섭게 물들이고 있었다. 설마 우리 장원이 아니기를 내심 기도하며 달려왔다.

"어느 산중에 방화가 났을 거야. 아니면 몇 채의 초가가 불길을 못 잡아 저 모양일 거야."

그는 중얼거리며 장원이 멀리 보이는 능선까지 다다랐다.

"아-"

오 리 전방의 광경은 확실히 인지의가장이었고, 학소의 흑마도 홍운이 이는 장원을 보며 몸을 부들부들 떨고 있음을 알 수 있었다. 하늘이 타오르는 붉은 홍운을 바라보며 저 정도의 화마라면 집안에 남은 것은 아무것도 없을 것이다.

'아니지. 누가 불씨를 잘 못 다루어 불이 났을 거야.'

등에 땀이 축축이 배어 있는 흑마도 저 화염 속에는 자신의 마방이 있다는 사실을 알고 있어서 더욱 힘차게 달려주었다. 어머님, 아버님, 사숙님들 모두 무사하기를 심중으로 달래며 장원까지 달려 도착했다.

-망연자실-

그가 달려오며 예상했던 최악의 상태여서 그의 가슴은 진탕되어 앞이 캄캄했다. 타지 않은 곳이 있다면 중앙에 우뚝 서있는 방생청과 그 곁에 어린 아동처럼 붙어있는 약만변당 뿐이었다.

"천 사숙님!"

멍하니 서 있던 그는 전원에서 낭자 당한 비침정사 천기춘과 구절편수 가주친 사숙을 발견하고 뛰어갔다. 모두 흔들어 보았으나 낭자 당한 곳이 너무 많아 싸늘한 시체가 되어 있었고, 검상으로 보아 여럿이 가해한 것이 확실했다.

오랜 시간도 아니고 반 시진에 불과한 인시초에 시작하여 인시 말에 끝나고 만 상태였다. 팔십 평생을 살다가 죽는 것도 팔십 평생처럼 길 것 같지만 이도 잠시의 시간에 꼴깍하면 끝나버리는 인생과도 같다. 모든 희망을 의가장에 묻어놓고 살아가는 아버님이며 사숙님들도, 또 병 치료를 받으러 각처에서 모여든 사람들의 시신들을 보면 반수는 피했을 것이라 보고, 받은 시신이 된 것 같다.

이 밤도 어김없이 흘러가 잠시 후면 새벽이 찾아들어 둥근 태양이 떠 오를 것이다. 그때쯤이면 항주의 관아에서 내려오는 순무병들이 숱한 추측과 말거리를 남길 것이다. 불기둥이 되어버린 안채를 둘러보던 그는 사방으로 귀를 기울여 보았다. 몇 곳에서는 애처로운 호곡성이 끊길 듯 말 듯 들리기도 했는데, 그의 귀에 익은 목소리에 방생청 담장 가로 달려갔다.

"복진해-! 진해 형, 이게 어떻게 된 노릇이오?"

복진해는 목에서 쏟아지는 핏덩이를 양손으로 움켜쥐고 겨우 숨을 헐떡이며 누워 있다가 학소를 보자 그 모습에도 얼굴에 웃음을 띠었다. 처음 불러주는 마지막 말을 하고 싶어 했다.
"소 장주님! 나도……, 나도 한 놈은 자귀로 잡아놓았습니다."
"그들은 누구였습니까?"
"나도… 모… 모르겠습니다."
그 말을 끝으로 운명을 하자 그는 분에 넘쳐 우뚝 일어섰다. 학소의 외침에 두 흑의인이 달려왔는데 한 손에 횃불을 들었고 한 손에는 각각 피 묻은 장도를 들고 있었다. 그는 얼굴이 험악하게 일그러지며 복진해가 들었던 자귀를 앞으로 내밀며 포효했다.
"네놈들이구나. 누구의 사주인지 소속을 밝혀라!"
"후후후. 그러고 보니 이 집 아들놈이 안 보인다고 하더니 너였구나!"
이번에는 부지불식간에 목 메인 음성을 토해냈다.
"그렇다! 우리 부모님은 어떻게 되었느냐! 말을 안 하면 이진모는 너희들을 용서치 않을 것이다!"
그들은 여기 소 장주 도령이 어디 숨어있다가 나온 것으로 짐작했다.
"꼭꼭 숨어있다가 이제야 나타나 부모의 안부를 묻는 졸장부 같으니라고."
검도 취하지 못한 그를 보고 한 놈도 덩달아 서생으로 생각하여 갖고 놀 생각이었다.
"이놈아! 이 집 장주와 어미는 초주검이 되어 우리 수중에 있다. 어쩔 테냐! 더 숨어있다가 나왔으면 목숨은 부지할 수 있었을 텐데……."
빈정대는 이들의 소리에 자귀가 원을 그리며 공격해 갔다. 두 눈에 불이 켜진 상태라 닥치는 대로 자귀를 뿌렸으며 순서 없이 행했지만 쾌속무비함이 이를 데 없었다.
"이놈이? 보통 놈이 아니었구나."
서생으로 보여 방심한 탓도 있었겠지만, 그들은 삼초식도 받아내지 못하고 한 놈은 이마가 장작 쪼개지듯 허연 골수를 쏟아놓으며 나가떨어졌고, 한 놈은 다리통이 잘려 나갔다. 나무통을 쪼개는 복진해의 자귀는 머리통이나 팔다리 쪼개는 데는 명품이었다.

도망가기 전에 이들의 소속을 밝혀내기 위하여 발을 끌면서 나가는 흑의인의 혈도를 찍는 순간에 그도 뒤통수가 멍한 상태를 느꼈다.

윽! 진학소는 외마디 소리를 내면서 그 자리에 쓰러졌다. 고수로 보이는 인영이 처마에서 내려서며 그의 뒤통수를 가격했기 때문이다.

한 필의 흑마가 끄는 마차가 한적한 산길을 오르고 있었다. 사방에 거봉들이 즐비하게 나타나는 것으로 보아 절강성을 지나가고 황산 남고봉을 오르고 있었다. 안휘성 제일의 명산이라는 명성에 걸맞게 사방에 솟아오른 절벽들이며 거기에 붙어있는 해송들이 수채화처럼 이들을 맞고 있었다.

언뜻 보면 산천을 주유하는 마차로 볼 수 있으나 왼쪽 가에 펄럭이는 회색표 국기로 보아 산중에 표물을 전달하는 것으로 짐작이 되었다. 금색으로 도금(道金) 자가 새겨진 회색기가 산바람을 맞으며 요란스럽게 펄럭였다. 무심히 거봉들을 바라보던 표사(鏢士)가 입을 열었다.

"칠주! 이 말이 불쌍해서 말하는데 마차만 절곡으로 밀어 넣고 말은 우리가 타고 가면 두 다리가 편할 텐데 말이야."

고삐를 흔들거리며 묵묵히 말을 몰던 표사가 그와 같이 고개를 끄덕였다.

"나도 그 생각을 해보았는데 명을 바꾼다는 것은 표물(鏢物)을 팔아먹는 것과 다름없지."

어자대에 앉아 이야기하는 두 표사는 일신에는 회의를 걸쳤고 등에는 칼을 찬 도금칠주와 육주였다. 이로 미루어보아 이들은 어느 절곡에 마차와 말을 떨어뜨린다는 말인데 그 흑마도 그 뜻을 아는 것 같았다.

이마에 송송 나는 땀방울과 두 귀를 치켜세우고 당황하는 것이 겁에 질린 상태였다. 소나 말들은 죽음으로 가면서까지 주인에게 충성하는 짐승인데도 사람들은 알지 못한다.

오르막 비탈길이어서 마차도 많이 흔들거렸고 풍광에 심취하기보다는 사지로 가는 발자국을 세며 가듯이 싸늘한 느낌이 들게 했다. 마차 안에는 족쇄로 손목과 발목이 챙겨진 젊은이가 마차 바닥에 묶여 꿈틀거리고 있었다. 그 젊은이는 이틀 전에 인지의가장에서 머리에 충격을 당한 소주인 진학소였다.

절묘한 문장과 예술에 가까운 극치의 글씨로 전시에 응하여 장원급제에 꿈꾸었던 생각들이 머리를 스치고 있었다. 많은 태학생이 붐비고, 전시며 성시(省試)에 입문하려는 젊은이들이 아른거렸다. 개봉대로에는 각종 마차와 휘황찬란한 옷차림의 여인들이며 객인들이 나를 보면서 웃고 지나가고 있었다. 내 얼굴이 우스워 보였는지 아니면 무슨 영문인지 알 수는 없었다.

그러다가 바람도 새들도 없는 산속에서 머리 아홉, 꼬리 아홉 개 달린 능사가 아버님을 휘감고 백룡(白龍) 앞으로 기어가고 있었다. 조각달이 떠오르는 하늘에 홍운이 일고 있었고 나는 그쪽으로 달려가고 있다. 거기에는 천 사숙과 복진해가 방화가 심한 들판에 누워있었다. 그래서 나는 마구 달렸는데 그런데도 나에게는 불길이 뜨겁지 않았으니 두 분을 잡고 한없이 울고 있다. 왠지 모르게 그렇게 울고만 싶었다.

뒤를 돌아보자, 이번에는 의가장 마당 안에 불기둥이 솟아 있는데 숱한 환자들이 원망의 눈빛으로 나를 바라보고 있었다. 그들은 마치 병고에는 아무렇지도 않은 듯 불길 속에서 죽어가고 있어서 나를 원망하는 사람들이었다.

그때 어머님이 장원으로 뛰어들고는 나를 안고 어디로인가 날아간다. 어머님 품속에서 나는 그렇게 잠만 자고 싶었고 장자의 꿈속을 여행하고 싶었다. 나비가 되어 세상사에 심취하여 여기저기 날아다니며 잠에서 깨어나도 나는 누구인지 알 수가 없었다. 원래 하얀 나비가 사람으로 환생 되었는지 꿈속을 헤매는 그런 사람이 되고 싶었다.

학소는 비몽사몽간에 아스라이 보이는 하늘처럼 의식을 점점 되찾고 있었다. 그의 기억들이 이와 같이 꿈이기를 바랐으나 비참하게도 꿈은 아니었다. 장원 여기저기서 아비규환 속에서 죽어가는 사람들······.

그는 자귀로 두 흑의인을 제압하였다고 믿었을 때 누군가의 힘에 얼음장 같은 방망이로 뒤통수를 맞았다는 기억이 마지막이었다. 시급한 상황임을 느껴 다급히 일어나려고 했으나 손발이 말을 듣지 않았다. 눈을 부스스 뜨고 사방을 돌아보았다. 험악한 꿈을 꾸다가 잠이 깨었을 때는 꿈이었구나 하고 다행이라고 한숨을 내쉴 때가 많았다. 그런데 이번에는 자신의 손발이 묶인 채 마차 바닥에 누워있었다. 몽상이기를 바랐던 기억들이 되살아나며 자신이 어디론가 끌려가고 있는 것이 틀림없었다. 어자대에 두 사람이 앉아 수군덕거리는 소리는 그를 놀라게 하기에 충분했다.

"풍남유곡(風南幽谷)으로 마차를 밀어 넣으려면 이 흑마가 뛰어내릴 것인가가 문제일세."

"그러니까 동료들이 자네보다 나를 하나 위로 올려놓았네."

"흥! 언제는 나이순이라고 하더니 지금은 머리 타령이야. 어데 좋은 방법을 들어보자고."

"말에 눈을 가리고 절벽으로 돌진시키면 떨어질 것이라고 보는데."

"이봐. 이 흑마도 영리한데 우리말을 듣고 있어. 두 귀를 쫑긋 세우고 머리를 틀고 있으니."

얼굴이 꾀죄죄한 모습에 회색 막두를 눌러쓴 육주(六周)가 큰 수가 있는 것처럼 목청을 높였다.

"그것은 걱정 말게. 눈을 가리고 몇 바퀴 감장을 돌리며 유곡으로 때려 밀면 방법은 쉬울 거야. 아니면 꼬리에 불을 댕기면 아무리 영리한 말도 달려 나가겠지?"

이들의 대화로 보아 말과 마차를 통째로 유곡으로 밀어 넣겠다는 소리였다.

풍남유곡은 천 길 낭떠러지로 죽고 싶은 이들이 많이 찾는 저승길 문턱이기도 했다. 몸이 고되어 살고 싶지 않은 사람, 성시에 낙방하여 고향에 돌아가고 싶지 않은 사람, 천출로 태어나 세상 머슴살이로 살고 싶지 않은 사람……. 그 이유를 찾아보면 천차만별이다. 그들은 사연들을 말로 표현하지 않고 몸을 던져 벗들이 많은 풍남유곡으로 직행한다. 사연들은 천차만별인데 가는 곳은 모두 한곳 저승길이다. 죽는 것도 벗들이 많으면 외롭지 않아 보였다. 문인들의 시험이 유행하던 시기라 풍남유곡에도 혼시(魂試)가 생겨났다고 빗대는 말이 나올 정도였다. 죽는 이들이 많이 모이는 곳이라 혼시에 떨어지면 저승길도 못 간다는 말이 된다.

그들은 마차 안에서 부스럭대는 소리를 듣고는 마부석에서 앞창을 걷어 올렸다.

"진 도령이 깨어나셨구려."

"히히히. 잠을 푹 자고 있어야 편할 텐데 말이여. 정신이 말짱하게 깨어나서 안 됐구나."

방금 말한 자의 왼팔은 어깨에서부터 달랑거렸고 오른손에 말채를 잡고 있었다. 그는 또 히죽였다.

"쯧쯧쯧. 당신은 말이야. 이 마차와 같이 계곡으로 떨어질 운명인데 죽음이란 푹 잠잘 때 두려움 없이 생을 마감해야 하거든?"

학소는 엊저녁 일들에 분개를 삼키며 마음을 달래었다. 그의 몰골도 말이 아니었다. 아마도 그저께 아침쯤에 실신했을 때 시체를 끌 듯 아니면 소가죽 끌듯이 끌고 다녔음이 분명했다.

하얀 유건으로 단아하게 묶어놓았던 머리는 반은 불에 그슬려 헝클어져 있었고, 몸뚱이도 끌려다녔으므로 군데군데 긁혀있었다. 그는 겨우 머리를 들어 입을 열었다.

"말하는 말씀들이 나를 참하러 가는 길 같은데 두 저승사자께 몇 마디 말이나 물어봅시다."

얼굴이 꾀죄죄해 보이는 외팔이 육주가 마차 안을 들여다보며 말했다.

"그러시오. 젊은 도령. 죽는 사람 소원이라 참작하겠네."

학소는 입술을 깨물고 천천히 입을 열었다.

"저희 의가장은 무슨 이유로 모두 참변을 당했는지, 또 부모님 생사도 알고 싶소."

옆에 앉아 있는 칠주도 얼굴이 갸름해 보였는데 흰색 막두를 쓰고 있었다. 그는 머리를 절레절레 흔들며 대답했다.

"우리는 인지의가장이 왜 파멸되었는지 어떤 살상이 벌어졌는지 모른다. 오늘 아침, 이 마차를 인수하고 처리할 따름이다."

할 수 없이 육주 쪽으로 고개를 돌리며 말을 이었다.

"죽는 사람 소원이고 이에 참작한다고 했는데 저승길 가는데 발길을 가볍게 해줄 수는 없겠소?"

"우리는 의가장과는 백 리도 더 떨어진 곳에 있었으므로 알 수가 있겠는가. 당신은 인신 표물이고 우리는 표물 처리반으로 처리할 따름이오."

"내가 표물이란 말인가요?"

"그렇소. 궁금한 일들은 조금 지나면 저승 계곡에 떨어질 것이 아니오? 그때 차사에게 물어보면 자세한 내막을 말해 줄 것이오."

따그닥 따그닥. 학소를 실은 마차는 빠르지도 느리지도 않게 계곡길을 오르고 있었다. 이 능선 길은 절강에서 중원으로 가는 샛길이며 황산 고갯길로 풍남유곡을 지나면 마차는 더 올라갈 수 없어 동쪽으로 선회해야 한다. 그는 이 길을 지나갔던 일이 있었다. 그때는 말을 타고 여유롭게 사방을 둘러보며 지나갔으나 오늘은 음습한 기운이 서려 있는 풍남유곡으로 가고 있었다.

"명에 따라 나를 처형하려면 여기서 수급을 베던지 쳐 죽이면 수고가 덜하지 않겠소? 불쌍한 말까지 희생하면서 벼랑으로 떠민다는 말 같은데……."

칠주가 귀찮다는 듯이 대답했다.

"존명을 받아 행동할 따름이라고 말했잖는가."

"나도 불쌍한 사람이오만 당신네도 축생만도 못한 불쌍한 사람들이군요. 인명이나 가축을 표물이라 하여 생매장하는 표국(鏢局)을 보니 말입니다."

이 말을 들은 육주가 마음에 찔리는 데가 있는지 화를 버럭 내었다.

"그만 떠들지 못하겠어? 만장단애에 우리는 이 말을 떨어뜨리느냐 마느냐 그게 문제인 것이다."

이들의 눈에는 사람은 안중에도 없고 말이 가엽다는 것과 이용 가치를 생각하는 궁리밖에 없었다. 이들 말대로 저승길을 동반하면서 알아보라는 것인데, 불구대천의 원수는 알아 무엇 하겠으며 이유는 알아 무엇 하겠는가. 단지 죽음으로 끝나는 시신이 되었다가 백골이 될 신세인데, 강태공(姜太公)의 말이 떠올랐다.

해와 달이 아무리 밝아도 엎어놓은 항아리 밑은 비추지 못하고, 칼날을 날카롭게 벼르더라도 죄 없는 사람은 베지 못하며, 뜻밖에 재앙도 바르게 살고 조심하는 집 문 앞에는 들어가지 못한다는 말이 있다. 우리 의가장이 바르지 못하고 조심성이 없었던 것인가.

생각 같아서는 무엇인가 의약에 있었을 것이라고 감으로 느끼고 있었다. 제편자단에 환생여의단이 있었고, 무당산 도인들이 심상치 않은 눈빛으로 보아 양생설에 관한 약초도 있다고 보면 불로초에 관한 의구

심도 있었다.

 탐라국에 다녀오고 나서부터는 허달 사숙님과 아버님은 무엇에 쫓기는 행동이었고, 요사이는 둘이 밤낮으로 부단히 움직이던 일들이 떠올랐다. 할아버님은 숱한 전쟁을 치르며 많은 죄악을 새겼을지라도 그것은 나라에 충성하는 장군이며 군사인 것이다. 죄가 있다면 나라에 있는 것이다. 죽어서 혼귀가 되어 원수를 찾는다는 것은 이야기 속에 전하는 말이다.

 이승에 남아 귀신이 된다면 이 또한 불효에 해당하는 것이 아닌가. 사람이 죽어 저승, 극락, 천당, 지옥이 있다면 이 또한 심심치 않을 터. 하지만 학소는 죽으면 무(無)요, 사고할 줄 모르면 죽음이요, 내가 죽으면 세상은 원래부터 존재하지 않았다는 무신론자였다. 산 사람은 생각(思考)를 한다. 잠을 자면서도 생각(夢想)을 한다. 죽으면 생각이 없는 하얀 뼈다귀 물체로 변하고 말 것이다.

 지금 세상을 달리하면 무슨 수로 가문의 원수를 찾겠는가. 흔들리는 마차 안에서 죽음을 앞둔 그는 여러 가지 생각이 교차하고 있었다.

 어자대에 앉아 왼쪽 팔을 달랑거리는 육주를 한참 보던 학소는 말을 던졌다.

 "좌상지(左上肢) 견대에 쇄골(鎖骨)과 흉골(胸骨)이 그러하니 팔이 가래떡같이 덜레덜레 붙어 다니며 떨릴 수밖에."

 육주가 뒤로 고개를 돌리며 황당한 표정을 지어 보이자 학소는 숨을 한번 내리 쉬고 차분히 입을 열었다.

 "쇄골과 흉골 사이 뒤쪽에 승모혈이 죽어있어서 그렇다는 것이오."

 동그랗게 눈을 뜬 육주의 모습이 매우 놀라는 얼굴이었다. 용하다는 의원들에게서 많이 들었던 말이었는데 이 젊은이는 한 눈으로 알아보니 그럴 수밖에 없었다. 칠주가 그의 상태를 보며 말했다.

 "이자는 인지의가장 소주인이지 않은가. 한 눈으로 자네 견대를 진단하는 것을 보니 참한 의원인 듯한데 한번 부탁해 보게나."

꾀죄죄한 얼굴에 웃음을 바르며 학소를 노려보았다.

"이 사람 말대로 가래떡 같은 이 팔을 쓸 수 있게 만들 수 있겠소?"

그 말을 들은 학소는 실오라기 같은 희망을 잡을 수 있을 것 같아 자신 있게 말했다.

"혈맥이 막혀 와사지증(渦斜肢症)입니다. 삼 일간 침 뜸을 한다면 아마도 사흘 후면 관수 세수는 할 수 있을 것입니다. 달포 지나면 예전과 똑같이 쓸 수 있을 것이오."

이 말을 듣던 칠주가 언성을 높였다.

"솔직히 말하면 구명을 받고자 구걸하는 말인데 의가장 소주인이니 인정한다고 치자. 다음은 조건이 있을 것이 아니오?"

"조건은 없소. 못 쓰는 물건을 달고 살려면 고생깨나 할 것 같아서 내가 답답해서 하는 말이외다."

살고자 하는 의욕은 솟아났지만, 그의 자존심으로는 목숨을 구걸하겠다는 말은 나오지 않았다. 그런데 육주는 용한 의원들이 며칠을 두고 진단한 것을 이 젊은이는 한 눈으로 보아 단번에 그와 같이 진단하고 있어서 믿음이 갔다.

"반가운 소리지만 구명을 받겠다는 말이 아닌가. 우리도 은덕을 입었으면 공을 갚을 줄 알아야 할 텐데 이자를 풀어줬다가는 내 팔 하나 때문에 우리 두 목숨이 날아갈 처지가 될 것이네."

진지한 표정으로 육주를 바라보던 칠주가 말했다.

"머리가 좋다는 자네도 석두(石頭)임에 틀림없구나. 이자를 변방 오지로 석광이나 흑광으로 팔아넘기면 영영 못 나올 것이라고 생각하는데."

칠주는 마차 안으로 고개를 내밀어 히죽이며 선심깨나 쓰는 듯 말했다. 마차는 송림 능선을 지나 잔디가 있는 벌판으로 올라가고 있었다. 바람이 거세어지고 휘청거리는 것이 능선 정상에 다다르고 있음을 알 수 있었다.

"워- 워-"

드디어 마차는 정지하고 둘은 행동을 시작했다. 육주가 마부석에서 뛰어내리자, 왼쪽 팔이 뼈가 없는 가래떡 모양 덜렁거렸다. 그는 팔을 안으로 집어넣고는 사신의 몸통에 묶어놓았다.

"제기랄! 더워서 팔을 내어놓았더니 젊은 놈이 다 시비야!"

그러면서 마차 안을 힐끔 쳐다보았고 넓은 천을 꺼내어 말 눈을 가리기 시작했다.

"후후후훙-!"

눈가리개를 한 흑마는 컴컴한 세상을 보며 뜻 모를 울음을 터뜨렸다.

낯모를 주인들의 거친 행동과 단애의 능선 길을 오르는 것으로 보아 심상치 않은 일이 다가옴을 느끼고 있었다. 이제 몇 번 감장을 돌리고 채찍으로 말 등을 친다면 황야를 달리던 흑마는 여지없이 천 길 낭떠러지로 달릴 판이었다. 이를 직감한 학소는 몸부림을 쳐 보았지만, 발과 손이 쇄약(鎖鑰)으로 묶여있어 꼼짝없이 마차와 함께 굴러떨어질 신세였다. 이들에게 통사정을 해본다 한들 헛일일 것이고 수는 없었다.

"참새 한 마리가 하늘을 날다 떨어져 죽는 것도 하늘의 뜻이거늘, 나 오늘 이렇게 끝나는 운명이라면 어찌 거역할 수 있겠는가. 이 흑마와 같이 떨어져 죽는 것도 외롭지 않은 편이군!"

둘은 살려달라고 하는 소리인 줄 알고 안을 들여다보았는데 외만 소리를 지껄여 대었다. 육주는 태연한 그를 보며 말했다.

"맞네. 풍남유곡에 많은 벗들이 있을 텐데 외롭지는 않을 것이오. 떨어지고 보면 사방은 기암절벽이라 좋은 산수를 구경하게 될 것이네."

비음에 가까운 학소의 목소리가 마차 안에서 이어졌다.

"강남에서 천하절경이라는 황산에서 황천으로 간다는 것이 아무나 하나요? 영광이지요."

둘은 그 소리를 듣고 껄껄 웃다가 칠주가 말했다.
"이 자를 살려줌세."
"……."
"자네는 일 년을 싸돌아다니며 탕제며 의원을 찾았지 않았는가. 이 자를 오지로 팔아넘겨 금전도 생기고 병도 고칠 수 있다면 일거양득이지."
말을 마친 그는 손을 벌려 육주에게 무엇을 요구했다. 멍하니 천 길 낭떠러지를 바라보던 육주는 품속에서 개금(開金)을 꺼내 들어 칠주에게 건네주었다.
"이후 책임은 자네 몫이고 나는 자네에게 신세를 지는 셈이군."
그러면서 둘은 마차 문을 열어젖혔다. 고요하게 마음을 비우고 꽁꽁 묶여있던 학소를 본 칠주는 웃음을 베어 물었다.
"살려달라는 소리 한번 한 줄 모르니 죽기로 작정했나?"
"내 집안이 모두 풍비박산 났는데 나 혼자 살아 무엇 하겠소. 빨리 처리하시오."
"자네는 용한 의원보다 더 나은 것 같은데 신사협정을 하는 게 어떤가? 육주 좌상지가 저리 불편하니 그대 말처럼 침 뜸을 해주거나."
"……."
"그 대신 살려주는 것으로 계산하고 자네는 흑광으로 팔려 가야 돼."
"왜 흑광이요?"
"생각을 해보거나. 그대로 풀어줬다가는 가만히 있을 자네가 아니야. 원수를 찾는다는 둥 세상에 날뛸 것이라 들통이 날 것이고, 우리는 그 날로 저세상이야. 그러니까 먼 곳에 가야 안전하지 않겠나?"
컴컴했던 학소의 얼굴이 밝아졌다. 살고 보는 것이 우선이고 보면 기회가 있을 것이다. 이들은 육주의 팔을 완치할 수 있다고 반 정도는 생각하고 있었다. 그것은 학소의 믿음과 일치하고 있으며 실패했다고 처형은 하지 않겠다는 의향이기도 했다. 그는 무어라 대답할 수 없어 고개만 끄덕였다. 둘은 그의 수긍에 서로 얼굴만 보다가 칠주가 마차에 묶인 쇄약을 풀어놓고 양손을 모아 수갑(手匣)을 채웠다. 밖으로 나온 학소는 하늘을 보며 웅크렸던 허리를 시원스레 펴며 기지개를 켰다.

"마차와 말을 절곡에 떨어뜨린다면 당신네는 무엇을 타고 돌아가시렵니까?"

죽다가 살아나온 놈인데도 당당함에 육주가 그를 쏘아보았다.

"물에 빠진 사람 건져놓았더니 보따리까지 내놓으라는 말이 있는데 자네가 그 모양일세. 우리는 표물 처리반으로 그것까지 걱정하지 않아도 되네."

죽음에 선 흑마는 벌써 분위기를 직감하고 있었다. 육주는 넓은 천으로 눈물을 흘리며 껌뻑이는 말 눈을 가리고 있었다. 학소는 두 눈을 질끈 감으며 저 불쌍한 말과 같이 저승길에 행차하여 친구가 되었으면 좋겠는데… 하다가 그것은 잠시 위안에 불과했다. 독한 것이 사람들이라고 나도 사람이라는 사실이다.

칠주는 한 뭉치의 짚에 불을 댕기며 중얼거렸다.

"우리는 가축을 잡아먹고 사는 사람들이다. 흑마야, 용서하게!"

말이나 하지 않으면 밉기나 덜하지. 그렇게 중얼거리며 꼬리에 불을 댕기자, 육수는 말채를 쳐댔다.

"이럇! 가거라. 천국으로!"

하늘을 향해 두 발을 세우고 소리 지른 흑마는 빈 마차를 끌고 벼랑 끝으로 달렸다. 허공에 말 울음을 남기며 마지막으로 벌판이 아닌 허공을 달렸다. 아득한 단애 밑에서 어느 바위에 부딪혔는지 둔탁한 소리가 아련히 들려올 뿐이었다.

양자강 하류의 지류를 타고 올라가던 여객선 선미에 세 젊은이가 묵묵히 서 있었다. 삼인의 선객은 회의의 두 표사와 노란 베삼을 걸친 진

학소였다. 베삼을 입었으니 복건만 쓰면 상주가 될 것이다. 두 표사는 학소의 팔목에 수갑철을 채웠으며, 그 손목을 가리기 위해 그와 같은 옷을 구해주었을 뿐이다. 상주(喪主) 같은 그를 물끄러미 보던 칠주가 고개를 끄덕이었다.

"어느 성자는 이렇게 말했지. 효(孝)자는 단지 칠 획으로 쓰기는 쉬워도 실행하기는 피눈물이 나도다. 그와 같이 진 공자는 부자연스러운 몸에도 상복을 입어 효행을 다하고 있어서 우리가 보기에도 뿌듯하네."

그들은 헐렁한 옷으로 그의 팔을 감추기 위해 얻어다 입혀놓은 상복인데 그럴듯하게 해석했다. 귀담아들을 일말의 가치도 없는 소리를 귀너머 보내며 주위의 풍광에 젖은 풍류객 모양 넋 나간 듯 서 있었다.

사방에 늘어진 버들가지들도 그렇지만 그의 시선이 멈추는 곳은 양주(楊洲)에서 소주와 항주로 내려가는 배에 있었다. 흥얼거리는 사람들이며 호호방가하게 웃어대는 여인들이며 어느 배에서도 흥이 솟아나고 있었다.

장강을 벗어나 끼걱거리는 배가 진강(鎭江)을 한참 올라가자, 사방에 고루거각들이 나타나기 시작했다. 뒤에 키를 잡은 선장이 선원들에게 큰소리 질렀다.

"양주요. 양주 남면 선착장에 댈 것입니다. 준비들 하시오!"

인가와 맞물려 작은 하천들이 종횡으로 이어졌고 웅장한 돌다리들이 나타났다. 정원수와 정자들로 수로를 장식하여 문인들과 풍류객들이 거쳐 가는 곳이기도 했다.

학소를 유심히 바라보던 육주가 입을 열었다.

"저 배를 바라보는 심정은 알만하겠네. 소주와 항주로 내려가는 것이지만 어쩌겠나. 타버린 장원에는 아무도 없다니까."

"……"

"돌이켜보면 자네는 지금쯤 유곡에 떨어져 시체가 되었을 것이다. 나의 왼팔 때문에 구명을 받았는데 다행이라고 생각해."

칠주도 그가 골똘히 근심에 서린 모습으로 보아 위로의 말을 했다.

"이 사람 팔을 고치지 못해도 자네를 잡아 죽이지는 않겠어. 마음을 놓게나. 그 대신 거칠게 굴지 말고 얌전히 있어 주면 돼. 그래야 값이 나가고 팔아넘기기가 쉬우니까 말이야."

그 소리에 주위 사람들이 상주 모습을 훑어보는 바람에 초라하게 보이는 그는 힘찬 목소리로 화제를 돌렸다.

"배를 보는 것이 아니라 웅장한 둑과 성곽이 수로를 만들어 대단하지 않습니까?"

"수로가 아니고 수문제(隨文帝) 황제님이 만드신 대운하일세."

그의 말대로 수문제는 여기 양주(楊洲)에서 북경(北京)까지 대운하를 만들기 시작한 시점이기도 했다. 이에 후광을 입어 중원을 통일하고 대운하를 만든 2대 수양제(隋陽帝) 황제는 그 위세가 유명해졌지만, 그 명성에 못 미친 초라한 무덤 하나가 여기에 있었다. 무덤에는 -고구려 요동을 거느리려다 천하를 잃었도다-라는 묘비가 있는 양주이기도 하다.

당시 고구려도 부강하였기에 강성한 수나라 수양제에게는 눈엣가시였다. 전쟁에 패해본 적이 없는 그는 수륙 양면으로 백만 대군을 동원하였으나 고구려 을지문덕(乙支文德) 장군에게 패하고 말았다. 호화 용선(龍船)을 거느리고 대운하를 주유하던 황제였지만, 패자에게는 막대한 짐이 되었다. 아들과 남편을 잃은 백만의 중원 민심이 요동을 쳤으며 결국 내분이 있고 그는 중원을 내주었다. 중국을 통일하고 큰 업적을 남긴 수(隋) 왕조는 38년의 짧은 역사만을 남기고 사라졌다고 역사는 적고 있다.

여객선이 선착장에 접안하자 배 흔들림이 심하여 모두 기우뚱거리며 쓰러졌다. 선미에 서 있던 육주 일행 세 사람만은 요동이 없으니, 누가 보아도 무림인임을 알 수 있었다. 선수에 올라선 선원이 사방을 둘러보며 자랑스럽게 고동을 불었다. 외팔이 육주는 어디서 구해왔는지 상봉 같은 대나무 막대를 들고 왔다.

"팔이 없으면 몸에 균형 잡기가 힘들거든. 과부가 홀아비 심정을 안다고 이것을 짚게."

학소는 배꼽 위로 손목만을 내밀고 대나무 막대를 짚었다.

"자네는 부모와 장원 내에 많은 사람을 잃은 상주 신세인데 하늘을 우러러 살 수 없는 죄인이 아닌가. 이왕이면 등을 굽고 죄인처럼 걷게나. 상주들 걸음처럼 말이다."

칠주가 덩달아 말했다.

"그래. 지금은 베삼을 걸쳤지만 십 년이면 세상이 변한다고 그때는 우리도 어떻게 될지 모른다. 십 년 지후에는 마음대로 하게나. 젊은이들이 즐겨 찾는 풍남유곡에 떨어졌다가 혼시(魂試)에 낙방하여 세상에 나온 사람이 될 테니까. 그것도 천우신조로 살아난 인물이라고 하나? 낙방도 천우신조라니 우습군."

그들은 마지막으로 하선했는데, 흙 초립을 쓴 두 장한이 다가왔다. 묵도를 허리에 찬 자는 얼굴에 자상(刺傷)이 왼쪽 뺨에 길게 그어져 있는 것이 흉측해 보였고, 철추(鐵椎)를 어깨에 걸친 자는 눈알이 불쑥 튀어나온 것이 두꺼비눈 같아 보였다. 행동이나 병장기로 보아 흑도 무림인이었다.

"오랜만이오. 홍택이괴. 오늘 길가에서 흑 까마귀가 까욱거리더니 반갑게도 당신네에게 연이 닿았나 보구려."

칠주는 수염도 없는 턱을 쓸며 말을 건넸다. 홍택이괴(洪澤二傀)는 홍택호 주변에서 인신매매를 주업으로 하는 자들로 도법과 철통을 합세한다면 어떤 고수도 능히 물리친다는 자들이었다.

"좋은 물건이라는 것이 이놈이오?"

그들은 눈을 부릅뜨고 위압감을 내보이며 학소를 거칠게 노려보았다. 종이나 노비들을 순한 짐승같이 만들어 놓으려면 처음부터 기를 꺾어놓아야 한다. 마음 약한 종들은 그 엄포를 보았을 때 공포나 위압감을 느낄 것이나 학소의 눈에는 흉측해 보일 뿐 다른 의미는 없었다. 일괴가 걸음걸이를 보면서 입을 열었다.

"걷는 발걸음이 옷 속에 수갑철을 채운 것 같은데 말썽이 많은 놈이군."

"흑광으로 갈 놈이라 잘 봐주이소. 그런데 마차는 가지고 나왔소?"

육주가 묻자, 콧수염을 만지며 이괴가 말채를 휘둘러보았다.

"히히히. 우리가 누군데 도금 칠주를 걸게 만들겠소. 다음번에는 값이 나가는 아가씨나 금괴 같은 것을 빼돌려야 한몫 챙길 것이 아니오?"

남의 물건이나 빼돌리는 도둑으로 권하는 말에 칠주의 얼굴이 달아올랐다. 이를 눈치챈 이괴가 두꺼비눈을 껌뻑거리며 무안해했다.

"내 말이 지나쳤다면 용서하게. 나는 매사에 허물없이 사는 사람이라서."

그러면서 학소 쪽으로 성큼성큼 걸어갔다. 눈을 껌뻑거리며 갈고리 같은 손으로 그의 턱을 덥석 잡고는 입을 벌려보았다.

"모든 짐승은 이가 튼튼해야 제값을 친다니까."

이괴는 자기 이빨도 덕지덕지 성하지 못한 주제에 마늘 먹은 냄새를 풍기며 헤벌어진 입을 삐죽거리고 입안을 살폈다. 학소는 처음으로 우마 취급을 당하고 냄새 풍기는 손으로 자신의 턱을 비트는 데는 그만 분개함을 참지 못했다.

"땅!"

손발은 쓸 수 없으므로 박치기 두격(頭擊)으로 냄새 풍기는 그의 면상을 들이받았다. 댕강 땅바닥에 널브러진 이괴가 황급히 일어났다. 모두 의외였고 핏물이 쏟아지는 그의 입술을 보며 놀랐다. 무공 깨나 한다는 이괴가 손이 묶였다고 주의를 게을리하여 벌어진 일이라 꼴이 말이 아니었다.

"이 자식! 무공을 익혔잖아!"

한 움큼의 핏물을 뱉어내었는데 그 속에는 두 개의 옥수수 알이 있었다. 두꺼비 같은 눈퉁이 부어올라 상기된 얼굴은 붉으락푸르락했다.

착! 착! 착!

어느 사이 채찍을 뽑아 들고 사정없이 학소를 후려치기 시작했다. 발길질에 넘어진 그에게 밟고 내려치는 채찍에 보다 못한 칠주가 겨우 말렸다. 씩씩거리는 이괴는 철주를 풀어가며 아예 결딴을 내려는 분통인데 육주가 그의 철주를 잡으며 만류했다.

"참아두게. 공력이나 내공 따위는 없는 자요."

"무엇이? 공력이 없다고?"

"그렇소. 우리가 인수할 때 오랏줄이 새끼줄로 묶여왔으니 하는 말이오."

"이런 자는 죽어야 마땅해. 감히 누구에게 무공을 감추고 수를 써……"

노비 하나를 놓고 도금 표국과 의가 상할 수 없는지라 일괴가 나섰다.

"이제! 참아두게. 사흘 후면 우리 물건이 되지 않겠나?"

사흘 후면 우리 물건이라는 말에 이괴는 철주를 감아 들었다. 학소도 시뻘건 침을 뱉어냈으며 등짝은 물로 이마와 얼굴에 난 채찍 자국에서도 피가 흘러내리고 있었다.

"닦아!"

말썽을 부려 화가 나 있던 육주가 허리춤에서 수건을 꺼내 던져주었다. 노란 마의의 옷고름 속에서 수갑철의 손을 겨우 내밀어 얼굴을 닦았다.

땅바닥에서 얻어맞은 개돼지 모양 학소의 몰골을 물끄러미 쳐다볼 뿐 비참하기 이를 데 없었다.

휘리릭!

일괴가 휘파람을 불자 갈색 마차가 도착했는데 마부석에 젊은이가 육주에게 행선지를 물었다.

"어디라고 그랬지요?"

"여기 대명사(大名寺) 앞에 있는 고갯길 밑이오."

그들은 마차 안에 올라서도 싸늘한 분위기는 사그라지지 않았다. 유유히 흐르는 수서호에 양주의 심벌인 문봉탑(文峰塔)이 우뚝 서 있어 이들을 맞는다.

워! 워!

남북조시대에 창건된 고찰 대명사 앞을 지나 양유 의원이라는 간판이 걸려있는 집 앞에 도착했다. 꾸역꾸역 걸어 들어오는 손님이 아니고 오랜만에 양유 의원에 마차 손님이 들어섰다.

집 안에 있던 의원과 조수가 호들갑스럽게 밖으로 나왔다. 마차를 타고 오는 손님들은 귀부인들이나 돈을 페차고 앉았던 노인네들이 보통인데, 예상외로 험상궂은 무림인들이었으므로 둘은 벌레 씹은 인상이었다.

부자 노인들은 죽는 게 아까워 병만 고쳐 달라고 통사정하고 여인네들은 호소력이 깃든 말이 나와야 의원 맛도 나는데 이번에는 그게 아니었다.

"당신이 이 집 의원이요?"

이괴가 통통 부은 얼굴에 눈꺼풀을 빠끔거리는 것이 말도 제대로 못하는 두꺼비 같았다. 의원은 꿀 먹은 벙어리처럼 고개만 끄덕였다. 다짜고짜 마차에서 내리는 장정들이 하나같이 흉악한 인간들이다 보니 귀부인이나 돈이 굴러들어 오는 것이 아니라, 저승차사가 왕림하는 기분이었다.

"유 의원! 나를 알아보시겠지요? 몇 달 전 침 뜸을 받았는뎁쇼."

"아- 예예. 도금 표국에 육주님을 왜 모르겠습니까?"

그의 왼쪽 팔이 밖에 나타나지 않은 것으로 보아 돈 받아먹은 것이 죄송스럽다고 계면쩍어했다.

"차도가 없으신 것 같은데 더 불편한 점이라도……"

말씀으로 보아 의원은 목소리까지 떨리고 있었다.

"미안할 것은 없소. 우리가 요구하는 것은 따뜻한 방을 사흘 동안 사용할 것이고 여기 젊은 의원 말대로 침방만 내주면 될 것이오."

"흥! 의원 좋아하네"

학소를 보며 발에 철통을 채우던 이괴가 마차 문을 닫으며 또 고성을 질렀다.

"우리는 사흘 후면 여기 나올 것이외다. 그리 아시오!"

방으로 들어선 육주가 수갑철을 풀어주자, 학소는 철 통줄을 끌면서 한숨 섞인 소리로 말했다.

"수갑을 풀면 족쇄를 채우고 당신네 행동들이 우습구려. 아무리 우마가 날뛰어도 이와 같지는 않을 것입니다."

육주는 몸통에서 왼팔을 풀어 덜렁이는 팔을 잡고 침상에 누웠다.

"진 공자. 빨리 시작해 봅시다. 자네하고 떠들다가는 정들어 자빠지게 될 테니 말이다."

"걱정 마시오. 구명지은으로 생각하고 더는 구걸하지는 않을 것입니다. 염려 놓으십시오."

유 의원은 이들이 치료를 원하지 않고 침방만 빌려 쓰는 것이 다행이라고 생각했다. 일 년 이상 사혈이 된 좌상지를 새로 회생하기는 어려운 일이며, 이 젊은이도 건성으로 침 뜸을 하며 위안만 줄 뿐이라고 여겼다. 조수와 그는 학소가 적는 대로 침통 다섯 함을 모두 꺼내놓았다.

"침을 달구어 찌르는 번침(燔鍼)을 은침과 모침(毛鍼)으로 사용하고자 합니다. 화로에 불과 끓는 물을 준비시켜 주었으면 합니다."

조수와 의원은 준비에 여념이 없었다. 유 의원은 끓는 물에 은침을 담그면서 물었다.

"젊은이는 이것들을 화침으로 시술하면 깊숙하여 생명이 종을 칠 텐데요?"

이 말을 들은 육주가 눈이 휘둥그레지며 벌떡 일어났다.

"자네 나를 잡아먹을 양으로 이 짓 하는 것 아니냐?"

이럴 때 환자를 다독이는 방법도 알고 있었다. 우선은 자신을 보이고 희망을 품게끔 늠름하게 말했다.

"하하하. 염려 놓으십시오. 만약 그랬다간 여기 칠주 선배님이 가만있겠습니까?"

칠주도 히죽히죽 웃으며 육주에게 말했다.

"싸움할 때는 겁이 없는 사람이 의원 앞에서는 겁쟁이였구나."

학소는 명랑한 태도로 당당하게 말했으나, 확신은 없었다. 혈침의통보(血針醫通譜) 등 몇 가지 의서가 그의 머리에 존재하고 있었고 어깨너머 비침정사와 품침풍사, 두 사숙님이 시술하던 기억들이 있기 때문에 이판사판이었다. 침통을 모두 확인한 후 머리털 같은 한 뼘이나 되는 세 가닥 모침을 뽑아 들며 말했다.

"의원님. 화로에 백쑥 뜸을 준비시켜 주세요. 사근을 희생하는 데는 은침과 각혈을 뽑을 수 있는 강한 뜸을 해야 하겠습니다."

젊은이의 말에 유 의원은 놀라지 않을 수 없었다.

"그렇다면 천금요방(千金要方)에 혈과 침을 같이 단지 속으로 뽑는 공혈주대법팔(孔穴主對法八)이란 말이오?"

"그렇다고 합니다. 삼백 년 전 손사막(孫思邈) 대선배님의 천금요방이지요. 이는 혈류를 찾는 것이 요점이기도 합니다."

육주와 칠주는 몸과 마음이 풍족해 보이는 부처 같은 젊은이가 의술에도 풍족해 보여 믿음이 갔다. 견대에서 혈맥을 주의 깊게 찾아 침술을 시행하자, 등 뒤에 있던 유 의원이 물었다.

"공혈주대법팔은 항주에 있는 인지의가장에서 시전한다는데 공자는 인지의가장을 아시오?"

그는 깜짝 놀랐다. 양주에서 인지의가장 소리를 들으니 반갑기도 하고 얼떨결에 말을 얼버무렸다.

"소생은 그 의가장에서 치료를 받고 습득하면서 배운 미숙한 기술입니다."

칠주도 이자가 인지의가장에 소주인으로 알려지는 것이 두려웠다.

"그렇소. 일 년 동안 그 집에서 치료받았던 모양이오."

방안은 벌겋게 달군 숯불로 후끈거렸으며 좌오지심과 상판근 열세 곳을 떠나갔다. 의연한 자세로 반 뼘이나 되는 빨간 모침을 수태충혈(手太衝穴)과 신문혈(神門穴)에 비벼 넣었다. 살타는 냄새나 연기가 나야 할 텐데 미끄러지듯 들어갔다. 오만상을 찌푸리며 괴로워하는 환자를 바라보며 학소의 낭랑한 소리가 나왔다.

"육 선배님의 오만상을 보아 나을 수 있을 것이오. 통증이 시작되는 것은 심이 살아있다는 증거가 되는 것입니다."

왼쪽 손목 내관에 엄지로 힘껏 지압하자 그는 비명을 질렀다.

"아아앗!"

삼 일째 되던 날 아침이었다. 방 안에는 여명이 움터오고 있었고 붉게 떠오를 것 같은 태양 빛에 동창이 밝아오고 있었다.

유양 의원 앞마당에는 붉은 닭 몇 마리가 푸드득거리며 나왔을 때였다. 침상에 누워있던 육주가 화들짝 일어나며 소리 질렀다.

"손과 팔이 움직인다! 움직일 수 있어. 하하하-"

이 소리에 칠주와 학소가 잠에서 깼다. 칠주는 얼른 달려갔으나 족쇄 줄이 딸린 철통을 끌고 가는 학소는 그렇지 못했다.

"이봐! 내 팔이 지금 당장 쓸 수 있을 것 같으오."

그는 칠주를 보며 왼팔을 펴고 주먹을 쥐었다 폈다 하며 파안대소를 터트렸다. 일 년 반 만에 손과 팔을 움직일 수 있어서 얼마나 좋겠는가.

"자네는 고인을 찾아다니며 심혈통발대법과 내외공으로 고쳐보려 했던 것이 허사였네."

육주는 만족한 얼굴로 학소를 바라보며 만면에 웃음이 가득했다.

"소주인이 이러하니 인지의가장이 유명하기는 했었구나!"

마당에서 모이를 먹던 닭들이 놀라 꼬꼬댁 소리에 이어 요란하게 두 필의 흑마가 당도하였다. 칠주는 예상했던터라 방문을 열었다.

학소는 이들에게 나를 팔지 말고 다른 분께 부탁하려 했던 것이 벌써 닥쳐왔다. 솔직히 말하면 이괴의 복수심이 두려웠다. 이괴는 당장 내려서며 방안을 살폈다.

"잘들 잤소? 우리는 바쁜 몸이오. 저자를 빨리 내주시오!"

일괴도 말에서 내려서며 전낭 뭉치를 방바닥으로 던졌다.

"무공이 있는 못된 놈으로 보여 열 냥을 깎으려다 참아두었으니 받아두시오. 은자 삼십 냥이오."

뒤이어 마차 한 대가 도착했는데 사흘 전에 보았던 젊은이가 말쑥한 어자대에 앉아 있었다. 마차 앞 칸에서 문이 열리며 기포의 여인이 내려섰다. 여인은 분홍색 기포(旗袍)에 위에는 노란 피백(披帛)을 걸치고 있어 화려함을 자아냈다. 마차에서 사뿐히 내려서는 여인은 무공 수위가 보통은 아닌듯했고, 삼십 중반의 나이에 몸매와 의상이 멋이 드러나는 것이 건장한 여인이었다.

철통을 끌며 밖으로 나오는 학소를 보며 고개를 끄덕였다.

"오랜만에 반듯한 젊은 물건 하나 구했군요. 도금표국의 안목도 알아주어야 하겠어요."

하늘거리는 걸음 하며 둥근 망사모에 궁중에서 쓰는 말솜씨로 보아, 마치 서시빈목(西施矉目)의 행세였다. 그녀는 왼손에 넓적한 책 한 권을 들고 있었는데 겉표지에 노비문적(奴婢文籍)이라고 쓰여 있었다.

"노비 성명과 출신지를 말씀하세요."

냉랭하게 말하며 이들을 쏘아보았다. 칠주는 은자 꾸러미를 들추다가 황망하게 고개를 들었다.

"이름과 출신지 말이에요!"

여인의 말에 칠주는 어물쩍거리다가 대답했다.

"출신지는 황산(黃山) 절곡에서 유람하다 풍남유곡에서 실신 중인 것을 살려내었으며 성씨는 황(黃)이요, 이름은 풍(風)이라는 자요."

마부석에 앉아 있던 젊은이가 필먹을 주인에게 내밀어 바치고 자신은 그 앞에 굽어 등 위에서 글을 쓰게끔 하였다. 한두 번 해본 일이 아닌 듯싶었다.

"도금표국의 말씀이라 믿어두겠어요. 가는 곳은 흑광이라고 했고, 족쇄 걸이가 무공이 있다 하여 무술자라고 적겠어요. 성씨는 황이요, 이름은 풍이라고."

그녀는 글씨가 있어 일필휘지로 적어갔으며, 이름은 황풍이라 하였다. 그런데 성 씨는 대수롭지 않게 황(皇)자로 적었다.

"그럼 각인된 표국 인장을 찍으세요."

칠주는 주머니를 뒤적이고는 노비 문적에 그녀의 말대로 하였다. 학소는 이들의 대화를 멍하니 들을 수밖에 없었다. 나의 이름이 개명되는 것은 당연했지만 노비 문적에 등록되어 팔려가는 꼴이 원통하였다.

"이보시오. 나는 노비가 아니고 양인(良人)이오. 그대로 데려가 주시오."

일괴가 그의 어깨를 끌어당겼다.

"노비가 따로 있나? 돈을 받고 노비문서에 이름이 오르면 종놈이지, 원망하려면 도금표국에 가서 원망하거라. 앞으로 천역(賤役)에 종사할 놈이 건방을 떨어!"

이괴도 그의 골통을 한데 붙이고 떠벌리며 심통을 부렸다.

의가장 멸문 301

"이놈의 어미는 주인과 상간(相姦)하여 세상에 태어난 종놈인가 봅니다. 양반 씨에 천출 씨가 합쳤으므로 말을 안 들어서 철통을 채웠나 보지요. 앞으로 단단히 혼쭐을 내어야 정신이 들 놈입니다."

머리 가격을 당한 분통에 단단히 복수를 하려고 기회를 노리고 있음이 분명했다. 병을 치료받은 육주는 일말의 양심의 가책을 느꼈는지 웃음을 지어 보였다.

"생명과 바꾸는 것이라 생각하고, 자네는 황풍이 아닌가. 우리는 약속대로 하니 섭섭하게 생각은 말게."

기포의 여인이 호감이 가는 눈길을 보내며 황풍에게 말했다.

"암암. 자네가 풍남유곡에서 사체가 다 된 것을 살렸다면 그 은덕이 좀 크겠어? 자네 얼굴은 양인 같지만, 문적에 오르니 천출도 곧 익숙해질 것이다."

육주는 일 년 반 만에 움직여보는 팔이 신통방통하게 느껴져 손목만 폈다 죄었다 할 따름이었다. 마차 문을 닫을 때도 칠주는 은자만 세고 있었고, 둘은 학소를 한 번도 쳐다보지 않았다. 무심해서인지 미안해서인지 둘은 계산대로였으며 지금은 그와 아무런 관련이 없어 보였다.

"홍치 선주님! 선각에서 뵙겠습니다."

보고를 마친 이괴는 다른 방향으로 내달으며 마치 주인 모시듯 선주를 깍듯이 예를 다하고 있었다.

"이럇!"

기포의 여인인 홍치 선주가 마차에 오르자 젊은 마부는 힘차게 채찍을 내둘렀다. 마차는 두 칸으로 나누어져 있었는데 학소는 철통을 끌어안고 있었고, 한쪽 면에는 시름에 젖은 젊은 여인이 다소곳이 앉아 있었다.

두 남녀는 어스름 속에서 눈이 마주쳤다 말았다 하며 푸념에 젖은 채 몇 시각이 흘러갔다. 수로 변을 따라 달리던 마차가 들판 길에 들어서면서 뽀얀 먼지를 일으키고 있었다. 눈이 마주치던 여인은 볼록한 젖무덤이 밖으로 튀어나와 겨우 감싸고 풀어진 머리는 동그란 어깨 위에서 물결처럼 너울거렸다. 통치마에 꽃이 수놓인 적삼을 입은 것으로 보아 화류계의 여인으로 보였다.

"소저(小姐)는 어인 일로 마차에 오르게 되었습니까?"

그녀는 한참 머뭇거리더니 입을 열었다.

"와사(瓦舍)나 구란(句欄)에서 연극을 하는 비천한 연출자지요. 그래서 팔려 가는 거예요."

와사녀는 벙어리는 아니었고 대답은 간단했다. 당시 민가에서 오락을 추구하는 연예장들이 있었으며 와사나 구란에는 사람들이 흥청거렸다.

"그러면 꽃마차를 타고 다녀야지 이렇게 살벌한 마차에 팔목에는 오랏줄까지 있으니까 말이 안 됩니다."

여인은 조그만 창으로 들판을 바라보다가 정색하며 말을 이었다.

"관부에서 시비가 심하여 어느 관료를 살해했어요. 해서 참수형을 받고 형장 교수대로 가던 중에 책임 관리가 나를 팔아넘겼습니다."

그녀의 말을 듣던 학소는 고개를 끄덕였다.

"살인은 참수형이어서 죗값은 받아 마땅합니다."

그의 무심한 말에 여인은 펄쩍 뛰었다.

"옳으신 말씀이나 다 옳지는 않습니다. 당신은 누가 부인을 겁간이라도 하면 용서할 수 있으신가요?"

"……"

"비녀(婢女)는 천출이 되어 끌려가는 신세이오나 부군이 있고 어린 자식이 있었던 몸이에요. 돈이 없고 힘이 없어 관리들에게 당하니 너무 억울해요."

그도 관부에 불평이 많은 터라 그 말끝에 노성이 흘러나왔다.

"지금 관료들은 너무 썩어 뇌물을 바치지 않으면 태형에 처하는 처지라 그런 자들은 모두 잘라내야 합니다."

"흥! 공자의 모습을 보니 어련하시겠습니다. 덩달아 해보는 말이겠지요."

당시 전국에서 극도의 사치에 빠진 귀족들의 욕구를 만족시키기 위하여 각지의 특산물을 약탈하는 것을 여러 번 보아왔다. 만약 농가에 나락 짚눌이나 곡식 대가 높으면 그것은 곧 관가의 약탈 대상이 되었다. 그 집은 풍족하다는 것이다. 무거운 세금만 부과되면 그럭저럭 마련하여 건디어 보겠는데 관가에서는 각종 사역이라는 명목하에 고을 장성들을 징발해 갔다. 마을이나 인가에는 생업에 종사할 수 있는 젊은이가 없을 정도였다. 징발이나 사역은 어느 지역에서는 하나의 명목일 뿐 그들을 위협하여 각종 뇌물을 받아냈다. 그녀의 남편도 사역에 동원되어 그녀는 노래와 가무로 번 돈을 뇌물로 써서 남편을 빼어오기를 일곱 번이나 했으니 와사녀도 지쳐있었다.

군수, 현감 댁 사역에 이어 이번에는 이웃 지방 현장네 성곽 사역에 또 끌려가게 되었다. 불경기라 돈이 없어 통사정했으나 헛수고에 그쳤다. 그 책임 관료는 남편이 없는 것을 이용하여 그녀를 겁간하기 시작했다. 돈도 힘도 권력도 없는데 그녀의 수단은 살인밖에 더는 방법이 없지 않은가. 맛을 들인 관리가 또 찾아와 무력을 행사하자 와사녀는 검무를 추던 검날이 무대가 아니고 실제로 남자에게 사용했다. 그녀의 말을 들은 학소는 분통이 넘쳤으나 여인의 말대로 어련치 못 하여 처지가 그러하지 못했다.

관리들은 성현의 가르침을 다 읽었을 터. 헌데도 세상이 이러하니 학문이 무슨 필요가 있겠는가. 그 이후로도 많은 학문을 닦고 우수한 시험에 합격하여 높은 권리를 쟁취하는 사람일수록 인면수심이며 도덕심이 없었다. 이 논리는 앞으로 어느 국가든 간에 나라가 망하는 잣대가 된다. 진학소는 젊은 나이인데도 꿰뚫어 보고 있었다.

"와사녀의 신세를 들었으니 공자님은 후덕한 집안 출신 같사온데 무슨 연유로 암담한 처지가 되셨나요?"

칠주의 말이 생각나 그대로 말했다.

"나는 황산 절곡을 유람하다 풍남 계곡으로 떨어져 의식을 잃고 사지에서 헤매게 되었지요. 그런데 어느 두 놈이 지나가다가 나를 살려주었는데 그 두 놈은 은자를 받고 나를 팔아넘겼어요."

그녀는 어두운 마차 속에서 머리를 쓸어 올리며 되물었다.

"비녀는 공자님의 출신 내력을 물었지요."

"그래서 깨어보니 전생에 모든 것을 두고 이승으로 온 것처럼 기억상실증으로 모두 망각되어 집도 이름도 알 수 없는 처지가 되었습니다. 아마도 머리를 너무 다쳤나 봅니다. 기억상실증이 나 같은 사람을 두고 하는 말 같습니다."

"공자님의 말씀에는 어폐가 있어요. 절경을 유람했었다는 것을 알면 망각은 아닐 텐데요."

그녀의 질문에 그의 대답은 대충 말한 거짓이 되고 말았다. 그것은 진정에 서린 슬픈 사연을 듣고 본인은 장난 같은 대충의 언사에 죄스러움을 느꼈다.

창 사이로 밖을 내다보면서 다른 변명은 없었다. 창가로 들어오는 흙내음은 코를 자극하며 수확을 마친 들판은 막막했다. 장강 하류의 평원은 막힘없이 펼쳐진 들판이 평평하며 하천들이 밀집되어 있다. 몇 군데 관도를 빼면 마차보다 뱃길이 편한 곳이기도 하다. 예로부터 물의 고장인 수향택국(水鄕澤國)으로 불렀다. 물이 많다 보니 논밭이 많아 쌀이 많이 생산될 뿐만 아니라 어업도 발달하였다. 쌀밥에 생선국을 먹는 고장이라고 어미지향(魚米之鄕)이라고 부르기도 했다. 누런 진강 변을 한참 남쪽으로 달리자, 대운하의 황토물이 아닌 파란 강물이 보이는 것이 장강 하류로 보였다.

 허술하게 쌓인 돌 성곽이 있는 전각 앞에 마차가 당도하였다. 수림에 쌓인 몇 개의 전각들이 어찌 보면 음산하게 보였으나 앞에는 강물이 있어 환하게 트인 전경이 그렇지만은 않았다. 전각에서 배에 승선할 수 있게 접안 난간이 놓여 있었고, 배에는 홍치어(紅治魚)가 그려진 깃발이 펄럭이는 화물선이 매어져 있었다. 그것은 홍치 선주의 배로 보였다.

노비가 되다

∽

　　진방가(鎭方家) 가주는 전각 안으로 들어서는 마차를 보며 양팔을 낀 채 내려다보고 있었다. 가주 방화천(方花天)은 장강 하류에서 상권에 도전하는 자로 그의 화덕장(火德掌)과 대라봉은 독하기 그지없다는 평이 있다.
　　워! 워!
　　젊은 마부가 말을 멈추자, 기포의 여인 홍치 선주가 가볍게 내려섰다. 둘은 포권을 한 다음 선주가 방글거리며 입을 열었다.
　　"떠돌다가 진방가에 오면 향리에 돌아온 기분이에요. 여기 뇌옥을 빌리는 데도 안심이 되거든요."
　　"미곡 운송은 뒷전이고 노비 장사가 짭짤한 모양인데 우리 뇌옥에도 값은 쳐주셔야 합니다."
　　장년에 들어선 가주는 고개를 빙글 돌리고 나서 말을 이었다.
　　"홍치 선주는 예나 지금이나 혈기 발랄하니 무슨 비밀이라도 있는 것이오?"
　　그 말에 그녀는 몸을 흔들어 귀빈 걸음을 하면서 자랑했다.
　　"가주님은 묻어 앉아서 돈만 세니 영감이라는 말만 듣는 게 아니겠어요? 나처럼 진강과 장강을 오가며 항주에서 제녕(濟寧)까지 넘나들어 보세요. 왕복 이천리 뱃길은 될 것입니다."
　　이 집 가노 둘이 달려와 마차 문을 열어젖히고 두 남녀를 끌어내렸다.
　　"연놈들이 마주 앉아 눈 연애라도 하나 본데 쌍것답게 굴라고!"
　　늠름한 학소의 기개에 뚱보 가노가 푸념에 찬 마디를 했다. 홍치 선주는 두 가노에게 다짐하듯이 일렀다.

"귀한 물건이다. 다치지 않게 잘 간수하라!"

"옛!"

대답하고 연놈들을 끌다시피 데려갔다.

가주는 끌려가는 와사녀의 뒷걸음을 물끄러미 쳐다보았는데, 그녀는 자연스럽게 걸어가고 있었지만 가주의 눈에 들어오는 와사녀의 둔부는 아름답고 그렇게 앙증맞을 수가 없었다.

이 모습을 놓치지 않고 바라보는 홍치 선주는 의미 있는 웃음을 띠며 머릿속은 주판알을 올렸다 내렸다의 연속이었다. 가주는 손을 내밀어 와사녀의 노비 문적을 보며 능글맞게 웃었다.

"와사녀라면 와자(瓦子)아닌가. 랑가사이곡(郎歌思意曲)을 부르는 와자 말이지."

"그렇소. 변량(汴梁)에 개봉이나 장안(長安)으로 팔려 가면 그녀의 랑가(郎歌)에 모두 매혹될 거예요. 개봉에는 넓은 와사(瓦舍)들이 많으니까요."

뚱뚱한 돼지 같은 가노가 이들을 뇌옥 안으로 밀어 넣었다. 반은 땅속에 흙 절벽을 파고 들어간 방으로 사방은 돌담으로 다듬어진 토요(土嶢) 같은 집이었다. 그래도 남방 여방은 구별되어 좌방은 여인들의 방이었는데 담벼락으로 갈려 있었다. 음침하게 뇌옥의 벽돌을 응시하고 있는 암울한 인간들이 학소가 밀려 들어오자 무의미한 눈길로 쳐다만 볼 뿐이다.

"얌전치 못하면 죽도 못 먹을 테고 독방에 든다면 바늘방석이다!"

뚱보는 단단히 벼르고 나서 철문에 자물통을 채웠다. 뇌옥 안은 변기와 물통이 나란히 놓여 있었고 각종 땀 냄새와 변 냄새로 속이 메스꺼웠다. 배불리 먹은 것이 있었다면 메스꺼움에 올라와 토했을지도 모른다. 천출이라고는 생각지도 못할 권문세족이며 세액도 모르는 관호에 살던 진학소에게는 나라를 망쳐버린 군주의 자손과 진배없었다. 상상도 못 했던 일들이 전개되고 있으니 그에게는 노비다, 종이다, 감옥이다 하는 것들이 실감 나기 시작했다.

'내가 노비들과 한 묶음이라니 창피하고 부끄러운 일이구나! 아니지. 노비나 종놈도 사람인데 왜 내가 부끄러워야 하는가. 부끄러워야 할 사람은 따로 있다. 이를테면 재물을 탐하여 약한 자의 것을 뺏은 자, 나라의 권력을 등에 지고 탐욕스러운 자, 약한 유부녀를 괴롭히는 자, 이렇게 부끄럽게 생각해야 할 사람들의 수는 이루 다 말할 수 없다. 천출들은 세 물림을 하여 타고났다고 생각할 뿐 부끄러워하지는 않는다. 그것은 부끄러워하지 않아도 될 것을 부끄러워하고, 부끄러워야 할 것은 부끄럽게 생각하지 않는 사람으로 배운 학식과 도덕심이 무엇인지 모르는 자기중심적이고 거짓으로 뭉쳐진 사람이라고 성자는 말하고 있다.'

멍하니 서 있는 학소를 바라보던 천출들은 우물우물 일어섰는데 열 명은 되어 보였다. 철통을 끌고 있는 그에게는 경계의 대상일 뿐 아무 의미도 없었다. 관심 있다면 얼마짜리 물건이며 훔친 선주가 얼마를 받아 장사가 될 것인가에 있기도 하다.

식사 때가 되었는지 뚱보 가노가 죽 그릇 통을 개구멍 창살로 밀어 넣고 있었다.

"오늘은 특별식으로 팥죽이 나왔네. 다투지 말고 잡수시게나!"

죽 그릇 통이 개구멍으로 들어오자, 천출들은 뒤쪽 호주머니에 각각 숟가락 한 개씩 꽂아있었는데 옆에 있는 사발을 들고 나열하였다. 육순은 되어 보이는 어른이 죽통을 두드리며 소리쳤다.

"나이순으로, 차례로 받으시오!"

감옥에는 힘센 장사가 어른이라는데 이들에게는 그런 느낌이 없어 험한 분위기는 아니었다. 모든 자존심과 지위를 벗어버린 하층민 사람들인데, 상하 다툼에 연연하지는 않았다. 학소도 한 사발 받았는데 팥

죽이라고 하지만 보리쌀에 팥을 넣어 쑤어댄 죽 그릇이었다.

댕기 머리 총각이 죽사발을 들고 정신없이 퍼먹다가 불쑥 뒤돌아보며 학소에게 숟가락 하나를 내밀었다.

"이놈아! 니도 먹어두거라. 하루에 죽 두통이여. 알아서 하게. 마음을 비우고 모두가 운명이거니 하고 마음먹어야지."

죽사발을 바라보던 학소는 운명이라는 말에 울컥 자신도 모르게 한마디 솟아 나왔다.

"운명 좋아하지 마소. 천국의 문에는 운명에 굴복하는 얼빠진 자에게는 슬픔이 있으리라 쓰여있다고 했소."

"그게 무슨 소리요? 나는 얼마 없어 족쇄를 풀고 세상으로 달려 나갈 운명인데 내가 얼빠진 사람이오?"

그의 발등을 바라보니 한 자 반 되는 철 줄 족쇄를 차고 있었다.

어둠을 더듬어 다른 사람들을 둘러보았는데 죽통을 관리하는 노인도 족쇄를 걸친 것으로 보아 둘은 무림인이었다. 요고(鐐銬) 노비는 아닌 것 같았다. 죽통을 박박 긁던 노인이 댕기 머리 총각 발등을 바라보며 말했다.

"댕기야. 누가 운명을 갖다 줄 때만 기다리지 말라는 소리지. 오늘 들어온 철통이 하는 말은 운명만 믿지 말고 행동을 하라는 소리가 아닌가."

"그게 그 말인데 운이 다한 사람은 죽게 마련입니다. 운명이 부르면 제왕(帝王)도 거역 못 하여 저승으로 따라갑니다."

그릇 통을 밖으로 내민 노인은 무릎을 탁! 치며 껄껄거렸다.

"그렇구나. 며칠만 지나면 천출에서 양인으로 자네 둘이 운명은 내가 구해주지."

여우 가죽으로 된 호구(狐裘)를 걸친 댕기 머리는 빙긋빙긋 웃을 때는 입술이 뽈록뽈록 튀어나왔는데 또 그렇게 웃으며 말했다.

노비가 되다

"대적산에서 산괴(山塊)라는 별호를 얻었으면 되었지. 오늘은 구더기가 우글대는 뇌옥에서 주술사라도 되시렵니까?"

"걱정 말거라. 내가 절름발이가 되었다고 하나 자네들 운명은 좌우지할 수 있으니 그리들 알게."

"뭐라고요? 내가 할아버지를 업고 이 뇌옥쯤 탈출하는 것은 식은 죽먹기입니다."

댕기 머리는 이 정도의 뇌옥쯤 빠져나가는 것은 아무것도 아닌 듯 보였다. 그는 철거덕거리며 학소 쪽으로 걸어왔다.

"자네 발목이나 나의 발목을 보아서 동우상구(同憂相救)의 처지가 아닌가. 말하나 물어봅시다. 우리 행선지가 어디쯤 될 것이라고 말은 못 들었소?"

학소는 주위를 살피며 입을 열었다.

"나는 사천지방 구룡산 흑광에 갈 것이고 다른 분들은 홍택호에 제방 쌓는 곳이라고 말은 들었소."

그의 말에 다른 노비들이 고개를 쳐들었다.

"우리가 과기어당(果基魚搪)에 해당한다고?"

나라에서는 과기어당이라 하여 제방을 쌓아야만 가뭄에 물을 댈 수 있다고 하여 많은 사업장들이 생겨났다. 관에서 하는 사업이라 좀처럼 빠져나올 수 없는 사업장이었다. 댕기 머리는 그쯤은 아무것도 아니라는 듯이 말했다.

"이 사람들은 그러겠지만 철 줄을 찬 우리들은 칠곡산 석판장으로 팔려갈 것이 뻔하지요. 그곳은 들어갔다 하면 나오기가 쉽지 않아서 그 이전에 제가 영감님을 모시겠다고 하지 않았습니까."

댕기의 말에 노인은 눈을 껌뻑거렸다.

"내가 자네에게 신세 지기 이전에 댕기의 운명을 바꾸겠다고 했네."

어느 젊은 노비는 이들의 말에는 관심이 없었고 옆방을 볼 수 있게

끔 파놓은 쥐구멍으로 자매(子妹) 방을 훔쳐보면서 히죽거렸다.
"새로 들어온 년이 반반한데 가주가 침을 질질 흘리겠는데."
진방가(鎭方家) 가주는 호색한으로 처가 없었다. 처가 없는 것이 아니라 여인이 칠팔 명이 있다고 하여도 무방했다. 그의 삶의 방식은 마음에 드는 여인을 보면 사들여 일 년쯤 살다가 싫증이 나면 해방해 내보내었다. 어쩌다가 태어난 자식이 셋이나 있었는데, 십 리 밖에 전답을 마련하여 주었을 뿐 정이라고는 없었다.

진방가 전원에는 병장기를 몸에 찬 무사들이 분주히 드나들고 있었다. 울담과 성곽을 보수하는 일꾼들로 보아 살벌한 분위기가 흘렀다. 뒷짐을 지고 정원을 오가는 그의 머리에는 오늘 뇌옥에 들어온 와사녀의 얼굴이 가득 찼다.

홍치 선주는 등에 검을 멘 흑의인과 나란히 가주 앞으로 걸어 나왔다. 검을 멘 흑의인은 눈동자만 보아도 웃음을 잃어버린 싸늘한 느낌의 사나이였다. 반면 홍치 선주는 몸에 달라붙은 분홍빛 기포에 하늘거리는 걸음으로 여인의 둔부를 더욱 두드러지게 운동하고 있어서 관능적이었다. 또 둥그런 망사포에 상의는 피백을 걸쳤으니 관능적인 면 이전에 신비의 여인으로 만들었다. 그녀는 무심한 눈으로 가주에게 돌아섰다.

"가주! 그리 걱정할 일은 아니에요. 미봉관이 강하다고는 하나 나에게는 좋은 묘안이 있소."

가주의 머리에는 달콤한 와사녀의 얼굴뿐이었는데 미봉관이라는 말에 기겁하였다. 미봉관 놈들과 한판 붙어야 할 텐데 생사를 거는 그런 싸움에 봉착하게 되었으니 말이다.

"나도 십여 일 전에 그 정보를 들었소만 겁대가리도 없이 우리 진방가를 접수하겠다는 말이 정말이오?"

"가주도 잘못이 많다고 봐요. 흙 제방 당기(塘基)를 쌓을 때는 관청만 드나들며 그들과는 어떤 조언도 없었다가 몰래 제방(堤防)을 허물어 버리면 가만있겠어요? 무슨 수를 쓰겠지요."

이들이 말하는 미봉관(未奉館)과 진방가(鎭方家)는 숭합(崇合)과 대합(大合)까지 알려진 무림가였다. 관에서도 두 곳 다 무림인들이라 관여하기를 꺼렸고, 세금과 뇌물이 잘 들어오므로 관망하는 처지다. 이 지방은 삼십 년 전 대홍수로 논과 밭 그리고 인가까지 모두 몰살되어 살아 있는 사람들도 모두 떠난 상태였다.

둔덕 위에 세워진 양대 세력이 흙 제방 때문에 문제가 되었다. 장강의 지류인 해안천 상류에는 미봉관이 있었고 하류에는 진방가가 있었다. 물이 부족한 미봉관에서는 흙 제방을 쌓아 물을 취하였으므로 하류인 하천에는 개천이 말라 진방가에서는 육지로 배가 드나들 수 없을 때가 많았다.

그래서 가주는 어느 날 인력을 동원하여 흙 제방을 허물어 버렸다. 선주가 잘못이 많다는 말에 가주는 양미간에 내 천자를 갈겼다.

"물은 흐르는 대로 사용해야 하며 가만히 두어야 말썽이 없습니다. 그래서 각 곳에서 둑이나 제방 때문에 싸움판만 터지고 있지 않아요?"

"그렇다고 가주님은 미봉관을 이겨낼 수 있습니까?"

가주는 목에 힘을 주며 당당히 말했다.

"백골쌍마(白骨雙馬)가 있다고 하지만 힘은 우리만 못해요."

"그래요? 진방가에 홍의십팔대(紅衣十八對)가 있다고 하나 그들에게는 용병들이 있어요."

가주는 고개를 두 번 돌리고 입을 열었다. 심히 놀라운 사실이나 계산이 깊을 때는 고개를 돌리는 습성이 있었다.

"선주는 어떻게 그리 잘 아시오?"

고갯짓하는 것으로 보아 불안한 상태임을 짐작하고 선주는 심각한 표정을 지었다.

"우리 홍치선에서는 진방가에 믿음이 있었으므로 극비의 말씀이 있어요."

선주가 내실을 바라보며 말하자, 가주는 노비 하나에게 문가를 부탁하고 내실로 안내했다.

"우리 집 가노들은 모두가 무예에 한가락씩 하는 종놈들이지요."

"호호호. 종놈들이 칼질을 한다면 얼마나 하겠어요. 무술이 심후하다면 종놈이 되겠습니까? 그러하니 그들과는 적수가 되지 못합니다. 그리고 북두거사(北頭居士)라는 고인이 칼잡이 두 놈을 데리고 나타났는데 막강합니다."

가주는 놀라움에 두 눈을 크게 떴다가 가슴을 쓸어내리며 입을 열었다.

"당신은 미봉관 하도지(河導知)하고도 우의가 돈독하다는데 무슨 이유로……."

"호호호. 이유야 많지요."

얼굴이 드러나 보이는 엷은 망사가 입술까지 내리었고 여인의 웃음에 망사까지 흔들리며 말을 이었다.

"관주는 미곡으로 큰돈을 취하더니 배를 마련하여 우리 미곡 운반을 넘보고 있어요. 그런데도 그쪽에서 나를 유혹하였으나 나는 아무 쪽도 아닌 중립이라고 그렇게 말했지요. 아시다시피 우리 홍치선은 어느 쪽에서도 놓치고 싶지 않은 손님이 아닙니까. 그런데 그들은 홍택이괴까지 포섭하고 있어서 막강한 힘이 되고 있습니다. 그런데도 나는 모른 척하고 있는데 나에게는 관심이 없습니다."

가주는 두 눈을 창가 이리저리 굴리며 다급한 상황임을 알았다. 그렇다고 도망을 가거나 미봉관을 찾아가 잘못했다고 항복할 위인은 아니었다. 희희낙락하게 살아온 가주 방화천은 죽고 사는 데는 배포가 있는 위인이었다. 골똘히 생각하는 그를 바라보며 홍치 선주의 입술이 움직였다.

노비가 되다 315

"고자질하는 것만으로도 나는 미봉관과 적이 되는 셈입니다. 그래서 좋은 묘책을 말씀하겠어요."

"예? 묘책이라고요?"

한참 어린 여인에게 "예" 자로 의문을 던지며 두 눈을 동그랗게 떴다.

"지금 나는 모험을 하는 거예요. 여기 뇌옥 안에 사놓은 노비 웅매들이 있어요. 미봉관에서는 모르는 일이라 큰 수확이 될 것입니다. 홍택이괴는 미봉관 쪽에 대답은 했다고 보지만, 이 소부가 가담하지 않은 이상 그들에게 끼어들지 않을 것입니다. 단지 그들 성질로 보아 우세한 쪽에 붙어 같이 승리를 자축하고 재물을 탐할 것이오. 그것은 이 소부도 매일반입니다."

차분한 망사 여인의 태도에는 어떤 때는 당당히 말하고 그러다가도 참하고 전략적인 말을 했다. 어두웠던 가주의 얼굴이 밝아오고 있었으며 그는 고개를 빙글빙글 돌리고 나서 그 뜻을 물었다.

"매일반이라면 무슨 뜻이오?"

"미봉관을 반으로 나누는 것이오."

단호한 그녀의 말에 가주는 고개를 끄덕이며 웃음으로 답했다. 한편으로는 여인의 심기에 매우 놀라고 있었으니, 그것은 웅매 노비 서너 명을 덧붙여 이득의 반을 취하겠다는 것이었다.

궁중 시녀의 딸로 있다가 강호에 강물을 타고 다니는 여인이었는데 그녀에게 걸맞은 도박이었다. 그래서 나를 택했다고 알고도 남았으며 가주로서는 승리만이 목적이었으므로 마음 또한 든든했다.

"웅매(雄呆)들은 족쇄를 풀어놓으면 도망갈 생각이나 하지 무슨 대적을 한다고 병기를 잡을까요?"

"그들은 무림인이에요. 대적산 양면노신(兩面老神) 산구(山九)요."

"절름발이 노인이 대적산 양면무신(兩面無神) 산구란 말이오?"

"그래요. 지금은 늙었다고 신구 노인으로 자칭하지만요. 신구 노인은 산적을 돕다가 다리를 심히 다쳤는데도 병마사에 있는 군졸 다섯 명이나 죽였어요. 그의 소원대로 화북지방까지 가기로 약속했지요. 또 댕기머리 총각은 모험심이 강한 악독한 살인자요. 오늘 철통을 끌고 들어온 웅매는 황풍(黃風)이라고 자처하지만, 귀한 집 황풍(皇風)이오. 이름값은 할 것이라 모두가 의리 있는 놈들이며 약속은 지킬 것입니다. 문제는 이들은 적에게 드러나지 않은 무기들이어서 큰일을 할 것입니다."

"그럼, 선주는 오늘을 준비했단 말이오?"

망사모의 선주는 찻잔을 내려놓으며 웃음으로 답했다.

"우연의 일치지요. 흉측한 놈들을 사다가 노비 장사가 되겠습니까? 나는 모험을 한다고 했지요. 이런 때나 써먹을 요량으로 말입니다. 호호호……"

진방가와 홍치 선주는 이렇게 하여 한통속이 되어가고 있었다.

뇌옥 안은 여느 때나 다름이 없었다. 학소는 며칠 굶다 보니 살기 위해서는 먹어야 한다고 느끼고 있었다. 할 수 없이 사발 하나를 들고 맨 끝으로 줄을 섰다. 변기가 차면 가노가 들어와 이놈 저놈 지적하며 청소를 시켰다. 족쇄 줄을 찬 세 사람에게는 가노까지도 문둥병 환자 보듯 가까이하지 않았으니 늘어지게 잠자기는 편했다. 십여 명의 배설물은 또 그 통의 반을 채웠다. 구역질이 나는 냄새도 코에 익어 변변히 먹지 못했던 학소에게도 젊음이 있어서인지 식욕이 돋아나고 있었다. 어둡던 방도 눈에 익어 상황에 맞게 몸도 변하고 있다고 느낄 수 있었다. 비유하는 말로 노비인 우리를 웅매(雄呆)라고 불렀고 여비는 자매(子呆)라고 불렀으며 말 취급을 하고 있었다.

중년의 종놈이 어제부터 들어오는 고깃국에 낄낄거리며 말했다.

"이봐. 요사이는 고깃국으로 넘쳐나니 우리가 값이 나가는 것 같은데?"

"아니지. 혹독한 곳으로 팔려 갈 것이라 잘 먹여 두려는 거야."

댕기가 시시덕거리며 말 참견을 했다.

노비가 되다 317

"기름진 음식을 먹고 있어서 변 냄새가 지독하다. 앞으로 변기통은 꼭꼭 닫아 두기오."

그들 말대로 하루에 세 번 고기 국밥이 넘쳐나서 모두 의아할 수밖에 없었다. 소나 돼지들도 잡아먹으려면 잘 먹여 둔다. 그래야 사람의 입에 맞게 기름기가 철철 넘치는 고기를 제공할 것이 아닌가.

뇌옥 안에 노비들은 자신을 짐승처럼 생각하기 때문에 누구의 먹이가 될 것인가에 불안한 것은 사실이다. 산구(山九)라는 노인은 그 뜻을 아는지 죽통을 국자로 탕탕 치며 불안한 마음을 해소하려 했다.

"잡아먹으려고 비육시키는 것이 아니며, 우리 주인 홍치 선주 말이여. 장사가 잘되니 우리를 잘 먹여주는 것이여. 그래야 우리도 빛깔이 좋아 높은 가격을 받을 것이 아니여? 잘 먹은 송장은 빛깔도 좋다는 말이 있제. 든든하게 잘 먹어 두기요. 여러 동지들!"

그렇게 떠들면서 원하는 만큼 국자로 떠주고 있었다. 제일 나중에 학소도 죽 그릇을 내밀었다. 노인은 국자로 그득히 떠주고 고깃덩이까지 얹어주었다. 어저께도 그리하더니 오늘도 그랬다. 그러면서 씨익 웃어 보이며 암중에 무슨 이유가 있어 보였다. 신구 노인이 사흘 전부터 밖을 들락거리고 나서 죽 그릇이 고기 밥통으로 달라졌으며 정말 가축을 비육시키는 기분이기도 했다. 쥐구멍으로 언제나 자매 방을 훔쳐보던 젊은 종놈이 침을 흘리며 학소에게 한 번 바라보기를 권했다.

"히히히. 요사이 잘 먹었더니 여자가 그리워지는 것이 있지요? 철통 아저씨도 번들번들한 젊은 자매들이 있어요. 눈요기나 하세요."

댕기 머리가 그 웅매를 바라보며 못마땅하게 말했다.

"고기 잘 먹고 이 쑤시면서 나오는 놈, 여인 방에서 허리끈을 동여매며 나오는 놈, 남의 여인 방을 훔쳐보는 놈들이 제일 보기 싫은 놈들이다. 네놈도 세상에 나가면 어느 종년 치마통에 빠져 죽을 놈이야. 매일 먹고 싸고 그 이외는 쥐구멍에만 매달리니 한숨 나지."

산구 노인이 우습다고 밤송이 같은 주둥이가 벌어지며 입술이 나타났다.

"이봐. 댕기야! 장가를 가보아야 여인네 맛을 알지. 고기도 씹어본 자만이 그 맛을 안다고 했어."

"흥! 나잇살이나 먹은 노인네가 남의 춘추도 모르면서 총각 댕기 댕기 하지 마소. 나도 한번 보았는데 누더기 같은 옷에 때 묻은 몸이 마치 할매들 같던데. 천출 여인들은 마차 떼기로 갖다주어도 마다하겠소. 적어도 품위도 있고 여자다워야지요."

그의 입술을 바라보며 산구 노인은 재미있다고 주억거렸다.

"산전수전 겪어본 내가 여자를 안다고 해도 자네보다야 낫지. 누구도 옷을 벗고 보면 재상의 여인네나 천출의 여인네나 똑같단 말이야."

쥐구멍에서 여인들의 웃음소리에 학소는 처음으로 그 자매 방을 들여다보았다. 그쪽에도 십여 명이 옹기종기 앉아 있었는데 창틀이 열리면서 사십 줄의 여인이 들어왔다. 어제저녁에 가주에게 불려 갔던 여비였다. 나이 든 여인네가 그녀에게 입을 삐죽거리며 말했다.

"아이고~ 벌써 돌아왔어? 안 돌아올 줄 알았는데."

"한번 그 짓 하고는 싫다는 데 별 수 있는감?"

들어온 여비도 수치심에서 당차게 말하고 보니 붉어진 얼굴이 사그라졌다. 곁에 있던 여비가 고개를 끄덕였다.

"가주는 부인이 없다고 하는데 사로잡아야지. 허기사 그 짓도 체질이어서 아양을 떨지 못하면 별수가 없지라오."

"그게 아니라 여기 귀하신 여인이 있어요."

그 여비가 보는 곳으로 모두 고개를 돌렸는데 거기에는 와사녀가 다소곳이 앉아 있었다.

"역시 젊고 와자(瓦子)라는 연예장 여인이라더니……."

가주와 하룻밤을 보낸 여비는 와사녀를 부러운 눈으로 바라보며 말을 이었다.

"조기 백 근에 건미역 백 근, 건멸치 백 근, 도합 삼백 근에 사들인다고 자랑했거든요."

"우와- 귀하신 몸이다."

모두 눈길을 보내며 부러워하는 눈길들이었다. 그것은 노비 문적이 아직 나라에 등록되지 않았으며 여비가 첩살이 되는 것도 별 따기인데 부인이 된다면 마님도 될 수 있는 것이었다.

그러나 와사녀는 이들의 환호에 개의치 않고 초라한 자세 그대로였다. 세 살도 못 된 어린 자식을 잃어 가슴에 묻고 남편과 생이별했는데 오죽하겠는가. 참수형을 받았으므로 돌아갈 형편도 못 되는 처지였다. 장이 서는 날이면 와사나 구란(句欄)에 나가 무대에서 환호의 박수를 받았던 여인인데.

가주(家主) 방화천(方花天)은 아침부터 분주했다. 유비무환(有備無患)이라는 말처럼, 군사와 노비들에게 후하게 잘 먹여 두어야 그들도 목숨을 담보로 하여 진방가를 지켜낼 수 있을 것이다. 예나 지금이나 그는 재물에 노예는 되지 않았다. 어장이 풍어가 될 때는 고기를 헐값에 사서 소금에 절이든가 건어물로 만들면 부르는 게 값이었으니 돈에 구애는 받지 않았다. 보통 사람 같으면 부인과 첩들을 거느리고 자손을 번성시키겠지만 그에게 가족적인 면은 없었다. 있는 대로 쓰고 가희와 여인을 사들여 그때그때 즐겁게 살고 있다고 자부하는 사람이기도 했다.

대문이 열리면서 오늘 아침도 소고기 한 수레가 들어오고 있었다. 고기 굽는 냄새가 장원 내에 가득했으며 매일 먹는 생선국보다 육식을 깔아놓아서 모두 신이 났다.

가주는 후문으로 들어오는 홍치 선주를 바라보며 지금은 고마운 생각으로 그녀에게 무엇이든지 주고 싶었다. 그녀는 냄새 풍기는 소금에 절인 고기는 거절하고 가볍고 신선한 건어물만 싣고 다니며 배를 채우는 상술이 눈에 거슬렸다. 허나 지금은 암중으로 나의 편이어서 천군만마를 얻는 기분이었다.

"선주! 그들의 동태는 어떻습니까?"

선주는 얼굴에 덮인 망사를 걷어 올리며 대답했다.

"밤에는 한두 놈이 성 밖까지 다가와 이쪽 사정을 감지하고 있을 거예요. 하지만 뇌옥 안의 비밀은 알 수 없어서 그들도 용병은 더 쓰지 않고 있습니다."

"……"

그녀의 말에 걱정이 태산 같아 보이는 가주의 태도를 보며 곁에 있는 홍치 선주이 호위무사 옥야(玉夜)가 입을 열었다.

"병사 오십 명 이상 움직이면 나라에 고발될 것입니다. 기인이사라면 부르는 게 값이 아니겠어요? 중요한 것은 무사들의 질이라고 봅니다."

그 말에 가주는 수긍이 갔다. 당시는 가병 오십인 이상 있어도 주목받고 길거리에 다니면 고발되는 문인 시대였다.

"다른 어장에 있는 젊고 칼깨나 쓰는 일꾼들로 바꾸어놨소. 혹시 저쪽에서 눈치는 채고 있는지 모르겠소."

"미봉관은 백 리나 떨어져 있어서 쉽게 보이지는 않을 것이오. 성곽을 보수하며 힘겨루기 준비에 들어간 것으로만 알고 있어요. 더 힘을 갖추기 전에 금명간 계획을 수행할 것입니다. 우리 선원들이 떠나면 말입니다."

말이 없던 원주의 교위 옥야가 정확한 정보를 점치는 것이 확실해 보여 그에게 물었다.

"우리에게 기회를 주지 않고 당장 쳐들어온다는 말씀이오?"

"그렇소. 그 날짜는 우리 체면을 생각하여 홍치선이 진방가를 떠나면 정해질 것입니다. 해서 우리는 오늘 닻을 올리겠습니다."

"그럼, 당신네가 떠나면 그들이 쳐들어온다고요?"

노비가 되다

둘은 냉막한 태도로 그 말에는 대답도 없이 이후로는 진방가의 책임이라는 뜻으로 뇌옥 쪽으로 사라졌다.

가주는 아쉬웠다. 배가 떠나면 그들이 밀려온다는 말이다. 홍치 선주는 남이야 죽든 말든 싸움 구경이나 하다가 승리하면 정복자의 몫으로 똑같이 반분이라고 말했다. 괘씸하게 생각하다가 상황을 냉정하게 보았다.

'아니지. 선주는 승리하는 모든 비밀을 나에게 일러주었다. 협사 삼인이 나타나면 그것이 수평에서 올라서는 승리의 힘이라고 했다. 진방가가 존재하느냐 멸하느냐는 나의 문제이지 홍치선은 아니다. 승리하면 선주에게 감사해야 한다. 미봉관에 붙어먹지 않은 것만도 천만다행이다.'

가주는 술 사발을 들고 방으로 들어갔다. 와사녀의 얼굴이 떠오르면서는 복잡했던 머리가 맑아졌다. 뇌옥 앞에 선주가 나타나자, 여비들은 얌전을 뺐었다. 그래야 권세가나 부잣집에 팔려나가 집안일을 돌볼 수 있다. 뒤쪽에 앉아 있던 와사녀에게 눈을 돌린 선주가 망사모를 걷어 올리자 은근히 가려졌던 미모가 드러났다. 홍치 선주는 와사녀쪽을 향해 말했다.

"와사녀 주회는 오늘부로 이 집 사람이오. 고맙게도 나는 많은 돈을 받았으니, 주인님이 부르시면 나가보세요."

망사모를 걷는 것도 보통이 아닐 텐데 마지막 예우이고 마님이 될 것이라고 여겨 얼굴을 익혀두려는 뜻이기도 했다.

웅매실에서 문이 열리자, 철 줄이 양발에 채워진 양면무신 산구가 어기적거리며 걸어 나왔다. 홍치 선주와 그는 조용한 곳으로 걸어갔고 선주가 조용히 입을 열었다.

"어르신께서 할 일이 많겠습니다. 약속대로 모두의 개금을 드리겠소. 산구 노야께서 힘을 보태면 일은 쉬울 거예요."

산구는 고개를 끄덕이며 개금을 받았다.

"교수대에 처하는 것을 빼내 주었는데 내 어찌 은덕을 모르겠소."

"산노야(山老爺)께서 고향에 돌아가 조용히 여생을 보내겠다니 반갑소. 다른 유객들은 어떻소?"

털이 덥수룩한 입술이 벌어지면서 말소리가 나왔다.

"댕기 머리는 그렇지 않아도 몸이 근질근질하는 놈이라 기뻐서 펄쩍 뛰었고, 황풍이라는 자는 의협심이 강한 자인데 보통 인물이 아닌 듯하오. 그도 침입자는 무찔러 마땅하다고 의분을 토했으니 가담할 것이오."

둘은 그 길로 약속을 마치고 헤어졌다. 철 줄이 없는 걸음으로 당당히 뇌옥 안으로 들어서는 산노야를 보고 모두들 의아한 눈총을 던졌다. 그는 그럴 것이라 여겼는지 발목을 내려다보며 방긋 웃었다.

"내가 뭐랬어? 감옥 안에서 또 철 줄을 끌면 너무하겠지?"

그러면서 개금 두 개를 각각 나누어 주었다. 댕기는 일거리가 있어서 흥분되어 있었다. 학소는 철통을 풀어내면서 사뭇 궁금했지만, 그의 뇌리에는 화마에 휩싸였던 의가장이 떠올랐다. 당당하지 못하여 야밤에 침입자는 모두 악마로 보였다.

"청부살인이면 사양하겠으나 침입자면 무찔러 마땅합니다."

댕기가 뚫어지게 그를 바라보았다.

"우리는 동우상구라 했지요. 그대 몫까지 내가 할 테다! 자유인이 되어 보세."

산구 노인이 두 사람을 보면서 심각한 투로 입을 열었다.

"금명간 이 어가에 침입자가 난입할 것이네. 사흘 전에 전했듯이 우리는 동지가 되어 이들을 물리치면 된다. 그다음은 해방된 몸으로 그대들 뜻에 따르겠다고 했소."

산구 노인의 말에 맞추어 이 집 뚱보 가노가 녹슨 칼 세 자루와 숫돌을 같이 들고 왔다. 검과 도와 협도가 있었다.

"자네들부터 하나씩 취하여 보게."

산노야의 말에 댕기가 넓적해 보이는 도를 취하며 투정했다.

"이 광극 신도 소산해(小山海)가 무딘 칼을 잡는다고?"

"숫돌로 날을 세우면 되지 않은가? 황풍 자네는 어느 것을 취하겠어?"

산노야의 말에 예리해 보이는 검은 어른에게 드리고 나머지 협도를 잡았다. 장수들이 곧잘 쓰는 칼로 자루가 긴 창 같은 칼이다. 무술 시험에 등장할 것이라 예상되어 숙련시켜 놓은 무기이기도 했다.

살벌한 분위기에 옥내의 노비들은 웅성거렸다. 토요(土嶢) 같은 이곳이 화마에 휩싸일 일은 없겠으나 적으로부터 위험에 노출될 수는 있다. 이곳을 빠져나간다 해도 노비인데 자유인이 될 수 없는 것이라 그저 그런 태도였다.

자매 방에서도 자유인 한 여인이 가노에 의해 풀려나가고 있었다. 뇌옥 안을 돌아보는 그녀의 눈은 어딘지 모르게 슬퍼 보였다.

'당신 모습을 보니 어련하시겠습니다.' 낭랑한 소리로 되묻던 와사녀는 학소의 눈길과 마주쳤다. 창틀 사이로 보이는 여인은 어딘가 쓸쓸해 보였다.

어깨에서 너울거리는 머리와 찢긴 옷 사이로는 터져 나올듯한 젖무덤을 겨우 가리고 있었다. 부역이라는 관가의 시달림에 남편을 갈라놓았고 자식을 가슴에 묻은 애틋한 여인의 심장이 터져 나올 것만 같았는데, 감정이 말라버린 메마른 남자의 가슴은 오직 관능적인 면만 가득 차 한입 베어 물고 싶은 그 욕정뿐이라고 학소는 생각했다.

고요함이 깔려 있는 진방가 이층 내실에 굵직한 황초가 방을 밝히고 있었다.

"지금 들여보내겠습니다."

방문을 두 뼘 정도 열고 얼굴을 내밀어 말하는 복부(僕婦)는 웃음을 머금고 주인을 바라보았다. 무언의 언질에 뒤돌아 종종걸음으로 욕실로 들어가는 복부의 행동은 한두 번 해본 일이 아닌 듯싶었다.

"새 옷으로 갈아입으세요."

그러면서 입혀주는 새 옷은 엷은 두루마기 단벌옷으로 앞가리개는 할 수 있는 넓은 천 조각에 불과했다.

"방대야는 후덕한 주인이오라 와사녀께서는 복이 많은 분입니다."

복부는 그렇게 말하며 밀다시피 데리고 가 안방으로 밀어 넣었다. 비단 이불이 깔린 침상에 앉아 있던 가주 방화천은 입에 침을 바르며 일어섰다.

"부끄러워할 일은 없네. 우리 둘뿐인데."

준비해 두었던 감로주를 두 잔 따르고 한 잔씩 마시게 하여 입가심 시켰다. 환갑을 넘긴 가주는 어린 티가 나는 여인보다, 풍성하고 잘 익은 과일처럼 보이는 와사녀 주희에게 매혹되었다. 남녀 간에 교감으로만 가득 찬 늙은 남자의 눈은 사랑으로 모인 불룩한 여인의 가슴을 응시하고 있었다.

"나는 가무희를 좋아하는데 그대의 희문은?"

"비녀의 희문은 경희(京戱)는 못 되고 소희(小戱) 출신입니다."

와사녀 주희가 자존심을 던져 버린 것은 두 번씩이나 지방 포청사로부터 겁간(劫姦)을 당하고 나서부터였다. 죄인의 몸으로 몇 군데 끌려다니며 구타까지 당하면서 주희의 자존심은 자신도 모르게 무너졌다. 사랑으로 만들어진 여상이 힘으로 무너진 여신이고 그 모멸감은 분노로 방출하였으며 죄는 누구에게 있는 것인가. 이것도 사회적으로 눌러있는 여인에게 돌아갔다.

가주는 여인의 손목을 끌어당겼다. 여인은 눈을 크게 뜨며 한 발 뒤로 물러섰을 뿐 결국은 그의 가슴에 안겼다. 뭉클함과 따뜻함이 솟아나는 여인을 끌어안으며 침상으로 무너졌다. 욕정의 눈길은 늙은 여우처럼 변해갔다. 여인의 손으로 몸을 간수하기 위해 사람을 직접 죽였다는 사실에 매력을 느낄 수 있었다. 가무희였으니 소희 여인을 괴롭히는

노비가 되다

사람을 죽이는 검무가 떠올랐다. 지옥 같은 구렁텅이에 떨어지는 여인을 구출하였는데 그 값이 있어야 한다. 그래서 여기 와사녀 주희는 와장을 죽이고 나에게 왔다. 이불을 뒤집어쓰고 누가 볼까 두려워하면서 혼자 여인을 감하기 시작했다. 천 조각으로 가려진 젖 가리개를 떼어내자 덜렁하니 부푼 가슴이 흘러나왔다. 와사녀도 늙은 여우 보듯 하던 감정을 사랑의 눈으로 바라보기 시작했다. 아무럼 어쩌나. 죽지 못해 살아있는데 삶의 맛을 느껴야 한다고 그녀는 의식적으로 부르짖고 있었다.

남녀 간의 열과 열로 인해 이불 안은 열기가 일어 가주는 거추장스러운 것을 걷어내었다. 주희도 부끄러움에 두 눈을 사르르 감았고 남자는 끼워놓았던 하의를 벗어 내렸다.

눈여겨 이들의 행동을 주시하고 있던 천장 속에 두 사람의 날카로운 눈동자가 살기에 빛나고 있었다. 어떻게 숨어 들어왔는지 이들은 가주의 저격수로 기회를 넘보고 있는 살수들이었다. 홍에 취한 가주가 늙은 엉덩이를 드러낸 채 여인의 보금자리를 걷어내고 있을 때였다. 주희는 감았던 눈을 뜨면서 주인의 가슴을 더듬을 때 천장 구석 면이 열리면서 흑영이 보이는 순간이었다.

일순! 핑글 돌면서 주희는 양쪽 발로 주인을 힘차게 걷어찼다. 여인의 발에 차여 침대 밑으로 떨어지는 광경이 가관이었으며, 울컥 달아오른 화기통도 잠시였고 위급한 상황임을 직감했다. 둘이 있었던 사랑의 보금자리에는 묵직한 장도가 박혔으며 여인의 발길질이 아니었으면 가주의 등에는 여지없이 그 장도가 박혔을 것이었다. 저격이 일차로 실패하자 살수들은 당황하기 시작하여 한 놈은 패도를 휘둘러 가주의 몸통을 양단 내는 검기를 부렸다.

펑!

부지불식간에 화덕장을 뿌려 검기를 처내었으나 장발은 그다지 강하지 못하여 밀어내는 정도였다. 갑자기 뿌려낸 장이라 그러하기도 했다. 연공으로 또 한 놈이 가주에게 공력을 가다듬을 여유를 주지 않고 내리 공격하였는데 가주는 나래타곤으로 땅바닥에 굴렀다. 늙은 나인이 땅바닥 구르는 형상을 무대에 올린다면 대소가 터져 나올 것이다. 장을 맞은 흑의인이 기회를 보던 중 예리한 검으로 가주의 등을 찔렀다.

찰나에 침상에서 장도를 뽑아 든 나신의 여인이 검무를 추었는데 흑의인 오른쪽 어깨에 장도가 깊숙이 박혔다.

"응? 종년이 검무를 추다니……."

나신의 몸으로 부끄러워서 방구석에서 돌돌 떨고 있어야 할 종년이라고 생각했던 것이 불찰이었다.

"네놈들이 미봉관에서 보낸 암습자들이냐?"

가주가 장도를 주워 들자 죽어가는 흑의인을 밀어내며 살수한 놈은 창을 부수어 바람같이 사라졌다. 두 번씩 죽을 운에 봉착했던 가주는 한가롭게 고개를 한번 돌리고는 입에 침을 발랐다.

"고맙소. 부인! 부인도 검법을 익혀두셨군요."

"아니에요. 비녀는 가극을 하는 경극 초식뿐이에요. 그런데 또 사람을 살해했다면 지옥에 떨어져 죽어 마땅한 죄인이 되었어요."

"아니요. 부인은 사람을 살렸는데 죽어 극락왕생할 것이오. 보시오. 나는 덕분에 하하하…."

살아남았다는 기쁨에 부인이라고 불러주며 자기 하반신을 내려보았는데, 무슨 일을 저지를 듯이 솟아났던 양물이 번데기처럼 시들어 있었다. 모든 사람은 보는 관점이 자기중심적이기 때문에 가주의 눈에는 나신의 와사녀가 보살님처럼 보였으니 말이다. 누구든 간에 내가 존재하지 않으면 세상이 존재하지 않듯이 가주의 뜻과 똑같은 것이다.

그때였다. 이 난동을 신호로 후원에서는 병기 부딪히는 소리가 들렸다.

노비가 되다

"침입자들이다. 모두 나와라!"

하 집사의 외침이었다. 소리를 지르며 안방으로 들어온 그는 놀라서 얼굴이 파랗게 변했다.

"가주님! 여기까지 암습을 하다니 괜찮습니까?"

방바닥에 핏자국을 보면서 말을 토한 그는 두 나인에게는 아무렇지도 않고 마당 쪽을 가리켰다.

"미봉관 놈들입니다. 관주를 비롯한 막강한 무림인들이 성벽 위에서 지휘하고 있어요. 빨리 채비를 갖추십시오."

옷을 주워 입은 가주는 느긋한 언성으로 입을 열었다.

"도망갈 채비를 갖추란 말이냐?"

"우리가 준비에 너무 지체했나 봅니다. 저들은 용병들을 고용해서 힘이 막강합니다. 여차하면 후일을 도모할 수밖에 없습니다."

하 집사는 약삭빠른 사람이라 벌써 전세를 짐작하고 물러설 채비를 뜻하는 말이었다.

"나는 죽으면 죽었지, 한 발짝도 물러서지 않는다. 그리 대형을 준비시키게! 우리 어가가 무너지는 날에는 자네 목숨도 온전치 못할 것이다. 그리 각오하게!"

이층 난간에 나타난 방화천 가주는 큰소리로 가병들에게 용기를 불어넣었다.

"진방가 가병들이여. 힘을 내라! 우리에게는 임전무퇴며 더 물러설 곳이 없다. 그리고 우리 뒤에는 대적산 양면무신 산구 대선배님이 5인의 협사를 이끌고 지금 문 앞까지 당도했다!"

훌쩍 마당으로 내려선 그는 굵직한 대라봉을 휘두르며 관병(錧兵)들을 처단하기 시작했다. 대라봉 양 끝에는 철창이 솟아 있어서 관병들을 척살하기에는 맞춤형이었다. 여기에 붉은 옷을 입은 홍의 십팔대가 가세하니 줄행랑을 치려고 눈치를 보던 가병들이 힘이 붙었다.

성곽 위에 우뚝 선 관주(錧主)는 몸에는 쇠고리로 꿰어 만든 쇄자갑주(鎖子甲冑)를 입었으며, 한쪽 손에는 듬직한 삼지창(三枝槍)을 들고 있었다. 변방에서 병마사(兵馬使)로 있던 그가 근무지를 이탈하여 퇴역 장군이라고 자처하고 있었다. 본연의 임무는 내팽개치고 쌀장사를 하는 것이 오늘에 이르렀는데 가주에 맞서 그도 관병(錧兵)들에게 용기를 북돋아 주었다.

"제방을 허물어 버린 자는 죽어 마땅하다! 저 방가 놈의 말은 허풍이며 비록 그가 온다 하여도 우리는 승리한다."

그의 곁에는 백골 가면을 쓴 두 괴인과 회색 가사를 걸친 도인이 서 있었다. 오른쪽 희색 가사의 도인이 말했다.

"아무리 독한 뱀도 머리를 자르면 날카로운 이빨은 무용지물이며 승산은 쉬운 일인데 자객이 실패한 모양이오."

그의 말에 곁에 섰던 백골쌍마(白骨雙魔) 중 일치(一治)는 아무것도 아니라고 말을 받았다.

"시간이 더딜 뿐입니다. 우리가 내려서면 홍의 십팔진이 무너지고 전세는 아무것도 아니오."

금빛 찬란한 쇠 갑주를 입은 관주만이 성곽에 서 있었고 세 괴인은 장내로 날아들었다.

가깡 깡!

"으악!"

정원 모퉁이에 있는 동백나무 속에서 두 괴인이 속삭이고 있었다.

"승산은 미봉관이오. 우리도 관병 쪽에 붙어 가병 몇 놈을 잡아 놉시다. 그래야 미봉관에서 금괴가 들어올 것이 아니요?"

그 말에 동의를 표시하려던 일괴가 후원 쪽을 돌아보았다.

"저기 봐. 후원 뇌옥에서 꾸역꾸역 나오는 삼인 말이야. 앞에 나선 털보 노인이 대적산 양면무신 산구가 맞구나!"

"가주의 말이 허구는 아니구먼."

이번에는 이괴가 두꺼비눈을 껌벅이며 진방가 쪽을 두둔했다.

"그러면 우리는 가병에 붙어먹어야겠군."

자상이 나있는 일괴의 얼굴이 미소로 감돌았다.

"상황을 더 관망함세. 이왕이면 얄미운 관주보다 텁텁한 가주편이 더 낫지."

가주는 쓰러지는 가병들을 보면서 울화가 치밀었다. 백골쌍마(白骨雙魔)와 북두거사(北斗居士)가 끼어들자 삼인의 홍의인이 쓰러지면서 십팔진은 무너지기 시작했다. 한 사람이 방어하면 뒷사람이 공격하고 또 그것을 반격하면 세 번째 공격하며 십팔진에 관병들도 다섯 명이나 쓰러졌다. 북두거사가 독한 뱀도 머리를 자르면 몸뚱이는 무용지물이라고 했듯이 가주 앞에 다가섰다.

"가주! 안됐소이다. 화덕장(化德掌)이 유명하다고 해서 한 수 가르침을 받고자 하오."

방화천은 피 묻은 대라봉(大羅奉)을 세우면서 고개를 한번 돌렸다.

"거사(居士)라는 호칭도 황금 앞에서는 별수 없군. 공명(功名)을 세워 부귀를 잡으려는 그대가 가소롭구나!"

말이 끝남과 동시에 가주의 손이 활개 치며 강맹한 열풍이 가사의 도인을 덮쳤다.

푸엉!

어느 사이 북두거사 차대(車大)는 두발 왼쪽에 우뚝 서 있었고 그 자리에는 반자 깊이의 구덩이와 흙발이 날렸다. 거사는 앞섶을 열고는 자반 길이의 예도를 꺼내며 웃고 있었다.

"으호호호. 준비 없을 때가 상호 간에 암수이며 대처하기가 쉽지요. 내가 준비했다면 당신은 정타로 안 때렸을 테니까요."

으악!

때맞추어 후원 쪽에서 삼사 명의 관병이 비명을 지르며 쓰러지는 그 쪽으로 고개를 돌렸다. 삼 인의 협사가 활로를 트며 대적산 신구가 가주 앞으로 날아들며 북두거사 차대에게 손가락질을 하였다.

"자네가 공명을 세워 부귀를 잡겠다고 하여 여기에 나타났다고?"

가주의 말을 되물으며 절뚝이는 걸음으로 다가오자, 북두거사는 계면쩍게 웃으며 답했다.

"아이고 어르신 오랜만에 뵙습니다. 진강(眞江) 저잣거리에 산노야(山老爺) 어르신 목이 효수된다고 들었는데 불행 중 다행입니다."

북두거사 차대는 어쩌지 못하여 민망한 웃음을 띠며 또 말을 이었다.

"선배님의 구들장을 식견해 주시면 빈도는 많은 배움이 되겠습니다."

"이놈아! 내가 장을 쳐본 지가 몇 년은 된다. 이 검으로 징벌할 것이다! 썩 물러가라!"

쉬익!

차대도 날렵하게 산구의 머리 위로 날아오르며 예리한 검날이 번쩍였다. 둘은 검날이 맞부딪치며 한 몸이 되어 공중에서 몇 수 주고받았다. 또 한 번 떠오르고 회오리바람을 일으키며 담장 밖으로 사라졌다. 둘은 회선 검법으로 바람을 일으켰는데 누가 우세한지 알 수가 없었다.

학소는 백골 쌍마 중 일치(一治)와 생사를 겨루면서 댕기 머리 소산해(小山海)를 돌아보았는데, 그가 볼우물을 지으며 이치(二治)와 대적하는 칼날이 믿음직스러웠다. 학소와 몇 수 겨뤄 본 일치는 가면 속에 누런 이가 보이는 것이 만만한 태도였다. 둔탁해 보이는 행동이며 몰골이 말이 아닌 그를 보며 벌레 보듯 나무랐다.

"베삼을 입은 젊은이는 어느 집 상주(喪主) 같은데 안타깝게도 시구(屍軀) 하나가 이 마당에서 떠나겠구나."

백골 쌍마답게 점점 거세어지는 검기에 학소는 승부의 첫 장이라 마음을 추슬렀다. 태극공의 삼십육관론(三十六關論)의 준비 자세로 검병을 양손으로 잡았다. 검병이 길어 창법을 겸하여 휘둘러 공격하자 협도의 진가가 나왔다.

둔탁한 공격에 일치는 당황하며 자격(刺擊)으로 공격하였다. 그 강맹한 자격이 끝남에 물러서지 않고 들어서며 섭전과 같이 사자방침(死刺膀沈)으로 비스듬히 몸을 돌리며 좌우교란(左右交亂)으로 창법을 쓰자 자격이 허공을 갈랐는데 끝남에 물러서지 않았다. 들어서며 섭전과 같이 몸을 돌렸다. 몸만 돌린 것이 아니고 검을 쓸어내리는 경세(勁勢)법을 취하였으니-.

강맹한 검풍이 지나간 자리에 일치는 한 마디 소리도 못 내고 피 분수 나는 목을 움켜잡으며 주저 앉았다. 일 년이 지나면 그의 가면과 같이 어느 땅속에서 백골이 될 신세이거늘-.

번방에서 써먹었던 삼지창을 올려 잡고 당당히 소리치던 기세는 사라지고 지금 관주의 얼굴은 파래졌다. 관부에서 일벌백계에 처하여 머리통이 효수될 놈들을 사다가 뇌옥 속에 묻어 두었던 것을 몰랐던 것이 큰 실수였다. 홍의 십팔진을 깨지 못하여 고전분투하는 관주는 사방을 살펴보았다. 북두거서 차대는 산구와 같이 사라져 생사를 알 수가 없었고, 백골 쌍마는 일치가 쓰러지면서 관병의 기세는 푹 꺼졌다.

그때 진방가 이층에서 비파 소리가 들렸는데 관주도 그쪽으로 고개를 돌렸다. 난잡한 병기 부딪치는 소리와 죽어가는 호곡성이 비파 소리와 어우러져 아수라의 참혹한 흥을 돋우는 것인가.

촛불에 발산되며 창가에 나타나는 비파 타는 나신의 여인은 한 올의 천도 걸치지 않은 모습이었다. 다급한 상황에 옷이 무슨 대수라고 비파 하나만 들고 창가에 나타났다. 관병들에게는 장송곡이 되고 있고 승자에게는 축복의 금소리였는데 이어 은쟁반에 옥구슬이 구르듯 낭랑한 노랫소리가 흘러나왔다. 와사와 구란에서 노래와 가무를 하던 와사녀는 그렇게 가무를 하고 있는데 한 많은 유랑가녀(歌女)의 비파행(琵琶行)

이었다.

> 우리 다 같이 하늘가를 떠도는 사람이거늘
> 초면인들 그게 무슨 상관이랴
> 너도나도 죽기를 자초하여 칼을 잡았는데
> 찰나에 실수는 호곡성으로 사라지고
> 아녀자의 분 향기는 넘치는 혈향에 잠겨 버렸네
> 저승으로 가는 호곡성은 너무나도 구슬프구나.

창가에 드러난 나녀의 긴 머리는 동그란 어깨 위로 흘러내렸고, 출렁이는 가슴에 비파 뜯는 모습이 장내의 사람들을 놀라게 했다. 그 창영은 호곡성이 이는 마당에 혼귀로부터도 갈채를 받을 만했다. 호곡성과 비파 소리는 진혼곡(鎭魂曲)이 되어 장내에는 불협화음을 이루었다. 비파 소리를 들으며 조용히 꺼져가는 생명에 이 소리가 없었으면 정말 삭막한 종명이 될 수도 있었을 텐데─.

더 물러설 수 없는 관주 하도지는 몸으로 승부를 걸었다. 가주 앞에 내려선 그는 피 묻은 삼지창을 가로로 눕히며 근엄한 어조로 말했다.

"그대는 밤도둑같이 우리 몰래 제방을 허물다니 죽어 마땅하다!"

"홍! 괴수가 누구인가 했더니 네놈이었구나."

가주는 내심을 숨기고 새삼스럽게 적장이 누구임을 알아보는 척하며 웃음을 날리며 말을 받았다.

"당기(搪基)는 원래부터 없었던 것이었다. 우리 진방가를 우습게 보고 막아버리면 말이 되겠나?"

번쩍이는 쇠자 갑주를 입은 관주지만, 어찌 보면 싸움에 임하는 것이 아니라 처절한 형국이며 바늘구멍을 찾는 대답을 하였다.

"무슨 소리야! 나라에서는 당기를 쌓은 사람에게 상금을 내리고 있거늘 관부에 나가 심판을 가르자!"
 가주 방화천은 삼지창의 움직임을 주시하며 답을 했다.
 "비적떼같이 야밤에 사병들을 끌고 와 우리 어가를 사멸시키자고 넘보는 자가 관부의 심판을 받겠다고?"
 이들은 지금에 와서 나라에 심판을 거론하며 가타부타할 일이 아니기도 한데, 상황이 불리한 관주가 쥐구멍을 찾는 수작이기도 했다. 승리하는 사람은 정의로운 사람이고 패하는 자는 죽어 마땅한 공적으로 변한다. 관주가 승리하면 제방을 주인 몰래 허물어 버린 가주는 용서받을 수 없다. 반면 가주가 승리하면 흐르는 물을 막아 하구 쪽에 피해를 입힌 죄와 밤에 침입하여 살상하고 어가를 사멸하려 했던 죄는 죽어 마땅했다. 패자의 주장은 묻혀버리고 승자의 주장만이 옳은 것이다. 죽은 자는 말이 없으므로 정의는 승자 편이었다.
 관주 하도지는 번쩍이는 쇠 갑주에 묵직한 삼지창을 들고 가주가 화덕장을 써주기를 바랐으나 대라봉에 기를 모으고 있음이 확연했다.
 장을 남발하다가는 기가 쇠진되어 힘에서 밀린다. 드디어 삼지창이 원을 그리며 가주의 가슴을 찔러 갔다.
 따당 땅!
 그의 독문결기인 천자배진(天紫拜進)의 기수식(起手式)으로 폭풍 같은 창형이 장내의 공기를 무겁게 만들었다. 가주는 두발 물러서며 방어하고 대라봉법으로 이어지며 일지편(一之片) 격봉으로 그의 복부를 노렸다.
 동백나무 속에 숨어있던 홍택 이괴가 어슬렁 걸음으로 다가와 이들의 창술과 봉술을 관전했다. 가주의 이마에서는 자신도 모르게 송골송골 맺힌 땀방울이 콧등을 타고 흘러내렸다.
 관주는 희망이 보이기 시작했으니, 방화천의 봉술은 가볍다는 것과 홍택 이괴가 나타남으로 가주를 잡으면 사태를 역전시킬 수 있다고 생각하며 그들에게 명령했다.

"홍택 이괴는 무엇 하는 것이오! 나는 가주를 잡을 것이다! 장내를 수습하게!"

가주는 선주의 말이 있어서 홍택 이괴에게 연연하지 않고 대라봉에 기를 모았다.

"홍! 나를 잡는다고? 마상의 기창보(旗槍譜)에 잠시 눈이 흐렸을 뿐이다."

관전하던 홍택 이괴가 어깨에 걸쳤던 철주를 풀어 들자 관주는 힘이 배가 되어 삼지창은 더욱 거세어졌다. 그 기세에 입을 삐죽이며 바라보던 일괴가 이괴에게 고갯짓을 했다. 관주의 천자배진 삼십육식의 강맹한에 하소와 소산해가 날아들었다. 그때 이괴의 철주가 공중으로 날아가는가 싶더니 이들을 저지하지 않고 빛나는 쇠 갑주의 등에 박혔다.

윽!

때를 놓치지 않은 가주의 대라봉이 쇠 갑주를 뚫고 관주의 가슴에 깊숙이 박혔다.

"홍택 이괴 이놈! 너희들이 나를 배신하다니..."

관주 하도지는 가슴에 박힌 대라봉을 양손으로 잡으며 홍택 이괴를 원망했으나 그들은 죽어가는 사람에게는 별 볼일이 없다고 웃음으로 일관했다.

이괴는 철추를 거둬들이며 가주에게 향하여 공치사(功致辭)를 했다.

"가주님! 경하드립니다. 이 철퇴가 아니었으면 큰일날 뻔했습니다."

갑주에서 흘러나오는 핏발의 관주를 내려보던 가주가 고개를 돌리며 당당히 말했다.

"적도 모르고 미봉관 그대도 모르니 대패할 수밖에. 이러고 보니 앓던 이가 다 뽑힌 듯 시원하구나."

대세는 끝났고 장내에는 승자의 목소리만 커졌다. 이층 촛불이 있는 방에서 흘러나오던 금소리는 이미 멎어있었고 미봉관 관병들은 어느새 모두 사라졌다.

"미봉관을 접수하라!"

도망치는 관병을 바라보며 가주가 소리 질렀다.

당당하던 하도지는 뱀 입속으로 들어가는 패자의 억울함을 느끼며 가물거리는 그의 귓전에 승자의 우렁찬 목소리와 도망가는 그의 가솔들이 아련히 떠올랐다.

장안은 여기저기 부상 당한 양쪽 가병들 신음과 시체들이 널브러져 있었다. 뚱보 가노는 적군과 아군의 시체를 구별하여 정리하며 부상자는 구별 없이 치료에 임했다. 홍의대장 노국립(盧國立)과 집사 하청(下淸)이 가주 앞으로 달려와 포권을 했다.

"분부를 내리십시오!"

가주는 당당하게 홍의 대장에게 호령했다.

"홍의 대장은 홍의대와 가병을 합하여 삼십 명을 이끌고 가 미봉관을 접수하라!"

"그럼, 가족들은 어떻게 처리합니까?"

가주는 사방으로 눈길을 보내며 의기양양하게 말했다.

"그대들은 우리 어가를 지켜내었으며 그쪽도 그대들이 알아서 처리하게. 허나 거기에는 아무도 없는 장원일 것이오. 가족들도 인과응보(因果應報)요 자업자득(自業自得)이라 자신들의 죄는 누구보다 잘 알 것이 아니오?"

댕기 머리 소산해가 반색하며 학소에게 달려와 칭송했다.

"대단했소. 산노야께서 황풍 검객이라고 예찬했던 것이 맞는 말씀이군요."

"아니오. 백골쌍마가 합수를 한다면 모르는 일이기도 합니다."

"나는 이치(二治)를 잡지 못해 부상만 시켜 도주했는데 그대만 하겠는가."

가주가 이들에게 걸어오며 한마디 던졌다.

"그대들도 몸값은 충분히 했어요. 나는 만족하네. 홍의대와 같이 따라가 보시게."

이 말을 기다렸는지 소산해는 타고 갈 말을 찾아보는 것 같았다. 미봉관 보물창고에 먼저 들어가는 것이 임자라는 것을 생각하고 있었다.

"산노야는 어떻게 되었지?"

학소는 양면무신 산구노야가 생각나서 물었다.

소산해는 능글스럽게 웃으며 대답했다.

"걱정 말게. 북두거사 차대하고 탁주나 한 사발씩 나누고 있을걸? 나는 두 어른이 칼부림하며 신법을 쓰는 것을 보았는데 그렇다고 믿네."

"현장께선 그리도 잘 아시오?"

"남의 집안일에 생명을 던질 우둔한 분들이 아니오. 아마도 산노야는 선주를 만나 여비를 마련하여 떠날 것이라 믿어 황풍 유협도 그리하시오."

홍택 이괴는 말 위에 오르려다 학소와 눈이 마주치자 내려서는 데는 신경이 쓰였다. 입안에 옥수수 알을 떨구어낸 복수를 하려는 것이 분명했다.

"황풍! 백골 일치를 잡다니 솜씨가 보통이 아니더군. 그런데 내가 고기를 먹으려고 입안에 넣고 보면 자네 생각이 무럭무럭 나는 거 있지? 잘 씹어야 고기 맛을 알 텐데."

두꺼비눈을 껌뻑이며 잡털이 나 있는 입술 사이로 번쩍이는 것으로 보아 금이빨을 만들어 놓은 얼굴이었다.

그는 철추를 풀어놓으며 공중으로 선회하기 시작했다. 학소도 할 수 없이 땅바닥에 던져 놓은 협도를 주워 드는 것을 보고 미봉관으로 달려가려던 소산해가 끼어들었다.

"모두 진방가를 구한 동지들인데 왜들 이러시오?"

노비가 되다 337

왼쪽 뺨에 자상이 나 있는 일괴가 묵도에 손을 얹으며 소산해를 노려보았다.

"그대는 알 바 아니오. 나잇살이나 들어 보이는 총각 같은데 장가는 가보고 죽어야지."

그의 말에 광극신도 소산해가 장도를 뽑아 들려고 하자 가주 방화천이 큰소리 높였다.

"그만들 하게! 그리고 자네들이 타고 갈 말은 저기 있지 않은가!"

황풍이 노비라는 점과 가주가 홍택 이괴를 두둔하는 행동에 소산해는 말 위로 뛰어오르며 문밖으로 달려 나갔다.

"의리 없는 친구로군"

황풍 응매는 혼자 중얼거리며 관주가 사연을 남기고 버린 삼지창으로 바꾸어 잡았다. 철주를 잡는 데는 그것이 제격이었다. 공중에서 웡웡거리며 맴도는 철주의 소리에 가병들은 물러서서 저 젊은이가 당할 것으로 관심을 보였다. 그도 오금파천식(五禽破天式) 십구절을 시전하기 시작했고 그 창형은 공중에 비단 폭을 깔아놓으며 바람까지 일으키고 있어서 만만치 않으니 흥미를 자아내게 했다.

공중에서 도는 철주도 어디가 철주인지 알 수가 없었고 창형도 비단 폭으로 보여 창끝을 찾아볼 수가 없었다. 이 상황을 본 일괴는 보통 놈이 아닌 것 같아 묵도를 뽑아 들었다. 괴성을 지르며 이괴의 비류마성(飛流魔星) 삼십육추(三十六錘)를 전개하며 요란스럽게 날아들었다.

크악!

가강깡깡!

어디서 쇠 부딪치는 요란한 소리가 들렸으며 창형은 그대로인데 공중에서 선회하던 두 개의 철주가 흐트러지는 현상이 나타났다. 그 힘에 이괴는 몇 발짝 무너지다가 신형을 바로잡았다.

철주는 창기(槍旗) 안을 뚫지 못하여 학소의 오금파천식 십이식에 영풍탄진(迎風揮塵)으로 바람을 맞아 그 바람으로 공격하는 초식이었다. 이때 그가 공격했다면 이괴의 생명은 저승길에 접어들었을 것이다. 비단 폭의 창기는 불쑥불쑥 사슴, 곰, 호랑이, 원숭이, 새의 형상이 나타나자, 장내의 사람들은 탄성을 토했다.

"엇! 저것은 천 년 전 조조 장군의 오금희 창법이로구나!"

일괴 뒤에 섰던 방화천의 입에서 자신도 모르게 감탄사가 나왔다. 봉술을 익혔던 그가 흠모해 왔던 창법이어서 놀라지 않을 수가 없었다.

이괴는 상실감을 보이며 일괴에게 눈짓을 보내자 둘은 협공으로 들어섰는데, 이번에는 상하좌우로 두 개의 추가 난잡하게 공격해 들어왔다.

크악!

또 괴성을 지르며 두 개의 철주가 날아들어 일괴의 묵도가 그 틈을 노리고 괴룡승천(魁龍昇天)으로 비밀히 익혀두었던 필살의 협공이라 학소는 검기를 막기 위해 밑으로 내린 것이 철주 하나가 삼지창을 휘감았다. 기폭 같던 창형은 사라지고 철주와 창이 당기고 미는 자세가 되었다. 내력을 갖추지 못한 학소가 당기는 힘에 부쳐 일괴의 흑검이 괴룡승천 삼식으로 공격함에 겨우 창신으로 막아내었으나 다음 철주 하나가 문제였다.

으윽!

순간이었다. 그 철주가 우연히도 학소의 둔부 쪽 양관혈(陽關穴)을 찍었는데 하반신이 마비되어 그대로 주저앉았다. 두 다리가 마비되었으므로 일어설 수도 없었고 걸을 수도 없었다. 첫 장에 철주가 튕겨 나갔을 때 이괴를 잡을 기회는 있었으나, 이빨까지 떨구어 냈으니 미안한 감이 있었던 것이 사실이었다.

"음-. 억울하다. 승부는 냉철했어야 했거늘…"

냉랭한 소리를 들으며 다가선 이괴는 학소의 머리가 속발이라 머리채를 잡고는 일으켰다.

"그래. 이놈아! 뭣이 어떻고 어째? 이 금치를 만드는 데 은전 몇십 냥이나 들어갔는지 알아? 네놈도 입에 상아 뼈라도 한 번 박아봐라!"

퍽! 이괴의 두격에 혈안이 되면서 고꾸라졌다.

"어떠냐! 너에게 배운 나의 박치기도 쓸만하지?"

"……."

"나도 박치기 맛을 보았더니 따끔하더군. 해서 삼일 동안 연마했다."

일어서지 못하고 상반신을 일으켜 입술을 만져보았는데 이빨은 그대로 줄줄이 붙어있었다.

"이제! 시간이 없는데 머리통을 쳐 죽이지. 갖고 놀 참이냐?"

일괴가 서두는 말에 가주는 골수라도 튈까 뒤로 물러서며 서둘렀다. 공중에서 선회하는 철주는 마치 사형장에서 사형수의 목을 치는 장도 같았다. 학소의 싸늘한 한마디가 흘러나왔다.

"부탁 하나 하겠소. 양관혈 한 뼘 위에 명문혈(命門穴)을 쳐주시오. 죽는 것은 모두가 같은데 머리통은 보기가 좀 그렇지 않겠소?"

이 말을 들은 가주는 마당이 더럽혀질까 거들었다.

"그래. 그렇게 해주게. 죽는 자의 부탁이면 들어주어야지."

이괴는 입술까지 찡그리며 무슨 의미가 있는 듯 말했다.

"아니오. 이자의 안면을 칠 것입니다. 이빨을 떨구어 내는 것이 목적이오. 이후 살고 죽는 것은 이 사람의 운명입죠."

"멈춰라! 이유가 뭐지?"

불만이 섞인 카랑카랑한 여인의 목소리에 둘은 뒤로 물러섰다. 뛰어들어온 이들은 둥근 망사모에 기포의 여인과 그녀의 호위무사 옥야(玉夜)였다.

이괴는 철주를 멈추고 일괴는 선주 앞으로 나서며 상황 설명을 했다. 그녀는 학소에게 걸어가 어린아이 벌주듯 손바닥으로 둔부를 두 번 때리고 양관혈을 터주었다. 엉덩이가 따끔해지면서 따사로운 혈기가 돌아오고 철통으로 맞은 상처로 붉은 피가 엉덩이를 적시고 있는 것을 알 수 있었다. 가주가 뚱보 가노에게 고갯짓하자 학소의 발목에 예전처럼 철통을 채웠다. 선주는 그 상황이 애처로워 보였다.

"가주! 어떻게 하시렵니까? 모두가 공신들인데."

"그 값은 선주가 알아서 할 일이 아닙니까. 이 젊은 사람은 천 년 전 조조 장군이 창안하신 오금희 창법을 쓰는 자요. 뇌옥에 두겠으니 같이 데려가시오."

가주는 마당이 더럽혀질까 명문혈을 쳐 죽이라는 말을 했으므로 방치해서는 안 될 것 같아서 뇌옥으로 보냈다. 그는 또 고개를 한번 돌리고 말을 이었다.

"정보는 들었소만 그쪽 사정은 정리가 되고 있소?"

기포의 여인은 대상답게 품속에서 증거가 될 자료와 미봉관 재산 목록표를 꺼내 들었다.

"방가촌에는 칠십 정(七十町)의 전답이 있소. 가솔들은 그쪽으로 도주했다니 거기에 의지하여 살게끔 방치하면 조용해질 것입니다. 나머지 몇 필지는 관아에 상납하고 오십 정의 서가목(西家木) 과수원이 있는데 진방가에서 취하도록 하세요."

"우리 가병 십여 명을 잃었는데 취한 것이 고작 그것뿐이요?"

"물머리에 있으면서 제방을 쌓는 강적이 사라졌소. 그것이 첫째 이득이 아닙니까? 홍치선에서는 강 하구에 선착장이 없어요. 그래서 우리는 미봉관 장원만 취하기로 하겠소."

대상답게 당당한 그녀의 말이 옳았다. 처음부터 재산을 노리고 적을 방어했던 것은 아니었다.

그로부터 며칠이 지나자, 희망이 솟아나는 진방가(眞方家)는 점점 새로운 장원으로 단장되고 있었다. 학소는 토요 속에서 놀고먹는 것이 지루했다. 낮에는 밖에 나가 일을 하고 밤에는 들어와 잠자던 노비들도 어젯밤부터는 토요 같은 뇌옥이 아닌 창고 방에 든다고 하였으므로 단 둘이만 지내었다. 자매 방도 그 난리가 있고 난 후부터는 텅텅 비어 사방은 조용했다.

옆에 있던 석삼(石三)이가 벽을 퉁퉁 치며 푸념을 터트렸다.

"제기랄! 나 같은 기술자가 나가야 성벽을 곱게 쌓지. 바보 같은 자들은 몰라도 한참은 몰라."

돌을 쌓는 재미로 살아온 그는 하루가 지루하여 몸이 근질근질한 모양인데, 일을 했던 사람들은 놀고먹는 것이 여간 괴로운 것이 아니었다.

"당신도 자진해서 석공이라고 해서 나가시지 가만히 있으면 누가 데려가겠어요?"

"내가 별수당 성벽 공사에서 관리 한 놈을 때린 것이 노비 문적에 광노(狂奴)라고 적혔나 봐요."

"……."

"비록 계집종이기는 하나 처가 있고 아들도 하나 있는 몸인데 그 일로 인해 강매로 이리 팔려 갑니다."

"관리하는 관병(官兵)을 때렸다면 그러겠네요."

석삼이는 울컥 화를 터트리며 바라보았다.

"그놈은 몰라도 한참 모르는 놈입니다. 다듬은 돌은 모로 세워 쌓아야 하는데 보기 좋게 떡 쟁반처럼 일직선으로 올라가면 그게 든든하겠어요? 입구에서 보는 쪽이라 보기가 좋아야 한다고 하지만 모로 세워도 보기는 좋은데 말입니다."

"처자식이 불쌍하겠습니다."

"양인이 못된 우리야 태어나면서 불쌍한 사람들이 아닙니까. 처도 계집종이요, 다른 노비 만나 그런대로 세월 할 것입니다. 자식도 더 될 일은 없을 것이고 보면 나 없이도 무럭무럭 자라겠지요. 노비 자식들은 손발이 튼튼하고 건강만 하면 그게 제일 아닙니까. 이 애비를 닮아 몸은 튼튼할 것입니다."

사실 동양의 봉건 제도는 노비제도였으며, 황궁과 조정에 또 대신들에게 관노비들이며 부잣집 벼슬아치들 밑에는 사노비, 공노비, 종놈과 노복들 이루 헤아릴 수가 없었다. 이를테면 수나라 왕실에 양소(楊素)는 집안 노비 수가 오천 명이며 후원에는 비단옷을 걸친 가녀들도 천 명이 넘었다고 기록되어 있다. 당나라 때 황궁에만도 노비가 십만 명 이상이었다고 하고, 지금 개봉 궁성에도 수만 명이 넘는 것이 사실이며 또 관리들과 세가의 부잣집들도 천 명에 이르는 노비를 갖춘 집안이 수없이 많았다.

노비에도 등급이 있었으며, 여기 집사 하청도 노비고 보면 노비도 노비 나름이었다. 농지나 고리대(高利貸)를 관리하는 일, 주인을 대신하여 농사나 노비를 관리하는 일 등 여러 가지 있으니, 희망이 있기도 했다. 모두가 머리를 낮추어 주인 앞에 무릎을 꿇고 받들어야 하는 것이어서 주인 양반들은 천당 같은 세상이기도 했다.

아침 햇살을 받으며 묵도를 쥔 일괴가 뇌옥 앞으로 다가왔는데 등 뒤로는 노비 십여 명이 딸려 있었다. 뚱보 가노가 철문을 열자 웅매 열 명을 집어넣고 자매 방에도 다섯 명을 담았다. 일괴는 학소의 몸 상태를 위아래 훑어보며 중얼거렸다.

"우리 주인이 아니었으면 자네 턱은 부서졌을 거야. 그런데 선주님이 자네를 각별히 부탁했는데 자네는 행운아이기도 하네."

"……."

"무술자에다 사람은 잘생기고 볼일이야."

진방가에 자진해서 들어온 미봉관 가노들이 십여 명이나 된다고 하더니, 이번에 들어온 가노들은 홍택 이괴에게 잡혀서 끌려 들어왔으니 서로 투덜거렸다. 홍택 이괴는 추노(推奴)의 직업도 겸하고 있었다.

"자진해서 들어오는데 너 때문에 잡혀서 이 꼴이지 뭐야."

"뭐야? 대관 집에 같이 간다고 했던 사람이 누군데 지금에 와서 시비야? 나도 너 때문에 처자식이 모두 갈렸잖아!"

나인 든 분이 이들과 동료인지라 고성들을 잠재웠다.

"걱정들 말게. 내가 알아서 처자식들을 모두 여기로 데려올 테니 내일부터 가주의 눈에 나지 않게 일이나 잘하게."

"노 형. 그럴 수 있을까요?"

더벅머리 노비가 눈물을 흘렸다.

"이 집 가주님은 마음이 너그러운 분 같아. 관주가 먼저 진방가를 사멸하려 했던 것이 아닌가. 방가촌으로 도망친 우리를 모두 잡아 주인이고 가솔이고 간에 모두 노예로 팔아넘길 수도 있는데 그대로 풀어놓았어."

이들 말대로 싸움에서 패한 자는 노예가 될 수 있으니 감사하게 생각할 따름이다. 패가망신 당한 학소도 스스로 자책하고 있어서 잘못하다가는 이들처럼 영영 노비로 남아있을 수도 있다고 느꼈다.

뚱보 가노가 뇌옥 문을 열고 말했다.

"황풍 유협님! 선주님이 부르십니다."

'그러면 그렇지. 나도 공신인데 님 자를 들으니 아직은 종놈이 아니군.'

"철구를 들고 따라오셔야 합니다."

가노가 황소걸음으로 앞서 걸으며 선망의 눈길로 학소를 자주 돌아보았다. 풍채 있는 잘생긴 얼굴에 뛰어난 무술자인 것이다. 당당하던 백골쌍마 중 일치를 잡음으로써 전세가 역전되던 현장을 보았기 때문이다.

철구를 끌고 대청까지 올라설 수 없으니 어린아이 머리통만 한 철구를 들고 철 줄에 걸려 있는 오른발에 맞추어 치렁거리는 소리를 내며 따라갔다. 대청에는 가주와 선주가 탁자에 마주 앉아 차를 마시며 담소를 나누고 있었는데 학소를 바라보던 선주가 반겼다.

"이걸 어떡하나? 아직은 황풍 유협에게 믿음이 못 가서 그러하니 섭섭하게는 생각지 마시오. 이후로는 철구를 풀어놓는 것은 나의 약속인데 그렇게 해드리지요."

골수가 될까 염려되어 일괴의 말대로 명문혈을 치라고 했던 일이 마음에 걸렸던 가주 방화천이 고개를 끄덕이었다.

"지난번 이괴와의 일전에서 나도 황풍 유협에게 사과드리겠네. 당시는 나는 황망하였고 그들은 철주로 나를 구명했다시피 하였는데 그만 실언하였소."

학소는 고개를 들고 정중히 사과를 받아들였다.

"가주님은 그 일을 마음에 두지 마십시오. 나는 패자였고 노비가 아닙니까."

"하하하. 그렇게 이해해 주니 대장부로구나. 그런 줄 알았다면 그사이 오금희 창법이라도 몇 수 가르침을 받을 수도 있었을 텐데 아쉽구나. 말 한마디 잘못 던진 것이 후회막급이네."

말하는 것으로 보아 그리 나쁘지 않은 덕망도 있음 직했다. 관주에 비해 그러한 덕성이라도 있으니, 선주와 홍택 이괴가 그의 편에 선 이유이기도 했다. 가주는 미소로 답례하며 말을 이었다.

"우리는 오해가 풀렸으므로 양인으로 돌려주셔도 되겠습니다."

초라한 황풍 유협을 바라보던 선주도 고개를 끄덕이며 이 집 가노를 바라보았다.

"그렇게 하지요. 지금 정장을 시키고 나의 마차에 태워놓게."

선주의 한마디에 욕실로 직행할 수 있었다. 욕실을 나오자, 꽃무늬가 있는 심의(深衣)를 입은 와사녀가 양손으로 학소의 비단옷을 받쳐 들고 있었다. 잘 빗은 머리에 단장된 여인을 보면서 감회가 새로웠다.

창과 검날이 난무하는 호곡성이 이는 투살장에서 그에 걸맞게 랑가 사이곡을 부르며 금을 타던 여인이었다. 체면치레를 던져 버린 빈 몸으로 세상을 노래하였는데, 남들은 광대 같다고 할지 모르나 감성이 풍부한 여인 같았다. 그런 그녀가 미소를 담고 말했다.

"양인(良人)으로 태어났습니다. 축하드리겠어요. 성시(省試)에 급제하여 못된 관리들을 잘라내겠다고 했지요? 어련하여 꼭 그럴 것이라 이 비녀는 믿겠어요."

"그런 날은 없을 것이오. 하지만 랑가사이곡이 나의 귓전에 감도는 것으로 보아 그 곡조를 한번 들을 날은 있을 것 같소."

"호호호. 고마운 말씀으로 듣겠어요. 하지만 비녀는 그러한 날은 없을 것으로 믿고 있어요. 그날도 나는 나녀의 몸으로 침입자를 죽였어요. 그리고 마당에서 이는 저승으로 가는 호곡성에 비녀는 무대로 가는 신세로 보여서 미쳐있었어요. 그까짓 옷 하나 무슨 대수였겠습니까. 유협께서 나를 욕하여 주셔도 달갑게 듣겠습니다. 죽어가는 호곡성(號哭聲)에 나도 모르게 진혼곡(鎭魂曲)으로 달래고 싶었을 뿐입니다."

"오해하셨군요. 나는 사람들이 만장한 가운데 와사에서 듣고 싶다는 말씀이오."

와사녀는 고개를 설레설레 흔들며 추억이 이는 눈길을 던지었다.

"젊음은 언제나 있는 것도 아니고 빛나던 태양도 저만치 서산으로 기울고 나면 그 빛이 흐려지듯이 그러한 날은 없을 거에요."

그녀의 말에 학소는 말을 잇지 못했다.

그는 비단옷 위에 넓은 망포(亡袍)를 걸치고 어깨 위로 내리는 속발을 묶어 그 위에 복건을 썼다. 늠름한 귀공자였다. 그 뒤로는 와사녀가 따라가며 문가 마차에 도착했다. 두 달 전에 이들 두 노비가 마차에서 내렸는데 오늘은 선남선녀였으니 그사이 격세지감을 느끼게 했다.

"어서 오르시오. 황풍 유협!"

선주가 마차 안에서 그를 반겨 맞았다.

어자대에 젊은 마부가 채찍을 치자 마차는 진방가를 떠나 북쪽으로 달렸다. 한 달 전에 미봉관이었던 곳인데 지금은 홍치 선주가 자리 잡은 홍치원(紅治院)으로 가는 것이었다.

마차 안 우측 좌석에는 기포의 여인이 가볍게 앉아 있었다. 둥근 망사모를 벗어놓은 선주는 강건한 여인의 얼굴로 예상하였으나 여느 부인 못지않은 미모를 갖고 있었다. 서로 간에 아무 인연이 없는 듯 둘은 각자 상념에 빠져들었다.

창밖을 바라보며 잠잠히 앉아 있던 학소가 먼저 입을 열었다.

"소인은 이 길로 도망칠 수도 있는데 귀한 옷까지 입혀주며 홍치원으로 데려가시렵니까?"

그 말을 들은 선주는 웃음을 머금으며 먼 들판을 바라보았다.

"나는 한눈에 황풍 유협을 알아보았네. 인신매매하는 상인으로 그 사람의 애로사항도 한눈에 알 수 있어요. 황풍 유협도 말하지 않으면 나도 더 묻지 않고 도금칠주의 말을 믿을 수밖에 없어요. 그래서 노비 문적에 황풍(皇風)이라고 적어놓기도 했어요."

"……."

"당신 신상을 보면 어떤 의분을 숨기고 있지만 나의 눈에는 그것과는 아무 관계가 없이 단지 노비일 뿐이에요. 노비 장사를 하다 보면 어떤 이들은 어린 자식 걱정이 태산 같은 사람, 어떤 사람은 자신의 안위만을 생각하며 고관대작 집에 팔려 가기만을 엿보는 사람, 그대같이 세상 물정을 모르는 사람. 사정을 감안하고 사연을 듣다 보면 이 장사는 때려치워야 하거든요."

"……."

"그런데 한 가지 확실한 것은 손사막의 공혈주대법팔의 침 뜸을 할 수 있다는 것과 도금육주의 못 쓰는 승모건대를 말끔히 치료하였다는 것을 알았지요."

학소는 선주의 의중을 짐작할 수 있었다. 어느 의원 집에 팔려 가 조수일을 하며 후일을 도모할 수 있을 것 같았다.

"그럼 나는 어느 의원 집에 팔려가는 것입니까?"

노비가 되다

"팔려 가다니요? 세상 물정을 모르니 나는 유협에게 관심을 두고 있어요. 처음은 별로였는데 점점 그러하니 유협은 사람 마음을 끌어들이는 매력이 있나 봐요."

말을 마친 그녀는 긴 한숨을 한번 토하고 모든 짐을 내려놓고 싶은 심정이었다.

선주 엄지향(俺芝香)의 아버지는 뱃사공으로, 청강(淸江) 만물상에도 짐을 실어 주며 생활하고 있었는데 그 뱃사공은 술독에 빠지게 되었다. 결국 배까지 팔아먹고 나중에는 딸까지 청강 만물상(淸江萬物商)에 팔았는데 두 번째 첩실이 된 셈이었다.

엄지향의 모친은 궁성에서 숙빈을 모시는 하녀였는데 주인에게 전수받은 공작선(孔雀扇)이 독문병기가 되어 지금 선주가 흔들고 있는 것이다. 이를 펴면 두발이 넘는 금실 이십여 가닥이 휘돌아 그 끝에는 슬침(瑟針)이 있었다.

그녀가 팔려 간 청강 만물상은 주인 부부가 아부용(阿芙蓉)에 중독되어 가운이 기운 상태라 여기에 종사하던 홍택 이괴도 이 집을 떠났다. 할 수 없이 엄지향은 아버지로부터 배운 뱃길을 다니며 만물상과 노예상을 하면서 남편에게 아부용을 사 먹이는 데도 지쳐 있었다. 일 년 전에 첫째 마님은 돌아가셨고 지금은 남편마저 세상을 오락가락하는 처지였다.

마차가 홍치원(紅治院) 정문에 들어섰을 때는 유시(酉時)를 넘어서 어둠이 깔리고 있었다. 성곽으로 다듬어진 입구는 어느 관아의 정문처럼 두 사람의 문지기가 횃불을 치켜들고 서 있었다. 미봉관 명판은 내려진 지 며칠이 지났고 그 자리에 홍치원이라는 세 글자가 번뜩하니 음각되어 빨갛게 드러나 있었다.

십여 명의 무사들과 십여 명의 가노들이 선주를 맞을 채비를 갖추고 있었는데, 두 줄로 나열되어 선주와 학소는 갈채를 받으며 대청으로 걸어갔다. 이들은 홍치원의 원병이기도 했고 배에 오르면 뱃사공들이기도 했다. 맨 앞에 선 지휘자는 호구(狐裘)를 걸친 댕기 머리 소산해(小山海)였는데, 댕기는 없고 무변(武弁)을 쓰고 있었다. 그는 황풍 유협이 된 노비가 여주인과 나란히 걸어가는 모습을 보자 질투의 눈길이 여지없이 나타났다.

"소 부관. 수고가 많았네."

"옛! 명을 받들어 모든 것을 완벽하게 정리하였습니다!"

차렷 자세로 홍치 선주인, 지금은 홍치 원주에게 보고를 마치고 합수를 내리면서 장내를 해산시켰다. 벌써 홍치원의 원병 지휘관이 된 셈이다. 내실에 원주와 마주 앉은 학소는 내심 바늘방석과도 같았는데, 별채에서 오십 줄의 의원이 허리를 다소곳이 숙이고 들어와 보고를 드렸다.

"사흘을 지내기가 어렵겠습니다."

원주는 일어서며 고개를 끄덕이고 학소를 가리켰다.

"공(孔) 의원! 이 사람은 독기를 뽑아낼 수 있는 용하다는 의원이오. 안내해 주시오."

단도직입적으로 말하는 선주를 바라보며 반문했다.

"독기를 뽑아낸다니 무슨 말씀인지 모르겠으며 나는 용한 의원도 못 됩니다."

"따라가 보면 알 수 있을 것이오."

이웃하여 있는 별채에 따라가 보니 따뜻한 방에 덥수룩한 중년인이 숨을 겨우 헐떡이며 누워있었다. 학소는 한눈에도 의가장에서 보았던 제편자단 중독자임이 확연해 보였는데, 환생(還生) 시켜낼 희망은 없어 보였다. 공 의원은 침방들과 복용했던 약함을 꺼내며 학소를 바라보았다.

"나는 공수(孔守)라는 의원입니다. 일 년을 전담해 왔는데 진전이 없어 지금까지 겨우 이렇게 버티어 오는 처지입니다. 아부용도 구할 수 없어 조금씩 사용하고 있는데 젊은 선생께서는 어떻게 보시는지요?"

그는 촌구혈(寸口穴)과 단중혈(丹中穴)에 양쪽 엄지로 가볍게 누르고 진맥을 하여보았다. 잠시 시간이 흐른 뒤에 원주와 의원은 학소의 입으로 눈을 돌렸는데 답하기가 무거웠다.

"죄송한 말씀이오나 공 의원님이 보는 견지와 같습니다."

"그럼, 사흘이라는 말이오?"

홍치 원주 엄지향은 실오라기 같은 희망도 사라지고 열심히 살아온 삶이 무의미하게 느껴졌다. 환자의 동공은 죽은 듯 움직임이 없고 퇴색된 중완혈(中完穴)을 깊이 눌러가던 그는 또 고개를 가볍게 흔들었다. 양인으로 만들어 비단옷까지 입혀놓은 몸인데 그 값을 할 수 없었으니 소신껏 대답하는 일밖에 없었다.

"진맥을 할 수 없는 절맥(切脈)이라고 볼 수 있어요. 오장 육부의 기혈이 허실하여 침 뜸을 하고 흑태를 뜨면 한 달은 연명할 수 있습니다."

공 의원은 두 눈을 동그랗게 뜨며 놀라는 얼굴이었고, 원주에게서는 단념에 가까운 소리가 나왔다.

"그 아부용(阿芙蓉)을 즐겨 복용한 사람은 특약이 없다는 것이 사실인가요?"

"아부용은 연락용(宴樂用)으로 말하며 황홀감이 도원경에서 노니는 기분이라고 합니다. 결국 금단증상이 생겨 그 약을 끊지 못하고 패가망신한 연후에 이와 같은 지경에 이릅니다."

"그랬어요. 그래서 두 분은 그 많은 재물을 먹으면서 즐겁게 놀다 갔어요."

홍치 원주는 그 말을 끝으로 획 돌아나갔다. 지금까지 고생하며 뒷받침해 온 발자취에 자책과 후회의 빛이 엿보였다. 침 뜸을 하면서 환자이기 이전에 시체라고 생각함이 옳을 것 같았다.

학소와 홍치 원주

내실의 탁자에는 술상이 차려져 있었고, 학소는 원주가 권하는 술잔을 겨우 몇 잔 받아마셨다. 그릇들은 제례 시나 춘절 등에 귀하게 사용하는 유기(鍮器)그릇들이었는데 무슨 의미를 부여한 듯 원주는 놋잔에 술을 따랐다.

"황풍 유협은 어느 집 노비로 살아본 적이 없는 듯하여 귀한 집 관호임이 틀림없어요. 그런데 지난 가을에 항주에 있는 인지의가장이 화마에 멸문당했다고 들었어요. 강호에 흐르는 의문들은 분분하지만, 이 원주는 지금으로써는 관심이 없어요. 단지 황풍 유협의 의술로 보아 의가장에 진 도령이 있다고 하여 나는 그렇게 믿고 싶은데 어떻소?"

계속되는 융숭한 대접에 바늘방석 같은 불안을 느끼며 뇌옥이 편했다는 것을 실감하고 있었다. 밖에 나가 소산해와 친분을 나누고자 했으나, 황풍 유협은 주인마님의 손님이어서 그와 같은 예절을 갖추고 싶지 않아 날카로운 눈초리뿐이었고 원주의 호위무사 옥야는 싸늘하고 말이 없는 무사로 직업적인 무인이었다.

사흘 동안 의원 노릇만 하던 차에 홍치 원주 앞에 불려 나간 것이었다. 번민에 싸여 있는 원주는 거상답지 않게 연정의 눈빛으로 학소를 가깝게 대하는 태도에 그는 몸 둘 곳이 없었다. 홍치선이라도 출항하면 뱃사공이라도 되고 싶은데 그런 기미는 보이지 않았고, 오늘 밤 도망칠 계획을 품고 있던 차였다. 혹여 인지의가장의 진 도령이라고 시인했다가는 무슨 변고가 닥칠지 모르는 일이고 도금칠주와의 약속이 큰 문제였다. 생명줄이 걸려 있다는 그들의 안위를 생각해서라도 믿든 말든 아니라고 대답해야만 했다.

"항주의 인지의가장은 금시초문입니다. 도금칠주의 말대로 황산 심산유곡에서 절명 직전에 구출해 준 것은 사실입니다. 그런데 소민은 개봉성 어느 의원 집에 있었던 것은 확실합니다. 매일 밤 그 화려한 거리의 풍경들이 환몽하니 말입니다."

"호호호. 아무리 망각 상태라 하지만 집안 사정도 모르는 양반이 첨예한 의술을 그리도 잘 아시오?"

그는 뒷머리를 긁적이며 대답했다.

"그러게 말입니다. 그것도 참 신기한 노릇입니다."

하대를 쓰던 원주는 정이 붙어서인지 점점 공대어를 쓰면서 창가로 눈을 돌렸다.

"황풍 공자보다 연배로 치면 나는 칠팔 년은 위인 것 같은데 처음부터 무엇인가 점지한 것처럼 인연이 있어요."

"인연이라면?"

"구만리 같은 세상에 주인과 노비가 만나 나를 원주로 만들어 주었고, 같이 나의 남편을 걱정하였으며, 같은 솥에 밥을 나누어 먹고 있는데 인연이 아니겠어요?"

유기 잔에 남아있는 술을 한 모금 마셔 내린 그녀는 어두운 눈빛을 보이며 말을 이었다.

"이 원주는 태원장 주인에게 첩이기는 하나 정을 붙여보지 못했어요. 그렇지만 남편인 것을 어찌하겠어요. 깊은 병마에 빠진 그를 살려내어 한평생 살아보려고 했으나 저 모양이라서 말입니다. 그래서 개천에서 옥돌을 줍듯이 인신매매하며 반듯한 놈을 찾던 중이기도 해요."

그는 놀라 일어서서는 토끼 눈을 하였다가 제자리로 앉았다.

"소민의 처지가 그러하지 못합니다. 없었던 일로 하겠습니다."

"황풍 유협을 지아비(夫)로 모시면 하늘(天)보다 높은 분이 되겠지요?"

그녀는 막무가내로 다짐하는 말을 남기고 일어섰다. 어깨에 있던 면포가 없으니, 몸에 달라붙은 기포를 입은 여인은 젊음을 내보이며 문밖으로 나갔다.

원주가 나간 지 얼마 되지 않아 시녀가 들어왔다.

"손님. 탕이 마련되었습니다. 입욕하시와요."

학소는 내심 잘 되었구나 하고 얼른 자리를 떴다. 시녀는 두 방을 건너가더니 김이 모락모락 나는 욕실을 가리켰다.

"소녀는 이만 물러가겠습니다."

거추장스러운 것들을 벗어던지고 욕탕에 잠겼다. 곤했던 몸이 풀리며 장원을 빠져나갈 계획을 생각하던 그는 깜짝 놀라고 말았다. 방문이 가볍게 열리며 원주가 속이 보이는 엷은 나삼을 입고 탕실에 들어서고 있지 않은가. 자욱한 수증기 속에서 풍만한 미부의 나신이 눈에 들어왔다. 진방가에서 위엄이 당당했었고 날카롭던 일들은 어디 가고 한 아름의 복사꽃이 되어 화사하게 핀 꽃처럼 나삼 속으로 드러난 여인의 몸체는 매혹적이었다. 하늘거리는 허리와 그 밑으로 흔들며 들어서는 둔부하며 하얀 목덜미에서 내려온 두 개의 젖무덤은 엷은 옷으로 가릴 듯 말 듯 하여 보는 이로 하여금 풍만함을 느끼게 했다.

놀란 가슴을 억제한 학소는 뒤로 돌아앉았다. 그녀도 자신의 품을 내려다보며 지체하지 못하여 입을 열었다.

"모두 잠든 고요한 밤이오. 이 방에는 오직 당신과 나뿐이에요. 부끄러워할 것은 없지 않아요?"

미부(美婦)는 엷은 손으로 그의 어깨를 짚고 탕 속으로 들어섰고, 여인의 한 아름되는 둥근 둔부를 탕에 담그자, 그에 걸맞게 물은 철철 넘쳐났다.

"우리 양반은 칠 년 동안 도원경에서 놀았다고 했지요. 소부도 연락용(宴樂用)을 대신하여 그렇게 살고 싶은 것이거든요."

주인은 약에 취해 도원경에서 놀았다고 말 한마디 던진 것이 여인의 가슴에 돌을 던진 것이 되어버렸다. 홍치 원주는 여인으로 솔직한 모습을 보였으니, 전라의 미부가 십 년 만에 사랑을 고백하며 당돌하게 덤비는 데는 애타는 그리움이 있었기 때문이다. 미부는 학소 쪽으로 돌아앉아 준수한 그의 얼굴을 또렷이 보며 말했으나, 숫총각인 그는 여인을 볼 수가 없어 눈길을 먼 데로 돌리고 초점을 두지 못했다. 그런데 미부는 남자 쪽으로 붙어 앉으며 한 손은 근육질의 가슴을 더듬고 한 손은 남자의 양물을 찾고 있었다. 학소의 이마에는 식은땀이 내리며 진퇴양난에 처한 꼴이 되고 말았다.

그녀의 얼굴은 술기운도 있겠으나 얼굴은 홍조가 되고 입술은 빨갛게 달아올랐다. 탕 속에서 여인의 손과 남자의 손이 싸움질하고 있었으니 부드러운 미부의 손이 대담하게도 남자의 양물을 잡으려고 애쓰는데 남자의 손은 침입자를 막아내려고 힘차게 휘젓고 있었다. 만리장성 같은 혁대를 주문하여 허리에 두르고 다니고 싶어졌다.

처벅! 처벅! 처벅!

미부는 몸을 휘감으며 남자의 가슴에 불룩한 유두를 파묻고 입술을 포개어 갔다. 학소도 드디어 앙금처럼 남아있던 열등감이 풀리며 그의 오른손이 풍만한 둔부를 끌어당기기 시작했다. 잘 익은 복숭아처럼 물기 머금은 미부의 입술에 자신의 입술을 포개어 갔는데 촉촉하며 달콤했다.

드디어 미부는 남자의 양물을 점령하여 불기둥을 잡고 나니 세상에 모든 것을 다 취하는 마음이었는데 그것도 잠시—.

"에구머니! 맹추가 되어가고 있지 않아요?"

여인의 말처럼 화기에 달았던 불기둥이 그만 시들시들해지고 마는 것이 아닌가!

"우리 이참에 침상으로 가자. 응?"

미부는 분위기에 그만 설레었지만, 남자는 고개를 좌우로 흔들었다.

"나는 말했어요. 여인과 인연을 끊은 몸이라고. 여인을 품을 수 없는 몸입니다."

열기에 찼던 가슴도 냉물을 끼얹은 듯 싸늘해졌으며, 맹물인 남자는 열등의식에 사로잡혔다. 어쩔 줄 몰라 하던 그는 용기를 내어 훌쩍 몸을 일으켜 옷을 주워 입기 시작했는데 여인도 달아올랐던 몸을 일으켰다. 적나라하게 나타나는 그녀의 나신은 물으로 나오는 인어처럼 매끄러웠다. 이미 젖은 나삼을 두르며 남자를 끌어당겼다. 한번 속살을 보인 여인은 두 번 부끄러워하지 않는다는 말이 옳았다. 그는 어쩌지 못하여 있는 그대로 행동할 수밖에 없었다.

"여인에게는 거리가 먼 사람이라고 했습니다. 단념해 주시오."

탕! 학소는 문을 박차며 복도로 나가더니 그의 침실로 들어갔다. 안으로 방문을 걸어 잠그고 밖에서 두드리는 문소리만 그쳐주기를 바랄 뿐이었다.

한번 사단을 겪고 난 그는 근심이 태산 같았다. 밝은 날에 원주의 낯을 어찌 볼 것이며 또 나에게 어떤 짐이 있을 것인지 곰곰이 생각하던 끝에 계획했던 일들이 떠올랐다.

침실 복도에는 벌써 원병 둘이 묵묵히 지키고 서 있으며 정면 통과하다가 고성을 지르면 원내에는 난리통이 날 것이었다. 창밖으로는 십여 장이 되어 보이는 절벽이라서 한계가 있었다. 원래 위험군에 속하는 손님을 모시는 방이었으므로 그럴만했다.

방안에 가재들을 둘러보던 그는 구상했던 대로 침구의 천들을 한 뼘 넓이로 찢어내기 시작했다. 밧줄을 만들어 오 장만 내려서면 그다음은 신법을 쓸 수 있기 때문이다. 지체 없이 시작한 그는 창살에 밧줄 한쪽 끝을 묶고 행동에 들어갔다.

침실에 들어선 원주는 분기탱천한 것이 사실이었다. 개천에서 주워온 행운의 옥돌이었다고 기대에 부풀었던 것이 무너졌으며, 귀한 옥체를 남자에게 내보였다는 것에 여인의 자존심이 여지없이 무너진 상태였다. 여인은 또 고개를 흔들다가 자신을 자책해 보았고 미움이 사랑으로 변하고 사랑이 미움으로 변하는 것도 종잇장 한 장 차이라고 생각해 보았다.

"도둑이다! 잡아라!"

"도망치는 자는 황풍 의원이다!"

웅성이는 발소리로 보아 그 젊은 의원이 도망치다가 들킨 것으로 보였다.

원주는 그가 죽든 살든 도망치든 간에 관여하고 싶지 않았으며 여인 외 정분이 정리되지 않았다는 것이었다.

"정말 고자같이 몹쓸 물건을 달고 사는 남자라면 차라리 죽어 나가는 편이 나을 거야. 아니면 황궁에 나가 궁녀들 틈에서 환관 노릇을 하든지"

혼자 중얼거리고는 이불을 뒤집어썼다.

탈출을 시도하여 싸늘한 밤공기를 마시며 땅바닥에 내려선 학소는 들키고 말았는데 사방에서 원병들이 모여들었다.

도망자다! 의원이 도망친다!

뒤쪽으로는 내려선 절벽이고 왼쪽은 내당, 오른쪽은 강이었으며 어느 쪽도 길은 없었다. 앞쪽으로 내달음치려 할 때 지형을 간파한 무사들이 횃불을 들고 앞쪽으로 몰려왔다.

"놈은 무림인이다. 반항하면 죽여라!"

말 위에서 지휘하는 자는 호구를 걸친 소산해였다.

저기다 저기! 횃불에 학소는 발견되어 버렸고 창칼을 든 원병들은 한꺼번에 덤벼들었다. 군대에서 척석군(擲石軍) 모습이 떠올라 돌멩이로 이들을 상대했다.

으악! 엇! 돌멩이를 주워 들어 달려드는 몇 사람을 제압했으나 수적으로 감당하기에는 많은 피바람을 불러일으킬 처지였다. 더는 지체할 수 없어 할 수 없이 강으로 뛰어드는 신세가 되었다. 뒤이어 원병 여덟 명의 무사들이 뛰어들었다. 몇 사람은 뱃사공이었다.

표표부운 신법으로 헤엄을 치고자 했을 때 공중에서 철추가 날아왔다. 그들이 던진 것은 투망식 그물인데 완전히 투망에 걸린 물고기 신세가 되었다. 던져진 그물 위에 또 그물이 던져져 이중 삼중이라 팔다리가 그물에 끼여 옴짝달싹 못 하게 되었다. 민물고기를 잡던 그물이 오늘은 유용하게 쓰인 셈이었다.

"인어가 잡히는 줄 알았더니 메기로구나. 우리 뱃사공 앞에서 강물로 뛰어들다니……."

소산해는 뭍에 끌려온 학소를 내려다보며 언제 보았느냐는 듯이 빙글빙글 웃고 있었다. 그 웃음 속에는 종놈 주제에 원주와 어깨를 나란히 하여 걸어가는 일들이 눈엣가시였는데 지금은 속이 후련하다는 웃음이기도 했다.

"호구 댕기 선배님은 동우상구(同憂相求)라 했거늘 그 사람 광극신도는 홍택 이괴가 무서워 줄달음쳤지."

그 말에는 일말의 양심이 있었는지 소산해의 얼굴을 붉게 만들었다.

"이놈아! 홍택 이괴는 종놈인 자네보다 더 가까운 우리 동지가 아니요? 가주님이 그의 편에 섰으며 내가 왜 그들을 건드려 뇌옥 신세가 되라는 것이냐?"

"자신의 안위만을 염두에 둔 작자가 함부로 동우상구라는 말은 쓰지 마소!"

소산해는 경쟁의식이 강하여 그를 경쟁자로 여겼고 황풍은 자신보다 처우가 높았으므로 증오하는 마음이 있었다. 그는 말에서 뛰어내리며 발로 걷어차고 씩씩거렸다.

"뭣이 어째? 도망치다 잡힌 주제에 입은 살아 가지고."

뇌옥에서 다독이며 남자의 마음을 내보이던 그가 투기심에 불타는 질투의 눈빛이 영 마음에 들지 않았다.

"여우는 두발로 똑바로 걸을 수 있도록 가르칠 수도 없고 명주 비단 옷을 입혀도 여우는 변하지 못하지요."

"이 옷이 얼마나 따뜻하다고. 개 같은 소리 그만 작작 해. 끌고 가서 동태로 만들어!"

그물 속에 둘둘 말아서 그들은 또 어찌할까 싶어 손목과 발목에 새끼줄로 꽁꽁 묶어 내당 뒤편 두 개의 오동나무에 매달았다.

한참 후원에서 떠들던 가병들도 돌아갔으며 사방은 고요한 밤으로 깊어 갔다. 칠흑 같은 어둠 속에 불빛이 흐르는 방이 하나가 있었는데 원주의 침실이었다.

똑! 똑! 똑!

"열려있으니 들어와요."

들어오는 사람은 등에 검을 매어놓은 옥야운무(玉夜雲霧) 평택(平擇)이었다. 싸늘한 성격에 냉철한 판단력으로 검을 뽑으면 구름이 춤추는 듯하다는 외호를 얻은 그였다.

"원주 님. 하명하실 일이라도?"

홍치 원주는 침상에서 일어나 앉으며 잔잔한 눈으로 그를 바라보았다.

"옥야와 나는 장주를 보살피며 온갖 고생을 하였는데 종명 일이 며칠 안 남았네. 그대는 청강태원장(淸江太原莊) 호법으로 나와 십여 년 동고동락했지요."

그녀는 평택이라는 이름보다 외호두자를 즐겨 불렀다. 풀어진 비단옷을 끌며 옷장으로 걸어가고는 노란 비단옷 한 벌 꺼내 그의 앞에 내밀었다.

"옥야에게 주는 선물이오. 명에 따라 자네가 입게."

"원주 님! 장주 님의 금포 같은 명주 포를 어떻게 제가?"

"나의 성의요. 그대가 나를 지켜주지 않았다면 이만한 재물을 얻을 수 없었을 것이고, 홍치선을 꾸려가지 못했을 것이오."

옥야 평택은 부친 때부터 만물상인 태 원장의 심복으로 그 집 소장주 태진호와 동년배로 세 살 적부터 즐겁게 자라왔다. 철이 들면서 그는 의복에서부터 먹는 데까지 차별을 당하는 천출인 것을 알게 되었다. 그로 인해 장원을 뛰쳐나간 그는 무림인이 되어 돌아왔다. 부모님의 은공을 갚는다 하여 태 원장 호법을 하다가, 장주가 돌아가자 소장주인 태진호를 보위했었다. 지금 태진호가 저 모양이어서 묵묵히 홍치 선주를 호위해 왔다.

잔잔하던 그녀의 눈은 무엇을 갈망하는 여인의 눈으로 변신하였고 옥야는 넋을 잃은 채 주인만 바라보았다.

"독수공방(獨守空房)하는 나를 옥야는 남자로서 어떻게 생각해?"

"원주 님! 속하는 청강(淸江)에 처자식이 있지 않습니까?"

옥야를 한참 바라보던 원주는 결심한 듯이 입을 열었다.

"일 년에 한두 번 만나는 부인보다 매일 동고동락하는 나는 여자가 아니요? 그리고 자네 가정까지 뺏으려는 것은 절대 아니니 마음 놓게."

옥야는 당황한 나머지 무릎을 꿇고 사죄하였다.

"어찌 속하에게 죄를 범하시라 하십니까. 주인마님께 방외범색(房外犯色)의 모습이 보였다면 일벌백계로 벌을 내려주십시오."

"명령이다! 일어서서 장검을 내려놓게!"

할 수 없이 장검을 내려놓고 가만히 서 있는 옥야에게 다가가 머리에 둥근 피변(皮弁)을 벗겨놓자 곧은 상투가 잠에서 깬 듯이 겨우 솟아 나왔다. 오직 주인마님으로만 모셨던 여인이 풀어놓은 잠옷 앞섶에서 둥근 가슴이 출렁이었고 여인의 향취가 물씬 풍겼으니 어떤 남자도 마음이 동요되지 않을 수 있겠는가. 요조숙녀는 무림인으로 걸맞지 않은 말이지만 누가 눈길을 줄세라 강건하고 냉엄한 여인으로 살아왔으나, 모두가 허무하고 헛된 일이었다. 그것은 본부인과 남편이 아부용이라는 금덩이 같은 안락용을 복용하며 도원경에서 즐겼다는데 더 회의를 느꼈기 때문이기도 했다.

미부는 차마 옷까지 벗길 수 없는지라 그의 품에 기대며 말했다.

"개천에서 옥돌을 주웠는데 속 빈 강정이었어. 남자는 가까운 데 있는데 먼 곳을 돌아본 것이 잘못이었네."

그녀의 말대로 독수공방하는 여주인을 모시며 때때로 흠모하는 마음은 없지 않았으나, 아버님 때부터 노복으로 살아온 터라 감히 천출의 지식으로서 주인마님을 넘본다는 것은 큰 죄악이었다. 근자에 황풍 의원에게 연민의 정을 갖고 있는 것으로 짐작되었지만 욕실의 관계는 알 수 없었으며 그저 그렇구나 라고만 생각했다.

주인에 대한 순종이 제일 미덕이며 사나이로서의 의리로 점철되었던 그의 마음이 야성으로 싹트오기 시작했다. 한참 망설이던 그는 원주가 결심했듯이 입을 열었다.

"마님! 죽어서도 죄는 속하에게 있습니다. 마음 놓으십시오."

옥야는 묵직한 여인을 단숨에 안아 들고 침상으로 눕히며 난리통을 벌렸다. 그는 반항하는 미부의 젖가슴을 제치며 옷을 찢어내고 있었다. 여인의 생각으로는 천천히 조용히 밤을 지내려 했으나 옥야는 그렇지 않았다. 죄가 자기에게 있다는 것은 도덕적으로 마님을 생각해서 하는 말이었다. 그러기 위해서는 간통(姦通)이 아니고 강간이 되어야 하므로 공격적이어야 했다. 괴로운 얼굴로 고개를 뒤로 젖히는 미부에게 옥야의 오른손이 여인의 하의를 찢어발기고 있었다.

"천출의 것을 보았으면 마님의 것도 보여주어야지요."

여인의 것은 보이고 자시고 할 것이 없는데 미부는 처음으로 부끄러움을 알았으며 여인이라는 사실이다.

찌지찍!

찢겨나간 옷 사이로 몇 년 동안 가꾸지 못한 숲이 드러나고 말았다. 옥야의 두툼한 오른손이 하얗고 둥근 허벅지 사이로 침입하여 흘러내리자, 전라의 모습이 되고 말았다. 주인과 호위의 거추장스러운 껍질을 벗고 보니 산구 노인의 말처럼 주인과 하인이 따로 없으며 남과 여의 그리움뿐이었다. 옥야는 출렁거리는 미부의 가슴에 자신의 가슴을 포개어가며 양다리는 여인의 다리를 찾아 꼬여갔다. 미부의 입술이 파르르 열리며 남자의 퀴퀴한 냄새가 싫지는 않았다. 여인의 비소에서는 몇 년 막아두었던 댐이 일시에 무너지는 기분을 느끼고 있었다. 댐이 터졌으니, 사방은 물난리다.

학소는 후원에 있는 오동나무에 매달려 동태가 되어가고 있었다. 강남의 겨울은 춥지 않다고 하지만, 젖은 몸에 매달려 있으니 졸았다가는 죽은 동태가 될 수도 있었다. 손과 발이 뒤로 꽁꽁 묶여 이 겹 삼 겹의 그물 속에 둥글게 매달려 있어 마치 고치를 만드는 누에와 흡사했다. 투망 안에서 누에들은 나와 같이 버둥대며 고치를 만든다. 한여름 뽕잎을 열심히 먹어 깊은 잠을 자려고 번데기로 변한 이들은 사람들이 지켜보고 있다는 것을 모른다. 따스한 봄날이 돌아오면 세상에 나와 훨훨 날아다니며 사랑 찾아다녀야 할 희망으로 곤히 자는 누에에게 사람들은 뜨거운 물을 넣어 삶아 버린다. 열심히 만들었던 아늑한 고치는 명주실로 뽑아버리고 나면 남은 것은 벌건 번데기뿐이다. 사람들이 둘러앉아 번데기까지 먹어 치우고 나면 세상에 남은 것은 아무것도 없다. 아니지. 누에들은 유명한 비단 포를 세상에 남겼고 번데기는 먹는 이들의 뱃속에 들어가 사람의 영혼이 되는 것이라고 생각이 든다.

학소가 이렇게 반문하며 어두운 밤하늘을 바라볼 때였다. 그가 술시(戌時) 경에 불려 갔던 원주의 침실에서 끈끈하며 흥분된 여인의 낭성(浪星)이 들려왔다. 아직도 불이 꺼지지 않은 그곳은 붉게 물들인 창문에 드러난 남자의 모습에 유랑 가녀의 비파 타는 창영을 연상케 했다. 창영에 나타나는 남자의 영상은 끄덕거리는 상투가 돋보였는데 들여다보지 않아도 연상되는 풍경이기 때문에 학소는 침을 뱉었다. 이처럼 누가 침을 뱉는다 해도 모든 사람은 멈추지 않는다. 고요히 잠든 온 세상에 수많은 사연을 남기며 온갖 정사에 침을 뱉어낸다면 입안이 다 말라버릴 것이다.

그 경영극은 풍랑이 이는 호수에 떠 있는 배 위에서 한 사내가 상투를 끄덕끄덕하며 삿대질하는 모습이 드러났다. 상투를 튼 것으로 보아 이 집 옥교 위임에 틀림이 없는데 학소는 자신이 이루어 주지 못하여 그분을 참지 못했으리라 생각했다. 상투를 끄덕이며 삿대질하던 사공이 바닥으로 꺼져버렸다. 그것으로 일은 마쳤다고 생각했을 때 또 애타는 듯한 여인의 낭성이 이어졌다.

제 이 막의 창영이었는데, 이번에 나타나는 경영극은 그와 반대였다. 둥그런 엉덩이 그림자가 보이더니 엉덩방아를 찧는 창영이 나타났다. 탕 속에서 보았던 선주의 둔부가 저렇게 당돌할 수 있을까 하고 놀랐다. 그리고 여상 남하의 해괴한 일들이 상상되었다. 미부는 옥야의 강습이 끝나자, 키를 잡고 강에 배를 젓는 홍치 선주가 되어 있었다. 전라의 미부(美婦)가 헝클어진 머리를 흔들거리며 마치 둔부로 노를 젓듯이 남자의 배 위로 저어가고 있었다. 얼굴로 보아 삿대가 무엇에 걸렸는지 아니면 배창이 터져 물이 배 안으로 스며들었는지도 모른다. 그렇다면 빨리 선창 가로 저어가야 한다. 선창 가에는 두 눈이 움푹 팬 남편이 배신감에 찬 얼굴로 바라보는 눈동자가 선했다. 그러다가 그 남편은 본부인과 같이 나타나 양손을 벌려 안락용을 원하고 있었으니 한 줌이나 되는 약봉지를 던져주었다. 두 내외는 그것을 받고 웃음 웃어 떠나갔으며 선주는 모든 짐을 내려놓은 것처럼 시원한 마음뿐이었다.

옥야는 여인의 둔부에 깔려 뭉개질 듯한 상태인데 젖가슴을 출렁이며 노를 젓는 마님을 올려다보고 있었다. 허리를 움켜쥐었던 사내의 양손이 미부의 젖가슴을 눌러 잡으며 잦은 숨을 헐떡이고 있었다. 여인도 물이 차기 전에 저어가야 하듯이 둔부는 더욱 빠르게 노를 젓기 시작했다.

"홍! 맹추다 보니 경영극만 보는 셈이군!"

또 침을 뱉었지만, 학소의 눈에는 더럽고 치사하게도 보이지 않았으며 자책하지도 않았다. 성숙한 그의 혜안은 생명들의 삶이며 그러면서 늙어가고 있다고 느꼈을 뿐이다.

창영은 제 삼 막이 연출되었는데, 여인이 일어나 앉으며 앙칼진 소리가 들렸다. 그것은 꿈속에서 날아다니던 한 마리의 나비가 소낙비에 젖어 날지 못하는 애처로움이 연상되었고 원주는 정색하며 언성을 높였다.

"그대는 주인마님을 겁간했다. 벌받아 마땅하다! 당장 밖에 나가 교편(教鞭)을 갖고 오게!"

"예? 말채찍을 말씀하시는 것입니까?"

"말채찍이 아니고 회초리도 모르는가?"

옥야는 일어나 앉으며 주인의 얼굴을 바라보았다. 조금 전까지는 운우지정으로 맞으며 살랑거렸던 얼굴이 냉엄하게 변했다.

그녀로서는 공(公)과 사(私)를 확실히 구별해 두고자 함인지 모른다. 옥야는 얼른 일어나 옷을 주워 입고는 황급히 포권을 취했다.

"존명을 받들겠습니다."

사내는 빠른 걸음으로, 밖으로 나가 버드나무 가지를 꺾고 있을 때였다.

"버드나무로 종아리를 맞으면 마님과의 사랑은 오래가지 못합니다. 옛 시인의 노래에 계(戒)는 버드나무와 참나무라 했고, 연(戀)은 계수나무와 방나무라 했지요."

옥야는 흠칫 놀라며 나무 위를 올려다보았는데 그곳에는 도망치다 잡혀 그물망에 둘둘 말려 매달아 놓은 황풍 의원이 있었다. 나무와 나무 사이 매달아 놓으니, 거미줄에 잡힌 나비와도 같았다.

"자네는 그것을 어떻게 아는가?"

"오류선생(五柳先生)을 모르시오?"

"그래서 어떻다는 것이오?"

"진(晉)나라 도연명(陶淵明)을 이르지요. 그는 문가에 다섯 그루의 버드나무를 심고 스스로 계를 다스렸지요. 반면에 계수나무는 영남지방 계림에 있는 계화여인(桂花女人)을 아시는지요? 그 여인은 한번 맺은 사랑으로 남편을 찾아 주원을 삼십 평생 돌아다녔는데 그 마음이 하늘에 이르렀는지 결국은 둘이 만나 노생(老生)을 같이 마쳤다는 말이 있습니다."

그의 말에 옥야는 계수나무 가지를 꺾어 들었다. 발걸음을 옮기려던 그는 한참 고민하다가 결국은 버드나무 다섯 가지를 꺾어 들고 학소를 바라보았다.

"나는 회초리 따위에 연연하지 않을 것이며 오직 주인의 명에 따를 뿐이다."

옥야운무(玉夜雲舞) 평택(平擇)은 호법으로 살아온 무사로써 사나이다운 기질이 있었다. 정말 강호에 협객다웠다.

날이 밝자 원병들이 하나둘 학소 쪽으로 모여들었다. 작달막한 무사가 그물망으로 말아 매달아 놓은 학소를 창으로 가볍게 찔러보며 말했다.

"오늘 창 찌르기 연습용이라네. 소 부관님이 그러시는데 사람을 죽여 보지 못한 이들이 창검 찌르기 경험한다는 거야."

"그럼, 자네는 사람을 죽여 보았소?"

"그래. 지난 난리통에 어떤 놈을 찔러 보았지. 물컹하니 기분이 그랬는데 비명을 듣고 나니 다시는 창을 들고 싶지 않아."

곁에 있던 사내가 인상까지 쓰면서 말했다.

"나도 그랬는데 그렇지 않으면 그 사람이 자네 복부에 깊숙이 창날이 들어오면 어떨지. 자네도 비명을 지르고 두 눈을 뒤집으며 그자를 노려볼걸."

"그래봤자 금방 눈이 감길 시체인데."

소산해가 들어서자, 이들이 입방아는 조용해지고 모두 나열하기에 바빴다. 소산해는 입을 삐죽이고 학소를 바라보았는데 눈꺼풀이 심하게 떨렸다. 꼴불견인 저놈이 내 눈앞에서 수하들이 창 연습에 갈가리 걸레짝처럼 찢겨 발겨진다. 창으로 찌르는 놈, 검으로 찌르는 놈 하나하나 점검해 두는 것도 잊지 않고 있다. 비위가 물러 있는 놈, 양심 운운하는 놈들은 특별훈련을 시킬 참이기도 했다. 무사는 살아남기 위해서는 적을 죽여야 한다는 것을 보여주고 싶었다. 맨 나중에 대장으로서 저놈의 심장을 깊숙이 찔러 심장의 피를 모두 땅바닥에 쏟아놓게 해야 한다. 이러한 대장 노릇을 하고 싶어 여기 눌러앉은 이유이기도 하다.

소산해는 뛰는 가슴을 억제하며 괴성을 질렀다.

"세상에 남자로 태어나면 사람을 한 번은 죽여 보아야 한다. 그것이 무사다. 어느 시대에 불가에서 열 사람을 죽이면 십지보살이 된다는 것처럼, 죽은 사람의 영혼을 수중에 갖고 다닌다면 영광이지 않겠느냐! 그래서 여러 동지들이 창칼을 들고 다니는 이유를 오늘 맛보게 할 것이다."

전장에서 신병들을 훈련하는 소장다운 그의 말에 깜짝 놀랐다. 원병들이 수군대던 것도 겁주는 말로 들었는데 그것이 사실이면 어젯밤이 후회막급이었다. 강물로 뛰어들지 않고 정면 돌파를 했었다면 몇 명을 잡아놓으며 탈출에 성공했으리라 생각되었기 때문이었다.

이어 귀청을 때리는 광극신도(光戟神刀) 소산해(小山海)의 목소리가 이어졌다.

"순번은 내가 정한다. 얌전을 빼는 백지 무사부터 시작하므로 처음은 더욱 영광일 것이다. 내장 깊숙이 찔러보기 바란다."

열을 토하는 그의 등 뒤로 원주와 교위 옥야가 들어서자, 눈각을 세우고 살벌한 분위기를 조장하던 소산해가 포권을 취했다.

"어젯밤에 보고를 드렸던 도망자 황풍 웅매입니다."

유의로 말씀드려야 옳은 일이겠으나 죽여도 시원치 않은 도망친 배신자였으니 웅매 노비라는 것을 강조했다. 그래서 회심의 미소를 지으며 원주를 바라보았는데 그녀는 무슨 사연이라도 남아있는 듯 고개를 좌우로 흔들었다.

매달려 있는 학소의 눈이 원주의 까만 눈과 마주쳤을 때 남자는 모멸감으로 땅으로 눈을 내리깔았다. 희열에 차서 신음하던 여인의 얼굴은 찾아볼 수 없었고, 지금은 강호 무림인 그 자체였다. 선주 뒤에 서 있던 옥교위는 소부관의 창표자 제의에 놀라는 기색인데도 이의 제기는 없었다.

이 여인의 말 한마디에 학소의 생명이 달려있었으니 풍전등화 격이었다. 노비의 생명이 대단한 것도 아니며 또 도망자였고 무슨 하소연이 필요하겠는가. 거기에다 여인의 욕구를 거절한 처지이고 옥체를 모두 살펴본 남자였다. 하지만 여인의 눈은 못다 이룬 사랑의 눈길로 변하고 있었다. 건출한 미남에다 오금회 창법과 높은 무술자에 알 수 없는 유의(儒醫)였고, 버리기 아까운 젊은이였다. 높은 이상과 사연이 많은 사람인 듯하여 곁에 둘 수 없어 떠나고 말 사람이었다. 옥에도 티가 있듯이 고자(鼓子) 같은 그를 측은한 눈으로 바라보다가 드디어 입을 열었다.

"소 부관의 말대로 창표자(槍剽者)로 내놓을까 하다가 도금표국에서 부탁도 있고 하여 생각을 달리하겠어요. 오늘 흑선(黑船)이 있다고 해서 옥 교위는 알아서 팔아넘기게. 어느 집 호법도 될 만하여 은자 삼십 냥은 잊지 말게."
"존명!"
발길을 돌리던 원주는 먼 하늘을 바라보듯이 학소의 눈과 마주쳤다.
"황풍 의원은 우리 홍치원에 원망은 말게. 도망치다 잡힌 것이 자업자득이고, 앞으로 모든 것이 그대 운명에 달려있겠지요. 우리 홍치원에서 그 운명을 꺾지는 않겠어."
"사형당할 죄는 아니오나 쓸모없는 사람을 살려주신다니 고맙소."
그는 어젯밤 일을 생각하며 쓸모없는 사람이라고 힘주어 말했다.

며칠 배와 마차로 드나들며 고생하던 학소는 흑선에 실려 인가가 밀집한 강 하구에 접안하고 있었다. 동쪽에서 내려오면서 흑탄은 남경에서 모두 팔렸고, 지금은 강 상류인 서쪽으로 닻을 달고 동풍에 힘 얻어 올라가는 중이었다. 탄을 실었던 컴컴한 배창 흑실에 앉아 있던 젊은 노비가 투정을 부렸다.
"인상이 사납다고 하여 반값이고, 이쁜 색시면 몇 배 받아 챙기고. 우라질 놈들! 우리가 무슨 물건이라도 되나?"
젊은이의 이마에는 종(終) 자가 찍힌 자배(刺配)로 보아 불평불만 자였으며 문제의 노비 같았다. 그의 뒤에 앉아 있던 석삼이가 그의 말에 덧붙였다.
"병들면 싸구려 신세이고 환이심하고 골칫거리면 어느 절벽이나 거리에 던져 버리니 이런 나라는 오랑캐에게 망해야 돼. 내일이라도 요나라가 쳐들어오면 나는 그쪽 편을 들 거야. 퉤! 퉤!"
젊은 노비가 오랜만에 뜻이 통하는 친구를 만나 말을 이었다.
"아이고. 형씨도 나와 같은 의분을 품고 있군요. 성인군자와 대신들이 똑같이 하는 말이 있습니다. 이 나라가 태평성대를 누리기 위해서는 모두가 직분에 충실하고 노비들은 종놈답게, 선비는 선비답게, 양반은 양반답게 살아야 한다고 하지 않습니까. 그래서 종놈답게 열심히 살아 보려고 하지만 양반네들이 우리를 물건처럼 팔고 사니 한곳에 머무를 수 없어 이 모양입니다. 우라질! 우리는 누구 좋으라고 가만히 종놈에만 충실합니까?"

흑선도 빈 배로 올라가면서 인신매매하였는데, 쓸 만한 노비들은 모두 팔렸고 문제의 남노(男奴) 셋하고 나이 든 복부 네 여인만 남았다. 흑선은 무한(武漢)에 접안하고 있었는데 강 하구로 내려갈 때는 탄을 장사하는 이들이 찾아들지만, 상류로 올라갈 때는 매매할 물건이 없어서 환영받지 못했다.

"이보시오! 흑선에도 노비를 싣고 올라간다는데 팔 물건이 있소?"

선장은 뭍에서 소리치는 중년인에게 고개를 끄덕여 보이고 크게 소리 높였다.

"팔다가 남은 것이 있기는 한데 한번 보겠소?"

"나는 신종자(申終子)라는 장사치인데 앞으로 자매, 웅매들이 득실득실할 때 나를 찾아주시오. 저기 빨간 지붕 보이지요? 그쪽으로 연락하면 당장 찾아뵙겠습니다."

선장은 갑판 위로 올라선 네 사람의 동료 선원들을 바라보며 대답했다.

"안경흑선(安慶黑船)도 가끔은 노비 장사를 하는데 우리 뱃사공 술값 벌이지, 누가 우리 흑선을 이용하겠습니까. 물건이 있으면 그리하도록 하지요."

신종자는 배 위로 올라서고는 선장을 따라 내실 문을 열었다. 방 안에는 남노 셋과 나이 든 복부 넷이 옹기종기 앉아 있었는데, 그들은 눈이 부셔서 눈가에 주름을 세우며 가늘게 눈을 떠 밖을 내다보았다. 어두운 배창에서 며칠 햇빛을 못 보았기 때문이었다.

"저기 복부들은 싸구려로 드릴 테니 어떻습니까?"

신종자는 그쪽에는 관심이 없어 보였고 학소를 가리켰다.

"시효 만료된 것은 사절하겠습니다. 그런데 저 요고(鐐銬) 노비는 반 반한데요?"

"세 남노는 보다시피 문제인 것 같아서 석광이나 우리 흑광밖에 용처가 없을 듯해서 말입니다."

신종자는 학소의 풍채에 마음이 있었는지 고개를 가볍게 끄덕였다.

"저 웅매의 문적을 한번 봅시다."

선주는 품속에서 노비 문적을 꺼내었다.

"의술에도 능통하고 어느 집 호위무사로도 충분하여 은자 삼십 냥이라고 하였으나 우리 흑광에서는 이십 냥밖에 못 준다고 하여 이십 냥이지요."

"그리하시오."

간단히 대답하고 은자 전낭을 풀어 내리자, 선장은 또 입가에 침을 발랐다.

"그리하다니요? 우리도 며칠 고생하였습니다. 다섯 냥은 남아야 할 것이 아닙니까. 그래서 이십오 냥이오."

"안경흑선과는 처음 거래하니 그리하시오."

두 뱃사공이 방으로 내려와 학소의 어깨를 잡고 끌어 올렸다. 철통을 찼던 그도 할 수 없이 아이 머리통만 한 철구를 들고 철커덕거리며 밖으로 나왔다. 밖을 내다보던 희석삼이가 소리쳤다.

"에이, 황풍! 자네만 가면 나는 어떡하나!"

학소는 웃는 얼굴을 하고 희석삼이를 돌아보았는데 아쉬워하는 그가 가엾어 보여 선장에게 부탁했다.

"선장 나리. 저기 희석삼이는 돌 쌓는 석공 기술자인데 일을 잘하는 사람입니다. 같이 팔려 가면 안 됩니까?"

신종자는 그의 몰골을 바라보다가 인상이 무서웠는지 고개를 돌렸다.

"황풍 인신(人臣)은 마차에 오르게."

그는 철커덕거리며 선원에 의해 끌려갔다. 마차 안에는 같은 또래의 여비가 다소곳이 앉아 있었기 때문에 처음 팔려 갈 때 와사녀의 얼굴이 연상되었다. 물끄러미 학소의 발목을 내려다보던 여비가 입을 열었다.

"비녀는 계화라고 합니다. 흑선에서 내리셨다니 얼굴이 말이 아니네요."

여비는 보조개가 패인 얼굴로 웃음을 감추며 연이어 말했다.

"옷섶으로 콧등과 이마라도 닦으세요. 누가 보면… 호호호."

그리 짐작은 되었으나 아무렇지도 않은 듯 그녀의 웃음에 한 번 웃어 보이고 창밖을 바라보았다. 연탄을 실어 나르는 안경흑선은 장강 상류로 기어가듯이 힘겹게 떠 있었다.

무한은 사통팔달의 도회지였다. 예나 지금이나 교통의 중심지가 되면 사람이 모이고 그러다 보면 인가가 늘고, 일거리가 많고 그래서 도회지가 되어간다.

마차는 장강 변을 떠나 집들 사이로 나가자 넓은 호수가 나타났다. 산 하나를 끼고 있는 동호(東湖)였다. 그는 전당강과 동해가 만나는 나지막한 언덕 밑에 육화탑이 떠올랐다. 지금 악양루(岳陽樓) 등과 더불어 강남의 3대 명루(名樓) 중 하나인 황학루(黃鶴樓)를 바라보고 있었다. 익히 보고 자랐던 육화탑처럼 명루반은 강물 속에 반은 하늘 위로 그림자를 드리운 것 하며 모두 닮아 있었다.

그런데 고요한 육화탑에 비해 금빛 처마 선들은 하늘로 비상할 듯이 솟아있었다. 쓸쓸하게만 보이던 육화탑과 황학루는 대조적이었다. 금빛 황새가 강물 위에서 비상할 것 같다.

젊은 여비는 학소의 얼굴을 훔쳐보다가 남자의 눈길이 돌아가자, 창가로 고개를 돌리며 더는 말을 잇지 않았다. 태도로 보아 노비 같지 않은 태도에 비천한 계집종이 함부로 말을 던진 것이 실례를 범했다고 느끼고 있었다.

판자촌이 밀집한 지역을 지나고 마당이 넓은 저택에 당도했다. 신종자의 저택인데 그는 앞질러 와 있었으며 이들이 당도하자 마부에게 명령했다.

"암굴방으로 몰아넣게!"

그는 이들을 끌어내리며 주인에게 물었다.

"이 웅매는 선각으로 보낼까요?"

"같이 집어넣게. 족철을 찼는데 주지육림(酒池肉林) 속인들 마음대로 먹을 수 있겠나?"

마부는 이들을 데려가며 히죽거렸다.

"헤헤. 꽃과 같이 하룻밤을 지낼 것이라 장가 못 들었으면 좋은 배필이 되겠군."

마부는 조롱하듯이 둘을 바라보며 들소를 끌어가듯 석을 끌고 걸어갔다. 철커덕거리는 그의 뒤에는 계화 여비가 따라가고 있었다. 마치 황소가 끌려가니 뒤따르는 암소 같기도 하였다. 암굴방 앞에 이르러 열쇠를 따면서 방으로 몰아넣었다.

"내일이면 좋은 주인을 만날 것이여. 인연은 그다음에 맺는 것이 좋을 것이네. 자식새끼 낳아놓고 아비 찾는 일들이 제일 보기 싫으니까 말이여."

그는 어느 한 곳에 안착이 된 연후에 정을 나누라는 훈계였다.

밤이 깊어지자, 추위가 몰려와 축축한 암굴방은 찬서리가 심했다. 이 평도 안 되는 방에 한구석씩 차지한 둘은 돌돌 떨고 있었으니, 계화는 빨리 날이 밝아 햇볕이라도 쬐고 싶은 마음이 간절했다. 난롯불이나 온돌방은 엄두도 못 내는 처지였고 아궁이 불을 지필 때가 제일 따뜻한 것이다. 계화는 한쪽 구석에서 잠을 청했다. 어린 시절이 그리웠다.

계화에게도 가족은 있었다. 대하(大河) 지방에서 대농을 하는 부잣집이었는데, 마당에는 행랑채들이 있어 방 두 칸에서 살림을 해왔다. 계화네 식구들은 주인집에서 먹을 때도 있었고 조금씩 나누어주는 보리쌀로 집에서 지어 먹을 때도 있었으며 가족이라는 삶을 맛볼 수 있었다.

부모님은 매일 주인네 농장에 나가 농사일을 해야만 했으며, 간혹 대사가 있을 때는 집안일을 도울 때도 있었다. 계화는 어린 시절 주인집에 대사나 제삿날이 제일 즐거웠다. 그날은 어머님이 음식 준비를 거들면서 고깃점이나 화전 같은 것을 조금 품고 와서 주었기 때문에 그 맛이 꿀맛 같았다.

주인 집안도 차츰차츰 가운이 기울면서 백여 명의 노비들도 줄어들기 시작했다. 그러던 어느 날 화려한 옷을 입은 주인어른이 집사하고 방 앞에 나타나서는 계화를 끌어내었다. 집사는 주판알을 움직이며 책장에 값을 적어 가는 것 같았다. 뒤늦게 농장에서 돌아온 부모님은 애처로운 눈물을 지으며 한숨만 쉬었다. 아버지는 주인 앞에 나가 고개를 끄덕이며 절을 올리고 같이 살게 해달라고 하소연하였으나, 주인은 고개만 설레설레 흔들었다. 계화는 그제야 팔려 간다는 실감이 머리에 가득 차 한없이 울음을 터뜨렸다. 그러나 그것은 비천한 한 소녀의 울음일 뿐, 누가 그 소원을 들어줄 리는 만무했다.

부모님은 끌려가는 딸을 보며 눈물만 흘렸고, 선물이라 하면 손수 지어주신 마의 두 벌이 계화의 전 재산이었다. 아버님은 아무 말 못 했지만, 어머님은 '집안이 기우니 같이 살 수 없어 할 수 없이 팔려 간다. 참아내거라.' 이유는 그것이 전부였다. 눈가에 방울방울 매달았던 어머님의 눈물이 소낙비처럼 흐르던 것을 잊을 수 없다.

계화는 노비로서의 독립생활이었고 두 번째 집에서 십 년을 일하다가 지금에 이르렀다. 그녀도 어느 곳에서 남자를 얻고 노비를 생산해야 할 것이다. 노예가 자식을 시집 장가보낼 수 있다는 것은 특별한 경우 이외는 없었고, 젊은 노비들이 자식을 많이 낳으면 그것은 주인의 재산 가치이기도 했다.

송(宋) 대에 노비에 대하여 살펴보면, 노비들은 주인에 대한 원성은 가벼운 반면 주인에게 반항한 노비에게는 무겁게 죗값을 매겼으며, 교수형, 참형, 능지처참 등 극형을 내려 다른 노비들에게 교훈을 주었다. 또 천민 계급에 두어 신체적 자율권은 물론 거주이전의 자유도 주인의 손에 있었다. 주인에게는 재산 가치였으며 매매 대상일 뿐이었다.

송 대에도 얼굴에 낙인이 찍히기도 했고 문신까지 새겼는데 이를 자배(刺配)라고 하였다. 노비에서 풀려나 평민이 되기는 하늘의 별 따기였고 평민과의 통혼도 국법에 금지되었고, 죄악이었다.

계화도 어린 시절에는 천진난만하게 마당에서 뛰놀며 자랐다. 대여섯 살 때 철이 들면서 고래 등 같은 주인집을 바라보면서 우리 집은 작은 골방이라는 것을 느끼기 시작했고, 상전이 먹는 하얀 쌀밥이 아니고 까칠까칠한 서숙밥이란 것을 알게 되었다.

여덟 살이 되던 어느 날 시진에 있는 연회에 나갔을 때 그녀는 크게 깨달음을 느꼈다. 천덕꾸러기의 나이에 다른 아이들은 화의(華衣)를 입었고, 회장저고리를 입은 소년 소녀들이 자신과 놀아주기는커녕 눈엣가시로 여겼고 개밥에 도토리 격이 되었다. 어머님이 곱게 다듬어주신 마의가 그들에게는 더럽게 보였고 노비 자식이라고 발로 차서 넘어지기도 했다.

사람들은 길가에서 맛있게 음식을 먹으면서 웃음바다를 이루었으나, 어린 마의의 소녀는 그 음식을 바라볼 뿐이었다. 어느 할머니가 계화에게 떡 하나를 던져주었는데, 소녀는 강아지가 달려와 물어가지나 않을까 하여 얼른 주워 들고 먼지를 털었다. 기름에 쪄낸 그 떡이 그렇게 맛있었는데 눈물에 젖은 떡 한 조각이었다. 집에 돌아온 계화는 그

다음부터 웃음을 잃었다.

마당에서 뛰노는 다른 노비 아이들이 같이 놀자고 불렀지만, 세상 사람이 아니라는 것을 느껴 밖에 나가고 싶지 않았다. 부모님도 그러한 딸의 마음을 아는지 애처롭게 바라볼 뿐 달리 방법이 없었다.

아홉 살이 되면서 계화는 주인집에 자주 불려 갔다. 물을 떠 오고 아궁이에 불을 지피고 집안 청소를 하고 다른 노비들과 일하는 일상생활이 시작되었다. 그러면서 소녀는 일반 사람과 다른 천출의 자식이며 상전과 천출은 하늘이 정해주어 세상에 내려왔다는 것이 몸에 배었다.

지금 계화는 쪼그리고 앉아 어머님과 헤어지면서 선물로 내어주신 마외 두 벌을 생각했다. ㄱ 옷은 전 집에서 다 낡아 버렸고 지금은 어렵게 얻은 무명옷을 입었지만 춥게만 느껴 오들오들 떨고 있었다.

그때 어깨가 따스함을 느껴 눈을 떴다. 같이 방에 들었던 남노가 탄이 묻은 옷이지만 입성이 좋았는데 윗옷을 벗어 자기 어깨에 덮어준 것이었다.

"아침 서리가 혹독하니 잠시만 참으면 날이 밝아 따뜻합니다."

계화는 부스스 눈을 뜨면서 웃음을 머금었다. 웃음을 던져 버린 소녀가 지금은 웃음을 지으니 살려는 의지가 역력했다.

"비녀는 괜찮아요. 이 옷으로 공자님의 얼굴이나 닦으세요."

"나는 공자가 아니라 황풍이라는 노예예요. 얼굴이 아무렴 어떻소. 나는 물건이어서 주인이 알아서 닦든 말든 할 텐데."

"말씀을 듣고 보니 그러네요. 그렇지만 몸을 가꿀 줄 알아야 값도 나가고 좋은 곳에 팔릴 것이 아닙니까?"

"나는 그것을 반대로 생각해요. 값이 덜 나가야 데려가는 주인도 좋고 무슨 일을 하든 헐한 값이라 일도 편할 텐데요. 값이 비싸다고 그 돈을 내가 받습니까?"

계화는 대화해주자, 고개를 들어 반문했다.

"미친놈이라고 문적에 올라 형률 관노로 노역장에 팔려 가면 먹지도 못하고 고생이 심할 것이 아닙니까?"

"그게 편할지 모르겠소. 일 많은 농가에서 매일 농사일은 싫어하던데 북적대는 곳이 한결 수월할 수도 있습니다."

"호호호. 어느 농가가 철 줄을 찬 요고 노비를 사 가겠어요."

계화는 일어서면서 옷을 도로 내주었는데 학소는 그대로 밀면서 말했다.

"추워서 잠을 못 자면 얼굴이 까칠해서 좋은 데로 가겠습니까. 몸도 피곤할 텐데……."

"황풍께서 그리 생각해 주시면 비녀는 실례하겠어요."

계화는 방 모서리에 기대앉아 그렇게 잠에 취했다. 편한 잠자리는 염두에도 없는 것이며 따뜻하면 잠을 자 두는 것이 노예의 생활이기도 했다.

무한 중가대로(中街大路) 십일장(十日場)에는 행상인들로 아침부터 분주했다. 약속된 오늘은 잠시 뒤 태양이 한 발가량 떠오르면, 각 지역에서 몰려오는 사람들로 인산인해를 이룰 것이라고 신종자도 알고 있었다. 그래서 아침 일찍부터 서둘지 않았다가는 누가 이 자리를 차지해버리면 자리다툼이 되기 때문에 가노들을 시켜 단상을 끌어다 놓았다. 한 자 높이로 삼단을 만들어 각 줄에 열 명씩 세우면 삼십 명을 진열할 수 있어, 그렇게 만들어 놓았다.

암굴방에서 나온 학소도 왼쪽 발목을 치렁거리며 계화와 같이 시진으로 들어섰는데 이어 몰려온 서른 명쯤 되는 노비들이 웅성이며 단 위로 세워지고 있었다. 학소도 양다리가 세 뼘으로 걸어 묶인 철 줄을 끌면서 엉거주춤 단위로 올라섰다.

"어이! 천보는 그 요고 노비를 두 번째 줄 정 가운데 세워놓게."

주인의 명에 따라 학소를 중앙에 세워놓고 남노들은 제일 상단에 올라서게 했다. 여비들은 하단으로 포진시키고 젊을수록 앞줄에 세워놓았다.

신종자는 고개를 갸우뚱거리며 가무 하는 무대에서 합창곡을 연주하는 지휘자처럼 상품 진열에 열을 내었다. 앞줄에 섰던 계화가 광인 같은 학소를 바라보며 측은한 목소리로 입을 열었다.

"신 대인님! 저기 중앙에 황풍이 머리가 흐트러진 것을 새끼줄로 동여맨 것이 광노로 보이겠어요. 낡은 모자라도 있으면 좋겠습니다."

신종자는 진열 판에 그림을 그려보듯이 고개를 주억거리다가 대답했다.

"천비가 무엇을 안다고 그러느냐. 요고 노비는 부족한 종놈 같아 보이고 허름해야 하는 것이다. 모양새가 깔끔하면 흉계가 깊은 노비로 보여 팔기가 힘들다. 깔끔한 노비들은 본인 단장만 알지 일할 줄은 모른다."

학소는 주인 말에는 관심이 없었고 여비들 사이에 끼어있어 아침을 먹었던 음식 냄새와 땀 냄새에 역겨웠으나, 그것은 잠시뿐이었고 사람 냄새로 여겼다.

사방 백여 장이 되어 보이는 십일 장 장마당에 가 쪽으로는 천막들과 가건물이 이어지며 장마당이 형성되었다. 사시가 되면서 각 지방에서 들어오는 사람들은 울긋불긋한 지방 특유의 옷들을 입고 있었다. 장족이며 묘족, 그리고 한족이 뒤엉킨 인간 시장에서 자신들 특유의 멋을 자랑하고 있었다.

당시 중화인은 넓게 포용하여 이민족 차별도 없고 믿음을 달리하는 종교인 자체도 포용을 잘하며 지내왔다. 서양에서는 종교가 다르다고 또 다른 대륙에서는 민족이 다르다고 얼마나 많은 사람들이 사람들에 의해 희생되었는가 상기하지 않을 수 없다. 이를테면 남미나 북미에서 토민들이 침입자에 의하여 총칼에 수십만 명이 죽고, 서양에서 종교가 다르다고 수십만 명이 죽었다.

화관에 꽃 달린 여인, 머리를 땋아 어깨 위로 붉은 주렴을 매단 사람들이며 형형색색이었다. 여기는 장족이 많다고 알고 있는데 입성이 그러했다.

학소도 사람들이 몰려다니며 주억대며 바라보는 데에는 처음에는 부끄러웠으나 점점 당당해지고 있었다. 노예시장에 서보지 않은 노비들은 상품이라는 것을 몰라 얼굴이 붉어지며 누가 빨리 데려가 주기를 원하기도 했다.

"자-. 한 놈씩 골라보세요! 이왕이면 젊고 건강한 놈으로 고르세요!"

신종자 상인이 끌어다 놓은 삼십 명의 노비들은 힘깨나 씀 직한 대력(大力)의 장한에서 어린 소년 소녀까지도 있었다. 그의 직속 수하들은 이들을 닦아내며 손님들에게 곱게 보여주기 위하여 여념이 없었고 신종자는 흥정에 바빴다.

그런데 맞은편에 서른 명쯤 진열된 노예상 앞에는 사람이 모이질 않았다. 그 상인이 팔려는 물건들은 오순이 넘은 늙은이들이며 젊은 놈이 몇 있기는 했으나 팔이 한쪽 병신이든지 아니면 흉단지 같은 이들뿐이었다. 그 상인은 목이 쉬게 외쳐댔다.

"자-. 싸구려요. 말만 잘하면 거저 드립니다!"

농사철에 맞추어 일꾼을 사러 온 농부 몇 사람이 이들을 보고 히죽거렸다.

"저 꼴 좀 보아. 노인네들 사다가 송장 치를 일 있어?"

"글쎄 말이야. 하나같이 모두 내다 버린 불량품을 모아다 놨군."

젊은 부인이 손가락질까지 하며 웃어댔다.

"저 늙은이 좀 봐. 일 년쯤 부릴 수 있으려나?"

나이 든 노비들은 평생 인간 이하의 대접을 받아온지라 깔깔대며 무슨 말을 해도 감정이라고는 털끝만큼도 없이 말라버렸다. 처음부터 그래왔으니 말이다. 맞은편에 있는 신종자는 짭짤한 웃음을 흘리며 벌써 몇 사람을 팔았다.

"이보시오. 주인 양반. 젊다고 이리 비싼 것이오?"

농촌에서 올라온 몇 노인네 부부가 앞줄에 서 있는 여비들의 가격표를 보고 물었다.

"그렇소. 첫째로 둔부가 크고 젖통이 커야 제일로 치고, 다음은 머리카락이 검고 눈동자가 흑구슬 같으니 어느 양갓집 시첩(侍妾)도 충분할 것이며 영감님네 같은 양반도 품어 지내기는 좋을 듯싶소."

계화의 명찰을 둘러보던 노인네가 말을 던졌다.

"이보시오. 저쪽은 모두 헐값인데 이쪽은 모두 비싸서 하는 말이외다."

"예부터 젊은 것은 황소 세 마리 값이고, 늙은 것은 늙은 황소 한 마리 값은커녕 고기 한 근 값이라고 했소. 우리 물건은 모두가 방방하니 어느 것이든 골라 보시오."

여비들은 슬금슬금 학소의 뒤쪽으로 물러섰다. 노비들이 싫어하는 곳이 일거리가 많은 농촌 지역이었다. 적은 숫자에 매일 밭에 나가 일만 하니 첫째요, 둘째는 노인의 시첩이 되어 매일 팔다리를 주무른다, 목욕을 시킨다, 또 밤마다 쓰지도 못하는 시든 물건을 내밀고 어찌해 보려고 귀찮게 하면서 젊음을 보내야 했기 때문이다. 가고 싶은 곳이 있다면 부호나 권세가에 들어가 주인의 권세에 힘입어 어깨를 으쓱거리며 걸을 수도 있고 또 젊은 웅매, 자매가 수천수백이어서 심심치 않아 좋은 것이었다.

오시(午時)가 되면서 중가대로의 시장에는 지금 입추의 여지도 없이 사람들이 붐비고 있었다. 입구 쪽에서 번쩍거리는 말안장에 그에 걸맞게 의상을 입은 네 사람이 나타났다. 군웅들이 많을 때 말똥 냄새를 풍기며 말을 타고 시장에 들어서면 묘객(廟客)이나 파락호 시장 건달들한테 몰매 맞기가 십상이었다.

 그런데 벌통 소비에 왕벌이 들어서면 길이 열리듯이 비집고 들어선 이들에게 길을 만들어 주고 있었다. 그중에서 왼쪽 백마에 몸을 실은 젊은이에게 모두가 눈길이 쏠렸다. 그는 이 지방에서 소문이 자자하였으며 개봉에서 태학생(太學生)으로 수학하다가 성시(省試)에 합격하여 지금은 어사(御使)가 된 나신철 조관(邢信哲 朝官)이기 때문이었다. 연청색 관복에 앞가슴에는 둥그런 달 문양에 금계(金鷄)가 수놓아져 있는 관복을 입고 있었다.

 우측에는 백염에 홍안의 노인이 잔잔한 눈빛으로 모든 이들을 둘러보며 온 세상을 다 취한 듯 무한 땅에서 왕이 된 듯이 황마와 같이 몸을 흔들고 있었다. 노인의 뒤쪽에는 햇살처럼 밝고 영롱한 젊은 여인이 백마에 앉아 가벼운 웃음을 짓고 있었다.

 이들이 나타나자, 모두가 흠모의 표정을 지으며 길을 비켜주지 않으면 안 되었다. 노인은 노예시장을 바라보며 뒤쪽의 청의인에게 물었다.

 "편 집사! 청수지전(淸水地田)에서 인력이 필요하다는데 몇 사람이 필요한 것인가?"

 청의를 입은 편 집사는 이들을 호위하며 사방을 둘러보다가 대답했다.

 "예. 미산(尾山) 흑광에 삼십여 명 차출해 보냈는데 외거노비(外居奴婢)가 대부분이므로 집안에 노복과 시노(侍奴)들이 부족한 실정입니다."

 "아버님. 저도 하나 사 주세요. 귀여운 소녀면 더욱 좋고요."

 노인은 오순이 되어 얻은 딸을 보며 귀여운 듯 미소 지었다.

 "사비 셋은 있지 않느냐? 하는 일도 없이 말이다."

 "그래도요." 그녀는 어리광을 부리며 아버님을 쳐다보았다.

 이들이 노예시장 앞으로 갔을 때 신종자가 나오며 넙죽이 절을 하였다.

"옥단장(玉丹莊) 나노야(那老爺) 어르신이 아니십니까?"

노인은 그의 말에 한번 고개를 끄덕이고 노예들을 둘러봤다.

황마검식(黃麻劍式) 백팔식(百八式)을 나이 스물에 관례(冠禮)를 올리고 례전(禮典)에서 모두 펼쳐 유명하였다. 그 후에 후당(後唐)의 장수가 되었으나 저물어가는 태양은 되돌릴 수 없었다. 그래서 스스로 수하 병졸 삼천을 송(宋)에 바쳐 후촉을 평정하는 데 일조를 하였으니, 그의 공이 인정되어 옥단장을 지켜오게 되었다. 후당의 관료와 장수들 일가족은 모두 관노비가 되었으며 부호가들은 대부분 사노비로 전락하는 천지개벽의 인간사가 되고 말았다. 그렇지만 옥단장 장수 수라금검(修羅金劍) 나웅선(那雄善)은 지역 맹주로 지금도 혁혁한 위상을 자랑하고 있었다.

신종자는 장주의 거동을 살피면서 조심스럽게 입을 열었다.

"어떤 노비를 원하시옵니까?"

"시진에 시노와 관비들이 나와 있다는데 여기에는 없는가?"

"예? 없습죠. 우리가 관비를 사서 장사할 수 있겠습니까?"

나웅선은 몇 가지 약점을 이용하여 트집 잡을 것을 찾고 있었다.

"저놈은 무엇 하는 놈인가?"

나웅선은 고갯짓으로 학소를 가리켰다. 군계일학으로 계집종들 틈에서 돌부처처럼 보름달 같은 얼굴로 우뚝 서 있는 그를 보았던 것이다.

"저자를 끌고 오렴."

주인의 말에 수하 하나가 요고 노비를 끌고 노인 앞으로 나왔다.

새끼줄이 이마에 묶여있어 산발 머리에 얼굴은 부처 같았으나 복식과 겉모양은 말이 아니었다. 학소의 말처럼 주인의 물건이며 닦아주지 않으니 이왕지사 노비임은 피할 수 없어 끝까지 떨어져 보고자 하는 심산인지도 모른다.

"무식한 천비로군! 이자가 잘하는 일은 무엇인가?"

스스로 말하기를 기대했으나 굳게 다문 입과 그의 얼굴을 보던 편

집사가 말을 했다.

"쌀을 먹어 대변으로 바꾸는 기술은 확실한 듯합니다."

그 말을 들은 신종자는 허리를 펴면서 사실을 고했다.

"예. 튼튼하기로는 집사님의 말이 옳습니다. 어저께 요고 노비로 사들였는데 전해 받기로는 무술자에다 유의(儒醫)였다고 합니다."

땟국물이 흐르는 비위생적인 그를 유의라고 하는 것은 가당치 않았으니 무술자도 거짓말로 보였다.

"우리는 대력(大力)의 젊은이가 필요하여 이놈을 사고 싶은데."

나웅선의 말에 신종자는 노비 문적을 꺼내며 계산에 머리를 굴렸다.

"이 자의 성씨는 황(皇)이요. 이름은 풍(風)이라고 적혀있고, 어느 집 호위무사로도 충분하다고 하여 높은 가격에 매입하였습니다."

"뭣이? 황풍(皇風)이라고?"

옆에 있던 나신철 조관이 문적을 낚아채듯이 뺏어 들며 얼굴에 화기(火氣)가 복받친 얼굴로 신종자를 쏘아보았다.

"무슨 노비가 성씨며 이름이 있겠는가. 천출 노예가 황(皇) 씨라면 이름을 기만한 죄는 그대까지 죽어 마땅하다!"

신종자는 갑자기 화통을 터뜨리는 조관을 바라보며 주눅이 들었다.

"무슨 말씀이온지?"

"일자무식의 천인(賤人)에게 황(皇) 씨라면 백번 죽어 마땅하다! 세상 천지에 황가(皇家)는 우리 폐하밖에 없느니라!"

그는 조관의 작위를 받은 이답게 폐하를 말씀할 때는 두 손을 모아 하늘을 우러러 말했다. 청의인은 나신철의 호령에 채찍을 빼들며 학소를 후려치기 시작하자 나신철은 눈꼬리를 세우며 그를 말렸다.

"아니다. 채찍을 거두어라. 뭐야? 황산(黃山) 절곡에서 주웠다고 황풍이라. 글씨가 잘못되었군. 구풍(拘風)이나 개풍으로 해라. 허풍쟁이 같으니."

홍치 선주가 글자 하나를 장난삼아 적은 것이 화근이 되었다. 나신철의 오른손이 넉살 좋게 학소의 뺨을 후려쳤다. 침을 흘리며 넘어지는 꼴을 보며 중얼거렸다.

"무술자라고? 힘은 있을 것 같은데, 그래서 싸움깨나 했겠군."

백마가 걸어 나오며 낭랑한 여인의 목소리가 들렸다.

"앞으로 우리 집 시노가 될 것인데 오빠는 너무해요. 이름도 듣기가 그러하니 금년이 갑술(甲戌)년이지 않아요? 그러니까 술풍(戌風)으로 해요."

나신철은 누이동생을 바라보며 웃음 지었다.

"경영 매매도 자명 하나는 그럴듯하게 만드는구나. 술풍이나 개풍이나 그게 그거니 그렇게 해라."

장주 나웅선은 이름 따위는 관심 밖이고 노예들을 둘러보다가 얼굴을 끄덕이며 앞줄 여비를 셈하고 있었다.

"후줄 말고 전열에 있는 것이 얼마면 되겠소?"

"예? 전열에 진열된 열 명을 말씀하시는 것입니까?"

"그래. 당신하고 당신 수하들까지 전부는 살 수는 없지요?"

신종자는 속으로 쾌재를 부르다가 지금은 그게 아니었다. 또 높으신 어른의 말씀으로 보아 나까지 사겠다는 엄포에는 찔끔했다. 앞줄은 소년 둘하고 젊은 여비들이었는데 이 노인은 벌써 앞줄이 비싼 상품임을 알고 있었다.

"예예. 열 명이면 은자 삼백 냥이며 여기 황풍은 덤으로 드리겠습니다."

신종자의 언행에 나신철의 얼굴에는 다시 독기가 서렸다.

"그만하지 못하겠소? 당신은 천출 노비에게 황 씨를 다섯 번이나 말했으니 곤장 백 대로 다스릴 수 있네!"

신종자는 넉넉한 옥단장으로 짐작하여 장사가 되는가 생각했더니 지금은 그게 아니었다. 나 조관의 엄포에 손으로 입을 막고 잘못을 느껴 안절부절못했다.

"잘못했습니다. 명심하여 말조심하겠습니다. 앞으로 술풍(戌風)으로 하겠습니다."

"그래. 얼마면 되겠느냐고 묻고 있지 않느냐!"

화가 난 나신철 조관이 날카롭게 묻는 말에 무슨 의미가 있는 듯하여 잘못하다가는 관가에 끌려가 문제가 될 수도 있었다. 지금 무한에서 제일로 손꼽히는 젊은 조관이기도 했다. 잘 보이기 위해서라도 헐값에 드리기로 마음먹었다.

"조관님과 장주님 앞이라 어찌 이문을 바라겠습니까. 본값도 못 되는 이백 냥만 받으면 충분하겠습니다."

장주는 쩔쩔매는 그를 바라보며 웃음을 참고 있었으나, 신종자는 황풍 때문에 곤장 백 대에 해당하는 도형(徒刑)에 처해도 할 말이 없었다. 귀에 걸면 귀걸이, 코에 걸면 코걸이(耳懸鈴 鼻懸鈴)라는 말이 있듯이 어느 시대의 법도 농으로 넘기면 웃고 넘길 일이나 심각하게 따지고 보면 사형감인 예가 수두룩했다.

"그럼 이걸 받게."

장주가 내민 것은 한 장의 편환(便換)이었다. 당나라 시절 비전(飛錢)으로 사용되다가 부도가 생겨 지금은 편환이 살아나고 있었다.

'이크, 내가 잘못 생각했지. 권력 있는 실세들이 무거운 은전이나 은보를 싣고 다니지 않는다는 것을 깜빡했어.'

"고맙습니다. 어르신."

그는 울며 겨자 먹기식으로 고맙다고 굽신거리며 편환을 받았다. 빨리 전장(錢莊)이나 표호에 가서 환전해야 한다. 이 할 정도는 할인하여 환전할 수밖에 없다.

옥단장(玉丹莊)은 무한(武漢) 북쪽에 있는 호족으로, 다섯 채의 누각과 살림채들로 몇십만 평에 해당하는 장원이었다. 장원 한 모퉁이에는 달구지용 몇 마리 황소와 오십여 필의 말들이 꼴을 먹고 있었다. 그 앞에 마구간이 두 채 있고 입구에서 건초를 다듬는 한 등신의 노예가 굽신거리고 있는데 발목에 철통을 찬 진학소였다. 몸에는 낡은 갈의를 입고 있었고 바람이 쌀쌀한데도 홑옷만 걸쳤으며 시뻘건 살이 여기저기 드러나 있었다.

하얗던 그의 피부도 겨울을 지내면서 견디어 내다보니 자연히 붉어질 수밖에 없었다. 곁에는 벗이 하나 있었는데 앞다리를 펴고 그 위에 턱을 올려 선잠을 자는 하얀 개 한 마리였다 하얀 털을 쓰고 늘어지게 자는 짐승이 건초를 다듬는 등신 학소보다 상팔자였다. 예부터 개 팔자만도 못하다는 것이 이를 두고 하는 말인 것 같았다.

장원 입구에는 네 명의 건달들이 들어서는데 거나하게 술에 취한 장한들이었다. 장원 밖에서 누구네 집 소 한 마리를 잡아 주고 그 값으로 술사발을 얻어먹고 들어오는 중이었다. 하나같이 머리에 검정 띠를 두른 이들은 종달사우로 옥단장의 외거노비(外居奴婢)들이었다.

저녁때 마셨다면 귀한 술을 먹고 그 값으로 쓰러져 가는 집에 들어가 처자식한테 큰소리 쳐보겠지만, 지금은 대낮이기 때문에 장원 구석 쪽으로 걸어갔다. 길에 보이는 사람들은 이들보다 상전들이기 때문에 말소리를 크게 떠들며 고개를 치켜들 수도 없으며 외양간에 들어가 소 볼기짝이나 두드려 보는 일과 동료들과 막장에서 일하며 대장 노릇을 하는 것이 즐거운 것이었다. 한 놈이 축사 쪽을 가리키며 눈을 부릅떴다.

"어이! 저기 보게. 젊은 등신이 잠자는 주인 곁에서 열심히 일하고 있네그려."

"주인이라면?"

"보면 몰라? 잠자는 개가 주인이면 주객이 바뀌었나?"

이들은 어슬렁 걸음으로 잡초를 한 줌씩 잡고 작두질하는 학소 쪽으로 걸어갔다.

"어이 술풍! 자네 주인을 깨워서 같이 일을 하게나."

선잠을 자던 백구는 개줄이 짧은 듯이 달려들 기세로 이빨을 드러내며 웅소리로 겁을 주었다. 소를 잡았던 이들에게서 혈향이 풍겼던 모양이었다. 한 놈이 덩달아 백구에게 고갯짓하며 떠들었다.

"같이 짖어보게나. 짖지 못하면 술풍이 아니고 개풍이지."

학소는 허리를 펴며 이들을 살펴볼 때 한 놈이 손속이 어찌나 빨랐던지 달려들며 학소의 뺨을 후려쳤다.

우지직! 뺨 소리가 아니라 팔이 부러지는 소리로 하품하던 술풍은 가소롭다고 잡았던 손을 비틀며 밀어버렸다.

"아이고 나 죽네. 이놈! 개 패듯 쳐 죽여라!"

삼 장 밖에 나가떨어진 그는 오른팔과 어깨를 웅크리며 소리 질렀다. 술풍의 꽁무니에서 염려스럽게 바라보던 백구만이 좋아라고 꼬리를 흔들었다.

"무슨 기공을 수련한 게 틀림없어."

동료의 고통을 본 이들은 손속으로 맞설 수 없음을 알고 여기저기에서 장작 나무통을 들고 덤벼들었다. 세 놈이 달려들어 등신을 때려눕히려 했으나, 철통을 찬 그가 몸을 몇 번 비틀자 상황은 역전이 되었다. 무슨 수를 썼는지 등신의 손에 나무통이 들려있었고 세 놈은 여기저기 나가떨어지며 다리통을 부여잡고 울부짖었다.

"아이고. 다리야! 아이고. 발목이야!"

그때 뒤에서 낭랑한 여인의 목소리가 들렸는데,

"그만해! 술풍은 자네들 것이 아니다."

그들 뒤에는 단장한 경영 낭자가 두 시녀를 데리고 꼿꼿이 서 있었으니, 이들은 절뚝거리며 쩔쩔매었다.

"이놈이 먼저 손을 썼습니다. 그 분풀이로 몇 대 갈겨주려 했으나 이 모양입니다. 무공을 익힌 놈이 분명합니다."

"그러니까 철구를 찼겠지요. 자네들이 상대할 종놈은 아니야. 돌아가서 일들이나 보세요."

취흥에 한 주먹씩 하려던 이들은 약자가 되고 보니 어쩔 수 없어 학소를 흘겨보며 사라졌다. 경영 낭자는 등신 쪽으로 고개를 돌리며 말을 건넸다.

"쌍놈 주제에 무술은 익혀가지고는……. 나의 백마를 끌고 오게!"

낭랑하기 이를 데 없는 목소리였으나 감정이라고는 찾아볼 수 없는 인형에 불과했다. 목소리가 아름다우면 마음씨도 그와 같다는 말이 있는데, 인과관계를 수평으로 보지 못하고 상하로만 배우고 살아왔기 때문일 것이다. 그녀의 명령에 절뚝거리며 걸어가더니 백마를 끌고 나왔다.

말안장을 얹어놓은 말은 먼 들판을 바라보며 신이 난 듯이 흐르릉거리며 달려보고 싶은 마음이 굴뚝같았다. 낭자는 멋쩍게 서 있는 등신에게 명령했다.

"등자 노릇이나 하는 종놈이 싸움질하다니. 등판을 하게!"

일 년 전만 해도 항주 여기저기에서 초대를 받을 때 그 집 등자(鐙子)로부터 등판을 밟고 승마하던 생각이 떠올랐다.

나도 아무 감정 없이 그랬던 것처럼 마음을 비우고 그 값을 치르자, 그렇게 생각한 그는 말 왼쪽으로 다가갔다. 손을 땅에 짚고 무릎을 굽혀 그녀가 말 위로 오를 수 있게 굽어 보였다. 낭자는 승마 솜씨가 보통이 아닐 텐데 초보생처럼 등판에 올라 몇 발자국 움직이며 미소를 머금었다. 어느 집 등자보다 더 튼튼한지라 힘껏 밟으며 말 위에 올랐다.

"술풍은 천성이 어질어 보이는데 언제인가는 철통 신세도 면해야 하지 않겠어요?"

등신은 일어서면서 반갑게 웃음 웃고 말이 없던 그가 입을 열었다.

"소 주인님이 항주로 내려간 지가 한 달은 넘었는데 언제쯤 귀가하게 됩니까?"

낭자는 멋쩍게 웃었다.

"네놈도 우리 오라버니를 따라 시봉(侍奉)을 드는 관노가 되겠다는 소리냐?"

노예 중에서도 학식과 무예가 있다면 벼슬관을 따라다니며 잡일을 하다가 운수 대통할 때가 있었다. 이를테면 호위무사나 하 집사만 되어도 여느 평민 못지않았다. 등신은 검증되지 않은 사람이어서 쇠창살로 엮어진 구사(狗舍)에서 족철을 찬 채 잠을 자며 지내왔다. 경영 낭자는 자신보다 종놈을 더 반겨주는 백구를 바라보며 코웃음을 쳤다.

"흥! 결의형제를 맺었는지 똑같군."

학소는 지금 계화 노비를 기다리는 중이기 때문에 날수를 가늠하고 있었다. 같이 들어왔던 계화는 나조관의 하녀가 되어 그 일행과 같이 영남지방으로 내려갔다. 그래서 비밀리에 항주에 있는 인지의가장에 관하여 모든 내용을 소상히 알아봐 줄 것을 부탁했던 것이다. 한 달이면 무한으로 돌아올 수 있다는 나신철 어사(御使) 일행인데 지금 그 시일이 지났지만, 하인들 귀에는 아무 소식도 없었다.

-권지 모주군 주사(權知 某州軍 州事)-

흑의의 거한이 큼직한 종장 대기에 붉은 글씨로 내려쓴 모주군 주사 깃발을 들고, 그 뒤로 청의인이 들고 있는 깃발에는 검은 글씨로 지주 조관 나신철 어사(知州祖官 那信哲御使)라고 쓰여 있었다. 두 깃발이 마치 사람이 죽어 북망산으로 갈 때 명전을 든 풍경과 같이 걸음들이 무거웠다. 깃발을 든 두 장한은 힘이 장사라도 기주를 배 위에 받치고 양손으로 잡아 바람을 맞으면서 종일 걷는다는 것은 보통 일이 아니었다.

느릿느릿 걷던 어사출두 일행들이 신이 날 일들이 있을 듯하여 정신을 가다듬으며 긴장은 고조되고 있었다. 두 깃발 뒤에는 스무 명이 넘는 울긋불긋한 옷을 입은 악사들과 춤꾼들이 분주히 움직이고 나팔수들은 대평소와 나팔을 입으로 옮기고 있었다. 이에 걸맞게 북을 맨 북꾼들은 북채를 뽑아 나열하기에 바빴다. 나팔수 뒤에 한 필의 백마 위에는 홍의를 입고 그 위에 검은 관복을 입은 젊은이가 앉아 있었는데 바로 어사 나신철이었다.

준수한 얼굴에 머리에 쓴 관모는 조관작위(朝官爵位)를 받은 법관(法冠)의 화려한 어사무(御伸冒)였다. 그 뒤로는 두 대의 꽃마차가 보행에 맞추어 철거덕거리고 있었으며 마차를 따라 백여 명의 호위병과 오십여 명의 노복이 차례로 따라가는 어사출두 일행이었다.

인가가 하나둘 나타나며 시가로 들어서자 긴장했던 이들은 드디어 나팔과 북을 치기 시작했다.

삐- 삐리삐리- 삐-

둥둥둥둥- 둥둥-

녹색 복장에 취타대 행렬로 도열하며 유난히도 펄럭이는 금빛 비단 만장(輓章)이 사람들의 눈길을 끌었다. 조금 전만 해도 북망산으로 올라가는 걸음들이었는데 사람들이 모여들기 시작하자 스스로 흥분되어 신이 났다. 검은 관복을 입은 거한이 기수 쪽으로 따라 걸으며 큰소리로 사방에 외쳤다.

"어사출두요-. 어사출두요-. 나신철 어사- 출두요-"

북과 징을 치고 요고무(腰鼓舞)를 추며 요고를 두드린다. 손에는 주단이 펄럭이는 북채를 들고 기세등등하게 몸을 돌리며 춤추고 북을 두드린다. 위로는 나신철 어사에서부터 호위병과 끝자락에 있는 하인들까지 모여드는 사람들을 보니 목에 힘이 살아나며 어깨가 으쓱거린다. 드디어 한 거한이 황제를 칭송하는 황색 비단포 깃발을 풀어 들었다.
　-제도수 태평천자 무강수(齊稻首 太平天子 無彊壽)-
　사방에 먼지가 자욱하여도 토민들은 길가에 나와 넙죽이 절하였다.
　-모두 머리 조아려 태평 천자의 만수무강을 기원합니다.-
　신이 난 어린아이들은 좋다고 떠들어댔으나, 어른들은 그렇지 못했다. 나중에 펴든 횡장대기에 태평 천자의 자주색 글씨가 나왔으니 감히 허리를 펴고 꼿꼿이 설 수 없었다. 그 뒤로 머리를 숙였던 아낙들이 수군거렸다.
　"우매, 저렇게 수려한 어사가 있다니."
　그 여인네의 말에 옆에 있던 아낙이 거들었다.
　"태수님의 영애 초희 낭자를 보고 찾아온 것은 아닐까요?"
　그 아낙의 남편이 땅을 짚던 손을 털고 일어서면서 상황 설명을 했다.
　"그러고 보니 님도 보고 뽕도 따고 좋기는 하겠지만 권지모주군(權智某州軍)이란 지주(知州)가 찾아든다는 것은 우리 순안을 무겁게 만들 수 있지."
　주위 사람들은 북춤을 보며 무슨 말인지 몰라 질투 섞인 투정으로 들어 넘겼다.
　송나라가 서면서 지방행정을 중앙집권체제로 병행하여 주일급 행정관 역시 조정이 대신 맡았는데, 어느 주의 군사와 사무를 대신 관장한다는 뜻으로 간단히 지주(知州)라고 불렀다. 지주는 품급이 정팔품상(正八品上)에 불과했지만 군, 현(君, 縣)에 파견되어 감찰 조사하는 책임을 지고 상서성(尙書省) 회의에 참석하여 그 잘못을 감찰 보고했다.
　지주 어사는 주로 황제가 직접 파견했기 때문에 직권을 행사할 때면 그 기세가 자못 대단했다. 당시 백성들은 어사가 출두해서 산악을 흔들고 주현의 관원들과 백성들을 떨게 하지 못한다면 어사 자격이 없다고들 했다. 권세가는 남을 핍박할 줄 알고 관료의 위엄을 지켜야 하는 것이 첫째였다. 궁극적으로 이 말은 권세가에게 있어 권한이란 하늘이 내린 것처럼 우러러 말하며 받드니 권세가는 으레 하늘이 주신 인물로 알고 백성과 아랫사람을 핍박하는 것이 당연시되었다. 백성이 받들어 말하고 백성이 당하는 자기 발등 찍는 꼴인 것이었다.

사람도 어질고 약해 보이면 각종 위험과 질병이 찾아들고, 공격적이고 독기가 있어 강해 보이면 자연히 적과 잔병들은 얼씬거리지 못하듯이 사회상도 그러한듯하다.

시정(市井)으로 들어서자, 대로변에 나열된 있는 백성들은 지주 나신철 어사가 지날 때 두 손을 땅에 짚고 부복하였다.

"황제 폐하 만만세-"

"천하지대국 송나라 만만세-"

몇 사람은 북소리와 요고무에 흥분되어 몇 번씩 꾸벅이고 있었다.

이 소식을 접한 순안 관저는 말이 아니었다. 벌써 현장(縣長) 남궁진호(南宮眞浩)는 사령 두 사람을 대동하고 동구 밖까지 나와 어사 일행을 맞이할 준비를 갖추고 있었다. 관청까지 땅을 밟지 않고 걷게끔 띠로 만든 발을 깔아놓았다.

북소리와 나팔 소리가 가까워지면서 발을 동동 구르던 현장이 입을 열었다.

"항주에서 소주로 올라간다는데 어째서 순안으로 내려오는지 알 수가 없구나."

순안 현장 남궁진호는 뒤룩뒤룩 살진 얼굴이 노심초사로 하얗더니 양 입술까지 불쑥불쑥 떨리고 있었다. 다가오는 북소리가 자기 목을 조이는 기분이었다. 노 사령관이 고개를 옆으로 갸웃해 보이고 말을 받았다.

"백자(白瓷)와 청자(青瓷) 때문이라고 짚고 싶습니다. 몇 년 전부터 하얀 백사기(白沙器)가 나옴으로써 항주에서 그 그릇들을 보았다면 그대로 지나칠 수 없는 일이겠지요."

남궁진호는 얼굴이 꿈틀하며 귀찮은 물건이 나온 것처럼 말을 내뱉었다.

"그렇다면 경덕진(景德眞)을 찾아야 할 것이지. 여기는 왜 들어와?"

당시 고령산의 고령토로 만든 백사기가 경덕진에서 유명해지기 시작했다.

"그곳은 관아가 없는 시골이 아닙니까. 백사기들은 순안으로 모여들어 부천강(富川江)을 따라 항주에 가지 않습니까. 그곳에서 뱃길로 서역으로도 가고 경항 수로를 따라 소주와 양주 그리고 여러 도성을 거치며 도성까지 올라가니 순안이 출발지가 되는 셈이지요."

좋은 일 뒤에는 마가 따라온다고 호사다마(好事多魔)라고 하듯이, 돈이 되어 굴러들어 올 때는 좋다 하고 낌새를 맡고 찾아드는 맹수는 짜증이 나게 마련이었다. 노 사령의 말을 듣고 보니 짐작대로여서 그에게 하소연하는 눈길을 보냈다.

"이는 사령이 알아서 잘 처리할 것으로 믿소."

요란한 북과 나팔 소리는 고갯마루 길을 넘어 현장 일행이 서 있는 쪽으로 다가오고 있었다. 화려한 두 대의 마차와 종장대기에 나부끼는 어사기를 앞세워 이들 뒤로는 병졸들이 늠름한 군사로 변모하고 있으며 군웅들이 구름처럼 따르고 있었다.

역시 군웅들이 없다면 무슨 격식과 위엄이며 절차가 필요하겠는가만은 사람들이 모임으로 어사를 비롯한 어사출두 일행들은 신이 나 있었다. 뒤따르던 노복들도 목에 힘이 들어간다.

드디어 백마 위에 검은 관복을 걸친 나신철이 늠름한 위엄을 갖추며 오른손을 높이 올리자, 모든 악사가 일제히 소리를 멈추었다.

남궁진호는 지방 칠품 관품에 불과한 천록의(淺綠衣)에 은대 띠를 둘렀으며 일량관모를 썼고 대나무 홀(笏)을 받쳐 들고 있었다. 그는 초석 위에 올라서고는 넙죽이 큰절을 하였다.

"순안 현장 남궁진호, 지주어사(知州御使) 님께 인사 올립니다."

갑자기 조용해진 가운데 군웅들은 일제히 지주와 현장에게 눈이 쏠렸다. 나신철은 둥근 금계(金鷄)의 관복에 어사모를 썼으며 금색 부채를 반으로 접어 가렸던 얼굴을 내보이며 목청을 돋우었다.

"순안현장 남궁진호는 듣거라! 앞으로 보름 동안 권지모주군 주사로 어사대(御史臺)를 설치하여 감찰 집행하겠으니 준비토록 하라!"

그의 명령에 뒤에 따라온 마차에서 관복을 입은 사중(史中) 여덟이 일제히 나오더니 지주 앞에 부복하였다.

"당장 집행토록 하겠습니다."

다른 마차에서는 여인들이 내려섰는데 화려한 궁장 차림의 여인들로 순안의 여인들을 무색하게 했다. 이들은 지주와 사중들을 보필하는 여인들 같았다.

두 깃발이 관저 마당에 세워져 펄럭이고 나신철의 백마는 깔아놓은 초석을 밟으며 관저 마당에 당도했다. 여덟 사중이 걸어가는데 그 뒤에 순안 현장은 허리를 반쯤 굽히고 죄인처럼 따라갔다.

그날로부터 순안 관저는 주인과 손님이 뒤바뀌었다. 순안의 병졸들은 무기를 내려놓고 지주를 따라온 군사들의 수하가 되었으며 심지어 노복까지도 지주의 노복이 큰소리치며 일을 처리했다.

삼 일째 되는 날이었다. 남궁진호는 삼일을 보내느라 뒤룩뒤룩 살이 오른 얼굴이 달라 보이게 찌들어 있었다. 그는 첫날에 나 지주와 차 한 잔 마신 것이 전부였고 눈길 한번 주지 않는 것에 애가 타고 있었다. 현장은 스스로 후원에 있는 작은 사저로 물러나 있었으므로 관저와 숙소를 차지한 이들은 저희끼리만 만찬을 즐겼다. 낮에는 서류 감찰과 호족들의 동태 파악을 하며 완전히 순안 관청의 주인으로 변모한 지주 나신철이었다.

오늘은 아침부터 정장을 하여 준비한 행차에 감찰 결과를 말씀할 것으로 보아 현장도 아침부터 분주했다. 저녁이 되어 외출을 마치고 대청에 들어선 나신철은 버선발로 서둘러 준비하는 남궁진호를 조용한 말투로 불렀다.

"마주 앉으시구려. 순안에는 산수도 좋고 사람들도 모든 일에 정성을 다한다고 들었소. 첫날에 음미했던 녹차가 떠올라 차 한 잔 주시구려."

주위에 화려하게 진열된 청자와 백자들을 둘러보며 관료답게 오늘은 편안한 대화부터 시작했다.

"모두가 황상의 덕입지요. 산수와 계곡물이 맑아 순안 호수도 명경이라 불립니다."

오늘은 순안 호수를 돌아보았다는 기별을 듣고 그와 같이 말미를 돌렸다. 나신철이 관모를 벗자 한 관원이 달려오며 모자를 양손으로 곱게 받아 갔다.

"오늘 순안 호수도 돌아보았는데 말씀대로 명경입니다. 나도 변경 개봉에 있을 때 황화강을 보면서 우리 무한에 동강 물이 맑기는 으뜸이라 자랑했지요. 변랑에서 발을 씻으려고 대야에 발을 담그면 발등이 겨우 보이는 황토물이라서 우리 장강과는 비교도 안 되는 일이 아닙니까?"

무한 사람은 강남이라고는 할 수 없지만 장강 물을 먹고 있어서 동향이라고 반가운 뜻이 있기도 했다. 오늘은 어사 일행의 외출을 틈타 비어 있는 관저에서 모든 요리를 지시한 것이 효과가 있을 것 같았다. 말단의 관료직이지만 몇십 년을 지켜온 현장도 젊은이의 능숙한 말솜씨에 조심을 더했다.

나신철은 사방을 둘러보면 모두가 자기들인데도 그릇에 관한 말은 티끌만큼도 하지 않았다. 그것은 큰 나무를 뽑을 때처럼 그 목적을 달성하기 위해서 사방 둘레부터 파는 그런 느낌이었다.

안방에서 가벼운 발소리가 들리자, 둘은 고개를 돌렸다. 안주인 정옥 마님과 초희 낭자가 용정차(龍井茶)와 다과상을 들고 대청으로 들어왔다. 오늘 외출에서 낮술로 취기가 있어서인지 나신철은 활짝 핀 꽃다발을 연상하며 초희 낭자의 미모에 점점 빠지는 모습이었다. 남궁진호는 모른 척했으나 한눈으로는 그가 반하는 것을 보며 속으로는 쾌재를 부르고 있었다. 그렇지 않아도 항주에 의가장 때문에 골치를 앓던 참인데 준수한 상서성의 젊은 조관(朝官)이 사위가 된다면 생각하다가…… 그것은 상상에 불과한 일이다.

늦은 감이 있어 형식적이지만 우선 통내외(通內外)를 시작했다.

"이 사람은 저희 내자(內子) 집사람이옵고 이 애가 딸년 아이입니다."

"예. 이를 데 없습니다. 뛰어난 미모에다 자상하고 귀한 영애(令愛)를 두었으니 부럽습니다."

젊은 놈이 늙은 관원들과 생활했던지라 말솜씨도 그와 같았다.

"인사 올려라. 이분이 상서성에 조관으로 봉직 중이고 이번에 지주로 어명을 받아 내려오신 나신철 어사님이시다."

초희 낭자를 보는 것은 처음은 아닐 텐데 오늘은 들어올 때부터 한눈도 팔지 않고 주시하는데, 얼굴에 구멍이 날 정도로 홍당무가 되어 있었다. 얼굴이 붉어진다는 것은 임 잃은 그녀로서는 낭군님으로 충분하다는 뜻인지도 모른다.

"인사 늦어 죄송합니다. 소녀 남궁 초희라 하오며 지주 어른께 인사 올립니다."

"남궁 낭자 반갑습니다. 항주에서 현숙하고 총명하며 귀비를 능가하는 미인이 계시다는 말을 들었소만 이렇게 기회를 미루다 보니 송구하네요."

그는 양귀비를 비유하면서 빠져나갈 여유를 줄 것 같지 않았다.

초희는 나 조관과 눈이 마주치는 것이 무서워 아버님 쪽으로 걸어갔다. 몇 달 전 인지의가장의 매선 부인이 청기를 의논 차 찾았을 때 아버님의 집요한 말뜻을 모를 초희가 아니었다.

승상(丞相) 자리에 오를 수 있는 전시에 급제할 것을 바랐던 아버님이 지금 성시(省試)에 급제하여 어명을 받들어 모시는 젊은 지주가 아버님의 모든 업무를 감찰 대행하고자 내려와 있는 마당이다. 바로 그가 나를 치켜세우며 눈길을 끊지 않으니 난감했다.

그때 사중 한 사람이 한 자쯤 되는 지휘봉을 들고 들어오며 지주에게 포권을 취했다.

"서찰 육호함이 물에 잠겨 글씨를 알아볼 수 없습니다."

나신철은 남궁 현장을 바라보며 간단히 결론을 내렸다.

"잃을 수 있는 물종기(物種記)들은 모두 적어두게. 나중에는 현장에게 물어서 적을 테니 그리하게."

사중은 현장을 한번 바라보고는 아무 말 없이 현위 관저로 갔다. 두 사령과 현위는 여덟 명의 사중들에게 불려 다니며 땀을 뻘뻘 흘리고 있었다.

남궁진호는 나신철 지주가 대청에 같이 앉아주기를 바랐는데 그도 그 뜻을 아는지 자리를 뜨지 않았다. 만약 나 조관이 일어서서 나간다면 현장은 사중들에 의해 불려 다니며 그들의 질문에 모든 것을 해명해야만 한다. 나 조관인 지주는 무겁게 입을 열었다.

"육호함에는 어떤 서류철이 있어서 물에 잠기게 되었소?"

현장은 그의 질문에 붉어진 얼굴을 감추며 대답했다.

"삼 년 전 서류함이지요. 별것은 아닙니다만 지난 수해 때에……."

"알겠소. 삼 년 전이라면 남경 현감과 연루되었던 것들이군요."

"그렇기는 합니다만 당시 남경 현감은……."

"알겠소."

지주 나 조관은 설명은 듣지 않았다. 감찰관으로서 파고드는 질문만 던져야 답변자는 짐이 무거워지는 것을 알고 있기 때문이었다. 그에 따른 해명과 사실들을 모두 들어서 적어야 되는데 그리되면 사실과 해명이 모두 끝나는 상태여서 감찰관의 위엄이 없어진다.

"순안 현장은 항주의 인지의가장 진인지를 매우 두둔했다는데……"

"……"

그의 질문에 함구함에 나신철 지주는 또 눈각을 세우며 말을 이었다.

"그의 영존은 개국 현공(開國縣公)의 작위를 받은 분이 아니오?"

"그 사실은 맞습니다. 하룻밤에 이유도 없이 화마와 함께 멸문지화를 당해 산산이 사라졌는데 확실히 아는 바는 없습니다. 이는 순안의 일이 아니오고 항주에서 주재해야 할 일로 사료됩니다."

"상서성에서 한 번은 거론되어 넘어갈 텐데 의가장에 가해한 범주를 알 수 없다고 하니 조용히 넘어갈 수밖에……"

남궁 현장은 자신이 두둔했다는 말을 지우기 위하여 엉뚱한 곳으로 화제를 돌렸다. 그래서 지금 조정 삼공(三公)들은 모두 유학파임을 떠올리며 말씀을 이었다.

"황제 폐하도 이런 말을 남겼다고 들었습니다. 황하강을 따라 내려가는 조용한 배도 뱃사공이 많으면 산으로 올라간다고 했는데, 지금 조정에 삼강오륜(三綱五倫)도 모르는 공신들이 많다면서요. 그래서 주종(主從) 간에 조용한 날이 없어 나는 개탄하는 바이오! 라는 말을 들어 알고 있습니다. 이 말은 곧 옛 공신들을 역사로 넘기고 삼강오륜을 터득한 새 인재를 등용하겠다는 말로 소문이 나 있습니다."

그의 말에 지주는 웃음을 지으며 고개를 끄덕였다.

"그래서 말이오. 현장의 안목도 보통은 아닌 듯싶소."

몇 달 전만 해도 사돈 지연을 맺고자 했던 남궁진호의 의리로 그 진상을 밝히고자 하는 것보다 껄끄러운 것은 그대로 덜어버리자는 태도였다.

"남궁 현장께선 스스로 태수라 하여 직함을 낮추어 부르며 지방 백성을 받들어 모신다고 들었습니다."

지주의 반가운 말에 양손을 모아 쥐며 머리를 조아렸다.
"어찌 지주님의 안목을 흐리게 하겠습니까. 소관의 선대가 태수여서 근친들은 그렇게 불러줍니다."
조용히 바라보는 나 지주의 눈과 마주치자, 현장은 답례의 말을 이었다.
"이번 고행에 저희 지방도 돌아봐 주셔서 폐하의 은덕에 감사할 따름입니다."
이들이 마주한 탁자 위에는 각종 요리가 주안상이 되어 가득 올려져 있었는데, 지방 현장으로서는 지주 나신철에게 목숨이 달린 풍전등화와 같은 처지여서 올릴 수 있는 것은 다 올리고 싶었다. 이를테면 먼지를 털어 비리 혐의로 좌천시켜 오지로 보내어도 누가 탓할 수는 없는 일이기도 했다.
순안 관저 내에는 지주어사 일행과 노복 그리고 현장 식솔들 합하여 삼백 명이 먹을 요리를 지지고 볶아대는 향기가 관저를 진동했다. 대청에 마주한 지주와 현장 사이에 몇 잔의 술잔이 오고 가고 이어 나 지주의 입에서 관심사였던 백자에 관하여 말이 나왔다.
"여기 영남지방에는 고령토가 풍부하여 도요지가 많이 생겨났다고 들었소. 월나라 때부터 절강성과 영남지방은 청자의 고장이 아닙니까?"
"그렇게 보아주시니 영광입니다."
"그래서 순안(淳安)에는 경덕진(景德眞)에 청자와 백사기(白沙器)들이 모인다는데 전부는 할 수 없어도 반분은 황궁으로 보내주시오."
현장은 취기가 오른 얼굴을 들며 기다렸다는 듯이 입을 열었다.
"청자와 백자의 그릇 수가 얼마인지 종류와 수량을 사중에게 적도록 하여 보여주십시오."
나신철은 반갑게 웃어 보이며 준비한 대책으로 이에 덧붙였다.
"본궁에만도 관직이며 대신들까지 드나드는 분들이 일만은 넘게 있을 것이오. 해서 일만 점이 될 것이라고 말하고 싶고 황궁 내수사(內需司)에 공납할 때 본 나신철 성함을 기입하실 수 있겠지요?"

"하하하. 물론입니다. 나 지주(那知州)님이 강남까지 출두하여 그 정도의 성과가 없어서야 되겠습니까. 새로 만들어지는 백자 그릇들이 궁 안에 널리 사용된다면 나 지주님의 명호가 궁 안에 쫙 퍼질 것입니다."

늙은 관료답게 내어놓을 것은 기분 좋게 선심 쓰듯 치켜세웠다. 일만 점이면 부담이 가는 분량이지만 경덕진 각 연굴마다 다소 수공비를 주어 황궁의 명의로 공출을 받으면 될 일이며 어려운 일은 아니었다. 예로부터 지방으로 파견되는 관리(官吏)나 지방 벼슬아치들은 상전들에게 많이 갖다 바치는 것이 유능한 관리이지 목민을 보살핀다는 것은 허울 좋은 구호일 뿐이었다.

지주는 술상에 오른 하얀 접시를 들어 보았는데 그것을 본 현장은 미소를 머금었다.

"백지장 같은 하얀 백자들입니다. 이보다 더 하얄 수는 없어요. 황궁에서 화제가 될 것입니다."

이후 여기에서 백사기가 나옴으로 고려청자를 능가하는 청화백자(靑華白磁)가 나오게 된다. 누구도 넘보지 못했던 하얀 바탕에 은은한 청색 그림은 경덕진의 도공들이 고려청자를 놓고 이에 능가하는 것을 만들려는 의지의 결과였다. 하여 오백여 년 동안 항주에서 나가는 백사기와 청화백자는 무역선에 실려 전 세계를 누비며 서양의 식탁에 새바람을 일으켰다. 그것은 손으로 빵을 찢어먹던 서양인의 삶이 하얀 백사기 위에 포크와 칼이 놓이며 고풍스러운 귀족사회가 형성된다. 서양인들은 백사기 그릇과 청화백자를 얻으려고 대양에 지배자가 되다 보니 자연히 지구상의 지배자로 부상하며 그에 걸맞은 식탁과 멋이 나타났다고 본다.

몇 가지 이야기가 서로 소통함으로 남궁진호는 걱정되었던 일들이 노파심이었음을 알고 한마음 놓이게 되었다.

분위기로 보아 좌천은 없을 것이고 내수사로 부탁하는 것으로 보아도 오래 체류하지는 않을듯하여 한숨을 돌리는데 나신철의 침중한 목소리가 들려왔다.

"현장님께 윤허를 얻을 것이 있소만······."

현장님께 윤허를 얻겠다는 말에 걱정이 앞서 두 눈이 동그래졌다. 상전들은 어떤 날벼락 같은 말을 하려면 양심의 가책이 있어 존칭을 붙여 예우를 다하며 명을 하는 수가 많은데 내심 걱정이 되었다. 현장은 취기에 붉어진 나신철의 안면을 바라보며 쉰 목소리가 나왔다.

"부족한 점이 있다면 널리 용서하시고-"

"그, 그게 아니오."

나 조관은 취기가 만면에 오르자, 혀끝이 안 돌아가는지 말끝이 흐렸다.

"혀, 현장님의 영애를 윤허해 주시기 바라는 말씀이오."

현장은 깜짝 놀랐다. 취중에 동침을 요구하는 기방의 창료(娼寮)로 생각이 들었다.

"집안에 아들 두 놈은 있소만 그 아이는 외동딸로 소신의 생명과 같은 아이여서 다른 아이를 선택하심이······."

이번에는 나신철이 눈이 동그랗게 뜨며 말을 이었다.

"그런 뜻이 아니오. 여인들이라면 같이 대동한 마차에도 있지 않았습니까."

그렇다면 존자허이영애(尊慈許以令愛)란 말인가? 뒤룩뒤룩한 얼굴이 불쑥불쑥 움직이며 입안이 바싹바싹 말랐다. 이어 조관의 기어들어 가는 듯한 목소리가 들렸다.

"현장님. 아니 태수님 댁과 인연을 맺어 집안의 영애를 나씨(那氏) 집안 사람으로 만들려는 뜻이오니 오해는 말아 주시구려."

"예? 나 지주님의 장인이 된다는 뜻이오?"

"그렇습니다. 장인어른으로 모시고자 하는 말씀이오."

현장은 가상했던 일이기도 했다. 상서성의 조관(朝官)이며 지금 어명을 받아 내려온 지주어사가 아닌가. 의가장의 진 도령은 생사를 확인할 수 없으며 초희가 봇짐을 싸고 그를 찾아 떠난다고 하여 딸년을 감시하는 중이기도 했다. 늙은 상전에게도 딸을 주어 관직을 사는 형편에 이번 기회는 일거양득이 아닐 수 없었다. 본처는 아니더라도 후처만 되어 버려주지만 않는다면 말단의 지방 현장 자리에서 일약 출세의 가도를 달릴 것이었다.

나신철은 서먹거리는 현장에게 백사기의 고마운 뜻을 말하려다 이왕 쏟아놓은 말에 결론을 내렸다.

"항주에서부터 영애의 말씀을 들었습니다. 오늘 대청에 들어서면서 초희 낭자를 보고는 마음을 굳히고 장인어른으로 모시고자 잡아두지 않았겠습니까?"

"허나 뜻밖의 일이라서……."

"나에게도 사녀(使女)와 시첩(侍妾)들이 딸려 있기는 하나 마음에 들어야 말이지요."

그의 말뜻으로 보아 오늘 밤 신방을 꾸밀 의사 같았다.

"저희 미숙한 딸년을 그렇게 보아주시니 집안의 영광입니다. 지주 조관님의 뜻을 감사히 받들고 종신대사(終身大事)는 순례가 있는 법이오니."

"물론이오. 윤허만 내려 주시면 저희 가친과 상견례를 갖기 위해서 초희 낭자와 같이 이삼일 내로 무한으로 동행할 생각이기도 합니다."

그 말을 들은 남궁진호는 함지박 같은 입이 쩍 벌어지며 다급히 일어섰다.

"남궁 집안에 서랑(壻郞)으로 모시게 됨을 영광으로 맞이합니다."

그러면서 양손을 벌려 나신철의 손을 잡았다.

아침이 되자 동이 트기 전부터 분주한 사람들은 관저의 노복들이었다. 그들은 밤에 먹었던 음식 쓰레기를 치우고 새로운 식재료들을 준비해야 했다. 대문이 열리며 푸줏간에서 보내온 고기들이며 찬거리들이 수레에 실려 대문 안으로 들어왔다.

서쪽 하늘에는 검은 구름이 일어 장대비가 내릴듯한 날씨인데 동쪽에는 아침 해가 유난히도 붉게 떠오르고 있었다.

붉은 아침 햇살을 받으며 황소가 끄는 소달구지 하나가 순안 관저로 향하고 있었다. 달구지에는 몇 개의 쌀가마가 실려 있었고, 황소 고삐를 잡은 이는 하얀 굴건을 머리에 둘러 감은 중년인이었다. 그는 들판에 녹음이 짙어가는 들녘을 보면서 걷고 있었다. 살이 찐 황소는 들판에 솟아있는 보리 싹들을 바라보면 환장날 일이기도 하다.

길가에 늘어지게 깔린 풀 한 움큼 뜯고 싶었으나 역부에게 잡혀 있는 코뚜레가 말하고 있으니 더운 김만 내뿜으며 달구지를 끌고 있을 뿐이다. 그 달구지는 공물을 싣고 순안 관저에 공출(供出) 하러 가는 중이었다.

관저 앞에 도착한 중년인 역부는 사방을 둘러보는 데는 예사롭지 않아 보였다. 역부는 각오가 된 표정으로 황소 콧등을 이끌자 달구지는 입구에 정지했다. 이어 바지 주머니에서 면지를 꺼내어 수문장 관원에게 내밀었다. 긴 목을 늘려 유심히 면지를 바라보다가 대문 쪽 방 칸으로 고개를 늘리며 소리쳤다.

"남촌에서 촌장님이 남촌 쌀 스무 가마 공물 달구지요-"

방 칸의 관원은 필먹으로 외치는 소리에 따라 적어 갔다. 역부는 초조한 안색으로 사방을 두리번거리며 마당 안으로 들어섰다. 대식솔들이 매일 삼시 세끼 먹고 마시는 관저라 음식 냄새가 코를 찔렀고 먹고 잠자는 그런 분위기였다.

역부는 집 사정을 잘 아는 모양인데 곡간으로 달구지를 끌고 갈 때였다. 마당 모퉁이 연못가를 주시하다가 깜짝 놀라는 표정으로 고개를 돌렸는데 연못가에 두 선남선녀를 보았기 때문이다.

목낭에 앉아 있는 초희가 낭랑히 웃으며 말하자 준수한 젊은이는 낭자의 손을 잡았다. 초희는 살짝 얼굴을 붉혔을 뿐 손을 빼 들지 않고 오히려 나머지 손목을 내밀어 잡는 모습에 중년인 역부는 못 보겠다고 고개를 돌렸다. 마당에는 몇 명의 노복들이 있었으나, 두 청춘 남녀에게는 고개도 돌리지 않았으며 서로 개의치도 않았다. 남녀 간에 부끄러움 없이 당당하며 노복까지도 개의치 않는 것으로 미루어보아 역부가 의심했던 것이 사실임이 입증되었다.

중년이 역부는 남장한 매선 부인으로 현장 관저에 권지모주군 주사의 깃발이 섰으며 지주어사와 초희 낭자가 혼인하게 된다는 소식을 접하고 그 사실을 확인하고자 했던 것이었다.

열흘도 못 되는 일정에 손을 잡는 정분을 본 매선 부인은 가슴이 미어지며 자신이 더욱 슬퍼 보였다. 멍하니 서 있는 역부에게 곡창에서 젊은 장한이 소리쳤다.

"쌀가마는 다 내렸으니 돌아가시오!"

역부는 더는 관저에서 꾸물댈 일이 없으므로 덜거덕거리는 달구지를 끌고 대문 밖에 나올 즈음이었다.

"어이! 소달구지가 그대로 돌아가면 되겠소?"

그가 뒤로 돌아섰을 때 두 관원이 달려왔다. 쌀값이나 아니면 수고비라도 들고 오는 줄로 생각하여 관원의 손을 보았는데 빈손이며 각각 창을 들고 있었다. 말라빠진 관원이 황소를 이리저리 살피며 잡아먹을 궁리를 했다. 의상과 투구로 보아 어사를 보위하는 군사였는데 입맛을 다시며 웃음을 흘렸다.

"헤헤헤. 등태와 볼기 살이 고깃근이 나가겠구먼."

그는 수문장에게 고개짓하며 물건을 찾은 것처럼 당당했다.

"황소를 헌납하고 돌아가란 말이다! 남촌 촌장에게 그리 안부도 전하고"

"나는 촌장댁의 역부로 관청에 쌀만 공출하고 돌아오라는 분부를 받았습니다. 소와 달구지는 끌고 가야 합니다."

황소도 자신의 살점을 뜯어 보이며 침 흘리는 소리를 아는지 두 발을 세우며 덤빌 태세로 흐르렁거렸다.

"워! 워!"

앞쪽에 있던 관원이 막무가내로 역부를 밀어내며 코뚜레를 움켜잡았다.

"뭐야! 병약해 보이는 손이 역부 같지 않은 환자로군~"

그는 남장한 부인의 손을 보며 느낀 대로 떠들었다. 왁자지껄하는 와중에 관저 마당에서 청의를 입은 사관이 달려 나오며 변장한 역부의 얼굴을 보며 반색했다. 병약해 보이는 손이며 역부 같지 않다는 말에 청의의 사관은 매선 부인임을 직감했기 때문이다. 매선 부인도 현장 댁을 방문했을 때 두어 차례 얼굴을 익혔기에 그와 눈을 피하며 낭패당할까 염려스러웠다.

망설이던 청의의 사관은 단호히 명령을 내렸다.

"그대로 돌아가게 놔줘라!"

앞에 섰던 관원이 눈을 부라리며 사관을 바라보았다.

"무엇이든지 요구되는 것은 모두 공납(公納) 받는다는 중앙 군사들의 명령을 모르시오?"

사관은 돌아서며 당당히 맞서 말했다.

"남촌은 쌀의 고장이 아니오? 한 번으로 끝날 일은 아닐 텐데 책임지겠소?"

관원들은 사관의 말뜻을 알았는지 모두 물러섰다. 역부는 돌아서 나가며 등 뒤로 인사말을 던졌다.

"곤경에 처할 뻔했는데 도와주셔서 감사합니다."

"반갑습니다. 이것으로 작별을 고하게 되어 유감입니다."

부인은 달구지를 끌고 나오며 젊은 사관의 행동에 의문이 갔다. 그것은 '높으신 지주 조관과 남궁 낭자가 혼인하는 것을 알았으면 조용히 떠나십시오.'의 뜻으로 말없이 보내주었을 것이라고 결론이 갔다.

덜커덩거리며 빈 달구지를 끌고 오던 부인은 마을 어귀 조그만 초옥 앞에 당도했다. 마차 소리를 듣고 달려온 사람은 스물도 못 되어 보이는 젊은이였다.

"야- 우리 황소가 살아 나왔구나. 나는 그것도 모르고……."

황소도 반가웠는지 양 귀를 틀면서 고개를 흔들자 젊은이도 좋아라 황소의 머리를 쓸어내렸다. 매일 들판에서 같이 지내었는지 퍽이나 정이 들어 있었다. 뒤이어 노인이 술병을 들고 따라 나오며 소년에게 동전 몇 닢을 건네주고 주정을 놓았다.

"그래, 사돈 마님은 안녕하시고?"

부인은 발길을 옮기며 그의 말에는 응답이 없었다.

"사돈 마님, 아니지. 관부인께 황소까지 바치고 오지 왜 끌고 와서 내기에 지게 만들어."

부인은 돌아서며 노인을 노려보았다.

"영감탱이가 저 젊은이에게 겁을 주면서 내기를 걸었다고?"

"그래. 짐 실은 소나 말이 관청으로 들어갈 때 모두가 삐쩍 마른 짐승들이었어. 나는 직감했지. 짐꾼들은 살찐 놈은 압수당해 잡아먹힌다는 것을 알더군. 그래서 돌아오지 못하는 쪽에 다섯 문을 걸었는데, 젊은이도 눈물을 흘리며 다섯 문을 걸더군."

"잘되었네요."

"그래. 나는 져도 좋다. 저 소가 살아나오고 젊은이가 걱정 없이 남촌으로 돌아갈 테니……."

매선 부인은 남촌에서 관가로 가는 공물 소달구지를 보고 역부로 변장하여 대신 공납하고 오겠다고 약속했었다. 자식도 못 찾는 어미로서 현장 관저에 떳떳이 나타나 두 청춘 남녀의 혼약을 방해해서는 안 될 일이었다. 그렇지 않아도 남궁 현장은 갈망하던 높디높은 젊은 조관을 사위로 얻었는데 축하를 보내야 할 일이었다.

쓸쓸히 걸어가는 남장의 여인을 따라가던 노인이 술 한 모금으로 목을 축이고 나서 말을 건넸다.

"세상에는 제일 빛나면서도 깨지기 쉬운 것 둘이 있지. 하나는 여자의 얼굴이고 또 하나는 혼인을 말한다고 하더군."

앞서 걷던 부인은 고개를 돌려 노인을 노려보았는데 그 태도에는 관계없이 해학적으로 노인은 또 투덜거렸다.

"그, 그래. 세상에 수많은 꽃과 나비가 있는데 젊은 청춘의 나비는 한곳에 머물 수 없으며 노년기에 접어든 만물은 한 곳만 바라보아 그게 문제란 말이야."

"그래요. 그게 어째서요?"

노인은 하얗게 솟아난 잡털을 쓸어내렸다.

"세월 따라 형편에 따라 마음도 변해야 된다는 뜻인데 옛일을 생각하여 남을 엿보는 것이 얼마나 슬픈 일이며 비굴한 노릇인지 그게 문제야."

"알고 있어요. 나는 비굴한 사람이 될지라도 사실을 확인하는 것이 필요했어요."

"그래 얻는 것이 뭐꼬?"

부인은 먼 하늘을 바라보았다.

"혹여 남궁 낭자가 학소를 기다리며 울면서 세월 할지 그것이 나의 짐이었는데 잘 되었습니다. 슬픔은 잊어주어 작을수록 좋고 기쁨은 나누어 넓을수록 좋다고 하지 않습니까?"

두 나그네는 그렇게 말을 남겨놓으며 중원의 산하 속으로 걸어갔다.